本研究获得以下项目资助：
国家社科基金一般项目"秦汉文体史"（15BZW089）

秦汉文体史

郗文倩——著

中国社会科学出版社

图书在版编目（CIP）数据

秦汉文体史／郗文倩著．—北京：中国社会科学出版社，2023.2
ISBN 978-7-5227-1399-1

Ⅰ.①秦…　Ⅱ.①郗…　Ⅲ.①文体论—中国—秦汉时代　Ⅳ.①H152

中国国家版本馆 CIP 数据核字(2023)第 023867 号

出 版 人	赵剑英
责任编辑	张　林
特约编辑	肖春华
责任校对	闫　萃
责任印制	戴　宽

出　　版	中国社会科学出版社
社　　址	北京鼓楼西大街甲 158 号
邮　　编	100720
网　　址	http://www.csspw.cn
发 行 部	010-84083685
门 市 部	010-84029450
经　　销	新华书店及其他书店
印刷装订	北京君升印刷有限公司
版　　次	2023 年 2 月第 1 版
印　　次	2023 年 2 月第 1 次印刷
开　　本	710×1000　1/16
印　　张	48.25
字　　数	745 千字
定　　价	388.00 元

凡购买中国社会科学出版社图书，如有质量问题请与本社营销中心联系调换
电话：010-84083683
版权所有　侵权必究

目 录

引 言 ·· 1

第一章　歌谣、俗谚和隐谜：口耳间的智慧和艺术 ············ 14
　第一节　歌谣：史事、传说和情感 ······························ 14
　　一　关乎"本事"：作为历史细节的歌谣 ················· 16
　　二　采诗观风与汉代"举谣言"制度 ······················ 20
　　三　歌谣所见政教善恶与人物臧否 ······················ 24
　　四　童谣和谶谣 ··· 34
　　五　成相体 ··· 41
　第二节　谚：俗之善语 ··· 49
　　一　"多快好省"的公共话语资源 ·························· 51
　　二　谚语的雅俗转变："谚，俗之善语。" ··············· 57
　　三　谚语的生命力："俗所传言也" ························ 61
　　四　人物品评之语是"谚"还是"谣" ····················· 68
　第三节　隐与谜："不说破"的语言游戏 ······················ 74
　　一　隐、䜎、廋辞 ·· 74
　　二　汉代的隐语和射覆 ······································· 78
　　三　谜、谶语和离合诗 ······································· 84

第二章　汉代辞赋 ·· 97
　第一节　散体大赋和咏物小赋 ································· 98

一　体物写志 …………………………………………………… 99
　　　二　赋家的"博物世界" ……………………………………… 104
　　　三　假设问对 …………………………………………………… 109
　　　四　"有类俳优"的赋家和散体赋的"讽劝" ……………… 112
　第二节　骚体赋 …………………………………………………………… 119
　　　一　悲士不遇——赋家的精神困境 ………………………… 119
　　　二　述行"吊"古之作 ………………………………………… 123
　　　三　骚体赋的其他主题 ………………………………………… 126
　第三节　东汉抒情小赋 …………………………………………………… 129
　第四节　俗赋 ……………………………………………………………… 132
　　　一　故事俗赋 …………………………………………………… 132
　　　二　汉代文人创作的俗赋 ……………………………………… 139
　　　三　实用类俗赋 ………………………………………………… 144

第三章　乐府和歌诗 …………………………………………………………… 151
　第一节　乐府的设立和歌乐创作 ………………………………………… 151
　　　一　立乐府与罢乐府 …………………………………………… 151
　　　二　汉乐府的文体形态及歌诗的性质 ………………………… 159
　第二节　汉乐府的分类及其歌乐特性 …………………………………… 163
　　　一　汉乐府的分类 ……………………………………………… 163
　　　二　汉乐府中的歌乐术语 ……………………………………… 170
　第三节　世俗生活画卷的艺术呈现 ……………………………………… 177
　　　一　汉代风俗画卷 ……………………………………………… 177
　　　二　厅堂、街巷的说唱艺术 …………………………………… 186

第四章　文人五、七言诗与《古诗十九首》 ………………………………… 194
　第一节　文人五言诗的草创 ……………………………………………… 195
　第二节　《古诗十九首》的艺术 ………………………………………… 199
　　　一　"浑括的抒叙"艺术 ……………………………………… 199
　　　二　暗示的手法 ………………………………………………… 202

三　叠词的精准 ………………………………………… 206

　第三节　七言诗的探索 …………………………………… 209

　　一　"体小而俗"的七言 ………………………………… 210

　　二　七言句式的节奏实践 ……………………………… 217

第五章　史传：史实、史笔和史观 ………………………… 223

　第一节　《史记》的史观与史笔 …………………………… 226

　　一　体例和意图——究天人之际，通古今之变，
　　　　成一家之言 ………………………………………… 227

　　二　实录 ………………………………………………… 232

　　三　史笔："善序事理，辨而不华，质而不俚" ………… 234

　　四　《史记》十表与谱牒 ………………………………… 241

　第二节　《汉书》的因循与创新 …………………………… 246

　　一　博洽：文赡而事详 ………………………………… 248

　　二　十志的创新 ………………………………………… 251

　第三节　史书的论赞体 …………………………………… 256

　　一　"君子曰"的褒贬倾向 ……………………………… 257

　　二　"太史公曰"开创文体空间 ………………………… 258

　　三　《汉书》"赞曰"确立文体名称 ……………………… 262

　第四节　与史书关系密切的"杂述"类著作 ……………… 265

　　一　《吴越春秋》《越绝书》等杂史 ……………………… 269

　　二　《新序》《说苑》等传闻逸事类 ……………………… 271

　　三　《列女传》为别传 …………………………………… 274

　　四　《风俗通义》：最早的风俗史 ……………………… 278

第六章　丧葬文体：人世间的送别和纪念 ………………… 282

　第一节　秦汉人对死后世界的想象 ……………………… 282

　　一　人死向何处去 ……………………………………… 282

　　二　丧葬礼俗：心灵的抚慰与社会的整合 …………… 289

　第二节　先令、遗诏与招魂辞 …………………………… 292

一　先令和遗诏：亡人的临终嘱托 …… 293
　　二　魂兮归来：招魂与招魂辞 …… 299
第三节　"诔以定谥"与"诔以铭德" …… 303
　　一　谥法和早期诔谥 …… 303
　　二　汉代诔谥和行状 …… 309
第四节　哀吊与祭文 …… 316
　　一　哀辞与哀策 …… 316
　　二　吊辞和伤辞 …… 323
　　三　吊文 …… 327
　　四　祭文 …… 329
第五节　挽歌 …… 332
　　一　执绋牵挽者歌 …… 332
　　二　文人挽歌 …… 339
第六节　墓碑文——死后的荣光 …… 343
　　一　汉代的墓祀之俗 …… 343
　　二　碑、丰碑和墓表 …… 347
　　三　墓碑文"写实追虚" …… 349
　　四　墓志 …… 356
第七节　祠堂里的铭文题记 …… 360
　　一　地上祠堂和地下祠堂：可以"被观看"的空间 …… 360
　　二　祠堂题记的功能和文体特点 …… 366
　　三　特殊题记的文体辨析 …… 377
第八节　汉代画像石榜题和像赞 …… 386
　　一　榜题和图像 …… 389
　　二　像赞及其影响下的文体 …… 400
第九节　发往地下的文书 …… 407
　　一　遣册、赗方、从器志和衣物疏：随葬物品清单 …… 407
　　二　告地书（策）：身份证和通行证 …… 412
　　三　买地券：冥间土地的私有证明 …… 417
　　四　镇墓文：神巫的守护 …… 424

第七章　颂类文体：襃颂纪载，鸿德乃彰 438
第一节　封禅与相关颂体文 438
　　一　封禅、巡狩与秦代刻石文 438
　　二　汉代封禅与相关刻石文 444
　　三　《封禅文》《剧秦美新》和《典引》 449
　　四　巡狩颂文 461
第二节　汉代其他颂类文体 463
　　一　庙颂以及功臣贤良之颂 463
　　二　功德碑铭 471
　　三　名物之颂 481

第八章　祝祷咒诅类文体 485
第一节　祝祷类文体 487
　　一　封禅玉牒和郊祀祝辞 487
　　二　祈雨、止雨祝辞 490
　　三　宗庙祝辞 492
　　四　祖祝 493
　　五　龟祝 497
第二节　咒诅类文体 499
　　一　驱鬼逐疫 500
　　二　祝由 501
　　三　刚卯辟邪铭文 503
　　四　《骂鬼文》与《诘咎文》 506

第九章　官文书：空前的"文书行政" 509
第一节　诏令文书 511
　　一　秦朝的制、诏 512
　　二　汉代的策书、制书、诏书、戒敕 515
　　三　诏书的下达与玺书、露布、扁书和征书 529
　　四　汉代诏书的言语修辞特点 535

第二节 奏议类文书 …… 542
- 一 章 …… 544
- 二 奏 …… 549
- 三 表 …… 552
- 四 （驳）议 …… 557
- 五 对策和射策 …… 563
- 六 奏章的上行与封事 …… 572

第三节 官府往来公文 …… 577
- 一 一般官员往来文书：记、奏记、笺记（奏笺） …… 577
- 二 声讨和晓喻之文：檄、移 …… 580
- 三 简略通事：牒书 …… 585
- 四 地方性法规和教化：语书、（条）教、府书、科令、条式 …… 588
- 五 事关急变：变事书、奔命书 …… 594
- 六 匿名信：投书、飞书 …… 597
- 七 诬奏之文：飞章和飞条 …… 601
- 八 垂询、质疑与回复：应书、报书、举书 …… 604
- 九 升迁调动文书：除书、遣书 …… 607
- 十 请假报告：病书、视事书、予宁书 …… 609
- 十一 证明类文书：致、传、过所 …… 611

第四节 簿籍类文书 …… 615
- 一 簿 …… 615
- 二 籍 …… 618

第五节 法律文书 …… 622
- 一 律、令 …… 623
- 二 《奏谳书》 …… 628
- 三 劾状 …… 630
- 四 爰书 …… 631

第十章　铭箴 ······ 635

第一节　玺印和瓦当铭文 ······ 636
一　佩印中的箴言和吉语 ······ 636
二　瓦当铭文 ······ 641

第二节　铜镜铭文 ······ 645
一　镜铭中的世俗愿望 ······ 645
二　镜铭中的文人趣味 ······ 649
三　刘贺《衣镜铭》 ······ 650

第三节　敬慎如铭：文人创作的铭文 ······ 652
一　器物铭文和格物致知 ······ 654
二　李尤的铭文创作 ······ 659

第四节　箴：箴者，诚也 ······ 662
一　官箴 ······ 663
二　私箴 ······ 667

第十一章　序体文：叙作者之意 ······ 670

第一节　整理典籍而作书序（书录） ······ 671
一　刘向《书录》 ······ 672
二　刘歆《七略》及《汉志》大小序 ······ 677

第二节　经典阐释中的序体 ······ 682
一　《毛诗序》与儒家诗学 ······ 682
二　章句中的相关序文 ······ 685

第三节　单篇序文 ······ 691
一　著述中的序文 ······ 691
二　文序 ······ 695
三　"摘序""增序"的性质和意义 ······ 697

第十二章　其他实用性文体 ······ 700

第一节　名谒（刺）与书信 ······ 700
一　名谒和婚礼谒文 ······ 700

二　书信 …………………………………………………………… 711
　第二节　契券、零丁与俳谐文的诞生 ………………………… 721
　　一　契券和《僮约》 ……………………………………………… 721
　　二　零丁和《失父零丁》 ………………………………………… 726
　　三　"寄居蟹"式的俳谐文 ……………………………………… 728
　第三节　谱牒 …………………………………………………… 729

第十三章　七体和连珠：形式的魅力 ………………………… 734
　第一节　七体 …………………………………………………… 734
　第二节　连珠 …………………………………………………… 737

附录　作者相关文体学研究成果一览 ………………………… 743

参考文献 ………………………………………………………… 746

后　记 …………………………………………………………… 757

引　言

秦汉特别是两汉时期为中国古代文体的生发期，其间文体种类繁多，奠定了古代文体的基本格局，对后世文体以及文体理论的发展都产生深远影响，故刘师培说："文章各体，至东汉而大备。汉魏之际，文家承其体式，故辨别文体，其说不淆。"① 这些文体在当时社会的方方面面均发挥着重要作用，相关文体也在知识者的写作生活中占有极大比重。秦汉时期文类的繁兴以及文人的集中参与也就相应成为中古文体理论勃发的重要基础。

秦代二世而亡，仅历时15年，而且在统一之初即实行极端的文化专制政策，致使中国古代文化发展遭受严重挫折，从目前所见史料以及出土简牍看，秦代文体主要为秦刻石等颂体文本，以及诏书、律令等公文和法律文书，因此，刘勰所称"秦世不文"② 是有一定道理的。③ 但其"书同文"的政策、行政制度的建立以及相关律法的制定，为汉代官文书和律令文书的发展确立了基本框架。

而与官方文化较为疏远的民间俗文体，却不太受朝代更迭的影响，

---

① 刘师培：《中国中古文学史》，人民文学出版社1959年版，第23页。
② 刘勰著，詹锳义证：《文心雕龙义证》，第280页。
③ 假如不局限于秦代这15年，而是向前延伸观察"秦国"相关文体发展，则"秦世不文"的说法就有偏颇之嫌，因为近些年来先后出土大量秦简牍文献，如云梦睡虎地秦简、青川郝家坪木牍、天水放马滩秦简、云梦龙岗秦简、江陵王家台秦简、龙山里耶秦简、湖南大学岳麓书院所藏秦简、北京大学所藏秦简，等等，加之较早被关注的不其簋铭文、秦公簋铭文、石鼓文、诅楚文等，说明秦国文体资料亦相当丰富。但对于本课题而言，这些都属于文体之"源"而不过多讨论。相关研究可参看倪晋波《出土文献与秦国文学》，文物出版社2015年版。

故刘勰称"秦世不文，颇有杂赋。"《汉志·诗赋略》列秦世杂赋九篇，惜亡佚不见，而所列其他杂赋中也不能排除有些由秦世乃至战国末期相关作品延续而来。此外，湖北云梦睡虎地秦墓出土的黑夫、惊的家信以及近些年来出土的秦汉多部《日书》等，更说明，一些较少受政治体制影响的实用类文书有着自身的发展惯性。

不过，社会的稳定以及王朝的存续长短仍对中国古代文体发展产生重要影响。汉世四百年，虽有前后汉的分别以及新朝的昙花一现，但文化秩序整体看仍保持延续性，故文体发展也蔚为大观。与周代的文化垄断以及秦代的重法轻文不同，汉代统治阶层更为注重礼乐文化的下移以及普通民众文字水平的提高，并将这看作移风易俗的重要方式。众所周知，周代礼制主要施行于贵族阶层，且又主要流行于王畿等特定区域，而汉代重建礼制，力图把加工、改造过的"周礼"变成社会普遍的行为规范，同时又通过各种教化的途径，将礼的思想、观念和行为方式积极地向社会传输。在汉代统治者的支持倡导以及儒生循吏等移风易俗的努力下，礼制与儒学以及知识、文字的传播同步进行，并逐渐向民间和大众渗透。婚丧嫁娶、处事为人等诸多礼仪规则，逐渐为社会认同、遵循和仿效，并最终在社会各阶层中确立了主导地位，成为社会普遍的行为规范，政治与文化的"大一统"也由此进一步获得了巩固。汉代对儒家经典的尊崇以及对儒家礼制的修复、建设与推广，为整个社会"尚文"风气的形成定下基调，而汉代的教育制度以及人才选拔体制也为人们学习并运用文字提供了可能性以及源动力。

因此，与前代相比，两汉时期社会整体文字水平有了很大的提高，文字以多种形式参与到国家重大典礼、行政运作以及民间信仰仪式和生活日用当中，显示出时人对文字运用的特殊兴趣。上自文学才俊，下至工匠士卒，有一大批人投入对汉语言文字的认识、运用以及潜能的开发上。[1] 在这一过程中，自古就与礼仪文化制度建设密切相关的中国古代文体获得了前所未有的生长土壤，多种文体在汉代兴起、发展、成熟、定

---

[1] 笔者在《中国古代文体功能研究——以汉代文体为中心》（上海三联书店2010年版）以及《古代礼俗中的文体与文学》（人民出版社2015年版）都有专章讨论。

型，为后世确立了文体的基本框架和文本模式。

在秦汉文体史的研究和写作中，笔者主要贯穿以下文体观念。

第一，扩大文体研究对象范围，将文体功能作为选择文本的依据。秦汉是古代文体发展最为活跃的时期，其间许多文体先后经历了从萌发到定型的动态过程，因此，各种文本也"面目各异"。加之出土资料丰富，简牍帛书铭刻等呈现的文本与传统文献传抄保留下来的"成熟"文本之间也有很多差异，因此，需要用更宽容的眼光和标准来判定哪些文本可以"入围"。笔者认为，凡是在特定语境中承担特定功能且形成较为稳定的言辞篇章形式都应当作为文体研究的对象。即便有些文体在语言形式上非常简单粗糙，然而只要它具备上述功能，我们就应该把它纳入研究视野以及文体史叙述中，如此方能更全面呈现古代文体史的发展面貌，明了古代各类言辞形式在政治礼俗和人生日用方面的意义。

第二，将文体看作内涵丰富的历史"活体"，强调"文体系统"观念。每一种文体都萌发于特定的历史土壤，活跃在特定的历史语境，具有特殊的功能用途，进而形成自身独特的修辞方式，并最终以文字的方式"塑形"。一旦上述条件不再存在，该文体也就渐渐失去活性，逐渐消失或者调整、演变，从而孕育出新的文体。文体自身存在系统，同类文体又构成大的文体系统，因此，将文体纳入相关系统中观察，才能真正呈现文体的"生态"。

第三，强调从功能入手，还原文体生成发展的历史文化语境。能否还原文体"原生态"决定着我们能不能真正贴近研究对象，做出切中肯綮的分析评价。本书希望能尽可能还原相关文体发展的具体历史语境，同时力避此前曾出现的大而无当的所谓文化考察。尽管受多种条件限制，历史性"还原"是不可能彻底完成的，但当保持这种倾向，由追寻文体"干什么用"到追寻尽可能多的相关因素并提出问题，在问题的推动下，旧材料会获得新的理解，以前不被注意的材料也会进入视野，随后借鉴历史、考古、思想、民俗等多学科的研究成果深入探究，学科之间的壁垒也就打破了。这样的还原也许能促使我们思考：在变化的社会中文体是如何发展并发挥功能的；在礼制和宗教的背景下，文体的内容和形式是如何被选择的，它们在何种程度上决定着人们精神和物质生活的方向，如何表现道德和价值体系，如何支持和影响社会群体和特殊集团的合离，以及如何满足个人的野心和需求，等等。

第四，将是否"得体"作为判断文体文本价值的重要参照标准。基于特定的社会功用，特别是基于礼乐宗教仪式是中国古代文体产生和发展的基本动因，故文体之"得体"是最为重要的，即能否在特定的语境中使用恰当的言辞，如何由礼学之"得事体"到文体学之"得文体"等。因此，古代文体理论中对于"体"的强调，对于正体的看重以及讹体的严苛批评都可以由此找到最初的心理渊源。

第五，关注文体共性和创作者个性之间的关系。古代文体特别是实用性文体表现更多的是集体的文化意识而非个体的艺术想象和创造。当作者要进行某种文体创作时，他首先要明了自身处在何种修辞环境下，要表达怎样的内容。与此同时，相配套的某种文体就被"激活"了，在此基础上才能施展个人才华以及进行个性化的情感表达。因此，创作者个性表达是受到文体共性制约的，当我们对文体的重要文本进行分析评价时，当首先考虑哪些是文体共性因素，哪些是作者的个性化创造，只有这样，才能更为中肯地陈说文体的演进，更准确地评价作者的文体贡献。

第六，关注"破体"的动态过程，抓住文体转换关节。一般而言，一种文体从产生到最终确立是一个由散趋整的过程。在被塑形的过程中，它逐渐形成一些惯例性的规则，这其中包括文体与其适用场合、语境的配套即功能方面的约定，也连带包含语言、风格等诸多因素的限定。这些规则强制着人们去遵守，而反过来，书写者也有意维持这种规则或者惯例的权威，这就使得该文体能在一定阶段保持稳定性。然而，在文体规范逐渐定型并形成江山般稳固地位的同时，一种颠覆性的力量也开始生成壮大，文体的规范曾悉心引导并培养着书写者的写作技巧和能力，并使其终至得心应手，娴熟驾驭，然而一旦时机成熟，某些书写者会在有意或无意的情况下，以其积淀的才华、以其对诸种文体娴熟的把握，去冲破原有文体的既成规范，形成别样的文体样式，该文体的功能遂发生彻底的变迁，至此，文体的"破体"行为方宣告成功。

总之，笔者撰写秦汉文体史，希望能把文体研究从单纯的考据、简单的文本认知引申到对相关文化机制、历史沿革等更复杂多元的解释上来，发掘文体与其他文化因素的渊源和互动，以便寻找到一种更为妥帖的中国古代文体史的叙述方式和结构。基于此，本书设置十三章，每章讨论一类文体的发展，尽可能地呈现秦汉文体发展全貌。

第一章为歌谣、俗谚和隐谜。这三种文类都是非常古老的文体样式，在口耳相传为重要传播媒介的时代，它们以其特有的和谐上口的节奏韵调，以及言语表意的丰富性，承担着情感抒发、史事记录、经验累积和语言游戏等多种功能。秦汉时期，整个社会仍保持即兴歌咏的习俗，而官方则发扬周代采诗观风的传统，遂使得大量歌谣谚语得以收录保存。谣谚中可见政教善恶、人物臧否，可作史证，这使得它们被史家看重，也直接影响汉代经学家乃至后人对求索诗歌"本事"的偏好。而从形式上看，成相体是各类歌谣的重要形式，其拍节节奏灵活，特别适合即兴唱诵；谚语代表一种凝练的经验总结，在重视"辞达而已"的语言文化以及重视经验传承的文化传统中也承担着特殊的功能；而中国古人对于语言的神秘信仰也同时带来隐语的游戏，秦汉时对汉字造字规律以及音韵的把握更促成谜语的出现。

第二章为汉代辞赋。汉赋体类多样，可分为五类。前四类都是在西汉发展成熟的。一是散体大赋，也被称作苑猎京都大赋，此类赋体在司马相如、扬雄、班固等人手中定型、成熟，成为"一代之文学"。其铺陈体物、侈丽宏衍的特点特别适于细致呈现大汉帝国的纷繁物色；二是与之功能相近但篇幅短小的咏物小赋，以汉初梁园君臣赋为代表，属于体物的语言游戏；三是模仿"楚辞"而以赋名篇的骚体赋，主要用以抒发悲怨之情。汉代好楚声，加之屈原的生命悲剧引起汉代文人的心理共鸣，故创作繁盛；四是俗赋，有的是以唱诵方式讲故事，有的则是诙谐调笑的诘对，还有些传诵专业知识，属于赋体形式的实用文。以上几种汉赋体式并不是按照由此及彼的顺序来发展，而是几乎同时发生、演进与变化的。由于不同体式具有不同来源，因而在创作意图、文体风格和功能等诸多方面呈现出差异。至东汉，又出现以张衡《归田赋》为代表的抒情小赋，其内容清新，为汉赋发展的新体。这五类赋体，虽有体物抒情的不同功能，但大都以铺陈的方式行文，这或许可看作其核心的写作手法，故刘勰论赋："赋者，铺也，铺采摛文，体物写志。"此外，汉代"赋颂"常连称，此"颂"非颂扬，而是通"诵"，"不歌而诵为之赋"，这也当是赋体的共性。

第三章为乐府和歌诗。乐府和歌诗都是礼乐制度的产物。秦代已有乐府机构，武帝时乐府及其相关制度逐渐系统完善。汉乐府袭旧乐，更广采新声俗乐，遂使得繁盛的民间乐舞伎戏得以进入官方文化系统，再经由李延年等职业乐人的整编而优化稳定。汉代立乐府，又罢乐府，故乐府来源于市井，经朝廷官方乐府机构整理打磨后再次回注民间，与民间一直活泼存在的歌乐反复融合交汇，整体上使得汉乐府呈现出大众化娱乐艺术的特点。汉乐府是一种音乐艺术，其或歌或诵或演，都以音乐为出发点，目前所见一些文本"声辞"间杂就透露出这一特征。同时，汉乐府题材广泛，几乎触及社会生活各个方面。而且，由于汉乐府主要是面向观众和听者，满足其娱乐需求，故多以情节的生动甚至戏剧性取胜，汉乐府情节的感染力和语言的朴素传神，正是上述功能的产物。

第四章为文人五、七言诗。作为诗歌句式，三、四、五、七言等语言形式在先秦时就在韵文中使用了。汉初统治者好楚声，三言获得了新的机遇，成为郊祀歌诗中的重要句式。四言诗则保持典雅的传统，广泛运用于碑颂铭箴等文体中。五言作为较新鲜的句式，以其特殊的节奏和更大的语言容量，获得文人青睐，遂有《古诗十九首》的成熟。和汉乐府一样，《古诗十九首》虽亦"感于哀乐，缘事而发"，但不满足对于"事"的叙述，而是常常从描述某个特定的生活场景开始，顺着事件、顺着思绪的流荡一路迤逦而下，表达自己的哀乐之感，遂产生独特的抒叙效果。秦汉时七言诗（句）被认为"体小而俗"，"体小"说的是篇幅，一般不长，且常与其他杂言混合使用；"俗"说的是其应用领域和语言内容，七言大多用在民间谣谚以及一些实用文中，少有文人创作，语义通俗浅白。但即便如此，其在社会中的应用之广泛，已经到了无法令人忽视的程度。作为一种诗歌体式，七言诗在汉代还远不成熟，文人试验七言诗，更多出于娱乐心态，但在模仿、试验、游戏文字的过程中，七言诗四个节拍构成一句的拍节节奏逐渐稳定下来，七言诗内部也开始注意词句、句段间的关联性，这些都成为七言诗成熟的基础。

第五章为史传文体。中国传统重视历史，很早就有成熟的史官制度，史官成为最早一批专注于文字工作的知识者。在职业传承系统中，史书的撰写也较早树立了文体规范，即记录史实（事）、有独特的史笔（文）、内含史观（义）三个要素。与《春秋》记事以"监察"而成编年体不同，司马氏父子撰写《史记》，主要是为了"总结"，即呈现时代的社会结构和发展变化，呈现各种人物、事件、典章制度的面貌，探究它们所产生的影响，此即"究天人之际，通古今之变，成一家之言"，由此开创了纪传体的史书体例。借助十二本纪、十表、八书、三十世家、七十列传，《史记》呈现史家的历史观：历史是延续发展的，时间上贯通古今，空间上旁及四境，人事彼此勾连，关联社会生活的方方面面。历史发展总是常与变的结合，"通古今之变"既要对古今历史递嬗中的"常"加以梳理和揭示，找寻大势和规律，又要对其中的"变"作出解释，原始察终，见盛观衰，承弊通变。在撰写中，《史记》文直、事核，不虚美，不隐恶，遵循"实录"的要求，同时体现出高超的驾驭材料、铺排行文的手笔，将历史的"诗性"呈现出来。

班固仰慕司马迁，《汉书》对《史记》处处效法，史料虽多因袭，但也显示出变通革新的鲜明意图。作为记录一代之断代史，其文瞻而事详，给后世树立了典范。其中在《史记》八书基础上发展而来的十志设类丰富，基本囊括了社会生活的方方面面，加之大都贯通古今，故备受后世好评。史以时系事，志（书）以类系事。前者强调历时意义上的纵向发展，后者强调共时意义上的分门别类，如此构成志经史纬的网络结构，大大增强了史书的覆盖范围。此外，从《左传》"君子曰"，到《史记》之"太史公曰"，乃至《汉书》之"赞曰"，也创立了史家明确发表意见的独立空间，开史赞文体之先。

汉代正史之外，还有杂史外传以及近似于"小说"的街谈巷议、道听途说之言，内容涉及古人、古事、琐事异闻、风俗地理等。有些持正有据，可补正史，有的则迂诞悠谬，游根无方。但即便怪诞离奇，当时也是被当作"事实"加以"实录"的，因此都可看作史乘分流的产物，可为"史之余""史之流"。通观现存汉代著述，《吴越春秋》《越绝书》《新序》《说苑》《列女传》《风俗通义》等，大约都可归入此类，遂有史传系列中的"杂述"类。

第六章为丧葬文体。每个民族和文化都有一整套应对死亡、安置死者的方式，以及与之相配和的观念信仰体系。其间蕴含着人们对死亡发生、死亡本体以及生死关系的思考。相较而言，中国传统对死亡说得少（孔子云："未知生，焉知死。"生死鬼神，姑且存之不论），但做的多，即厚葬隆丧，对死者有着超乎寻常的礼遇和妥善安置，丧葬礼俗也成为传统文化中最具保守性的部分，大多丧葬仪式行为传承至今，其间所承载的生死观念也颇具稳定性。作为礼仪文书，丧葬文体用言语文辞表达着人世间的送别和纪念之情，从多个侧面为面对死亡的个体和族群带来心灵的抚慰，亦协助家族乃至社会成员的重新整合。

汉代丧葬文体体类极为丰富：亡殁前，有"先令"（即遗嘱），是亡者对"身后"的最早安排。有招魂和招魂辞，是对亡者的"最后一次抢救"；亡殁后，对于成人则述诔定谥。诔文罗列亡者形迹功过，强调谥号与个人功过的匹配，故"尚实"是诔文基本要求。东汉文人大量参与诔文创作，诔文遂脱开礼仪定谥的功能而转为表达哀思之文。而对于夭亡的儿童，无行迹德行可述，便有伤辞表达内心的痛惜；丧礼中，有吊辞和哀辞，"吊"抚慰生者，"哀"是哀悼亡人，后分别衍生出吊文和哀文；送葬，则有挽歌，为牵挽丧车前行时所唱，协力亦"助哀"。挽歌哀婉生命的逝去，加之悲慨铿锵的节奏和调子，有着特殊的审美趣味。东汉时，挽歌不再限于送丧挽柩，欢宴之后续以挽歌成为一种新的流行的娱乐方式。汉魏之后，挽歌逐渐脱离与礼仪及其音乐的密切关系，成为文人表达生死态度的媒介。

汉代为墓祭，上冢遂成为团结宗族、宾客、故人的一种重要手段，墓地就不仅是行礼呈孝的场所，也是政治性场所、宗教场所以及家族礼仪中心。因此，墓碑文由墓表、丰碑发展而来，虽承担表墓功能，但更多是作为公之于众、传之后世的礼仪之文。因此，墓碑叙述墓主生平、品德多有选择回护，称美不称恶，此即"写实追虚"。故墓碑文字中的墓主常常是符合儒家规范的理想化人物；魏时禁碑，地上墓碑文消歇，地下墓志兴盛开来，内容便大都只保留墓主姓氏、籍贯、身份、卒年等基本信息，少有虚饰之辞。

相比前代，秦汉人对地下世界的想象非常具体，认为冥世是人间的翻版，一切都用如生人。因此，除了给亡者准备大量随葬器物外，汉代墓中还常常随葬有一系列"发往地下的文书"，为死者在地下世界的安居保驾护航。如遣册（亦称赗方、从器志、衣物疏），是随葬物品清单，也是亡者私人财产证明；告地书，是呈给地下官吏的通行证；买地券，是亡者地下土地买卖契约和地产证明；镇墓文，为道教性质的宗教仪式文书，它借助神巫的法力，发挥语言的神秘力量，为死者解谪守护，以保持阴阳两界的平衡。

另外，汉代重视墓地建筑和墓室营造，故作为重要的建筑元素，汉画像石流行了近三个世纪之久，发展成为一种独特的丧葬艺术，其内容包括鸟兽祥瑞、历史人物故事、神话传说、宴饮百戏、车马出行等各类图画以及信息丰富的文字。画像石大都出于地上祠堂和地下墓室的中室或前室，后者也具有祠堂性质。这两个"堂"，对于地下世界的墓主来说，都是燕居以外各种活动不可缺少的场所，因此，两个祠"堂"画像文字之间，无论是题材内容还是配置规律，都颇多一致性。祠堂中有题记和画像赞两类文体。题记常以建造者（即祠主亲人）的口吻叙述祠主（也是墓主）亡殁前后情形以及建造祠堂的缘由、始末，其间亦寄托哀思，展示孝亲伦理。汉墓石刻画像多简笔勾勒，具有剪影性质，为了减少"观者"的理解难度，像赞多以四言短章扼要介绍画面故事、人物身份行事，并偶有评价。

第七章为颂类文体。秦汉时颂类文体亦体类丰富，东汉尤甚。有与封禅巡狩相关的刻石文、封禅文以及歌颂天降福瑞的符命之文；有祭祀帝王、先祖或追念前贤时彦的颂文；还有大量纪功颂德碑铭，立于山野河畔、宫庙门前，记录并纪念相关重大事件，为相关人物树碑扬名；此外还有一些名物之颂，大都和祥瑞、福兆有关。综观各类颂体之文，其意大都为了宣颂德行，彰显声名。汉代缘饰儒道，儒家讲教化，树立道德楷模以化育风俗也是其内在的主张。加之汉帝国一统，相较此前暴秦，经济文化等诸多方面都可谓"前无古人"，因此，整个社会风气对于"颂赞"是有心理倾向的，文人亦有参与其间的冲动。正如王充《论衡·须颂》所云："古之帝王建鸿德者，须鸿笔之臣褒颂纪载，鸿德乃彰，万世乃闻。"而从文本书写看，这些颂文，言辞典雅，敷写似赋，但不入华奢之区，具有稳定的行文风格。

第八章为祝祷咒诅类文体。祝祷咒诅是人与神鬼灵怪间沟通的文字言语方式。秦汉神鬼信仰极为驳杂，上自天地神祇，下至各种妖鬼灵怪，都是民众信仰中所关注的对象。神鬼世界与人间世界密接交缠，人们一方面畏惧于各种超人的神秘力量，一方面又用各种仪式手段与其沟通，祈求福报，寻求庇护，禳避可能到来的各种灾祸。祝祷咒诅类文体大致可分为祝祷辞和咒诅辞两类。前者主要是向神灵表达祈愿之情，态度恭谨；后者则多和巫术相关，借助天地神灵的威严以及语言的神秘力量责骂、谴告甚至威胁，以祛祸避害。

第九章为官文书。所谓官文书，是与私文书相对，主要指由帝王、官方或具有官方身份的人员撰写、制定的有关国家政令信息等文体，一般以书面形式呈现。文字和国家出现后，官文书便应运而生，成为国家行政管理运转的重要凭借。为提高行政管理效率，秦律明确规定："有事请也，必以书，毋口请，毋羁请。"① 即下级有所请示须采取书面方式，不得口说或请托。实际上，当时无论是上级发号施令，还是下级请示汇报，一概以书面形式进行，几乎无事不成文。从传世文献和近百年出土的秦汉简牍看，当时"文书行政"空前发达，官方文书种类和数量都非常可观，而且文书在制作、收发、办理、保管各个环节上都形成了严密的制度，遂成为秦汉时重要的行政工具，承担着帝国政令下传与下情上达的功能，支撑着帝国官僚机构的正常运转。

通常而言，官文书有广义和狭义两个范畴。广义之官文书是官府为处理政治、军事、经济、财政、人事等各类事务而产生、形成的所有文书形式，可包括通用公文、簿籍、账册、司法文书、律令文书等。而狭义的官文书则仅指通用公文，是官府在传达命令、请示、答复以及处理其他日常事务中形成和使用的书面文字材料，它具有成文性，有一定的程序要求，且经过了一定的处理程序，大致包括三大类：一是诏、策、

---

① 《内史杂》，睡虎地秦墓竹简整理小组：《睡虎地秦墓竹简》，文物出版社1978年版，第105页。

敕、玺等皇帝下行文书；二是章、表、奏、议等朝廷上行文书；三是一般官府往来文书。作为基层文书，最后一类名目繁多，鲜明地体现出秦汉"文书行政"的特点，包括：书记、奏记、笺记等一般官员往来文书；檄、移等声讨和晓喻之文；牒书等简略通事之文；语书、（条）教、府书、科令、条式等地方法规和教化之文；变事书、奔命书等事关急变之文；投书、飞书等匿名举报信；飞章和飞条等诬奏之文；应书、报书、举书等垂询、质疑与回复之文；除书、遣书等升迁调动文书；病书、视事书、予宁书等请假报告之文；致、传、过所等通关证明类文书等。

  本章所涉及的官文书以狭义范畴为主，但同时兼顾广义文书范畴内的司法律令、簿籍等。一方面是因为这些较为专门的文书体系与秦汉帝国行政有密切关系，是国家制度运作的重要凭借。另一方面，它们常常和狭义官文书有密切的粘连关系，比如一些律条就是由诏令转化而来，一些往来公文也常伴随着簿籍等，故约略介绍。

  第十章为铭箴类文体。铭文本指刻镂于金石等硬质器物上的文字，即所谓"铭于金石"，相比"书于竹帛"的文字，更能体现某种特殊的郑重态度。从功能上看，铭文有作为标记的文字，如早期的墓表、刑徒瓦文等标记葬者名姓信息，玺印铭文标明地位身份，物勒工名以备后查，以及度量之器铭刻相关数据以为标准等；有为颂功铭德的纪念性文字，也兼有记录功能，如前述纪功刻石、功德碑文以及墓碑文等。上述几类各有自己的适用领域，故归入相关文类系统中。除此以外，还有些玺印、瓦当铭文为修身自警的箴言和吉语，他们和铜镜铭文一样，更多是作为装饰而存在，表达时人的祈愿和美学观念。同时，还有一类铭文歌咏车马宫室以及日常器物，多称"铭"而不求刻镂，内容包含箴诫之意，《文章辨体序说》："按铭者，名也，名其器物以自警也。"说的就是此类文体。箴是规诫、警诫之辞，早期为规谏王阙，此后则有官箴以及私人箴诫。铭箴在文体功能上有相近和交叉之处，故将二者合并讨论。

  第十一章为序体文。序体主要用以介绍作者情况、文章著述缘由、内容体例等，与相关文章著述有紧密的依存关系。两汉时文人著述丰富，序体得到长足发展，其形式丰富，也逐渐形成较为稳定的文体特质，为后世确立了写作范式。文人学者借助这种文体样式陈说撰述意图，表达自己对于相关著述、文体发展的认识，也呈现自己的学术理念。具体有三类。一是整理典籍而作书序（书录），刘向等校理群书而作图书叙录以及班固《汉志》诸序都具有代表性。二是经典阐释中的序体，汉代经学发达，在经典授受过程中，对相关篇目思想主旨等方面进行解说、阐释，就形成了一些序文。以《毛诗序》为代表，包括其影响下的《尚书》（小）序以及王逸《楚辞章句》、赵歧《孟子章句》中的相关题序等。三是单篇自撰序文，可独立于著述、辞章之外，成为读者了解相关著述辞章的最重要的门径。值得注意的是，此类序文有些是后人根据史书记载改写而成，有些则本是原文割裂而出的部分，如后世所称一些散体大赋之赋序本就是赋作中"述客主以首引"的部分，故要区别对待。

第十二章为其他实用性文体。包括三大类。第一类是名谒和书信，这是古人日常交往常用的两种文体。古人生活节奏慢，讲究礼仪，日常生活中的一些文体形式在表情达意方面承载了重要的功能。名谒为拜望通报名姓身份所用，类似今天的名片，但复杂的名谒被称作谒文，亦记录其他相关事项，呈现汉代人交际生活的丰富样态；书信主要为私人间言事传情的一种文体，战国秦汉时期，随着文化的下移和民间教育的发展，文字被更多民众所掌握，私人书信遂大量出现。秦汉书信内容驳杂，写信者个性不同，目的有异，故书札也各有声口，但大都盘桓起伏，情意真切。第二类为契约和零丁。契券是合同类的契约文书，零丁即古代之招贴，流传至今的文本多见于寻人招子，故相当于今天的寻人启事。汉代出现与这两种实用文体密切相关的两篇俳谐之作，即王褒《僮约》和《失父零丁》，是实用文向娱乐文体转化的范本。创作者凭借对实用文体的驾轻就熟，饶有兴致地进行着一些破坏原有文体规则的游戏，遂成为后世俳谐文的先声。第三类是谱牒。为记载本族世系和事迹的历史图籍，有时也被称作谱、系牒、系世、统、牒记。《史记》即在谱牒基础上创设"表"的形式，以便更客观清晰地呈现相关族群血统脉络。汉代谱牒文献留存较少，见于《汉书·艺文志》有《帝王诸侯世谱》20卷、《古来帝王年谱》5卷。此外还有家族谱牒之类。

第十三章为七体和连珠。古代文体的产生一般有两个途径。最基本的是出于某种功能用途，即出于礼仪活动以及其他社会交流的需要，秦汉大多数文体都是这样产生的,故文体功能的差异即"为用"之不同就成为区分文体的重要根据。而第二种途径则是根据语言形式的独特性加以区别立体。比如诗歌中的三言、四言、五言、七言诗等是根据句式差异而区分。此外,秦汉时还产生了七体、连珠等文体类别,是根据文章结构或语言特点等形式因素区分得名。七体之名,源于枚乘《七发》,文中言声色嗜欲,暗用七窍之数,有结构之妙,加之有赋体的铺采摛文之盛,遂引发文人争相模仿。连珠体指的是一种排比说理的短章。"连珠"本指联编相贯的串珠,是汉代较为常用的一个审美意象,用于表现形式音声的匀称和谐、质地样态的光亮润泽等。"连珠"用在文章写作中,主要指言语文辞有连珠之美,同时表意明晰,如傅玄《连珠序》所云:"欲使历历如贯珠,易读而可悦,故谓之连珠也。"① 因此,连珠体是一种注重文章形式音韵之美的文体。汉魏六朝文人创作兴模拟之风,遂使得这两种文体有了相应的规模。七体和连珠的创作,反映出汉代文人对语言形式之美、音韵之美的渐趋自觉。

---

① 《全晋文》卷46,严可均《全上古三代秦汉三国六朝文》,中华书局1958年版,第1723页。

第一章

歌谣、俗谚和隐谜：口耳间的智慧和艺术

歌谣、俗谚和隐谜，都是非常古老的文体样式，在口耳相传为重要传播媒介的时代，这些文体以其特有的和谐上口的节奏韵调，以及言语表意的丰富性，承担着情感抒发、史事记录、经验累积和语言游戏等多种功能。

第一节　歌谣：史事、传说和情感

歌谣由来久远。在文字产生以前，即物所感，缘事而发，均可成歌咏。"在心为志，发言为诗。情动于中而行于言，言之不足故嗟叹之，嗟叹之不足故永歌之，永歌之不足，不知手之舞之，足之蹈之也。"① 歌谣是以韵语传情言志，口耳相传中逐渐造作定形。

先秦时，歌与谣分称，在音乐表现上大概有所区别。歌和乐，是有丝竹之类伴奏，谣则"白"嘴唱诵，故被称为"徒歌"。如《诗·魏风·园有桃》："心之忧矣，我歌且谣。"注曰："曲和乐曰歌，徒歌曰谣。"《诗·大雅·行苇》："嘉肴脾臄，或歌或咢。"注曰："歌者，比于琴瑟也。徒击鼓曰咢。"② 徒歌又称肉声，明杨慎："《尔雅》曰：'徒歌曰谣。'《说文》：'谣'作䍺，注云，䍺从肉言。'今案：徒歌者，谓不用丝竹相和也。肉言，歌声人声也，出自胸臆故曰肉言……晋孟嘉曰：

---

① 郑玄笺，孔颖达正义：《毛诗正义》，阮元校刻《十三经注疏》，中华书局1980年版，第269—270页。以下所引《毛诗正义》版本同。
② 《毛诗正义》，阮元校刻《十三经注疏》，第357、534页。

'丝不如竹，竹不如肉。'唐人谓徒歌曰肉声，即《说文》肉言之义也。"①

除了称"歌""谣"外，先秦时期记载歌谣时还有"讴""诵""赋""吟""噪"等说法，如《左传》载：

> 公入而赋："大隧之中，其乐也融融。"姜出而赋："大隧之外，其乐也洩洩。"
>
> 宋城，华元为植，巡功。城者讴曰："睅其目，皤其腹，弃甲而复。于思于思，弃甲复来。"
>
> 冬十月，邾人、莒人伐鄫，臧纥救鄫，侵邾，败于狐骀。国人逆丧者皆髽，鲁于是乎始髽。国人诵之曰："臧之狐裘，败我于狐骀。我君小子，朱儒是使。朱儒朱儒，使我败于邾。"
>
> 卫侯梦于北宫，见人登昆吾之观，被发北面而噪曰："登此昆吾之虚，绵绵生之瓜。余为浑良夫，叫天无辜。"②

这些词汇可能在表情方面略有差别，如《史记》："厉王使妇人裸而噪之。"韦昭注："噪，欢呼也。"唐固曰："群呼曰噪。"③ 大约类似一种略显混乱甚至声嘶力竭的欢呼叫嚷。

不过，由于歌谣口耳相传的原因，后世对音声难究其详，故战国秦汉以后记录歌谣时已不做严格区分，甚至"歌""谣"并称。如《荀子·礼论》："歌谣謸笑，哭泣谛号。"④《淮南子·主术训》："陈之以礼乐，风之以歌瑶。"⑤《汉书·赵充国辛庆忌传》："今之歌谣慷慨风流犹

---

① 杨慎：《丹铅总录》卷25，《四库全书》子部杂家类，855册，上海出版社1987年版，第642页。
② 杨伯峻：《春秋左传注》，中华书局1990年版，第15、653、940—941、1709页。以下所引《春秋左传注》版本同。
③ 司马迁撰，裴骃集解：《史记》卷4，中华书局1982年版，第147—148页。以下所引《史记》版本同。
④ 王先谦撰：《荀子集解》，《诸子集成》本，中华书局1988年版，第364页。
⑤ 张双棣：《淮南子校释》，北京大学出版社1997年版，第906页。以下所引《淮南子》版本同。

存耳。"《艺文志》:"自孝武立乐府而采歌谣。"① 后世更以"歌"统之,如清杜文澜《古谣谚》:"而歌字究系总名,凡单言之,则徒歌亦为歌,故谣可联歌以言之,亦可借歌以称之。"②

从保留下来的先秦歌谣看,它们大都与具体历史事件和人物有直接关系,表达时人对相关人事的情感和判断,有些今天看是传说,但记载者是把它当作史实看的,是歌者"将一件史事,一件传说或一种感情,放在可感觉的形式里表现出来"③。因此,"史事""传说""情感"成为中国古代歌谣记录者最关心的内容。

一 关乎"本事":作为历史细节的歌谣

先秦时期,信口而歌、脱口成谣应当是很普遍的。街头巷陌、田间地头、客栈行旅,大约随时都有人诵唱。《诗经》所收诗篇,尤其是《国风》部分,基本来自民众的即兴歌咏。春秋以来公卿大夫们往来聘问"赋诗言志",背后就有一个即兴咏歌、借歌谣表情达意的深厚传统。

到秦汉,这种即兴歌咏的习俗仍然风行,且不分地域、阶层,史家对此也很留意,大量的歌谣遂被记载下来。起于民间的,作者大都不明,史称"天下歌之""长安中歌之""巷路为之歌""闾里歌之""凉州为之歌""汝南、南阳二郡又为谣"等,这些歌谣因作者不明,传递的信息和情感往往更代表普通民众的心声,也发挥着舆论传播的作用。与此同时,秦汉时还有大量歌谣有明确的创作者,以及具体的情境,这就涉及班固所说的"本事"④ 了。

如项羽被困垓下,乃悲歌慷慨,自为诗曰:"力拔山兮气盖世,时不

---

① 班固撰,颜师古注:《汉书》,中华书局1962年版,卷69、30,第2999、1756页。以下所引《汉书》版本同。

② 杜文澜辑,周绍良校点:《古谣谚》,中华书局1958年版,第4页。

③ 朱自清:《中国歌谣》,复旦大学出版社2004年版,第5页。

④ 《汉书·艺文志》:"(左)丘明恐弟子各安其意,以失其真,故论本事而作传,明夫子不以空言说经也。"第1715页。"本事"一词最早见于先秦典籍,如《管子》《荀子》等,所指多为农桑之事。秦汉时"本事"多为"原事",即原本发生的基本事实。如高诱注:《吕氏春秋·求人》:"故贤主之于贤者也,物莫之妨,戚爱习故不以害之,故贤者聚焉……此五常之本事也。"上海书店1986年版,第293页。

利兮骓不逝。骓不逝兮可奈何,虞兮虞兮奈若何!"歌数阕,美人和之。刘邦击败项羽,衣锦还乡,置酒沛宫,悉召故人父老子弟纵酒,发沛中儿得百二十人,教之歌。酒酣,高祖击筑,自为歌曰:"大风起兮云飞扬,威加海内兮归故乡,安得猛士兮守四方!"① 令儿皆和习之。高祖乃起舞,慷慨伤怀,泣数行下。

又汉昭帝时匈奴与汉和亲,苏武得以归汉。李陵置酒为苏武送别,感慨于家国难回的痛苦,起舞作歌:"径万里兮度沙幕,为君将兮奋匈奴。路穷绝兮矢刃摧,士众灭兮名已隤。老母已死,虽欲报恩将安归!"② 泣下数行。

又武帝元封中,乌孙公主——江都王刘建之女细君远嫁乌孙昆莫,为右夫人,昆莫年老,言语不通,公主悲愁,自为作歌口:

吾家嫁我兮天一方,远托异国兮乌孙王。穹庐为室兮旃为墙,以肉为食兮酪为浆。居常土思兮心内伤,愿为黄鹄兮归故乡。③

此歌采用楚歌形式,意悲而远,天子闻而怜之,间岁遣使者遗送帷帐锦绣等,以示体恤。

又《外戚传》载高祖崩,惠帝立,吕后为皇太后,乃令永巷囚禁曾备受刘邦宠爱的戚夫人,髡钳衣赭衣,罚其舂米。戚夫人舂且歌曰:"子为王,母为虏,终日舂薄暮,常与死为伍!相离三千里,当谁使告女?"④ 太后闻之大怒,遂鸩杀其子赵王,断戚夫人手足,去眼熏耳,饮瘖药,使居鞠域中,名曰"人彘"。

又汉武帝时广川王刘去听信王后昭信谗言,残杀后宫姬、婢十六人,后被废黜,自杀,国除。《汉书》本传内容不多,但集中记载了他作的两首歌谣,一首是欲处置幸姬陶望卿,先作歌谴责:

---

① 《史记》卷7、8,第333、389页。
② 《汉书》卷54,第2466页。
③ 《汉书》卷96下,第3903页。
④ 《汉书》卷97上,第3937页。

与昭信等饮，诸姬皆侍，去为望卿作歌曰："背尊章，嫖以忽。谋屈奇，起自绝。行周流，自生患。谅非望，今谁怨！"使美人相和歌之。去曰："是中当有自知者。"

歌词大意是：瞒着父母，淫乱一时。寻求奇异，自取灭绝。四处周游，生出祸患。诚非所望，今有何怨！令美人相和歌唱，且强调，此歌明有所指。王后昭信听闻后，"知去已怒"，进而诬言望卿与他人有奸，等等，后刘去、昭信等人对望卿实施了残忍的生杀、虐尸、烹尸行为：

去即与昭信从诸姬至望卿所，裸其身，更击之。令诸姬各持烧铁共灼望卿。望卿走，自投井死。昭信出之，桭杙其阴中，割其鼻唇，断其舌。谓去曰："前杀昭平，反来畏我，今欲麋烂望卿，使不能神。"与去共支解，置大镬中，取桃灰毒药并煮之，召诸姬皆临观，连日夜麋尽。复共杀其女弟都。

此后，昭信又以"淫乱难禁"之名义将诸姬软禁永巷，自掌锁匙。刘去怜之，为作歌曰：

愁莫愁，居无聊。心重结，意不舒。内茀郁，忧哀积。上不见天，生何益！日崔隤，时不再。愿弃躯，死无悔。①

歌谣大意是：忧愁啊，无所依。心郁结，忧哀积。上不见天，人生何益！日月蹉跎，时难再来。愿弃身躯，死而无悔。遂又令昭信声鼓为节以教诸姬歌之，歌罢辄归永巷，封门。

按照今人的眼光，这两首歌谣从艺术角度看都是不错的，前者委婉敦厚，后者哀怨绵长，很难将此"风雅"举动与随后一系列惨无人道的行为联系起来，这就是古今的差别。随口而歌，率性而舞，大概是当时表情言志的常用方式。宫廷权力内争、宫闱后妃争宠历来是古代上层社

---

① 《汉书》卷53，第2429—2431页。

会政治斗争的一部分，也是宫廷内外人们茶余饭后谈论的重要话题，史家记载刘去的经历，有意将这两首歌谣录入，大约当时这些歌谣就是作为事件细节在社会上扩散流传的。

又如《汉书·武五子传》载武帝死后，昭帝即位，霍光秉政。刘旦与宗室刘长、刘泽及大臣上官桀、桑弘羊等欲谋杀光，废帝自立。后事发，上官桀、桑弘羊等人皆被处死。刘旦自知难保，于万载宫置酒设宴，会集宾客、群臣、妃妾，痛饮而歌：

> 王自歌曰："归空城兮，狗不吠，鸡不鸣，横术何广广兮，固知国中之无人！"华容夫人起舞曰："发纷纷兮寘渠，骨籍籍兮亡居。母求死子兮，妻求死夫。裴回两渠间兮，君子独安居！"坐者皆泣。①

最终，旦自绞而死。刘旦所歌悲凉凄怆，"空城""不吠""不鸣""广广""无人"，皆孤苦无依、穷途末路之状，与项羽《垓下歌》同一绝调。

同传又载昭帝时，刘胥觊觎帝位，使女巫祝诅。后谋叛事发，刘胥自尽，死前饮酒而歌，史家记载了相关细节：

> 居数月，祝诅事发觉，有司按验，胥惶恐，药杀巫及宫人二十余人以绝口。公卿请诛胥，天子遣廷尉、大鸿胪即讯。胥谢曰："罪死有余，诚皆有之。事久远，请归思念具对。"胥既见使者还，置酒显阳殿。召太子霸及子女董訾、胡生等夜饮，使所幸八子郭昭君、家人子赵左君等鼓瑟歌舞。王自歌曰：
>
> 欲久生兮无终，长不乐兮安穷！奉天期兮不得须臾，千里马兮驻待路。黄泉下兮幽深，人生要死，何为苦心！何用为乐心所喜，出入无悰为乐亟。蒿里召兮郭门阅，死不得取代庸，身自逝。
>
> 左右悉更涕泣奏酒，至鸡鸣时罢。胥谓太子霸曰："上遇我厚，今负

---

① 《汉书》卷63，第2757页。

之甚。我死，骸骨当暴。幸而得葬，薄之，无厚也。"即以绶自绞死。①

又《后汉书》卷十《皇后纪下》载，董卓废少帝刘辩为弘农王，另立刘协为帝，后派郎中令李儒鸩杀弘农王。弘农王自知难逃一死，遂与妃子唐姬及宫人饮宴作别：

  酒行，王悲歌曰："天道易兮我何艰！弃万乘兮退守蕃。逆臣见迫兮命不延，逝将去汝兮适幽玄！"因令唐姬起舞，姬抗袖而歌曰："皇天崩兮后土穨，身为帝兮命夭摧。死生路异兮从此乖，奈我茕独兮心中哀！"因泣下呜咽，坐者皆歔欷。王谓姬曰："卿王者妃，势不复为吏民妻。自爱，从此长辞！"遂饮药而死。时年十八。②

从以上歌谣以及所记载的历史情境看，这些歌谣都保留明确的创作者和创作语境，为后人提供了很好的探究当时歌谣创作情况的样本。某种程度上说，这些歌谣依附于具体事件，有明确的作者，甚至创作语境都能复现，对此，我们不能都归之于史家的虚构和想象。在口耳相传的时代，在人们普遍习于诵唱、率性而歌的文化氛围中，歌谣代表着一种信息传递方式，有着文字所无法取代的传递速度。歌是脱口而出，舞是率性而起，遂成为当下新闻事件的重要情节，歌谣的"在场"实际上也增加了事件的感染力，由此才被史家格外关注。因此，我们所看到的秦汉歌谣常常与历史事件相关。史家有意收载甚至详加记录，将之看作历史事件的一部分，意在借此复现历史情境，将重要的历史线索和痕迹"实录"下来，以增加可信度和传播效果。后人眼里，这些事件遂成为相关歌谣的"本事"。

二 采诗观风与汉代"举谣言"制度

秦汉时还有大量街陌谣讴被记录下来。时人笃信周代"采诗观风"

---

① 《汉书》卷63，第2762页。
② 范晔撰，李贤注：《后汉书》卷10下，中华书局1965年版，第451页。以下所引《后汉书》版本同。

制度，反复谈及相关细节，如《汉书·艺文志》：

> 故古有采诗之官，王者所以观风俗，知得失，自考正也。①

又《汉书·食货志》云：

> 孟春之月，群居者将散，行人振木铎徇于路，以采诗献之大师，比其音律，以闻于天子。故王者不窥牖户而知天下。②

又何休《春秋公羊传解诂·宣公十五年》曰：

> 五谷毕入，民皆居宅……男女同巷，相从夜绩至于夜中。……从十月尽，正月止，男女有所怨恨，相从而歌，饥者歌其食，劳者歌其事。男年六十、女年五十无子者，官衣食之，使之民间求诗，乡移于邑，邑移于国，国以闻于天子。故王者不出牖户而尽知天下。③

依照上述说法，周代有采诗的乐官或"行人"，这些人或者就是在民间"就地取材"而筛出的人选。凭借对周边乡土的熟稔和语言的便利，他们广采风谣，逐级上报，遂使得四方之风越过围墙，进入宫廷。因此，某种程度上看，所谓"风俗"即各地歌谣。汉代应劭说：

> 风者，天气有寒暖，地形有险易，水泉有美恶，草木有刚柔也。俗者，含血之类，像之而生，故言语歌讴异声，鼓舞动作殊形，或直或邪，或善或淫也。④

---

① 《汉书》卷30，第1708页。
② 《汉书》卷24上，第1123页。
③ 何休注，徐彦疏：《春秋公羊传注疏》，阮元校刻本《十三经注疏》，中华书局1980年版，第2287页。
④ 应劭撰，王利器校注：《风俗通义校注·序》，中华书局1981年版，第8页。

此外，《汉书·五行志》有"天子省风以作乐"的说法，应劭解释说："风，土地风俗也。省中和之风以作乐，然后可移恶风易恶俗也。"①因此，采风，就是采集各地风谣，以此知民情风俗，政教善恶。

周代是否有"采诗观风"制度一直存在争议。不过从近些年整理面世的上博楚简《孔子诗论》以及《采风曲目》等看，大约这一制度在先秦时确实存在。②两汉"采风"，一是关注"乐"，此即乐府的重心，第三章将对此加以讨论，此不赘述；二是关注"辞"，即关注歌谣内容，东汉甚至有"举谣言"制度。本节主要讨论这个话题。

史料显示，至迟到东汉，"听采"民间歌谣、"举谣言"已成为朝廷的常规工作，统治者借此了解民意民情，考核地方官员，即所谓"长吏臧否，人所疾苦"。如《后汉书·百官志》"司徒"条注引应劭语："每岁州郡听采长吏臧否，民所疾苦，还条奏之，是为之举谣言者也。顷者举谣言者，掾属令史都会殿上，主者大言某州郡行状云何，善者同声称之，不善者各尔衔枚。"《后汉书·范滂传》注引《汉官仪》："三公听采长吏臧否，人所疾苦，还条奏之，是为之举谣言也。"《后汉书·蔡邕传》注："《汉官仪》曰：'三公听采长吏臧否，人所疾苦，条奏之。'是为举谣言者也。"这项舆论监督机制的确立大约和光武帝的个人经历有关。"初，光武长于民间，颇达情伪，见稼穑艰难，百姓病害，至天下已定，务用安静，解王莽之繁密，还汉世之轻法"，遂"广求民瘼，观纳风谣"。③从记载看，举谣言的过程也颇有仪式感：相关官员集聚州郡府堂，举谣言者高声诵述某地方官员"行状"，这"行状"自然当有该官员的姓名、籍贯、履历等常规内容，但人们关注的重心应当是相关歌谣中的赞颂和嘲讽，评价好的，众人自然同声赞赏，反之，则"各尔衔枚"，闭口不言，以沉默表达态度。在评价者眼里，歌谣反映出的正是该官员的"群众基础"。

古今中外，所有政治利益集团，都要关注公共舆论的方向和影响，

---

① 《汉书》卷27下之上，第1448页。
② 胡宁：《从新出史料看先秦"采诗观风"制度》，《上海大学学报》2017年第6期。
③ 《后汉书》志24、卷67、60下、76，第3560、2204、1996、2457页。

甚至想办法引导和控制舆论。汉代普遍认为为政者须倾听里巷歌谣，了解民意，以作施政参考。王符《潜夫论》谈秦亡，"过在于不纳卿士之箴规，不受民氓之谣言。"① 东汉永寿年间，连年饥荒，灾异数见，太学生刘陶上书，希望桓帝能"听民庶之谣吟，问路叟之所忧。"延熹八年，刘喻被举贤良方正而入京师，遂上书桓帝，称："臣在下土，听闻歌谣，骄臣虐政之事，远近呼嗟之音，窃为辛楚，泣血涟如。"② 一些地方官员也将问谣俗作为了解民风民情以辅政务的手段。如韩延寿任颍川太守，召集郡中有威信的长老，"人人问以谣俗，民所疾苦"③，以便修订相关礼仪规范。羊续拜南阳太守，微服私访，"观历县邑，采问风谣，然后乃进。其令长贪絜，吏民良猾，悉逆知其状，郡内惊竦，莫不震慑。"东汉光武帝时，"数引公卿郎将，列于禁坐，广求民瘼，观纳风谣。"和帝时"分遣使者，皆微服单行，各至州县观采风谣"，以此考核官员。因此，借助民谣，地方长吏的所作所为就有可能传布四方，甚至传入京城，这在一定程度上形成某种舆论压力。如东汉末益州刺史郄俭，就曾被认为"在政烦扰，谣言远闻。"故每当皇帝"令三公谣言奏事……奉公者欣然得志，邪狂者忧悸失色。"④ 这对于为官者心理还是有较大影响的。

汉代"民作谣言"应当是很普遍的行为，街头巷陌、田间地头、客栈行旅，大约随时都有人传唱。因此"听采"歌谣、"举谣言"都不是理想化的描述，而是有较强的可操作性，也正因如此，东汉何敞才建议皇帝要派人"听歌谣于路"。⑤ 汉代政府对于民间歌谣的重视以及相关制度的推行让当时一大批只是"口耳相传"的歌谣得以记录整理，这在客观上为后世保留了鲜活的歌谣史料。

值得注意的是，从这一途径看，对于"采诗"者而言，歌谣怎么诵唱不重要，重要的是"唱什么"，即歌谣的内容是什么。有关政教善恶、

---

① 王符著，汪纪培笺，彭铎校正：《潜夫论笺校正》，《新编诸子集成》（第一辑），中华书局1985年版，第59页。
② 《后汉书》卷57、57，第1846、1855页。
③ 《汉书》卷76，第3210页。
④ 《后汉书》卷31、76、82上、75、60，第1110、2457、2717、2431、1996页。
⑤ 《后汉书》卷31、29，第1115、1033页。

人物臧否的内容往往更为采风者和史家所青睐，因此，后世所能考见的歌谣也就多为此类，这一方面强化了歌谣的社会功能，同时也大大强化了歌谣作为史证和实证的意义。民间所歌之"风"主题自然是丰富多彩的，但因为特殊的视角和选择，很多歌谣都湮没无闻，成为"沉默的大多数"。相比而言，由于乐府收集各地风谣偏重音乐，对内容的选择当没有太多倾向和计较，故主题就显得更为丰富。

三　歌谣所见政教善恶与人物臧否

正因汉代对民间歌谣社会功能非常重视，在相关历史记述中，歌谣也就成为判定政治人物事功治绩以及相关政策是否有效的重要指标。

如西汉初年萧何、曹参先后为相，施政简易，与民休息，百姓歌而颂之曰：

> 萧何为法，顜若画一；曹参代之，守而勿失。载其清净，民以宁一。①

又汉成帝时，将军冯奉世之子冯野王为上郡太守，为官清廉，德行俱佳，深受百姓爱戴。后来冯野王之弟冯立从五原太守调任上郡太守，亦居职清廉，治理有方，百姓歌之曰：

> 大冯君，小冯君，兄弟继踵相因循，聪明贤知惠吏民，政如鲁、卫德化钧，周公、康叔犹二君。②

又《后汉书·朱晖传》记载朱晖在临淮当太守，行事刚正，提拔任用官吏严谨有方，百姓生活平和有序：

> 吏人畏爱，为之歌曰："强直自遂，南阳朱季。吏畏其威，人怀

---

① 《史记》卷54，第2031页。
② 《汉书》卷79，第3305页。

其惠。"①

据《东观汉记》记载,建武十六年,"四方牛大疫,临淮独不,邻郡人多牵牛入界。"② 这也可作为旁证。

又东汉时渔阳郡常受到匈奴侵扰,时张堪任渔阳太守,采取一系列措施:

> 捕击奸猾,赏罚必信,吏民皆乐为用。匈奴尝以万骑入渔阳,堪率数千骑奔击,大破之,郡界以静。乃于狐奴开稻田八千余顷,劝民耕种,以致殷富。百姓歌曰:"桑无附枝,麦穗两歧。张君为政,乐不可支。"视事八年,匈奴不敢犯塞。③

歌谣所说"桑无附枝,麦穗两歧",都是祥瑞,只有在和平盛世才会出现,所以民众才"乐不可支"。歌谣言语非常活泼。

又东汉建中初年,廉范任蜀郡太守。成都民物丰盛,但因腹地狭窄,屋宇大都逼仄拥挤。为了防止火灾,旧制禁民夜作。但此地以出产蜀锦和蜀绣闻名,百姓常需夜间劳作,故偷着点灯,反倒频频引发火灾。廉范到任后,随俗化导,以严令储水代替禁火,从根本上解决了问题:

> 百姓为便,乃歌之曰:"廉叔度,来何暮?不禁火,民安作。平生无襦今五绔。"④

"平生无襦今五绔"意思是百姓安居乐业,过去连一件短衣都没有,如今也有"五绔"了。此外,廉范好友庆鸿担任琅邪、会稽太守时,也颇有政绩,故时人为之语曰:"前有管鲍,后有庆廉。"⑤ 将二人与管仲、鲍叔

---

① 《后汉书》卷43,第1459页。
② 刘珍等撰,吴树平校注:《东观汉记校注》,中州古籍出版社1987年版,第676页。
③ 《后汉书》卷31,第1100页。
④ 《后汉书》卷31,第1103页。
⑤ 《后汉书》卷31,第1104页。

牙相比，称赞二人交情深厚，又都有管、鲍之才。

又光武帝时，甘肃天水一带不安宁。樊晔任天水太守后，严刑峻法，治安彻底有了改观：

> 凉州为之歌曰："游子常苦贫，力子天所富。宁见乳虎穴，不入冀府寺。大笑期必死，忿怒或见置。嗟我樊府君，安可再遭值！"①

歌谣表达的意思是：在樊晔治下，游手好闲之人无法获财，勤劳之人生活富足。"宁见乳虎穴，不入冀府寺。"说的就是对樊晔刑罚的畏惧。樊晔以苛法治乱，还百姓以太平，故歌中感慨："嗟我樊府君，安可再遭值。"何时才可再遇到樊晔这样的好官呢？樊晔在天水任职十四年，死于任上。"永平中，显宗追思晔在天水时政能，以为后人莫之及，诏赐家钱百万。"②

有歌颂，自然就有怨刺，汉代对诗歌的怨刺功能是明确肯定的。以歌谣形式批评人物时政，今天看来比直言更委婉些，但在古代早期却因歌谣的传唱而产生更大的影响。

如《民为淮南厉王歌》，《史记》《汉书》《淮南衡山传》皆载。淮南王刘长为高祖刘邦幼子，其母早亡，在吕后身边长大。吕后当政时诛杀多个刘氏子孙，刘长幸免。文帝即位后，刘长自恃与文帝最亲，不遵法度，骄横跋扈，但屡获姑息。后来甚至杀辟阳侯审食其且"谋为东帝"。文帝六年，谋反事败，按律当斩。文帝念手足之情，更不愿担杀弟的骂名，遂赦免死罪，废其王位，放逐蜀地。途中，刘长绝食而死，文帝便以列侯礼将其葬于雍。两年后，又封其四子为侯。然而，四年之后，民间开始流传一首歌谣，辞曰：

> 一尺布，尚可缝；一斗粟，尚可舂。兄弟二人不能相容。③

---

① 《后汉书》卷77，第2491页。
② 《后汉书》卷77，第2492页。
③ 《史记》卷118，第3080页。

文帝闻之，以为这首歌谣正是讥刺自己对幼弟不容，乃叹曰："尧舜放逐骨肉，周公杀管蔡，天下称圣。何者？不以私害公。天下岂以我为贪淮南王地邪？"为了表明自己出于公心，遂将刘长之子刘喜由城阳王改封为淮南王，领淮南故地，追尊谥淮南王为厉王，置园复如诸侯仪。可见，歌谣的传播确实对当事人产生很大的心理影响，也会在一定程度上左右其行为。

　　单独看这首歌谣的内容，所描述的其实是一种比较常见的社会现象，是民间对此类现象的总结，未必是针对文帝处置淮南王一事。但说者无意，听者有心，文帝为当事人，也就很容易对号入座，将之看作来自民间的讥刺。文帝曾采纳贾谊"众建诸侯而少其力"的削藩之策，但希望"削藩"过程平稳①，故对民间舆论是比较重视的。

　　和历史其他记录一样，史书所载此歌谣及其"本事"也含着一些疑团，令后人有些不解。比如吕宗力就觉得，既然淮南王叛乱放逐、绝食而死是在文帝六年，为何六年后歌谣才出现，才传到文帝耳中？他同时注意到，司马光《资治通鉴》中《民为淮南厉王歌》出现的时间被改成文帝七年，也就是刘长死后不久，民间就开始传唱这首歌谣。因此，他根据《资治通鉴》里的时间，重新梳理"本事"的发展脉络：文帝六年，刘长谋反，被逐蜀地，绝食而死。同年贾谊看到诸侯势力之害，上《治安策》，建议将诸侯的领地多分封给其子，从而削弱诸侯过大的势力。文帝七年，民间开始流传这首歌谣："一尺布，尚可缝；一斗粟，尚可舂。兄弟二人不相容。""文帝闻而病之"，觉这是在讽刺自己。考虑到影响，文帝八年夏封淮南厉王子安等四人为列侯。

　　这样重新梳理排列史实，看似更符合逻辑，但未必就妥当可信。在笔者看来，这首歌谣本来反映的是民间常情，淮南王事件之后，才慢慢

---

① 文帝十一年，梁怀王薨而无子，文帝开始贾谊《治安策》的削藩之策，封刘武为梁王；文帝十二年，封刘长子喜为淮南王，追封刘长为淮南厉王。十六年将淮南领地一分为三，赐给刘长三子；吕宗力评论道："无论是否真的针对刘长事件而发，文帝都会视为来自民间的讥刺，相应调整削藩的步骤与速度，并在不影响终极政治目标的前提下，对刘长的后人略施恩惠，以化解舆论的讥刺，减少削藩的阻力。"吕宗力：《汉代的谣言》，浙江大学出版社 2011 年版，第 96 页。

发酵，成了有明确"本事"的歌谣，才"靶向"明确地传到文帝耳中。而研究者之所以根据一则歌谣来重新理定事件所发生的时间脉络，正是因为当时的歌谣确实在一定程度上就是新闻传播，代表着事件的新鲜和信息传递速度，所以间隔过长反倒觉得难以理解了。

史书所载歌谣，常关联权力斗争。如《牢石歌》，事关宦官石显。《汉书·佞幸传》载：石显因罪腐刑入宫，宣帝时任中书官，"巧慧习事，能探得人主微指"。元帝时石显得宠，权倾朝野，结党营私，迫害反对者，朝中官吏战战兢兢：

> （石）显与中书仆射牢梁、少府五鹿充宗结为党友，诸附倚者皆得宠位。民歌之曰："牢邪石邪，五鹿客邪！印何累累，绶若若邪！"言其兼官据势也。

后元帝薨，成帝即位，石显失权免官，与妻子徙归故郡，忧闷不食，道病死。长安谣曰：

> 伊徙雁，鹿徙菟，去牢与陈实无贾。①

这两首歌谣中，"牢"指仆射牢梁，"五鹿"指少府五鹿充宗，"伊"指御史中丞伊嘉，"陈"指陈顺，都是当时石显的亲信。《牢实歌》云"印何累累，绶若若邪"，意思是官印何其多，官服绶带何其长，描述其党羽众多，把控朝堂的情况。失势后，伊嘉被派往雁门，五鹿充宗被派往玄菟郡，牢梁、陈顺皆免官。两首歌谣分别对应相关史事，凸显权力斗争中当事者的升降沉浮。

歌谣关联舆情。汉成帝时，孝元皇后王氏娘家骄横奢靡。河平二年，悉封舅大将军王凤庶弟谭为平阿侯，商成都侯，立红阳侯，根曲阳侯，逢时高平侯，五人同日受封，世称五侯。五侯群弟，争为奢侈。曲阳侯王根曾大兴土木，家宅若京都白虎大殿。成都侯王商，甚至凿穿长安城

---

① 《汉书》卷93，第3727、3730页。

墙,引水进内府造大池以行船。百姓感其奢僭如此,歌之曰:

> 五侯初起,曲阳最怒,坏决高都,连竟外杜,土山渐台西白虎。①

又新莽地皇三年,王莽遣太师王匡、更始将军廉丹赴山东镇压赤眉军,太师、更始合将锐士十余万人,所过放纵:

> 东方为之语曰:"宁逢赤眉,不逢太师!太师尚可,更始杀我!"②

歌谣指名道姓,淋漓直白,表现出强烈的不满。

又更始年间,重臣李轶、朱鲔擅命山东,王匡、张卬横暴三辅。其提拔任用的官员,"皆群小贾竖,或有膳夫庖人,多着绣面衣、锦裤、襜褕、诸于,骂詈道中":

> 长安为之语曰:"灶下养,中郎将。烂羊胃,骑都尉。烂羊头,关内侯。"③

民众对此滥授官职的批评含着特有的民间幽默,也一针见血。东汉末有歌谣讥讽察举制度:"举秀才,不知书,察孝廉,父别居。寒素清白浊如泥,高第良将怯如蝇(一作鸡)。"④ 也具有这个特点。

需要注意的是,秦汉时期还有一些被称为"语"或"谚"的简短韵语,并非经验和知识的总结,而是对当下具体人事的一种概括和评价,有很明确的针对性,或者说这些谣谚是有"本事"的。借助这一类言辞的流传,相关人、事为社会各界所了解,因此,当归入谣类。这类歌谣

---

① 《汉书》卷98,第4024页。
② 《汉书》卷99下,第4175页。
③ 《后汉书》卷11,第471页。
④ 逯钦立:《先秦汉魏晋南北朝诗》卷8,中华书局1983年版,第242页。

一般引领的语词为"语曰",也有"称曰""世称""号曰"等。有些还强调流传的地域,上文所引"东方为之语""长安为之语"即为此类。其他如:

> 少府五鹿充宗贵幸,为梁丘易。自宣帝时善梁丘易说,元帝好之,欲考其异同,令充宗与诸易家论。充宗乘贵辨口,诸儒莫能与抗,皆称疾不敢会。有荐(朱)云者,召入,摄齋登堂,抗首而请,音动左右,既论难,连挂五鹿君,故诸儒为之语曰:"五鹿狱狱,朱云折其角。"
>
> (王)吉与贡禹为友。世称:"王阳在位,贡公弹冠。"言其取舍同也。
>
> (王吉子骏)成帝欲大用之,出骏为京兆尹,试以政事。先是京兆有赵广汉、张敞、王尊、王章,至骏皆有能名,故京师称曰:"前有赵、张,后有三王。"
>
> (萧育)少与陈咸、朱博为友。著闻当世。往往有王阳、贡公。故长安语曰:"萧朱结绶,王贡弹冠。"言其相荐达也。
>
> 诸葛丰……以明经为郡文学,名特立刚直……元帝擢为司隶校尉,刺举无所避,京师为之语曰:间何阔,逢诸葛。
>
> 初,禹为师,以上难数对已问经,为《论语章句》献之。……诸儒为之语曰:"欲为论,念张文。"
>
> (张竦为崇作奏,莽大说。)后又封竦为淑德侯,长安为之语曰:"欲求封,过张柏松。力战斗,不如巧为奏。"
>
> (地皇三年四月,王莽)遣太师王匡、更始将军廉丹东……太师、更始合将锐士十余万人。所过放纵。东方为之语曰:"宁逢赤眉,不逢太师。太师尚可,更始杀我。"①
>
> (戴)遵字子高,平帝时,为侍御史。王莽篡位,称病归乡里。家富,好给施,尚侠气,食客尝三四百人,时人为之语曰:"关东大

---

① 以上分见《汉书》卷67、72、72、78、77、81、99上、99下,第2913、3066、3066—3067、3290、3248、3352、4086、4175页。

豪戴子高。"①

（古帻无巾），王莽无发乃施巾。故语曰："王莽秃，帻施屋。"②

这一类歌谣，可以看作"时评"，但如果其中含着一些普遍的经验或人生体验，在流传中可能会演变为后世的"谚"或"成语"，"本事"反倒无关紧要了。比如《汉书·韦贤传》引邹鲁谚：

（韦贤）少子玄成，复以明经历位至丞相，故邹鲁谚曰："遗子黄金满篋，不如一经。"③

这则谚语有针对性，但也具有普遍性，强调汉代读经学经的重要，可脱开语境而成为更具普遍意义的谚语。

此类"时评"有时也称作"谣"。如两汉察举取士，崇尚经学，知识群体尤其是儒者、经学家有了更多的机遇参政议政。察举往往关注被察举人的社会声望，遂兴起以简短歌谣品评人物的风气，其内容多有关经学成就和道德风采，如：

五鹿岳岳，朱云折其角。
无说《诗》，匡鼎来；匡说《诗》，解人颐（匡衡）。
欲为《论》，念张文（张禹）。④
问事不休贾长头（贾逵）。
道德彬彬冯仲文（冯豹）。
关西孔子杨伯起（杨震）。
五经从横周宣光（周举）。
说经铿铿杨子行（杨政）。
解经不穷戴侍中（戴凭）。

---

① 《后汉书》卷83，第2772—2773页。
② 蔡邕：《独断》卷下，上海古籍出版社1990年版，第19页。
③ 《汉书》卷73，第3107页。
④ 以上三例分别见《汉书》卷67、81、81，第2913、3331、3352页。

五经无双许叔重（许慎）。
　　五经纷纶井大春（井丹）。①

又《后汉书·党锢传序》：

　　汝南太守宗资任功曹范滂，南阳太守成瑨亦委功曹岑晊。二郡又为谣曰：汝南太守范孟博，南阳宗资主画诺。南阳太守岑公孝，弘农成晋但坐啸。②

范滂字孟博，岑晊字公孝，故有此说。上述内容大约流行于知识官僚阶层，有固定的模式，多七言句，前四言为评价，后三言为名姓。整体看比较呆板、程式化。

人物品评类的歌谣，与时事、时人有密切关联，里面往往含着特定的价值判断，阅读者要进入历史深处，方能理解其所包含的复杂意味。如《后汉书·党锢列传》载：

　　初，桓帝为蠡吾侯，受学于甘陵周福，及即帝位，擢福为尚书。时同郡河南尹房植有名当朝，乡人为之谣曰："天下规矩房伯武，因师获印周仲进。"二家宾客，互相讥揣，遂各树朋徒，渐成尤隙，由是甘陵有南北部，党人之议，自此始矣。③

此事有个背景：梁冀毒死质帝，与梁太后拥戴其妹夫蠡吾侯刘志即帝位，是为汉桓帝。李固、杜乔等反对梁冀，拥立清河王刘蒜。后李固被诬陷致死，被官僚、士人等知识群体奉为精神领袖。桓帝即位后，立即提拔其师甘陵周福为尚书。与周福同郡（清河郡）的房植时任河南尹，与李固、杜乔等关系密切，颇有声望，于是清河郡遂传出这首讥刺周福的歌

---

① 以上八例分别见《后汉书》卷36、28下、54、61、79下、79下、79下、83，第1235、1004、1759、2023、2551—2552、2554、2588、2764页。
② 《后汉书》卷67，第2186页。
③ 《后汉书》卷67，第2185—2186页。

谣。吕思勉认为："此特食客之好事者为之耳，无与大局也。"① 但吕宗力在分析上述史事后认为，东汉桓、灵之世，官僚、士人与宦官及其支持者和追随者之间的政治斗争极为激烈。近二十年冲突中，官僚、士人这一方一直不占优势，两次遭受"党锢之祸"，受难者无数。但与此同时，他们主导了议题的设定，争取到广泛的同情，扩张了民间舆论的影响力。他们引导舆论的成功策略，包括推动著名的"清议"，令"自公卿以下，莫不畏其贬议，屣履到门。"同时，他们也利用歌谣这种舆论工具。因此，上述歌谣表面讥刺周福，暗指周福的靠山桓帝及梁冀；歌谣直接推崇房植，其实也赞颂了与房植政治立场一致的李固、杜乔、陈蕃等人。这首歌谣涉及的事件本来微不足道，房植、周福及其食客们在党锢之祸中也不算是重要角色，但细细梳理史文，不可否认，在这一系列残酷的政治斗争中，官僚与士人在舆论方面确实争取到了优势。②

在汉代社会政治语境和文化氛围中，歌谣有着特殊的舆论传播作用，因此，不乏有人伪造歌谣，弄虚浮夸以博取声誉或营造舆论假象。如王莽为居摄伪造祥瑞歌谣，"风俗使者八人还……诈为郡国造歌谣，颂功德，凡三万言"。③ 而反新者则以"吏民歌吟思汉久矣"④ 立说，表明人心思汉，新莽将败。又曹魏臣僚向曹丕劝进，论证魏受天命、汉当禅魏，除引述图谶符瑞外，还以"百姓协歌谣之声"论证"汉氏衰废，行次已绝"⑤，强调魏当受天命。

因此，吕宗力认为史书中所记载的有些所谓"民谣"或内容空洞贫乏，或用词过于典雅，有些甚至佶屈聱牙，当不是在民间大众群体中流传的⑥。如：

（刘贺）拜荆州刺史，引见赏赐，恩宠隆异，及到官，有殊政。

---

① 吕思勉：《秦汉史》，上海古籍出版社 1983 年版，第 325 页。
② 吕宗力：《汉代的谣言》，第 104 页。
③ 《汉书》卷 99 上，第 4076 页。
④ 《后汉书》卷 21，第 758 页。
⑤ 陈寿撰，裴松之注：《三国志》，中华书局 1982 年版，第 75 页。
⑥ 吕宗力：《汉代的谣言》，第 116—117 页。

百姓便之，歌曰："厥德仁明郭乔卿，忠正朝廷上下平。"显宗巡狩到南阳，特见嗟叹，赐以三公之服，黼黻冕旒。

（岑熙）迁魏郡太守，招聘隐逸，与参政事，无为而化。视事二年，舆人歌之曰："我有枳棘，岑君伐之。我有蟊贼，岑君遏之。狗吠不惊，足下生氂。含哺鼓腹，焉知凶灾？我喜我生，独丁斯时。美矣岑君，於戏休兹！"

（刘陶）举孝廉，除顺阳长。县多奸猾，陶到官，宣募吏民有气力勇猛，能以死易生者，不拘亡命奸臧，于是剽轻剑客之徒过晏等十余人，皆来应募。陶责其先过，要以后效，使各结所厚少年，得数百人，皆严兵待命。于是复案奸轨，所发若神。以病免，吏民思而歌之曰："邑然不乐，思我刘君。何时复来，安此下民。"

皇甫嵩拜左车骑将军，领冀州牧……奏请冀州一年田租，以赡饥民，帝从之。百姓歌曰："天下大乱兮市为墟，母不保子兮妻失夫，赖得皇甫兮复安居。"①

吕宗力同时认为，这种情况不能排除官方记录者和史籍编纂者润饰太过所致。但笔者认为，这些歌谣大约更是其门客或吹捧者有意而作，后世研究歌谣者或当慎重对待。

四 童谣和谶谣

童谣是秦汉时歌谣里特殊的一类，它们被史家收录记载，主要原因是认为其中暗示着某种政治或人事的进展或结局，有代天示警的预言功能，属于谶谣一类。②《说文解字》："谶，验也。有徵验之书。河洛所出之书曰谶。"《广雅·释诂四》："谶，纤也。其义纤微而为效验也。"因

---

① 分别见《后汉书》卷26、17、57、71，第908、663、1848、2302页。
② 研究者对此类童谣或称谶谣，或称谣谶。吴承学《论诗谶和谣谶》："谣谶是以歌谣的形式，预示着上天对于未来国家、政治乃至人事的安排。"《文学评论》1996年第2期；吕宗力《汉代的谣言》："谶谣是谶言的一种表现形式，一般以童谣的面目出现……谶谣看上去更像是娱乐性强的嬉戏儿歌，却往往被视为言语异常、暗藏天机、预演未来的隐语式谶言。"第152页。

此，"谶"是对于未来带有应验性的预言和隐语，"立言于前，有征于后。"①

以童谣作为预言是先秦时期就有的观念，如《左传·僖公五年》卜偃引晋献公时童谣云："丙之晨，龙尾伏辰，均服振振，取虢之旂。鹑之贲贲，天策焞焞，火中成军，虢公其奔。"即为晋灭虢的谶谣。又昭公二十五年师己闻文、武之世童谣："鸜之鹆之，公出辱之。鸜鹆之羽，公在外野，往馈之马。鸜鹆跦跦，公在乾侯，征褰与襦。鸜鹆之巢，远哉遥遥。裯父丧劳，宋父以骄。鸜鹆鸜鹆，往歌来哭。"这是昭公流落他乡而死的微兆。②《史记·周本纪》记周宣王时童谣："檿弧箕服，实亡周国。"③ 即褒姒亡周的谶谣。

秦汉延续着这样的传统，如《史记》载西汉开国将领灌夫性刚直，有侠士之风，府上多养食客，家产甚巨。其族人及门客争权夺利，垄断田园水利，横行颍川，目无法度，而灌夫听之任之，不加管束，百姓苦不堪言，故有颍川小儿歌曰：

颍水清，灌氏宁。颍水浊，灌氏族。④

这个歌谣含着诅咒，更是一则谶谣，后灌夫果被弃市灭族。

两汉时此类童谣，大都被收入《五行志》，如《汉书·五行志》收入西汉谶谣三则，均出现在元、成时期，其中两则是童谣。一为元帝时童谣：

井水溢，灭灶烟，灌玉堂，流金门。

此后歌谣所描述的情形果然发生：

---

① 《后汉书》卷59，第1912页。
② 杨伯峻：《春秋左传注》，第311、1460页。
③ 《史记》卷4，第147页。
④ 《史记》卷107，第2847页。

> 至成帝建始二年三月戊子，北宫中井泉稍上，溢出南流，象春秋时先有鸜鹆之谣，而后有来巢之验。井水，阴也；灶烟，阳也；玉堂、金门，至尊之居：象阴盛而灭阳，窃有宫室之应也。王莽生于元帝初元四年，至成帝封侯，为三公辅政，因以篡位。①

按照汉代阴阳五行说，井水属阴，灶烟属阳，"井水溢，灭灶烟"即暗示阴盛阳衰，在当时的政治语境中，阴盛阳衰即为女主、外戚、宦官擅权的象征，或意味着以下犯上，主弱臣强。《五行志》认为此童谣即预示数十年后王莽篡汉。

又成帝时童谣曰：

> 燕燕尾涎涎，张公子，时相见。木门仓琅根，燕飞来，啄皇孙，皇孙死，燕啄矢。

《五行志》认为此歌是预言赵飞燕盛衰事：

> 其后帝为微行出游，常与富平侯张放俱称富平侯家人，过阳阿主作乐，见舞者赵飞燕而幸之，故曰"燕燕尾涎涎"，美好貌也。"张公子"谓富平侯也。"木门仓琅根"，谓宫门铜锾，言将尊贵也。后遂立为皇后。弟昭仪贼害后宫皇子，卒皆伏辜，所谓"燕飞来，啄皇孙，皇孙死，燕啄矢"者也。②

按照上述解释，这则歌谣可以看作一首叙事童谣。

谶谣是其中所隐含"预言"得到应验的歌谣，而"应验"在何事何人，很大程度上取决于后人解释。比如第一首童谣中"井水溢"似乎就是当时常用的灾异征兆。《汉书·霍光传》载霍光功高震主，先后立废昌邑王刘贺，又从民间迎武帝曾孙刘询继帝位，此即汉宣帝。即位后，宣

---

① 《汉书》卷 27 中之上，第 1395 页。
② 《汉书》卷 27 中之上，第 1395 页。

帝对霍光表面信任，实则忌惮，与之同车时"若有芒刺在背"。霍光去世后，霍光诸子被削权，其后府中多现灾异，家人又梦见"井水溢流庭下，灶居树上。"果不久，霍家因密谋废天子事遭族灭。而汉成帝时重用太后家族王氏，赵飞燕姊妹专宠后宫，纵情声色，"井水溢"之类阴盛灭阳之征如果应在成帝之世，也完全说得通。如成帝绥和二年春，李寻上书言灾异："民人讹谣，斥事感名。三者既效，可为寒心。"如淳注："斥事，井水溢之事也，有言溢者，后果井溢。感名，'燕燕尾涎涎'是也。"① 可见如淳认定此为预言成帝时赵飞燕事而非更靠后的王莽篡权事。因此，《五行志》乃至后世对谶谣的"破译"，或有其政治用心②，或有其情感偏好，也带有一定的不确定性。

又如《后汉书·五行志》所记两首有关汉末董卓的谶谣，其一：

> 灵帝中平中，京都歌曰："承乐世，董逃。游四郭，董逃。蒙天恩，董逃。带金紫，董逃。行谢恩，董逃。整车骑，董逃。垂欲发，董逃。与中辞，董逃。出西门，董逃。瞻宫殿，董逃。望京城，董逃。日夜绝，董逃。心摧伤，董逃。"案"董"谓董卓也，言虽跋扈，纵其残暴，终归逃窜，至于灭族也。③

崔豹《古今注》："'董逃歌'，后汉游童所作也。"④ 这是一首形式极为奇特的三言歌谣，其每句句尾都缀以"董逃"二字。从童谣特点看，末尾两字原本大概是为趁音的，构成一种歌谣的节奏，未必有什么实意，但当时董卓却反应敏感，对号入座，认为此即为对自己的诅咒和结局的预言，即"董卓必败而逃"，遂"以董逃之歌，主为己发，大禁绝之，死者千数。"又令将"董逃"改为"董安"。不过，此举大概更容易激发大众对歌谣预言应验性的期待，反倒传播得更快吧。史载董卓"言虽跋扈，纵其残暴，终归逃窜，至于灭族也。"

---

① 《汉书》卷84，第3421—3422页。
② 吕宗力：《汉代的谣言》，第154—155页。
③ 《后汉书·五行志一》，第3284页。
④ 《乐府诗集》卷34《相和歌辞九》引，第504页。

董卓被灭，人们反观其兴衰，又和《董逃歌》对读，觉得很多就都能讲通，认为歌谣讲的正是董卓发迹史以及最终逃离京都的过程。起首两句"承乐世""游四郭"，是说董卓早先拥兵自重，承平安乐，悠游四郭；"蒙天恩""带金紫"是说他后来受到皇帝恩宠，佩带金印紫绶；"行谢恩""整车骑"，是说他曾以罪免职，但很快被赦，封官加爵，显赫当世。或认为是讲其挟献帝西迁长安时，车马浩荡。而"出西门""瞻宫殿""望京城""日夜绝""心摧伤"则描写洛阳数百万民众被其掠往长安的忧苦。"董逃"二字反复出现，不断强调，就是对董卓必将败逃的预言。董卓将"董逃"改为"董安"，以为就此能改变，哪知天意难违。

另一首，是用拆字法所作的童谣：

> 献帝践祚之初，京都童谣曰："千里草，何青青。十日卜，不得生。"案千里草为董，十日卜为卓。凡别字之体，皆从上起，左右离合，无有从下发端者也。今二字如此者，天意若曰：卓自下摩上，以臣陵君也。青青者，暴盛之貌也。不得生者，亦旋破亡。①

按上述解释，此童谣不光暗含"董卓"二字，而且其采用的拆字顺序是自下而上，左右离合，与正常书写顺序自上而下者相反，如此，则"青青草"亦"不得生"，故董卓以臣陵君为忤逆，最终败亡也是"天意"。

又桓帝之末，京都童谣曰：

> 茅田一顷中有井，四方纤纤不可整。嚼复嚼，今年尚可后年铙。

此谣文辞浅显，大约是描述农事生活。首两句描写有井的农田景象，后两句大概是说今年大吃大喝，明年也可能情况变坏。"嚼复嚼者，京都饮酒相强之辞也。""铙"通"硗"，恶、坏之意。但在史家看来，此歌词义隐晦，句句都有所指，也是一则谶谣，预示窦武等被诛杀事：桓帝延

---

① 《后汉书·五行志一》，第3285页。

熹末，窦皇后之父窦武为城门校尉，灵帝时，窦太后称制，窦武拜大将军，与太傅陈蕃合作，重用李膺等党人，谋划翦除操弄国家权柄的宦官，天下士人闻风振奋，但最终事败而死：

> 案《易》曰："拔茅茹以其汇，征吉。"茅喻群贤也。井者，法也……茅田一顷者，言群贤众多也。中有井者，言虽厄穷，不失其法度也。四方纤纤不可整者，言奸慝大炽，不可整理。嚼复嚼者，京都饮酒相强之辞也。言食肉者鄙，不恤王政，徒耽宴饮歌呼而已也。今年尚可者，言但禁锢也。后年饶者，陈、窦被诛，天下大坏。①

此歌出于桓帝末，窦武等事败即歌谣应验是在灵帝建元元年，故被看作谶谣。

古人认为，童谣为天籁自鸣，故与天意通。《左传》庄公五年杜预注云：

> 童龀之子，未有念虑之感，而会成嬉戏之言，似若有凭者。其言或中或否，博览之士、能惧思之人，兼而志之，以为鉴戒，以为将来之验有益于世教！

孔颖达正义云：

> 童龀之子，未有念虑之感，不解自为文辞，而群聚集会，成此嬉游邀戏之言。其言韵而有理，似若有神凭之者……故书传时有采用之者。②

儿童涉世未深，没有利益牵扯，聚集嬉戏，信口而歌，就会唱出一些简

---

① 《后汉书·五行志一》，第 3282 页。
② 《春秋左传正义》，阮元校刻《十三经注疏》，中华书局 1980 年版，第 1795—1796 页。

单有趣、合辙押韵的歌谣,抑扬顿挫,节拍简单,也就很容易传唱开来。而其内容也许有些就是从成人口里听来的,信口编入,也未必懂得意思。或仅是为了趁韵而任意填词,歌词遂常在通与不通间。而说者无意,听者有心,隐晦难喻也就变成暗有所指,这大概是童谣神秘感的来由。朱自清《中国歌谣》曾谈到儿歌的这个特点,以近世吴越地区儿歌"抉择歌"为例:

> 越中小儿列坐,一人独立作歌,轮数至末字,中者即起立代之,歌曰:"铁脚斑斑,斑过南山。南山里曲,里曲弯弯。新官上任,旧官请出。"

又:

> 踢踢脚背,跳过南山。南山扳倒,水龙甩甩。新官上任,旧官请出。木渎汤罐,弗知烂脱落(那)里一只小弥脚节头(小姆脚指头)①

朱自清解释说,所谓"抉择歌"是说儿童在玩一些竞争游戏时,需要选出一人为对手。这时就诵唱此歌,末字落在谁身上,就选中谁。因此,很多抉择歌的歌词大都趁韵而成,信口胡编,并不一定有完整连贯的意涵,也就常常显得隐晦难喻。

汉代所保留下来的童谣,有些言辞浅白,表意清晰,但大多还是带着神秘主义的色彩,似通非通,却也多合韵上口,铿锵悦耳,这种神秘性和上口的特点在当时一定是颇引人兴趣的。只是后人看,如不加解释,则很难"破译"。

因此,汉代人视童谣,"不以为孺子之歌,而以为鬼神凭托,如乩卜之言"②,是天机所隐,充满了神秘性。《论衡·纪妖篇》云:"当童之谣

---

① 朱自清:《中国歌谣》,第34页。
② 周作人:《儿歌之研究》,原载《绍兴县教育会月刊》第4号,1914年1月。

也,不知所受,口自言之。口自言,文自成,或为之也。"① 《订鬼篇》又云:"世谓童谣,荧惑使之,彼言有所见也。"② 认为童谣是荧惑之星所授意,"当星坠之时,荧惑为妖。"③ 荧惑即火星,为执法之星神,《广雅·释天篇》曰:"荧惑一曰罚星,或曰执法。"《史记·天官书》张守节正义引《天官占》云:

> 荧惑为执法之星,其行无常,以其舍命国:为残贼,为疾,为丧,为饥,为兵。环绕句已,芒角动摇,乍前乍后,其殃逾甚。荧惑主死丧,大鸿胪之象;主甲兵,大司马之义;伺骄奢乱孽,执法官也。其精为风伯,惑童兒歌谣嬉戏也。④

按照这一说法,荧惑执法,即降下灾异,"为残贼(指独夫暴君之类,典出《孟子》),为疾,为丧,为饥,为兵"。以此动荡不安作为上天的谴告。而童谣即为荧惑指使儿童所传播的上天启示,即谶言。上述观念在汉代颇有影响力。

五 成相体

从歌谣形式上看,秦汉时期很多歌谣都属于"成相"体。"成相"本是先秦时期就已发展成熟的一种说唱性质的杂体谣歌,具有相对稳定的形式结构和广泛的运用领域。该文体主要是以三、四、七言为典型句式,击节唱诵,荀子《成相》以及睡虎地出土秦简《为吏之道》⑤均是该体式较为完整的文本。如《成相篇》一、二章:

> 请成相,世之殃,愚闇愚闇堕贤良!人主无贤,如瞽无相何

---

① 黄晖校释:《论衡校释》卷22《纪妖篇》,第930页。
② 《论衡校释》卷22《订鬼篇》,第941页。
③ 《论衡校释》卷22《纪妖篇》,第923页。
④ 《史记》卷27,第1318页注(三)。
⑤ 关于《为吏之道》,可参看睡虎地秦墓竹简整理小组《睡虎地秦墓竹简》,文物出版社1978年版;谭家健:《云梦秦简"为吏之道"漫论》,《文学评论》1990年第5期。

伥伥!

请布基,慎圣人,愚而自专事不治。主忌苟胜,群臣莫谏/必逢灾。①

秦汉时期,成相体歌谣显示出更为活泼的生命力,君王贵戚、文人士子以及普通民众即兴歌咏,常常运用成相体的形式,可见对这一形式的熟稔。其他如俗语、谣谚、乐府、铜镜铭文、画像石榜题等韵文中也多有类似短章。从命名看,《艺文类聚》卷八十九"木"部下载有淮南王"成相篇"残篇数字,《汉志·诗赋略》有"成相杂辞",它与"隐书十八篇"均列居"杂赋"之末但又有专名,可见在班固眼里,它们虽然与赋体一样"不歌而诵",却又是独立的文体类别。

成相体是以三、四言为主要句式的杂言体谣歌,三言是必不可少的句式,且常领起全篇。较为成熟的文本包含有七言句式,且形成"三三七"的稳定组合。此外,成相体有根据表达内容变通句式的情况,可兼有五、六言等杂言句式。《汉志》所谓"成相杂辞",除表示内容之"杂"外,当也含句式之"杂"的意思。②

前文所列戚夫人《春歌》(或称《永巷歌》)、李陵《别歌》、《民为淮南厉王歌》、广陵王刘胥《瑟歌》、乌孙公主细君《悲愁歌》以及很多谣谚,都采用的是这种文体形式。其他如:

大风起兮云飞扬,威加海内兮归故乡,安得猛士兮守四方!(刘邦《大风歌》)

力拔山兮气盖世,时不利兮骓不逝。骓不逝兮可奈何!虞兮虞兮奈若何。(项羽《垓下歌》)

薤上露,何易晞。露晞明朝更复落,人死一去何时归。(《乐府·薤露》)

战城南,死郭北,野死不葬乌可食。为我谓乌:且为客豪!野

---

① 王先谦撰:《荀子集解》,《诸子集成》本,第457页。
② 郗文倩:《成相:文体界定、文本辑录与文学分析》,《文学遗产》2015年第4期。

死谅不葬,腐肉安能去子逃?水声激激,蒲苇冥冥;枭骑战斗死,驽马徘徊鸣。梁筑室,何以南?何以北?禾黍不获君何食?愿为忠臣安可得?思子良臣,良臣诚可思:朝行出攻,暮不夜归!(《乐府战城南》)

以逯钦立《先秦汉魏晋南北朝诗》所列秦汉诗歌为例,具有上述明显特征的成相体歌谣有:

> 刘邦《大风歌》;项羽《垓下歌》;戚夫人《春歌》;汉武帝《瓠子歌》《秋风辞》《天马歌》《西极天马歌》;汉昭帝刘弗陵《黄鹄歌》;燕王刘旦《歌》;《华容夫人歌》;李陵《歌》;《民为淮南厉王歌》;广陵王刘胥《瑟歌》;乌孙公主细君《歌》;杂歌谣辞《民为淮南厉王歌》《上郡吏民为冯氏兄弟歌》《长安谣》《汝南鸿隙陂童谣》《王莽末天水童谣》;鼓吹曲辞《战城南》《巫山高》《君马黄》《圣人出》《远如期》;傅毅《歌》;张衡《四愁诗》;后汉灵帝刘宏《招商歌》;后汉少帝刘辩《悲歌》(附《唐姬起舞歌》);《桓帝初天下童谣》《桓帝初城上乌童谣》《桓帝末京都童谣》《灵帝末京都童谣》《献帝初童谣》《时人为周泽语》《崔实引语》;乐府古辞《薤露》《平陵东》《今有人》《王子乔》《西门行》《东门行》《淮南王》《古歌·上金殿》《古歌·秋风萧萧愁杀人》《古乐府诗·请说剑》《有所思·思昔人》《将归操》《履霜操》《雉朝飞操》《芑梁妻歌》《饭牛歌》《水仙操》等。①

除上述歌谣谚语外,秦汉时期还有一些实用文体中也是成相体的形式,如汉史游《急就章》开篇以七言短章作引子:"急就奇觚与众异,罗列诸物名姓字。分别部居不杂厕,用日约少诚快意,勉力务之必有喜。"

---

① 逯钦立:《先秦汉魏晋南北朝诗》,中华书局1993年版。

之后曰:"请道其章:宋延年,郑子方。卫益寿,史步昌……"① 遂以三言、四言和七言韵文罗列众字,这可以看作成相体长篇。

又如山东苍山县东汉元嘉元年(151)画像石墓中,有长达328字的题记,逐幅描绘墓室中石刻画像内容,也属此类,如后室顶部和前室西侧室上方画像题记:

> 室上硬(即后室顶):五子举(举),僮女随后驾鲤鱼,前有白虎青龙车,后□被轮雷公君,从者推车,乎理(狐狸)冤厨(鹓鶵)。
>
> 上卫(渭)桥,尉车马,前者功曹后主簿,亭长骑佐(左)胡使弩,下有流水多鱼(渔)者。从儿刺舟渡诸母。②

又汉代铜镜铭文除了三言或七言的铭文外,更有大量三、四、七言的随意组合,个别还包含五言等杂言句式,如:

> 日始出,天下光,作神镜以照侯王。赤鸟玄武映四旁,子孙顺息乐未央。
>
> 日有喜,月有富,乐毋有事宜酒食。居而必安毋忧患,竽瑟侍,心志驩,乐已茂兮固常然。
>
> 尚方作竟真大巧,上有仙人不知老。渴饮玉泉饥食枣,浮天下,敖四海,寿如金石为国保(或作:长相保)。日月明兮。
>
> 君有行,妾有忧。行有日,反无期。愿君强饭多勉之,卬天大息长相思,毋久。③

---

① 颜师古注,王应麟补注:《急就篇》,《丛书集成初编》本,商务印书馆1936年版,第1页。

② 巫鸿:《礼仪中的美术——巫鸿中国古代美术史文编》,上海三联书店2008年版,第215页。其他相关研究参见山东博物馆、苍山县博物馆《山东苍山元嘉元年画像石墓》,《考古》1975年第2期;方鹏钧、张勋燎:《山东苍山元嘉元年画像石题记的时代和有关问题》,《考古》1980年第3期。

③ 以上摘自林素清《两汉镜铭汇编》,为目前所见收录汉代镜铭最多者。周凤五、林素清编:《古文字学论文集》,中国台湾"国立"编译馆1999年版,第235—312页。

伏念所驩（欢）猗无穷时，长毋相忘猗久相思。①

逐阴光，宜美人，昭察衣服观容貌。结组中身，与礼无私/可取信。

内而光，明而清，涷石华下之菁见，乃已知人，请（清）心志得/卑（俾）长生。②

此外，《后汉书·文苑列传》载边韶师生间调笑之韵文，也是此类：

> （边韶）以文章知名，教授数百人。韶口辩，曾昼日假卧，弟子私嘲之曰："边孝先，腹便便。懒读书，但欲眠。"韶潜闻之，应时对曰："边为姓、孝为字。腹便便，《五经》笥。但欲眠，思经事。寐与周公通梦，静与孔子同意。师而可嘲，出何典记？"嘲者大惭。韶之才捷皆此类也。③

"成相"属于说唱性质的杂体街陌讴谣。"相"是由古人舂米等活动衍生的一种节奏乐歌，后又指称乐器，以俞樾说最为大家认可："此相字即'舂不相'之相。《礼记·曲礼》：'邻有丧，舂不相。'郑注曰'相谓送杵声'。盖古人于劳役之事，必为歌讴以相劝勉，盖举大木者呼邪许之比，其乐曲即谓之相。"④《淮南子·道应训》："令举大木者，前呼耶许，后亦应之。"⑤ 陈琳《饮马长城窟行》："官作自有程，举筑谐汝声。"⑥ 均讲劳作时举重同声用力，呼唱协力送杵，发展起来就成为一种歌讴，故"邻有丧，舂不相"，也是人情之常。后来"相"就成为以米糠作芯、类似手鼓的打击乐器，亦称"拊"。《礼记·乐记》："治乱以相。"郑玄注：

---

① "猗"相当于"兮"。李学勤：《两面罕见的西汉铜镜》，《故宫博物院院刊》2008年第1期。
② 李零：《兰台万卷——读〈汉书·艺文志〉》，北京三联书店2011年版，第145页。
③ 《后汉书》卷80上，第2623页。
④ 杜国庠：《论荀子的〈成相篇〉》，《杜国庠文集》，人民出版社1962年版，第159页。
⑤ 张双棣：《淮南子校释》，北京大学出版社1997年版，第1211页。
⑥ 逯钦立辑：《先秦汉魏晋南北朝诗》，中华书局1983年版，第367页。

"相即拊也,亦以节乐。柎者,以韦为表,装之以糠,糠一名相,因以名焉,今齐人或谓糠为相。"① 而"成相"之"成",章太炎说:"成即打字,今俗谓犹言'打连相'。"刘师培赞同其说:"古成字从丁,丁训为当。今淮南犹以打人为丁人,则成字即打字明矣。"② "以物相击,皆谓之打。"③ 故"成相"犹言"打相",如击鼓、弹琴之类。

在谣歌唱诵活动中,相主要用来控制乐调节奏,《礼记·乐记》:"治乱以相,讯疾以雅。"雅也是乐器名,疏云:"舞者讯疾,奏此雅器以节之。"④ 礼仪歌舞常并行,相以节歌,雅以节舞。基于这样的演奏特点,成相类谣歌在诵唱之前当先击相成节,朱师辙认为这就像北京大鼓书,先击鼓拍板,再开唱。"请成相"即请备鼓而唱歌,有类鼓书开场"请打打鼓来唱一曲"。⑤ 现今流传的民歌《新货郎》首句"打起鼓来敲起锣,推着小车来送货"仍沿用此形式。⑥ 由此,研究者认为《成相》中"请成相""请布基""基必施"一类语句都是这类民歌的常套语,用在每套歌词中间,借以变换情调。⑦ 其他如汉代古乐府诗云:"请说剑:骏犀标首,玉琢中央。六一所善,王者所杖。带以上车,如燕飞扬。"此"请说剑"与《急就章》中"请道其章"等也是类似的表达方式。

以相等乐器击节唱诵当是成相体较为成熟正规的演出形态。而从早

---

① 郑玄注,孔颖达正义:《礼记正义》,阮元校刻本《十三经注疏》,中华书局1980年版,第1538页。
② 刘师培:《荀子补释》"请成相"条,严灵峰编《荀子集成》(36),台北成文出版有限公司1977年版,第146页。
③ 吴曾:《能改斋漫录》卷五"打字从手从丁"条。《景印文渊阁四库全书》,台湾商务印书馆1986年版,850册,第576页。
④ 《礼记正义》,阮元校刻本《十三经注疏》,第1538页。
⑤ 杜国庠:《杜国庠文集》,第177页。
⑥ 货郎摇鼓说唱可追溯到宋代,当也用成相形式。《水浒传》74回燕青扮作货郎,挑着担,腰里别一把串鼓儿。宋江道:"你既然装做货郎担儿,你且唱个山东货郎转调歌与我众人听。"燕青一手捻串鼓儿,一手打板,唱出货郎太平歌。《李卓吾评本水浒传》,上海古籍出版社1988年版,第1086页。清华广生:《白雪遗音》卷一录"货郎儿"曲:"货郎儿,背着柜子遥街串,鼓儿摇得欢,生意虽小,件件都全。听我一生(声)喊。喊一声,裸色带子花红线,博山琉璃簪。还有那,桃花宫粉胭脂片,软翠花冠。红绿梭布,杭州绒纂,玛瑙小耳圈……"《续修四库全书》1745册,上海古籍出版社1995年版,第25页。
⑦ 杜国庠:《论荀子的〈成相篇〉》,第160页。

期大量成相体谣歌记载看，即兴使用各种器具击节唱诵是更普遍的方式，《诗经·考槃》称隐者在深山幽涧中叩木盘而歌："考槃在涧""考槃在阿""考槃在陆"，大约是此类最早的记录，此后相关记载甚多：

如击牛角为节，《史记》注引应劭曰齐桓公夜出迎客，而宁戚疾击其牛角，商歌曰："南山矸，白石烂，生不逢尧与舜禅。短布单衣适至骭，从昏饭牛薄夜半，长夜曼曼何时旦？"①

或弹剑而歌，《战国策》载冯谖倚柱弹其剑，歌曰："长铗归来乎！食无鱼。""长铗归来乎！出无车。""长铗归来乎！无以为家。"②

或舂米而歌，《汉书》载吕后因戚夫人于永巷，髡钳衣赭衣，令舂。戚夫人舂且歌曰："子为王，母为虏，终日舂薄暮，常与死为伍！相离三千里，当谁使告女？"③

或击筑而歌，《战国策·燕策三》载荆轲刺秦：既祖取道，高渐离击筑，荆轲和而歌云云。又《汉书·高帝纪》载刘邦过沛与故人父老子弟饮，席间击筑自歌："大风起兮云飞扬，威加海内兮归故乡，安得猛士兮守四方。"④

或援琴为节，《乐府诗集》引《风俗通》："百里奚为秦相，堂上乐作，所赁浣妇自言知音，因援琴抚弦而歌，问之，乃其故妻。还为夫妇也。"其歌曰："百里奚，五羊皮，忆别时，烹伏雌，炊扊扅，今日富贵忘我为。"⑤

此外有些史料虽未明确记录击打何物，但从情境大致能推测其方式，如前引《宋城者讴》为役人筑城时所唱，或即筑城夯土为节。《乐府诗集》曾收录唐张籍《筑城曲》亦为成相体："筑城去，千人万人齐抱杵。重重土坚试行锥，军吏执鞭催作迟……"题注引《古今乐录》谈其古老渊

---

① 《史记》卷83，第2474页注（五）。
② 《战国策·齐策四》，上海古籍出版社1965年版，第395—396页。"长铗归来乎"历代记载有异，或作"长铗归来兮""大丈夫归去来兮""长铗归兮"，详见逯钦立辑《先秦汉魏晋南北朝诗》，第14页。《辞源》：来，助词，用在句中或句末，表示祈使语气。
③ 《汉书》卷97上，第3937页。
④ 《汉书》卷1下，第74页。
⑤ 郭茂倩：《乐府诗集》卷六十，中华书局1979年版，第880页。

源:"筑城相杵者,出自汉梁孝王。孝王筑睢阳城,方十二里。造唱声,以小鼓为节,筑者下杵以和之。后世谓此声为《睢阳曲》。"又如乐府《薤露》:"薤上露,何易晞。露晞明朝更复落,人死一去何时归。"①《乐府诗集》题解谓为丧歌、挽歌,挽柩者歌之,也是协力的调子和节奏。

成相体源自舂米、打夯、捣衣时等用以协力的劳动号子,慢慢才发展成为特色鲜明的谣歌,击节之物也信手拈来,后又有辅以相、筑、琴等较为便携的乐器。如相是以米糠作芯,类似手鼓。筑也是一种便携的五弦乐器,以竹尺击打发声②。从现在出土实物以及图像看,筑一般长一米左右,大头宽五至七厘米,可以装入布袋背在身后,像随身带着的宝剑一样,也还是比较便携的。筑的形制一头大,一头细,有点像今天棒球手握的击棒,用整块木头剜制而成。大头部分中空,底部嵌盖一薄板,是共鸣箱。小头细长,便于握持,柄端有尾岳,上有五道弦槽,五个弦孔。当时人们惯于跽坐,即跪坐在小腿肚上,演奏时把筑斜放于地,与地面形成一个锐角,左手抚握平衡筑身,右手执竹尺击打发声。左手除了稳定筑身,大约还可在弦上擦、轧、拢、压,从而形成更丰富的乐音。荆轲刺秦,易水送别,高渐离击筑,荆轲和而歌,"为变徵之声,士皆垂泪涕泣"。"复为羽声忼慨,士皆瞋目,发皆上指冠。"这里的"变徵"和"羽声",是古代宫、商、角、徵、羽五音中的两种不同音调,这种变调,大约就是通过对弦的按压等动作实现的。

成相体既可唱诵于闾巷旷野,亦能登上大雅之堂,由此再反观其体式特征,会发现其句法形式、拍节节奏与这种即兴随意的唱诵方式也是相得益彰的。首先,成相体拍节稳定,节奏明晰,朗朗上口,便于把握。其奇偶相间的句式舒展顿挫有变化,具有独特的韵律感。特别是成相体开头两句三言常入韵,一开口就会使人感到铿锵悦耳,整章就有"音节跳荡流转之妙,杂而不乱,错落有致"③的艺术效果。而从更实用的角度看,三言句后空拍停顿也为唱诵留出换气空间,便于酝酿气力,特别适

---

① 郭茂倩:《乐府诗集》卷七十五、卷二十七,第1060、396页。
② 郭沫若:《关于筑》,《高渐离》附录,人民文学出版社1979年版,第113—116页。
③ 支菊生:《荀子成相与诗歌的"三三七言"》,第135页。

合在运动中诵唱，故能雅俗共赏。汉代以后，该体式中"三三七言"句式被吸纳进入词、曲、京韵大鼓等多种文体样式中，甚至成为某些民间曲艺的主要构成体式，乃至绵延至今。①

民间歌谣最大的特点即质朴自然，创作者大都是富于天才而吝于训练的。其以情感做骨子，情动于中，不禁歌之舞之，足之蹈之，自然用的也是最朴素的、少有过度修饰和讲究的节奏声调、格式辞句，然而如此却也是"声""情"相应，"辞""情"相配的，这恰是韵文创作所追求的境界。人们感叹"雅正"乃是诗歌僵化的症结，而俗体才是诗歌希望之所在②，正是看到了谣俗新声活泼的生命力，而这种生命力才是诗歌发展的内在动力和源头活水。

第二节 谚：俗之善语

谚语是一种言辞精简而富有教益的话语，浓缩了先人时彦的经验智慧，体现出社会群体的共识和认同。其言辞上口，有丰满的情感和活泼的语态，便于记忆，遂作为一般知识和共同的思想话语资源而被人们引用，以此增强言说的可信度和说服力。

"谚"源自先秦时期古老的"语"类文体。作为一种内容宽泛的文类，先秦时期的"语"大致可分为事语类和言语类两种。前者具有故事性，包含一些历史细节和语境，即班固所说的"本事"③，如《国语》

---

① 如苏东坡借用此体作《猪肉颂》："净洗铛，少着水，柴头罨烟焰不起。待他自熟莫催他，火候足时他自美。黄州好猪肉，价贱如泥土。富者不肯吃，贫者不解煮。早晨起来打两碗，饱得自家君莫管。"《苏轼全集》，上海古籍出版社2000年版，第1047页。"三三七"言仍是现今民歌最常见的句式，如"正月里（来）是新春，家家户户点花灯""四月里，麦脚黄，家家户户田里忙。""小小子儿，坐门墩，哭着喊着要媳妇儿。""小皮球，香蕉梨，马莲开花二十一。"等。郗文倩《成相体和货郎调》，《菜园笔记》，凤凰出版社2016年版，第111—129页。

② 葛晓音：《八代诗史》，中华书局2007年版，第279页。

③ 《汉书·艺文志》："（左）丘明恐弟子各安其意，以失其真，故论本事而作传，明夫子不以空言说经也。"第1715页。"本事"一词最早见于先秦典籍，所指多为农桑之事。秦汉时"本事"多为"原事"，即原本发生的基本事实。如《吕氏春秋·求人》："故贤主之于贤者也，物莫之妨，戚爱习故，不以害之，故贤者聚焉……此五常之本事也。"上海书店1986年版，第293页。

《战国策》、上博楚简《荣成氏》、马王堆帛书《春秋事语》以及《韩非子》的《说林》、内外《储说》等，是史官卿士论事讲史的资料库，也是后世诸子们求仕游说的谈资，其中一些内容也颇具民间性，为"道听途说"的"小说家"言，故有研究者称之为"说"体。① 后者则多为格言式的短句，为先秦时人所称引，散见于各类文献中，常有很明确的引领性语词，如"某闻之""语曰（云）""古语有之""君子曰""古（先）人有言曰""某某有言"等，部分曾被整理结集成篇，形成格言集锦式的文本②，此即谚语文体的源头。周代知识者对于历史经验格外重视，对言语修辞颇为讲究，"古语有之"是确认意义的一种标志和依据，借此言事说理能迅速言明主旨，也有不容置疑的言说力度。同时，引"语"引"谚"是借他人说理，"辞达"而直接，却又含蓄委婉，符合周代知识者对修辞的审美需求，因此，谚语在先秦时期发展成熟，成为周代"雅"言的重要特征，保留下来的谚语也多关乎治国理政和道德修养。战国以后，伴随着文化的下移和文体意识的自觉，更多民间谚语得以记载流传，其所反映的社会领域以及关注的内容也都在扩大，民间特性大大增强，"谚""语"遂被认定为"俗之美语""俗所传言"，"谚语"也成为一个专有文体名称，文体特征也稳定下来并延续至今。

从以往的研究看，学界对谚语的研究大多在民俗学领域，将其作为一种民间文学形式加以讨论，郭绍虞、钟敬文等民国时期的学者开风气之先，后世学者多沿其波。除收集整理当下"活态"的谚语外，研究者多关注其反映的社会内容方面。郭绍虞《谚语的研究》是目前所见关于谚语最详尽的讨论，但其关注点多集中于古今中外谚语的共性，较少涉

---

① 廖群认为先秦时期各种"说""传""语"，包括宫廷赋诵、师授经传和民间传闻等，始于讲述，后被记录。鉴于《韩非子》将选录它们的文章命名为"说林""储说"，又鉴于它们与先秦"小说家"及后来小说文体的关系，姑且将它们总称为"说体"。《"说""传""语"：先秦"说体"考索》，《文学遗产》2006 年第 6 期。

② 俞志慧较早对语类文献进行系统的研究，明确将其分为重在记言和重在记事两个类型，每一类又有结集和散见两种形态，据他统计，散见之"语"即有五百余则。可参看其专著《古语有之——先秦思想的一种背景与资源》，上海：华东师大出版社，2010 年。

及中国古代谚语的生成发展机制。① 谚语是最为古老的文体样式之一，它和歌谣、隐语一样，主要是以口耳相传的方式流布，越是在文化早期，越成熟发达；文化越古老，积累越深厚。因此，对中国古代早期谚语的生成演变加以深入讨论，既有利于认识文体发展的复杂动因，亦有利于观察一种言语修辞方式对传统文化的影响。

一 "多快好省"的公共话语资源

作为一种文体名称，"谚"最早见于《左传·隐公十一年》，滕侯、薛侯来鲁国朝见，争行礼之先后，隐公便劝说作为异姓的薛侯要依礼行事，不要争先，遂引谚说理："周谚有之曰：'山有木，工则度之；宾有礼，主则择之。'周之宗盟，异姓为后。寡人若朝于薛，不敢与诸任齿。君若辱贶寡人，则愿以滕君为请。"② 这则谚语以比兴开端，颇具周代特色。山有木，工匠会根据需要度量；宾客遵礼，主人也会依定例对待。按成周会盟惯例，异姓排在后，望屈尊接受建议，以滕君为先。这段劝说表意明了简洁，修辞委婉而郑重，有很强的说服力，遂获得满意效果。

不过，先秦时期的"谚"语并非都称为"谚"，人们使用时有各种各样的引领性语词，如《尚书·泰誓下》："古人有言曰：'抚我则后，虐我则仇。'"③《诗经·烝民》："人亦有言：'柔则茹之，刚则吐之。'"④《逸周书·芮良夫》："我闻之：'以言取人，人饰其言；以行取人，人竭其行。饰言无庸，竭行有成。'"⑤《左传·庄公二十年》："寡人闻之：'哀乐失时，殃咎必至。'"⑥《郭店楚简·教（成之闻之）》："昔者君子有言

---

① 郭绍虞：《谚语的研究》，《照隅室古典文学论集》，上海：上海古籍出版社，1983年。钟敬文：《谜语与谚语》，《钟敬文全集》第二卷第二册，高等教育出版社2018年版；
② 杜预注，孔颖达等正义：《春秋左传正义》，阮元校刻本《十三经注疏》，第1735页。
③ 孔安国传，孔颖达正义：《尚书正义》，阮元校刻本《十三经注疏》，中华书局1980年，第182页。
④ 郑玄笺，孔颖达正义：《毛诗正义》，阮元校刻本《十三经注疏》，第569页。
⑤ 黄怀信、张懋镕、田旭东：《逸周书汇校集注》，上海古籍出版社2007年版，第1008页。
⑥ 杜预注，孔颖达等正义：《春秋左传正义》，第1774页。

曰：'战与刑，人君之坠德也。'"① 等等。这些格言短句后世基本认为是谚语类，《孟子·万章上》："语云：盛德之士，君不得而臣，父不得而子。"东汉赵岐注曰："语者，谚语也。"东晋范宁注曰："语，谚语也。"② 研究者统计，今所见此类谚语先秦文献中就有约五百余则③，明确称之为"谚"的仅三十六则。由此可见，人们看重这些简练而富有教益的话语，但引用方式却是比较随意的，"谚"只是其中一种引称而已。

谚语常常是对某种人事或自然现象的描述，言简意赅，指向一些本质特性或规律，可以说是"一人的机锋，多人的智慧。"④ 郭绍虞先生曾这样描述谚语的生成："一个社会中间肯定有几个多阅历、广见闻、通达人情、擅长修辞，并且具有奇警的才情的人，由于这些人观察经验的结果，归纳出几则当时的所谓真理，很美丽的宣之于口，于是流俗竞相引用，即竞相传布，谚语遂以成立。"⑤ 这段话道出谚语形成的核心要素："多阅历、广见闻、通达人情"，所总结出来的言语自然浓缩智慧，富有教益；"擅长修辞""很美丽的宣之于口"，则强调的是谚语丰满的情感和活泼的语态。由此，在口耳相传的时代，谚语遂作为一般知识和共同的思想话语资源而被人们频繁引用。

先秦时引谚引语多出于委婉说理的需要。如《左传·襄公二十九年》载：夏四月，葬楚康王。楚郏敖即位，王子围为令尹。鲁襄公、陈侯、郑伯、许男送葬至西门之外，各诸侯大夫亦至墓吊唁。对于楚国新的政权交接和人事安排，郑行人子羽表示担心，评论道："是谓不宜，必代之昌。'松柏之下，其草不殖。'"⑥ 松柏冬夏有荫，其下草木难以生长，此

---

① 李零：《郭店楚简校读记》，北京大学出版社2002年版，第121页。
② 赵歧注，孙奭疏：《孟子注疏》，阮元校刻本《十三经注疏》，北京：中华书局1980年，第2735页下。
③ 此据俞志慧先生统计，见《古语有之——先秦思想的一种背景与资源·附录》，第195—233页。
④ 周作人《歌谣》引吉特生语，周作人：《自己的园地》，岳麓书社1988年，第35页。
⑤ 郭绍虞：《谚语的研究》，《照隅室古典文学论集》，上海古籍出版社1983年版，第8页。
⑥ 杜预注，孔颖达等正义：《春秋左传正义》，阮元校刻本《十三经注疏》，第2005页。

谚可引申为强大在上，弱小受到压制。子羽借此表达对新政态势的判断和担心：楚令尹王子围权大势强，新君郏敖力小势弱，会处处受制。引谚设喻说理，形象概括，话虽不多，却点明了核心问题。在外交场合评论别国"内政"，不宜过分发表意见，点到即止，故子羽引谚陈说己意，言语是很得体的。与上述谚语意思相近的还有一则，见于《国语·晋语九》：

> 智襄子为室美，士茁夕焉。智伯曰："室美夫！"对曰："美则美矣，抑臣亦有惧也。"智伯曰："何惧？"对曰："臣以秉笔事君。《志》有之曰：'高山峻原，不生草木。松柏之地，其土不肥。'今土木胜，臣惧其不安人也。"室成三年而智氏亡。①

智襄子是晋国正卿，建华屋后很得意，向家臣士茁炫耀，显然是想听到恭维夸赞。但士茁却认为太过张扬奢侈，遂引高山松柏之语，以强调"美室不吉"。高险之地、常荫之处多不安草木，故"土木胜"亦"不安人"，这是委婉的提醒批评，其所引《志》大约是一种格言警句集。士茁称自己"秉笔事君"，引《志》中语也是想表明，自己所说这些"煞风景"的话完全出于公心。

再如《左传·昭公十一年》载楚灵王诱杀蔡侯后，意命公子弃疾做蔡公。大夫申无宇认为，从为父为君的角度看，此举没有不妥，但存在政治隐患，遂劝谏道：

> 臣闻"五大不在边，五细不在庭。""亲不在外，羁不在内。"今弃疾在外，郑丹在内，君其少戒。②

申无宇所引这两则谚语都是政治经验的总结，涉及重大人事安排如何避害的原则。楚王派弟弟公子弃疾做蔡公，镇守边疆要地，却把羁旅之臣

---

① 徐元诰撰，王树民、沈长云点校：《国语集解》，中华书局2002年版，第454—455页。
② 杜预注，孔颖达等正义：《春秋左传正义》，阮元校刻本《十三经注疏》，第2061页。

郑丹（郑穆公孙）放在朝廷内，正应了谚语所说的要避免的危险情况，故申无宇劝楚灵王"少戒"。然而，楚王不以为然。无奈，申无宇又列举郑、宋、齐、卫曾发生动乱的例子，再次引更俗白生动的谚语提醒楚王："'末大必折，尾大不掉。'君所知也。"① 此谚源自生活经验，强调弱干强枝、本末倒置的危害。他以此提醒楚灵王务必有防备之心，以免下邑太强，危害国都，这就讲得很透了。只可惜楚王没听进去，两年后陈蔡果然变乱，楚灵王自缢。

春秋时期，知识者崇尚语言交流的委婉节制，更追求"辞达"，即语言的准确简洁。谚语表意浓缩，简短上口，便于记忆，点到即止，符合这一言语审美追求。同时，引谚引语是借重他人、前人言语论事说理，既委婉又直接，还能尽可能避免主观倾向，故有着不容置疑的言说力度，这大概就是时人频繁引"语"引"谚"的重要原因。孔子曾说："不学诗，无以言。"而不学"语"、不懂"谚"，大概也同样无法进入知识者的话语交流系统。因此，在这种情况下，对谚语整理结集以便习读就会成为一种需要。

有大量文献表明，当时已有很多整理辑本，甚至作为教材流布。《国语·楚语上》载申叔时为楚庄王推荐教育太子的文献科目时谈到要教之《春秋》《世》《诗》，教之礼、乐，教之《令》《故志》，亦称"教之《语》，使明其德，而知先王之务，用明德于民也。"② 《春秋》《诗》为传世典籍自不必说，《世》《训典》指先王世系之书；《令》为先王之官法、时令；《故志》为先人所记成败之书；而《语》则为"治国之善语"的结集。目前研究者大都注意到这一类文献的存在，对其性质表示认同。如《逸周书·周祝》是杂采各种谣谚的集锦，数句为一节，每节押韵，各节相对独立。长沙马王堆帛书《称》篇与《周祝》篇相似。睡虎地秦简《为吏之道》也是格言警句杂抄性质。其他如《文子·上德》篇、银

---

① 杜预注，孔颖达等正义：《春秋左传正义》，阮元校刻本《十三经注疏》，第2061页。
② 徐元诰撰：《国语集解》，注云："教之《世》，即《周官·小史》所奠之世系，教之《训典》，即《外史》所掌之书，皆世臣之职也。"第485—486页。

雀山汉简《要言》篇，以及《淮南子·说林》《说苑·谈丛》等皆是①。从相关文献看，当时甚至还有收集某一具体人物言论的集子，如《左传》《国语》多次引"史佚有言"。② 又《左传》成公四年称："史佚之志有之曰'非我族类，其心必异。'"③ 史佚即尹佚，是周文、武时太史，"史佚之志"当为汇集其言语的文献。与之类似的还有"仲虺"，为商汤左相，《左传》襄公十四年引"仲虺有言曰：'亡者侮之，乱者取之'"；襄公三十年秋七月子皮引"仲虺之志曰："乱者取之，亡者侮之。"④ 对某些智者的"语录"加以整理大概已有些定例，《论语》的编纂大约也是沿用这样的传统。

周代对于历史经验、前人经验格外重视，"赋事行刑，必问于遗训，而咨于故实。"⑤ 当时人们对于秩序的理性依据及价值本原的追问，常常追溯到历史，这就使人们形成了一种回首历史，向传统寻求意义的习惯。先王之道和前朝之事是确认意义的一种标志和依据，人们相信，是非善恶自古以来就泾渭分明，道德的价值、意义与实用的价值、意义并行不悖地从古代传至当代，历史是一种可资借鉴的东西，而且是一种完美的正确的象征，历史的借鉴常常可以纠正当下的谬误⑥。在这样的文化语境下，"谚""语"作为前贤历史经验、知识智慧的凝聚，自然很受重视，遂被经常作为"重言"引用或整理收录。此外，周代相关制度也为这些言语精华的收集保存提供了可能。大批史官对历史文献、时贤言论的留意自不必说，其他如《国语》载天子听政，除了要求各类人群献诗、献

---

① 谭家健：《先秦散文艺术新探》，北京：首都师范大学出版社，1995年，第390页。李学勤：《〈称〉篇与〈周祝〉》，《简帛佚籍与学术史》，江西教育出版社2001年版，第326页。
② 《左传》载"史佚有言曰"有三次，分见鲁僖公十五年："无始祸，无怙乱，无重怒。"文公十五年："兄弟致美，救乏、贺善、吊灾、丧哀。"襄公十四年："因重而抚之。"杜预注，孔颖达等正义：《春秋左传正义》，阮元校刻本《十三经注疏》，第1806、1855、1958页；《国语》载："昔史佚有言曰：'动莫若敬，居莫若俭，德莫若让，事莫若咨。'"徐元诰撰，王树民、沈长云点校：《国语集解》，第102页。
③ 杜预注，孔颖达等正义：《春秋左传正义》，《十三经注疏》，第1901页。
④ 杜预注，孔颖达等正义：《春秋左传正义》，第1958、2012页。
⑤ 徐元诰撰：《国语集解·周语上》，第23页。
⑥ 葛兆光：《中国思想史》，复旦大学出版社2000年版，第169页。

曲、献书等外，还有"庶人传语"①，即采集民间流传的各种"话语"以上达，这里无疑包含着谚语之类。因此，先秦各阶层流传的智慧之"语"不断充实着上层语言文化系统，成为其不可分割的部分。因此，引谚引语也可以说是周代"雅"言的产物和特征。也正因如此，从目前所见五百余则"语"类文献看，其中关乎治国理政和道德修养的内容就占有很大比重。而即便有些属于生活化的有关世俗经验的总结，引用时也多与家国政治相关，如《尚书·泰誓下》："古人有言曰：'牝鸡无晨，牝鸡之晨，惟家之索。'今商王受惟妇言是用，昏弃厥肆祀弗答。"②"牝鸡无晨"即母鸡不打鸣，若晨鸣则不吉。这本是当时社会的常识或基本的吉凶观念，但这里则用以强调商王听妇人言而至国亡的教训。由此，"古语有之"的引述就同引《诗》《书》一样，构成一种从容典雅、委婉节制而又严肃诚恳的修辞风尚。

作为一种公共话语资源，谚语具有"多快好省"的特点。意思浓缩，明白如达，借此言事说理能迅速言明主旨，减少交流障碍，故刘勰《文心雕龙》称："谚者，直语也。"③ 杜文澜也强调了谚在言语交流中表意直接的特点："谚训传言，言者直言之谓。直言即径言，径言即捷言也……捷言欲其显明，故平易而疾速。"④ 同时，引谚引语，是借"他者"论事说理，这就使得言说者展示出公正、宽宏的姿态和立场，以局外人之眼发为议论，自有一种坦荡之气。《左传》《国语》所记史官、卿大夫等知识者的辞令之美常令后人称道，其沉稳充沛、简洁遒逸、庄严郑重的言语特征与引谚引语无疑有着密切关系。

《说文解字·言部》释"谚"："从言，彦声。""彦"本义为贤士、俊才，《说文解字·彡部》："彦，美士有文，人所言也。"《诗经·郑风·羔裘》："彼其之子，邦之彦兮。"毛传："彦，士之美称。"⑤ 因此，郭绍虞先生分析道："古人文字本于声音，凡字之由某字得声者，必兼取

---

① 徐元诰撰：《国语集解》，第11页。
② 《尚书正义》，阮元校刻《十三经注疏》，第183页。
③ 刘勰著，詹锳义证：《文心雕龙义证》，第966页。
④ 杜文澜辑，周绍良校点：《古谣谚》，第3页。
⑤ 郑玄笺，孔颖达正义：《毛诗正义》，《十三经注疏》，第340页。

其义,彦训美士①,所以彦即美言之意,谓即美士的言语。美士的言语大都典雅易诵,所以亦易于流行,而美士之所以发为这种言语,则固不能脱离环境——时代风俗——的影响的。"先秦时期主要以口耳相传来交流言理,人们格外重视口头言语修辞的传递效果,谚语是前代流传下来的古训,具有格言的性质与典雅的旨趣,故"可以称引,可以奉行"。②

二 谚语的雅俗转变:"谚,俗之善语。"

秦汉人接续先秦传统,也对谚语颇为认同,将其看作传布广远的嘉言善语,韦昭曰:"谚,俗之善语。"③ 谚语是浓缩的智慧隽语,可以别是非,导行为,决定动止,左右情感。加之形式谐和齐整,使人闻而感美,见而生快,以此言谈说理自然极为便利,故秦汉时人上书言国事,日常言俗理,谚语就是可倚靠的"重言",此即"善语"的内涵。如《史记》载邹阳为梁孝王门客,被谗下狱,狱中上书表达忠心以及相知的愿望:"臣闻比干剖心,子胥鸱夷,臣始不信,乃今知之。愿大王孰察,少加怜焉。谚曰:'有白头如新,倾盖如故。'何则? 知与不知也。"④ 相知也许就在偶遇倾盖之间,并不能以相处时间长短来衡量。又《司马相如传》载汉武帝好自击熊罴,驰逐野兽。相如遂上疏谏之:"鄙谚曰:'家累千金,坐不垂堂。'此言虽小,可以喻大,臣愿陛下留意幸察。"⑤ 堂檐之下有坠瓦之危,此与君子不立于危墙同理。

又《汉书》载宣帝时路温舒上书批评狱吏酷刻,令国人自危:"俗语曰:'画地为狱,议不入;刻木为吏,期不对。'此皆疾吏之风,悲痛之辞也。"⑥ 意思是狱吏凶残暴虐,哪怕牢狱是画的,狱吏是木刻的,人们

---

① 此句话应当引自杜文澜辑《古谣谚·凡例》,原文为:"古人文字本于声音,凡字之由某字得声者,必兼取其义,彦训美士有文,为人所言(注:国有美士,为人所言道。)谚既从言,又取义于彦,盖本系彦士之文言,故又能为传世之常言。"周绍良校点、杜文澜辑《古谣谚》,第4页。
② 郭绍虞:《谚语的研究》,第4、2页。
③ 徐元诰撰:《国语集解》,第583页。
④ 《史记》卷83,中华书局1982年版,第2471页。
⑤ 《史记》卷117,第3054页。
⑥ 《汉书》卷51,第2370页。

也避之唯恐不及。司马迁《报任安书》表达对严法酷吏的震恐时也曾化用过这句谚语："故士有画地为牢势不入；削木为吏议不对。定计于鲜也。"①

又王符《潜夫论·守边》引谚批评朝廷不重视边患，以为事不关己："谚曰：'痛不著身言忍之，钱不出家言与之。'"又《考绩》谈到以考绩选贤荐能之重要："南面之大务，莫急于知贤；知贤之近途，莫急于考功。……谚曰：'曲木恶直绳，重罚恶明证。'此群臣所以乐總猥而恶考功也。"② 应劭在《风俗通义》批评官员尸位素餐："顷者，廷尉多墙面而苟充兹位，持书侍御史不复平议，谳当纠纷，岂一事哉！里语曰：'县官漫漫，冤死者半。'"③

有时论事说理同时引《诗》引谚。如成帝时，御史中丞薛宣上疏批评时政，认为吏多苛政，政教烦碎，官方民间关系紧张，"夫人道不通，则阴阳否隔，和气不兴，未必不由此也。《诗》云：'民之失德，乾糇以愆。'鄙语曰：'苛政不亲，烦苦伤恩。'"④ "民之失德，乾糇以愆。"出自《小雅·伐木》，原意是说人们常因几口干粮的小事儿而心生罅隙，这里意在说明官吏对百姓苛责过细，会导致官民不亲。

日常对话中谚语也信口而出。《后汉书》记载光武帝刘秀姊湖阳公主新寡，刘秀与之共论群臣，微察其意。公主表示出对大司空弘德才仪表的爱慕："宋弘威容德器，群臣莫及。"刘秀有意撮合，但顾虑宋已有妻室，便决定先探探口风，遂有下面这段情节：

（宋）弘被引见，帝令主（按：即湖阳公主）坐屏风后，因谓弘曰："谚言贵易交，富易妻。人情乎？"弘曰："臣闻贫贱之知不可忘，糟糠之妻不下堂。"帝顾谓主曰："事不谐矣。"⑤

---

① 《汉书》卷62，第2732页。
② 王符著，汪纪培笺，彭铎校正：《潜夫论笺校正》，第262、71页。
③ 李昉等撰：《太平御览》卷226《职官部·持书御史》引《风俗通》，中华书局1960年版，第1074页。
④ 《汉书》卷83，第3386页。
⑤ 《后汉书》卷26，第905页。

劝人弃发妻谋新欢，是上不了台面的话，所以，光武帝也只得用谚语委婉暗示。而宋弘不便"面折"君王，遂引谚委婉而坚决地表明了态度。谚语是集合前人智慧，可以说是代表"大家的观点"。引谚说事就是假他人、众人之口论说，点到即止，却一点就透，言说者不必承担多少心理重负，委婉含蓄而又意思显豁，当事双方也就避免了尴尬，这是引谚的修辞妙处。

值得注意的是，《史记》相关传记文末"太史公曰"中，常引谚对人物事件进行评点。其或关明德理国，或关人情世态，或关世俗经验，或关历史教训，均与所述人物史实紧密扣合。如《郑世家》中评价郑大夫甫瑕和晋大夫里克：

> 太史公曰："语有之：'以权利合者，权利尽而交疏。'甫瑕是也。甫瑕虽以劫杀郑子内厉公，厉公终背而杀之，此与晋之里克何异？"①

甫瑕为郑国大夫，逃亡在外的郑厉公曾派人诱劫他，迫其助己重登王位。威逼利诱下，甫瑕屈服，与之盟誓，答应杀死在位的郑子。顺利复位后，厉公却以侍君有二心的罪名杀死了甫瑕。文中提到的里克为晋献公时权臣，曾全力支持太子申生。但当骊姬为扶立自己的儿子奚齐而加害太子及其诸公子时，里克为自保没有动作，致使太子自杀、诸公子流亡。后里克又连弑两位幼主奚齐和卓子，迎立公子夷吾即位，是为晋惠公。晋惠公即位后对里克不放心，担心自己像奚齐、卓子一样被弑，遂削弱里克军权，最终迫其自尽。太史公感慨，甫瑕、里克都是被权势利益裹挟，以权以利合，背信弃义，最后也将被权利抛弃，不得善终。引谚即鲜明地指出这些历史事件的共性。

又《孙子吴起列传》：

> 太史公曰："世俗所称师旅，皆道《孙子》十三篇，吴起《兵

---

① 《史记》卷1777，第1777页。

法》，世多有，故弗论，论其行事所施设者。语曰：'能行之者未必能言，能言之者未必能行。'孙子筹策庞涓明矣，然不能蚤救患于被刑。吴起说武侯以形势不如德，然行之于楚，以刻暴少恩亡其躯。悲夫！"①

孙膑对其同窗庞涓为人最清楚，但未能早防范，故遭陷害；吴起明白山川形胜不足恃，关键"在德不在险"，可他在楚国推行苛政，寡德少恩，以至失败后被杀。司马迁引古语表达感慨，认为非知之难，而是行之难也。这就使得孙吴二人的命运不仅是个人化的，特例的，而是具有代表性的，可垂训后世。其人其事入史，即是"通古今之变，成一家之言"。

又《刘敬叔孙通列传》：

太史公曰："语曰千金之裘，非一狐之腋也；台榭之榱，非一木之枝也；三代之际，非一士之智也。信哉！夫高祖起微细，定海内，谋计用兵，可谓尽之矣。然而刘敬脱挽辂一说，建万世之安，智岂可专邪！叔孙通希世度务，制礼进退，与时变化，卒为汉家儒宗。'大直若诎，道固委蛇，盖谓是乎？"②

此段引两句古语作总结，前者赞刘邦与其开国元勋们一起创下汉代江山，是集合众力的结果；后者则评价叔孙通懂得委屈随和，方成就后来儒家定于一尊的局面，都颇有概括力度。"大直若诎"，又见《韩诗外传》以及马王堆汉墓帛书《老子》，可见此语流传甚广，与"道固委蛇"构成新的组合。③

其他如评价齐国管仲、秦将白起王翦、汉晁错、李广等人经历，引

---

① 《史记》卷65，第2168—2169页。
② 《史记》卷99，第2726页。
③ 韩婴撰，许维遹校释：《韩诗外传集释》卷九："老子曰：'大直若诎，大辩若讷。大巧若拙，其用不屈。'"中华书局1980年版，第321页；马王堆汉墓帛书整理小组：《马王堆汉墓帛书〈老子〉》甲本："大直如诎，大巧如拙。"文物出版社1976年版，第3页。

语引谚都达到一锤定音的修辞效果:

> 管仲,世所谓贤臣……语曰:"将顺其美,匡救其恶,故上下能相亲也。"岂管仲之谓乎?(《管仲列传》)
>
> 晁错为家令时,数言事不用;后擅权,多所变更。诸侯发难,不急匡救,欲报私仇,反以亡躯。语曰"变古乱常,不死则亡",岂错等谓邪!(《晁错列传》)
>
> 《传》曰:"其身正,不令而行;其身不正,虽令不从。"其李将军之谓也?余睹李将军悛悛如鄙人,口不能道辞,及死之日,天下知与不知,皆为尽哀。彼其忠实心诚信于士大夫也。谚曰:"桃李不言,下自成蹊。"此言虽小,可以谕大也。(《李将军列传》)
>
> 鄙语云:"尺有所短,寸有所长。"白起料敌合变,出奇无穷,声震天下,然不能救患于应侯。王翦为秦将,夷六国,当是时,翦为宿将,始皇师之,然不能辅秦建德。固其根本,偷合取容,以至殁身。及孙王离为项羽所虏,不亦宜乎?彼各有所短也。(《王翦列传》)①

历史传记往往涉及漫长的时段,其间枝蔓复杂,细节琐碎,加之纠结交错的人物关系,叙述时很容易散漫无着。但《史记》却开合自如,这固然和司马迁对事件逻辑与人物命运的高超把握能力有极大关系,但文末赞语中谚语的恰当引用无疑起到点睛式的整合作用。史家的职责本就在历记成败祸福古今之道,谚语是过往经验智慧的凝聚总结,"一句顶一万句",总结时加以引用,很容易就将前面复杂的历史记述收束起来,汇聚成点,令人醒目,大大增强了历史叙述的质感和冲击力。

三 谚语的生命力:"俗所传言也"

谚语是口耳相传的语言艺术,它的生命力即在于流传,在于深入人心,成为交际人群的公共话语资源,一旦需要,即脱口而出。因此,从

---

① 《史记》卷62、101、109、73,第2136、2748、2878、2342页。

言语形态上看,处在"活态"中的谚语文本是不稳定的,有两个突出表现。

其一,多见"异辞",即类似的内容有不同"版本",一些引用频率较高的谚语尤其如此。如《墨子·非攻》:"古者有语:唇亡则齿寒。"①《春秋穀梁传》僖公二年、《左传》僖公五年、《春秋公羊传》僖公二年,以及《吕氏春秋·慎大览·权勋》《战国策·赵策》《战国策·韩策二》《韩非子·存韩》等都记录了相关谚语。人们引用时或作"语曰",或作"谚所谓",或作"先人有言曰",或作"某闻之"等,表述也略异,有"辅车相依,唇亡齿寒""唇亡则齿寒""唇竭而齿寒""唇揭者其齿寒""唇亡齿寒"等多个版本。其他如"无过乱人之门""奉不可失,敌不可纵""时不可失""众口铄金、三人成虎"等谚语,也有各种不同形态。②

其二,灵活"化用",即直接将谚语融入言辞,不一定有"谚曰""语云"之类的引子。比如战国秦汉间有"曲木恶直绳"之谚,《韩非子·有度》以此论法的重要性:"绳直而枉木断,准夷而高科削,权衡县而重益轻,斗石设而多益少。故以法治国,举措而已矣。"③ 西汉桓宽在《盐铁论》则两度引类似的谚语。《箴石》篇:"语曰:'五盗执一良人,枉木恶直绳。'"意思是良善常受到恶意的阻困。《申韩》篇:"曲木恶直绳,奸人恶正法。"④ 强调当以明法止奸。东汉王符《潜夫论·考绩》则借此论以考绩选贤荐能的重要性:"谚曰:'曲木恶直绳,重罚恶明证。'此群臣所以乐總猥而恶考功也。"⑤

由此可见,作为一种文体,谚语借助文字记录获得一些稳定的文本形态,但口耳流传的特点又使得其保持活泼的样态,在各种话语系统中自由出入,这是其生命力的保障。

---

① 张纯一编著:《墨子集解》,成都古籍书店1988年,第131页。
② 俞志慧做过较详细的梳理,参看《古语有之——先秦思想的一种背景与资源》,第18—19、53、55页。
③ 韩非子著,陈奇猷校注:《韩非子新校注》,上海古籍出版社2000年版,第111页。
④ 王利器校注:《盐铁论校注》,新编诸子集成(第一辑),中华书局1992年,第405、580页。
⑤ 王符著,汪纪培笺,彭铎校正:《潜夫论笺校正》,第71页。

似乎从战国以后，人们引"谚"引"语"开始出现强调其民间世俗性特点，观先秦文献五百余则"谚语"的引用，其中大约有十则称作"鄙谚""鄙语""里语""野语"的①，基本出自战国文献，如"野语有之曰：'众人重利，廉士重名。贤人尚志，圣人贵精。'"（《庄子·刻意》）、"鄙谚曰：'长袖善舞，多钱善贾。'"（《韩非子·五蠹》）、"齐鄙人有谚曰：'居者无载，行者无埋。'"（《吕氏春秋·先识览·期贤》）、"臣闻鄙语曰：'见兔而顾犬，未为晚矣；亡羊而补牢，未为迟矣。'"（《战国策·楚策四》）等。数量虽不多，背后却有文化进展的理路。

　　西周时期，文化的传递整体看是单向的，文化资源的累积基本上是聚集于贵族上层群体的，行人"采诗""采风"献之太师，輶轩之使"采异代方言，还奏籍之，藏于秘室。"② 从《左传》《国语》等文献看，当时卿大夫们引语引谚，大概仍将其看作是与道德修养、齐家治国密切相关的内容，是"正经"的思想资源，即便有些本源于民间，一旦进入上层主流话语，其"鄙俗"的身份也就自动消失了，所以，引用时少有"鄙""野"之类强调其社会身份的词汇。而此后礼崩乐坏，"王官失守，学在四夷"，诸侯各自为政，文化下移有了更开放的基础，"民间"作为一个文化系统才渐渐"显影"。特别是战国以来，介于贵族和平民之间的"士"阶层在社会上广泛流动，言政施教。他们身份自由，思想观念多样，眼里既有庙堂，又有民间，在言说著述中也不避讳甚至有意显示自己知识谱系中"民间性"的一面。如荀子《赋》篇纯用隐语，就是典型的民间语言游戏，《成相》篇则采用民间歌谣运用最为普遍的成相体③；韩非子《内、外储说》收集了两百余则历史故事和民间传闻，许多大概就来自"道听途说"。因此，引谚自然也不避讳其出处，甚至明言其"鄙"，有意强调其社会身份。

　　而进入汉代，私学兴盛，知识上下沟通、四方交流更是常态，文化便整体呈现世俗化、平民化倾向，从《史记》等正史有意让社会各阶层

---

　　① 此据《先秦文献中散见的言类之"语"汇编》统计而出，参见俞志慧《古语有之——先秦思想的一种背景与资源·附录》，第195—233页。
　　② 应劭撰，王利器校注：《风俗通义校注·序》，第11页。
　　③ 郗文倩：《成相：文体界定、文本辑录与文学分析》，《文学遗产》2015年第4期。

入史,《风俗通》《论衡》等关注民间风俗信仰等即可见一斑。与此相匹配,更多内容浅俗、无关家国大事、道德修养的谚语也常被引用,如:

尹夫人自请武帝,愿望见邢夫人,乃诏使邢夫人衣故衣,独身来前。尹夫人望见之,曰:"此真是也。"于是乃低头俯而泣,自痛其不如也。谚曰:"美女入室,恶女之仇。"(《外戚世家》)

谚曰:"力田不如逢年,善仕不如遇合。"固无虚言,非独女以色媚,而士宦亦有之。(《佞幸列传》)

东郭先生久待诏公车,贫困饥寒,衣敝,履不完。行雪中,履有上无下,足尽践地。道中人笑之。……及其拜为二千石,佩青緺出宫门,行谢主人。故所以同官待诏者,等比祖道於都门外。荣华道路,立名当世。此所谓衣褐怀宝者也。当其贫困时,人莫省视;至其贵也,乃争附之。谚曰:"相马失之瘦,相士失之穷。"(《滑稽列传》)

人富而仁义附焉。富者得势益彰。……谚曰:'千金之子,不死於市。'此非空言也。故曰:"天下熙熙,皆为利来;天下攘攘,皆为利往。"(《货殖列传》)①

上述所引谚语描述的都是世俗社会中常见的情形,涉及女人间的妒恨;机遇的偶然和命运的难以把控;金钱和财富操控下人们的趋炎附势,以及权力的肆无忌惮,等等,都是社会和人性的灰暗面。史家将此记录下来,与其所观察到的历史影像相互映照,使得这些谚语不是作为"比兴"出现,而是以本色本味,传递民间经验、民间声音。

而且,引用时亦常常明确强调"谚"语的"鄙野"身份,如"鄙语曰:'儿妇人口不可用。'""鄙语曰'骄子不孝',非恶言也。""里语有之:'舐糠及米。'""鄙谚曰'家累千金,坐不垂堂。'"②"里谚曰:'欲投鼠而忌器。'""邹鲁谚曰:'遗子黄金满籯,不如一经。'""里语曰:

---

① 《史记》卷49、125、126、129,第1984、3191、3208—3209、3255—3256页。
② 《史记》卷56、58、106、117,第2060、2091、2825、3054页。

'腐木不可以为柱,卑人不可以为主。'""里谚曰:'千人所指,无病而死。'"① 等。

秦汉时期,整个社会文字水平有很大的提升和普及,对文字的尊崇也达到一个高峰。因此大约在这个时候,知识者对传递信息过程中有关语言文字的"书面之学"和诉诸听觉的"口耳之学"开始有了更多关注。在传世典籍不断被训释疏解的同时,诉诸听觉的口耳之言,也逐渐被系统的观察、分析乃至记录下来。比如赋家为了呈现眼里心中的博物世界,"假借形声"② 而造"玮字"③,对有声言语如何转换成文字书面语已摸索出一些规律。而在语言学领域,表现更为突出。扬雄《方言》"采集先代绝言、异国殊语"④ 就是将各地口耳之音收录为文字的过程。而《说文解字》对文字的说解,既探求本义、剖析形体,又辨识声读。刘熙《释名》则几乎完全用声训方式,对日常生活中各种观念、事物的命名由来作语源学上的分析。在这样的文化氛围下,汉代知识者对口耳相传的谣谚开始有了学理上的讨论,主要集中在以下三方面:

其一,关于"谚"和"语"的关系,认为两者实同。对于先秦文献中大量"古语有之"的引用,汉人认为"语"就是谚,甚至将两者合称为"谚语"。如《孟子·梁惠王章句下》:"夏谚曰:'吾王不游,吾何以休?吾王不豫,吾何以助?一游一豫,为诸侯度。'"赵岐注曰:"晏子道夏禹之世民之谚语也。"又《万章上》:"语云:'盛德之士,君不得而臣,父不得而子。'"赵岐注曰:"语者,谚语也。"⑤ 此后亦延续这一观念,如《春秋穀梁传集解》:"语曰'唇亡则齿寒'",晋范宁注曰:"语,谚言也。"⑥ "谚语"这一双音词也作为一个专有的文体名称被后人接受,成为使用至今的文体名称。

---

① 《汉书》卷48、73、77、86,第2254、3107、3252、3498 页。
② 刘勰著,詹锳义证:《文心雕龙义证·练字》,第1453 页。
③ 据简宗梧研究,赋家早期假借形声,后来则因假借而衍加形旁,更有既造形声又另造形声,以至恣改文字的形旁或声旁,以求别树一帜。《汉赋源流与价值之商榷》,中国台北文史哲出版社1980 年版,第78—81 页。
④ 刘歆:《遗扬雄书》,《全汉文》卷40,第349 页。
⑤ 赵岐注,孙奭疏:《孟子注疏》,阮元校刻《十三经注疏》,第2735、2775 页。
⑥ 《春秋穀梁传注疏》,阮元校刻《十三经注疏》,第2392 页。

其二，从内容上看，认为谚语即嘉言善语，是经验智慧的总结，言辞鄙俚，具有民间性特征。《国语·越语下》："谚有之曰：'觥饭不及壶飧'。"韦昭注曰："谚，俗之善语。"① 韦昭为汉末三国时吴人，他以"俗之善语"概括谚语的特点，明确了"谚"之"俗"，这就给谚语以文体的社会身份，此后学者在讨论谚语特征时基本上延续这样的观念。刘勰《文心雕龙·书记》论"谚"最为详尽：

> 谚者，直语也。丧言亦不及文，故吊亦称谚。廛路浅言，有实无华。邹穆公云"囊漏储中"，皆其类也。《牧誓》曰："古人有言，牝鸡无晨。"《大雅》云"人亦有言""惟忧用老"，并上古遗谚，《诗》《书》所引者也。至于陈琳谏辞，称"掩目捕雀"，潘岳哀辞，称"掌珠""伉俪"，并引俗说而为文辞者也。夫文辞鄙俚，莫过于谚，而圣贤《诗》《书》，采以为谈，况逾于此，岂可忽哉！②

"直语"即表意明朗，不加修饰。"廛路浅言"犹云市井之言（廛为古代城市贫民所居之地）。刘勰认为谚语之"谚"与吊唁之"唁"可互训，都指不加修饰的言辞，"有实无华"。《孝经》："子曰：孝子之丧亲也，哭不偯，礼无容，言不文。"③ "不文"即不加文饰，故"谚"又通"喭"，有粗鄙粗鲁之意。《尚书·无逸》："乃逸，乃谚，既诞。"④《论语》："由也喭。"都从此意。因此刘勰强调"文辞鄙俚，莫过于谚"。古代文体观念中，很早就确定了雅正和鄙俗的分野，汉代以后学者显然是将谚语归入后者，认为即便被收录关注，也属于"艺文之末品"⑤。这与先秦知识者对于"古语有之"的态度显然不可同日而语。不过，刘勰也认为谚语虽鄙俗，但因"圣贤《诗》《书》，采以为谈，况逾于此，岂可忽哉！"这与班固《汉志》对小说的态度是类似的。

---

① 徐元诰撰：《国语集解》，第 583 页。
② 刘勰著，詹锳义证：《文心雕龙义证》，第 966 页。
③ 李隆基注，邢昺疏：《孝经注疏》，阮元校刻本《十三经注疏》，第 2561 页。
④ 《尚书正义》，阮元校刻《十三经注疏》，第 221 页。
⑤ 刘勰著，詹锳义证：《文心雕龙义证》，第 941 页。

其三，从其产生和传播特点看，认为谚语为"传言"，不知出处，或传自古远，或传自民间。许慎《说文解字·言部》："谚，传言也。从言，彦声。"段玉裁注："传言者，古语也。"《广雅·释诂》亦云："谚，传也。""传"强调其受众的广泛以及形态的流动。

由此，谚语的这些特性和归属就基本上稳定下来，后世多沿用。如《汉书·五行志中》颜师古注："谚，俗所传言也。"① 又《礼记·大学》："人莫知其子恶，莫知其苗之硕"，陆德明注曰："谚，俗语也。"② 至今，对谚语的认识也大都归入民间俗语的范畴，这也是谚语在文体价值序列中最终获得的社会身份。③

因此，由先秦至秦汉，谚语呈现一种由雅至俗的认识转变。清代学者最初意识到这个问题，也对此有过一些讨论。比如段玉裁就认为"谚"是"传言""古语"，"凡经传所称之谚，无非前代故训"，认同其"雅"言的身份，因此他认为"宋人作注乃以俗语、俗论当之，误矣"。④ 其实，这里倒不是宋人之"误"，而是谚语所谓"雅俗"身份的动态变化。而杜文澜则认为古今谚语本就有"雅俗"两类，早期是"彦士之文言"，是典雅深奥的，可称为"古谚""先圣谚"之类；后来又有"传世之常言"，是流行、浅近的，可称为民谚、乡谚、里谚等，两者之间是源与流、体与用的关系：

> 谚既从言，又取义于彦，盖本系彦士之文言，故又能为传世之常言。惟其本系文言，故或称古谚；或称先圣谚；或称夏谚、周谚、汉谚；或称秦谚、楚谚、邹鲁谚、越谚；或称京师谚、三辅谚，皆彦士典雅之词也。惟其又为常言，故或称里谚、乡谚、乡里谚；或称民谚、父老谚、舟人谚；或称野谚、鄙谚、俗谚，皆传世通行之

---

① 《汉书》卷27中之上，第1381页注（四）。
② 陆德明：《经典释文》，上海古籍出版社1985年版，第852页。
③ 关于古代文体的价值序列，笔者在《中国古代文体的价值序列及其影响》（《河北学刊》2007年第1期）、《中国古代文体的价值序列》（《文学遗产》2007年第2期）有过讨论，又见《中国古代文体功能研究》第二章第四节，上海三联书店2010年版。
④ 许慎撰，段玉裁注：《说文解字注》，上海古籍出版社1988年版，第95页。

说也。谚之体主于典雅，故深奥者必收；谚之用主于流行，故浅近者亦载。①

"体用"的说法未必妥当，但范文澜能原始表末，细心排列探究先秦以来谚语之各种存在方式，以及典雅深奥、浅近俗鄙并行的特点，试图说明二者的关联，从文体学角度看就很有意义。据此，他还批评陆德明训解的不足："陆氏德明训谚为俗言，又训谚为俗语，乃专指其浅近同性者，而反遗其深奥典雅者矣。"

四 人物品评之语是"谚"还是"谣"

需要注意的是，汉代还有一些被称为"语"或"谚"的简短韵语，并非经验和知识的总结，而是对当下人与事的一种概括和评价，有明确的针对性。或者说，这些谚语是有所谓"本事"的，借助这一类言辞的流传，相关人、事被社会各界所了解。

如《史记·樗里子传》载：樗里子为秦惠王异母弟，历惠王、武王、昭王三世，为将为相，多有贡献。其人滑稽多智，秦人号曰"智囊"。昭王七年，樗里子卒，葬于渭南章台之东。死前说百年后，"当有天子之宫夹我墓"。至汉兴，果然"长乐宫在其东，未央宫在其西，武库正直其墓"。故司马迁引秦人评价：

> 秦人谚曰："力则任鄙，智则樗里。"②

任鄙为秦武王时力士，昭王时去世，二人同时，此谚或在二人生前即流传。

又《史记·季布传》载汉初楚人季布为人仗义，信然诺，有声名。楚辩士曹邱求见。见面后，季布面露不屑。曹邱遂吹捧道：

---

① 杜文澜辑，周绍良校点：《古谣谚·凡例》，第4页。
② 《史记》卷71，第2310页。

> 楚人谚曰:"得黄金百(斤),不如得季布一诺。"足下何以得此声於梁楚间哉?!且仆楚人,足下亦楚人也,仆游扬足下之名于天下,顾不重邪?何足下距仆之深也!①

曹邱引谚赞季布名气,又称自己亦楚人,为宣扬其名不遗余力,季布乃大悦,引入,留数月,为上客,厚送之。

以上称"谚"用例,显然都是人物品评之语,非经验智慧之总结。

不过,更多情况下,这类时评多称"语",一般引领的语词为"语曰",也有"称曰""世称""号曰"等。有些还强调流传的地域,如"长安为之语曰""东方为之语曰""京师为之语曰"等。如《汉书·朱云传》载少府五鹿充宗精于《梁丘易》,心辩善辞,元帝命他与诸《易》家辩,以了解《梁丘易》与其他《易》家之异同,众儒心怯,无人敢出头。后有人推荐朱云,其登阶上堂,抬头相询,音动左右,论难频频刺中要害,占尽上风:

> 故诸儒为之语曰:"五鹿狱狱,朱云折其角。"②

意思是五鹿充宗头上长角,朱云折断他的角。

又《王吉传》载王吉年轻时休妻事:

> 王吉少时求学长安,东家有枣垂吉庭中,吉妇取以啖吉,吉后知之,乃去妇。东家闻而欲伐其树,邻里共止之,因固请吉令还妇。里中为之语曰:"东家有树,王阳妇去。东家枣完,去妇复还。"

同传又载:

> (王吉)与贡禹为友。世称:"王阳在位,贡公弹冠。"言其取舍

---

① 《史记》卷100,第3732页。
② 《汉书》卷67,第2913—2914页。

同也。①

其他如：

> 先是京兆有赵广汉、张敞、王尊、王章，至骏（按：指王骏）皆有能名，故京师称曰："前有赵张，后有三王。"（《王吉（子骏）传》）
>
> （萧育）少与陈咸、朱博为友，著闻当世。往者有王阳、贡公，故长安语曰："萧、朱结绶，王、贡弹冠。"言其相荐达也。（《萧育传》）
>
> （诸葛丰），元帝擢为司隶校尉，刺举无所避，京师为之语曰："间何阔，逢诸葛。"（《诸葛丰传》）
>
> （成帝即位，张禹）为《论语章句》献之……禹先事王阳，后从庸生，采获所安，最后出而尊贵。诸儒为之语曰："欲为论，念张文。"（《张禹传》）②
>
> 王莽为宰衡时，甄丰旦夕入谋议，时人语曰："夜半客，甄长伯。"（《彭宠传》）
>
> （戴）遵，字子高，平帝时，为侍御史。王莽篡位，称病归乡里。家富，好给施，尚侠气，食客尝三四百人。时人为之语曰："关东大豪戴子高。"（《逸民列传》）③

有时甚至也被称作"谣"或"歌"。如《后汉书·党锢传序》曰：

> 初，桓帝为蠡吾侯，受学於甘陵周福。及即帝位，擢福为尚书。时同郡河南尹房植有名当朝，故乡人为之谣曰："天下规矩房伯武，因师获印周仲进。"二家宾客，遂各树朋徒，互相讥揣，渐成尤隙。

---

① 《汉书》卷72，第3066页。
② 《汉书》卷72、78、77、81，第3067、3290、3248、3352页。
③ 《后汉书》卷12、83，第503、2772—2773页。

由是甘陵有南北部，党人之议，自此始也。后汝南太守宗资任功曹范滂，南阳太守成瑨亦委任功曹岑晊（按：范滂字孟博，岑至字公孝），二郡又为谣曰："汝南太守范孟博，南阳宗资主画诺。南阳太守岑公孝，弘农成瑨但坐啸。"①

《酷吏列传》：

> （董少平）搏击豪强，莫不震栗，京师号为"卧虎"。歌之曰："枹鼓不鸣董少平。"②

两汉史书尤其是东汉收录此类品评人物的谣谚甚多，其原因有二。一是官方将民间风谣作为官员政绩考核的重要参照③；二是人才选拔方式为地方察举，公府征辟，由此，人物品鉴极被看重，于是，人物品评之风逐渐盛行。汤用彤在谈及刘邵《人物志》的产生背景时曾说到这一动因：

> 有名者入青云，无闻者委沟壑。朝廷以名为治（顾亭林语），士风亦竟以名行相高。声名出于乡里之臧否，故民间清议乃隐操士人进退之权。于是月旦人物，流为俗尚；讲目成名（《人物志》语），具有定格，乃成社会中不成文之法度。④

虽然为利益所驱，所传谣谚中或有多事者刻意而为，名实未必相副⑤，但从文体角度看，流风之下，借助口耳相传的"谣谚"品评时人时事，成为汉代此类文体发展中极为突出的现象。作为一种"准新闻"式的舆论

---

① 《后汉书》卷67，第2186页。
② 《后汉书》卷77，第2490页。
③ 参见吕宗力《汉代的谣言》，浙江大学出版社2011年版。
④ 汤用彤：《读〈人物志〉》，《汤用彤学术论文集》，中华书局2016年版，第202—203页。
⑤ 如《抱朴子·外篇·名实》载门人问曰："闻汉末之世，灵献之时，品藻乖滥，英逸穷滞，饕餮得志，名不准实，贾不本物，以其通者为为贤，塞者为愚。其故何哉？"《诸子集成》第8册，上海书店1988年版，第136页。

传播，它背后所涉及的清议、党争等因素，以及品鉴人物由道德到才学的视角转换等，都对汉魏六朝政治、思想、文化产生深远影响。

不过，对于这一类人物品评之"谚""语"的文类归属，历来大都不做细分，统称为"谣谚"，与歌谣归入一类，如杜文澜《古谣谚》、逯钦立《先秦汉魏晋南北朝诗》都是混杂收录的。推其理由，大约认为"谣""谚"均为口耳相传的韵语，如杜文澜就认为二者可互训，至于区别，只是表达时音声长短、急徐之类的差异：

> 谣谚二字之本义，各有专属主名。盖谣训徒歌，歌者咏言之谓。咏言即永言，永言即长言也。谚训传言，言者直言之谓。直言即径言，径言即捷言也。长言主于咏叹，故曲折而纡徐，捷言欲其显明，故平易而疾速。此谣谚所由判也。然二者皆系韵语，体格不甚悬殊，故对文则异，散文则通，可以彼此互训也。①

从今天的文体观念看，上述单从音声等形式因素对文体进行分类，显然不够妥当。对此，朱自清有明晰的判断："谚是经验的结晶，应是原则的或当然的，与此种歌性质不符，故仍应当作谣而加以论列。"他甚至列举更为简短的品评人物之语，如《史记·货殖列传》注徐广引谚云："研、桑心算。"② 认为这也应属于谣③。

对此，笔者是认同的。古代文体研究中，文体分类一向是难点，原因就是古代文体发展阵线长，呈滚雪球式的增长，文体之间互相牵扯，文体命名也有一定随意性，大都只强调该文体产生时某方面的特点，有从功能论，有从形式论，有从内容论，等等。而一种文体在发展变化中常有多方面特征，若不能抓其核心，就会"公说公有理，婆说婆有理"，如《孟子·梁惠王下》引"夏谚"曰："吾王不游，吾何以休？吾王不

---

① 周绍良校点，杜文澜辑：《古谣谚·凡例》，第 4 页。
② 《史记》卷 129，第 3256 页注（一）。这里研指计研，一名计然，春秋时越国范蠡师，长于经商；桑指桑弘羊，汉武帝时御史大夫，长于理财。朱自清引作"研、桑心计"。班固《答宾戏》有"研桑心计于无垠"句。
③ 朱自清：《中国歌谣》，第 116 页。

豫，吾何以助？一游一豫，为诸侯度。"这显然是一则歌谣，颂夏禹巡狩观民，行止从容，若游若豫。但清代焦循在谈及此"谚"的文体归属时则说："谚，俗之善谣也。俗所传闻，故云民之谚语，而其辞如歌诗，则谣之类也。"①"俗所传闻"并非"谚"的核心特质，故上述说法就会产生误导。

因此，假如对相关文体特质有较为明晰的认识，则标准就容易划定。如周作人在收录整理歌谣时也遇到是否将谚语收录的问题，最终他决定收录，理由是：

> 谚语是理知的产物，本与主情的歌谣殊异，但因也用歌谣的形式，又与仪式占候歌有连带的关系，所以附在末尾；古代的诗的哲学书都归在诗里，这正是相同的例子了。②

对于文体间的同异有比较清晰的认识，但又不拘泥，根据需要取舍，这是比较通达明晰的文体观。或者说，只有认清文体发展的实际状况，才有选择取舍的自由，否则，混杂不清，势必焦灼纠结，也就难有澄明的理解。

郭绍虞曾引西人语："谚语以简短、意义、机警三种为要素。"③ 作为一种文体，也作为一种公共话语资源，谚语在世界各民族文化中都存在，文化越古老，所累积流传的谚语越丰富。而从言说方式上看，引谚引语背后所依托的往往是较为古老漫长的历史，因此可以说是一种传统的"古典式的"修辞方式。当人们普遍对言语文字保有敬畏，看重经验传统，推崇语言的纯净简素、蕴藉凝练，甚至口语交流还占有较大比重时，这种语言方式会有更深厚的土壤，也会不断"生出"新的文本。否则，大概引谚引语就会被认为是一种"老套"而陌生的修辞方式而渐渐与之疏离。

---

① 焦循注：《孟子正义》，上海书店1986年版，第73页。
② 周作人《歌谣》引吉特生语，周作人：《自己的园地》，岳麓书社1988年版，第37页。
③ 郭绍虞：《谚语的研究》，第10页。

第三节　隐与谜："不说破"的语言游戏

一　隐、讔、廋辞

隐语是隐去本事而假以他辞来暗示的语言，在先秦时期，隐语是一种应用非常广泛的交流方式，也是一种语言游戏。《史记·滑稽列传》载有"齐威王时喜隐""淳于髡说之以隐"等内容。《新序·杂事篇二》载有人"以隐问"，齐宣王"立发隐书而读之"，可见当时有为隐语提供查对资料的专书"隐书"，足可见隐语的流行，且有人专门做了隐语的收集整理。《汉书·艺文志》"诗赋略"之杂赋里录有"《隐书》十八篇"，可惜均已亡佚。据颜师古注，刘向《别录》曾云："隐书者，疑其言以相问，对者以虑思之，可以无不喻。"[①] 从这句话的意思看，隐书收录的是一种对谈性的语段，交谈双方彼此猜测对方话语里的意思，话题内容可关涉各类事物，因此，隐语是一种非常独特的言语文体形式。

隐又作讔、廋（辞），扬雄《方言》："廋，隐也，谓隐匿也。"《国语·晋语五》："有秦客廋辞于朝。"韦昭注云："廋，隐也，谓以隐伏谲诡之言问于朝也。"[②]《文心雕龙·谐隐篇》云："讔者，隐也；遁辞以隐意，谲譬以指事也。"[③] "遁辞"，即故意躲闪之辞；"谲"为隐约其词不直言；以彼喻此曰"譬"，故隐语是用隐约的言辞来暗藏某种意思，用曲折的譬喻来暗指某件事物。可以说，刘勰给隐下了一个比较准确的定义。

不过细细推究，隐与譬喻尚有差异，闻一多曾在《说鱼》一文中做了简洁的对比说明：

> 它的手段和喻一样，而目的完全相反。喻训晓，是借另一事物来把本来说不明白的说得明白点，隐训藏，是借另一事物把本来可以说得明白的说得不明白点。喻与隐是对立的，只因二者的手段

[①]《汉书》卷30，第1753页。
[②] 韦昭注：《国语·晋语五》卷十一，《丛书集成初编》本，中华书局1985年版，第144页。
[③] 刘勰著，詹锳义证：《文心雕龙义证》，第539页。

都是拐着弯儿，借另一事物来说明一事物。①

把本来可以说得明白的，故意说得不明白，在我们看来近乎一种文字游戏，这也是先秦时期人们喜好说隐的很重要的原因。

然而，如果追溯隐语的来历，它在产生之初却与玩笑无关，其最早应用大概在预言谶语上。朱光潜先生就曾说，诗歌在起源时曾是神与人互通款曲的媒介，神谕要隐讳曲折方显其神秘玄妙，所以符谶大多用"隐"诗②，这恐怕就是"隐"得以产生的最初的心理根源。沈钦韩《汉书疏证》给"隐书十八篇"作注时说："盖如今之谜语，掌于瞍，卜筮者也。"章太炎《国故论衡·辨诗》在谈到《汉志》中的杂赋时也认为隐与占繇关系紧密："杂赋有《隐书》者……东方朔与郭舍人为隐，依以谲谏，世传《灵棋经》诚伪书，然其后渐流为占繇矣。管辂、郭璞为人占皆有韵，斯亦赋之流也。"③另外，《汉书·东方朔传》中东方朔自称"臣尝受《易》，请射之"，④以及描述隐谜答案的过程古人叫"占"等现象中，也能得到一些证实的线索。《周易》爻辞当中就保留了一些这样的隐诗，可见隐语产生的久远了。⑤

隐语要"隐"，不能明言、直言事物名称，故只得转换角度，选择词语，隐讳提示，曲为渲染，因此，隐语有明显的"体物"特征，即反复描摹刻画所要呈现的事物。如较早的一则见于《逸周书·太子晋》，其中师旷与太子间的一段对话，就是用的隐语形式：

（师旷）称曰："温恭敦敏，方德不改，闻物□□，下学以起，尚登帝臣，乃参天子。自古谁？"太子应之曰："穆穆虞舜，明明赫

---

① 闻一多：《说鱼》，《闻一多全集》第一册，北京三联书店1982年版，第117页。
② 朱光潜：《诗论》第二章《诗与隐》，北京三联书店1984年版，第35页。
③ 刘梦溪主编：《中国现代学术经典·章太炎卷》，河北教育出版社1996年版，第86页。
④ 《汉书》卷65，第2843页。
⑤ 《隐与古代占爻辞》，郗文倩：《古代礼俗中的文体与文学》，人民出版社2015年版，第74页。

赫，立义治律，万物皆作，分均天财，万物熙熙。非舜而谁能？"①

陈逢衡注云："师旷盖隐以舜德为问"，太子据以回答，换句话说，师旷和太子分别针对夏禹的德行功绩铺设谜面，问答交流。

又如"大鸟之隐"。《韩非子》载：

> 楚庄王莅政三年，无令发，无政为也。右司马御座而与王隐曰："有鸟止南方之阜，三年不翅，不飞不鸣，嘿然无声，此为何名？"王曰："三年不翅，将以长羽翼；不飞不鸣，将以观民则。虽无飞，飞必冲天；虽无鸣，鸣必惊人。子释之，不谷知之矣。"②

进谏者右司马铺设谜面，以三年不飞也不鸣的"大鸟"影射庄王的不作为，可谓巧妙。同样类似的"大鸟之隐"还见于《吕氏春秋·审应览第六》《史记·楚世家》《史记·滑稽列传》《新序·杂事二》等，只是人物略有不同③，可见这则隐确有广泛的流传。

隐语的这一"体物"特征在荀卿《赋》篇中得到完整的保留和强化。《赋》篇是我们迄今所见到的最早的以"赋"名篇的作品，而其"纯用隐语"也是学界一个不争的事实。在这些赋作中，先由"臣"提问，多方面描述相关事物的特点、作用，然后由"王"或"五泰"作答。后者并不直陈谜底，而是以问为答，对所述事物再作进一步猜测性的发挥描摹，最后才点出描述对象的名称，这和隐语的特征是若合符节的。

据钱南扬《谜史》统计，先秦隐语约有十余则④，被史家多次转载，为后人谈及，原因是它们大多具有"意义"，暗含讽谏，故为严肃的史家

---

① 黄怀信、张懋镕、田旭东撰：《逸周书汇校集注》，上海古籍出版社2007年版，第1024—1025页。
② 陈奇猷：《韩非子新校注》，上海古籍出版社2000年版，第456页。
③ 右司马为谁不明，《吕氏春秋》作"成公贾"；《史记·楚世家》作"武举"；《新序》作"士兵庆"，《史记·滑稽列传》又以为淳于髡说齐威王。这些记载或有为传说以托古，足见其流行，倒不必确定其为何人。
④ 刘二安、徐成校主编：《谜史丛谈》，中华书局2018年版，第15—16页。

所看重，得以记载保留。其实，从先秦隐语的实际使用来看，更多隐语是纯粹属于语言游戏性质，是不被人看重的。史载春秋战国时期许多君主喜好隐语，而尤以齐楚两地为盛，如《新序》载齐宣王自陈"隐，固寡人之所愿也"①。而《史记·滑稽列传》也称："齐威王之时喜隐。"② 在这些记载中，君主喜好隐语往往与不理政事并列而谈，故隐含着对隐语这一游戏非正统身份的批评。如《吕氏春秋》说"荆庄王立三年，不听而好隐"；③《新序》载"楚庄王莅政三年，不治而好隐戏。"④ 因此，整体看，隐语突出的特点就是娱乐性，这也是它得以进入宫廷的首要原因，也是可以借此讽谏进入政治生活的原因。因为蒙着游戏的面纱，进谏就是言辞委婉的"谲谏"，双方不尴尬，被谏的君王们也不至于恼羞成怒。因此刘勰说："隐语之用，被于纪传，大者兴治济身，其次弼违晓惑。盖意生于权谲，而事出于机急；与夫谐辞，可相表里者也。"

在隐语使用过程中，描述解释隐谜答案的过程古人叫"占""射"。称之为"占"，大概同隐语源于占卜之辞相关，猜出其含义犹如解释卦义，故称之为占。称之为"射"，大概是说出隐语含义犹如以箭中的，描述不知就里，亦即射之不得。最后说出谜底，称之为"归之"，如荀子《礼》《云》两篇赋，其结尾就分别是"请归之礼""请归之云"。另据《说苑》所载，咎犯对晋平公说隐语，晋平公召隐士十二人，平公问："占之为何？"隐官不知，平公曰："归之"，于是咎犯一一说出隐语的含义。⑤ 此处"占之"与"归之"同时出现，可以看到二者的显著区别。由此来看，作为一种文字游戏，隐语运用过程中的"射""占"比起"归之"更具意义。

同时，先秦隐语大都采用"问对"的形式。在隐语的游戏规则中，一方进"隐"，被问的一方并不以揭示谜底为上，如果一时不能明了，就

---

① 刘向撰，赵善诒疏证：《新序疏证·杂事二》，华东师范大学出版社1989年版，第56页。
② 《史记》卷126，第3197页。
③ 许维遹撰，梁运华整理：《吕氏春秋集释》，中华书局2009年版，第204页。
④ 刘向撰，赵善诒疏证：《新序疏证·杂事二》，第51页。
⑤ 刘向撰，赵善诒疏证：《说苑疏证·正谏》，华东师范大学出版社1985年版，第242页。

再次深入发问，出谜者也不挑明，而是进一步陈说提醒。或者是，被问者明知谜底也不明白说出，而是再刻画一个谜面来影射答案。荀子《赋篇》即最为典型，可以说首次将原先大多"行"之于口头的语言方式"形"诸文字，加以谋篇布局，让读者看到隐语中的"问对"是文体中必不可少的骨架。

隐语是一种你来我往的言语交流、语言游戏，"问对"使其呈现出特别的趣味，借助问答的引导，谜面的铺陈得以多方面展开。问对是个引子，接下来的铺陈描述就"事出有因"，不至于显得突兀和多余，后世为寻找"谜底"而设置的"谜语"游戏，只保留了隐语测智的效果，而更有意味地展示语言你来我往游戏的一面已大大减弱了。

先秦时期的隐语具有娱乐、测智、言理、讽谏等多种功能，其"遁词以隐意，谲譬以指事"[①]的用语特点，蕴含着丰富的想象，说者由此见风趣机智，以旁观对方的懵懂摸索为乐趣；而听者出于本能的好奇，也产生寻求答案的欲望。在几经摸索之后恍然大悟，见出言语凑合中的巧妙，遂有一点惊叹，还有一点成就感，愉悦的心情随之产生，而这些，也是隐语最初为时人所喜爱的心理根据之一。同时，隐语是一种即兴的言语交流方式或语言游戏，一个人善隐，必需思维敏捷畅达且有出众的言语能力，因此，隐语的流行亦显示出先秦时人对于智慧和语言的兴趣，以及对于心性通明的崇尚。

顾颉刚在为钱南扬《谜史》撰写序言时说："言语是民众生活中很重要的一部分。他们的谚语是他们的道德法律；他们的成语是他们的词藻；他们的谜语、隐语是他们的智慧的钥匙。他们可以把谜语和隐语用来表现自己的智慧，用来度量别人的智慧，用来作出种种秘密的符记。"[②] 正因如此，隐语才如此盛行，并绵延后世。

二 汉代的隐语和射覆

汉代隐语保留下来的多是语言游戏性质，少有借此讽谏者，参与隐

[①] 刘勰著，詹锳义证：《文心雕龙义证》，第538页。
[②] 刘二安、徐成校主编：《谜史丛谈》，中华书局2018年版，第11—12页。

语游戏的也多为君王身边俳优类文人。大约汉代时文体的价值序列渐渐排列清楚①，正统和非正统、庄与谐也渐作更清晰的分别，隐语的性质和使用也就更单纯了。此外，汉代隐语还创造了新的游戏形式，即"射覆"。"射"即猜度，"覆"即覆盖。覆者用瓯盂、盒子等器覆盖某一物件，射者通过占筮等途径，猜测里面是什么东西。《汉书·东方朔传》记载武帝身边的幸倡郭舍人和东方朔以隐谜逗趣争胜、竞相邀宠的故事：

  上尝使诸数家射覆，置守宫盂下，射之，皆不能中。朔自赞曰："臣尝受《易》，请射之。"乃别著布卦而对曰："臣以为龙又无角，谓之为蛇又有足，跂跂脉脉善缘壁，是非守宫即蜥蜴。"上曰："善。"赐帛十匹。复使射他物，连中，辄赐帛。时有幸倡郭舍人，滑稽不穷，常侍左右，曰："朔狂，幸中耳，非至数也。臣愿令朔复射，朔中之，臣榜百，不能中，臣赐帛。"乃覆树上寄生，令朔射之。朔曰："是窭薮也。"舍人曰："果知朔不能中也。"朔曰："生肉为脍，干肉为脯；著树为寄生，盆下为窭薮。"②

颜师古注曰："于覆器之下置诸物，令暗射之，故云射覆。""射覆"是将隐语游戏和占卜结合在一起的新的游戏形式，猜中者不能简单报出所覆何物了事儿，而是要用韵语描摹出来。郭舍人先是覆"蜥蜴"（守宫），东方朔猜中后从其形貌、习性等方面曲为渲染；后又覆"窭薮"令东方朔猜射。此物大约是由一种寄生植物编制的小型托垫，颜师古注引苏林曰："窭音贫窭之窭，薮音数钱之数。窭薮，戴器也，以盆盛物戴于头者，则以窭薮荐之，今卖白团饼人所用者是也。"③ 故东方朔才称"生肉叫脍，干肉叫脯，著树为寄生，盆下为窭薮。"

  在这次射覆游戏中，东方朔胜出，按照前述约定，郭舍人当受罚"榜百"即杖击百下。在惩罚过程中，东方朔和郭舍人再次隐语相戏：

---

① 王长华、郗文倩：《中国古代文体的价值序列》，《文学遗产》2007 年第 2 期。
② 《汉书》卷 65，第 2843—2844 页。
③ 《汉书》卷 65，第 2843 页。

上令倡监榜舍人，舍人不胜痛，呼謈。朔笑之曰："咄！口无毛，声謷謷，尻益高。"舍人恚曰："朔擅诋欺天子从官，当弃市。"上问朔："何故诋之？"对曰："臣非敢诋之，乃与为隐耳。"上曰："隐云何？"朔曰："夫口无毛者，狗窦也；声謷謷者，鸟哺鷇也；尻益高者，鹤俯啄也。"舍人不服，因曰："臣愿复问朔隐语，不知，亦当榜。"即妄为谐语曰："令壶龃，老柏涂，伊优亚，狋吽牙。何谓也？"朔曰："令者，命也。壶者，所以盛也。龃者，齿不正也。老者，人所敬也。柏者，鬼之廷也。涂者，渐洳径也。伊优亚者，辞未定也。狋吽牙者，两犬争也。"舍人所问，朔应声辄对，变诈锋出，莫能穷者，左右大惊。上以朔为常侍郎，遂得爱幸。①

"口无毛，声謷謷，尻益高"意思是："嘴上没毛，叫声嗷嗷，屁股越撅越高。"东方朔以此嘲戏作为阉人的郭舍人被杖击时不胜其痛呼天喊地的狼狈相，郭舍人遂在武帝前状告其"擅诋欺天子从官，当弃市"。东方朔转而解释说，自己其实只是又设置了三则隐谜，并逐一解释谜底："夫口无毛者，狗窦也；声謷謷者，鸟哺鷇也；尻益高者，鹤俯啄也。"意思是嘴上没毛，是狗洞；叫声嗷嗷，是母鸟喂雏鸟食时的叫声；屁股越来越高，是鹤低头啄食的样子。这些话机警谐趣，及时摆脱了干系。郭舍人当然不服，接下来又随意设隐，步步紧逼，信口胡诌，而东方朔或从语词角度加以解释，如"令者，命也。壶者，所以盛也。龃者，齿不正也。"或者从语词所可能指称的事物及状态来加以解答："老者，人所敬也。柏者，鬼之廷也（按：旧时墓旁多植柏树，颜师古注：'鬼神尚幽暗，故以松柏之树为廷府。'）。涂者，渐洳径也（按：指浸湿的路）。伊优亚者，辞未定也（按：指言语含混不清）。狋吽牙者，两犬争也。"郭舍人信口妄说，东方朔应声辄对，从二人的斗嘴争言中，我们可以看到汉代宫廷中隐语的游戏实况，同时也可以看到，东方朔对隐语这一语词游戏描摹事物的功能性特点十分熟悉，故能应答从容，乃至引得左右皆惊，主上爱幸。

---

① 《汉书》卷65，第2844—2845页。

此外，《太平广记》引《东方朔传》云：

> 东方朔常与郭舍人于帝前射覆。郭曰："臣愿问朔一事，朔得，臣愿榜百。朔穷，臣当赐帛。"曰："客来东方，歌讴且行。不从门入，逾我垣墙。游戏中庭，上入殿堂。击之拍拍，死者攘攘。格斗而死，主人被创。是何物也？"朔曰："长喙细身，昼匿夜行。嗜肉恶烟，常所拍扪。臣朔愚憨，名之曰蟊（蚊）。舍人辞穷，当复脱裈。"①

又《渊鉴类函》引《东方朔传》云：

> 郭舍人曰："珠籥文章，背有组索。两人相见，朔能知之为上客。"朔曰："此玉之荣，石之精。表如日光，里如众星。两人相睹相知情，此名为镜也。"②

东方朔同郭舍人一来一往铺设谜面展开隐语游戏。分别对"蚊""镜"二物铺设谜面，考问对方。谜面描摹生动，隐语"状物"的文体特征、你来我往问答的游戏方式就表现得更为明朗了。

当然，不能排除上述二例有可能出于后人的假托，班固在《汉书·东方朔传》中就曾谈到这样的问题："朔之诙谐，逢占射覆，其事浮浅，行于众庶，童儿牧竖莫不炫耀。而后世好事者因取奇言怪语附着之朔。"③但即便上述二例是后人造语附着，其运用隐谜的方式也当有传统的遗存，我们仍然可以此为参照来考察汉代隐语游戏的特点。

三国时期曹魏术士管辂似乎也是射覆高手。管辂通《易》，善卜筮、相术，习鸟语，相传每言辄中，出神入化。《三国志·魏志·管辂传》载：

---

① 李昉：《太平广记》卷174，中华书局1961年版，第1292页。又周密《齐东野语》卷十引其四语："长喙细身，昼亡夜存。嗜肉恶烟，为指掌所扪。"
② 张英：《渊鉴类函》卷380，中国台北新兴书局有限公司1982年版，第6688页。
③ 《汉书》卷65，第2874页。

馆陶令诸葛原迁新兴太守，辂往祖饯之，宾客并会。原自起取燕卵、蜂窠、蠭蛐（蜘蛛）著器中，使射覆。卦成，辂曰："第一物，含气须变，依乎宇堂，雄雌以形，翅翼舒张，此燕卵也。第二物，家室倒县（悬），门户众多，藏精育毒，得秋乃化，此蜂窠也。第三物，觳觫长足，吐丝成罗，寻网求食，利在昏夜，此蠭蛐也。"举座皆惊。……平原太守刘邠取印囊及山鸡毛著器中，使筮。辂曰："内方外圆，五色成文，含宝守信，出则有章，此印囊也。高岳岩岩，有鸟朱身，羽翼玄黄，鸣不失晨，此山鸡毛也。"①

　　管辂对器中所覆的燕卵、蜂窠、蠭蛐（蜘蛛）印囊及山鸡毛都以四言加以描述，也是典型的语言游戏。

　　前面曾谈及隐语或最初来源于占卜之辞，《汉书·艺文志》蓍龟家亦有"《随曲射匿》五十卷"，那射覆的游戏一定程度上也算"认祖归宗"。不过，从根本看射覆还是一种语言和智力游戏，它没有"占射"的严肃性（如上面所载祖饯宴会中的射覆就是一场参与人数颇众的语言游戏大会），但占卜环节使得游戏增加了神秘性，语言游戏遂变得更有趣味，也更迷人，个中高手可以说是出于"技"而达于"艺"了。汉魏以后，射覆游戏则少有记载，盖游戏和占卜各有分野，遂渐行渐远了。②

　　隐语、射覆由神秘的预言变为一般人的娱乐以后，就变成一种"谐"。更多带有调笑谐趣的色彩。刘勰云："'谐'之言，'皆'也；辞浅会俗，皆悦笑也。"③ 陆侃如等认为刘勰用"皆"字来解释"谐"，一方面是利用字形和字音相近，另一方面也因为谐谈具有普遍性，而"皆"字也含有共同普遍的意思。这些分析都强调了隐语在人群的交流过程中

---

① 陈寿撰，裴松之注：《三国志·魏志》卷29，中华书局1959年版，第817、822页。
② 明清两代，射覆成为酒令的一种。清·俞敦培《酒令丛钞》云："所谓射覆，又名射雕覆者，……以上一字为雕，下一字为覆。"意"酒"字，则言"春"字、"浆"字，使人射之。盖"春酒，酒浆也。彼此会意，余人更射，不中者饮，中则令官饮。"《红楼梦》第六十二回《憨湘云醉眠芍药裀呆香菱情解石榴裙》中写宝玉、平儿过生日，宴席上玩酒令游戏，平儿拈了个"射覆"，宝钗说："把个酒令的祖宗拈出来。射覆从古有的，如今失了传，这是后人纂的，比一切的令都难。"
③ 刘勰著，詹锳义证：《文心雕龙义证》，第528页。

调节气氛的作用。先秦至两汉隐语、廋辞、射覆等都属于"谐隐","与夫谐辞可相表里者也"①。

戏谑、发笑、风趣、诙谐、玩笑、滑稽等都是娱乐游戏的特征,这也是隐语精神层面的质素。在所能见到的隐语中,像郭舍人和东方朔之间进行的那种具有非常浓郁的调笑戏谑色彩的隐语并不是很多,这应当看作正统史家筛选的结果。司马迁曾陈述为滑稽者作传的理由:"谈言微中,亦可以解纷。"②认为这里所记载的优倡类人物都以暗含讽谏的言语行动而获得历史地位,载之青史的。刘勰也谈及司马迁将这些人物入史传的理由:"是以子长编史,列传滑稽,以其辞虽倾回,意归于正也。"但他同时对谐隐之体游戏谐谑的本质有着清醒的理解,认为其"本体不雅,其流易弊",又说"文辞之有谐隐,譬九流之有小说。"③认为谐隐和小说一样,虽不入正流但也有可观之处。由此可见,在俳优的言语行为中,只有那些讽谏意味较浓含义较为严肃的隐语才得以被史家关注、记载,而更多诙谐调笑、纯粹属于语言游戏的隐语却没有如此待遇,后人也就无从得见了。但我们可以想见,在当时,恰恰这一部分隐语才应当是演出的主角,且数量众多,可以说它们正是"不雅"的隐语的主体。从有关隐语的记载中,仍能很清晰地发现这一持续的传统。对于《史记·滑稽列传》之"滑稽",古人的解释有大同小异之处,司马贞称:"滑,乱也;稽,同也。言辨捷之人言非若是,说是若非,言能乱异同也。"又言:"楚词云:'将突梯滑稽,如脂如韦。'崔浩云:'滑音骨。滑稽,流酒器也。转注吐酒,终日不已。言出口成章,词不穷竭,若滑稽之吐酒。故扬雄酒赋云'鸱夷滑稽,腹大如壶,尽日盛酒,人复藉沽'是也。"又姚察云:"滑稽犹俳谐也。滑读如字,稽音计也。言谐语滑利,其知计疾出,故云滑稽。"④从这些解释来看,"滑稽"者所表现出来的"出口成章,词不穷竭""言非若是,说是若非""谐语滑利,其知计疾

---

① 刘勰更强调其"经世致用"功能,所列举隐语含义也更宽泛,暗语、体态语等似乎也都包括在内了。
② 《史记》卷126,第3197页。
③ 刘勰著,詹锳义证:《文心雕龙义证》,第529、555页。
④ 《史记》卷126,第3203页注。

出"等特征,其语言文字游戏的功能是显而易见的,这也是严肃的正统史家对俳优谐隐颇有微词的原因。

三 谜、谶语和离合诗

隐在汉代发展中还有两个流向,一是转化为赋,二是转化为谜。

隐语的核心是描摹状物,在战国秦汉间衍生出赋体,后竟成一代之文——汉(大)赋,相关内容将在第二章《汉代辞赋》中详细讨论,此不赘。而谜则更多是隐语的一个自然延伸。当隐语游戏不再强调问对间铺设谜面,而是着力于"猜",就成了"谜"。当然,这种游戏重心的变化也是有历史原因的。从史料记载看,在曹魏之前,隐语主要还是君王身边俳优或俳优类文人如东方朔等讥嘲逗趣的游戏,历来都被正统所轻视,如《汉书》本传评东方朔"逢占射覆,其事肤浅"。刘勰评价东方朔:"谬辞诋戏,无益规补。"这就有似"童稚之戏谑",供人"搏髀而抃笑"。因此,"自魏代以来,颇非俳优,而君子嘲隐,化为谜语。"① 文人对俳优颇有非议,嘲谑之隐的玩法遂发生变化,滑稽调笑的成分就大大减弱了,斗智炫辞的成分增加,这大概是隐与谜之间的微妙区别。

《文心雕龙·谐隐篇》云:"谜也者,回互其辞,使昏迷也。或体目文字,或图像品物,纤巧以弄思,浅察以炫辞。义欲婉而正,辞欲隐而显。"认为"谜"要闪烁变换其辞,使人迷惑难以猜测。具体方式有两种:一是"体目文字",体,即分解;目,即辨识,即对文字进行离拆描述,可谓拆字谜;二是"图像品物",即刻画描摹事物的像貌,如今之射物谜语。这两者都是在纤细巧妙处玩弄文思,以炫耀言辞为上,因此,谜语仍不离语言游戏。

如《三国志·吴书·薛综传》记载,蜀使张奉来吴,宴饮间他"列尚书阚泽姓名以嘲泽",大概就是通过拆解其姓名作字谜的方式来讥讽当时的吴国尚书阚泽,而被讽刺的阚泽却无法对答,于是薛综上前敬酒,用两则字谜为吴国挽回了面子:

---

① 刘勰著,詹锳义证:《文心雕龙义证》,第545页。

综下行酒，因劝酒曰："蜀者何也？有犬为独，无犬为蜀，横目苟身，虫入其腹。"奉曰："不当复列君吴邪？"综应声曰："无口为天，有口为吴，君临万邦，天子之都。"于是众坐喜笑，而奉无以对。其枢机敏捷，皆此类也。

薛综拆解"蜀""吴"二字，根据其字形结构分别铺设谜面，将"蜀"与犬、虫等联系起来，又有"横目苟身"的姿态描摹，由此使得"蜀"成为不堪之词；反之，"吴"与"天"联系，"吴"遂隐含"君临万邦，天子之都"的帝王气象。外交场合人们利用谜语斗智斗勇，在坛坫樽俎间取得外交上的尊严。

图像品物如《太平广记》卷一七三"俊辩"类曹植条引《世说》：

魏文帝尝与陈思王植同辇出游，逢见两牛在墙见斗，一牛不如，坠井而死。诏令赋死牛诗，亦不得云是非，不得言其斗，不得言其死。走马百步，令成四十言。步尽不成，加斩刑。子建策马而驰，即揽笔赋曰："两肉齐道行，头上戴横骨，行至山土头，峰起相唐突。二敌不惧刚，一肉坠土窟。非是力不如，盛意不得泄。"

曹植图像品物，语言诙谐生动，按照游戏约定，两牛相斗的情形不能明说，故曲为描摹，从艺术角度看，则就显得颇为含蓄细致甚至精巧了。

刘勰认为谜语的出现始自曹魏，可能是因为汉代以前，书上还未出现"谜"字，钱南扬《谜史》认为周秦两汉之书，不载"谜"字，宋刻本《说文解字》有之，则后人增入也。[①] 比较早的诗谜如《玉台新咏》卷十开篇有《古绝句四首》，其一曰：

藁砧今何在？山上复有山。何当大刀头？破镜飞上天。

---

① 《谜史丛谈》，第15页。

这首古诗一般认为是汉代作品①,句句都是隐谜。《乐府古题要录》称:"藁砧,砧也,问夫何处也。山重山为出;言夫不在也。刀头有环,问夫何时当还也。破镜飞上天,月半当还也。"② 其中,藁砧句与今略隔。"藁砧"即是说在砧板上铡草,指铡刀,古称"鈇",谐音为"夫",暗指丈夫。全诗谜底为"夫月半还"。此隐诗一、三句用谐音为隐;二句析字为隐;末句则状物为隐,故严羽《沧浪诗话》称:"此僻辞隐语也。"③

大约曹魏以后,谜语在文人当中就相当流行了,人们热衷以此斗智炫才。《世说新语·捷悟》载:

> 杨德祖为魏武主簿。时作相国门,始构榱桷,魏武自出看,使人题门作"活"字,便去。杨见,即令坏之。既竟,曰:"门中活,阔字;王正嫌门大也。"
>
> 人饷魏武一杯酪。魏武啖少许,盖头上题合字以示众,众莫能解。次至杨修,修便啖曰:"公教人啖一口也,复何疑!"④

又《简傲篇》:

> 嵇康与吕安善,每一相思,千里命驾。安后来,值康不在,喜(嵇喜,康兄)出户延之,不入,题门上作凤字而去,喜不觉,犹以为欣。故作凤字,凡鸟也。⑤

按《说文解字》:"凤,神鸟也,从鸟凡声。"吕安认为嵇喜为凡俗之人,故不与之语,而以字谜示意,显示出魏晋士人特有的孤傲。注引《晋百

---

① 刘跃进注意到徐陵将这首"古"绝句列在晋代贾充之前,贾充为曹魏末西晋初人,据此来看大约是魏晋以前的作品。刘跃进:《道教在六朝的流传与江南民歌隐语》,《社会科学战线》1996年第3期。
② 吴兢:《乐府古题要解》卷下,丛书集成初编本,中华书局1991年版。
③ 严羽著,郭绍虞校释:《沧浪诗话校释·诗体六》,人民文学出版社1983年版,第100页。
④ 刘义庆撰,徐震堮校笺:《世说新语校笺》,中华书局1984年版,第317—318页。
⑤ 刘义庆撰,徐震堮校笺:《世说新语校笺》,第412页。

官名》曰："嵇喜字公穆，历扬州刺史，康兄也。阮籍遭丧，往吊之。籍能为青白眼，见凡俗之士，以白眼对之。及喜往，籍不哭，见其白眼，喜不怿而退。康闻之，乃赍酒挟琴而造之，遂相与善。"干宝《晋纪》曰："安尝从康，或遇其行，康兄喜拭席而待之，弗顾，独坐车中。康母就设酒食，求康儿共与戏。良久则去，其轻贵如此。"

《世说新语·捷悟》又载"黄绢幼妇"之谜：

> 魏武尝过曹娥碑下，杨修从。碑背上见题作"黄绢幼妇、外孙齑白"八字，魏武谓修曰："解不？"答曰："解。"魏武曰："卿未可言，待我思之。"行三十里，魏武乃曰："吾已得。"令修别记所知。修曰："黄绢，色丝也，于字为'绝'；幼妇，少女也，于字为'妙'；外孙，女子也，于字为'好'，齑白，受辛也，于字为'辞'，所谓绝妙好辞也。"魏武亦记之，与修同，乃叹曰："我才不及卿，乃觉三十里。"①

谜面八字中，"齑"字射"辞"字稍难解。"齑"为捣碎的姜蒜韭等辛辣之物，"齑白"类似蒜罐子，故称"受辛"。而"辞"字按《说文》解为"不受也"，推辞、辞让之义，从"受"从辛，受辛宜辞之，是个会意字，故与"齑"暗通。《古逸丛书》影旧钞卷子本《雕玉集》引《语林》也记载此故事：

> 杨修字德祖，魏初弘农华阴人也，为曹操主薄。曹公至江南，读《曹娥碑》文，背上别有八字，其辞云："黄绢幼妇，外孙蒜白。"曹公见之不解，而谓德祖："卿知之不？"德祖曰："知之。"曹公曰："卿且勿言，待我思之。"行卅里，曹公始得，令祖先说。祖曰："黄绢，色丝，绝字也。幼妇，少女，妙字也。外孙，女子，好也。蒜白，受辛，辞也。谓'绝妙好辞'。"曹公笑曰："实如孤意。"俗

---

① 刘义庆撰，徐震堮校笺：《世说新语校笺》，第318页。

云:"有智无智,隔三十里",此之谓也。①

此故事又见《异苑》,解谜者则为祢衡:

> 陈留蔡邕避难过吴,读碑文,以为诗人之作,无诡妄也。因刻石旁作八字。魏武帝见而不能了,以问群僚,莫有解者。有妇人浣于汾渚,曰:"第四车解。"既而祢正平也,衡即以离合意解之。或谓此妇人即娥灵也。②

这段有似小说家言。此故事多异说,可见曹魏时文人"离合"文字、以谜语斗智炫辞有着广泛的影响力。

离合,即分合、聚散,这里指对汉字进行拆析、合并再加以附会解说,既可以用作谶语,亦可为游戏。离合汉字是汉字文化中特有的现象,主要产生在汉代,大约这时候人们对汉字的形意声韵等有了更深刻的认识,遂开始对汉字之点画结体进行操弄和巧说。古人认为,文字的产生本就取法天地,因此,天地万物暗藏的玄机尽可于字之点画中求之。汉代谶纬文化流行,汉人遂通过离合文字转说天命。曹魏之前,离合文字即主要用在谶语、谶谣方面。

如西汉时流行一种辟邪的玉配饰——刚卯,但王莽时期一度被禁止佩戴,只因"刚卯"二字含"刘"字偏旁,与其篡位立王姓废刘姓相冲克。③《汉书·王莽传》记载王莽的一段话:

> 今百姓咸言皇天革汉而立新,废刘而兴王。夫"刘"之为字,"卯、金、刀"也,正月刚卯,金刀之利,皆不得行。博谋卿士,今日天人同应,昭然著明。其去刚卯莫以为佩,除刀钱勿以为利,承

---

① 《雕玉集》,王云五《丛书集成初编》本173册,商务印书馆1936年版,第4页。
② 刘义庆撰,徐震堮校笺:《世说新语校笺》,第318页注。
③ 郗文倩:《汉代刚卯及铭文考论》,《古代礼俗中的文体与文学》第十章,人民出版社2015年版。

顺天心，快百姓意。①

颜师古注曰："今往往有土中得玉刚卯者，案大小及文，服说是也。莽以刘字上有卯，下有金，旁又有刀，故禁刚卯及金刀也。"刚卯因与刘（劉）字有关而被禁绝使用，同样，王莽也因刘字含刀部而禁绝刀形币流通，"乃更作小钱，径六分，重一铢，文曰'小钱直一'，与前'大钱五十'者为二品，并行。"

又《后汉书·公孙述传》载，公孙述梦有人语之曰："八厶子系，十二为期。"②"八厶子系"即"公孙"，述以为这是当贵之兆，遂称帝。

又《光武帝纪》载刘秀即帝位，燔燎告天，作谶记曰："刘秀发兵捕不道，卯金修德为天子。"③《宋书·符瑞志上》曾记载一则有关汉高祖刘邦称帝的谣谶，或许也是汉代流传下来的一则谶语："宝文出，刘季握。卯金刀，在轸北，字禾子，天下服。"按，刘邦字季，"卯金刀""禾子"即"刘""季"的析字，此"刘"暗指刘邦。此外还有些谶谣，如献帝初京都童谣："千里草，何青青。十日卜，不得生。"暗指"董卓"二字，认为董卓以臣凌君，不得生，也是用离合之法为谶。

上述谶言谶谣都可看作字谜，只是不为游戏罢了。故《文心雕龙·明诗》云："离合之法，则明于图谶。"

另外道教的早期经典如《太平经》中就多有利用汉字的离合谐音以隐语传播思想。④ 如卷三十八《师策文》九十一字全是隐语：

> 师曰：吾字十一明为止，丙鸟丁巳为祖始。四口治事万物理，子巾用角治其右，潜龙勿用坎为纪。人得见之寿长久，居天地间活而已。治百万人仙可待，善治病者勿欺绐。乐莫乐乎长安市，使人

---

① 《汉书》卷99中，第4109—4110页。
② 《后汉书》卷13，第535页。
③ 《后汉书》卷1上，第22页。
④ 《太平经》多数学者认为其成于两汉。饶宗颐《〈太平经〉〈说文解字〉》一文考证了《说文解字》中许多过去多不晓解之处均于《太平经》中得到解释。《饶宗颐史学论著选》，上海古籍出版社1993年版。

寿若西王母，比若四时周反始，九十字策传方士。

下卷天师则对此逐句解释，如首句"吾字十一明为止"：

> 吾者，我也，我者，即天所急使神人也。今天以是承负之灾四流，始有本根，后治者悉皆随之失其政，无从得中断止之，更相贼伤，为害甚深，今天以为重忧；字者，言吾今陈列天书累积之字也；十者，书与天真诚信洞相应，十十不误，无一欺者也。得而众贤，各自深计，其先人皆有承负也，诵之不止，承负之厄小大，悉且已除矣；一者，其道要正当以守一始起也，守一不置，其人日明乎，大迷解矣；明为止，止者，足也，夫足者为行生，行此道者，但有日益昭昭，不复愚暗冥冥也。十一者，士也，明为止者，赤也，言赤气得此，当复更盛，王大明也。止者，万物之足也，万物始萌，直布根以本足生也，行此道，其法乃更本元气，得天地心，第一最善，故称上皇之道也。①

东汉以后，文人好离合文字之戏，典型如孔融《郡姓名字》诗，隐"鲁国孔融文举"六字：

> 渔父屈节，水潜匿方。（按：去水，离"鱼"字。）
> 与时（時）进止，出寺驰张。（离"日"字，合上"鱼"字并为"鲁"字。）
> 吕公矶钓，阖口渭旁。（吕去口离"口"字。）
> 九域有圣，无土不王。（域去土，离"或"字，合为"国[國]"字。）
> 好是正直，女回予匡。（"好"去女，离"子"字。）
> 海外有截，隼逝鹰扬。（当离"乚"字，合为"孔"字。）
> 六翮将奋，羽仪未张。（翮去羽，离"鬲"字。）

---

① 李敖主编：《朱子语类太平经抱朴子》，天津古籍出版社2016年版，第455、457—458页。

龙蛇之蛰，它也可忘。（离"虫"字，合为"融"字。）

玫璇隐曜，美玉韬光。（玫去王，离"文"字。）

无名无誉，放言深藏。[誉（譽）去言，离"與"字。]

按辔安行，[按去安，离"扌"字，"扌"即手，与上字合为"举（舉）"字——举字下面是手字。]谁谓路长。①

孔融这首离合诗影响很大，后世多以此为离合诗的创始和代表。其实，同时或更早还有其他类似的谜隐，只不过未有人及时解破，影响不大。

如《越绝书》，明代前一直不知作者是谁，《隋书·经籍志》认为作者是子贡，宋代说是伍子胥，也有说是无名氏。中国古书常常托名，书作者不定也是常见的现象，学术界也少不了争论，但多难有定论。不过，明代学者杨慎却从这部书中发现了惊人的秘密。原来作者实为东汉人，相关名姓籍贯等信息恰恰是以字谜的方式隐于其书末尾序外传记中：

> 记陈厥说，略其有人。以去为姓，得衣乃成。厥名有米，覆之以庚。禹来东征，死葬其乡（疆）。不直自斥，托类自明。文属词定，自于邦贤。以口为姓，承之以天。楚相屈原，与之同名。

根据这段文字，杨慎在《越绝书跋》中推断说：

> 此以隐语见其姓名也。去得其衣，乃袁字也。米覆以庚，乃康字也。禹葬之乡，则会稽也。是乃会稽人袁康也。其曰"不直自斥，托类自明"，厥旨昭然，欲后人知也。"文属词定，自于邦贤"，盖所共著，非康一人也。以口承天，吴字也。屈原同名，平字也。与康共著此书者，乃吴平也。②

---

① 孔融：《孔少府集》，张溥辑：《汉魏六朝百三家集》卷21，扫叶山房书局影印本，1925年版。

② 《中华谜书集成》（一），人民日报出版社1992年版，第56—57页。

"以去为姓，得衣乃成"，应是"袁"字；"厥名有米，覆之以庚"，应是"康"字；"禹来东征，死葬其疆"，说明是会稽人，因为大禹死后就葬在会稽。据此，作者应为会稽人袁康。而后杨慎又从"文属辞定，自于邦贤。以口为姓，承之以天"推断此书由一位姓吴的同乡改定，由"楚相屈原，与之同名"推定此人名"平"，因为屈原名平。这个吴平，王充《论衡》中多次提及，称作吴君高，还说他曾作过《越纽录》，大约和《越绝书》是同一书。《越绝书》卷二最后称："勾践徙琅琊到建武二十八年，凡五百六十七年。"建武是东汉光武帝的年号，可见，袁、吴二人为东汉时人。《四库全书总目》在该书提要中也将此离合之谜特意做了详细说明。① 此文通篇四言，朗朗上口。

诗中说"不直自斥，托类自明"，意思是不明言作者，而欲使后人知之。可是此谜迟迟未有人勘破，至明代方有人发现谜底，恍然大悟，弄清该书作者实为东汉会稽人袁康、吴平。破解了千古之谜，杨慎颇为得意："蔡中郎、魏伯阳、孔文举，皆后汉末同时人，与袁康、吴平亦同时，隐语离合相似，故详注之，已见《越绝》之出于袁、吴二子也。历千余年而始显，不谓余为千载知音乎？"

又东汉道家魏伯阳的《参同契》，情况亦相似。《杨用修（慎）集》收录魏伯阳《参同契点后序》云：

邻会鄙夫，幽谷朽生。委时去害，依托丘山。循游廖廓，与鬼为邻。百世一下，遨游人间。汤（湯）遭厄际，水旱隔屏。②

此诗面隐"会稽魏伯阳（陽）"五字，亦离合文字为谜。书中解释其中较难解的"魏"字："古魏字作'未'，故云'依托丘山'，宜乎后世白丁道士不知，而以丹法解之，可发一笑。"不过，今天看来，这则离合诗也仍是有些难解的。

上述离合诗清代周亮工《字触》亦引，文本同。而钱南扬《谜史》

---

① 《四库全书总目》卷66《史部·载记类》，中华书局1965年版，第583页。
② 《中华谜书集成》（一），人民日报出版社1992年版，第56—57页。

引《魏伯阳参同契》，与此有异，内容更丰富：

> 委时去害，依托丘山。循游廖廓，与鬼为邻。沦寂无声，形化而仙。百世一下，遨游人间。敷陈羽融，东西南倾。汤遭阨际，水旱隔并。柯叶委黄，失其荣华，各相乘负，安稳长生。

全诗隐"魏伯阳歌"四字。钱南扬引俞琰《集解》：

> 首四句隐"魏"字；"沦寂"四句隐"伯"字；"敷陈"四句隐"阳"字。委邻于鬼，"魏"字也。"百"去"一"乃"白"字，"白"合于"人"，"伯"字也。"汤（湯）"与"阨"遭，隔去其"水"而并以"阨"旁，"阳（陽）"字也。

又引陶素耜《集解》：

> "柯叶"四句，藏"歌"字。柯失其荣，去木成"可"字。乘者，加也，两"可"相乘为"哥"。负者，欠也，"哥"旁附"欠"，为"歌"。[①]

曹魏以后，离合诗大盛，文人乐此不疲。潘岳有"思杨（楊）容姬难（難）堪"六字离合，纯法孔融四言诗；宋帝刘裕有"悲客他方"离合，则为骚体；谢灵运有"别"字离合；谢惠连有"各"字、"念"字、"此"字离合，为五言；此后，齐有王融《"火"字离合》；梁有元帝《"宠"字离合》、萧巡《赠尚书何敬容》；陈有沈炯之《赠江藻》，均为五言。《艺文类聚》卷五十六、明张傅《汉魏六朝百三名家集》等都有辑录。隋唐以后，创作离合诗之风稍歇，但文人社交聚会时也多有以拆字相嘲戏的，其中尤其以拆解名姓戏谑为多，虽谈不上是离合"诗"，也是

[①] 钱南扬：《谜史丛谈》第20—21页。

用的离合之法。① 直至晚清民国时期，离合诗还间有人作，亦有能解者，不过今天看都暗昧难明。②

离合诗的写法后来大约也是有规律的，明代徐师曾《文体明辨》总结道：

> 按离合诗有四体：其一，离一字偏旁为两句，而四句凑合为一字；其二，亦离一字偏旁为两句，而六句凑合为一字；其三，离一字偏旁于一句之首尾，而首尾相续为一字；其四，不离偏旁，但以一物二字离于一句之首尾，而首尾相续为一物。

对于离合诗这样的文字游戏，重在"巧妙"二字，要让人眼前一亮，意想不到，可又在情理之中，因此，孔融等人的创造之功才会被后人津津乐道。但人们也同时认为，离合汉字更多流为技巧，也是其弊，如叶梦得《石林诗话》称："古诗有离合体，近人多不解。此体始于孔北海……殆古人好奇之过，欲以文字示其巧也。"③ 明谢榛《四溟诗话》卷二云："孔融离合体，窦韬妻回文体，鲍照十数体……魏晋以降，多务纤巧。""析字破读，别有会心，斯道遂留为技巧。"④ 离合汉字而为游戏是在汉字构形中发现秘密，找到有趣之处，但若只在偏旁部首间刨索，甚至拆析过度以致晦暗难解，大约就失去很多趣味了，离合诗后代续作少大约有这个原因。

对古人而言，汉字来自万物，指称万物，其构形音意是有一定神秘色彩的，由此，相字（包括拆字、测字、破字等）即通过巧说字之点画结体而随机附会、为己所用，才成为一种中国古代特有的文化现象。⑤ 对

---

① 《谜史丛谈》所列甚详，见第 29—54 页。
② 顾震福：《跬园谜刊三种》引永定张超南题词云："窃从离合诗，得知君姓字。（味鲈曾作离合诗寄赠，隐君地名及姓字）"，《张黎春灯合选录》即收张起（按上说：起或作超）南（味鲈）《仿孔北海四言离合体隐闽张起南味鲈六字》，又无名氏《四言离合诗》（领表六合词客）等。《中华谜书集成》第三册，1997 年版，第 2733、3249、3431 页。
③ 叶梦得：《石林诗话》，何文焕《历代诗话》，中华书局 2014 年版，第 418 页。
④ 顾震福：《跬园谜刊三种·自序》，《中华谜书集成》第三册，1997 年，第 2728 页。
⑤ 胡锦贤：《离合相字史论》，《中国典籍与文化》2003 年第 4 期。

于离合诗而言，作者拆合汉字隐藏主旨，而读者也据此离合点画探究诗旨，这就好像玩"捉迷藏"，明知藏在那里却一时难以寻解，勘破后又别有一番惊喜，游戏遂充满趣味。清顺治间周亮工《字触》云："探仓颉之根宗，观象以知文，感幽以著说。"① 周婴《字触跋》云："沮诵制文，道因鸟迹，仓颉佐书，义次象形，盈其度，而日为君德，亏其傍，而月为臣规，措笔之间，已寓廋思于结体，而寄谐韵于缀墨矣。"② 因此某种程度上看，"离合诗"也属于隐喻性作品。而读者有意识的解读这些离合诗，寻求其精微旨意，也是一种"索隐"派。"索隐"是中国古代传统中解读文本的一种重要方式，即专门研究隐约其词的文本，对文本中"隐"的内容进行索解，寻找弦外之音。在索隐者看来，作者对相关本事和创作目的是故意隐藏的，因此在索解时重心就落在探究作者具体的创作意图或目的方面，而较少关注相关文本的艺术表现或创作规律。离合诗的流行或许对此批评方式的形成有一定影响。③

刘勰认为设置谜语关键的技巧是"辞欲隐而显"。"隐"而"显"意义好像相反，其实是相辅相成的。"好的谜语既不能使人一望而知，也不能使人永远猜不着。"④ 这是隐谜成为游戏的关键，谜语在后世虽然形式发生了一些变化，如出现了商谜、灯谜等各种形式，取材构思方式也有不同，但作为文字游戏，其核心不离"隐显"间的平衡，失去平衡则就减弱其趣味了。

后世一些谜语论者也意识到这一点，如清末民初谜家郁庭说：

> 廋辞（按：此泛指谜语）之道，原主透彻，如匣剑帷灯者，方为合作。若读三万卷之老名宿，亦难问鼎，岂不成黑暗地狱也。故距题太远，非上乘也。⑤

---

① 周亮工辑《字触·凡例》"几部"，民主与建设出版社2017年版，第2页。
② 周亮工辑《字触》，第275页。
③ 参看张金梅《索隐批评发展历程及其基本内涵》，《辽宁行政学院学报》2012年第1期；赖晓琳：《"离合"到"索隐"文学批评方法考证》，《文山学院学报》2019年第4期。
④ 刘勰著，詹锳义证：《文心雕龙义证·谐隐》，第550页注（四）。
⑤ 郁庭：《谜语选录》，《中华谜书集成》（三），第2715页。

因此，他批评当时谜语制作的不良风气："盖北派大目录七千，旧以艰涩为超，殊不知病源正坐在此。"又顾震福《跬园谜刊三种》引桐城马振彪题词："隐语本谐辞，不必尽渊雅。取径太深僻，知音世弥寡。"谢国文《谜论》："制谜之人，第一要熟读书籍，博闻强记。第二要广阅谜书，善于联想。第三要行文洗练，令丝丝入扣，虽回互其辞，尤不宜晦涩。"①

隐谜，是文字游戏，是用文字捉迷藏。巧妙的文字游戏，以及技巧的娴熟运用，都可引起美感，带来谐趣，能给人以愉悦。从先秦时期的隐语、廋辞到两汉以后的射覆、谜、离合诗，虽名称多样，游戏方式也有差异，但它们处在中国传统隐谜文化的创始期，周作人认为这些属于"原始的制作，常具有丰富的想象，新鲜的感觉，纯朴而奇妙的联想和滑稽，所以多含诗的趣味。与后来文人的灯谜专以纤巧与双关及暗射见长者不同；谜语是原始的诗，灯谜却只是文章工场里的细工罢了"。② 这在某种程度上道出早期隐谜与后世的差别。

---

① 《中华谜书集成》（三），第 2734、2976 页。
② 周作人：《周作人民俗学论集·谜语》，上海文艺出版社 1999 年版，第 168 页。

第二章

汉代辞赋

汉赋体类多样，创作蔚为大观，故班固《汉志》专门设诗赋略，次赋为四家，即屈原赋、陆贾赋、孙卿赋、杂赋。但所依何据并未说明，遂引起后人的不同解说，然都不能圆通。有学者认为《汉志》是从传播方式角度把"诗赋"从其他文类中分离出来，然后又根据"歌"和"诵"的不同，把"诗"和"赋"分开，最后又据赋所含"讽喻"之旨的多少对其进行评判，结果分为四类："屈原赋"是刘向编辑的《楚辞》的雏形，这类赋体兼风雅，骨含讽谏，《诗》人讽谏之旨最浓。"陆贾赋"劝百讽一，竟为侈丽闳衍之词，《诗》人讽谏之旨式微矣。"荀卿赋"直陈政教之得失，但与屈原譬喻象征的方式不同，故得另为一类。最后是"杂赋"，此类赋来自下层，篇幅纤小，作者无征，多诙谐调侃之意，《诗》人讽谏之义微乎其微。[①] 结合《汉书》的官方话语立场以及班固本人的宗经观念，特别是汉家依诗论赋的习惯，此说或有道理。汉代对分类溯源都没有明确的文体意识，对赋体本身的认识和归类大都不是从文体本身出发的。

如果从文体实际发展状况看，汉赋可分为五类。前四类几乎都是在西汉发展成熟的。一是散体大赋，也被称作苑猎京都大赋，是在司马相如、扬雄、班固等人手中定型、成熟，成为"一代之文学"。与之功能相近但篇幅短小的还有一种咏物小赋，这是第二类，这两种赋体都以"体物"为核心功能。三是模仿"楚辞"而以赋名篇的骚体赋，主要用以抒

---

① 伏俊琏：《〈汉书·艺文志〉"杂赋臆说"》，《文学遗产》2002年第6期。

发悲怨之情，如贾谊《吊屈原赋》、司马相如《长门赋》等。四是俗赋，有的是以唱诵的方式讲故事，有的是诙谐调笑的诘对，还有些传诵专业知识，属于赋体形式的实用文。以上几种汉赋体式在汉代并不是按照由此及彼的顺序来发展，而是几乎同时发生、演进与变化的。由于不同体式具有不同来源，因而在创作意图、文体风格和功能等诸多方面都呈现出不同。至东汉，又出现张衡《归田赋》为代表的抒情小赋，其内容清新，为汉赋发展的新体。

以上所述各类赋体，虽有体物抒情的不同功能，但都以铺陈的方式行文，这或许可看作其核心的写作手法，能用两句话说完的，偏偏要多说几句，甚至是长篇大论，体物也好，言情也好，都是如此。故刘勰论赋"赋者，铺也，铺采摛文，体物写志"，是有道理的。此外，汉代"赋颂"常连称，此"颂"非颂扬，而是通"诵"①，"不歌而诵为之赋"，这也是赋体的共性。

第一节 散体大赋和咏物小赋

散体大赋是"鸿裁"，咏物小赋是"小制"②，看似差异很大，但若从基本文体功能上看，两者都以"体物"为中心，来源于共同的母体——先秦隐语。

隐语是一种隐去本意而假以他辞来描摹暗示的语言游戏，故需以大量相关线索予以提示、曲为渲染，或围绕事物描摹情境，或针对事物摹写特征，这就给铺陈状物的汉赋的产生留下极大的拓展空间。此外，隐语游戏往往或隐或显地含有一问一答格局，这对汉代散体大赋"假设问对"结构特点的形成也产生直接影响。同时，从擅长隐语的先秦宫廷俳优，到擅长作赋的宋玉、唐勒等文学侍从，再到"有类俳优"的汉代赋家，也显示出职业性的承传。他们随侍帝王，时常受命作赋，这种职业

---

① 王长华、郗文倩：《汉代赋颂二体辨析》，《文学遗产》2008年第1期
② "鸿裁""小制"的说法见《文心雕龙义证·诠赋》，第283、288页。

性创作令汉语言得到了极大的训练和开发,最终使得汉赋成为"一代之文"。①

一 体物写志

关于汉赋的基本特征,历代赋论多有所谈。陆机和刘勰都从赋体的整体特征着眼为其作过概括。陆机说:"赋体物而浏亮。"② 刘勰说:"赋者,铺也,铺采摛文,体物写志也。"③ 二者都注意到赋"体物"这一特点。此外,针对赋体的其他特征,扬雄说:"诗人之赋丽以则,词人之赋丽以淫。"④ 挚虞说:"假象尽辞,敷陈其志。"⑤ 刘勰说:"写物图貌,蔚似雕画。""拟诸形容,则务言纤密;象其物宜,则理贵侧附。"⑥ 刘熙载说:"诗言持,赋言铺,持约而铺博也。""赋家之心,其小无内,其大无垠,故能随其所值,赋象班形,所谓'唯其有之,是以似之'也"。⑦ 可见,以铺陈繁密的语言对事物进行细致的描摹,是这类赋作的基本特征,而其他非本质的因素,如语言方面的骚句骈偶、韵语散语以及修辞手段,体制方面的问答、直叙以及鸿篇、短制等,却能够依作者的才力、兴趣、需要而随意取舍,从而表现出风格的多样和形式的繁富。也还是由于这一质的规定性,确立了散体赋形变的弹性限度,一旦超出,这一文体的性质遂发生变化,也就失去了继续存在的意义。

---

① 相关研究可参看郗文倩《从隐语到汉赋——关于西汉散体赋形成的文体考察》,河北师范大学 2004 年硕士论文。论文及相关内容分别发表于:《说"隐"》,《文艺理论研究》2003 年第 4 期;《汉赋文体形成新论》,《文艺研究》2004 年第 6 期;《论宋玉大小言赋在赋体发展史上的意义》,《中国文化研究》2004 年冬之卷(以上与王长华师合作);《西汉散体赋的文体特征及其隐语源流说》,《河北师范大学学报》2004 年第 4 期;《从游戏到颂赞——"汉赋源于隐语说"之文体考察》,《中国文学研究》2005 年第 3 期。
② 陆机著,张少康集释:《文赋》,人民文学出版社 2002 年版,第 99 页。
③ 刘勰著,詹锳义证:《文心雕龙义证》,第 271 页。
④ 汪荣宝撰,陈仲夫点校:《法言义疏·吾子》,新编诸子集成初编本,中华书局 1987 年版,第 49 页。
⑤ 挚虞:《文章流别论》,严可均《全晋文》卷 77,《全上古三代秦汉三国六朝文》,中华书局 1958 年版,第 1905 页。
⑥ 刘勰著,詹锳义证:《文心雕龙义证》,第 271 页。
⑦ 刘熙载著,王气中笺注:《艺概笺注·赋概》,贵州人民出版社 1980 年版,第 254、291 页。

如司马相如《子虚赋》描写楚地云梦泽，从上下左右、东西南北各个角度详细描摹：

> 其山则盘纡茀郁，隆崇嵂崒；岑崟参差，日月蔽亏；交错纠纷，上干青云；罢池陂陀，下属江河。其土则丹青赭垩，雌黄白坿，锡碧金银，众色炫耀，照烂龙鳞。其石则赤玉玫瑰，琳瑉琨吾，瑊玏玄厉，碝石碔砆。其东则有蕙圃：衡兰芷若，芎藭菖蒲，茳蓠蘪芜，诸柘巴苴。其南则有平原广泽，登降陁靡，案衍坛曼。缘以大江，限以巫山。其高燥则生葴菥苞荔，薛莎青薠。其卑湿则生藏茛蒹葭，东蔷雕胡，莲藕觚卢、菴闾轩于，众物居之，不可胜图。其西则有涌泉清池，激水推移，外发芙蓉菱华，内隐钜石白沙。其中则有神龟蛟鼍，瑇瑁鳖鼋。其北则有阴林：其树楩柟豫章，桂椒木兰，蘗离朱杨，樝梨梬栗，橘柚芬芳；其上则有鹓雏孔鸾，腾远射干；其下则有白虎玄豹，蟃蜒貙犴。

《上林赋》描写天子上林苑的浩大和物产丰富，更是穷形尽相：

> 左苍梧，右西极。丹水更其南，紫渊径其北。终始灞浐，出入泾渭；酆镐潦潏，纡馀委蛇，经营乎其内，荡荡乎八川分流，相背而异态。东西南北，驰骛往来，出乎椒丘之阙，行乎洲淤之浦，径乎桂林之中，过乎泱漭之野。汩乎混流，顺阿而下，赴隘陿之口，触穹石，激堆埼，沸乎暴怒，汹涌滂湃。滭弗宓汩，偪侧泌瀄。横流逆折，转腾潎洌，澎濞沆瀁，穹隆云桡，宛潬胶戾。逾波趋浥，涖涖下濑。批岩冲壅，奔扬滞沛。临坻注壑，瀺灂霣坠，湛湛隐隐，砰磅訇礚，潏潏淈淈，湁潗鼎沸。驰波跳沫，汩㵧漂疾。悠远长怀，寂漻无声，肆乎永归。然后灏溔潢漾，安翔徐回，翯乎滈滈，东注太湖，衍溢陂池。于是乎鲛龙赤螭，䱔鳙渐离，鰅鳙鳍鮀，禺禺魼鳎，揵鳍掉尾，振鳞奋翼，潜处乎深岩，鱼鳖讙声，万物众夥。明月珠子，的皪江靡。蜀石黄碝，水玉磊砢，磷磷烂烂，采色澔汗，丛积乎其中。鸿鹔鹄鸨，鴐鹅属玉，交精旋目，烦鹜鹔鷞，䴋䴊鸥鸧，

群浮乎其上，汎淫泛滥，随风澹淡，与波摇荡，奄薄水渚，唼喋菁藻，咀嚼菱藕。①

汉大赋的出现是出于"润色鸿业"②的需要。汉初经过秦末动荡，建立了空前统一的大帝国。至武宣之世达到鼎盛，这时候帝国的大一统体现在版图、政治、经济、思想文化上，形成一种将天地时空、山水地理、草木鸟兽、人伦道德、政治宗法等世间万象囊括其中的"大汉意识"，其威势和勃勃生机得以充分显露。与这种时代精神相契合，文人也表现出接纳万物的胸襟和气魄，体现出勇于创新、润色鸿业的主观欲求。史家司马迁著《史记》欲"究天人之际，通古今之变，成一家之言。"③同样，赋家司马相如作《子虚》《上林》赋，亦欲"控引天地、错综古今"，体现出那个时代文学创作者的抱负。同时，汉代社会崇尚博物，司马相如自述创作经验："赋家之心，苞括宇宙，总览人物"④，在这种情况下，赋家豪情万丈的自觉奉上鸿篇巨制的颂歌。故武宣时也是汉赋创作最盛的时候。"言语侍从之臣，若司马相如、虞丘寿王、东方朔、枚皋、王褒、刘向之属，朝夕论思，日月献纳；而公卿大臣，御史大夫倪宽、太常孔臧、太中大夫董仲舒、宗正刘德、太子太傅萧望之等，时时间作。"⑤由隐谜扩展而来的赋体本身具有客观的、外向的、拟形图貌似的特征，截然不同于传统审美文化偏于主体、内向、情感、心理的，偏于言志、缘情、畅神、写意的特点，特别适于细致呈现大汉帝国的纷繁物色，于是，汉赋便以"舍我其谁"的姿态成为帝王赋家的首选，受到世人的追捧。东汉王延寿《鲁灵光殿赋序》称："物以赋显，事以颂宣。"⑥可见，汉赋就是在颂扬彰显事物中得以完成的。刘熙载《艺概》云：

---

① 《全汉文》卷21，第242页。
② 班固：《两都赋序》，《全后汉文》卷24，第602页。
③ 班固：《汉书·司马迁传》卷62，第2735页。
④ 向新阳、刘克任校注：《西京杂记校注》，上海古籍出版社1991年版，第91页。
⑤ 班固：《两都赋序》，《全后汉文》卷24，第602页。
⑥ 《全后汉文》卷58，第790页。

> 赋起于情事杂沓，诗不能驭，故为赋以铺陈之。斯于千态万状，层见迭出者，吐无不畅，畅无或竭。①

汉赋的崛起，委实让人吃惊，此说试图从文学话语的内在转换方面寻找原因，这道出了历史的部分真相。

赋家有着竭尽才智来重现外界物事的强烈渴望。他们不仅通过铺陈描绘等手法对多彩绚烂的外部世界进行穷形尽相的描摹刻画，而且通过开掘汉字形体的表现力，借汉文字本身的形象意味，直接表现事形物态，因此读者在阅读过程中，甚至可以不深究字义而仅凭目视就能感受到因众多相同偏旁字并列造成的画面效果。同时，作为"不歌而诵"的文体，又要兼及声音形象，故赋家又常用多种方法造字以使音韵谐和。鲁迅在《自文字至文章》中说："意者文字初作，首必象形，触目会心，不待授受，渐而演进，则会意指事之类兴焉。……其在文章，则写山曰崚嶒嵯峨，状水曰汪洋澎湃，蔽芾葱茏，恍逢丰木，鳟鲂鳗鲤，如见多鱼。故其所函，遂具三美：意美以感心，一也；音美以感耳，二也；形美以感目，三也。"② 这段话显然是针对汉赋而言的，汉赋在语言用字上的堆砌出奇尽管显得有一些憨拙，但它们以其独有的形象表现，强化了赋体的图案化特征，积累了美感创造经验，这也构成了汉赋整体意义的一部分。

除京都苑猎等大赋外，汉代还有数量众多的咏物小赋，以单个事物为中心进行描摹，如路乔如《鹤赋》：

> 白鸟朱冠，鼓翼池干。举修距而跃跃，奋皓翅之翙翙。宛修颈而顾步，啄池碛而相欢。岂忘赤霄之上，忽池籞而盘桓。饮清流而不举，食稻粱而未安。故知野禽野性，未脱笼樊。赖君王之广爱，虽禽鸟兮抱恩。方腾骧而鸣舞，凭朱槛而为欢。③

---

① 刘熙载著，王气中笺注：《艺概笺注·赋概》，第 254 页。
② 鲁迅：《汉文学史纲要·自文字至文章》，《鲁迅全集》第 9 卷，人民文学出版社 2005 年版，第 354 页。
③ 《全汉文》卷 20，第 239 页。

描摹鹤之外形以及跳、飞、走、啄等动态。路乔如是梁惠王门客，末句亦委婉表达对梁孝王的赞美。

再如王褒《洞箫赋》以洞箫为描述对象，从制作洞箫的原料、产地、周围环境写起，继而描写工匠如何制作、装饰、调试，最后写高手演奏及其效果。该篇语言多用"兮"字句，末尾有"乱曰"，显然受楚辞语言形式的影响。如描写洞箫的音声：

> 故吻吮值夫宫商兮，龢纷离其匹溢。形旖旎以顺吹兮，瞑㗇㘈以纤郁。气旁迕以飞射兮，驰散涣以逫律。趣从容其勿述兮，騖合遝以诡谲。或浑沌而潺湲兮，猎若枚折；或漫衍而络绎兮，沛焉竞溢。惏栗密率，掩以绝灭，嘽缓晔踕，跳然复出。若乃徐听其曲度兮，廉察其赋歌。啾咇嘲而将吟兮，行鍖銋以龢啰。风鸿洞而不绝兮，优娆娆以婆娑。翩绵连以牢落兮，漂乍弃而为他。要复遮其蹊径兮，与讴谣乎相龢。故听其巨音，则周流汜滥，并包吐含，若慈父之畜子也。其妙声则清静厌瘱，顺叙卑达，若孝子之事父也。科条譬类，诚应义理，澎濞慷慨，一何壮士，优柔温润，又似君子……①

咏物小赋题材博杂，《汉志·诗赋略》"杂赋"类，包括《杂行山及颂德赋》二十四篇；《杂四夷及兵赋》二十篇；《杂鼓琴剑戏赋》十三篇；《杂山陵水泡云气雨旱赋》十六篇；《杂禽兽六畜昆虫赋》十八篇；《杂器械草木赋》三十三篇；《大杂赋》三十四篇等，当大都属于此类赋作。从目前存留篇目看，所涉物类丰富，如天文地理类有《旱云赋》《迅风赋》《霖雨赋》《月赋》《终南山赋》《梓铜山赋》《汉津赋》等；鸟兽草木类有《柳赋》《杨柳赋》《鹦赋》《蓼虫赋》《鹤赋》《文鹿赋》《文木赋》《神雀赋》《果赋》《大雀赋》《蝉赋》《神龙赋》《马赋》《鹦鹉赋》《王孙赋》（王孙即猴），以及《郁金赋》《芙蓉赋》《荔支（枝）赋》《蓝赋》《舞鸿赋》《白鹄赋》《玄根赋》等；乐器类有《簧赋》《笙

---

① 《全汉文》卷42，第354页。

赋》《洞箫赋》《雅琴赋》《琴赋》《长笛赋》《筝赋》等；日常器物类有《几赋》《屏风赋》《熏笼赋》《鱼葅赋》《芳松枕赋》《麒麟角杖赋》《合（盒）赋》《灯赋》《舞赋》《扇赋》《竹扇赋》《白绮扇赋》《团扇赋》《瑰材枕赋》《（织）机赋》《缄缕赋》《笔赋》《酒赋》《针缕赋》等；博戏类如《围棋赋》《樗蒲赋》《围碁（棋）赋》《弹棋赋》等；宫室类如《辟雍赋》《德阳殿赋》《平乐观赋》《东观赋》等；术数仪器有《九宫赋》《相风（测风器）》等，此外还有《冢赋》《骷髅赋》《大傩赋》《梦赋》等①。题材内容繁多，可谓"随物赋形"，由此见出时人对万千物象充满着好奇和兴趣。

二 赋家的"博物世界"

作为"体物"之赋，京都苑猎大赋和咏物小赋的创作态势都显示出，汉代赋家用文字创造了一个博物世界，其描摹物象纷繁，所涉名物众多，山川、物产、宫器、服饰、鸟兽虫鱼等包罗万象，不一而足。因此，在时人看来，这些作品颇能令人大开眼界。《汉书·王褒传》载宣帝为汉赋辩护时就称其有"鸟兽草木多闻之观"②，《汉书》称司马相如赋"多识博物，有可观采"，蔚为辞宗③。此后葛洪甚至认为在博物方面汉赋要超过《诗经》："毛诗者，华彩之辞也，然不及《上林》《羽猎》《二京》《三都》之汪濊博富也。"④ 汉赋给历代读者的阅读印象是"沉博宏丽""侈丽宏衍"。因此，汉赋成为一代之文，其能广见闻、观奇异也是重要原因。

汉赋所创造的博物世界确立了赋体宏博的文体特点："赋者，错杂万物，谓之赋也。""赋者，贵能分赋物理，敷演无方，天地之盛，可以致思矣。"⑤ 也正因汉赋包罗万象，后人认为其可作"类书"看。曹丕《答

---

① 此汉赋篇目均据龚克昌《全汉赋评注》，花山文艺出版社2003年版。
② 《汉书》卷64下，第2829页。
③ 《汉书》卷100下，第4255页。
④ 葛洪：《抱朴子·钧世》，诸子集成本，上海书店1988年版，第155页。
⑤ 刘勰著，詹锳义证：《文心雕龙义证》，第269页。

卞兰教》云："赋者，言事类之所附也。"①"事类"二字，实为"类书"编纂之要则，我国古代第一部类书《皇览》，正编于曹魏之初，而曹丕以"事类"言赋，正可见赋与类书的关系和影响。②更典型的说法来自袁枚，他认为大赋可做类书、字书看，这也是其为时人追捧的重要原因：

> 古无类书，无志书，又无字汇，故《三都》《两京》赋，言木则若干，言鸟则若干，必待搜辑群书，广采风土，然后成文。果能才藻富艳，便倾动一时。洛阳所以纸贵者，直是家置一本，当类书、郡志读耳；故成之亦须十年、五年。今类书、字汇，无所不备，使左思生于今日，必不作此种赋。即作之，不过翻摘故纸，一二日可成。而抄诵之者，亦无有也。今人作诗赋，而好用杂事僻韵，以多为贵者，误矣！③

袁枚认为，体物大赋之所以受到追捧乃至洛阳纸贵，就在于它们的创作历经数年，知识含量丰富，甚至可当字典、大百科全书，家置一本，非常实用。对比汉赋和当时流行的字书，两者确都具有"罗列诸物名姓字"④的字书特点，也有按类排列名物的类书特点，如将汉代较为普及的字书《急就篇》与汉赋有关内容进行对比，其相似性也是显见的，如有关树木：

> 桐梓枞松榆椿樗，槐檀荆棘叶枝扶。（《急就篇》）
> 其北则有阴林巨树，楩楠豫章，桂椒木兰，檗离朱杨，樝梨梬栗，橘柚芬芳。（司马相如《子虚赋》）

---

① 陈寿撰，裴松之注：《三国志·魏志》卷5，第158页注（二）引《魏略》。
② 以"事类"言赋，暗含赋代类书之功用，遂成后人以赋体编写类书之风，其中以北宋吴淑《事类赋》肇始之"事类"赋创作最为典型。此后踵事增华，有明华希闵《广事类赋》、清吴世旗《广广事类赋》、王凤喈《续广事类赋》、张均《事类赋补遗》及黄葆真《增补事类统编》，其功能是"赋体类事"，将赋体与类书凝合为一。参看许结《论汉赋"类书说"及其文学史意义》，《社会科学研究》2008年第5期。
③ 袁枚：《随园诗话》卷1，人民文学出版社1960年版，第7页。
④ 颜师古注，王应麟补注：《急就篇》，丛书集成初编本，第1页。

其木则柽松楔栎，枞柏杻橿。枫柙栌枥，帝女之桑。楈枒栟榈，柍柘檍檀。（张衡《南都赋》）

有关鸟雀：

凤爵鸿鹄雁鹜雉，鹰鷂鸨鸹翳雕尾。鸠鸽鹑鷃中网死。鸢鹊鸱枭惊相视。（《急就篇》）

其鸟则有鸳鸯鹄鹥，鸿鸧鵁鹅。鵁鶂鸊鷉，䴔鸐鷗鸠。（张衡《南都赋》）

罗列众字，排列名物，"模山范水，字必鱼贯"①，这种交错密集、重叠铺衍名物的效果即"繁类以成艳"②。写山则山部字盈篇："巃嵷崔巍""崭岩参嵳""摧崣崛崎""嵯峨山集嶪"；写水则水部字满纸："滂濞沆溉""潏潏淈淈""灏溔潢漾"；写鱼则"鲲鳙鰋鲉""禺禺魼鳎"；写鸟则"鸿鹔鹄鸧""鴐鹅属玉"，以象形部首为偏旁的联边字集中呈现，大大突出了字群的视觉效果。

然而，汉赋终究不是类书和字书，它不是简单的分类罗列名物，作为体物之文，它有自己独特的取"类"方式，不仅强调"繁类以成艳"，更意在"极声貌以穷文"，即用各种文学艺术手法展现万千物象，以产生"写物图貌，蔚似雕画"的效果。赋家对汉语言文字极为熟稔③，故可借此工具调试语言，炫奇逞才，呈现他们心中的博物世界。其铺陈状物不是泼墨写意，而是工笔细描，五色点绘，其形容词丰富也是有目共睹的。赋家擅长使用"玮字"来修饰名物，据简宗梧的研究，玮字的形成是多方面的，早先不外乎"假借形声"④，后来因假借而衍加形旁，更有既造形声又另造形声，以至恣改文字的形旁或声旁，以求别树一帜。司马相

---

① 刘勰著，詹锳义证：《文心雕龙义证·物色》，第1741页。
② 刘勰著，詹锳义证：《文心雕龙义证·诠赋》，第277页。
③ 史载汉代修订字书，司马相如作《凡将篇》，扬雄作《训纂篇》，班固复续扬雄作十三章，凡一百二章，无复字，"六艺群书所载略备矣。"《汉书·艺文志》，第1721页。
④ 刘勰著，詹锳义证：《文心雕龙义证·练字》，第1453页。

如是玮字的始作俑者，他不但在同一篇赋中，用同样的语汇时避免用同形字，而且取用别人用过的语汇时也常常改变形貌。如《七发》作"佛郁"，相如作"茀郁"；荀子《礼论》作"旁皇"他改作"彷徨"；老子作"寂寥"，他变为"寂漻"；《诗经》《九章》作"崔嵬"，他改作"崔巍"。同类形容词，在一篇赋中，相如也有意变换形式，避免重复，譬如形容进退游移的动作，便有推移、徘徊、翱翔、容与、彷徨、安翔、徐回、摇荡、肖摇、襄羊、逡巡等；形容纠缠错乱的情形，便有参差、交错、纠纷、葳蕤、缭绕、披靡、缤纷、轨芴、扶疏、儵池、杂袭、陆离、纷溶、蒳参、幡纚等。① 这些极富表现力的形容词加上同形旁名物字的叠加堆砌，造成了一种视觉上汪洋博汇的艺术效果。《文心雕龙·物色》称其"体物为妙，功在密附。"刘熙载《艺概·赋概》："赋于情事杂沓……斯于千态万状，层见迭出者，吐无不畅，畅无或竭。"② 汉赋将名物词以及相关的修饰词语"密附"组合，极尽描摹之能事，以见物象之"千态万状"，从而完成了繁富汪濊的新文体。

赋家把自己在语言及博物方面的知识学问全部调动起来，刻意追求词语的奇丽繁复。司马相如之后，扬雄、班固、张衡等人在玮字生产上更是变本加厉，以至去汉不远的魏代，"追观汉作，翻成阻奥"③，阅读汉赋已成为令人挠头的事了，也因此，汉赋被后世讥为"字书""字林""字汇""字锦"。然而透过赋作不加节制的语言的铺张排列，可以明显感受到赋家竭尽所能，调动一切才智来重现外界物事的强烈渴望。

因此，在后人看来，赋体虽如字书、象类书，但究其根本还是"美丽之文"：

> 赋也者，所以因物造端，敷弘体理，欲人不能加也。引而申之，故文必极美；触类而长之，故辞必尽丽。然则美丽之文，赋之作也。④

---

① 简宗梧：《汉赋源流与价值之商榷》，中国台北文史哲出版社1980年版，第78—81页。
② 刘熙载著，王气中笺注：《艺概笺注·赋概》，第254页。
③ 刘勰著，詹锳义证：《文心雕龙义证·练字》，第1455页。
④ 皇甫谧：《三都赋序》，萧统编，李善注：《文选》卷45，上海古籍出版社1986年版，第2038页。

赋体为"美丽之文"的特点事实上是以宋玉为代表的先秦赋家为先导的。而汉代赋家则以集体性的创作竞赛将这一特征推向极致。通观后世赋论,加诸汉赋的均是诸类词语:"靡丽""侈丽""弘丽""淫丽",因此《文心雕龙·丽辞》称:"自扬马张蔡,崇盛丽辞,如宋画吴冶,刻形镂法。丽句与深采并流,偶意共逸韵俱发"①,认为赋家为文,好像宋君的讲究绘画,吴国的讲究铸剑一样,注意文辞雕饰。

而为达到"欲人不能加也"的阅读效果,除了用辞博富细密,还要极尽各种表达技巧,其中"夸饰"的手法是最有代表性的。《文心雕龙·夸饰》称:"自宋玉、景差,夸饰始盛,相如凭风,诡滥欲甚。"刘勰敏锐地意识到夸饰已成为赋体固有的品质,宋玉等人已开先河,相如等汉赋家则承继此传统,将夸饰之风发扬到极致:

> 故上林之馆,奔星与宛虹入轩;从禽之盛,飞廉与鹪鹩俱获。及扬雄《甘泉》,酌其余波,语瑰奇则假珍于玉树,言峻极则颠坠于鬼神。……至如气貌山海,体势宫殿,嵯峨揭业,熠耀焜煌之状,光采炜炜而欲然,声貌岌岌其将动矣:莫不因夸以成状,沿饰而得奇也。②

刘勰是带着批评的态度来评价赋体的夸饰特征的,他认为夸饰当夸而有节,饰而不诬,而汉赋夸过其理。此后左思也从实证角度对赋家的过度夸饰大加指斥:

> 相如赋《上林》而引卢橘夏熟,扬雄赋《甘泉》而陈玉树青葱,班固赋《西都》而叹以出比目,张衡赋《西京》而述以游海若。假称珍怪,以为润色,若斯之类,匪啻于兹。考之果木,则生非其壤;校之神物,则出非其所。于辞则易为藻饰,于义则虚而无征。③

---

① 刘勰著,詹锳义证:《文心雕龙义证》,第1301页。
② 刘勰著,詹锳义证:《文心雕龙义证》,第1394页。
③ 左思:《三都赋序》,《全晋文》卷74,严可均:《全上古三代秦汉三国六朝文》,中华书局1997年版,第1882页。

"因夸以成状，沿饰而得奇""虚而无证"，这些评价恰恰显示出汉赋在呈现万千物象时的文学表现手法。赋家体物不追求真实，不局限于物的本形、本相和本性，更不追求"物之善恶吉凶"的讨论，而是意在调配手头色彩斑斓的淫靡之辞，以超出传统规范的言语构筑一个全新的名物世界，从而带给读者惊诧、震撼、欣喜等阅读快感。

对汉代赋家来说，夸饰以及与之相关的丽辞都是其自觉追求的产物，"他们似乎是决心有意为文，把文的表现力，它的夸张变形，它的穷形尽相，它的光明绚烂的色彩，皆一一推到极致，他们的放肆，使得正统批评家不知所措，因而遭受非议，自是难免"。① 换句话说，后世对汉赋"为文造情""淫丽而繁滥""繁华损枝，膏腴害骨"等批评，其实恰恰探到赋体刻意为文的品性。汉赋创作将汉语描摹呈现外物的功能调适到极端化的地步，这也为后世文学提供了观物、体物方面最为宝贵的经验。

三　假设问对

主客问答是汉大赋的结构特点，这一特点亦源自其母体——先秦隐语。

在隐语的游戏规则中，一方进"隐"，被问的一方并不以揭示谜底为上，如果一时不能明了，就再次深入发问，出谜者也不挑明，而是进一步陈说提醒。或者是，被问者明知谜底也不明白说出，而是再刻画一个谜面来影射答案，作为一种你来我往的语言游戏，"问对"使其呈现特别的趣味，借助问答的引导，谜面的铺陈得以多方面展开。后世为寻找"谜底"而设置的"谜语"游戏，只保留了隐语测智的效果，而更有意味的展示语言你来我往游戏的一面已大大减弱了。而且，问对过程你来我往，加上思考猜测、琢磨新的谜面，游戏过程就有了足够的长度，这也是游戏的必要条件。因此"问对"之于隐语不是简单的一问一答，而是不可缺少的重要文体构成部分。荀子《赋篇》即保留了这种游戏的原生态。

---

① 胡学常：《文学话语与权力话语——汉赋与两汉政治》，浙江人民出版社2000年版，第239页。

不过，由于荀卿赋以阐述事理为本，不以能文为上，因此，它对汉赋的影响比起"以文为戏"的楚国宫廷赋就小多了。宋玉等人以其"淫丽"之辞将赋的娱乐作用加以提升，在强化其文学审美特征的同时，也将"问对"形式化入赋体当中。如《高唐赋》：

> 昔者，楚襄王与宋玉游于云梦之台，望高唐之观。其上独有云气，崪兮直上，忽兮改容，须臾之间，变化无穷。王问玉曰："此何气也？"
>
> 玉对曰："所谓朝云者也。"
>
> 王曰："何谓朝云？"
>
> 玉曰："昔者先王尝游高唐，怠而昼寝，梦见一妇人曰：'妾，巫山之女也。为高唐之客。闻君游高唐，愿荐枕席。'王因幸之。去而辞曰：'妾在巫山之阳，高丘之阻，旦为朝云，暮为行雨。朝朝暮暮，阳台之下。'旦朝视之，如言。故为立庙，号曰朝云。"
>
> 王曰："朝云始楚，状若何也？"
>
> 玉对曰："其始出也，㒩兮若松树；其少进也，晰兮若姣姬，扬袂鄣日，而望所思。忽兮改容，偈兮若驾驷马，建羽旗。湫兮如风，凄兮如雨。风止雨霁，云无所处。"
>
> 王曰："寡人方今可以游乎？"
>
> 玉曰："可。"
>
> 王曰："其何如矣？"
>
> 玉曰："高矣！显矣！临望远矣；广矣！普矣！万物祖矣。上属于天，下见于渊，珍怪奇伟，不可称论。"
>
> 王曰："试为寡人赋之！"
>
> 玉曰："唯唯。"……①

宋玉借助问答引出高唐盛景，之后作简短的收尾，将听者从令人心驰神往的情境中引导出来，整个赋作浑融完整。相如《子虚上林赋》明显承

---

① 金荣权：《宋玉辞赋笺评》，中州古籍出版社 1991 年版，第 70—71 页。

袭此结构，先言作品缘起：

> 楚使子虚使于齐，齐王悉发车骑与使者出田。田罢，子虚过姹乌有先生，亡是公存焉。坐定，乌有先生问曰："今日田乐乎？"
> 子虚曰："乐。""获多乎？"
> 曰："少。""然则何乐？"
> 对曰："仆乐王之欲夸仆以车骑之众，而仆对以云梦之事也。"
> 曰："可得闻乎？"
> 子虚曰："可。"

之后在三人的对话间铺排描摹苑囿之巨丽，最后以天子反省"此大奢侈"、子虚、乌有二先生"愀然改容"，表示折服收尾，整篇文章结构亦是浑然一体。

然而，汉赋与楚赋间又存在一些差异。如果说宋玉等人的赋作问答体式还保留着追述记录的痕迹，那么，司马相如的赋作则是有意为之，问对者"子虚""乌有""无是公"均为虚构的人物，"相如以'子虚'，虚言也，为楚称；'乌有先生'者，乌有此事也，为齐难；'无是公'者，无是人也。"[①] 可见，司马相如对赋作结构是有意设计并加以娴熟把握的。由三人讲述的齐王、楚王、天子的狩猎情况，规模依次增大，奢华度也随之增加，从而将作品推向高潮。人物是谁并不重要，每个人的言论是可以独立出来的，其关键就是文中的"极尽骋辞"。汉赋中虚设人物，假以问答，体现出鲜明的虚构性质。

此后，扬雄《长扬赋》虚设"子墨客卿"和"翰林主人"，班固《两都赋》虚构"西都宾"和"东都主人"，张衡《二京赋》则虚构"凭虚公子"和"安处先生"，其人物虚构、对话问答的设置以及铺叙方法和结构安排，与相如赋如出一辙，至此，"主客问答"已成为汉赋的文体特征了。

---

① 《史记》卷117，第3002页。

四 "有类俳优"的赋家和散体赋的"讽劝"

隐语本身具有浓烈的娱乐游戏特质，这是其被纳入宫廷文化的先决条件。在其衍生出赋体后，这种功能被一直保持，像血脉一样在文体中流淌。在这一被接纳的过程中，帝王君主的好尚和期待起着主导性作用，进入汉代，赋体中颂扬娱主的功能就被进一步放大了。

从文学接受的角度看，对于一部作品而言，作者和读者共同构成一个接受系统，作者借作品表达情志，同时也在考虑读者的欣赏习惯和审美需求，希图获得认同。而读者则通过文学接受活动参与作品意义和价值的创造，从而使其价值和意义得到确立，与此同时，自身的阅读水平和审美视界也在这个过程中得到调整，进而对作者的创作提出新的要求，刺激着创作面貌的改变。中国早期文学史中最具文学意味的就是《诗经》、楚辞和赋体了。对于前两者来说，其作者在创作之初是否考虑读者的欣赏趣味，似乎无从考察，因为从先秦时期的采诗、陈诗、献诗和赋诗到汉代对诗经的传授、阐释和应用乃至经学化，以及楚辞在汉代的被模仿，屈原的被论争，等等，有关《诗经》和楚辞的文学史可以说就是一部接受史，然而对于赋体这一类娱乐性文本来说，情况就有些不同了。

在赋体这一文本系统中，君主帝王是首要读者，有特殊的支配性地位，能依个人喜好提倡某一文学的样式、内容和风格，甚至可以通过政治和经济的力量干预文学创作。这是一种隐性同时又很具权威性的力量，对赋体创作产生深刻的影响。赋体由其母体带来的游戏特征吸引了君王的目光，但也使君王不会以严肃的态度对待之。赋家的准俳优身份使其对君王宫廷存在强烈的依赖性，这种生存状况反过来也左右着赋家的创作，由此，他们在写作时必须考虑接受者的特殊需要，甚至完全为迎合、取悦接受者而进行创作。这些赋家或许也有了相当个人化的也可以说是最终属于纯文学的审美冲动，但在这样一种氛围的笼罩下，赋家的艺术无法得到个人化的完成。尤其至汉代，经学话语的绝对笼罩，帝王读者意识的极大膨胀，使汉赋作家日渐生长的主体意识受到压抑和扭曲，赋家对创作的主观期待与接受者的期待视野间存在着极大的差距。

汉赋同先秦楚赋最大的不同就是"颂扬"品格的增强，宋玉的《风赋》已露颂谀端倪，然而他的其他作品还是保留着较为纯粹的娱乐游戏色彩。到汉初《西京杂记》所载的梁园君臣赋，也还保留着较为浓重的游戏笔墨、竞相逗才的味道，但同时也在游戏当中巧妙传达对梁孝王的颂谀之情。①《西京杂记》载：

> 梁孝王好营宫室苑囿之乐，作曜华之宫，筑菟园。园中有百灵山，山有肤寸石、落猿岩、栖龙岫。又有雁池，池间有鹤洲凫渚。其诸宫观相连，延亘数十里，奇果异树，瑰禽怪兽毕备。王日与宫人宾客弋钓其中。②

在如此优雅的环境里，梁孝王"各使为赋"。枚乘为《柳赋》、路乔如为《鹤赋》、公孙诡为《文鹿赋》、邹阳为《酒赋》、公孙乘为《月赋》、羊胜为《屏风赋》，且韩安国为《几赋》不成，邹阳代作，后来，"邹阳、安国罚酒三升，赐枚乘、路乔如绢，人五匹。"有竞争，有输赢，有赏罚，文字游戏中充斥着竞赛的性质。这些应制之赋中，赋家或把自己称为小臣，或把全体文士称为"倡"，如枚乘《柳赋》："君王渊穆其度，御群英而玩。小臣瞽聩，于此陈词。"又曰："隽人英髦，列襟联袍，小臣莫效于鸿毛，空衔鳞而嗽醪。"又如公孙乘《月赋》："文林辩囿，小臣不佞。"邹阳《酒赋》："君王凭玉几，倚玉屏，举手一劳，四座之士皆若

---

① 《西京杂记》中这几篇赋作的真伪，学术界是有争议的。陶秋英、刘大杰、曹道衡、龚克昌等现代学者都以"真伪不明"或"真伪问题尚未解决"而忽略不论。亦有学者认为是伪作，马叙伦《读书续记》中就称这些赋作完全是六朝句法，不似西汉人赋。马积高《赋史》姜书阁《汉赋通义》等也持此论。与此同时，也有学者认为不是伪作，清人卢文弨《新雕西京杂记缘起》曰："夫冠以葛洪，以洪钞而传之，犹《说苑》《新序》之称刘向，固亦无害，其文则非葛洪所自撰。凡虚文可以伪为，实事难以空造，如梁王之集游士为赋，广川王之发冢藏所得，其皆虚邪？"今人万光治《汉赋通论》及何沛雄《汉魏六朝赋家论略》附录中亦将这些赋作归在汉赋目录里。今人相关研究可参考曹大中《数量·过程·枝派——谈汉赋的一些基本情况》，《中国文学研究》1988年第1期；费振刚《梁王菟园诸文士赋的评价及其相关问题考辨》，《中国典籍与文化》第二辑，中华书局1995年版；程章灿《西京杂记全译·前言》，贵州人民出版社1993年版。

② 向新阳、刘克任校注：《西京杂记校注》卷2，第109页。

哺粱焉。乃纵酒作倡,倾碗覆觞。"以自谦或自嘲的语气为王助兴,可见先秦宫廷赋家传统心态的遗留。

汉初藩国文人集团是一种颇有意味的文学现象,它们的形成得益于诸侯王拥城自治,与当时的中央集权形成较为并峙的局面,《汉书·邹阳传》载:

> 汉兴,诸侯王皆自治民聘贤。吴王濞招致四方游士,阳与吴严忌、枚乘等俱仕吴,皆以文辩著名。①

又同书《梁孝王传》载:"梁孝王招延四方豪杰,自山东游士莫不至。"《淮南王传》亦称:

> 淮南王安为人好书,鼓琴,不喜弋猎狗马驰骋,……招致宾客方术之士数千人。②

这里的"游士"兼有战国谋辩之士和文士的双重身份,对自己的出处去就有较为自由的选择,合则留,不合则去。诸侯王要想在皇族中显示声威,也需要展示姿态显示自身的吸引力,因此宾客在这里受到较高的礼遇和诚意。在这些侯王宾客中,枚乘、邹阳等人先游吴,吴王欲谋反,二人上书说服不纳,只好去吴游梁,此时游辩之士的政治倾向还是较为明显的。然而,随着大一统政治形态的逐渐强化,"个人对政治的选择机会日益受到限制,谋士的身份趋于消失,而文士的身份则明确起来。与此相应,他们在对某个政治中心做出选择时,政治倾向的一致性转变为更潜在的因素,而寻求艺术上的知音同好的动机则凸显出来。"③ 可以看到,七国平叛后,汉景帝因枚乘曾劝谏意欲谋反的吴王,乃"召拜乘为弘农都尉。乘久为大国上宾,与英俊并游,得其所好,不乐郡吏,以病

---

① 《汉书》卷50,第2338页。
② 《汉书》卷44,第2145页。
③ 曹虹:《文人集团和赋体创作》,《文史哲》1990年第2期。

去官。复游梁，梁客皆善属辞赋，乘尤高。"① 这与后来司马相如的辞官游梁有着异曲同工之处。《汉书·司马相如传》载：

> （司马相如）以訾为郎，事孝景帝，为武骑常侍，非其好也。会景帝不好辞赋，是时梁孝王来朝，从游说之士齐人邹阳、淮阴枚乘、吴严忌夫子之徒，相如见而说之，因病免，客游梁，得与诸侯游士居，数岁，乃著《子虚之赋》。②

可见，此时赋家对个体艺术生命的认识和尊重还是较为突出的。也正是在这种对艺术的共同渴念中，梁园君臣的群体文学形象显得格外突出，文学的表现欲望有了较为自由的展示场所，堪称汉赋集大成的《子虚赋》也就在这样的氛围中应运而生了。

至武帝时汉帝国已达鼎盛，其威势和勃勃生机得以充分显露，无论在版图、政治、经济、思想文化上，都形成一种"大汉意识"。与这种时代精神相契合，文人也表现出接纳万物的胸襟和气魄，体现出勇于创新、润色鸿业的主观欲求，遂自觉奉上鸿篇巨制的颂歌，加之武帝的好大喜功，赋体中"颂"的功能就被大大强化起来。史载武帝读了《子虚赋》大为欣赏，召见相如，而相如则说："然此乃诸侯之事，未足观也。请为天子游猎赋。"后又"奏大人之颂，天子大说，飘飘有凌云之气，似游天地之间意"。③ 可见，赋家在创作之初的颂扬动机是很显然的。

前文说到，由隐谜扩展而来的赋体本身具有客观的、外向的、拟形图貌似的特征，截然不同于传统审美文化偏于主体、内向、情感、心理，偏于言志、缘情、畅神、写意的特点，特别适于细致呈现大汉帝国的纷繁物色，于是，汉赋便以"舍我其谁"的姿态成为帝王赋家的首选，受到世人的追捧，"物以赋显，事以颂宣。"④ 汉赋就是在颂扬彰显事物中得以完成的。武帝之后，儒学独尊，诗学昌盛，儒家论诗，不过美刺二端。

---

① 《汉书》卷51，第2365页。
② 《汉书》卷57上，第2529页。
③ 《史记》卷117，第3063页。
④ 《全后汉文》卷58，第790页。

或颂美或讥刺，总之要致用，有益于政教。然而在美刺二端中，汉人更看中颂美之声，"美政要以颂扬君德为主，刺时则不能有怨主之意，这在一定的时代条件下，很容易转化为以颂美王政为上的观念。"① 在汉代一般的文人心目中，只有"温纯深润"的"典谟之篇、雅颂之声"才足以"扬鸿烈而章缉熙"。② 就连东汉王充这样具有反传统的思想者也特作《须颂》篇，认为"文人涉世"，当以"纪主令功，颂上令德"自勉，否则"如千世之后，读经书不见汉美，后世怪之。"③ 可见，汉代知识者对颂美时政是有很多共识的。

赋家认同颂美的主题，而赋体本身有足够的容量接纳"颂扬"功能，加之赋文本承接的就是先秦隐语、楚赋的文字游戏传统，帝王才如此器重赋家，养在身侧，赐以官禄。帝王对赋家及其创作有绝对的支配权，可以随意招至、赏拔作者，要求他们根据自己的需要进行创作，《汉书》本传载王褒等常随汉宣帝巡游狩猎：

> 所幸宫馆，辄为歌颂，第其高下，以差赐帛。议者多以为淫靡不急，上曰："'不有博弈者乎，为之犹贤乎已！'辞赋大者与古诗同义，小者辩丽可喜。辟如女工有绮縠，音乐有郑、卫，今世俗犹皆以此虞说耳目，辞赋比之，尚有仁义风谕，鸟兽草木多闻之观，贤于倡优博弈远矣。"④

"议者多以为淫靡不急"可见当时的舆论对赋家之作颇有微词。而宣帝表面看似乎在替汉赋辩解，实际上仍只是同博弈等游戏并列看待而已。

因此，赋家准俳优的身份并未因其"润色鸿业"而有大的改观。汉代赋家已有较强烈的自我意识，希望凭借个人艺术才华获得地位和尊重，但在现实面前，这一愿望颇难实现。

而就在汉代，古代文体渐渐确立起一个与礼仪制度、意识形态密切

---

① 葛晓音：《汉唐文学的嬗变》，北京大学出版社1990年版，第20页。
② 扬雄：《解难》，《全汉文》卷53，第413页。
③ 刘盼遂：《论衡集解·须颂篇》，古籍出版社1957年版，第403页。
④ 《汉书》卷64下，第2829页。

相关的价值序列,众多文体因自身不同的社会功用而分列于不同的位置,乃至自然而然地形成了尊卑高下的价值等级。如果做一个粗疏的分类,大致有三等。第一等是与礼乐制度保持密切关系的文体,甚至本身就是礼仪制度的产物,其中除了诗这一较为特殊的文体外,还包括颂、赞、祝、盟、箴、铭、移、檄、诔、碑、哀、吊、墓志、祭文、挽歌等。第二等是维持整个国家运转的相关实用性公文及其衍生文体,它们是维持整个国家顺利运行的保证。第三等则是比较符合现代文学观念的"文学性"文体,在当时属于"非主流"文体,如汉代散体大赋和咏物小赋乃至后来的小说、词、曲、戏剧等,它们多被看作文人私下言情达志、娱乐游戏的媒介,尽管获得不同社会阶层的喜爱,却不得不处于文化的边缘,在主流评价话语当中也遭受贬抑和拒斥。①

因此,很多赋家感到痛苦和困惑。如扬雄对汉赋的批评:

> 雄以为赋者,将以风也,必推类而言,极丽靡之辞,闳侈巨衍,竞于使人不能加也,既乃归之于正,然览者已过矣。往时武帝好神仙,相如上《大人赋》,欲以风,帝反缥缥有陵云之志。由是言之,赋劝而不止,明矣。又颇似俳优淳于髡、优孟之徒,非法度所存。②

《枚乘传》记枚皋的行事:

> 皋不通经术,诙笑类俳倡,为赋颂,好嫚戏,以故得媟黩贵幸。③

此外,《严助传》也称枚皋和东方朔"不根持论,上颇俳优畜之。"④ 在后世,这种传统观念仍然延续着。《后汉书·蔡邕列传》载蔡邕就对赋家

---

① 关于古代文体的价值序列,笔者在《中国古代文体的价值序列及其影响》(《河北学刊》2007 年第 1 期)、《中国古代文体的价值序列》(《文学遗产》2007 年第 2 期)有过讨论。
② 《汉书》卷 87 下,第 3575 页。
③ 《汉书》卷 51,第 2366 页。
④ 《汉书》卷 64 上,第 2775 页。

赋作颇有微词：

> 夫书画辞赋，才之小者，匡国理政，未有其能。陛下即位之初，先涉经术，听政余日，观省篇章，聊以游意，当代博弈，非以教化取士之本。而诸生竞利，作者鼎沸。其高者颇引经训风喻之言；下则连偶俗语，有类俳优；或窃成文，虚冒名氏。①

甚至在近代，赋家乃俳，为人轻视，不必严肃对待，仍然存在于人们的观念中。顾炎武《日知录》卷十九"假设之辞"条目下曰：

> 《长门赋》所云"陈皇后复得幸"者，亦本无此事，俳谐之文不当与之庄论矣。②

汉赋的实际地位与赋家的主观期待之间存在极大差距，从而导致赋家心理的不平衡，"诙笑类俳倡，为赋颂好嫚戏"的枚皋尚且感到受轻视："为赋乃俳，见视如倡，自悔类倡也。"③ 这也就难怪大儒扬雄晚年悔之，辍不复为了。由此，汉赋中的"讽"与"劝"的问题在扬雄时期就开始困扰着赋家，在后世研究中更成了一个绕不开的问题。扬雄这段有名的谈话反映了他在晚年对赋体创作的反思：

> 或问："吾子少而好赋。"曰："然。童子雕虫篆刻。"俄而曰："壮夫不为也。"或曰："赋可以讽乎？"曰："讽乎！讽则已，不已，吾恐不免于劝也。"④

"美刺"二端是汉代经学家对《诗》的重新解释，表面上帝王亦附和

---

① 《后汉书》卷60下，第1996页。
② 顾炎武著，黄汝成集释：《日知录集释》卷19，岳麓书社1994年版，第695页。
③ 《汉书》卷51，第2367页。
④ 汪荣宝撰，陈仲夫点校：《法言义疏·吾子》，新编诸子集成初编本，中华书局1987年版，第49页。

经意，宣扬并鼓励讽喻，但讽喻毕竟对至尊的权力有所冒犯，故专制帝王实际上更喜欢赞美。武宣之世是汉代最为强盛的时期，也是汉赋创作的辉煌期，在帝王提倡、经学附和以及赋家大半自觉的多重作用下，"颂扬"功能的强势表现几乎完全遮盖了"讽喻"。而后世论者以"美刺"的双重标准要求赋家及其创作，也就难怪成为解不开的心结了。

有论者说，汉赋是存在内部矛盾的文体，其实，它只是一种多声部，但以颂美为主唱，隐语母体中带来的微讽在汉世特定环境下消淡，同时又由于赋家的选择而最终掩盖在华辞丽句深处，成为一种配唱和烘托，它们共同形成汉赋稳定而略嫌单调的节奏。

第二节　骚体赋

骚体赋主要指模仿"楚辞"的作品，其主要特征有二：一是内容主要抒发悲怨之情，且多采取直陈的方式；二是采用楚骚体式，即多以"兮"字句作为基本句型。作品如贾谊《鵩鸟赋》《吊屈原赋》，司马相如《哀二世赋》《大人赋》《长门赋》等。

骚体赋的产生原因有二：一是刘邦等政治领袖对故土文化的推崇，他们好"楚声"，致使"楚辞"等地域色彩极为浓厚的文体迅速扩散传播并最终风靡汉代文坛；二是屈原创造的这种崭新的文学体式具有很强的艺术魅力，吸引着汉朝文士，故群起仿效。不过，骚体赋的大量出现还有更深层的内在精神动因，即屈原的生命悲剧激起汉朝文士强烈的精神共鸣。屈原信而见疑，忠而被谤，是贞士不遇的典型。当汉代士人遭遇了生存困境，感到无法实现个人价值时，便与屈原对话，借楚骚形式抒发悲怨之情。赋作题材多样，凭吊屈原、悲士不遇、悼乱伤时、悯上惜贤、伤美人、忆往昔，等等，大都含着悲恨嗟怨、忧戚哀伤的调子。

一　悲士不遇——赋家的精神困境

汉代政治的大一统本质上是一种专制制度，这种制度使得汉代士人处境窘迫。与先秦士人相比，士人的政治生命、人生价值的实现都受到极大限制，不仅丧失了择主而仕的可能、失去进退自由的生存空间，而且失去了思想和言论的自由，帝王的"用与不用"成为左右其政治沉浮、人生成败的唯一标准。尽管汉代文人对大一统有普遍的认同，但对专制之下自身的生存状态却缺乏心理准备，回顾历史，又无现成的摹本可以参照执行。在这种情况下，如何重新找到人生位置，重新获得心理平衡就成为汉代文人普遍焦虑的问题。屈原是中国文学传统中第一个借助诗歌真率袒露个人经历、情感与怨愤的作家，他的遭遇以及臣子文人的双重身份，特别是在精神困顿中苦苦求索的状态，使得当时很多文人看到了自己的影子，于是，他们借助骚体形式、围绕屈原的行为生发感慨，希望借此缓解焦虑，获得安慰，进而找到满意的答案。然而，由于个体经验各不相同，其间也呈现出许多复杂的情形。

贾谊是最早与屈原作精神对话的文士。据《汉书》本传载，贾谊少有才名，文帝时任博士，受到大臣周勃、灌婴等排挤，贬谪为长沙王太傅，"既已谪去，意不自得，乃度湘水，为赋以吊屈原"，辞曰：

> 恭承嘉惠兮俟罪长沙；侧闻屈原兮自沈汨罗。造讬湘流兮敬吊先生；遭世罔极兮乃殒厥身。呜呼哀哉！逢时不祥。鸾凤伏窜兮鸱枭翱翔。闒茸尊显兮谗谀得志；贤圣逆曳兮方正倒植。世谓随、夷为溷兮，谓跖、蹻为廉；莫邪为钝兮，铅刀为铦。吁嗟默默，生之无故兮；斡弃周鼎，宝康瓠兮。腾驾罢牛，骖蹇驴兮；骥垂两耳，服盐车兮。章甫荐履，渐不可久兮；嗟苦先生，独离此咎兮。
>
> 讯曰：已矣！国其莫我知兮，独壹郁其谁语？凤漂漂其高逝兮，夫固自引而远去。袭九渊之神龙兮，沕深潜以自珍；偭蟂獭以隐处兮，夫岂从虾与蛭螾？所贵圣人之神德兮，远浊世而自藏；使骐骥可得系而羁兮，岂云异夫犬羊？般纷纷其离此尤兮，亦夫子之故也。历九州而相其君兮，何必怀此都也？凤凰翔于千仞兮，览德辉而下之；见细德之险徵兮，遥曾击而去之。彼寻常之污渎兮，岂能容夫吞舟之巨鱼？横江湖之鱣鲸兮，固将制于蝼蚁。①

---

① 《全汉文》卷16，第218页。

严格来说，屈原和贾谊的社会身份以及对君王家国的情感都是有很大区别的，但作品舍弃差异，在最具共性的经历感受上与之达成共鸣："遭世罔极兮，乃殒厥身；呜呼哀哉，逢时不祥。"在这种解读下，屈原的经历就被提炼为一种生命悲剧，即士人实现生命价值的渴望与现实产生尖锐冲突，这就有了典型性。

此后，汉代世人在感慨生不逢时、悲叹士之不遇时，眼前总会浮现屈原的形象，吊屈、拟骚、反骚成为骚体赋中反复吟咏的主题，甚至成为一种格套和传统，成为汉代文人思考生命问题的特殊方式。秦汉建立前后两个时代，文人士子有两种生存境遇，对比之下，士人感到生错了时代，有强烈的生不逢时的悲怨和无奈。同时，在惶惶等待中又感觉到时光的流逝，不禁悲从中来。西汉董仲舒《士不遇赋》和司马迁《悲士不遇赋》，径直以"士不遇"命题，将"不遇"之感归属于整个士人群体，显示出一代士人在大一统专制政治下怀才不遇的普遍境况。如《士不遇赋》：

呜呼嗟乎，遐哉邈矣。时来曷迟，去之速矣。屈意从人，非吾徒矣。正身俟时，将就木矣。悠悠偕时，岂能觉矣？心之忧欤兮，不期禄矣。皇皇匪宁，只增辱矣。努力触藩，徒摧角矣。不出户庭，庶无过矣。

重曰："生不丁三代之盛隆兮，而丁三季之末俗。末俗以辩诈而期通兮，贞士以耿介而自束，虽日三省于吾身兮，繇怀进退之惟谷。彼实繁之有徒兮，指其白以为黑。目信娱而言眇兮，口信辩而言讷。鬼神之不能正人事之变戾兮，圣贤亦不能开愚夫之违惑。出门则不可与偕往兮，藏器又蚩其不容。退洗心而内讼兮，固未知其所从也。观上世之清晖兮，廉士亦茕茕而靡归。殷汤有卞随与务光兮，周武有伯夷与叔齐。卞随、务光遁迹于深渊兮，伯夷、叔齐登山而采薇。使彼圣贤其繇周遑兮，矧举世而同迷。若伍员与屈原兮，固亦无所复顾。亦不能同彼数子兮，将远游而终古。于吾侪之云远兮，疑荒涂而难践。悻君子之于行兮，诚三日而不饭。嗟天下之偕违兮，怅无与之偕返。孰若反身于素业兮，莫随世而轮转。虽矫情而获百利兮，复不如正心而归一善。纷既迫而后动兮，岂云禀性之惟褊。昭同人而大有兮，明谦光而务展。遵幽昧于默足兮，岂舒采而蘄显？苟肝胆之可同兮，奚须发之足辨也？"①

《悲士不遇赋》：

> 悲夫！士生之不辰，愧顾影而独存。恒克己而复礼，惧志行而无闻。谅才题而世戾，将逮死而长勤。虽有形而不彰，徒有能而不陈。何穷达之易惑，信美恶之难分。时悠悠而荡荡，将遂屈而不伸。使公于公者，彼我同兮；私于私者，自相悲兮。天道微哉，吁嗟阔兮；人理显然，相倾夺兮。好生恶死，才之鄙也；好贵夷贱，哲之乱也。炤炤洞达，胸中豁也；昏昏罔觉，内生毒也。我之心矣，哲已能忖；我之言矣，哲已能选。没世无闻，古人惟耻；朝闻夕死，孰云其否！逆顺还周，乍没乍起。理不可据，智不可恃。无造福先，无触祸始。委之自然，终归一矣！②

其他如严忌《哀时命》："夫何予生之不遴时？""愿壹见阳春之白日兮，恐不终乎永年"，以及东方朔《七谏》、王褒《九怀》、刘向《九叹》、王逸《九思》等也大都抒发怀才不遇的哀怨。

不过，与屈原的"悲世"之情相比，汉代骚体赋普遍缺乏一种超越性，多为个人的某种失意悲叹哀吟，是一种抒写"私自怜"式的无奈情绪。如"阴忧兮感余，惆怅兮自怜"（《九怀·通路》）、"佣怅兮自悲"（《九思·怨上》）、"憨吾生之愁勤"（《显志赋》）。此外，道家思想也影响着士人精神去就的选择，使得作品情感的表现不至太过激烈，如扬雄《太玄赋》："屈子慕清，葬鱼腹兮……我异于此，执太玄兮。"崔篆《慰志赋》："守性命以尽齿，贵启体之归全。"作品中常有黄鹄高飞、凤凰远逝、蛟龙深潜、麒麟遁迹等意象，希望能全身远祸，"固自引而远去"

---

① 《全汉文》卷23，第250页。
② 《全汉文》卷26，第270—271页。

"沟深潜以自珍"（《吊屈原赋》）；"且隐伏而远身，聊窜端而匿迹。"（《哀时命》），甚至"与时屈申"（《北征赋》），故刘熙载云："悲世者自屈以上见于三百篇者，其至善也，若悲己则宋玉以下至晋人为甚矣。"①

汉代骚体赋的创作数量仅次于体物的散体赋，体现的是集权制度下一代士人的普遍处境和精神上的纠结。文人士子在先秦时所建立起来的有志于道、以道自任、从道不从君等精神传统在汉代逐渐消淡，多数士人不再把儒学作为"道"来追求，而是把它作为入仕的敲门砖。同时，由于儒学在很大程度上被置于皇权支配下，变成了政治的一部分，它本身也便失去了学术文化上的独立与超越的性格。而且士人特别是儒士，为了挤进官僚行列，也自觉或不自觉地把自己降为皇权的从属物和工具。② 骚体赋体现的正是这个变动时期士人的挣扎。此后，一种特殊的知识分子形态——中国士大夫诞生了。士大夫们既读经著文、招徒教授或廷折面诤，同时又具备文吏角色的管理技能（有时还将兵出征)③，这种挣扎就渐渐消淡了。

二 述行"吊"古之作

汉代骚体赋中有一类是凭吊古人之作，常被后人看作吊文。但与丧礼中的吊文不同，"皆异时致闵，不当棺柩之前，与旧礼言吊者异。"④《文心雕龙·哀吊》中列举十篇吊文如贾谊《吊屈原》、相如《吊二世》、扬雄《反离骚》、班彪《悼离骚》、蔡邕《吊屈原文》、胡广《吊夷齐文》、阮瑀《吊伯夷文》、王粲《吊夷齐文》、祢衡《吊张衡文》、陆机《吊魏武帝》等都是凭吊历史人物。刘勰认为这些人物"或骄贵以殒身，或狷忿以乖道，或有志而无时，或行美而兼累，追而慰之，并名为吊"。

---

① 刘熙载《昨非集》卷二《读楚辞》，薛正兴校点：《刘熙载文集》，凤凰出版社2017年版，第649页。
② 刘泽华主编：《士人与社会·序说》（秦汉魏晋南北朝卷），天津人民出版社1992年版。
③ 阎步克：《秦政、汉政与文吏、儒生》，《阎步克自选集》，广西师范大学出版社1997年版，第152页。
④ 章太炎：《国故论衡·正赍送》，上海古籍出版社2003年版，第94—95页。章太炎还称："今之祭文，盖古伤辞也。"这就与吊丧仪式更为脱离了。

其实都是借骚体形式"对古人致追慕、追悼或追慰之意。……或悲其有志而不成功,或伤其怀才而不见用,或怪其狂简而遭累,或惜其忠诚而殒身"。其目的则是"以恻怆刿切,使读者能明是非,辨邪正。"①

自贾谊经屈原投江处吊古伤今作《吊屈原赋》,后世赋家多有述行吊古之作,他们途经发生过重大历史事件的场域,产生伤悯之感,遂作赋以抒怀,此类作品可谓"吊"古之作,主要表达历史感慨。如刘歆《遂初赋》序云:"历观九州山川之体,追览上古得失之风,愍道陵迟,伤德分崩。夫睹其终必原其始,故存其人而咏其道。"其文曰:

> 剧强秦之暴虐兮,吊赵括於长平。好周文之嘉德兮,躬尊贤而下士。骛驷马而观风兮,庆辛甲于长子。哀衰周之失权兮,数辱而莫扶。执孙蒯于屯留兮,救王师于途吾。过下虒而叹息兮,悲平公之作台。

又冯衍《显志赋》:"吊夏桀于南巢兮,哭殷纣于牧野。诏伊尹于亳郊兮,享吕望于酆州。"班彪《北征赋》:"登鄣隧而遥望兮,聊须臾以婆娑。闵獯鬻之猾夏兮,吊尉卬于朝那。"獯鬻,即猃狁,汉曰匈奴。猾,扰乱。文帝十四年,匈奴十四万骑攻朝那塞(治所在今宁夏固原东南),都尉孙卬被杀。班彪《冀州赋》(游居赋):"过荡阴而吊晋鄙,责公子之不臣。"按《水经·荡水注》:长沙沟水"东流迳晋鄙故垒北,谓之晋鄙城,名之为魏将城,昔魏公子无忌矫夺晋鄙军于是处。故班叔皮《游居赋》曰:过荡阴而吊晋鄙,责公子之不臣者也。"② 据《战国策·赵策》:"适会魏公子无忌夺晋鄙军以救赵击秦,秦军引而去。"魏公子无忌为救赵国,托魏王爱姬盗得兵符,又假传王命,杀晋鄙夺兵权。

从写作手法看,此类赋作多铺陈排比,如蔡邕《述行赋》(并序)叙述游历所见所思史地人物:

---

① 刘勰著,詹锳义证:《文心雕龙义证》,第 477 页注(一)。
② 郦道元著,陈桥驿校证:《水经注校证》卷 9,中华书局 2007 年版,第 244 页。

延熹二年秋，霖雨逾月。是时梁冀新诛，而徐璜、左悺等五侯擅贵于其处又起显阳苑于城西，人徒冻饿不得其命者甚众。白马令李云以直言死，鸿胪陈君以救云抵罪。璜以余能鼓琴，白朝廷。敕陈留太守发遣余到偃师。病不前，得归。心慎此事，遂托所过，述而成赋。

余有行于京洛兮，遘淫雨之经时。涂迍邅其蹇连兮，潦汙滞而为灾。乘马蹯而不进兮，心郁悒而愤思。聊弘虑以存古兮，宣幽情而属词。夕宿余于大梁兮，诮无忌之称神。哀晋鄙之无辜兮，忿朱亥之篡军。历中牟之旧城兮，憎佛肸之不臣。问宁越之裔胄兮，貌仿佛而无闻。经圃田而瞰北境兮，悟卫康之封疆。迄管邑而增感叹兮，愠叔氏之启商。过汉祖之所隘兮，吊纪信于荥阳……①

根据序言所述，此赋作于桓帝延熹二年。当时外戚梁冀专权被杀，宦官徐璜、左悺等因杀梁冀有功封侯，擅权。白马令李云直言遇害，大鸿胪陈蕃因救云获罪。同时，桓帝建显阳苑，役民冻馁而死者甚众。蔡邕"心愤此事"，借出行所历托古讽今。赋中根据自己的行止，描述各地古人古事，并加以评论，彰善斥恶，满心的"郁悒而愤思"。文中称游历处处，"诮无忌之称神""哀晋鄙之无辜""忿朱亥之篡军""憎佛肸之不臣""愠叔氏之启商""吊纪信于荥阳"云云，这里的诮、哀、忿、憎、愠、吊等意思都接近，甚至"问宁越之裔胄兮，貌仿佛而无闻。经圃田而瞰北境兮，悟卫康之封疆"等，都表达对历史人物事件的感慨。

再如《全汉文》卷四十载刘歆《遂初赋》创作缘起："是时朝政已多失矣，歆以论议见排摈，志意不得，之官经历故晋之域，感念思古，遂作斯赋，以叹征事，而寄己意。"② 又冯衍《显志赋》（又自论）两千三百余字，绝大部分篇幅是抒写游历长安附近及周览四方所见所感，借史实传说中的人和事发离骚劳落之情。

汉代赋家有强烈的"怀古"情结，借助"亲历"乃至"神游"，凭

---

① 《全后汉文》卷69，第852页。
② 《全汉文》卷40，第345页。

吊古人，抒发感慨，这甚至成为一种情感表达习惯。怀古之情的产生，基本要素有二：一是所涉历史事件、人物曾有重大影响；二是临古迹、故地、废墟等产生的古今变迁。在瞻仰或凭吊间，心灵激荡，体会时空更替、盛衰兴亡，抒发人世无常、历史沧桑之感，由此或寄托个人境遇，或忧国伤时，或借古讽今："旧室灭以丘墟兮，曾不得乎少留。遂奋袂以北征兮，超绝迹而远游。"① 巫鸿曾谈及此中所呈现的"废墟美学"，认为理想的"废墟"要曾经足够辉煌，但也足够残破。由此，方能彰显历史不朽的痕迹和不灭辉煌的永恒，也凸显了当下的易逝和所有现世荣耀的昙花一现。所以废墟能唤起的情感，既可能是民族自豪，也可是忧郁和感伤，甚至是乌托邦式的雄心壮志。② 上述吊古伤怀之作为后世咏史诗、怀古诗等做出了最早的美学示范。

三 骚体赋的其他主题

汉代骚体赋中还有一些作品表达的是其他主题，但仍不离悲怨的情调。

如司马相如《长门赋》、班婕妤《自悼赋》等宫怨类作品。《长门赋》最早见于《文选》，为"哀伤"类首篇。据序文及《汉书·外戚传》，孝武帝皇后陈阿娇被废，幽禁于长门宫，悲思愁闷，"闻蜀郡成都司马相如天下工为文，奉黄金百斤，为相如、文君取酒，因于解悲愁之辞。而相如为文以悟主上，陈皇后复得亲幸。"其辞曰：

> 夫何一佳人兮，步逍遥以自虞，魂踰佚而不反兮，形枯槁而独居。言我朝往而暮来兮，饮食乐而忘人，心慊移而不省故兮，交得意而相亲。伊予志之慢愚兮，怀贞悫之欢心，愿赐问而自进兮，得尚君之玉音。奉虚言而望诚兮，期城南之离宫。修薄具而自设兮，君曾不肯乎幸临。

---

① 班彪：《北征赋》，《全后汉文》卷23，第597—598页。
② 英格尔·希格恩·布罗迪语，转引自巫鸿《时空中的美术》，北京三联书店2009年版，第33页。

廓独潜而专精兮，天漂漂而疾风，登兰台而遥望兮，神怳怳而外淫。浮云郁而四塞兮，天窈窈而昼阴，雷殷殷而响起兮，声象君之车音。飘风回而起闺兮，举帷幄之襜襜，桂树交而相纷兮，芳酷烈之闾闾，孔雀集而相存兮，玄猿啸而长吟，翡翠胁翼而来萃兮，鸾凤翔而北南。心凭噫而不舒兮，邪气壮而攻中。下兰台而周览兮，步从容于深宫。正殿块以造天兮，郁并起而穹崇。间徙倚于东厢兮，观夫靡靡而无穷。挤玉户以撼金铺兮，声噌吰而似钟音。刻木兰以为榱兮，饰文杏以为梁，罗丰茸之游树兮，离楼梧而相撑，施瑰木之欂栌兮，委参差以槺梁。时仿佛以物类兮，象积石之将将。五色炫以相曜兮，烂耀耀而成光。致错石之瓴甓兮，象瑅瑁之文章。张罗绮之幔帷兮。垂楚组之连纲。抚柱楣以从容兮，览曲台之央央。白鹤噭以哀号兮，孤雌跱于枯杨，日黄昏而望绝兮，怅独托于空堂。

悬明月以自照兮，徂清夜于洞房。援雅琴以变调兮，奏愁思之不可长，案流徵以却转兮，声幼妙而复扬，贯历览其中操兮，意慷慨而自昂。左右悲而垂泪兮，涕流离而从横。舒息悒而增欷兮，蹝履起而彷徨。揄长袂以自翳兮，数昔日之愆殃，无面目之可显兮，遂颓思而就床。抟芳若以为枕兮，席荃兰而茝香。忽寝寐而梦想兮，魄若君之在旁。惕寤觉而无见兮，魂廷廷若有亡。众鸡鸣而愁予兮，起视月之精光。观众星之行列兮，毕昴出于东方。望中庭之蔼蔼兮，若季秋之降霜。夜曼曼其若岁兮，怀郁郁其不可再更。澹偃蹇而待曙兮，荒亭亭而复明。妾人窃自悲兮，究年岁而不敢忘。①

赋作以一个受冷遇的嫔妃口吻诉说终日"忘幸"而终归绝望的凄苦哀伤。起首先写形容枯槁而独居的"佳人"满怀希望，"奉虚言而望诚兮，期城南之离宫。"接下来则铺写佳人由希望、失望再到绝望的心路历程。文章描述漂风沉云、殷殷雷声、玄猿啸吟，渲染出一种情感无法疏解的压抑以及心神的恍惚。以白鹤哀号、孤雌枯跱映衬佳人的孤寂，亦反复渲染佳人的深情："忽寝寐而梦想兮，魄若君之在旁。惕寤觉而无见兮，魂廷

---

① 《全汉文》卷22，第245页。

廷若有亡。"佳人徘徊在幽冷空旷的深宫，哀音泪面，神凄肤寒，失魂落魄，愁煎气结，郁郁愁怀无法排遣。《长门赋》运用白描和直抒胸臆的方式，情景糅杂，难分彼此。故朱熹评价云："此文古妙，最近楚辞。"

《长门赋》是写宫怨题材最早也是极优秀的作品。骚体长于抒情，尤其是悲怨之情，司马相如凭借其才华，一出手就将此类作品推向一个高峰。据《汉书·外戚传》，陈皇后似乎并未改变被废的结局，故有人认为序言所述为伪托，并进而怀疑此篇真伪。其实，此篇赋作如此细腻动人，从"金屋藏娇"到长门幽闭，其间的怨楚与悲愁，武帝读后怕也会有所触动吧。"陈皇后复得亲幸"亦可能是事实。

《长门赋》为代言体，此后班婕妤《自悼赋》则是自感身世之作。据《汉书·外戚传》，汉成帝鸿嘉三年（前18），受宠溺的赵飞燕，僭告许皇后和班婕妤"挟媚道，祝诅后宫，詈及主上"，许皇后被废，班婕妤亦受到训问。为避祸，班婕妤遂自请至长信宫侍奉太后，获允。后作《自悼赋》，表达内心的苦闷伤感。"神眇眇兮密靓处，君不御兮谁为荣"；"仰视兮云屋，双涕兮横流。"① 班婕妤退居出于不得已，对成帝"白日移光"有着绵绵怨恨。

西汉时还有一篇《李夫人赋》为汉武帝刘彻悼亡宠妃李夫人之作。史载李夫人卒，武帝"思念李夫人不已"，"又自为作赋，以伤悼夫人"。赋有正文与乱辞两部分。正文主要为幻想与追忆，抒发对亡妃李夫人的绵绵伤痛："美连娟以修嫮兮，命樔绝而不长。饰新宫以延贮兮，泯不归乎故乡。"慨叹美好生命早逝的悲痛无奈。"惨郁郁其芜秽兮，隐处幽而怀伤"，想象亡魂孤寂，亦因思念自己而心伤。"秋气潜以凄泪兮，桂枝落而销亡"，哀痛无法消解，恍惚中自己魂魄分离，飘忽游荡，去寻找夫人的身影，但见她"函荾茷以俟风兮，芳杂袭以弥章。的容与以猗靡兮，缥飘姚虖愈庄。"② 如梦似幻，思念刻骨铭心。

文人士子心性敏感，当感受到精神上的禁锢、压抑，感受到不平、愁苦、牢骚，就常以言语文字抒发出来，骚体赋为之提供了一个绝佳的

---

① 《全汉文》卷11，第185—186页。
② 《全汉文》卷3，第140页。

载体。不过，骚体赋无论情感基调和语言形式都承接楚辞而来，许多作品语言蹈袭痕迹甚重①，致使情感卑弱。抛开才情因素，不重炼意而专事袭故或是重要原因。

第三节　东汉抒情小赋

东汉中后期，汉大赋和骚体赋都逐渐走向疲弱，此时，涌现出一批感慨兴怀、寄寓广博的抒情小赋，呈现出比较清新的调子。

汉代体物大赋虽汪濊博富、包罗万象，但其目标读者是帝王，赋作要润色鸿业、褒颂功德，赋家的个人情感是相对隐藏的；而骚体赋虽抒发个人情志，但悲怨的背后是赋家对君王、政治等抱有期待，所谓爱之深责之切。因此，这两种赋作中，赋家精神都是不够独立的。东汉以后，传统经学陈陈相因、亦步亦趋的学风逐渐被厌弃，文人开始追求博览多通，赋作前期的盛产和因袭也使得创作空间逼仄起来，文人便开始表现出一种"逃离"的姿态，从政治从君王身边逃离，从繁琐的经学中逃离，从繁文多辞的写作中逃离，赋体创作遂悄然发生变化，开始有了活跃的思路，开放的视野，以及更为平和通达的个人情感的表达。

最典型的就是张衡《归田赋》：

> 游都邑以永久，无明略以佐时；徒临川以羡鱼，俟河清乎未期。感蔡子之慷慨，从唐生以决疑。谅天道之微昧，追渔父以同嬉；超埃尘以遐逝，与世事乎长辞。
>
> 于是仲春令月，时和气清。原隰郁茂，百草滋荣。王雎鼓翼，鸧鹒哀鸣；交颈颉颃，关关嘤嘤。于焉逍遥，聊以娱情。
>
> 尔乃龙吟方泽，虎啸山丘。仰飞纤缴，俯钓长流；触矢而毙，贪饵吞钩；落云间之逸禽，悬渊沈之鲨鰡。

---

① 刘永济统计汉人袭用《离骚》语句（袭全句与袭句意）的数目，《哀时命》袭九句，《七谏》袭十四句，《九叹》袭十四句，《九怀》袭七句等，表明汉代骚体赋题材形式与楚辞具有密切关系。《屈赋释词》，上海古籍出版社 1983 年版。还可参见康金声《论汉代的骚体赋》，《山西大学学报》1988 年第 2 期。

> 于时曜灵俄景，系以望舒。极般游之至乐，虽日夕而忘勤。感老氏之遗诫，将回驾乎蓬庐。弹五弦之妙指，咏周孔之图书；挥翰墨以奋藻，陈三皇之轨模。苟纵心于物外，安知荣辱之所如？①

文中开篇即以节俭的笔墨表达自己追慕前贤，决意引退，接下来描写的田园山林则一派和谐欢快、神和气清，映衬出自己畅游山林、悠闲自得的心情。末段自戒，表达服膺道家思想的超脱。文中最令人耳目一新的就是写景的文字，没有堆砌铺排辞藻，语句雅致精练，四言节奏欢快，"于是""而乃"等必要的虚辞串联文气，平易清新。这篇作品隐逸情怀的表达方式对后世隐逸文学产生了直接影响。

东汉时还有一些表达行旅行役者感慨伤怀的纪行赋，如班彪《北征赋》、班昭《东征赋》、蔡邕《述行赋》等。蔡邕《述行赋》即为其中较优秀者。

据蔡邕自序，《北征赋》作于桓帝延熹二年（159）秋。当时宦官擅权，朝政腐败，人徒冻饿，不得其命者甚众。而桓帝听中常侍徐璜说蔡邕善鼓琴，遂敕陈留太守将其送到京城。蔡邕行至洛阳附近的偃师，即称病不前。"心愤此事，遂托所过，述而成赋"。此赋开篇即描述途中秋雨连绵、积滞成灾的情景以及情绪上的郁抑而愤思，情感表达非常从容、明朗：

> 余有行于京洛兮，遘淫雨之经时。涂遭其塞连兮，潦汙滞而为灾。乘马蹯而不进兮，心郁悒而愤思。聊弘虑以存古兮，宣幽情而属词。

主体部分则记叙所过诸多历史遗迹，每每感物兴怀，怀古追今，借以表达自己的悲愤郁闷，如：

> ……顾大河于北垠兮，瞰洛汭之始并。追刘定之攸仪兮，美伯

---

① 《全后汉文》卷53，第769页。

禹之所营。悼太康之失位兮，愍五子之歌声。寻修轨以增举兮，邈悠悠之未央。山风汩以飙涌兮，气惨惨而厉凉。云郁术而四塞兮，雨濛濛而渐唐。仆夫疲而瘁兮，我马虺隤以玄黄。格莽丘而税驾兮，阴瞳瞳而不阳。哀衰周之多故兮，眺濒隈而增感。忿子带之淫逆兮，唁襄王于坛坎。悲宠嬖之为梗兮，心恻怆而怀惨。……命仆夫其就驾兮，吾将往乎京邑。皇家赫而天居兮，万方辑而星集。贵宠扇以弥炽兮，佥守利而不戢。前车覆而未远兮，后乘驱而竟及。穷变巧于台榭兮，民露处而寝湿。消嘉穀于禽兽兮，下糠粃而无粒。弘宽裕于便辟兮，纠忠谏其駇急。怀伊吕而黜逐兮，道无因而获人。唐虞眇其既远兮，常俗生于积习。周道鞠为茂草兮，哀正路之日躐。……①

后世多推重蔡邕碑文，事实上其赋作充满"郁悒愤思"，也富有感染力。鲁迅曾评价他："读者仅觉得他是典重文章的作手，必须看到《蔡中郎集》里的《述行赋》，那些'穷变巧于台榭兮，民露处而寝湿。委嘉谷于禽兽兮，下糠粃而无粒'。（手头无书，也许记错，容后订正）的句子，才明白他并非单单的老学究，也是一个有血性的人。明白那时的情形，那时的取死之道。"②"有血性"是有真情实感，这是抒情类作品的必要内核。

班彪《北征赋》作于刘玄更始中。其时王莽新败，天下云扰，彪往凉州避乱择主，一路感伤时事，吊古评史，遂作赋表达感慨："游子悲其故乡，心怆悢以伤怀。抚长剑而慨息兮，泣涟落而沾衣。揽余涕以于邑兮，哀生民之多故。夫何阴曀之不阳兮，嗟久失其平度。谅时运之所为兮，永伊郁其谁愬？"其间可见楚辞的影响。又班昭《东征赋》为班昭随子曹成赴官所作。赋中表达离开故园的怅惘，长途跋涉的劳苦，亦勉励自己慕圣人高德，修身守道，等等。

---

① 《全后汉文》卷69，第852页。
② 鲁迅：《且介亭杂文二集·"题未定"草（六至九）》，《鲁迅全集》第6卷，人民文学出版社2005年版，第436页。

中国传统安土重迁，长途跋涉，远离故土，会令人精神上超拔出来，遂生发很多感慨，加之途经史地，空间上的古今重合，时间上的古今贯穿，曾经繁华而复为丘墟，亦给人强烈的触动。述行赋作大都朴素，不疾不徐，娓娓道来。

此外还有赵壹《刺世疾邪赋》，对不合理的世事以及丑恶现象进行辛辣的讽刺和鞭笞。这也看出，与汉大赋相比，抒情小赋言志的空间还是比较大的。

第四节 俗赋

俗赋源于先秦时的口说讲唱，主要为了娱乐，因此注重戏剧化，动物拟人化，题材诙谐。除此以外，有些俗赋是实用文，也是"寓教于乐"，希望接受者愿意听，愿意记，便于流传。

一 故事俗赋

俗赋的存在原先只是一些研究者的推测[1]，1993 年连云港东海县尹湾出土了西汉时期的《神乌赋》使这一猜测为更多人首肯。2009 年初，北京大学获得了一批西汉竹简，抄写年代约在汉武帝后期，下限不晚于宣帝。其中有一篇题为《妄稽》的长篇故事赋，此赋时间更早，亦是具有明显赋诵特征的故事赋。整理后完整的简有七十三枚，残简十四枚，所存文字共约二千七百字；若按平均每简三十四字计算，加上残简，共约三千四百字。其中有一枚竹简，除了竹黄一面书写文字外，在竹青一面的上端，刮削了一小段青皮，写有"妄稽"二字，即为篇题。[2]

---

[1] 容肇祖《敦煌本韩朋赋考》称："是否汉宣帝时，民间已有这种用口讲述故事，而带有韵语以使人动听及易记，犹如王褒的《僮约》？或者在汉魏间，贵族盛行以赋作为文学的玩意儿时，民间却自有说故事的白话赋？"《敦煌变文论文录》，上海古籍出版社 1982 年版。另外，曹道衡《汉魏六朝辞赋》（上海古籍出版社 1989 年版，第 29 页）以及马积高《赋史》（上海古籍出版社 1987 年版，第 9 页）也表达了类似的猜测。

[2] 北京大学出土文献研究所编：《北京大学藏西汉竹书》（四），上海古籍出版社 2015 年版，第 2、57 页。

故事讲道：西汉时荥阳有士人名周春，出身名族，品行相貌均好，却听父母之命、媒妁之言，娶了位丑妻名妾稽，痛苦不堪，"曾弗宾（频）视，坐兴大（太）息，出入流涕"，屡称"必与妇生，不若蚤（早）死"。无奈之下，父母遂决定"为买美妾，且以代之"。"妾稽闻之，不卧极旦"，天刚明即对公婆极力劝谏，陈说娶妾的恶果：要么"君财恐散"，要么"家室恐叛"，要不就是"君忧必多"，乃至搬出"殷纣大乱，用被（彼）亶（妲）己"的大道理。公婆始而不应，最终反唇相讥，捅破窗纸，说你妾稽"貌可以惧鬼乡（魅），有（又）何辨伤"，不过是嫉妒罢了。"吾子畜（蓄）一妾，因何遽伤？！"不欢而散。后至市中"顾望闲中，适见美子"，"问其步（齿）字，名为虞士"，"姑卒取之，以为子妾"，"周春闻之，喜而自幸"，"妾稽闻之，口舌讘讘"。"入（纳）妾之日，妾稽不台（怡）"，"号呼哭泣"。遂努力打扮以取悦夫君，哪知"妾稽自伤（饰），周春俞（愈）恶"，丑妻"毛若被（披）衰（蓑）"，周春惊吓而走，"过虞士之堂"，却见"夫（芙）容（蓉）江离"，"芷惠（蕙）连房"，遂深深吸引"不能相去"。妾稽妒恨交加，欲利诱虞士离开，可对方表示"妾乃端（专）诚，不能更始"。妾稽遂大怒，狂呼欲杀虞士。虞士逃奔，妾稽紧追不舍，"柘条百束，竹笞九秉，昏笞虞士，至旦不已□之，（挼）击搗之，随而犹之，执而㧻之，楬解□之，虞士乃三旬六日焉能起。"众人怜虞士，责妾稽。周春亦"为之恐惧"，但懦弱逃避，只得另置新居，多加防御：

谨设高甬（墉），重门设巨（拒），去水九里，屋上涂傅，勇士五怀（倍），巧能近御。地室五达，莫智（知）其处。

后周春因君事"出之竟（境）外"，妾稽便趁机抓了虞士，断其指，抽其耳，"昏笞虞士，至旦不已"，且恐吓丈夫："速鷥虞士，毋羁狱讼。"后来妾稽罹患怪病："音若搊搊。淫瑟缘臂，魅暴（暴）瘫沛。临匀疥肠，日百嚏浆"，终日哀号，痛苦不已。众人待之冷漠，甚至"少母乃以告大众，其父母闻之，言笑声声，举杯而为酬"。稽临终时幡然悔悟，对过往妒忌行为深自忏悔，"召其少母，而与言曰：'我妒也，不智（知）天命虖（乎）?! 祸生虖（乎）妬之，为我病也……'"。① 将财产赠予虞士，故事结束。

这是一篇典型的故事俗赋。

首先，题材通俗。妬妇常常是民间戏谑谈论的话题。古代婚姻一夫一妻多妾，"妬"是常情，"妇人所以事夫者，色也；而妬者，其情也。"② 故为了避免嫉妬所引发的家庭矛盾，提倡正妻要有"后妃之德"，"乐得淑女以配君子，忧在进贤，不淫其色。"③ 嫉妬也是旧礼休妻的七个理由之一。④ 因此，妻妬不仅是违礼的，在道义上也是遭谴责的，故成为民间编排嘲笑的对象。

此外，丑陋的外貌自古也是民间嘲谑的对象。宋玉《登徒子好色赋》驳斥登徒子非议自己好色不检点：天下少有的美女子登墙窥己三年，至今未许也。登徒子则不然："其妻蓬头挛耳，龂唇历齿，旁行踽偻，又疥且痔。登徒子悦之，使有五子。" 对比之下遂产生滑稽效果。此外，战国秦汉以来流传的丑女故事不少，如刘向《列女传·辩通》载齐钟离春"为人极丑无双：臼头深目，长壮大节，卬鼻结喉，肥项少发，折腰出胸，皮肤若漆，行年四十，无所容入"；齐宿瘤女"项有大瘤"；齐孤逐女"状甚丑，三逐于乡，五逐于里，过时无所容。"但与《妾稽》截然不同的是，这些丑女虽面相丑陋却极富才德，最终都位列王侯夫人。这些故事大约都是在民间被赋诵讲说的。⑤ 此后刘勰《文心雕龙·谐隐》载潘岳作《丑女赋》，斥其嘲谑无所匡正。《全晋文》卷一四三刘谧之《庞郎赋》嘲弄邋遢汉形体之丑陋；《初学记》卷

---

① 《北京大学藏西汉竹书》（四），第 59—75 页。
② 《战国策·楚策四》，上海古籍出版社 1985 年版，第 553 页。
③ 郑玄笺，孔颖达正义：《毛诗正义》，《十三经注疏》，第 273 页。
④ 王聘珍撰，王文锦校点：《大戴礼记解诂·本命》"七去"："不顺父母去，无子去，淫去，妬去，有恶疾去，多言去，窃盗去。"中华书局 1983 年版，第 255 页。
⑤ 研究者推断这些人物故事以及《辩通传》中《阿谷处女》《楚野辩女》《赵津女娟》《楚处庄侄》等，都具有十分明显的赋诵特征甚至说唱特征，刘向据此编写列传。他为《辩通传》所写序赞有"妻妾则焉，为世所诵"句，大约此"诵"非泛称，而是说它们就在世间被唱诵传播的。廖群：《"俗讲"与西汉故事简〈妾稽〉〈神乌赋〉的传播》，《民俗研究》2016 年第 6 期。

十九载南朝刘思真《丑妇赋》，从头到脚状妇人之丑；敦煌遗书中有赵洽《丑妇赋》以及明徐祯卿《丑女赋》等，都以嘲弄笔调夸张描写丑女的相貌。《艺文类聚》卷35载梁张缵《妒妇赋》，则描绘妒妇各种丑行。

妾稽身为正妻，貌丑且妒，行为恶毒，故可以无情戏谑嘲笑。即便最终身染重病，亦无法获得同情。同情心是嘲笑的大敌，故文中笔墨夸张，极力渲染她的丑陋。妾稽有多丑，文中针对其五官、面色、体型、四肢等进行了铺陈：

> 妾稽为人，甚丑以恶。種（腫）肟广肺，垂颡折骼（额）。臂（夭）八寸，指长二尺。股不盈拼（骿），胫大五撼。……勺乳绳紫，坐肄（肆）于席……目若别杏，逢（蓬）髪（发）颁（皤）白。年始十五，面尽鲮腊。足若县（悬）姜，胫若谈（梭）株。身若胃（猬）棘，必好抱区（躯）。口臭腐鼠，必欲钳须。

妾稽身体比例失常、歪曲，眼睛像剖开的杏仁，年纪轻轻却头发斑白，面色若干鱼腊肉，脚像生姜，腿像树桩，身上长毛如刺猬，口气难闻似腐鼠，令人厌恶作呕。相比而言，美妾虞士则唇红齿白，丰肉小骨，言笑晏晏，极为迷人：

> 靡免（曼）白皙，长发诱绐。驳逻还之，不能自止。色若春荣，身类缚素。赤唇白齿，长颈宜顾。……手若阴蓬，足若揣卵。丰肉小骨，微细比转。眺目钩折，蚁犁眏管。廉不签签，教不勉兖。言语节检，辞令愉婉。好声宜笑，厌（靥）父（辅）之有巽（选）。发黑以泽，状若菿断。臂胫若蒻，奇牙白齿。姣美佳好，至京（谅）以子（慈）。发黑以泽，状若纤缟。

这些描摹笔法都是赋体典型的铺陈夸饰。不仅如此，开篇引男主人入场，也是用典型的赋笔：

> 营（荣）阳幼进，名族周春。孝弟（悌）慈悔（诲），恭敬仁孙（逊）。乡党莫及，于国无论（伦）。辞让送擅（揖），俗莭（节）理义。行步周（还），进退（矜）倚。颜色容貌，美好夸（姱）丽。精絜（洁）贞廉，不肯淫议。血气齐疾，心不怒暴（暴）。力劲夬（决）觡，不好手抚。勇若孟贲，未尝色校（挠）。

诸如此类。此外《妄稽》篇基本四言一句，隔句用韵，节奏显明，也是赋体讲诵的特点。口讲故事，若想吸引和感染听众，必须绘声绘色，有说有唱。胡士莹先生曾据敦煌赋推测："这种讲说和唱诵结合的艺术形式，在秦汉时期可能就叫作赋，是民间的文艺，也就是今天称为民间赋的作品。"《妄稽》篇即印证了这一点。

《神乌赋》出土于尹湾汉墓，该墓下葬时间约为西汉末年汉成帝时，故其写定约在西汉晚期。该赋竹简原题即作《神乌傅》①，六百余字，讲的是雌乌遭盗鸟伤害、临死与雄乌诀别的故事。主题亦是夫妻情感，但用的是拟人化的手法。文中写道：阳春三月，雌雄二乌在官府门前树上艰辛筑巢。然而，巢未筑好，屋材却被盗鸟偷去。与盗鸟相遇，雌乌劝其改恶从善，盗鸟反唇相讥，二鸟遂争吵斗打。结果雌乌重创，且被贼曹捉去。幸而脱身返回故地，又被余绳缠绕，难以摆脱。雌乌悲愤交加，求助无门，断然求死。雄乌亦痛不欲生，因求同死。雌乌遂努力劝解，讲了一番不能同死的道理，授命托孤后，投地而亡。雄乌大哀，涕泣纵横，忧闷号呼，无所告愬。遂弃旧巢，高翔而去。全赋充溢着幽咽愤悱的悲剧气氛：

---

① 裘锡圭《神乌赋初探》解释说：用来表示诗赋这个词的"赋"字或"傅"字，不消说都是假借字。其本字大概是《说文》训为"布"的"尃"字。西周晚期毛公鼎铭有"于外尃命尃政"等语，"尃"训"布"，"布"有陈述之义。《文物》1997年第1期；周宝宏《汉简神乌赋整理和研究》也认为是诗赋之赋是借用"敷"字，有铺陈之意。《古籍整理研究学刊》1997年第2期；相关研究还可参看滕昭宗《尹湾汉墓简牍释文选》，《文物》1996年第8期；扬之水：《神乌赋谰论》，《中国文化》第14期；万光治：《尹湾汉简神乌赋研究》，《辞赋文学论集》，江苏教育出版社1999年版；伏俊琏《从新出土的〈神乌赋〉看民间故事赋的产生、特征及在文学史上的意义》，《西北师大学报》1997年第6期；踪凡《〈神乌赋〉集校集释》，中国台湾《先秦两汉学术》第6期，2006年版等。

惟此三月，春气始阳。众鸟皆昌（唱），执（蛰）虫坊皇（彷徨）。蠉蜚之类，乌最可贵。其姓（性）好仁，反哺于亲。行义淑茂，颇得人道。今岁不翔（祥），一乌被央（殃）。何命不寿，狗（遘）丽（罹）此咎。欲勋（循）南山，畏惧猴猨（猿）。去色（危）就安，自诧（托）府官。高树纶棍（轮囷），支（枝）格相连。府君之德，洋沺（溢）不测。仁恩孔隆，泽及昆虫。莫敢抠去，因巢而处。为狸（狌）得，围树以棘。道作宫持（树），雄行求□（材）。

雌往索菽，材见盗取。未得远去，道与相遇。见我不利，忽然如故。雌鸟发怒，追而呼之："咄！盗还来！吾自取材，于颇（彼）深莱。止（趾）行（胻）胱腊，毛羽随（堕）落。子不作身，但行盗人。唯就宫持（树），岂不怠哉？"盗鸟不服，反怒作色："□□泊涌，众姓自□。今子相意，甚泰（太）不事。"雌鸟曰："吾闻君子，不行贪鄙。天地纲纪，各有分理。今子自己，尚可为士。夫惑知反（返），失路不远。悔过迁臧，至今不晚。"盗鸟贲然怒曰："甚哉！子之不仁。吾闻君子，不意不□（必）。今子□□，毋□得辱。"雌鸟沸（怫）然而大怒，张目阳（扬）麇（眉），愤（奋）翼申（伸）颈，襄（攘）而大（下残）乃详车薄。"女（汝）不亟走，尚敢鼓口。"遂相拂伤，雌鸟被创。随（堕）起击诃，闻（昏）不能起。

贼曹捕取，系之于柱。幸得免去，至其故处。绝系有馀，纨（绕）树惧悚。自解不能，卒上傅之。不肯他措，缚之愈固。其雄惕而惊，扶翼申（伸）颈，仰天而鸣："苍二苍二（苍天苍天），视颇（彼）不仁。方生产之时，何与其□？"顾谓其雌曰："命也夫！吉凶浮泮（桴），愿与汝俱。"雌曰："佐二子二（佐子佐子）！"涕泣侯（泪）下："何恋氏家，□□□已。□子□□，我□不□。死生有期，各不同时。今虽随我，将何益哉？见危授命，妾志所待。以死伤生，圣人禁之。疾行去矣，更索贤妇。勿听后母，愁苦孤子。诗云：'营营青绳（蝇），止于干（杆）。岂弟君子，毋信儳（谗）言。'惧惶向论，不得极言。"遂缚两翼，投于污则

（厕）。支（肢）躬折伤，卒以死亡。其雄大哀，（踯）躅非回（徘徊）。尚羊（徜徉）其旁，涕泣从（纵）横。长炊（叹）泰（太）息，忧（懑）唬（号）呼，毋所告愬。盗反得免，雌乌被患。遂弃故处，高翔而去。

《传》曰：众鸟丽（罹）于罗罔（网），凤皇（凰）孤而高羊（翔）。鱼鳖得于苙（笿）笱，交（蛟）龙执（蛰）而深臧（藏）。良马仆于衡下，勒靳（骐骥）为之余（徐）行。鸟兽且相慢（忧），何兄（况）人乎？哀二哀二（哀哉哀哉）！穷通其菑。诚写愚，以意傅（赋）之。曾子曰："鸟之将死，其唯（鸣）哀。"此之谓也。

赋作揣摩人物心态，描摹雌雄之鸟以及盗鸟的声容辞气，亲切感人，使得故事充满戏剧性和感染力。中国古代关于鸟的传说，与人伦有很深的关系，故常用以作喻。① 雌雄二鸟的遭遇反映出小民怨苦，亦容易获得民众共鸣。

以上这些俗赋作品的出现透露出，大约在西汉已经有某种面对市井听众赋诵讲唱的说话技艺表演，很受欢迎。汉代出土文物中有一类"说唱俑"，大约就是这些说唱人员。如：河北满城西汉中期中山靖王刘胜墓出土一对错金说唱铜俑（图一、二）；四川成都金堂李家梁子东汉墓出土陶俳优俑（图三）；四川成都曾家包东汉画像砖石墓出土的说书俑；1963年郫县宋家林出土的东汉说书俑；济源泗涧沟8号汉墓出土的一组表演俑等。这些俑表情丰富，手舞足蹈，有的手中持有小鼓、鼓槌之类乐器，用来证明是在讲诵故事，应该没有问题。②《妄稽》《神乌赋》之类故事赋最初应该就是借助此类形式广为传播的，其深受文人喜爱，遂以文字整理抄录，乃至模仿而作。

---

① 万光治：《尹湾汉简〈神乌赋〉研究》，《四川师范大学学报》1997年第3期。
② 廖群：《汉代俗赋与中国古代小说发生研究》，《理论学刊》2009年第5期；廖群：《"俗讲"与西汉故事简〈妄稽〉〈神乌赋〉的传播》，《民俗研究》2016年第6期。

图一　河北满城西汉墓出土　　　　图二　错金说唱铜俑

图三　四川成都金堂李家梁子东汉墓出土陶俳优俑

二　汉代文人创作的俗赋

汉代有一些文人赋作，辞句浅薄，手法生动，具有鲜明的俗赋特征。赋体本就是娱乐性文体，这使得文人创作时没有太多束缚，他们吸纳民间俗赋艺术，灵活的创设新的表达方式，产生一系列有趣的作品。

比如汉末赵壹《穷鸟赋》和曹植《鹞雀赋》都是揣摩鸟的口吻讲述故事，显然与《神乌赋》一脉相承。赵壹《穷鸟赋》描写穷鸟的走投无路：

> 昔原大夫赎桑下绝气，传称其仁；秦越人还虢太子结脉，世著其神。设橐之二人不遭仁遇神，则结绝之气竭矣。然而糒脯出乎车軨，鍼石运乎手爪。今所赖者，非直车軨之糒脯，手爪之鍼石也。乃收之于斗极，还之于司命，使乾皮复含血，枯骨复被肉，允所谓遭仁遇神，真所宜傅而著之。余畏禁，不敢班班显言，窃为《穷鸟赋》一篇。其辞曰：
>
> 有一穷鸟，戢翼原野。毕网加上，机穽在下。前见苍隼，后见驱者。缴弹张右，羿子彀左。飞丸缴矢，交集于我。思飞不得，欲鸣不可。举头畏触，摇足恐堕。内怀怖急，乍冰乍火。幸赖大贤，我矜我怜。昔济我南，今振我西。鸟也虽顽，犹识密恩。内以书心，外用告天。天乎祚贤，归贤永年。且公且侯，子子孙孙。①

此赋没有情节对话，主要描摹羁鸟内外交困、恐惧哀告的情态，虽有所寄托，但显然模仿的是俗赋的体式。

又曹植《鹞雀赋》，讲述"鹞欲取雀"，雀与之进行生死抗争的故事。虽为残本，却有生动的情节对话：

> 鹞欲取雀。雀自言："雀微贱，身体些小，肌肉瘠瘦，所得盖少。君欲相啖，实不足饱。"鹞得雀言，初不敢语。"顷来坎坷，资粮乏旅。三日不食，略思死鼠。今日相得，宁复置汝！"雀得鹞言，意甚怔营："性命至重，雀鼠贪生；君得一食，我命是倾。皇天降鉴，贤者是听。"鹞得雀言，意甚怛惋："当死毙雀，头如颗蒜。不早首服，烈颈大唤。行人闻之，莫不往观。"雀得鹞言，意甚不移。依一枣树，丛茏多刺。目如擘椒，跳萧二翅。"我当死矣，略无可避。"鹞乃置雀，良久方去。二雀相逢，似是公妪，相

---

① 严可均：《全后汉文》，《全上古三代秦汉三国六朝文》，中华书局1958年版，第916页。以下所引《全后汉文》版本同。

将入草,共上一树。仍叙本末,辛苦相语:"向者共出,为鹞所捕。赖我翻捷,体素便附。说我辨语,千条万句。欺恐舍长,令儿大怖。我之得免,复胜于兔。自今徙意,莫复相妒。"①

该赋鹞雀相辩相斗,弱雀求生意志坚定,先是反复劝说自己"身体些小,肌肉瘠瘦"实不足饱。侥幸脱身后又"依一枣树,蒙茸多刺",摆出拼命的姿态"目如擘椒,跳萧二翅",终于转危为安。末尾公妪二雀相互劝勉,既欣喜炫耀,又心有余悸,非常有趣。此赋全用口语,显然是受俗赋影响的游戏之作。

此后西晋傅玄有《鹰兔赋》(残篇),敦煌遗书中还有《燕子赋》,以燕雀争巢、凤凰判决的故事为题材,都属于此类故事俗赋。它们多以鸟类为故事主角,拟人化的展开情节对话,形式上多为四言韵文,彼此之间有明显的传承关系。

再有扬雄《逐贫赋》,将"贫"拟人化,假设"扬子"与"贫"的对话,语调轻松诙谐。文章开篇称自己贫穷窘迫,原因就是身边有"贫"如影随形,遂斥责"贫",逐它离开。《尚书·洪范》有"五福六极"之说:"五福:一曰寿,二曰富,三曰康宁,四曰攸好德,五曰考终命。六极:一曰凶短折,二曰疾,三曰忧,四曰贫,五曰恶,六曰弱。"②"贫"是六种穷极恶事之一,故要驱逐令其远离:

> 扬子遁居,离俗独处。左邻崇山,右接旷野,邻垣乞儿,终贫且窭。礼薄义弊,相与群聚,惆怅失志,呼贫与语:"汝在六极,投弃荒遐。好为庸卒,刑戮相加。匪惟幼稚,嬉戏土沙。居非近邻,接屋连家。恩轻毛羽,义薄轻罗。进不由德,退不受呵。久为滞客,其意谓何?人皆文绣,余褐不完;人皆稻粱,我独藜飧。贫无宝玩,何以接欢?宗室之燕,为乐不盘。徒行负笈,出处易衣。身服百役,手足胼胝。或耘或耔,沾体露肌。朋友道绝,进宫凌

---

① 赵幼文:《曹植集校注》,人民文学出版社1984年版,第303页。
② 《尚书正义》,阮元校刻本《十三经注疏》,第193页。

迟。厥咎安在？职汝为之！舍汝远窜，昆仑之颠；尔复我随，翰飞戾天。舍尔登山，岩穴隐藏；尔复我随，陟彼高冈。舍尔入海，泛彼柏舟；尔复我随，载沉载浮。我行尔动，我静尔休。岂无他人，从我何求？今汝去矣，勿复久留！"

文中指责"贫"涎皮赖脸跟着自己，"舍汝远窜，昆仑之颠。尔复我随，翰飞戾天。舍尔登山，岩穴隐藏。尔复我随，陟彼高冈。舍尔入海，泛彼柏舟，尔复我随，载沉载浮。我行尔动，我静尔休。"质问"贫"："久为滞客，其意谓何？""岂无他人，从我何求？"，无奈之下，起而逐之："今汝去矣，勿复久留！"然而，"贫"却洋洋洒洒，义正词言为自己辩护：

贫曰："唯唯。主人见逐，多言益嗤。心有所怀，愿得尽辞。昔我乃祖，宣其明德，克佐帝尧，誓为典则。土阶茅茨，匪雕匪饰。爰及季世，纵其昏惑。饕餮之群，贪富苟得。鄙我先人，乃傲乃骄。瑶台琼榭，室屋崇高；流酒为池，积肉为崤。是用鹄逝，不践其朝。三省吾身，谓予无愆。处君之家，福禄如山。忘我大德，思我小怨。堪寒能暑，少而习焉；寒暑不忒，等寿神仙。桀跖不顾，贪类不干。人皆重蔽，予独露居；人皆怵惕，予独无虞！"言辞既磬，色厉目张，摄齐而兴，降阶下堂。"誓将去汝，适彼首阳。孤竹二子，与我连行。"

"贫"很狡谐，将"贫穷"偷换成"俭朴"，洋洋洒洒说了一番大道理：当年尧帝就是在"贫"的先人辅佐下安贫乐道，"土阶茅茨，匪雕匪饰"，遂成就帝业。后代子孙饕餮贪富，过着舒适奢靡的生活，却不知反省，不懂得艰苦的生活环境既能坚强体魄，又无防盗之忧，这就是"忘我大德，思我小怨"。"贫"越说越生气，"色厉目张，摄齐而兴，降阶下堂。"声称："誓将去汝！"要去追随伯夷叔齐两位贤人。

听闻此番道理，"扬子"幡然醒悟，连忙避席道歉：

> 余乃避席，辞谢不直："请不贰过，闻义则服。长与汝居，终无厌极。"贫遂不去，与我游息。①

主人本欲斥责"贫"，意欲驱逐，哪曾想反被义正词严地教训了一通，最终俯首帖耳。显然，这篇赋作是作者无可奈何的自嘲，充满诙谐的趣味。

汉代民间有类似驱傩的"送穷"习俗，《逐贫赋》将送穷仪式的含义化用到赋作中，构思是很新颖的，由此也能看出赋家创作与民间俗文化的密切关系。西晋有张敏《头责子羽文》，讲述秦子羽的头颅责备秦子羽安处陋巷，不思求取功名；左思《白发赋》则讲述主人欲拔除白发而白发申诉、主人驳难。这些赋作与《逐贫赋》构思相仿，都是借以自嘲的谐趣俗赋。

又扬雄有《酒箴》，也是一篇滑稽俗赋。《汉书·游侠·陈遵传》载：

> 黄门郎扬雄作《酒箴》以讽谏成帝，其文为酒客难法度士，譬之于物，曰：子犹瓶矣。观瓶之居，居井之眉。处高临深，动常近危。酒醪不入口，臧水满怀。不得左右，牵於纆徽。一旦叀礙，为瓽所轠。身提黄泉，骨肉为泥。自用如此，不如鸱夷。鸱夷滑稽，腹如大壶。尽日盛酒，人复借酤。常为国器，托於属车。出入两宫，经营公家。繇是言之，酒何过乎！②

此文《汉书》收载为约文，非全篇。文中假设一位酒客嘲笑法度之士：你就像盛水的瓶子，处高临深，动常近危，稍不留神就打碎了；这么看还不如装酒的皮袋，尽管长得圆滑可笑，可肚大如壶便于装酒，反被人们视为贵重之物，"出入两宫，经营公家"，名利地位兼有。可见，酒

---

① 严可均：《全汉文》卷 52，《全上古三代秦汉三国六朝文》，中华书局 1958 年版，第 408 页。以下所引《全汉文》版本同。
② 《汉书》卷 92，第 3712—3713 页。

有何罪？此文构思巧妙，言辞滑稽。曹植《酒赋》序文曰："余览扬雄《酒赋》，辞甚瑰玮。颇戏而不雅，聊作《酒赋》，粗究其终始。"①

此文《汉书》题作《酒箴》，而曹植称为《酒赋》，《御览》引《汉书》作《酒赋》，《北堂书钞》作《都酒赋》，可见其赋体性质。

赋家擅长言辞，对语言实践充满尝试探索的好奇和迷恋，赋体可以言语嫚戏，因此给了赋家很大的创作自由。

三　实用类俗赋

赋体擅长铺陈描摹，不歌而诵，因此特别适合讲说唱诵。因此，很多实用文类也都借用这种形式。

如长沙马王堆三号汉墓出土帛书《相马经》，现存约五千字，原无书题，"相马经"是整理组根据内容所定。其内容可分为三个部分：一是经文，主要讲马的头部（尤其是眼部）的相术；二是传文，是对"经"的大意、精要进行综合归纳、寻绎发挥；三是"故训"，也是对经文的训解。②

如开头一段：

> 大光破章。有月出其上，半矣而未明。上有君台，下有蓬房，旁有绩繻，急其维纲。兰筋既鹜，荻筋冥爽；悠悠时动，半盖其明。周草既匿，莫见于旁；时风出本，行马以骧。昭乎冥乎，骏□以强。③

"大光"指眼睛大而亮，"破"是剖析，首句是总说。接下来则具体描绘马眼的外形、睫毛以及光泽、色彩等，用了一系列比喻。"月"是形

---

① 赵幼文：《曹植集校注》，人民文学出版社1987年版，第124页。
② 参见马王堆汉墓帛书整理小组《马王堆汉墓帛书〈相马经〉释文》1977年第8期；裘锡圭主编；湖南省博物馆、复旦大学出土文献与古文字研究中心编纂：《长沙马王堆汉墓简帛集成》（五），中华书局2014年版，第169页；赵逵夫：《马王堆汉墓出土〈相马经·大章破章故训传〉发微》，《文物》1989年第4期。
③ 《长沙马王堆汉墓简帛集成》（五），第169页。

容马眼如半圆的月亮,即后世《相马经》所谓"眶欲小,上欲弓曲,下欲直"中的"上欲弓曲";"绩繻"大约指析成丝缕捻接起来的彩色缯帛,用于比喻马眼中或周围的筋肉经脉;"周草"大约指马眼睫毛或马眼周围的毳毛,等等。经文以四言为主,句末"章""上""芳""刚""爽""旁""襄""强""簧"等相谐合韵,朗朗上口。

再如"经"中谈及对马眼的细部相法:

> 南山有〔木〕,上有松柏,〔下有崖石。上甚方以锐,下甚〕广以大。直刺为良,旁刺为败。去下一崖,有一付枝。远望之转,察之而离。材者弗见,匠与相知。去下一趾,必循徐理。〔有下复盛,上有偃曰,〕中有一池,旁环以草。伏则□□□□□,池上有隄,隄上有枣。①

这部分也是用的描述法。根据经文后"故训"等部分的解释,这里的"松柏""崖石"大约是形容马眼上、下的经络形态,可以此判断是否"善行"。"旁刺""直刺"是说睫毛杂乱旁生或直正挺拔的不同样态,"直刺为良,旁刺为败"。"付(附)枝"或喻眼角细纹,由此连带谈及眼部肌肉、颧骨。经文以"池"状马眼,"草"指睫毛,"堤"代眼睑,"枣"指代眼角内部形如枣核的泪阜点,整篇即通过观察马眼的睫毛、肌肉、经脉等来判断马之良莠。

相术本是凭借相者目力观察等个人能力来对人、畜、物等进行优劣吉凶的判定,故需要长期的经验积累,可以说包含心法,有一定技术难度。《列子》载秦穆公曾问伯乐后继者的问题:"子之年长矣,子姓有可使求马者乎?"伯乐对曰:"良马,可形容筋骨相也。天下之马者,若灭若没,若亡若失,若此者绝尘弭辙。臣之子皆下才也,可告以良马,不可告以天下之马也。"② 良马可告,即一般常规经验是可以教导传授的。但"天下之马"即顶级的宝马如何判断,细致微妙的"相"

---

① 《长沙马王堆汉墓简帛集成》(五),第170页。
② 杨伯峻:《列子集释》,上海龙门联合书局1958年版,第163页。

是怎样的？如何观察？这就不是几句话可以说清的。因此，从某个角度看，相法有一定神秘性，也难以用概念性的语言加以准确的概括。而描述性的语言弹性空间相对较大，可以涵盖更广泛的内容，包含更多难以言传的"心法"，因此，在这种情况下，相术采用体物铺陈的赋体记录就是妥帖的，也是必要的。加之赋体可诵，口传心授就便利很多。

相马之术由来已久，也出现伯乐等良工，且分门别派，《吕氏春秋·观表》云：

> 古之善相马者，寒风是相口齿，麻朝相颊，子女厉相目，卫忌相髭，许鄙相尻，投伐褐相胸胁，管青相䐱肠，陈悲相股脚，秦牙相前，赞君相后。凡此十人者，皆天下之良工也。其所以相者不同，见马之一徵也，而知节之高卑，足之滑易，材之坚脆，能之长短。①

相马者大约都有自己的一套方法，或口传心授，或辅之以图、文。《汉书·梅福传》就曾以"察伯乐之图求骐骥于市"②来打比方。《汉书·艺文志》数术略"形法"部分载"《相六畜》三十八篇"其中或有相马的部分。又《三国志》卷九《诸夏侯曹传》注引《魏氏春秋》载《相印书》曰："相印法本出陈长文，长文以语韦仲将，印工杨利从仲将受法，以语许士宗。利以法术占吉凶，十可中八九。"其"本出汉世，有相印、相笏经，又有《鹰经》《牛经》《马经》。"③ 此后史书也多载有相马经及其相关相术文献，如：《隋书·经籍志》载《相马经》卷三十四；《相马经》一卷（梁有《伯乐相马经》《阙中铜马法》《周穆王八马图》《齐侯大夫宁戚相牛经》《王良相牛经》《高堂隆相牛经》《淮南八公相鹄经》《浮丘公相鹤书》《相鸭经》《相鸡经》《相鹅经》《相贝经》等）。《旧唐书·艺文志》载：《相马经》一卷（伯乐撰）、

---

① 许维遹撰，梁运华整理：《吕氏春秋集释》，中华书局2009年版，第580页。
② 《汉书》卷67，第2920页。
③ 陈寿撰：《三国志·魏书》卷9，1959年，第304页。

又二卷（徐成等撰）、《相马经》六十卷（诸葛颖等撰）。《新唐书·艺文志》载：《相马经》三卷、伯乐《相马经》一卷、徐成等《相马经》二卷、《相马经》六十卷等。

传世文献中所记载的早期相书大都没有存留，考古资料可以一斑窥豹。除了马王堆出土《相马经》外，目前所见出土简帛文献中有关相六畜、相器物之书还有银雀山汉简《相狗方》、阜阳双古堆汉简《相狗》、敦煌悬泉置汉简《相马经》、敦煌汉简《相马法》、居延破城子汉简《相宝剑刀》等。如居延汉简《相宝剑刀》册共计有6简，中间文意似有缺佚。原无书题，《相宝剑刀》是整理者爰汉人例所定。简册讲述相善剑与敝剑的一些具体标准：

● 欲知剑利善、故器者，起拨之，试之，身中五推处者，故器也。视欲知利善者，必视之身中有黑两桁不绝者。

● 其逢如不见，视白坚未至逢三分所而绝，此天下利善剑也。又视之身中生如黍粟状，利剑也，加以善。

● 欲知敝剑以不者报，及新器者，之日中骍，视白坚随逢上者，及推处黑、白坚分明者，及无文，纵有文而在坚中者，及云气相遂，皆敝合口剑也。刀与剑同等。右善剑四事，右敝剑六事……

● 利善剑文，悬簿文者、保双蛇文，皆可。带羽、圭中文者，皆可。剑，谦者利善，强者表恶，弱则利奈何……

● 恶、新器剑文，斗鸡、征蛇文者，粗者，及皆凶不利者。右敝剑文四事①

文中谈及区别善剑和恶剑的关键在于观察剑之"身""推处""黑坚""白坚""锋"等部分是否界线分明、位置得当，以及剑的星、文形状等。"刀与剑同等"，因此此法亦可相刀。

又银雀山汉简《相狗方》存20枚残简，该书原有书题，"相狗方"

---

① 甘肃省文物考古研究所编，学英群、何双全、李永良注：《居延新简释粹》，兰州大学出版社1988年版，第121—122页。

三字抄写在 0242 简简端：

> ●相狗方肩□間参（三）瓣者，及大禽；□者，及中禽。臀四寸及大禽；三寸及中……

又 0374 号简：

> 寸及大禽髂下欲生毛。凡相狗，卻（脚）高于郄（膝），屄高于肩。肋欲长以前句（钩），次【□】……①

文中描述狗眼、肩、颈、喙、肋、膝、臀、脚、毛等相法，以及狗的起卧姿势等，据此判断狗的优劣。

不过，从文本言语修辞上看，上述《相宝剑刀》《相狗方》是用散体文字描述相关内容，更符合实用文"说明"性的特点，大约是当时大多数相书的文本样式，与马王堆帛书《相马经》以上口可诵的赋体来暗示描摹还是有很大区别的。②《相马经》这种隐喻性的表达方式，整体看，就很像"隐语"。这种看似神秘的语言，大约也是有意为之，以保证行内或门派内核心"技术"不易泄露。所以，"行外人"看来，就是虚虚实实，含含混混，透着神秘感，给后世读者带来特殊的阅读体验。该文本大约当时也是很独特的，故为"经"，有长篇的传、故训来解释。从中也可以看出，即便是实用性的文书，在常规性的表述方式约束下，也可以有很多腾挪的空间，这种"腾挪"使得其有可能出离"实用"而入"艺术"之文。

相书重"描摹"，与赋体关联最为密切，因此后世文人亦有借此有意为文的，如晋傅玄有《走狗赋》，通篇刻画狗的形态，大约就是在相

---

① 吴九龙释：《银雀山汉简释文》，文物出版社 1985 年版，第 20、30 页。
② 骈宇骞认为马王堆帛书《相马经》与相关的传世文献不论在内容和文体上都出入很大。《出土简帛书籍分类述略（数术略）》，《中国典籍与文化》2006 年第 2 期；而伏俊琏认为，《相狗方》形式上近似于一篇介绍狗类知识的俗赋，似不确。《汉代实用文形式的俗赋考》，《南京师大学报》2005 年第 4 期。

狗经的基础上发挥而成：

> 骨相多奇，仪表可嘉。足悬钩爪，口含素牙。首类骧螭，尾如腾蛇。修颈阔腋，广前捎后。丰颅促耳，长叉缓口。舒节急筋，豹耳龙形。蹄如结铃，五鱼体成。势似凌云，目若泉中星。转视流光，朱曜赤精。①

秦汉时用赋体形式的实用文类还有字书，如史游《急就篇》以七言开篇："急就奇觚与众异，罗列诸物名姓字，分别部居不杂厕，用日约少诚快意，勉力务之必有喜。"以下则用三言韵语编列姓名，而占全书主体的"言物"和"五官"部分则多编为七言韵语，如罗列树木名：

> 桐梓枞楔榆椿樗，槐檀荆棘叶枝扶。（《急就篇》）

罗列鸟雀：

> 凤爵鸿鹄雁鹜雉，鹰鹞鸹鸹鹥雕尾。鸠鸽鹑鷃中网死。鸢鹊鸱枭惊相视。（《急就篇》）

罗列边塞地名：

> 马饮漳邺及清河，云中定襄与朔方。代郡上谷右北平，辽东濊西上平冈。酒泉强弩与敦煌，居边守塞备胡羌。远近还集杀胡王，汉土兴隆中国康。②

---

① 严可均：《全上古三代秦汉三国六朝文》，中华书局1958年版，第1720—1721页。
② 颜师古注，王应麟补注：《急就篇》，丛书集成初编本，商务印书馆1936年版，第19、20、29—30页。

此外，敦煌出土唐代文献《百鸟名》讲述百鸟名称、物色、习性以及相关故事："白鹦鹉，赤鸡赤，身上毛衣有五色。两两三三傍水波，向日遥观直锦翼。……巧女子，可怜喜，树梢头，养男女。街茅花，拾柳絮，案里金针谁解取？"① 也是用赋法描摹，故研究者将上述知识类韵文也看作"不歌而诵"的民间俗赋。②

不过，上述俗赋是从广义上来谈的。从更严格的文体归类上考虑，与其说他们是赋体，不如说是用赋法而为文，当分别归为相术文类、字书文类等。同理，《招魂辞》以赋法招魂，王褒《僮约》以赋法入契约，东汉人戴良《失父零丁》以赋法为寻父启事③，严格来说，也都有各自具体的文体归属。

---

① 王重民等编：《敦煌变文集》，北京：人民文学出版社，1957 年，第 852 页。
② 伏俊琏：《汉代实用文形式的俗赋考》，《南京师大学报》2005 年第 4 期。
③ 《招魂辞》的讨论见本书第六章《丧葬文体》，《僮约》《失父零丁》见第十三章第二节《契券、零丁与俳谐文的诞生》。

第 三 章

乐府和歌诗

第一节 乐府的设立和歌乐创作

"乐府"古代有多重含义，秦汉时主要指掌管音乐的官署，而配合音乐的乐章歌辞，被称作"歌诗"。魏晋以后"乐府"之名含义渐渐宽泛，既指可以入乐的歌诗，也指后人仿效乐府旧题的作品，无论其合乐与否。宋元以后的词、散曲、剧曲等因最初都配合音乐演唱，亦称"乐府"。

一 立乐府与罢乐府

从目前出土文献看，乐府始设于秦，1977 年秦始皇陵附近出土了一只秦代错金甬钟，钟柄上即镌有秦篆"乐府"二字。汉承秦制，今见汉封泥"齐乐府印"，学者推断年代大约在西汉之初。[1] 而广州南越王墓出土铜铙一套八件，铭刻有"文帝九年乐府工造"字样[2]，此"文帝九年"指南越文帝九年，即汉武帝元光六年（前 129）。此外，《史记·乐书》《汉书·礼乐志》《新书·匈奴》等文献中，亦有关于汉高祖至汉文帝时设"乐府"或"乐府令"的记载。[3]

甘肃肩水金关汉简中有一枚汉文帝七年的诏书，为"乐府卿"的奏章：

---

[1] 陈直：《文史考古论丛》，天津古籍出版社 1988 年版，第 344—345 页。
[2] 广州象岗汉墓发掘队：《西汉南越王墓发掘初步报告》，《考古》1984 年第 3 期。
[3] 参见孙尚勇《乐府文学文献研究》，人民文学出版社 2007 年版，第 3—4、43—56 页。

> 乐府卿言，斋□后殿中，□□以不行……迫时入，行亲以为□常，诸侯王谒拜，正月朝贺及上计，饬钟张虡，从乐人及兴卒。制曰可。孝文皇帝七年九月乙未下。①

奏章大意是：在后殿举行斋戒活动，勿奏乐……举行行亲等仪式时，用常规音乐即可。若诸侯王谒见礼拜、正月朝贺以及岁终上计时，要演奏乐舞，摆设钟虡，跟从奏乐和行礼人员。文帝制诏曰："可。"可见，文帝时亦有乐府机构。

据《汉书·礼乐志》载，汉初乐舞有《巴渝舞》《武德舞》《四会曲》《文始舞》《昭容乐》《礼容乐》《嘉至》《永至》《登歌》《休成》《永安》《安世乐》《四时舞》《昭德舞》等，在武帝前皆隶属太常礼官和太乐所掌，乐舞的制作与相关祠祀之设，汉高、惠、文、景时代多是"虽变其名，大抵皆因秦旧事"②，至汉武帝时期方有大动作。武帝时，伴随着定郊祀之礼并创制相关乐章为中心的礼乐文化建设，乐府及其相关制度亦逐渐系统完善，成为太乐之外最为重要且活跃的音乐机构。《汉书·礼乐志》载：

> 初，高祖既定天下，过沛，与故人父老相乐，醉酒欢哀，作"风起"之诗，令沛中僮儿百二十人习而歌之。至孝惠时，以沛宫为原庙，皆令歌儿习吹以相和，常以百二十人为员。文、景之间，礼官肄业而已。至武帝定郊祀之礼，祠太一于甘泉，就乾位也；祭后土于汾阴，泽中方丘也。乃立乐府，采诗夜诵，有赵、代、秦、楚之讴。以李延年为协律都尉，多举司马相如等数十人造为诗赋，略论律吕，以合八音之调，作十九章之歌。③

关于汉武时期的礼乐建设，历代典籍所记，至少有二十四事，其中最重

---

① 甘肃简牍博物馆等：《肩水金关汉简（肆）》，中西书局2015年版，第244页。
② 魏征：《隋书》卷75《何妥传》载开皇五年何妥表奏之语，中华书局1973年版，第1714页。
③ 《汉书》卷22，第1045页。

要的一项就是造作乐章歌诗，官方选择增补乐官乐工，广采地方歌谣，制定乐谱，荐举有诗乐才华的文人，共造雅乐歌舞，研究者据《史记》之《乐书》《封禅书》及相关本传、《汉书》之《艺文志》《礼乐志》及相关本传以及《后汉书》《古今注》等后世其他相关史料，总结至少有以下歌乐之事：

  元光五年，河间献王德来朝献雅乐八佾之舞，公孙弘、董仲舒等皆以为音中正雅，立之大乐官，常存肄之，岁时以备教，所谓"河间荐雅而罕御"。

  元狩六年，作郊祀歌《朝陇首》。

  元狩三年，作郊祀歌《天马》首章，立乐府，朱买臣、司马相如等以骚体制歌，以李延年为协律都尉，弦次初诗以合八音之调。始修昆明池，池成，使宫女泛舟池作櫂歌，杂以鼓吹。

  元狩五年，司马相如卒，遗言书言封禅，此前又作《钓竿》诗，经李延年整理作为汉鼓吹。二十二曲之一。

  元鼎二年，张骞凿空西域，归国，以中郎将为大行令，带回胡乐《摩柯兜勒》，李延年因之作横吹曲二十八解，乘舆以为武乐，即所谓古兵法武乐也。

  元鼎四年，立后土祠汾阴脽上，作郊祀歌《景星》。

  元鼎五年，立泰畤甘泉，帝亲郊见，朝日夕月，如家人礼；作郊祀歌《天地》《天门》。

  元鼎六年，平南越，定西南夷；乐府采赵代秦楚歌谣，祷祠太一、后土，始用乐舞；议放古巡狩封禅事。武帝朝礼乐建设以本年前后为最盛。

  元封元年，武帝封禅泰山，衣上黄，用乐；广祭祀，多增乐官。

  元封二年，始用越巫鸡卜，多兴造楼观；作郊祀歌《斋房》；作明堂泰山下。

  元封三年，令天下尊祠灵星；赐高句丽鼓吹、伎人。

  元封四年，作鼓吹铙歌《上之回曲》。

  太初元年，改制，以正月为岁首，色上黄，数用五，定官名，协音律；作郊祀歌《帝临》；东方朔称武帝设戏车、作俳优、舞郑女，案此即乐府所为燕乐。

太初四年，作郊祀歌《天马》次章；作郊祀歌《惟泰元》。

太始三年，作郊祀歌《象载瑜》。

为上寿《四会曲》增加郑、楚、巴、銚、齐鼓员。

改编角抵之戏，以《巴渝》等舞蹈入角抵。

李延年作相和歌四弦曲之《李延年四弦》。①

上述礼乐建设均是在汉武帝新设立的乐府架构中进行的。武帝立乐府，一定程度上是继承周代以来制礼作乐的传统，但汉代民间音乐的繁荣、异族音乐的传入以及当时开放的文化心态，是更为重要的推动力量。《史记·封禅书》载：

> 其春，既灭南越，上有嬖臣李延年以好音见。上善之，下公卿议，曰："民间祠尚有鼓舞乐，今郊祀而无乐，岂称乎？"公卿曰："古者祠天地皆有乐，而神祇可得而礼。"或曰："太帝使素女鼓五十弦瑟，悲，帝禁不止，故破其瑟为二十五弦。"于是塞南越，祷祠太一、后土，始用乐舞，益召歌儿，作二十五弦及空侯琴瑟自此起。②

又《盐铁论·散不足》对比古今风俗，多次提及当时民间乐舞伎戏的繁盛：

> 今富者祈名岳，望山川，椎牛击鼓，戏倡舞像。中者南居当路，水上云台，屠羊杀狗，鼓瑟吹笙。贫者鸡豕五芳，卫保散腊，倾盖社场。……今富者钟鼓五乐，歌儿数曹。中者鸣竽调瑟，郑舞赵讴。……今俗因人之丧以求酒肉，幸与小坐而责辨，歌舞俳优，

---

① 相关史料整理参见孙尚勇《乐府文学文献研究》，第60—63页。
② 《史记》卷28，第1396页。

连笑伎戏。①

可见，汉代民间娱乐文化非常丰富，歌舞戏乐，品类繁多，汉人将之称为"倡乐"，以别于朝廷雅乐，东汉尤甚。《后汉书》卷二十《王霸传》记载建武四年王霸与苏茂、周建交战时作倡乐的情形："贼复聚众挑战，霸坚卧不出，方飨士作倡乐。"又卷二十八《桓谭传》说桓谭"性嗜倡乐"②。"倡"即倡人、乐人，《汉书·佞幸传》载李延年，"身及父母兄弟皆故倡也。"又《外戚传》载："孝武李夫人，本以倡进。……延年性知音，善歌舞，武帝爱之。每为新声变曲，闻者莫不感动。延年侍上起舞，歌曰：'北方有佳人，绝世而独立，一顾倾人城，再顾倾人国。宁不知倾城与倾国，佳人难再得！'上叹息曰：'善！世岂有此人乎？'平阳主因言延年有女弟，上乃召见之，实妙丽善舞。由是得幸。"③ 此兄妹二人正是以娱乐性的音乐歌舞为业的乐人。因此，设立乐府这一专门的音乐机构以吸纳新变之声，"总赵代之音，撮齐楚之气"④，以此改变汉初音乐仅有雅乐和楚乐的单调状况。这些"倡乐"主要是娱乐性的歌舞。

乐府吸纳新声以制乐，使得大量俗乐进入宫廷歌乐系统，借助官方的力量，汉代乐府歌诗得到系统整理。汉代倡乐不仅是声歌、器乐和舞蹈，也包括戏剧表演性质的"戏乐"。如《汉书》载召信臣为少府时，"奏省乐府黄门倡优诸戏"。⑤《桓子新论》称："昔余在孝成帝时为乐府令，凡所典领倡优伎乐盖有千人。"⑥ 因此，汉代乐府机构掌音乐歌舞，亦管理百戏众艺。在各种祭祀燕享等礼仪和娱乐活动中，汉乐府各种歌乐不断产出、搬演、流传，蔚为大观，武、昭、宣三代，俗乐盛极一时。乐府对俗乐的吸纳和繁盛一直持续至汉成帝，直至哀帝时"罢乐府"方

---

① 王利器校注：《盐铁论校注》（定本），新编诸子集成（第一辑），中华书局1992年，第352—353页。
② 《后汉书》卷28上，第955页。
③ 《汉书》卷93、97，第3725、3951页。
④ 刘勰著，詹锳义证：《文心雕龙义证·乐府》，第235页。
⑤ 《汉书》卷89，第3142页。
⑥ 《全后汉文》卷15，第549页。

告一段落。《汉书·礼乐志》讲述罢乐府的过程：

> 今汉郊庙诗歌，未有祖宗之事，八音调均，又不协于钟律，而内有掖庭材人，外有上林乐府，皆以郑声施于朝廷。至成帝时……郑声尤甚。……哀帝自为定陶王时疾之，又性不好音，及即位，下诏曰："惟世俗奢泰文巧，而郑、卫之声兴。夫奢泰则下不孙而国贫，文巧则趋末背本者众，郑、卫之声兴则淫辟之化流，而欲黎庶敦朴家给，犹浊其源而求其清流，岂不难哉！孔子不云乎'放郑声，郑声淫。'其罢乐府官。郊祭乐及古兵法武乐，在经非郑、卫之乐者，条奏，别属他官。"①

哀帝本不喜乐，罢乐府，目的是"放郑声"以端正流风，其实背后大约还有财务经济的考虑。西汉从武帝时就开始上演大型歌舞百戏以享外宾，意在彰显大汉声威。《汉书·西域传》云："于是广开上林，穿昆明池，营千门万户之宫……设酒池肉林以飨四夷之客，作《巴俞》都庐、海中《砀极》、漫衍鱼龙、角抵之戏以观视之。及赂遗赠送，万里相奉、师旅之费，不可胜计。"这些娱乐活动花费甚多，致使民力屈，财用竭。而乐府除了创制改编礼仪歌乐外，大约也负责协调管理这些俳倡百戏，以招待四夷远客。颜师古注曰：

> 晋灼曰："都庐，国名也。"李奇曰："都庐，体轻善缘者也，《砀极》，乐名也。"师古曰："巴人，巴州人也。俞，水名，今渝州也……高祖喜观其舞，因令乐人习之，故有《巴俞》之乐。漫衍者，即张衡《西京赋》所云'巨兽百寻，是为漫延'者也。鱼龙者，为舍利之兽，先戏于庭极，毕乃入殿前激水，化成比目鱼，跳跃漱水，作雾障日。毕，化成黄龙八丈，出水敖戏于庭，炫耀日光。《西京赋》云：'海鳞变而成龙'，即为此色也。"②

---

① 《汉书》卷22，第1071—1073页。
② 《汉书》卷96下，第3929—3930页。

包括鱼龙曼衍在内的大型歌舞百戏需要大量技人乐者，场面宏大①，花费靡甚。故每逢凶馑灾年，裁减用度，乐府首当其冲。《汉书·宣帝纪》："四年春正月，诏曰：'盖闻农者兴德之本也，今岁不登，已遣使者振贷困乏。其令太官损膳省宰，乐府减乐人，使归就农业。'"《元帝纪》载初元元年六月，"以民疾疫，令大官损膳，减乐府员，省苑马，以振困乏。"《循吏传》载召信臣在成帝竟宁年间"征为少府，列于九卿，奏请上林诸离远宫馆稀幸御者，勿复缮治共张，又奏省乐府黄门倡优诸戏。"②

丞相孔光、大司空何武负责"罢乐府"事。其上奏的改制方案获得哀帝批准。其中除了吹鼓张瑟讴员等歌乐之人外，还有象人、倡优等杂戏表演人员：

> 郊祭乐人员六十二人，给祠南北郊。大乐鼓员六人，《嘉至》鼓员十人，邯郸鼓员二人，骑吹鼓员三人，江南鼓员二人，淮南鼓员四人，巴俞鼓员三十六人，歌鼓员二十四人，楚严鼓员一人，梁皇鼓员四人，临淮鼓员三十五人，兹邡鼓员三人，凡鼓十二，员百二十八人，朝贺置酒陈殿下，应古兵法。外郊祭员十三人，诸族乐人兼《云招》给祠南郊用六十七人，兼给事雅乐用四人，夜诵员五人，刚、别柎员二人，给《盛德》主调筑员二人，听工以律知日冬夏至一人，钟工、磬工、箫工员各一人，仆射二人主领诸乐人，皆不可罢。竽工员三人，一人可罢。琴工员五人，三人可罢。柱工员二人，一人可罢。绳弦工员六人，四人可罢。郑四会员六十二人，一人给事雅乐，六十一人可罢。张瑟员八人，七人可罢。《安世乐》鼓员二十人，十九人可罢。沛吹鼓员十二人，族歌鼓员二十七人，陈吹鼓员十三人，商乐鼓员十四人，东海鼓员十六人，长乐鼓员十三人，缦乐鼓员十三人，凡鼓八，员百二十八人，朝贺置酒，陈前殿房中，不应经法。治竽员五人，楚鼓员六人，常从倡三十人，常从象人四

---

① 鱼龙曼衍即大型广场幻术表演，参见郗文倩《张衡〈西京赋〉"鱼龙曼延"发覆——兼谈佛教幻术的东传及其艺术表现》，《文学遗产》2012年第6期。
② 《汉书》卷8、9、89，第245、280、3642页。

人,诏随常从倡十六人,秦倡员二十九人,秦倡象人员三人,诏随秦倡一人,雅大人员九人,朝贺置酒为乐。楚四会员十七人,巴四会员十二人,铫四会员十二人,齐四会员十九人,蔡讴员三人,齐讴员六人,竽瑟钟磬员五人,皆郑声,可罢。师学百四十二人,其七十二人给大官挏马酒,其七十人可罢。大凡八百二十九人,其三百八十八人不可罢,可领属大乐,其四百四十一人不应经法,或郑、卫之声,皆可罢。①

从这份名单看,哀帝罢乐府非真"罢乐府",而是特罢乐府中属于民间部分者。未罢的三百八十八人,除夜诵员五人外,殆全为从事郊祀燕飨诸贵族典礼之人员。自此,大量乐府中的歌工乐人被遣黜,重又流入民间,或有仍操旧业,对民间流行娱乐风尚亦持续产生影响:"然百姓渐渍日久,又不制雅乐有以相变,豪富吏民湛沔自若。"乐府由朝廷的娱乐艺术转而为富豪吏民的市井娱乐艺术,立乐府和罢乐府,事实上带来了民间音乐歌舞和宫廷礼乐的互动交流。不过,自此,"失去政治上之凭借力,与夫乐工传习之赓续性"②,乐府遂衰。

西汉乐府经汉哀帝罢废后,东汉初年又渐渐恢复,不过,主要关注郊祀礼乐。《后汉书·光武帝纪》载建武十三年三月,"益州传送公孙述瞽师、郊庙乐器、葆车、舆辇,于是法物始备。时兵革既息,天下少事,文书调役,务从简寡,至乃十存一焉。"注云:"时草创未暇,今得之始备。"③ 东汉乐府官署分两部分,分掌雅乐和俗乐。一是太予乐署,相当于西汉的太乐。《后汉书·明帝纪》:永平三年秋八月戊辰,"改大乐为大予乐。"二是黄门鼓吹署,《后汉书·安帝纪》:永初元年九月壬午,"诏太仆、少府减黄门鼓吹,以补羽林士。"④ 东汉乐府管理的雅乐大约以郊祀乐为主。

东汉倡导观采风谣,推行"举谣言"制,民间歌谣仍得以上传宫廷,

---

① 《汉书》卷22,第1073—1074页。
② 萧涤非:《汉魏六朝乐府文学史》,人民文学出版社1984年版,第7页。
③ 《后汉书》卷1下,第62页。
④ 《后汉书》卷2、5,第106、208页。

进入官方文化系统。不过,"举谣言"关注的重心在言语内容,而非音乐歌舞,故与乐府似没有太多关联。

曹魏时期的乐官,遵循东汉,也有太乐和黄门鼓吹之分。但此时由于清商曲的特殊发展,而有清商专署的设立。《魏志·齐王芳纪》裴注引《魏书》:"(齐王芳)每见九亲妇女有美色,或留以付清商。"① 故曹魏时有太乐、鼓吹、清商三个乐官。②

二 汉乐府的文体形态及歌诗的性质

《文心雕龙·乐府》云:"乐府者,声依永,律和声也。"这是借用《尚书·尧典》语从作品角度解释乐府,意思是说,乐府是包含吟咏、歌乐、演奏等多方面内容的综合艺术形式。其中诗和音乐是最重要的部分,两者不是简单相加,而是彼此交错包容的,如乐器演奏构成"器乐",诗与曲调构成"歌乐",若加上舞蹈动作即成为"舞乐",加戏剧性表演即形成"戏乐"③ 等,因此,汉代乐府是由多种艺术样式组成的。

汉代乐府机关对四方歌谣的加工和排演,总体上围绕"歌"与"诵"两大功能展开。乐府强调音乐性,附着乐奏而"歌"自不必说,"诵"大约是对歌词的一种特殊排演。《汉书·礼乐志》载武帝:"乃立乐府,采诗夜诵,有赵代秦楚之讴。"颜师古注云:"夜诵者,其辞或秘不宜露,故于夜中歌诵也。"④ 后人亦有诸多新解。如钱大昭谓"诵于宫掖之中";周寿昌云:"是置官选诗,和于雅乐者,静夜诵之。"⑤ 范文澜提出夜诵即"绎诵",是"意有未明,反复推演。"⑥ 从早期文献看,"诵"是与"歌"相对的一种字声行腔的念读方式,"不歌而诵谓之赋",大约在字句节奏、轻重、长短等方面加以强化修饰,以区别于日常表达。

---

① 陈寿撰,裴松之注:《三国志·魏书·齐王芳纪》卷4,中华书局1959年版,第130页注(二)。
② 王运熙:《汉魏晋南北朝乐府官署沿革考略》,《乐府诗述论》,上海古籍出版社2014年版,第168—169页。
③ 钱志熙:《汉魏乐府的音乐与诗》,大象出版社2000版,第7页。
④ 《汉书》卷22,第1045页。
⑤ 王先谦:《汉书补注》,上海古籍出版社2008年版,第462—463页。
⑥ 范文澜注:《文心雕龙注》,人民文学出版社1958年版,第102、107页。

因此，汉乐府当有"乐辞"与"文辞"两大乐府文本系统。① "乐辞"本是歌乐演唱的脚本或乐谱，"文辞"即"歌诗"，类似于今天所说的歌词。故萧涤非先生称："汉时乐章，声是声，辞是辞，不相混也。"②《汉书·艺文志·诗赋略》曾记录了这两种文本文献：

《高祖歌诗》二篇。
《泰一杂甘泉寿宫歌诗》十四篇。
《宗庙歌诗》五篇。
《汉兴以来兵所诛灭歌诗》十四篇。
《出行巡狩及游歌诗》十篇。
《临江王及愁思节士歌诗》四篇。
《李夫人及幸贵人歌诗》三篇。
《诏赐中山靖王子哙及孺子妾冰未央材人歌诗》四篇。
《吴楚汝南歌诗》十五篇。
《燕代讴雁门云中陇西歌诗》九篇。
《邯郸河间歌诗》四篇。
《齐郑歌诗》四篇。
《淮南歌诗》四篇。
《左冯翊秦歌诗》三篇。
《京兆尹秦歌诗》五篇。
《河东蒲反歌诗》一篇。
《黄门倡车忠等歌诗》十五篇。
《杂各有主名歌诗》十篇。
《杂歌诗》九篇。
《洛阳歌诗》四篇。
《河南周歌诗》七篇。
《河南周歌声曲折》七篇。

---

① 吴大顺：《乐府文本的生成方式及其诗歌史意义》，《中国文学研究》2020 年第 1 期。
② 萧涤非：《汉魏六朝乐府文学史》，第 51 页。

《周谣歌诗》七十五篇。

《周谣歌诗声曲折》七十五篇。

《诸神歌诗》三篇。

《送迎灵颂歌诗》三篇。

《周歌诗》二篇。

《南郡歌诗》五篇。①

上述共记录歌诗二十八家，三百一十四篇，其中录"河南周歌诗七篇"后，复别录"河南周歌诗声曲折七篇"；录"周谣歌诗七十五篇"后，复别录"周谣歌诗声曲折七十五篇"，两两相对，显然"声""辞"是分别记录的。关于"声曲折"，清邹汉勋《读书偶识》卷三云："曲折即乐歌抑扬往复之节。"王先谦《汉书补注》云："声曲折即歌声之谱，唐曰乐句，今曰板眼。"故陈国庆说："声曲折，即今日唱歌之乐谱。"②《乐府诗集》卷二六《相和歌辞》题解引王僧虔《启》云："诸调曲皆有辞、有声……辞者其歌诗也，声者若羊吾夷伊那何之类也。"③ 但在后世流传过程中，这两种文本则没有一直保留独立的流传样态，而是逐渐将声辞杂书，"大字是词，细字是声，声词合写"。④ 但传抄中，大小字渐渐不加区分，萧涤非先生曾分析这个过程：

> 后人恐失其声，乃与歌辞合写，其初字分大小，小字为声，大字为辞。相传既久，小大无别，遂至不可复解。

因此，加之传抄中文字的讹谬，如今保留下来的乐府诗文本就呈现复杂的样态。比如，我们现在看到的文本中有些文字大约就是"声辞"，如《鼓吹曲·铙歌》之《朱鹭》：

---

① 《汉书》卷3下，第1753—1755页。
② 陈国庆：《汉书艺文志注释汇编》，中华书局1983年版，第182页。
③ 郭茂倩：《乐府诗集》卷26，中华书局1979年版，第376—377页。
④ 郭茂倩：《乐府诗集》卷19，第285页。

朱鹭，鱼以乌。（路訾邪）鹭何食？食茄下。不之食，不以吐，将以问诛者。①

又《巫山高》：

巫山高，高以大。淮水深，难以逝。我欲东归，害（梁）不为？我集无高曳，水何（梁）汤汤回回。临水远望，泣下沾衣。远道之人心思归，谓之何？

又《杂曲歌辞》之《蛺蝶行》：

蛺蝶（之）遨游东园，奈何卒逢三月养子燕，接我首蒨间。持（之）我入紫深宫中，行缠（之），傅横栌间。雀来燕，燕子见衔哺来，摇头鼓翼，何轩（奴）轩。

如果把上述括号中的小字"声辞"也纳入文本看，就很具迷惑性。因此，乐府古辞并非都可解，如《汉铙歌十八曲》中，有全可解者如《战城南》《上邪》《有所思》等篇；有半可解半不可解者，如《朱鹭》《思悲翁》《芳树》等篇；亦有不知所云者，如《稚子班》《石留》等。以《石留》为例：

石留凉阳凉石水流为沙锡以微河为香向始豯冷将风北逝肯无敢与于扬心邪怀兰志金安薄北方开留离兰。

萧涤非感叹，昔人以"石留凉阳"和"开留离兰"为声词，除此八字，仍绝难索解也。②

---

① 本文所引乐府诗均来自郭茂倩《乐府诗集》（全四册），中华书局1979年版。未收入者另注版本。
② 萧涤非：《汉魏六朝乐府文学史》，第51页。刘刚《汉铙歌〈石留〉句读、笺注与本事考论》（《文艺研究》2012年第10期）认为《石留》是汉初为开国功臣韩信鸣不平的隐语，但并不足证，聊备一说。

因此，我们现在所看到的汉乐府有些文本大约是"声辞杂书"的，它反映了汉乐府的采集、整理合乐、排演以及传录过程中的特点。

第二节　汉乐府的分类及其歌乐特性

一　汉乐府的分类

东汉蔡邕《礼乐志》记载了"汉乐四品"，即"大予乐""周颂雅乐""黄门鼓吹""短箫铙歌"。"大予乐"大约是郊庙乐，"周颂雅颂"大约是周时旧乐，用以祭天地祀祖先。"黄门鼓吹"大约用于天子宴群臣、皇室出殡以及宫廷"大傩"等仪式中。短箫铙歌为军乐，实属黄门鼓吹[①]，故"汉乐四品"亦可作三品。汉乐府主要集中载录于《汉书·礼乐志》《宋书·乐志》、郭茂倩《乐府诗集》、郑樵《通志·乐略》等，其中《乐府诗集》因网罗放佚、删汰繁芜成为保留汉乐府最为完备的一部。该书分十二大类，两汉乐府几乎全部集中于《郊庙歌辞》《鼓吹曲辞》《横吹曲辞》（有目无辞）、《相和歌词》《舞曲歌辞》《琴曲歌辞》《杂曲歌辞》，以及《杂歌谣辞》等八类中。其中《杂歌谣辞》内容驳杂，徒歌、谚语、歌谣、谶语等皆收录其中，严格来说不属于乐府，而是属于汉代谣谚的内容。故汉乐府主要收在前述七类乐府中。《乐府诗集》对各类均有总序和题解，介绍各类乐府特点、曲调以及歌辞形成发展轨迹。汉乐府作为"古辞"列于各类前列，被看作各类的源头，大略如下：

1. 郊庙歌辞

今存《安世房中歌》十七章和《郊祀歌》十九章。《安世房中歌》原名《安世祠乐》，相传为汉高祖唐山夫人所作，后更名《安世乐》，为庙祭祖先之歌。"房"本义为宗庙陈主之所，房中歌即宗庙之乐，祭祀祖先之歌，其内容或颂孝，或颂帝德，意在获得祖先庇护，如以下五章：

大孝备矣，休德昭清。高张四县，乐充官庭。芬树羽林，云景

[①] 张永鑫《汉乐府研究》有详细史料梳理，江苏古籍出版社1992年版，第173—181页。

杳冥，金支秀华，庶旄翠旌。

海内有奸，纷乱东北。诏抚成师，武臣承德。行乐交逆，《箫》《勺》群慝。肃为济哉，盖定燕国。

大海荡荡水所归，高贤愉愉民所怀。大山崔，百卉殖。民何贵？贵有德。

安其所，乐终产。乐终产，世继绪。飞龙秋，游上天。高贤愉，乐民人。

承帝明德，师象山则。云施称民，永受厥福。承容之常，承帝之明。下民安乐，受福无疆。①

《郊祀歌》为郊祀天神地祇所用乐歌，共十九章，按《汉书·礼乐志》编次分别为：《练时日》《帝临》《青阳》《朱明》《西颢》《玄冥》《惟泰元》《天地》《日出入》《天马》《天门》《景星》《齐房》《后皇》《华烨烨》《五神》《朝陇首》《象载瑜》《赤蛟》。这些篇章有的语句晦涩难懂，《史记·乐书》："通一经之士不能独知其辞，皆集会五经家，相与共讲习读之，乃能通知其意，多尔雅之文。"② 但整体看，诸乐章多为对神灵活动和降神场面的铺叙描写，或颂神，或咏祥瑞，皆表达颂赞感恩之情，如迎神曲《日出入》：

练时日，侯有望，爇膋萧，延四方。九重开，灵之斿，垂惠恩，鸿祜休。灵之车，结玄云，驾飞龙，羽旄纷。灵之下，若风马，左仓龙，右白虎。灵之来，神哉沛，先以雨，般裔裔。灵之至，庆阴阴，相放㦛，震澹心。灵已坐，五音饬，虞至旦，承灵亿。牲茧栗，粢盛香，尊桂酒，宾八乡。灵安留，吟青黄，遍观此，眺瑶堂。众嫭并，绰奇丽，颜如荼，兆逐靡。被华文，厕雾縠，曳阿锡，佩珠玉。侠嘉夜，茝兰芳，澹容与，献嘉觞。

---

① 《汉书》卷22，第1046—1051页。
② 《史记》卷24，第1177页。

又如《青阳》《朱明》《西皓》《玄冥》祀四方四时之神：

> 青阳开动，根荄以遂，膏润并爱，跂行毕逮。霆声发荣，壧处顷听，枯槁复产，乃成厥命。众庶熙熙，施及夭胎，群生啿啿，惟春之祺。
>
> 朱明盛长，敷与万物，桐生茂豫，靡有所诎。敷华就实，既阜既昌，登成甫田，百鬼迪尝。广大建祀，肃雍不忘，神若宥之，传世无疆。
>
> 西颢沆砀，秋气肃杀，含秀垂颖，续旧不废。奸伪不萌，妖孽伏息，隅辟越远，四貉咸服。既畏兹威，惟慕纯德，附而不骄，正心翊翊。
>
> 玄冥陵阴，蛰虫盖臧，草木零落，抵冬降霜。易乱除邪，革正异俗，兆民反本，抱素怀朴。条理信义，望礼五岳。籍敛之时，掩收嘉谷。

《后汉书·祭祀志中》载其仪式：

> 立春之日，迎春于东郊，祭青帝句芒。车旗服饰皆青，歌《青阳》，八佾舞《云翘》之舞……立夏之日，迎夏于南郊，祭赤帝祝融。车旗服饰皆赤，歌《朱明》，八佾舞《云翘》之舞。先立秋十八日，迎黄灵于中北，祭黄帝后土。车旗服饰皆黄，歌《朱明》，八佾舞《云翘》《育命》之舞。立秋之日，迎秋于西郊，祭白帝蓐收。车旗服饰皆白，歌《西皓》。立冬之日，迎冬于北郊，祭黑帝玄冥。车旗服饰皆黑，歌《玄冥》，八佾舞《育命》之舞。①

颂祥瑞，则对祥瑞的神迹加以描述颂赞，如《天马》：

> 太一况，天马下。沾赤汗，沫流赭。志俶傥，精权齐，籋浮云，

---

① 《后汉书·祭祀志中》，第 3182 页。

奄上驰。体容与，迣万里。今安匹，龙为友。

　　天马徕，从西极，涉流沙，九夷服。天马徕，出泉水，虎脊两，化若鬼。天马徕，历无草，径千里，循东道。天马徕，执徐时，将摇举，谁与期？天马徕，开远门，竦予身，逝昆仑。天马徕，龙之媒，游阊阖，观玉台。

郊祀歌诗多用三言句式，显示出不同于《诗经·颂》的传统。

2. 鼓吹曲辞

又称铙歌，大约来自军乐，亦融合北地音乐特点。今存十八首：《朱鹭》《思悲翁》《艾如张》《上之回》《拥离》《战城南》《巫山高》《上陵》《将进酒》《君马黄》《芳树》《有所思》《雉子斑》《圣人出》《上邪》《临高台》《远如期》《石留》，又有《务成》《玄云》《黄爵》《钓竿》，有目无辞。如：

　　思悲翁，唐思，夺我美人侵以遇。悲翁也，但我思。蓬首狗，逐狡兔，食交君。枭子五，枭母六，拉沓高飞暮安宿。

　　战城南，死郭北，野死不葬乌可食。为我谓乌：且为客豪！野死谅不葬，腐肉安能去子逃？水深激激，蒲苇冥冥；枭骑战斗死，驽马徘徊鸣。梁筑室，何以南？何以北？禾黍不获君何食？愿为忠臣安可得？思子良臣，良臣诚可思：朝行出攻，暮不夜归！

《乐府诗集》题记引《西京杂记》："汉大驾祠甘泉、汾阴，备千乘万骑，有黄门前后部鼓吹。"又《东观汉记》曰："建初中，班超拜长史，假鼓吹麾幢。"崔豹《古今注》曰："汉乐有黄门鼓吹，天子所以宴乐群臣也。短箫铙歌，鼓吹之一章尔，亦以赐有功诸侯。"[①] 这大约是此类歌乐的使用情况。目前单从保留下来的文本看，无法了解其音乐的特点。如《有所思》《上邪》内容上显然都是爱情诗，但其爽直激烈，所谓

---

① 郭茂倩：《乐府诗集》卷 16，第 223—224 页。

"北方之强"① 或能与其音乐特性匹配。

3. 横吹曲辞（有目无辞）

横吹曲来自胡乐，《乐府解题》云："北狄诸国，皆马上作乐，故自汉已来，北狄乐总归鼓吹署。……汉博望侯张骞入西域，传其法於西京，唯得《摩诃兜勒》一曲。李延年因胡曲更造新声二十八解，乘舆以为武乐，后汉以给边将，和帝时万人将军得用之。"此二十八解，魏晋以来，唯传十曲：一曰《黄鹄》，二曰《陇头》，三曰《出关》，四曰《入关》，五曰《出塞》，六曰《入塞》，七曰《折杨柳》，八曰《黄覃子》，九曰《赤之扬》，十曰《望行人》。均有目无辞。

4. 相和歌辞

多来自街陌讴谣。《乐府诗集》引《晋书·乐志》曰："凡乐章古辞存者，并汉世街陌讴谣，《江南可采莲》《乌生十五子》《白头吟》之属。其后渐被于弦管，即相和诸曲是也。"《宋书·乐志》云："相和，汉旧曲也，丝竹更相和，执节者歌。"《古今乐录》曰："凡相和，其器有笙、笛、节歌、琴、瑟、琵琶、筝七种。"② 关于相和歌的演唱形式，逯钦立认为有三种不同方式：一是以歌和歌；二是以击打乐器相和；三是单用管乐器相和或单用弦乐器相和。③

相和歌辞又分有细目，相关类目及篇章如下：

相和曲：《江南》《东光》《薤露》《蒿里》《鸡鸣》《乌生》《平陵东》《陌上桑》

吟叹曲：《王子乔》

平调曲：《长歌行》三首（《青青园中葵》《仙人骑白鹿》《岩岩山上亭》），《君子行》

清调曲：《豫章行》《董逃行》《相逢行》《长安有狭邪行》

瑟调曲：《善哉行》《陇西行》《步出夏门行》《邪径过空庐》《折杨柳行》《西门行》《东门行》《饮马长城窟行》《妇病行》《孤儿行》《雁

---

① 萧涤非：《汉魏六朝乐府文学史》，第 57 页。
② 郭茂倩《乐府诗集》卷 26，第 376—377 页。
③ 逯钦立：《"相和歌"曲调考》，《文史》第十四辑，中华书局 1982 年版，第 221—222 页。

门太守行》《艳歌何尝行》《艳歌行》二首（《翩翩堂前燕》《南山石崔嵬》）

楚调曲：《白头吟》《怨诗行》、汉班婕妤《怨歌行》

大曲：《满歌行》

5. 舞曲歌辞

这类大约是以舞相属的歌诗。如东平王刘苍《后汉武德舞歌诗》为宗庙之乐舞，属于雅舞。辞曰：

> 於穆世庙，肃雍显清。俊乂翼翼，秉文之成。越序上帝，骏奔来宁。建立三雍，封禅泰山。章明图谶，放唐之文。休矣惟德，罔射协同。本支百世，永保厥功。

《乐府诗集》题记引《东观汉记》："明帝永平三年八月，公卿奏世祖庙舞名。东平王苍议，以为汉制，宗庙各奏其乐，不皆相袭，以明功德。光武皇帝拨乱中兴，武力盛大，庙乐舞宜曰《大武》之舞，其《文始》《五行》之舞如故，勿进《武德舞》。诏曰：如骠骑将军议，进《武德》之舞如故。"①

又有《俳歌辞》，此歌乐非常古老，大约汉代也延续这种娱乐性很强的表演，表演方式大约为俳优侏儒边舞边唱，同时以肢体戏逗。《乐府诗集》题记云：

> 一曰《侏儒导》，自古有之，盖倡优戏也。《说文》曰："俳，戏也。"《穀梁》曰："鲁定公会齐侯于夹谷，罢会，齐人使优施舞於鲁君之幕下。"范甯云："优，俳。施，其名也。"《乐记》："子夏对魏文侯问曰：'新乐进俯退俯，俳优侏儒杂子女'。"王肃云："俳优，短人也，则其所从来亦远矣。"《南齐书·乐志》曰："《侏儒导》，舞人自歌之。"……《古今乐录》曰："梁三朝乐第十六，设俳技，技儿以青布囊盛竹篾，贮两踒子，负束写地歌舞。小儿二人，提沓

---

① 郭茂倩：《乐府诗集》卷52，第755页。

蹚子头，读俳云：'见俳不语言，俳涩所俳作一起。四坐敬止。马无悬蹄，牛无上齿。骆驼无角，奋迅两耳。半拆荐博，四角恭跱。'"

辞曰：

　　俳不言不语，呼俳吸所。俳适一起，狼率不止。生拔牛角，摩断肤耳。马无悬蹄，牛无上齿。骆驼无角，奋迅两耳。

6. 琴曲歌辞

此类大约以琴为主要演奏乐器。目前所见包括楚项羽《力拔山操》、汉高帝《大风起》、四皓《采芝操》、刘安《八公操》、王嫱《昭君怨》、蔡琰《胡笳十八拍》、司马相如《琴歌》、霍去病《琴歌》等。

秦汉时期，相较其他乐器，琴获得了更多的文化象征意义，可以此修身立德、禁邪防淫、教化天下。《乐府诗集》题记引《世本》曰："琴，神农所造。"《广雅》曰："伏羲造琴，长七尺二寸，而有五弦。"扬雄《琴清英》曰："舜弹五弦之琴而天下化。"蔡邕《琴操》曰："琴长三尺六寸六分，象三百六十六日。广六寸，象六合也。文上曰池，池，水也，言其平。下曰滨，滨，宾也，言其服也。前广后狭，象尊卑也。上圆下方，法天地也。五弦，象五行也。文王、武王加二弦以合君臣之恩。"应劭《风俗通》曰："七弦，法七星也。"桓谭《新论》曰："今琴四尺五寸，法四时五行也。"① 因此，以琴为核心演奏乐器的乐府歌诗就应运而生。有些当在旧调基础上改编为琴曲。如刘邦《大风起》即《大风歌》，本是击筑而歌。《汉书》本传载其既定天下，过沛，置酒沛宫，悉召故人父老子弟纵酒，发沛中儿得百二十人，教之歌。酒酣，高祖击筑，自为歌诗云云。令儿皆和习之，高祖乃起舞。《礼乐志》载惠帝时，以沛宫为原庙，令歌儿习吹以相和，大约这时就已调整了演奏方式。

7. 杂曲歌辞

此类内容、形式都颇"杂"。《乐府诗集》题记云："汉、魏之世，

---

① 《乐府诗集》卷57，第821页。

歌咏杂兴……杂曲者，历代有之，或心志之所存，或情思之所感，或宴游欢乐之所发，或忧愁愤怨之所兴，或叙离别悲伤之怀，或言征战行役之苦，或缘於佛老，或出自夷虏。兼收备载，故总谓之杂曲。"《乐府诗集》收录汉乐府有《蛱蝶行》《驱车上东门》《伤歌行》《悲歌行》、后汉辛延年《羽林郎》、宋子侯《董娇娆》、马援《武溪深行》、张衡《同声歌》、繁钦《定情诗》以及无名氏《前缓声歌》《东飞伯劳歌》《焦仲卿妻》《枯鱼过河泣》《冉冉孤生竹》等。如《蛱蝶行》类似民间俗赋的叙述特点，歌辞以蛱蝶的视角和口吻，讲述自己被母燕擒回窠哺雏的过程。似有寓意，但也难明：

> 蛱蝶之遨游东园，奈何卒逢三月养子燕，接我首猗间。持之，我入紫深宫中，行缠之，傅槿栌间。雀来燕，燕子见衔哺来，摇头鼓翼，何轩奴轩。

而《冉冉孤生竹》则为典型的文人诗，后归入《古诗十九首》：

> 冉冉孤生竹，结根泰山阿。与君为新婚，菟丝附女萝。菟丝生有时，夫妇会有宜。千里远结婚，悠悠隔山陂。思君令人老，轩车来何迟。复彼蕙兰花，含英扬光辉。过时而不采，将随秋草萎。亮君执高节，贱妾亦何为。

可见汉代乐府和诗交错并生、词与乐两难分离的样态。

从根本上看，被后世称作乐府"古辞"的汉乐府是一种音乐艺术，无论是庄严的祭祀歌乐还是娱乐性的俳儒歌舞，其或歌或诵或演，都以音乐为出发点，也可以说是一种乐诗，作为文学的"诗"还未从音乐中抽离，它们和诗三百一样，都是诗乐舞合一的"古典式"的综合艺术。

二 汉乐府中的歌乐术语

两汉乐府题名多用歌、行、曲、引、吟、谣等名篇，这些名称当都与乐调有关，只是由于曲谱早已失传，难以作明确辨析。徐师曾《文体明辨》一段话可供参考：

> 按乐府命题，名称不一。盖自琴曲以外，其放情长言，杂而无方者为歌；步骤驰骋，疏而不滞者曰行；兼之曰歌行；述事本末，先后有序，以抽其臆者为引；高下长短，委曲尽情，以道其微者为曲；吁嗟慨歌，悲忧深思，以呻其郁者为曰吟；因其立辞之意曰辞；本其命篇之意曰篇（名都篇）；发歌曰唱；条理曰调；愤而不怒曰怨；感而发言曰叹。

此外，在目前所见汉乐府歌辞中，常有"解""艳""趋""乱""行"等音乐专名。郭茂倩《乐府诗集》卷二六相和歌辞题解云："诸调曲皆有辞、有声，而《大曲》又有艳、有趋、有乱……艳在曲之前，趋与乱在曲之后。亦犹吴声西曲前有和后有送也。"以下略作介绍。

1. "解"

大约相当于今之乐章收尾。《乐府诗集》卷二十一横吹曲辞题解引《晋书·乐志》云："李延年因胡曲更造新声二十八解。"又如《相和歌辞》录乐府古辞"《陌上桑》三解，一曰《艳歌罗敷行》"。对于"解"，后世多有解释，《太平御览》卷五六八："凡乐，以声许者为本，声疾者为解。"宋陈旸《乐书》卷一六四："凡乐，以声许者为本，声疾者为解。自古奏乐，曲终更无他变。隋炀帝以《法曲》雅淡，每曲终多有解曲，如元亨以来乐解《大风移都师解》也。"① 对此《新唐书·礼乐志》有更具体的说法：

> 初，隋有《法曲》，其音清而近雅。其器有铙、钹、钟、磬、幢箫、琵琶。琵琶圆体修颈而小，号曰"秦汉子"，盖弦鼗之遗制，出于胡中，传为秦汉所作。其声金、石、丝、竹以次作。隋炀帝厌其声淡，曲终复加解音。②

---

① 陈旸撰，张国强点校：《乐书点校》，中州古籍出版社2019年版。
② 欧阳修，宋祁撰：《新唐书·礼乐志》卷22，中华书局1975年版，第476页。

又唐南卓《羯鼓录》载唐广德中，李琬曾对一位演奏羯鼓的乐工说："夫曲有不尽者，须以他曲解之，可尽其声也，夫耶婆色鸡当用掘柘急遍解之。""工如所教，果相协，声意皆尽。"① 根据上述内容，"解"为一个乐章的结束部分，音乐风格大约是节奏明晰、急促强烈的，以区别于前面较为舒缓"雅淡"的部分，给听众清晰的分节、收尾的印象。

以"解"为标志的乐章与歌诗文本根据思想内容划分的章节或有同步的情况。如"《陌上桑》三解"，即三个乐章。而从歌诗文本看，大约也有三个部分："日出东南隅"到"但坐观罗敷"，主要用铺陈、夸张、衬托等手法描摹罗敷之美，情绪平静、舒缓；此为一解；"使君从南来"到"罗敷自有夫"部分，主要是"使君"和"罗敷"的对话，起先为平淡的对话辞令，到最后当被问到"宁可共载不？"情形突变，双方对话紧张起来："罗敷前致辞：'使君一何愚！使君自有妇，罗敷自有夫！'"金石掷地，铿锵有声，至此又为一解；"东方千余骑"到"皆言夫婿殊"，为罗敷自白，其从容不迫、机智敏慧，从容描述夫婿的风流倜傥、身份高贵，与"盈盈公府步，冉冉府中趋"相配合的乐奏一定是舒缓、平和的，以衬托罗敷的从容得意，衬托"使君"的猥琐。末尾"坐中数千人，皆言夫婿殊"为总结，在得意处戛然而止。

2. "艳""趋""乱"

郭茂倩《乐府诗集》卷二六相和歌辞题解云：

> 诸调曲皆有辞、有声，而大曲又有艳、有趋、有乱。……艳在曲之前，趋与乱在曲之后，亦犹吴声西曲前有和后有送也。

《宋书·乐志三》在录叙乐府古辞《艳歌罗敷行·何尝》注云："前有艳词"；《艳歌何尝行·白鹄》注云："曲前有艳"；《艳歌何尝行·何尝》注云："曲前为艳"。然此三曲艳词均无载。丘琼荪认为："所谓'艳'者，乃乐节之一，其地位在曲之前，犹南北曲中之'引子'（杨慎语），

---

① 南卓：《羯鼓录》，上海古籍出版社1958年版，第9页。

亦犹今之'序曲'。引子必有词，而曲前之'艳'，或有词，或无词。"①因此，"艳"大约相当于序曲或前奏，或伴有乐舞，一般没有"歌诗"与之匹配，故主要记录"歌词"的乐府文本即失载。有词者，如《乐府诗集》卷三十七《相和歌辞》载曹操《步出夏门行》就有"艳"辞，歌诗分四解：

云行雨步，超越九江之皋。临观异同，心意怀游豫，不知当复何从。经过至我碣石，心惆怅我东海。（艳）

东临碣石，以观沧海。水何澹澹，山岛竦峙。树木丛生，百草丰茂。秋风萧瑟，洪波涌起。日月之行，若出其中。星汉粲烂，若出其里。幸甚至哉，歌以咏志。（一解）

孟冬十月，北风徘徊。天气肃清，繁霜霏霏。鹍鸡晨鸣，鸿雁南飞。鸷鸟潜藏，熊罴窟栖。钱镈停置，农收积场。逆旅整设，以通贾商。幸甚至哉，歌以咏志。（二解）

乡土不同，河朔隆寒。流澌浮漂，舟船行难。锥不入地，芊藾深奥。水竭不流，冰坚可蹈。士隐者贫，勇侠轻非。心常叹怨，戚戚多悲。幸甚至哉，歌以咏志。（三解）

神龟虽寿，犹有竟时。腾蛇乘雾，终为土灰。骥老伏枥，志在千里。烈士暮年，壮心不已。盈缩之期，不但在天。养怡之福，可得永年。幸甚至哉，歌以咏志。（四解）

"趋"和"乱"都用在"曲"之后，大约都有表明进入尾声的意思。"趋"字本义是急行，小步快走。《礼记·玉藻》："走而不趋。"《疏》云："趋，今之捷步则趋，疾行也。"用在乐府中，大约表明一种节奏密集、情感较为强烈的乐舞，用在较为舒缓的正曲之后，表明乐舞渐进尾声。如汉乐府《白鹄》（一名《艳歌何尝行》，一名《飞鹄行》）、《宋书·乐志》载其歌诗有四解，注云：曲前有"艳"（无载），"'念与君离别……'下为'趋'"：

---

① 丘琼荪校释：《历代乐志律志校释》（二），人民音乐出版社1964年版，第267页。

（艳）

飞来双白鹄，乃从西北来。十十五五，罗列成行。（一解）

妻卒被病，行不能相随。五里一反顾，六里一徘徊。（二解）

吾欲衔汝去，口噤不能开；吾欲负汝去，毛羽何摧颓。（三解）

乐哉新相知，忧来生别离，蹒跚顾群侣，泪下不自知。（四解）

念与君离别，气结不能言，各各重自爱，远道归还难。妾当守空房，闭门下重关。若生当相见，亡者会黄泉。今日乐相乐，延年万岁期。（趋）

此首歌诗大约是这样表演的：先是"艳"，即演奏（或乐舞）作为序曲、前奏，渲染一种静谧、柔美的氛围，为一解中双白鹄翩然而飞，罗列成行的歌诗表演作铺垫。此后二三四解则为雌雄白鹄的对话，雌鸟因病无法飞翔，雄鸟欲救无力，痛苦万分，面临生离死别，双鹄徘徊复徘徊。"趋"则为此曲乐的收尾，无奈之下，雌鸟与雄鸟哽咽道别："各各重自爱，远道归还难。""若生当相见，亡者会黄泉。"歌诗末句"今日乐相乐，延年万岁期"为套语祝辞，以配合音乐。①

"乱"亦为乐曲尾声，其更早作为乐章结束的专有名词使用。史载《诗经》中《大武》《关雎》《那》皆有"乱"。《乐记》云："《武》乱皆坐，周召之治也。"②《论语·泰伯》云："师挚之始，《关雎》之乱，洋洋乎盈耳哉！"③《国语·鲁语下》："昔正考父校商之名颂十二篇于周太师，以《那》为首，其辑之乱曰'自古在昔，先民有作。温恭朝夕，执

---

① 此类篇尾套语还有："今日相对乐，延年万岁期"（《白头吟》）；"今日乐相乐，延年寿千霜"（《古歌·上金殿》）、"长笛续短笛，愿今皇陛下三千岁"（《前缓声歌》）、"长笛续短笛，愿陛下保寿无极"（《古歌》）；"多谢后世人，戒之慎勿忘"（《焦仲卿妻》）、"但当欢乐自娱，尽心极所嬉怡，安善养君德性，百年保此期颐。"（《满歌行》）胡应麟《诗薮·古体杂言》言："乐府尾句，多用'今日乐相乐'等语，至有与题意及上文略不相蒙者，旧亦疑之。盖汉、魏诗皆以被之弦歌，必燕会间用之。尾句如此，率为听乐者设，即《郊祀》延年本意也。"上海古籍出版社1979年版，第19页。

② 《礼记正义》，阮元校刻本《十三经注疏》，第1542页。

③ 程树德撰，程俊英、蒋见元点校：《论语集释》，新编诸子集成本，中华书局1990年版，第542页。

事有恪。'"① 又《乐记》谈及一个完整的乐章"先鼓以警戒,三步以见方,再始以著往,复乱以饬归"②。此后屈原的《离骚》《九章》《招魂》等诗篇都有乱辞。

"乱"首先是从音乐处理的角度定名的,若有歌诗配合,在情节内容上未必就同时表收束,比如《关雎》从歌词上就难以看出哪句可以作"乱辞",孔子云"洋洋乎盈耳"显然也是指音乐。清蒋骥谈《楚辞》诸篇之"乱"辞也是音乐处理:

> 旧解"乱"为总理一赋之终,今按《离骚》二十五篇,"乱"词六见。惟《怀沙》总申前意,小具一篇结构,可以总理言。《骚经》《招魂》,则引归本旨;《涉江》《哀郢》,则长言咏叹;《抽丝》,则分段叙事,未可一概论也。余意"乱"者,盖乐之将终,众音毕会,而诗歌之节,亦与相赴,繁音促节,交错纷乱,故有是名耳。孔子曰"洋洋盈耳",大旨可见。③

但汉代以后大约开始有意将音乐之"乱"和歌诗情节的收尾契合,如《国语·鲁语下》"以《那》为首,其辑之乱"韦昭注:

> 乱,成也,凡作篇章,篇义既成,撮其大要为乱辞。诗者,歌也,所以节儛者也,知今三节舞矣,曲终乃更,变章乱节,故谓之乱也。④

认为"乱"既是诗篇的收尾,也是乐章的收束。如汉乐府《孤儿行》:

> 孤儿生,孤子遇生,命独当苦!父母在时,乘坚车,驾驷马。父母已去,兄嫂令我行贾。南到九江,东到齐与鲁。腊月来归,不

---

① 徐元诰撰,王树民、沈长云点校:《国语集解》,第 205 页。
② 《礼记正义》,阮元校刻本《十三经注疏》,第 1537 页。
③ 蒋骥:《余论》,《山带阁注楚辞》,上海古籍出版社 1984 年版,第 192 页。
④ 徐元诰撰,王树民、沈长云点校:《国语集解》,第 205 页。

敢自言苦。头多虮虱，面目多尘。大兄言办饭，大嫂言视马。上高堂，行取殿下堂，孤儿泪下如雨。使我朝行汲，暮得水来归。手为错，足下无菲。怆怆履霜，中多蒺藜。拔断蒺藜，肠肉中怆欲悲。泪下渫渫，清涕累累。冬无复襦，夏无单衣。居生不乐，不如早去，下从地下黄泉。春气动，草萌芽。三月蚕桑，六月收瓜。将是瓜车，来到还家。瓜车反覆，助我者少，□瓜者多。原还我蒂，兄与嫂严，独且急归，当兴校计。

乱曰：里中一何饶饶，愿欲寄尺书，将与地下父母，兄嫂难与久居。

此篇言孤儿为兄嫂所苦，难与久居。篇首孤儿感叹生来命苦，此后则历叙孤儿年年月月、无休无止地遭受兄嫂苛责虐待。篇末"乱"辞言孤儿绝望至极，欲向地下爹娘申诉冤苦。这部分是前面铺叙的收束，也是乐章的收束。

汉乐府"乱"辞也有篇幅较长，甚至超过歌诗主体的，如《妇病行》：

妇病连年累岁，传呼丈人前一言。当言未及得言，不知泪下一何翩翩。"属累君两三孤子，莫我儿饥且寒，有过慎莫笞答，行当折摇，思复念之"。

乱曰：抱时无衣，襦复无里。闭门塞牖舍，孤儿到市，道逢亲交，泣坐不能起。从乞求与孤买饵，对交啼泣泪不可止。"我欲不伤悲不能已"。探怀中钱持授，交入门，见孤儿啼索其母抱，徘徊空舍中，行复尔耳，弃置勿复道！

此歌诗分两部分，也是两个场景，两个主人公。前者叙病妇对丈夫临终托孤，后者则以父亲的视角叙述：妻亡后面对家徒四壁，父泣子啼，徒呼苍天，一片凄惶之态。与"乱"相配合的歌诗已经是一个完整的篇章。可见，汉乐府之"乱"承接先秦乐歌，但有了创新和发展。

第三节　世俗生活画卷的艺术呈现

班固《汉书·艺文志》评价汉乐府:"皆感于哀乐,缘事而发。"从目前留下的汉乐府歌辞看,它们大都以世俗生活为表现对象,呈现出时人鲜活的思想、情感和愿望,广阔而丰厚,淳朴、真率又生动,成为反映世俗生活文学的一个高峰。

一　汉代风俗画卷

汉乐府大都来源于民间歌乐,因此题材相当广泛,几乎触及社会生活的各个角落,有着极为丰富的题材,爱情、婚姻、家庭;战争、灾变、离乱;忧生、恶死、求仙;贫富、强弱、贵贱,诸多主题或直抒胸臆,或借鸟兽寓言,或以对话戏剧式的方式呈现出来。汉乐府之前,《诗经》已发起端,成为反映社会现实生活的典范,而汉乐府虽然在题材上与《诗经》多有重合,却常常反映出汉代特有的精神气质和思想观念。余冠英《乐府诗选·前言》云乐府诗"以《相和》《杂曲》为菁华":

> 像《雉子斑》《晖蝶行》《步出夏门行》《孤儿行》《妇病行》《东门行》,等等,无一不是新鲜的。就是拿题材相同的诗来比,乐府还照样给人新鲜之感。将写爱情的《上邪》比《柏舟》,写战阵的《战城南》比《击鼓》,写弃妇的《上山采蘼芜》比《谷风》和《氓》,写怀人的《青青河畔草》《冉冉孤生竹》比《卷耳》《伯兮》,或各擅胜场,或后来居上,绝不是陈陈相因。假如把最能见汉乐府特色的叙事诗单提出来说,像《陌上桑》《陇西行》《孤儿行》《孔雀东南飞》那样,相应着社会人事和一般传记文学的发展而发展起来的曲折淋漓的诗篇,当然更不是《诗经》时代所能有。[①]

以涉及爱情、婚姻、家庭、子女等内容的诗歌为例。此类内容是世

[①] 余冠英:《乐府诗选·前言》,人民文学出版社1953年版。

俗社会生活的焦点之一，汉乐府中《上邪》《有所思》《白头吟》《陌上桑》《秋胡行》《孔雀东南飞》《上山采蘼芜》《病妇行》《孤儿行》《东门行》等都涉及此类主题，整体看，显示出不同于《诗经》相关诗篇的时代特点。秦汉时处在中国社会由宗族结构向家庭结构转变的过程，社会基本单位变成数量迅速增长的小型"核心家庭"，一般由一对夫妇和未婚子女组成，这在文献和考古上也能获得证明①。这种一对夫妻为基础构成的小家庭的普遍，也影响着人们对男女、夫妻以及子女等关系和感情的重新理解。上述汉乐府诗歌中，女性在家庭中有着举足轻重的地位，甚至独当一面，常常表现着更为坚定的道德观念和生活信念，对于爱情的坚贞和夫妻之间的忠诚也表现得更为执着。

如《上邪》《有所思》：

> 上邪，我欲与君相知，长命无绝衰。山无陵，江水为竭，冬雷震震夏雨雪，天地合，乃敢与君绝。（《上邪》）

> 有所思，乃在大海南。何用问遗君？双珠玳瑁簪，用玉绍缭之。闻君有他心，拉杂摧烧之。摧烧之，当风扬其灰。从今以往，勿复相思。相思与君绝！鸡鸣狗吠，兄嫂当知之。秋风肃肃晨风飔，东方须臾高知之。（《有所思》）

这两首歌诗都表现出对坚贞爱情的肯定，以及对情感背叛的强烈谴责。《上邪》中女子对恋人一往情深，誓词热烈。"上邪"是指天为誓，犹言"天啊"！向老天爷发誓永远爱他，举出五件非常之事作为设誓前提："山无陵，江水为竭"是说天地间永恒之物巨变；"冬雷震震，夏雨雪"是说

---

① 如秦与西汉时法律规定，有两名成年儿子的家庭须付双倍的税，这就鼓励社会朝着小家庭结构发展。此外，从墓葬规格看，先秦墓地往往是一个氏族或家族共有，而西汉墓地规模较小，常包括一个单独家庭内各成员的墓葬，如马王堆墓地就包括三座墓，分别属于第一代轪侯利仓、轪侯夫人及利仓的一个儿子，第二代轪侯并未葬在此墓地中。此外，西汉普遍实行夫妇"同穴"葬，等等，都表现出重视夫妻为主的小家庭特点。参看中国社会科学院考古研究所《新中国的考古发现与研究》，文物出版社 1984 年版，第 413—415 页。王仲殊：《汉代考古学概说》，文物出版社 1984 年版，第 102—104 页。

天地规律逆转;"天地合"是说整个宇宙毁灭,只有发生上述情况,"乃敢与君绝"。女子爱得白热化,情感奔进而出,一气赶落,不见堆垛,字字千钧,有很强的震撼力。《有所思》则先是表达细腻深长的爱恋,将具有美好寓意的"双珠玳瑁簪,用玉绍缭之"赠予爱人。但一旦得知对方变心,则态度决绝:"拉杂摧烧之。摧烧之,当风扬其灰。从今以往,勿复相思。"过后思量虽还有难以自抑之处,但女子对感情纯洁贞信的坚持,对情变刚烈决然的态度,都是非常典型的。

另外相传卓文君所作的楚调曲《白头吟》也表达出一种眼里不揉沙的刚强决然:

> 皑如山上雪,皎若云间月。闻君有两意,故来相决绝。今日斗酒会,明旦沟水头。躞蹀御沟上,沟水东西流。凄凄复凄凄,嫁娶不须啼。愿得一心人,白头不相离。竹竿何袅袅,鱼尾何簁簁。男儿重意气,何用钱刀为!

对比《诗经》中类似的爱情诗,《关雎》"乐而不淫,哀而不伤"自是"中和之音"的典范,而《伯兮》《褰裳》《子衿》《采葛》《木瓜》等情感也都表现得更为温和。

而主要涉及夫妻感情的诗歌亦如此。比如《孔雀东南飞》中,刘兰芝得知自己不被婆婆所容,而丈夫焦仲卿又软弱难违母命,便不抱任何幻想,从容决然地与丈夫、小姑诀别。离别时,二人再次表明对夫妻感情的不舍和忠贞:

> 下马入车中,低头共耳语:"誓不相隔卿。且暂还家去,吾今且赴府。不久当还归,誓天不相负。"新妇谓府吏:"感君区区怀,君既若见录,不久望君来。君当作磐石,妾当作蒲苇。蒲苇纫如丝,磐石无转移。"

最终,复合无望,女子"揽裙脱丝履,举身赴清池。府吏闻此事,心知长别离。徘徊庭树下,自挂东南枝"。这种对坚贞感情的誓死捍卫,是此前少见的。《诗经》中《氓》《谷风》写情变、弃妇，都是始于情，终于温柔敦厚，对比之下，汉乐府中女子显示出更多个性和对情感不苟且的态度。

而《陌上桑》则是以戏谑的方式表达对夫妻关系的信任和执守："使君自有妇，罗敷自有夫"，同时也在大庭广众之下展示出对自己才貌的充分自信和对夫君的欣赏。这种赤裸裸表现夫妻间欣赏和爱恋的方式朴拙而坦荡，也很具汉代特色。

又如《秋胡行》是汉乐府旧题，原作已佚，故事情节保留在傅玄、颜延之等人的拟作中：秋胡取妇三日游宦他乡，多年后贵仕还乡，"睹一好妇，采桑路傍。遂下黄金，诱以逢卿"。然而遭严词拒绝。至家方得知女子正是自己的发妻。其妻得知真相，羞愧愤怒于丈夫的背叛与不良，遂投水自尽，显示出极为刚烈的个性。傅玄拟作最后感叹道："负心岂不惭，永誓非所望。清浊必异源，枭凤不并翔。引身赴长流，果哉洁妇肠。彼夫既不淑，此妇亦太刚。"一方面赞叹女子的坚贞自守，另一方面又惜其"太刚"，此"太刚"正是汉代女性对待夫妻感情的态度。

而《东门行》《妇病行》讲的都是城市下层平民的夫妻家事。《东门行》写丈夫因家中无衣无食陷入绝境而决定"拔剑东门去"，铤而走险，但妻子极力劝阻：

> 出东门，不顾归。来入门，怅欲悲。盎中无斗米储，还视架上无悬衣。拔剑东门去，舍中儿母牵衣啼："他家但愿富贵，贱妾与君共哺糜。上用仓浪天故，下当用此黄口儿。今非！""咄！行！吾去为迟！白发时下难久居。"

对话中，妻子显示出较多的理智，表示自己甘愿过贫寒日子，希望丈夫顾念膝下幼子不要涉死地。而《妇病行》则描写一个贫寒家庭因主妇病亡而陷入慌乱无主的境地：

> 妇病连年累岁，传呼丈人前一言。当言未及得言，不知泪下一何翩翩。"属累君两三孤子，莫我儿饥且寒，有过慎莫笪笞，行当折摇，思复念之。"

> 乱曰：抱时无衣，襦复无里。闭门塞牖舍，孤儿到市，道逢亲交，泣坐不能起。从乞求与孤买饵，对交啼泣泪不可止。"我欲不伤悲不能已。"探怀中钱持授，交入门，见孤儿啼索其母抱，徘徊空舍中，行复尔耳，弃置勿复道！

病妇临终虽然极度痛苦不舍，"泪下一何翩翩"，但还是保持平静理智，嘱咐丈夫要好好抚育孤儿，"属累君两三孤子，莫我儿饥且寒，有过慎莫笪笞，行当折摇，思复念之"。而当病妇亡殁后，丈夫慌乱无主，"泣坐不能起""啼泣泪不可止""我欲不伤悲不能已""徘徊空舍中"，濒临崩溃的边缘。汉乐府诗中家庭中的女主人常常表现出更多的冷静和坚强，在家中也有着举足轻重的作用。

《陇西行》更是直白的赞美一位家庭主妇的大方从容，独当一面。文中写到有客来访，恰逢男主人不在家：

> 好妇出迎客，颜色正敷愉。伸腰再拜跪，问客平安不。请客北堂上，坐客毡氍毹。清白各异樽，酒上正华疏。酌酒持与客，客言主人持。却略再拜跪，然后持一杯。谈笑未及竟，左顾敕中厨。促令办粗饭，慎莫使稽留。废礼送客出，盈盈府中趋。送客亦不远，足不过门枢。取妇得如此，齐姜亦不如。健妇持门户，一胜一丈夫。

女主人行礼、招待、谈笑、置办酒菜、送客，等等，一系列举动均大方、得体。文末赞叹道："健妇持门户，一胜一丈夫。"

此外值得注意的是，《妇病行》临终托孤，以及《孤儿行》以孤儿的口吻直抒受兄嫂虐待的悲苦，也都显示出小家庭为社会基本单位的背景下人们所承受的心理危机。以一对夫妻和未婚儿女组成的家庭一旦稳固，会带来一种信念，即只有父母和亲子之间的关系才是牢固的，其他所有亲属和非亲属相对而言都是靠不住的。[①] 这种涉及"孤儿"的题材此前并

---

① 巫鸿：《"公义"与"私爱"》，《礼仪中的美术》，第 227 页。

不多见①，反映出时人对子女生存状况的疑虑和担心。这种担心在汉代其他艺术形式里也多有表露，比如对后母的担心。汉代广泛传刻的闵子骞故事就陷入与诗中孤儿相似的困境，他在母亲去世后遭受后母虐待。②此外，涉及后母的舜象故事在汉代也广泛传播。③甚至形成"后妻必虐前妻之子"的古训。④因此，汉代人普遍有个情感设定，即子女失去父母一方或双方大概率会失去应有的庇护，因此就特别针对女性宣扬"公义之爱"，以避免因"私爱"而导致相关儿童失去护佑。如《列女传》多记载此类故事。如齐继义母故事：齐女子两儿中有一人涉嫌杀人，官吏无法判断，遂命其交出一子。女子忍痛交出的"少子"乃亲生子，只为保住长子，即前妻之子。故事中，她牺牲"私爱"而就"公义"，获得时人极大赞赏。又如鲁义姑姊故事：鲁义姑姊带着亲生子和兄子在田中耕作，遭遇敌兵追击，因力不能两护，遂弃亲生子，而带兄子逃亡。然不幸被抓，敌将知其抛却亲生子很不解。问道：

"子之於母，其亲爱也，痛甚於心，今释之，而反抱兄之子，何也？"

妇人曰："己之子，私爱也。兄之子，公义也。夫背公义而向私爱，亡兄子而存妾子，幸而得幸，则鲁君不吾畜，大夫不吾养，庶民国人不吾与也。夫如是，则胁肩无所容，而累足无所履也。子虽痛乎，独谓义何？故忍弃子而行义，不能无义而视鲁国。"

鲁义姑姊忍痛求"公义"，弃私爱，并非出于本能和无情，而是受到整个社会观念的强烈制约。同样，《列女传》中讲到梁节姑姊家中失火，而自

---

① 《诗经·葛藟》牛运震《诗志》评曰："乞儿声，孤儿泪，不可多读。"但从诗中内容看，并无特别强调其孤儿身份，而更多表现其流离失所、乞食于人的痛苦。（语文出版社2019年版，第49页。）故朱熹《诗集传》云："世衰民散，有去其乡里家族，而流离失所者，作此诗以自叹。"岳麓书社1989年版，第53页。

② 李昉：《太平御览》卷413引师觉授《孝子传》，中华书局1966年版，第1908页。又见欧阳询编《艺文类聚》，中华书局1965年版，第369页。

③ 陈星灿：《舜象故事的母题蠡测》，《中国文化》1996年第2期。

④ 颜之推：《颜氏家训·后娶》，《诸子集成》卷8，中华书局1986年版，第4页。

己的儿子和侄子尚在屋内，遂冲入营救。本欲先救侄子，哪知却误将亲生子救出，遂羞愧难当，赴火而亡。其赴死前说：

> 梁国岂可户告人晓也？被不义之名，何面目以见兄弟国人哉？吾欲复投吾子，为失母之恩。吾势不可以生。

这些说教故事以文字、墓葬画像等方式在社会上广为流传，显示出人们对家庭事务特别是身后子女的安危有着特别的担心。在这种心理背景下，《妇病行》《孤儿行》等对孤儿失去庇护的痛苦陈说就很容易击中观众心中脆弱柔软的部分，从而引发广泛的同情，为故事中的人物唏嘘感叹。

乐府的设立虽以定郊祀礼为契机，但乐府制作则大量选取俗乐，更多还是为了娱乐的需要。其主题广泛涉及社会风俗，但由于秉持一定的伦理观念，总体看都保持着一种明朗、健康的趣味。

另外，表达神人沟通和求仙长生也是汉乐府中富有代表性的主题。战国秦汉时期流行神仙思想，至汉代，从帝王到普通百姓都用各种方式表达对长生成仙的祈愿，其神仙思想活泼多元，其中尤其看重利用房中术以及仙药的作用达到延年益寿乃至长生不老的目的。《汉志》列房中八家，百八十六卷，正是时人相关知识和思想观念的凝聚。汉武帝在位期间一直关注神人沟通、长寿成仙的问题。他曾听方士言黄帝神仙事，坦言自己若能如黄帝一样登仙，则弃妻子如敝屣，因此，大量方士粉墨登场，真真假假、虚虚实实，展示方术，渲染神仙事，这成为影响汉廷郊祀活动非常重要的因素。武帝时立乐府，大规模进行郊祀礼乐建设，进行浩大的封禅大典，根本上也是希望借助仪式礼乐沟通天人，跻身仙界。如《郊祀歌》十九章就是在迎神送神仪式中表达对神界长生的向往。如《天门》：

> 天门开，詄荡荡，穆并骋，以临飨。光夜烛，德信著，灵浸鸿，长生豫。大朱涂广，夷石为堂，饰玉梢以舞歌，体招摇若永望。星留俞，塞陨光，照紫幄，珠熉黄。幡比翅回集，贰双飞常羊。月穆穆以金波，日华耀以宣明。假清风轧忽，激长至重觞。神裴回若留放，殣翼亲以肆章。函蒙祉福常若期，寂漻上天知厌时。泛泛滇滇

从高斿,殷勤此路胪所求。佻正嘉吉弘以昌,休嘉砰隐溢四方。专精厉意逝九阆,纷云六幕浮大海。

天门是进入神界的门户,众神在此长生永祥,诗中先是描绘天门大开浩荡肃穆的情景,其建筑之华美异常,日月星辰辉映其上,清风激荡拂照,神鸟飘飞徜徉,光辉神圣,令人向往。接着则表达对神灵的殷勤祈盼,以及神灵降临与众人欢会,赐福降恩。

汉乐府《郊祀歌》即借助娱神歌乐的展演达到与神人沟通的目的,如今的郊祀歌文本或可看作汉廷求仙礼神仪式展演的脚本,从中仍能看到神人来享,人神皆欢的盛况。在所有的仪式活动中,祭神仪式大约有着最为古老的渊源,也很早就形成一套特有的方式,即设置一些拟神化的布景营造肃穆庄严神圣的情境,再通过巫师等祭祀者的唱诵歌乐,迎神降神,创造一种神格来享、人神欢腾的场面。《诗经》中的三《颂》以及部分《雅》诗都体现了这个特点,只是周代文化具有理性倾向,神人沟通的过程还显得比较节制矜持。而楚地则不同,"南郢之邑,沅、湘之间,其俗信鬼而好祠。其祠,必作歌乐鼓舞以乐诸神"。① 因此,以《九歌》为代表的祭神歌乐则具有更多的表演性,有独唱,又有对唱和合唱,以便更淋漓尽致地渲染出人神交汇的情境。

大约受楚文化影响,汉代娱神乐歌也表现得比较热烈,如《东皇太一》对现场歌乐舞的描述:"扬枹兮拊鼓,疏缓节兮安歌,陈竽瑟兮浩倡。灵偃蹇兮姣服,芳菲菲兮满堂。"《华烨烨》则有迎神降神的仪式,以及神迹祥瑞缤纷灿烂的场面:

> 华烨烨,固灵根。神之斿,过天门,车千乘,敦昆仑。神之出,排玉房,周流杂,拔兰堂。神之行,旌容容,骑沓沓,般纵纵。神之徕,泛翊翊,甘露降,庆云集。神之揄,临坛宇,九疑宾,夔龙舞。神安坐,䳺吉时,共翊翊,合所思。神嘉虞,申贰觞,福滂洋,迈延长。沛施晁,汾之阿,扬金光,横泰河,莽若云,增阳波。遍

---

① 黄灵庚疏证:《楚辞章句疏证》(增订本),上海古籍出版社2018年版,第817—820页。

胪欢，腾天歌。

神过天门，屯驾昆仑，容与杂沓，场面浩大。待降临神坛，安坐凝思，则夔龙舞动、天鸟盘旋，瑰丽迷离。篇末则描述神人沟通，歌舞欢腾。

汉乐府中的郊祀歌常用三言句式，其节奏明快，若疾风骤雨，将仪式的壮阔恢宏以及祀神侯神迎神送神时的欣喜狂热和盘托出，浩渺迷离，炫人耳目，令人难以分出哪些是幻象哪些是现实。

而相和、杂曲等民间乐府中，《董逃行》《王子乔》《艳歌》《长歌行》也都是求仙主题的歌乐，表现出汉代社会的普遍愿望。《王子乔》歌仙人王子乔，驾白鹿，游仙宫：

> 王子乔，参驾白鹿云中遨。参驾白鹿云中遨。下游来！王子乔，参驾白鹿云中遨。上建逋阴广里践近高。结仙宫，过谒三台，东游四海五岳，上过蓬莱紫云台。三王五帝不足令，令我圣明应太平。养民若子事父明，当究天禄永康宁。玉女罗坐吹笛箫。嗟行圣人游八极，鸣吐衔福翔殿侧。圣主享万年。悲吟皇帝延寿命。

王子乔相传为周灵王太子晋，好吹笙，作凤凰鸣，游伊洛间，后道士接入嵩高山为仙人，世人可望而不可即，事见《列仙传》。此歌诗亦呼唤其下凡人间。

其他如《长歌行》讲述仙人引导登上仙山得仙药，"延年寿命长"；《董逃行》则"采取神药若木端"，显示出人们对于仙药的渴望，平调曲《长歌行》即呈现当时方士游说仙道、兜售仙术仙方的情景：

> 仙人骑白鹿，发短耳何长。导我上太华，揽芝获赤幢。来到主人门，奉药一玉箱。主人服此药，身体日康强。发白复更黑，延年寿命长。

值得注意的是，汉人对长生不老以及神仙世界的向往，并非如佛教一样要弃决人间生活，而是将仙界看作人世的延续，仙界美好的生活因突破生死界限而变得更自由、更无拘忌、更欢乐，如《艳歌》想象在天上宴乐，诸神环绕，悠然自得，可谓"乐上乐"：

> 今日乐上乐，相从步云衢。天公出美酒，河伯出鲤鱼。青龙前铺席，白虎持榼壶。南斗工鼓瑟，北斗吹笙竽。妲娥垂明珰，织女奉瑛琚。苍霞扬东讴，清风流西歈。垂露成帏幄，奔星扶轮舆。

又如《陇西行》：

> 邪径过空庐，好人常独居。卒得神仙道，上与天相扶。过谒王父母，乃在太山隅。离天四五里，道逢赤松俱。揽辔为我御，将我上天游。天上何所有？历历种白榆。桂树夹道生，青龙对伏趺。凤凰鸣啾啾，一母将九雏。顾视世间人，为乐甚独殊。

两首歌诗中所描绘的仙境虽然新异但并不遥远，"乃在太山隅"、"离天四五里"，只要兴之所至，"相从步云衢"，就可漫步而去，好像逛庙赶集一样。所以这些游仙诗说仙道、仙界、仙人，语调轻松，内容趣味完全是世俗化的。

二 厅堂、街巷的说唱艺术

今所见汉乐府歌诗除"郊庙歌辞"中的《安世房中歌》十七章、《郊祀歌》十九章用于祭祀场合外，大多数歌诗的主要功能还是娱乐，即便在比较正式的宴飨场合作为礼仪用乐，娱宾悦主也是重要目的，而且其表演场合也不限于宫廷上层，而是如水就下，影响甚至带动着整个汉代社会的歌乐娱乐趣尚，达官显宦、富豪大贾、吏民百姓都是乐府艺术的观众和消费者。以《相和歌辞》《鼓吹曲辞》《杂曲歌辞》为代表的汉乐府本就来源于民间歌讴，进入乐府系统后，李延年等乐官主要做的是协声律、造新声的工作①，对其歌辞大约没做大的改动，这和《诗经》的采集整理齐以四言是不同的。因此，《宋书·乐志》首次著录汉乐府古辞，即强调其中的民间讴谣特征：

> 凡乐章古词，今之存者，并汉世街陌谣讴，《江南可采莲》《乌

---

① 《史记·佞幸列传》："延年善歌，为变新声，而上方兴天地祠，欲造乐诗歌弦之。延年善承意，弦次初诗。"卷125，第3195页。

生》《十五》《白头吟》之属是也。①

汉武帝"立乐府",采诗夜诵,汉哀帝以"去郑声"的理由罢散乐府,但歌乐作为一种娱乐艺术有着自己的运行规则,并非随帝昭官命就令行禁止,而是一直活跃在民间,所以《汉书·礼乐志》称汉哀帝罢乐府后,"百姓渐渍日久,又不制雅乐有以相变,豪富吏民湛沔自若。"②东汉时风气似乎更胜,如《后汉书·桓谭传》载桓谭父为太乐令,"谭以父任为郎,好音律,善鼓琴……性嗜倡乐",后光武帝"召谭拜议郎、给侍中。帝每宴,辄令鼓琴,好其繁声"。当时一些正统人士如宋弘则批评其"令朝廷耽悦郑声"。③因此,我们现在看到的乐府歌辞大约并非完全来自汉代乐府机构的创制,而是从属于一个更大的乐府系统。它来源于市井,经朝廷官方整理打磨后再次回注民间,与民间一直活泼存在的歌乐反复融合交汇,整体上呈现出一种大众化娱乐艺术的特点。

这种艺术形式流行于宫廷,更多肆演于豪富吏民之家以及市井巷陌,其表演主体则为众多歌乐倡伎等职业性艺人。官方乐府机构自然组建专业团队,这些表演人员有的就来自艺人世家,如李延年兄妹以及父母兄弟都是"故倡",即全家世代从事歌舞伎艺为生。而有财力的富商显宦也可以物色、培养自己的私人声伎人员,如《史记·陆贾传》载:"陆生常安车驷马,从歌舞鼓琴瑟侍者十人,宝剑直百斤。"④自称这些艺人器物都可以被儿子继承,可见是私人伎乐班子。《史记·扁鹊仓公列传》载汉初医者仓公淳于意述说自己当年曾应济北王召诊脉家中诸女子侍者,其中一位叫竖的女子善歌舞,与她的四个歌舞搭档就是济北王花了四百七十万钱从民所买来的。⑤《汉书·外戚传》载赵飞燕姊妹本为长安城省中侍使官婢,长大后被赐阳阿公主家,学歌舞。汉成帝微服出行,过公主家作乐,见赵飞燕而悦之,遂召入宫。汉代富豪之家财力雄厚,家里多

---

① 《宋书》,中华书局1974年版,第549页。
② 《汉书》卷22,第1074页。
③ 《后汉书》卷28上、26,第955、904页。
④ 《史记》卷97,第2699页。
⑤ 《史记》卷105,第2805页。

有私家伎乐，这个现象史料常见，"豪富吏民畜歌者至数十人"。① "倡讴伎乐，列乎深堂。"② 每有宾客，则"鸣竽调瑟，郑舞赵讴"③。汉代画像石中大量乐舞场面的描绘很大程度上就是对这一现状的反映。

同时，社会上也有一些机构或"纪经"商人，专门从贫民家庭中物色、培养艺人，买卖以获利。如《外戚传》载汉宣帝的母亲王翁须出身贫寒，八九岁即被送至刘仲卿处学艺，此人当就是以培养艺人谋利的商人。在此期间，王翁须不能回家，父母亦不能看望，学成后，刘仲卿遂将翁须出卖，其父母索要钱财无果，亦不知女儿去向。④ 而同时，民间也当有一些俗乐表演艺人群体，或团队，活跃在街头巷尾，为大众提供娱乐以获利，或为没有私伎乐人的富裕家庭提供雇佣式服务，也为婚丧嫁娶等提供仪式服务，如汉初功臣周勃年轻时就"以织薄曲为生，常以吹箫给丧事"。这些也可以称为"散乐"。⑤ 汉代整个社会都弥漫着对于歌

---

① 《汉书》卷72，第3071页。
② 《后汉书》卷49，第1648页。
③ 桓宽：《盐铁论·散不足》，《诸子集成》本，上海书店1986年版，第34页。
④ 《汉书》卷97上，第3962页。
⑤ "散乐"出自《周礼·春官·旄人》："旄人掌教舞散乐、舞夷乐。"郑玄注："散乐，野人为乐之善者，若今黄门倡也。"贾公彦疏："以其不在官之员内，谓之为'散'，故以为野人为乐善者也。"《周礼注疏》，阮元校刻本《十三经注疏》，第801页。汉代散乐大约是以幻术杂技等为主的，刘昫等撰：《旧唐书·音乐志二》：散乐者，历代之有，非部伍之声，俳优歌舞杂奏。汉天子临轩设乐，舍利兽从西方来，戏于殿前，激水成比目鱼，跳跃嗽水，作雾翳日，化成黄龙，修八丈，出水游戏，辉耀日光。绳系两柱，相去数丈，二倡女对舞绳上，切肩而不倾。如是杂变，总名百戏。江左犹有《高絙紫鹿》《跂行鳖食》《齐王卷衣》《笮鼠》《夏育扛鼎》《臣象行乳》《神龟抃戏背负灵岳》《桂树白雪》《画地成川》之伎。晋成帝咸康七年，散骑侍郎顾臻表曰："末世之乐，设外方之观，逆行连倒。四海朝觐帝庭，而足以蹈天，头以履地，反天地之顺，伤彝伦之大。"乃命太常悉罢之。其后复《高絙紫鹿》。后魏、北齐，亦有《鱼龙辟邪》《鹿马仙车》《吞刀吐火》《剥车剥驴》《种瓜拔井》之戏。周宣帝征齐乐并会关中。开皇初，散遣之。大业二年，突厥单于来朝洛阳宫，炀帝为之大合乐，尽ције汉、晋、周、齐之术。胡人大骇。帝命乐署肄习，常以岁首纵观端门内。大抵《散乐》杂戏多幻术，幻术皆出西域，天竺尤甚。汉武帝通西域，始以善幻人至中国。安帝时，天竺献伎，能自断手足，刳剔肠胃，自是历代有之。我高宗恶其惊俗，敕西域关令不令入中国。苻坚尝得西域倒舞伎。睿宗时，婆罗门献乐，舞人倒行，而以足舞于极铦刀锋，倒植于地，低目就刃，以历脸中，又植于背下，吹筚篥者立其腹上，终曲而亦无伤。又伏伸其手，两人蹑之，施身绕手，百转无已。汉世有橦木伎，又有盘舞。晋世加之以柸，谓之《柸盘舞》。乐府诗云："妍袖陵七盘"，言舞用盘七枚也。梁谓之《舞盘伎》。梁有《长蹻伎》《掷倒伎》《跳剑伎》《吞剑伎》，今并存。又有《舞轮伎》，盖今戏车轮者。《透三峡伎》，盖今《透飞梯》之类也。《高絙伎》，盖今之戏绳者是也。梁有《獼猴幢伎》，今有《缘竿》，又有《獼猴缘竿》，未审何者为是。又有《弄碗珠伎》《丹珠伎》。中华书局2010年版，第1072—1073页。

舞乐戏的喜好，官宦家庭中的子弟、良家女子也常习乐以为尚。汉乐府中就有类似描述，《相逢行》："少妇无所为，挟瑟上高堂。丈人且安坐，调丝方未央"；《古诗为焦仲卿妻作》："十五弹箜篌"等。

汉乐府的流行与其相对轻松的表演方式是有关系的。汉代民间有浓厚的歌舞风尚，歌乐创作本就不复杂，信口而唱，随手着物即可击节而歌①，因此代表世俗歌乐的汉乐府表演，无论是在富裕人家的厅堂还是在街市中，团队规模大约都不是很大，使用乐器大约也并不复杂，只要有把握节拍的鼓、相等，加上掌乐音的琴瑟笙竽（可能常常就一两种），就可以表演了。《宋书·乐志》称《相和》"汉旧歌也，丝竹更相和，执节者歌"。执节者歌，有丝竹相和，表演方式大约就类似现在的京韵大鼓，歌者自持书鼓、节板，连说带唱，同时击节，声情并茂，有一到四位不等的乐人伴奏，伴奏乐器有三弦琵琶等，都属于传统丝竹类乐器。近年来出土的汉代画像石多有对此类歌乐的厅堂表演的描摹。

如江苏邳县白山故子两座东汉墓出土的画像石都有厅堂歌舞场面。其中一号墓第三石即前室北壁东中格舞乐图，显要处一人，跽坐，膝上横置一琴，左手抚琴，右手作鼓弦状。身后两乐工，一吹竽，一拍手唱歌。右方刻舞伎一人作长袖舞。第四石即前室南壁西边石舞乐图有三组内容，彼此相关。中部为一座房屋（亭），屋内有乐工四，皆跽坐，以操琴者为主，他端坐榻左，脸向右前方，膝间一琴，一端置于膝上，另一端斜置榻上，左手抚琴，右手前伸拨弹琴弦。身旁三人皆面向操琴者，双手合于胸前，似在伴唱（笔者猜测或以击掌为节）。屋右侧刻舞伎两组，分两格布置，每组两人皆身着长袖宽衣，一人起舞，另一人伴唱。左侧刻一银杏树，一马系树下，树后一侍者在照料马匹，树与房屋间刻二飞鸟，大约表明客人前来。第四石画面与前幅约为一个整体，刻宾主观赏舞乐的场面。画面隔出三间，每间榻上坐三人，皆男性，作注视状。门外都有侍者恭候。② 汉乐府《鸡鸣》有"黄金为君门，璧玉为轩阑堂，

---

① 郜文倩：《成相：文体界定、文本辑录与文学分析》，《文学遗产》2015 年第 4 期。
② 尤振尧、陈永清、周甲胜：《江苏邳县白山故子两座东汉画像石墓》，《文物》1986 年第 5 期。

上有双樽酒，作使邯郸倡"，也可作为这些画面的注脚。

又如山东嘉祥南武山古墓汉画像石，其中第三石第二格左方刻三女子，最前方女子抚琴，身后两人以掌击节。中间上方是放置一樽一碗的食盘，对面四人吹奏箫、笙、埙。显然是宴乐表演。① 又南阳画像石编号为109的阮堂出土的舞乐百戏图，则是歌乐戏同台：左面三位乐人，一鼓瑟，一吹埙，一执桴击鞞鼓。右面刻一人，头戴面具，两臂上举，下肢半蹲②，似为某种角色表演。

此外，许多汉墓出土的弹琴俑、说唱俑（或称俳优俑），大约都是形式更为简洁轻便的歌乐说唱形式。因此，汉乐府（除郊祀歌外）也可以说流行于市井巷陌、宅院厅堂的说唱或弹唱艺术，这决定了汉乐府的艺术特质。即作品大多都具有故事诗的特点，具有叙事性特征，讲述和人们日常生活紧密相关的社会事象，注重戏剧化因素。

最典型的当属长篇叙事诗《焦仲卿妻》，它讲述一个爱情悲剧，但整个故事起因则是一位乖戾的寡母不容新妇，新妇重情刚烈，而丈夫虽有情但孝顺懦弱，遂产生一系列冲突，一系列的无可奈何，一步步走向悲剧的命运。婆媳矛盾在小家庭为主的汉代社会大约已经成为一种比较常见的现象，婆婆有权命子休妻另娶，子孝难违母命也情有可谅，新妇情韧若蒲苇亦令人动容，没有大奸大恶，只有人性的偏执、人情的无奈和纠结，歌者以一种"全知"视角交代关节，唱叙故事，观众跟随表演者唏嘘感叹，对其间的人物事件加以评判。汉乐府作为一种说唱（弹唱）式的大众艺术，一定要展示人们熟悉的生活，使其在观看中调动已有的认知和伦理判断，才能获得满足感，激发兴趣，产生共鸣，获得理想的娱乐效果。

汉乐府中更多的是短章，但也大都截取一个或几个情节片段，以再现生活的某种状态和场景，其间常有日常对话。如《东门行》截取男主人公进家门的一瞬间，见家徒四壁，遂"怅欲悲"，情绪在对贫寒生活的"忍"与"不忍"中冲突对撞，最终拔剑而起，引得妻子一番哭劝。《妇

---

① 朱锡禄、李卫星：《山东嘉祥南武山汉画像石》，《文物》1986年第4期。
② 王建中、闪修山：《南阳两汉画像石》，文物出版社1990年版，第76页。

病行》则是即将病亡的妇人对丈夫交代后事,以及病亡后男人怀抱幼儿在贫寒和失亲之痛的重压下几乎崩溃的状态。其他如《上山采蘼芜》选择了弃妇遇故夫的场景,《十五从军征》则截取了一个老兵归乡时的情景。

而有些篇章采用拟人手法虚拟动植物的经历故事,但其间表达的情感观念还都是属于人间世俗的。比如《枯鱼过河泣》写枯鱼过河时悔恨哭泣并写信告诫同伴"慎出入",以鱼拟人,警告人们行动要小心谨慎,以免招来祸患;《艳歌行》(南山石嵬嵬)分别以白杨和松树自述遭砍伐的经历;《豫章行》写豫章山上白杨变为洛阳宫中栋梁,述其与根株分离之苦;《蜨蝶行》则以蜨蝶口吻,自述遭遇燕子衔哺的不幸,这些拟人化的情感都能唤起观众的情感体验。

班固评价汉乐府"感于哀乐,缘事而发",歌者以全知身份讲述故事,或者模拟故事中人物的口吻、动作、对白,间或跳出加以感叹议论,都试图将观众带入故事中,因此,汉乐府歌诗常常带有戏剧性,甚至有时就仿佛戏剧脚本。如《董逃行》以御前方士讲述自己登五岳访仙求药的经历,有布景、情节和简单的对话,仿佛一出小剧:

> 吾欲上谒从高山,山头危险大难。遥望五岳端,黄金为阙班璘,但见芝草叶落纷纷。(一解)
>
> 百鸟集来如烟,山兽纷纶麟辟邪其端。鹍鸡声鸣,但见山兽援戏相拘攀。(二解)
>
> 小复前行玉堂,未心怀流还。传教出门来:"门外人何求?"所言:"欲从圣道,求一得命延。"(三解)
>
> 教敕凡吏受言:"采取神药若木端。白兔长跪捣药虾蟆丸。奉上陛下一玉柈,服此药可得神仙。"(四解)
>
> 服尔神药,莫不欢喜。陛下长生老寿,四面肃肃稽首,天神拥护左右,陛下长与天相保守。(五解)

方士先描述高山崔嵬,"遥望"五岳山巅,有斑斓闪烁的黄金宫阙,"但见"芝草飘落纷纷,百鸟集来如烟,麒麟辟邪纷至沓来,耳旁鹍鸡声鸣,山兽攀援嬉戏。两次用"但见"引出对仙境的介绍，铺叙描摹，显然意在引发观众一起联想，进入一个假想中的场景。此后则有仙人和自己的对话，问："门外人何求？"答曰："欲从圣道，求一得命延。""得命延"就是长生不老之仙丹。随后则口吻转向现实，面对陛下，陈述此药的由来，并祝福陛下长生老寿。有研究者认为这是在兜售神药，其实更像是一出情景娱乐剧，在宴饮、祝寿等场合上演，最后呈上的"仙药"大约也是道具性质，最后道一些吉祥语，长生老寿、与天相保守之类，满堂欢喜。

再如《陌上桑》，情节很简单，就是众人围观秦罗敷，使君路过调戏，遭秦罗敷一顿奚落。诗中有两个描述重心，一个是众人"但坐观罗敷"，对罗敷容貌用侧面烘托的方式铺叙，另一个就是罗敷对其夫君的夸耀，其间则用一丑角"使君"贯穿，他觊觎罗敷美貌，语气轻佻："宁可共载不"，遂使得前后两组人物描摹成为有机的戏剧元素。歌者大约边说边唱便摆出各种姿态，演示观罗敷的"众生相"，也忽而跳出旁观的讲述者身份，转以罗敷、使君的姿态口吻陈说，同时还搬演罗敷口中丈夫"盈盈公府步，冉冉府中趋"等动态，使得简单的情节变成单场的活剧，人物百态，颠倒忘形，引得观众一阵阵哄笑。

汉乐府关注生活场景，捕捉镜头加以呈现，没有常法，大约是以抓住观众心理为章法。比如《孤儿行》几乎没有矛盾冲突，通篇铺叙渲染孤儿常年辛苦的劳作以及身心的疲累，只为渲染其所承受的虐待，让观众感同身受，引发极大的同情心。当表演者描摹孤儿"头多虮虱，面目多尘"，"足下无菲，怆怆履霜，中多蒺藜。拔断蒺藜，肠月中怆欲悲。泪下渫渫，清涕累累"，观众会跟着说唱者想见其形，感叹其境遇之艰难。因此，如果此歌诗有配乐，其节奏音声的驰骤舒缓、强弱高低，也是为渲染孤儿的悲愤和哀怨，紧紧牵引着观众的情绪。

作为一种表演性的弹唱说唱歌词，汉乐府诗不是面对读者，满足读者的文学趣味，而是面向观众和听者，满足他们的娱乐趣味。所以它不似后世文人诗那样追求立意深长和圆熟的语言技巧，而是用情节的生动乃至一种戏剧性的效果来餍足观听者的心理。① 汉乐府情节的感染力和语言的朴素传神，一直被后世文人奉为典范，事实上正是上述功能的产物。

---

① 钱志熙：《乐府古辞的经典价值——魏晋至唐代文人乐府诗的发展》，《文学评论》1998年第2期。

第 四 章

文人五、七言诗与《古诗十九首》

作为诗歌句式，三言、四言、五言、七言等语言形式在先秦时就在韵文中使用了。① 只是哪种句式被选中，成为某种诗体的主要句式，则要等待机遇。比如先秦时期四言和三言句式都比较活跃，最终四言句式由于入乐整理成《诗》而成为"雅言"，三言句式则除了在《诗经》里以一种较为隐蔽的方式保留外②，在民间还非常盛行，并逐渐形成一些较稳定的句式组合。如屈原辞赋是将三加二言以及三加三言组合句式发扬光大的代表，荀子《成相》则是三、四言组合而成的新的韵文体式（即三三七言的成相体）的代表，汉代民间歌谣多采用这种句式。进入汉代，汉初统治者好楚声，三言获得了新的机遇，得以进入宫廷，成为郊祀歌诗中的主要歌诗句式。四言诗则保持典雅的传统，在碑颂铭箴等典雅文体中大量使用，具体情形见后相关章节。

五言句式在先秦似乎不及三言、四言使用那么普遍，但《诗经·召南·行露》以及《老子》中已多次出现五言句。秦汉时，文人对于五言句式产生更大的兴趣，逐渐将五言诗稳定成为一种新的诗体。

---

① 如《老子》中就多有三言、五言韵文句式，"自见者不明，自是者不彰，自伐者无功，自矜者不长。"（24 章）、"善行无辙迹，善言无瑕谪。"（27 章）"天得一以清，地得一以宁，神得一以灵，谷得一以盈。"（39 章）《诗经》也有很多句式是三言添加"兮"字而成四言诗的。郗文倩《成相：文体界定、文本辑录与文学分析》，《文学遗产》2015 年第 4 期。

② 据笔者初步统计，《诗经》含有三言句式的诗篇，包括本身即三言以及去兮、矣、思、止等语助词为三言句的诗篇共 102 篇，占总篇数的三分之一。

第一节　文人五言诗的草创

从目前史料看，五言诗有一个试验的过程。在汉初前后就已开始作为主要句式出现在相关歌谣韵文中，如：

> 汉兵已略地，四方楚歌声。大王意气尽，贱妾何聊生。
>
> 子为王，母为虏，终日舂薄暮，常与死为伍。相离三千里，当谁使告女？
>
> 北方有佳人，绝世而独立。一顾倾人城，再顾倾人国。宁不知，倾城与倾国，佳人难再得。①

李延年歌中"宁不知"三字，逯钦立认为"当系歌者临时所加之衬字"，故徐陵编《玉台新咏》时将其删去②。删去后，就是纯粹的五言诗了。

而乐府诗中也有一些五言歌诗基本判定为西汉时作品，如：

> 江南可采莲。莲叶何田田，鱼戏莲叶间。鱼戏莲叶东，鱼戏莲叶西，鱼戏莲叶南，鱼戏莲叶北。（《江南》）
>
> 鸡鸣高树颠，狗吠深宫中。荡子何所之？天下方太平。法非有贷，柔协正乱名。黄金为君门，璧玉为轩堂。上有双樽酒，作使邯郸倡。刘王碧青甓，后出郭门王。舍后有方池，池中双鸳鸯。鸳鸯七十二，罗列自成行。鸣声何啾啾，闻我殿东厢。兄弟四五人，皆为侍中郎。五日一时来，观者满路旁。黄金络马头，颎颎何煌煌！桃生露井上，李树生桃旁。虫来啮桃根，李树代桃僵。树木身相代，兄弟还相忘。（《鸡鸣》）③

---

① 本章所引汉代诗歌均出自逯钦立辑校《先秦汉魏晋南北朝诗》，中华书局1983年版。余不再加注。
② 逯钦立：《汉诗别录》，《汉魏六朝文学论集》，陕西人民出版社1984年版，第64页。
③ 萧涤非：《汉魏六朝乐府文学史》，人民文学出版社1984年版，第62—70页。

此外，西汉社会中流传的很多谣谚俗语也是五言体韵文，如：

> 何以孝悌为？财多而光荣。何以礼义为？史书而仕宦。何以谨慎为？勇猛而临官。
>
> 安所求子死？桓东少年场。生时谅不谨，枯骨后何葬？
>
> 邪径败良田，谗口乱善人。桂树华不实，黄爵巢其颠。故为人所羡，今为人所怜。①

散文中多有成组出现的五言句式，也具有韵文特点②，如：

> 药食尝于卑，然后至于贵；药言献于贵，然后闻于卑。（贾谊《新书·修政上》）
>
> 日月以之明，星历以之行。……鹍鸽不过济，貊渡汶而死。形性不可易，势居不可移也。……万物有所生，而独知守其根；百事有所出，而独知守其门。（《淮南子·原道训》）

因此，西汉时，五言句式已经广泛地用在社会各种韵文体式中，只不过从句意上看，仍是散文化的，文人似乎还未将其作为重要诗歌句式加以创作。从先秦到西汉，整体看还是一个群体诗学的时代，人们使用五言句式，或歌或谣，或言或文，但用在个人创作"诗歌"方面大约还没有成为一种自觉。

东汉民间歌谣谚语仍在使用五言句式，如《后汉书·马援传附马廖传》："城中好高髻，四方高一尺；城中好广眉，四方且半额；城中好大袖，四方全匹帛。"《樊晔传》载《凉州民为樊晔歌》："游子常苦贫，力子天所富。宁见乳虎穴，不入冀府寺。大笑期必死，忿怒或见置。嗟我樊府君，安可再遭值。"《王符传》引时人为王符语："徒见二千石，不如

---

① 《汉书》卷72、90、27上，第3077、3674、1396页。
② 归青对西汉时五言诗句多有搜集讨论，《文人五言诗起源新论》，《学术月刊》2010年第7期。

一缝掖。"《雷义传》引乡里为雷义陈重语:"胶漆自谓坚,不如雷与陈。"① 等。

但与此同时,文人创作五言诗开始多起来。目前所见有主名的文人五言诗最早是班固《咏史》,此后则有张衡《同声歌》、秦嘉《赠妇诗》三首、郦炎《见志诗》三首、蔡邕《翠鸟诗》、赵壹《秦客诗》《鲁生歌》等。

班固《咏史》是歌咏西汉文帝时临淄人太仓公淳于意之女缇萦事。文帝四年,淳于意获罪押往长安,五女相随而泣。淳于意恨曰:"生子不生男,缓急无可使者。"缇萦伤父言,随父入长安上书汉文帝,表示愿为官婢以赎父罪,待父改过自新。汉文帝感其孝,悲其意,遂废肉刑。诗曰:

三王德弥薄,惟后用肉刑。太苍令有罪,就递长安城。自恨身无子,困急独茕茕。小女痛父言,死者不可生。上书诣阙下,思古歌鸡鸣。忧心摧折裂,晨风扬激声。圣汉孝文帝,恻然感至情。百男何愦愦,不如一缇萦。

或认为班固此诗作于晚年,当时因其得罪洛阳令种兢而被捕入狱,诸子多不守法度,无力救援,后卒于狱中。诗中咏缇萦事,实则自伤。从艺术角度看,此诗以五言韵文述史事,复述史实的分量重,而正面抒情议论仅"百男何愦愦,不如一缇萦"两句,被后人评价"质木无文"。

张衡《同声歌》以女子口吻,陈说新婚事,重心在夫妻情事的描绘:

邂逅承际会,得充君后房。情好新交接,恐栗若探汤。不才勉自竭,贱妾职所当。绸缪主中馈,奉礼助蒸尝。思为苑蒻席,在下蔽匡床。愿为罗衾帱,在上卫风霜。洒扫清枕席,鞮芬以狄香。重户结金扃,高下华灯光。衣解巾粉御,列图陈枕张。素女为我师,仪态盈万方。众夫希所见,天老教轩皇。乐莫斯夜乐,没齿焉可忘。

---

① 《后汉书》卷 24、77、49、81,第 853、2491、1643、2688 页。

诗中陈说初涉性事的欣喜和忐忑："情好新交接，恐栗若探汤。"亦描绘铺设枕席、燃灯焚香的举动。而"衣解巾粉御，列图陈枕张。素女为我师，仪态盈万方""乐莫斯夜乐，没齿焉可忘"。则描绘进入性事的过程以及享受性事的快乐。素女，传黄帝身边擅长以房事养生的仙人。房中术最早出现于汉代，和道家关系极为密切，大约包含有关性的常识、技巧、受孕等方面内容，是将性事与养生以追求长生不老或延年益寿结合在一起的。《汉志·数术略》载房中八家，一百八十六卷，序文称："房中者，情性之极，至道之际，是以圣王制外乐以禁内情，而为之节文。……乐而有节，则和平寿考。及迷者弗顾，以生疾而陨性命。"① 在这样的文化氛围中，张衡诗中就呈现对性生活坦然描述的口吻，这在后世是少见的。以往曾认为此诗是以女子事夫喻臣子事君，是没有道理的。

秦嘉《赠妇诗》三首则自述伉俪情好，"秦嘉，字士会，陇西人也。为郡上计。其妻徐淑，寝疾还家，不获面别，赠诗云尔。"其一云：

> 人生譬朝露，居世多屯蹇。忧艰常早至，欢会常苦晚。念当奉时役，去尔日遥远。遣车迎子还，空往复空返。省书情凄怆，临食不能饭。独坐空房中，谁与相劝勉？长夜不能眠，伏枕独辗转。忧来如循环，匪席不可卷。

诗中坦陈人生短暂，珍惜夫妻情感，对妻病还家、没能面别而忧心忡忡、寝食难安。

蔡邕《翠鸟诗》以翠鸟口吻陈说自己摆脱了"虞人机"的捕杀而终得歇停在庭中若榴树上，内心充满庆幸：

> 庭陬有若榴，绿叶含丹荣。翠鸟时来集，振翼修形容。回顾生碧色，动摇扬缥青。幸脱虞人机，得亲君子庭。驯心托君素，雌雄保百龄。

---

① 《汉书》卷30，第1779页。

桓帝时中常侍徐璜专权，蔡邕因善鼓琴而被其招入京，不得已动身，走至偃师，称病还家。归家后"闲居玩古，不交当事"①，此诗托物寓志，表达全身远祸的思想。

这些诗作，通篇用五言句式，已是成熟的五言诗。其内容以陈说个人经历、情感为多，虽有咏叹寄托，整体看还呈现质朴的调子，缺乏更多可玩味处。汉代文人五言诗艺术的高峰还待《古诗十九首》。

第二节 《古诗十九首》的艺术

《古诗十九首》最早见于萧统《文选》，他收录传世的佚名文人诗十九首，因不知年代作者，故统称为"古诗"，列在"杂诗"类之首，冠以此名，后世遂将其作为组诗看待。徐凌《玉台新咏》把其中"西北有高楼"等八首归入枚乘名下，同时刘勰也称："《古诗》佳丽，或称枚叔。"② 但钟嵘则云："旧疑是建安中曹（植）、王（粲）所制。"③ 因此，关于《古诗十九首》的作者、时间不能确知，一般认为是东汉末年文人作品。这些诗出语平易，但韵味深长，体现出纯熟的艺术技巧。

一 "浑括的抒叙"艺术

从题材看，《古诗十九首》和汉乐府一样，也是民间化的，主要表达人生无常、及时行乐、离别相思、游子客愁等内容。不过，汉乐府以叙事为主，而《古诗十九首》虽然也是"感于哀乐，缘事而发"，但不满足于对于"事"的描述，而是呈现更多的感慨和更复杂细腻的情感，因此，《古诗十九首》一般被人们看作抒情诗。然而，《十九首》常常从描述某个特定的生活场景叙起，顺着事件、顺着思绪的流荡一路迤逦而下，表达自己的哀乐之感。因此，其所表达的情感、议论皆因事而起，有所依托，但又不止于陈述，而是逐渐推远，或言悲伤，或抒同情，或表无奈，

---

① 《后汉书》卷60下，第1980页。
② 刘勰著，詹锳义证：《文心雕龙义证·明诗》，第189页。
③ 钟嵘著，陈延杰注：《诗品注》卷上，人民文学出版社1980年版，第17页。

叙事和情感杂糅间出，影影绰绰，忽隐忽现，却又脉络可循，遂产生一种独特的抒情效果。

如十八首《孟冬寒气至》：

> 孟冬寒气至，北风何惨栗。愁多知夜长，仰观众星列。三五明月满，四五蟾兔缺。客从远方来，遗我一书札。上言长相思，下言久离别。置书怀袖中，三岁字不灭。一心抱区区，惧君不识察。

诗人在凄清的寒夜遥望星空引发遐思，表达内心怀人的寂寥。诗中"客从远方来"诸句，则是直白的追述。"置书怀袖中，三岁字不灭"是实写，亦暗示常年远别，会合难期的无奈和痛苦，亦与前面"愁多知夜长"相呼应。

又如十九首《客从远方来》，所有思绪全由一个远客捎来的礼物引发：

> 客从远方来，遗我一端绮。相去万余里，故人心尚尔。文彩双鸳鸯，裁为合欢被。著以长相思，缘以结不解。以胶投漆中，谁能别离此？

此诗一、二句纯然叙事，三、四句即事生情，引出情感的波澜，诗中用鸳鸯合欢被、以胶投漆等亦实亦虚的文字，表露对两情契合的深情向往，亦反衬爱恋而不可得的阴郁忧伤。

再如第四首《今日良宴会》由宴会听曲引发对于人生奄忽若飙尘的一系列感受：

> 今日良宴会，欢乐难具陈。弹筝奋逸响，新声妙入神。令德唱高言，识曲听其真。齐心同所愿，含意俱未申。人生寄一世，奄忽若飙尘。何不策高足，先据要路津。无为守贫贱，坎坷长苦辛。

朱自清先生分析道："这首诗所咏的是听曲感心，主要的是那种感，不是曲，也不是宴会。但是全诗从宴会叙起，一路迤逦说下去，顺着事实的自然秩序，并不特加选择和安排。前八语固然如此，以下一番感慨，一番议论，一番'高言'，也是痛快淋漓，简直不怕说尽。这确是近乎散文。"① "近乎散文"，恰恰就是《十九首》叙事和抒情融合而出、难分彼此的特点。

其他如《迢迢牵牛星》《凛凛岁云暮》《西北有高楼》《青青河畔草》《庭中有奇树》等皆是，情感的抒发都以具体的事件或场景作根基和由头，使得《十九首》呈现出极为"自然"的艺术特点。谢榛《四溟诗话》云："平平道出，且无用工字面，若秀才对朋友说家常话，略不作意。"② 胡应麟《诗薮·内篇》："畜神奇于温厚，寓感怆于和平，意愈浅愈深，词愈近愈远。"③ 这些阅读感受都来自这种叙事和抒情交互作用的方式，朱自清称之为"抒叙"的手法：

> 因为这类诗究竟是民间味，而且只是浑括的抒叙，还没到精细描写的地步，所以就觉得"自然"了。

朱自清说，这种叙事和抒情杂糅而出的"抒叙"方式，是"民间味"的。诗人总是因事生情，而不会凭空生情。这是从《诗经》《楚辞》以来一直就有的"抒叙"的传统，此后在建安、正始以后乃至更长时段的中国古代诗歌中都不同程度的存在着。④

但以怎样的方式将情感和引发情感的事件、场景在诗中呈现出来，则有不同的选择。古诗十九首的创作，处于诗歌文人化的关键时刻，文人的自我意识日益觉醒，诗歌创作的个人色彩日益加重，诗人表现自我的抒情能力大为增长，遂自陈眼前情境，自陈心事，遂跳脱出汉乐府诗歌以表演为目的的叙事特征，成为事、情、义融为一体的艺术作品。由

---

① 朱自清、马茂元：《朱自清、马茂元说古诗十九首》，上海古籍出版社1999年版，第20页。
② 谢榛著，宛平校点：《四溟诗话》，人民文学出版社1961年版，第66页。
③ 胡应麟：《诗薮》卷2，上海古籍出版社1979年版，第26页。
④ 董乃斌：《古诗十九首和中国文学的抒叙传统》，《北京大学学报》2014年第5期。

此，这些作品符合昭明《文选》"事出于沉思，义归乎翰藻"①的选录标准，得以从众多古诗中脱颖而出，获得选录流传千古的机会。

二 暗示的手法

在诗歌创作技巧方面，《十九首》也显示出独特的手法，比如使用"暗示"法，使得诗歌免于直白，呈现出文人诗特有的蕴藉。朱自清曾这样谈"暗示"对于诗歌的意义：

> 诗是精粹的语言，暗示是它的生命。暗示得从比喻和组织上作功夫，利用读者联想的力量。组织的简约紧凑；似乎断了，实则连着。比喻，或用古事成辞，或用眼前景物；典故其实是比喻的一类。②

按照朱自清的说法，简言之，《十九首》大略有两种"暗示"的手段：一种属于结构方面的。简约紧凑，似断实连，情感以某种暗线的方式保持延续。另一种属于具体的修辞手法，如比喻、用典故、用成辞等。前者如《庭中有奇树》：

> 庭中有奇树，绿叶发华滋。攀条折其荣，将以遗所思。馨香盈怀袖，路远莫致之。此物何足贵，但感别经时。

此诗只八句，是十九首中最短的。诗中只说奇树生庭中，朝夕相见，眼见其绿叶滋生繁茂，渐渐花开朵朵，遂"攀条折其荣，将以遗所思"。然而，执花在手，却路远莫至，只剩下直落落的失望。诗的表达似乎很浅白，只讲了采花赠远人这个举动，但读者却能感受到诗中人漫长的渴念：庭中奇树，想必是日日可见的，眼见着枝叶繁茂，眼见着繁花始开，满心欢喜攀条折容，以遗所思，然而最终仍难以摆脱"别经时"的苦恼。

---

① 萧统编，李善注：《文选·序》，上海古籍出版社1986年版，第3页。
② 《朱自清、马茂元说古诗十九首》，第4页。

日日盼望花开折枝寄赠，并非树奇花异，而是心心念念难以放下那心中人，奇树攀条、折花盈袖都不过是聊以慰藉罢了。陆机对古诗十九首极为欣赏，有大量同题拟作，可作此诗注脚，对比中亦可见差异：

> 欢友兰时往，迢迢匿音徽。虞渊引绝景，四节逝若飞。芳草久已茂，佳人竟不归。踯躅遵林渚，惠风入我怀。感物恋所欢，采此欲贻谁。

陆机所写是有头有尾的完整故事。所爱在兰花开放时离开，音信渺茫，此后四季飞逝，兰花再次开放，而所爱却仍未回还。踯躅兰花间，感怀节物，难掩思念之情。欲采花遗赠，无奈远人难见，徒留怅惘。朱自清在对比了两者后说：将兰花换成那"奇树"的花，也就是本篇的故事。可本篇却只写采花儿那一段儿，而将整个故事暗示在"所思""路远莫至之""别经时"等语句里，这便比拟作经济。拟作"将故事写作定型，自然不如让它在暗示里生长着的引人入胜。"①

另一首八句短诗《涉江采芙蓉》也类似这种写法：

> 涉江采芙蓉，兰泽多芳草。采之欲遗谁，所思在远道。还顾望旧乡，长路漫浩浩。同心而离居，忧伤以终老。

只写采择无以寄赠，眼前唯有"远道""长路漫浩浩"，然而祈盼而终至失落的心伤，难以言说的苦楚，思念中日日煎熬的憔悴，却都传达出来了。浅貌深衷，用的就是暗示的力量。

同时，采芳草寄赠，本是旧时风俗，常常表达相思，多涉男女恩爱，如《诗经·郑风·溱洧》："溱与洧，方涣涣兮。士与女，方秉蕳兮。女曰观乎？士曰既且，且往观乎！洧之外，洵訏且乐。维士与女，伊其相谑，赠之以勺药。"《楚辞》中此类更多，如："采汀州兮杜若，将以遗兮下女。""搴汀州兮杜若，将以遗兮远者。""被石兰兮带杜衡，折芳馨兮

---

① 《朱自清、马茂元说古诗十九首》，第38页。

遗所思。""折疏麻兮瑶华,将以遗兮离居。"因此,上述二首以采花寄赠为情节,就已然暗示出相思的情境,读者不觉中就被带入了。

第二种暗示的手法是用成辞,用比喻,用典故,这也是《十九首》作为文人诗的特点。比如第一首《行行重行行》即大量运用此种方式,最为典型:

> 行行重行行,与君生别离。相去万余里,各在天一涯。道路阻且长,会面安可知。胡马依北风,越鸟巢南枝。相去日已远,衣带日已缓。浮云蔽白日,游子不顾返。思君令人老,岁月忽已晚。弃捐勿复道,努力加餐饭。

诗中大量引用成辞,如"与君生别离"句,《楚辞》有:"悲莫悲兮生别离";"道路阻且长"句,《诗经·蒹葭》:"溯洄从之,道阻且长";"胡马依北风,越鸟巢南枝"句,《韩诗外传》云:"诗云:'故代马依北风,飞鸟栖故巢',皆不忘本之谓也。"《盐铁论·未通》:"故代马依北风,飞鸟翔故巢,莫不哀其生。"《吴越春秋》:"胡马依北风而立,越燕望海日而熙,同类相亲之谓也";"相去日已远,衣带日已缓"句,《古乐府歌》曰:"离家日趋远,衣带日趋缓";"浮云蔽白日"句,也是常比邪佞毁忠良,如《文子》:"日月欲明,浮云盖之。"陆贾《新语》:"邪臣之蔽贤,犹浮云之鄣日月。"《古杨柳行》:"谗邪害公正,浮云蔽白日。"此外,"思君令人老"脱胎于《诗经·小雅》"唯忧用老";"弃捐勿复道,努力加餐饭"句,《饮马长城窟行》:"长跪读素书,书中竟何如?上有'加餐食',下有'长相忆'"等。可见,此诗大量引用或化用成辞,将之结转成紧凑单纯的篇章,诗义和情感遂在成辞基础上有了叠加效应,对此,朱自清分析道:

> 借着引用的成辞的上下文,补充未申明的含意;读者若能知道所引用的全句以致全篇,便可从联想领会这种含意。这样,诗句就增厚了力量。所谓词短意长;以技巧论,是很经济的。典故的效用

便在此。①

套用成辞是民间歌谣常用的手法,《十九首》本就受汉乐府的民间文化熏染,接纳这种手法当是顺理成章的。只不过其所套用的成辞,大都来自《诗经》《楚辞》以及汉代文人的话语,也带有典型的文人化特征。

此外,用比也是《十九首》常见的。比(兴)本是民歌常用的手法,《十九首》亦娴熟驾驭,如第八首:

> 冉冉孤生竹,结根泰山阿。与君为新婚,菟丝附女萝。菟丝生有时,夫妇会有宜。千里远结婚,悠悠隔山陂。思君令人老,轩车来何迟!伤彼蕙兰花,含英扬光辉。过时而不采,将随秋草萎。君亮执高节,贱妾亦何为!

篇首以孤竹扎根泰山起兴,又暗喻情感的坚韧。"兔丝附女萝"则喻新婚夫妇的身心缠绵。

再如第七首《明月何皎皎》中"南箕北有斗,牵牛不负扼。良无盘石固,虚名复何益。"亦暗喻情感的专一坚稳,以此反衬"不念携手好,弃我如遗迹"的凉薄。《青青河畔草》首句以春日丽景比拟诗中女子的姣好明媚。《迢迢牵牛星》则通篇借牛女双星写人间夫妻别离之哀。

其他比喻如:

> 人生天地间,忽如远行客。(《青青陵上柏》)
> 人生寄一世,奄忽若飙尘。(《今日良宴会》)
> 浩浩阴阳移,年命如朝露。人生忽如寄,寿无金石固。(《驱车上东门》)

这些比喻均平易自然,却极为妥帖。人生如寄,年命如朝露,都是汉代通行的说法,已见出人生的无奈,而"奄忽如飙尘"则取象新鲜,微尘

---

① 《朱自清、马茂元说古诗十九首》,第8页。

在卷地狂风中飞扬浮荡，瞬间了无踪迹，个人的渺小，生命的短暂，人生的无奈、茫然、被动，诸多感受刹那间就凸显出来，这大约就是钟嵘所说的言语平实却"惊心动魄"①。

三 叠词的精准

《十九首》喜用叠字。叠字是一种口语化的言语方式，体现出的是一种词汇不够丰富的早期语言情态。叠词既表意，又含着动态、情态，甚至色香味的通感，既俭省又生动，可以唤起听者多种感官体验，对于渲染情境有着特别的妙处，故儿童和很多方言中就常喜用叠字。叠字进入诗歌，有其难度，因为诗歌本是精练的语言，叠字若用得多，用不妥当，很容易显得轻飘且单调。顾炎武《日知录》云：

> 诗用叠字最难。《卫诗》："河水洋洋，北流活活。施罛濊濊，鳣鲔发发。葭菼揭揭，庶姜孽孽。"连用六叠字，可谓复而不厌，赜而不乱矣。《古诗》"青青河畔草，郁郁园中柳。盈盈楼上女，皎皎当窗牖。娥娥红粉妆，纤纤出素手"连用六叠字，亦极自然，下此即无人可继。②

叠字是对情态的描摹，关键是要准确。古诗十九首喜用叠字，且几乎字字准确，故使得诗歌具有影像感，很容易将读者拉入情境。当然，叠字口语化的乐感也造成阅读的音乐性，使得情感绵延悠长，产生新的趣味。比如第二首《青青河畔草》一连使用六个叠字，大都是首次出现：

> 青青河畔草，郁郁园中柳。盈盈楼上女，皎皎当窗牖。娥娥红粉妆，纤纤出素手。昔为倡家女，今为荡子夫。荡子行不归，空床难独守。

---

① 钟嵘《诗品》上卷："文温以丽，意悲而远，惊心动魄，可谓几乎一字千金。"
② 顾炎武著，黄汝成集释：《日知录集释》卷21，第745页。

"青青"是颜色，亦呈现无限生机的样态；"郁郁"是繁盛貌，《论语》："郁郁乎文哉，吾从周。"这里描绘枝繁叶茂；"盈盈"，这里是形容仪态的轻巧优美。乐府诗《陌上桑》有"盈盈公府步，冉冉府中趋"句，也是这个意思；"皎皎"有色泽洁白的意思，如《诗经·小雅·白驹》："皎皎白驹，在彼空谷"。又作明亮解，如《楚辞·远游》："时仿佛以遥见兮，精皎皎以往来。"这里既写当窗人的风采明媚，又似有情境的烘托：月光皎洁，窗景明亮；"娥娥"首次以叠字出现，指女子姿容的美好，这里强调其在粉黛的装饰下姿容更加夺目；"纤纤"，即细而尖。这里形容其手指的细柔妩媚。各组叠字，形容的对象不一，每个对象都有各自独特的状态，叠字却都妥帖准确，重复却生动，整体读下来，就有一种回环复沓的美感，仿佛沉浸在诗中所描绘情境中，情感也就自然浸入了。

此后陆机《拟古诗》对此诗进行了同题仿写：

> 靡靡江蓠草，熠熠生河侧。皎皎彼姝女，阿那当轩织。粲粲妖容姿，灼灼美颜色。良人游不归，偏栖独支翼。空房来悲风，中夜起叹息。

相比而言，"熠熠"写江草，"粲粲"状容姿，"灼灼"绘容貌颜色等都略显笼统，似乎互换亦无不可，在词汇和对象间的准确对应方面就逊色多了。

又如第十首：

> 迢迢牵牛星，皎皎河汉女。纤纤擢素手，札札弄机杼。终日不成章，泣涕零如雨。河汉清且浅，相去复几许。盈盈一水间，脉脉不得语。

"迢迢"叠用，是首次出现，有高远、深邃、绵长等多重含义，以此描绘星河中的牵牛织女，就一下把读者视线拉入宇宙星空，从而脱离人世间，进入牛女动人的恋爱传说中。"札札"是象声词，织机的响声，渲染织女的辛劳和美好;"盈盈"指水清浅貌;"脉脉"眼神含情、相视不语的样子。"盈盈一水间,脉脉不得语"对句的两个叠词,因河水的清澈与眼眸的明澈有相通处,遂形成一种互相映照的关系。眼前清浅的银河却是无法逾越的天堑,只有隔岸对水凝眸无语。此诗写传说中的悲剧,却语语认真,着力于情态,字字妥帖,遂产生动人的魅力。

《十九首》使用叠词是非常突出的,几乎篇篇都有。前述两首是比较集中的,其他如:"行行重行行,与君生别离。""青青陵上柏,磊磊涧中石。""洛中何郁郁,冠带自相索。""极宴娱心意,戚戚何所迫?""冉冉狐生竹,结根泰山阿。""回车驾言迈,悠悠涉长道。""四顾何茫茫,东风摇百草。""凛凛岁云暮,蝼蛄夕鸣悲。""明月何皎皎,照我罗床纬。"等等。这些叠字用法多样,都能和所描绘的对象妥帖匹配,显示出作者娴熟驾驭语言的能力以及敏锐细腻的艺术感知力和表现力。

古诗十九首的出现以及语言的精妙,标志着"'缘情'的五言诗发达了,'言志'以外迫切的需要一个新标目。于是陆机《文赋》第一次铸成'诗缘情而绮靡'这个新语。……扼要的指明了当时五言诗的趋向"。① "绮靡"李善注为"精妙之言",而后却曾一度释为奢靡浮艳之义,周汝昌认为这曲解了"绮靡"的含义。他分析道:

"绮",本意是一种素白色织纹的缯。《汉书》注:"即今之所谓细绫也。"而《方言》说:"齐言布帛之细者曰绫,秦晋曰靡。"郭注:"靡,细好也。"可见"绮靡"连文,实是同义复词,本意为细好。……原来"绮靡"一词,不过是用织物来譬喻细而精的意思罢了。②

周汝昌还引刘勰《辨骚》篇"《九歌》《九辨》,绮靡以伤情。"以及《时序》篇"结藻精英,流韵绮靡"说明"绮靡"并非贬义。比较而言,周

---

① 朱自清:《诗言志辨》《朱自清古典文学论文集》,上海古籍出版社1981年版,第223页。
② 周汝昌:《陆机〈文赋〉"缘情绮靡"说的意义》,《文史哲》1962年第2期。

汝昌的解释也与李善注"绮靡，精妙之言"相一致，是比较符合陆机原意的。以抒情言志为功能的诗体言辞简约细密却含蕴丰富，"绮靡"因此而来。陆机对古诗十九首多有仿作，其喜爱不言而喻，"叠字"从某个角度亦能呈现《十九首》语言的精妙特点。

《古诗十九首》是在东汉市井新声的氛围中产生的，作者从乐府民歌汲取养料，凭借文人的敏感以及艺术技巧，将个体生存价值的关注广泛地与社会生活、自然环境联结起来，从过去对外在事功的关注，转而关注人的精神生活，抒发了人生最基本最普遍的情感和思绪，形成浑然天成的艺术风格。五言古诗虽然在汉代刚刚成熟，但《十九首》情感的深厚宏阔、抒叙的自然流畅、叙述视角的截取以及叠字等修辞手段的娴熟都达到相当的高度，故刘勰《文心雕龙·明诗》给予很高的评价："观其结体散文，直而不野，婉转附物，怊怅切情，实五言之冠冕也。"

第三节　七言诗的探索

七言诗的出现是一个漫长的过程。战国时，七言句式（主要指构成七言诗句的四三结构或二二三结构句式）就已经大量出现，比较典型的如荀子《成相篇》以及《睡虎地秦简》中的《为吏之道》，都是包含大量七言句式的成相体杂言歌谣。① 此外，也出现了较为完整的七言诗，如《战国策·秦策三》范雎引《诗》曰："木实繁者披其枝，披其枝者伤其心，大其都者危其国，尊其臣者卑其主。"② 因此，先秦时期在三言、四言乃至楚辞体诗歌或句式被广泛使用的同时，七言诗也在缓慢发育生长。

秦汉时期，七言诗整体看还处在一个摸索的过程。一方面，七言句式应用极为普遍，当时的字书、民间谣谚、铜镜碑刻铭文、道教经典、医书以及其一些实用文常常是七言或包含七言的杂言体韵文（成相体）。另一方面，作为一种诗歌体式，它在汉代还远不成熟，文人试验七言诗，更多出于娱乐心态，但在模仿、试验、游戏文字的过程中，七言诗四个

---

① 郗文倩：《成相：文体界定、文本辑录与文学分析》，《文学遗产》2015 年第 4 期。
② 《战国策·秦策三》，上海古籍出版社 1985 年版，第 193 页。

节拍构成一句的拍节节奏逐渐稳定下来，七言诗内部也开始注意词句、句段间的关联性，这些都成为七言诗确立的基础。

一 "体小而俗"的七言

"体小而俗"是西晋傅玄对七言的评价。他曾戏拟东汉张衡的七言体《四愁诗》，其小序云：

> 昔张平子作《四愁诗》，体小而俗，七言类也，聊拟而作之，名曰《拟四愁诗》……①

"体小而俗"说的正是秦汉时七言诗（句）的现状。"体小"说的是篇幅，一般不长，且常与其他杂言混合使用；"俗"说的是其应用领域和语言内容，七言大多用在民间谣谚以及一些实用文中，少有文人创作，语义通俗浅白。但即便如此，其在社会中的应用之广泛，已经到了无法令人忽视的程度。七言体主要用在以下领域：

（一）歌谣谚语

歌如刘邦击败项羽，衣锦还乡，置酒沛宫，悉召故人父老子弟纵酒，发沛中儿得百二十人，教之歌。酒酣，高祖击筑，自为歌曰：

> 大风起兮云飞扬，威加海内兮归故乡，安得猛士兮守四方！②

又武帝元封中，乌孙公主——江都王刘建女刘细君远嫁乌孙昆莫，为右夫人，昆莫年老，言语不通，公主悲愁，自为作歌曰：

> 吾家嫁我兮天一方，远托异国兮乌孙王。穹庐为室兮旃为墙，以肉为食兮酪为浆。居常土思兮心内伤，愿为黄鹄兮归故乡。③

---

① 傅玄：《拟四愁诗》，逯钦立：《先秦汉魏晋南北朝诗》，第573页。
② 《汉书》卷8，第389页。
③ 《汉书》卷96下，第3903页。

又《后汉书》卷十《皇后纪下》载，董卓废少帝刘辩为弘农王，另立刘协为帝，后派郎中令李儒鸩杀弘农王。弘农王自知难逃一死，遂与妃子唐姬及宫人饮宴作别：

  酒行，王悲歌曰："天道易兮我何艰！弃万乘兮退守蕃。逆臣见迫兮命不延，逝将去汝兮适幽玄！"因令唐姬起舞，姬抗袖而歌曰："皇天崩兮后土穨，身为帝兮命夭摧。死生路异兮从此乖，奈我茕独兮心中哀！"①

各类俚语俗谚童谣如《汉书·路温舒传》载路温舒上宣帝书引俗谚："画地为狱议不入，刻木为吏期不对。"卷七十七《刘辅传》引里语："腐木不可以为柱，卑人不可以为主。"桓帝初天下童谣："小麦青青大麦枯，谁当获者妇与姑，丈夫何在西击胡。吏买马，君具车，请为诸君鼓咙胡。"

汉代品评人物之语也多七字评，如汉成帝时，将军冯奉世之二子相继为上郡太守，为官清廉，德行俱佳，百姓歌之曰："大冯君，小冯君，兄弟继踵相因循，聪明贤知惠吏民，政如鲁卫德化钧，周公康叔犹二君。"②《后汉书·党锢列传》载汝南、南阳二郡民谣："汝南太守范孟博，南阳宗资主画诺。南阳太守岑公孝，弘农成晋但坐啸。""天下规矩房伯武，因师获印周仲进。"③ 又《太平御览》卷四六五引袁山松《后汉书》："桓帝时，朝廷日乱。李膺风格秀整，高自标尚，后进之士，升其堂者，以为登龙门。太学士三万余人牓天下士，上称三君，次八俊，次八顾，次八及，次八厨，犹古之八元、八凯也。因为七言谣云云。"④ 此即为《群辅录》，由每人一句评语集成，按八俊、八顾、八及等分组，形成几组七言，但每句开头都是"天下"或"海内"：

---

① 《后汉书》卷，第451页。
② 《汉书》卷79，第3305页。
③ 《后汉书》卷10，第2186页。
④ 《太平御览》卷465，第2139页。

> 八俊：天下模楷李元礼。天下英秀王叔茂。天下良辅杜周甫。天下冰凌朱季陵。天下忠贞魏少英。天下好交荀伯条。天下稽古刘伯祖。天下才英赵仲经。
>
> 八顾：天下和雍郭林宗。天下慕恃夏子治。天下英藩尹伯元。天下清苦羊嗣祖。天下瑢金刘叔林。天下雅志蔡孟喜。天下卧虎巴恭祖。天下通儒宗孝初。
>
> 八及：海内贵珍陈子鳞。海内忠烈张元节。海内謇谔范孟博。海内通士檀文友。海内彬彬范仲真。海内珍好岑公孝。海内所称刘景升。
>
> 八厨：海内贤智王伯义。海内修整蕃嘉景。海内贞良秦平王。海内珍奇胡母季皮。海内光光刘子相。海内依怙王文祖。海内严恪张孟卓。海内清明度博平。①

民间品评人物的韵文若含有讥讽之意的有时被称作"谤书"，《三国志》卷九《夏侯玄传》裴松之注引《魏略》载汉末事，当时司马懿和曹爽两派争权，"（李）丰依违二公间，无有适莫，故于时有谤书曰：'曹爽之势热如汤，太傅父子冷如浆，李丰兄弟如游光'。"意思是李丰虽外示清净，不依附任何一派，实则狡黠而内图事，有似于游光之鬼。

（二）铜镜铭文（作为祝颂之辞或广告辞）

汉代铜镜铭文多三、四、七言句式，有的甚至纯用七言，如：

> 尚方作竟真大巧，上有仙人不知老。渴饮玉泉饥食枣，浮天下，敖四海，寿如金石为国保（或作：长相保）。日月明兮。
>
> 李氏作竟自有纪，青龙白虎居左右。神鱼仙人赤松子，八爵相向法古始。□长命，宜子孙，五男四女凡九子，便固章，利父母，为吏高迁……
>
> 宋氏作竟自有意，善时日，家大富，取妇时，□众具，七子九孙各有喜。官至公卿中尚寺。上有东王父西王母。予天相保不知老，

---

① 逯钦立：《先秦汉魏晋南北朝诗》卷8，第222—224页。

吏人服之带服章。

维镜之生兮质刚坚，处于名山兮侯工人。涷取精华兮光耀遵，升高宜兮进近亲。昭兆焕□兮见躬身，福喜进兮日以前。食玉英兮饮澧泉，倡乐陈兮见神鲜。葆长保兮寿万年。周复始兮传子孙。①

角王巨虚辟不祥，食龙白虎神而明。赤鸟玄武之阴阳。国宝受福家富昌，长宜子孙乐未央。

青盖作镜四夷服，多贺国家人民息，胡虏殄灭天下复。风雨时节五谷熟。长保二亲得天力。②

尚方作竟真大好，上有仙人不知老，渴饮玉泉饥食枣，□游天下敖四海，寿敝金石之国宝。③ 汉有善铜出丹阳，卒以银锡清而明。刻治六博中兼方，左龙右虎游四彭，朱爵玄武顺阴阳，八子九孙居中央。常葆父母利弟兄，应随四时合五行，浩如天地日月光，照神明镜相侯王，众真美好如玉英。④

（三）字书歌诀类韵文

如司马相如《凡将篇》，原书已佚，保留下的为七言残句，如"淮南宋蔡舞嗙喻""黄润纤美宜禅制""钟磬竽笙筑坎侯"等。史游《急就篇》以七言开篇："急就奇觚与众异，罗列诸物名姓字，分别部居不杂厕，用日约少诚快意，勉力务之必有喜。"以下则用三言韵语编列姓名，而占全书主体的"言物"和"五官"部分则多编为七言韵语，如有关经世致用的内容：

> 宦学讽诗孝经论，春秋尚书律令文。治礼掌故砥砺身，智能通达多见闻。名显绝殊异等伦，抽擢推举白黑分。迹行上究为贵人，

---

① 以上摘自林素清《两汉镜铭汇编》，为目前所见收录汉代镜铭最多者。见周凤五、林素清编《古文字学论文集》，中国台湾"国立"编译馆1999年版，第235—312页。
② 罗振玉：《汉两京以来镜铭集录》，《罗雪堂先生全集》初编四，文华出版公司1968年版。
③ 《宣和博古图》卷28，《景印文渊阁四库全书》，中国台湾商务印书馆1986年版。
④ 《江苏东海县尹湾汉墓群出土铜镜》，《文物》1996年第8期。

丞相御史郎中君。

再如边塞地名：

> 马饮漳邺及清河，云中定襄与朔方。代郡上谷右北平，辽东濊西上平冈。酒泉强弩与敦煌，居边守塞备胡羌。远近还集杀胡王，汉土兴隆中国康。①

(四) 石刻碑铭。

东汉初年《孟孝琚碑》有七言"乱辞"：

> □□□凤失雏，颜路哭回孔尼鱼。澹台忿怒投流河，世所不闵如□□。②

洪迈《隶释》载张公神碑云："惟和平元年五月，黎阳营谒者李君，敬畏公灵悃愊殷勤，作歌九章达李君□，颂公德芳。"颂文前三章基本上为七言，如首章：

> 荥水汤汤扬清波，东流□折□于河，□□□□□朝歌。县以絜静无秽瑕，公□守相驾蜚鱼。往来悠忽遂熹娱，佑此兆民宁厥居。③

山东苍山县东汉元嘉元年（151）画像石墓中，有长达328字的题记，逐幅描绘墓室中石刻画像内容，也属此类，如后室顶部和前室西侧室上方画像题记，为画像作说明，为规律的三三七言：

> 室上䟽（即后室顶）：五子举（举），憧女随后驾鲤鱼，前有白

---

① 颜师古注，王应麟补注：《急就篇》，丛书集成初编本，商务印书馆1936年版，第22—23、29—30页。
② 叶程义：《汉魏石刻文学考释》，中国台北新文丰出版公司1997年版，第848页。
③ 逯钦立辑：《先秦汉魏晋南北朝诗》，中华书局1983年版，第327页。

虎青龙车，后□被轮雷公君，从者推车，乎理（狐狸）冤厨（鹇鹈）。

上卫（渭）桥，尉车马，前者功曹后主簿，亭长骑佐（左）胡使弩，下有流水多鱼（渔）者。从儿刺舟渡诸母。……①

（五）道教经典中的歌诀

如道教的早期经典《太平经》②卷三十八《师策文》九十一字全是七言隐语：

师曰：吾字十一明为止，丙乌丁巳为祖始。四口治事万物理，子巾用角治其右，潜龙勿用坎为纪。人得见之寿长久，居天地间活而已。治百万人仙可待，善治病者勿欺绐。乐莫乐乎长安市，使人寿若西王母，比若四时周反始，九十字策传方士。③

又据日本学者中村不折《三代秦汉遗物的文字》著录④，在山西某地曾出土一件汉代陶瓶，瓶上有如下文字："磬石八两在东方，金日从革成积刚。□上去害纯厚高，五行相制天之常。青龙不鸣利墓皇，白虎不威两不伤。王氏富贵歌作倡。如律令！"此陶瓶为冥器，文字属于镇墓文一类，与早期的道教信仰和民间的奉道习俗有关。其中"五行相制天之常"一句，与山西临猗所出延熹九年（166）瓶之"镇军雄黄，四时五行，可除咎去殃"性质寓意相类。⑤

---

① 巫鸿：《礼仪中的美术——巫鸿中国古代美术史文编》，上海三联书店2008年版，第215页。其他相关研究参看山东博物馆、苍山县博物馆《山东苍山元嘉元年画像石墓》，《考古》1975年第2期；方鹏钧、张勋燎：《山东苍山元嘉元年画像石题记的时代和有关问题》，《考古》1980年第3期。

② 《太平经》多数学者认为其成于两汉。饶宗颐《〈太平经〉〈说文解字〉》一文考证了《说文解字》中许多过去多不晓解之处均于《太平经》中得到解释。《饶宗颐史学论著选》，上海古籍出版社1993年版。

③ 李敖主编：《朱子语类太平经抱朴子》，天津古籍出版社2016年版，第455页。

④ （日）中村不折：《三代秦汉遗物的文字》，岩波书店1934年版，第105页。转引自范子烨《汉代陶瓶上的一首七言诗》，《文学遗产》2009年第1期。

⑤ 张燎勋、白彬：《中国道教考古》第1册，线装书局2006年版，第60页。

（六）语言游戏

七言在汉代文人眼里，是语言游戏的一种。最典型的是汉武帝与臣子们宴饮而作的联句游戏。据《艺文类聚》载，西汉元鼎二年，汉武帝筑柏梁台。元封三年台落成，遂于台上宴请群臣。席间君臣联句助兴，人各一句，遂成二十六句，后世称之为《柏梁诗》：

> 日月星辰和四时（帝），骖驾驷马从梁来（梁王）。郡国士马羽林材（大司马），总领天下诚难治（丞相）。和抚四夷不易哉（大将军），刀笔之吏臣执之（御史大夫）。撞钟伐鼓声中诗（太常），宗室广大日益滋（宗正）。周卫交戟禁不时（卫尉），总领从官柏梁台（光禄勋）。平理请谳决嫌疑（廷尉），修饰舆马待驾来（太仆）。郡国吏功差次之（大鸿胪），乘舆御物主治之（少府）。陈粟万石扬以箕（大司农），徼道宫下随讨治（执金吾）。三辅盗贼天下危（左冯翊），盗阻南山为民灾（右扶风）。外家公主不可治（京兆尹），椒房率更领其材（詹事）。蛮夷朝贺常会期（典属国），柱欂栌相枝持（大匠）。枇杷橘栗桃李梅（太官令），走狗逐兔张罘罳（上林令）。齧妃女唇甘如饴（郭舍人），迫窘诘屈几穷哉（东方朔）。①

这首诗每句七言，大都从各自的执掌入题凑成七字，从内容和形式看都很幼稚。酒宴上以七言联句助兴，大约相当于楚王与宋玉等文学侍从赋大、小言，相当于汉初刘安与其门客作咏物赋，所采用的语言游戏或是流行的，或是新奇的，《柏梁诗》大约属于后者。新奇，不太熟练，有点难度，但因为是语言游戏，故优劣也无关紧要，正可助兴玩笑。

再如东汉戴良《失父零丁》是一篇借寻人启事而作的俳谐文。人称戴良"论议尚奇，多骇流俗"，此文即以调笑的口吻形容其父容貌形状：

> 敬白诸君行路者，敢告重罪自为祸。积恶致灾天困我，今月七

---

① 欧阳询：《艺文类聚》卷56，中华书局1965年版，第1003页。

日失阿爹。念此酷毒可痛伤。当以重币用相偿。请为诸君说事状。我父躯体与众异。脊背伛偻卷如截，唇吻参差不相值，此其庶形何能备。请复重陈其面目，鸱头鹄颈獦狗啄。眼泪鼻涕相追逐。吻中含纳无齿牙。食不能嚼左右蹉，颇似西域脊骆驼。请复重陈其形骸。为人虽长甚细材，面目芒苍如死灰。眼眶深陷如羹杯。"①

描述自己的父亲"鸱头鹄颈獦狗啄。眼泪鼻涕相追逐。吻中含纳无齿牙。食不能嚼左右蹉，颇似西域脊骆驼""面目芒苍如死灰"，等等，显然是游戏文字。

以上可见，汉代七言的使用领域是非常广泛的，但主要用在民间歌谣谚语以及实用性的歌诀中，多单行散句，文句间意脉也常常不能连属，而是磕磕绊绊的，显得罗列和堆砌。文人用七言，也是将之看作游戏，似乎也并不太在意文采。但即便如此，仍能看出汉代人已经意识到七言有自己独立的节奏，其表意的容量也有优长，且似乎很享受这样一种新的句型。在这些七言实践和实验中，属于七言诗的一些特质开始被有意或无意地发现，并渐渐稳定下来，比如节奏以及句意的内部呼应等核心要素。

二　七言句式的节奏实践

中国古代诗歌是韵文，富有音乐感，且大多能唱诵或合乐而歌。因此，无论是三言、四言、五言还是七言，它们的发展成熟有一个基本条件，即相关句式节奏是人们熟悉并喜爱的，或者说是先有对节奏的熟稔，之后方可考虑句意辞采的优化。② 七言句式作为诗句中的"长句"，更是涉及节奏的问题。

古代汉语以单音节词为主，这就决定了其节奏特点。但对于何为节

---

① 《太平御览》卷598，第2695页。
② 中国学者中，林庚是较早关注并集中研究中国诗歌节奏的问题，见《新诗格律与语言的诗化》，经济日报出版社2000年版。近些年来，葛晓音先生也有多篇论文集中讨论相关问题。日本学者松浦友久亦有两部专著讨论此问题，分别为《节奏的美学》，石观海、赵德玉、赖幸译，辽宁大学出版社1995年版；《中国诗歌原理》，孙昌武、郑天刚译，辽宁教育出版社1990年版。

奏，如何判断节奏历来较为模糊。日人松浦友久《中国诗歌原理》专门谈及"诗与节奏"的问题。他认为，诗歌节奏有"音节节奏""拍节节奏"两个概念：

> 在中国古典诗韵律结构的基础部分，存在着一音节（一字）为一单位的节奏。它成为不同诗型的节奏的素材或基础，这种作为基础的节奏，就其性质，可以叫作"音节节奏"（音节数的节奏）。
>
> 与此相对，作为实际诗歌的音流更明确地律动着的，是结合几个音节、以"拍"为单位的节奏。在中国古典诗的场合，（原则上①）两个音节相结合为一拍的看法最为接近实际。这种节奏，就其性质应叫作"拍节节奏"（拍节数的节奏）。②

一般而言，中国古代诗歌的诵读节奏与文字词组的句逗大体重合，因此，从音节节奏的角度看，五言诗是"二三"结构，也就是说，一个典型的五言句应当是由一个双音节词加一个三音节词构成③；七言是"四三"结构，即两个双音节词和一个三音节词构成。而从拍节节奏看，两个音节为一拍，五言即为三拍，七言即为四拍，由于两种诗体字数都是奇数，最后一拍就是空拍（松浦友久称作"休音"），因此，从拍节角度看，五言就是两拍半，七言是三拍半。四言、五言、七言拍节结构示例如下：

```
××  ××  ××  ××       （四言）
窈窕  淑女，君子  好逑。
××  ××  ×○，××  ××  ×○ （五言）
迢迢  牵牛  星， 皎皎  河汉  女。
```

---

① 原书注释：在"君不见胡笳声最悲"等有衬字的情况下，三音节构成一拍。
② 松浦友久著，孙昌武、郑天刚译：《中国诗歌原理》，辽宁教育出版社1990年版，第103页。
③ 葛晓音：《论早期五言体的生成途径及其对汉诗艺术的影响》，《文学遗产》2006年第6期。

```
×× ××　××　×○，××　××　×××○　（七言）
美人　赠我　金错　刀，　何以　报之　英琼瑶。
```

五、七言句尾的这"空拍"或说"休音"使得句末的节奏产生弹性空间，从而更为活泼，大大增加了表现力。松浦友久甚至据此推断，在中国悠久的诗歌历史里，"四言诗"很早就衰退，"六言诗"几乎没见流行，"八言诗"终没成立——都是由于这些诗型"句末无休音"的关系。[1] 对此，笔者是认同的。笔者曾仔细讨论过成相体"三三七"言标准句式的艺术效果，其每句后的空拍给人以终止后的期待感，遂使得全句错落有致，有跳荡流转之妙。而从更实用的角度看，三言句后空拍停顿也为唱诵留出换气空间，便于酝酿气力，特别适合在运动中诵唱，故能雅俗共赏，绵延至今。[2]

不过，七言诗句四拍（含半个空拍）这种拍节节奏早在战国末期就基本稳定了，楚辞以及成相体的成熟发展使得四个节拍构成一句的拍节节奏稳定下来，这就为七言诗的形成奠定了节拍习惯。上述所列汉代大量七言句式的实践和试验，显示出汉代人对这种四拍一句的句式有着浓厚的兴趣，不仅语词容量大，而且上口，便于记诵，从中也能获得诵读的愉悦。王逸在为《楚辞》作注时，也常用"四三"句式。如他为《九辩》作注："盛阴修夜，何难晓也。""思念纠戾，肠摧绕也。""思想君命，幸复位也。""久处无成，卒放弃也。"正因如此，后人辑录这些文字去"也"组成一首七言诗，名为《琴思楚歌》。[3]

而从音节节奏的角度看，七言句式是"四三"结构，由两个双音节词和一个三音节词构成。也就是说，句读和诵读节拍当大致一致。从汉代的七言句式看，除了少量里语如"腐木不可以为柱，卑人不可以为主"还是一种散文的句式，从早期的《柏梁诗》到东汉《失父零丁》，无论是

---

[1] 葛晓音：《关于诗型与节奏的研究——松浦友久教授访谈录》，《文学遗产》2002年第4期。

[2] 郤文倩：《成相：文体界定、文本辑录与文学分析》，《文学遗产》2015年第4期。

[3] 张溥辑：《汉魏六朝百三家集》卷20，《景印文渊阁四库全书》1412册，台湾商务印书馆1983年版，第506页。

文人戏作，还是实用文，大都符合上述四三音节节奏特点。即便是《急就篇》这样的字书需要罗列诸名物，也并不违背这个规律，如：

> 马饮漳邺及清河。云中定襄与朔方。代郡上谷右北平。辽东渎西上平冈。酒泉强弩与敦煌。居边守塞备胡羌。远近还集杀胡王。汉土兴隆中国康。

从上文看，如果要在一句中罗列三个地名，如"云中定襄与朔方"，最后一个地名就用"与"连接，构成三音节词组。而"代郡上谷右北平"中"右北平"正好是一个三音节的地名。

因此，从整体看，汉代对七言句式的规律已经有深入的把握，只是对如何结构七言诗，即用怎样的逻辑来将诸多七言句式组合成篇，似乎还没有太大把握。早期尤其如此。

比如《郊祀歌·天地》最后八句七言："长丽前掞光耀明。寒暑不忒况皇章。展诗应律鋗玉鸣。函宫吐角激徵清。发梁杨羽申以商。造兹新音永久长。声气远条凤鸟翔，神夕奄虞盖孔享。"是一句一意，铺排奏乐场景。《郊祀歌·景星》连续十二句七言："空桑琴瑟结信成，四兴递代八风生。殷殷钟石羽籥鸣。河龙供鲤醇牺牲。百末旨酒布兰生。泰尊柘浆析朝酲。微感心攸通修名。周流常羊思所并。穰穰复正直往宁。冯蠵切和疏写平。上天布施后土成。穰穰丰年四时荣。"每句七言的前四后三两个词组意义也大多数是自成对应的，然而句和句之间则缺乏意脉的联系。因此，篇章句意较为完整的《失父零丁》是以叙述、铺陈的笔法结构全篇，就显得更为完整，艺术性也更高。《吴越春秋》里的《河梁歌》也同样如此：

> 渡河梁兮渡河梁，举兵所伐攻秦王。孟冬十月多雪霜，隆寒道路诚难当。阵兵未济秦师降，诸侯怖惧皆恐惶。声传海内威远邦，称霸穆桓齐楚庄。天下安宁寿考长，悲去归兮何无梁。①

---

① 赵晔著，徐天祜音注：《吴越春秋》卷10，江苏古籍出版社1999年版，第177页。

用叙述铺陈的手法结构"长篇"是民间诗歌常用的艺术技法，也是汉乐府、《古诗十九首》的特点。因此，东汉张衡《四愁诗》也是从叙述入手，和《古诗十九首》一样，采用抒叙的手法：

> 我所思兮在太山。欲往从之梁父艰，侧身东望涕沾翰。美人赠我金错刀，何以报之英琼瑶。路远莫致倚逍遥，何为怀忧心烦劳。
>
> 我所思兮在桂林。欲往从之湘水深，侧身南望涕沾襟。美人赠我琴琅玕，何以报之双玉盘。路远莫致倚惆怅，何为怀忧心烦伤。
>
> 我所思兮在汉阳。欲往从之陇阪长，侧身西望涕沾裳。美人赠我貂襜褕，何以报之明月珠。路远莫致倚踟蹰，何为怀忧心烦纡。
>
> 我所思兮在雁门。欲往从之雪雰雰，侧身北望涕沾巾。美人赠我锦绣段，何以报之青玉案。路远莫致倚增叹，何为怀忧心烦惋。

不过，此诗笔法和情调都显示出文人化的特征。全诗四章，"我所思"之美人分别远在东西南北四方之遥远处，欲往从之，困难重重，遂涕泪沾巾，惆怅忧伤，只能彼此寄赠以慰相思。全诗每章都按所思、欲往、涕泪、相赠、伤情的次序结构，回环重叠，反复咏叹，思念和伤感亦联翩而至，正所谓"一弹再三叹，慷慨有余哀"。（《西北有高楼》）思绪的纷错起伏、情致的缠绵跌宕，这是文人七言诗的特点，《四愁诗》已基本具备。此后至曹丕《燕歌行》，更多摆脱民间抒叙的惯性，使得七言诗以更为凝练的形式呈现：

> 秋风萧瑟天气凉，草木摇落露为霜，群燕辞归鹄南翔。念君客游思断肠，慊慊思归恋故乡，君何淹留寄他方？贱妾茕茕守空房，忧来思君不敢忘，不觉泪下沾衣裳。援琴鸣弦发清商，短歌微吟不能长。明月皎皎照我床，星汉西流夜未央。牵牛织女遥相望，尔独何辜限河梁？

这首诗为传统思妇主题，秋夜萧瑟，女子念君客游，惆怅凄婉。借写秋景以抒离别与怀远之情前亦有佳作，如宋玉《九辨》中有："悲哉，秋之为气也！萧瑟兮，草木摇落而变衰。憭栗兮，若在远行，登高临水兮送将归。"汉武帝的《秋风辞》："秋风起兮白云飞，草木黄落兮雁南归。兰有秀兮菊有芳，怀佳人兮不能忘。"对比而言，这首七言诗则有浑然天成之妙。其委婉情志借助七言齐整的句式，回环缭绕，不见断笔，一派缠绵悱恻。

第 五 章

史传：史实、史笔和史观

中国传统重视历史，很早就有成熟的史官制度。按周代官制，史官职掌文献典藏、文书辞令、记事编史，是最早一批专注于文字工作的知识者，作为祝、史、射、御、医、卜及百工等"执技以事上者"，史官"不贰事，不移官，出乡不与士齿"①，长期在较为封闭的职业传承系统中延续、传播，因此，史书的撰写也较早树立了文体规范。

许慎《说文解字》释"史"："记事者也。"可见记事是史官工作职能最为重要的一项。史官要记述的内容以各级君王为中心，涉及方方面面。如随时记录君王的言行举止："（天子）玄端而居，动则左史书之，言则右史书之。"②"君举必书，书而不法，后嗣何观？"③《史记·廉颇蔺相如列传》载秦赵渑池之会，秦王请赵王鼓瑟。秦御史前书曰："某年月日，秦王与赵王会饮，令赵王鼓瑟。"而秦王在蔺相如的誓死要求下击缻，赵御史亦书："某年月日，秦王为赵王击缻。"④ 这里所反映的当是史官记事书史的实况。此外，王朝侯国间发生的各种大事也要随时记录且形成相互赴告的惯例，现存《春秋》为鲁国史书，记录大量有关征伐、会盟、朝聘以及各种重大自然灾害的内容，反映史记之文内容的丰富性。

严格意义上说，早期史官记事编史更多是一种政治行为，目的是建

---

① 郑玄注，孔颖达正义：《礼记正义》，阮元校刻本《十三经注疏》，第1343页。
② 郑玄注，孔颖达正义：《礼记正义》，阮元校刻本《十三经注疏》，第1473—1474页。
③ 《国语·鲁语上》，辽宁教育出版社1997年版，第29页。
④ 《史记》卷81，第2442页。

立典、法、则。"诸侯建邦,各有国史,彰善瘅恶,树之风声。"① 因此,史官记录是含有价值判断的。史官所记大都与礼仪制度相关,诸如即位、婚丧、征伐、献俘、结盟、朝会等,甚至自然灾异被记载下来也是由于其对人间事务所发挥的隐喻作用。因此,史官记录的目的与现代史学意义上的保留史实有所不同,他们是要将记录公之于众,藏之宗庙,作为天命和礼仪的见证。因此史官记录的功能一方面就表现为对君臣言行的监察,另一方面则意在为后世子孙建立法度。《左传》记晋太史书"赵盾弑其君"、齐太史书"崔杼弑其君"②等都是史官记录监察臣子行为的显例。又《大戴礼记·保傅》云:"太子有过,史必书之。史之义不得不书过,不书过则死。"③ 可见周代制度给史官记事纂史的权力确实提供了支持。史官往往是君王违礼行为的第一目击者,且当场以文字记录"立此存照",文字就成为史官行使监察职能的特别武器,"秉笔直书"即成为早期史官的职业书写原则。因此,当史官凭借天命鬼神的力量,借助制度所赋予的权力,以既有的典、法、则作为选择和判断依据秉笔记录史实时,他们是以礼制体系及道德规范的维护者和最后裁决者身份自居的。也只有在此情况下,史官记事才会有威慑作用。史官这种对记录功能的认定直接影响到史书撰作的内容以及撰述手法,进而使早期史书呈现特定的文体样态。

首先是记言记事有特定的行文方式。《汉志》云:"古之王者世有史官,君举必书,所以慎言行,昭法式也。左史记言,右史记事,事为《春秋》,言为《尚书》。帝王靡不同之。"④ 据研究者的分析,左、右史的设置和左、右史的分工在周代应当是存在的,也是有必要的,只是谁记言、谁记行,以及他们与《春秋》和《尚书》的关系还不能有特别明确的对应。对此,许兆昌先生列举了三个理由:其一,君王的言与行分别有不同的礼仪形式和规定,史官有必要分别予以监察和规范。其二,记言文体恢廓,记事文体简严,写作风格不同,由不同的史官分工操作,

---

① 刘勰著,詹锳义证:《文心雕龙义证·史传》,第562页。
② 杨伯峻:《春秋左传注》,第663、1099页。
③ 王聘珍:《大戴礼记解诂·保傅》,中华书局1983年版,第52页。
④ 《汉书》卷30,第1715页。

也是必要的。其三，从周代铭文看，当时人们记录事件，有分别以记言或记事为主的习惯。① 杨树达先生分析钟鼎铭文记言记事的不同书写体例："钟鼎铭辞，以文体别之，可分为二事。一曰纯乎记事者，二曰纯乎记言者。其记事之中有言，则言统于事，以事论，不以言论也。记言之中亦有事，则事统于言，亦以言论，不以事论也。至于作器之叙述，凡器皆具，亦不以事论也。"② 可见，负责记录监督君王言行的史官，执掌上有分工，有侧重，相应的也就形成记录时书写风格的差异，文体的分类就有了产生的契机。

此外，史家记录时有明确的价值判断。既然制度赋予史官评判的权力，他们在记录时就要根据礼仪规范、典章法则对事件以及人物言行性质作出判断，并将此判断用最精练的语言呈现出来，以便最快的发挥监察功能。因此，在时人眼里，史官所记当是没有什么"隐晦"而言的。然而由于史官的"判断句"非常简短，在离开历史原境的后人眼里就形成"春秋笔法"："《春秋》之称，微而显，志而晦，婉而成章，尽而不汙，惩恶而劝善。"③ 此后这一特点经由孔子"约其辞文，去其烦重，以制义法"④ 的二次编撰得到保留和加强。

《孟子·离娄下》云："王者之迹熄而《诗》亡，《诗》亡然后《春秋》作。晋之《乘》、楚之《梼杌》、鲁之《春秋》，一也。其事则齐桓、晋文，其文则史，孔子曰：'其义则丘窃取之矣。'"⑤ 这段话其实提出了早期史学撰述的三个要素：事、文、义。⑥ 即记录史实、独特的史笔、内含史家价值观念和评判，史书撰写的优劣高下常体现于此。

汉代史家承接这一传统，但多有创造，《史记》《汉书》等不仅成为史家撰作新的高峰，更为后代确立了范式。故本章以这两部史书为中心，

---

① 许兆昌：《周代史官文化：前轴心期核心文化形态研究》，吉林大学出版社2001年版，第65页。
② 杨树达：《积微居金文说》卷2，"善夫克鼎跋"，湖南教育出版社2007年版，第54页。
③ 杨伯峻：《春秋左传注》，第870页。
④ 《史记》卷14，第509页。
⑤ 《孟子注疏·离娄下》卷八，阮元校刻《十三经注疏》，第2727—2728页。
⑥ 杨燕起：《〈史记〉的学术成就》，北京师范大学出版社1996年版，第80页。

以此探察汉代史书撰作中的共性和创造,并观察受此影响的其他杂史类著作的特点。

第一节 《史记》的史观与史笔

《史记》是司马父子相承述作的成果。据《太史公自序》,"司马氏世典周史"①,司马谈推崇周公、孔子,以为两位伟人相隔五百年,而从孔子作《春秋》末年算起至司马谈时代(其历文、景以及武帝前期)也约五百年,其间诸侯争霸、楚汉争雄以及汉兴以来诸多历史业绩需要有人记载下来,作为太史令,当仁不让,故立志继《春秋》而作"天下之史文"。这种精神和思想也传递给司马迁。司马谈任太史令二十余年,对历史有自己的观察和思考,"《春秋》采善贬恶,推三代之德,褒周世,非独刺讥而已。"因此,对汉兴以后的历史,要论载"明主贤君忠臣死义之士"。

作为史官世家,司马氏父子有得天独厚的条件。汉兴以来,"百年之间,天下遗文古事靡不必集于太史公","明堂石室金匮玉版图籍"等皇家图书档案都可充分利用,因此,司马谈临终前当积累了多方面材料,其"所欲论著""所次旧闻"也当有了部分篇卷。此外,司马谈还对司马迁进行严格培养和教育,以便接续自己完成这部巨著。司马迁幼时即一面"耕牧河山之阳",一面"就闾里书师受小学书"。后司马谈入仕太史令,又将司马迁带到京师,就学于董仲舒、孔安国等名家学习《公羊春秋》《古文尚书》等。京师图书丰富,名家云集,司马迁于此接受学术熏陶并获得广博知识。此后,司马迁大约又争取到"宦学"身份周游全国,搜集资料,寻访古迹,广泛接触社会,深入了解民间生活,此经历为《史记》撰作提供了充分的思想资料以及精神历练。司马谈去世前立下遗嘱:"自获麟以来四百有余岁,而诸侯相兼,史记放绝。今汉兴,海内一统,明主贤君忠臣死义之士,余为太史而弗论载,废天下之史文,余甚惧焉,汝其念哉!"迁俯首流涕曰:"小子不敏,请悉论先人所次旧闻,

---

① 《史记》卷130,第3285页。

弗敢阙。"三年后，司马迁继任太史令，后遭李陵之祸，身心遭受摧残而仍发愤著书，最终完成这部巨著，支撑其精神的即父亲的遗训以及史官的职业责任感。

一 体例和意图——究天人之际，通古今之变，成一家之言

与《春秋》编年体不同，《史记》开创了中国历史上纪传体的史书体例。选取什么体例记录历史与史官的述作目的有关，也是其世界观、方法论在史学上的体现。此前《春秋》为编年体，记录者在记录每一则史实并不是为了存留历史，而是要及时记录发布，广而告之，以便发挥监察作用。因此，与其说是记录史实，不如说是撰写"新闻"，因此，后世才称之为"断烂朝报"。这些类似新闻标题的历史记载按照时间排列、收录、留存，遂成为编年体史书。而司马氏父子立意撰写《史记》，主要是为了"总结"，即呈现时代的社会结构和发展变化，呈现各种人物、事件、典章制度的面貌，探究它们所产生的影响，这就是"究天人之际，通古今之变，成一家之言"。因此，采用纪传体更有利于呈现这种通观的视角，完成史官的撰述目的。对于《史记》体例，司马迁有自己明确的表述，《太史公自序》云：

> 罔罗天下放失旧闻，王迹所兴，原始察终，见盛观衰，论考之行事，略推三代，录秦汉，上记轩辕，下至于兹，著十二本纪，既科条之矣。并时异世，年差不明，作十表。礼乐损益，律历改易，兵权山川鬼神，天人之际，承敝通变，作八书。二十八宿环北辰，三十辐共一毂，运行无穷，辅拂股肱之臣配焉，忠信行道，以奉主上，作三十世家。扶义俶傥，不令己失时，立功名于天下，作七十列传。凡百三十篇，五十二万六千五百字，为《太史公书》。①

据此可知，《史记》涉及五部分内容，即十二本纪、十表、八书、三十世家、七十列传。前三者为传记类，集中体现其纪传体通史的特征。

---

① 《史记》卷130，第3319页。

"本纪"是帝王以及能左右天下局势者的传记,以编年形式记载历朝历代大事件。司马贞索隐:"本其事记之,故曰本纪";"帝王书纪者,言为后代纲纪也。"其中,《夏本纪》《殷本纪》《周本纪》都有朝代史的性质。项羽、吕后非帝王,但前者是"五年之内,号令三嬗"的中心人物,后者则在汉惠帝时掌实权,故入本纪。司马氏父子是将"上记轩辕,下至于兹"的时期,作为社会历史整个发展阶段来观察的,着意于"王迹所兴,原始察终,见盛观衰",从"通古今之变"的角度,探究整个社会历史的盛衰变化。因此,司马迁列本纪,确有纲纪天下政事的意思。

"表"以时间为序,用表格的方式展示历史大事,呈现相关阶段历史时期的天下大势,分世表、年表、月表,如"三代世表""六国年表""秦楚之际月表"等。表格经纬纵横,形式简洁而具体,其间亦渗透着作者对历史的判断。比如"十二诸侯年表",首格是周,因为周天子为天下共主;其下为鲁。因为此表是根据鲁《春秋》而作;此后则有齐、晋、秦、楚,这几个国家先后称霸;其次宋至燕,根据爵位排列,因为宋是公,卫、陈、蔡是侯,曹、郑、燕是伯等。《史记》中有管、杞、越已列入世家,但表中没有序列,推其原因,大约是杞太微弱,管又未传世,越进入历史与吴相持,事在春秋末,加之勾践之后,不详其年,故没有入表。因此,是否列入表,或列表的次序先后,反映了各个国家当时的发展状况及轻重地位。①

"书"是以专题文章的形式记述影响国家社会政治发展的重要典章制度,包括《礼书》《乐书》《律书》《历书》《天官书》《封禅书》《河渠书》《平准书》八书。司马贞释云:"书者,五经六籍总名也。此之八书,记国家大体。班氏谓之志,志,记也。"② 无规矩不成方圆,典章制度对于一个社会而言发挥的是治乱兴衰的作用,因此为"国家大体"。《史记》首立"书"体,通纪历代法制,而各以类从,成为后世仿效的范本。"八书体既立,后有国者礼乐政刑皆聚此书,虽载事各从其时,而论治不可

---

① 杨燕起:《〈史记〉的学术成就》,北京师范大学出版社 1996 年版,第 109 页。
② 《史记》卷 23,第 1157 页。

不一。"① 从写法上看，八书追溯相关典制的历史源流，立足当代，承弊通变，显示出"通博"的特点。典章制度包容宏广，涉及多方面领域。其渊源深远，脉络复杂，如果没有很好的知识积累，没有综括、解析、排布资料的能力，则难以胜任。故刘知己赞此八书以及后继者班固"志"："夫刑法、礼乐、风土、山川，求诸文籍，出于《三礼》。及班马著史，别裁书志，考其所记，多效《礼经》，且纪传之外，有所不尽。只字片文，于斯备录。语其通博，信作者之渊海。"②

"世家"主要记载有重要社会影响的诸侯王和显贵之家，以及少数对历史发展产生重要影响的人物。如《吴太伯世家》《陈丞相世家》《陈涉世家》《孔子世家》。按照司马迁的解释，世家的含义是"二十八宿环北辰，三十辐共一毂，运行无穷，辅拂股肱之臣配焉，忠信行道，以奉主上。"③ 司马迁处在中国封建专制中央集权确立的初级阶段，社会整体认同国家统一，认可中央集权，希望能借此获得社会安定，世家的设立反映出作者承认并看重天子在国家政治和社会历史发展中的中心地位。同时，他也赞赏在重要历史事件、重大变革中产生过重要影响力的人物，故平民陈涉、孔子等并非侯王显贵也入世家。对于世家的设立，朱东润有贴切的理解：

> 凡能拱辰共毂，为社稷之臣。效股肱辅弼之任者，则史迁入之世家；开国可也，不开国也可也；世代相续可也，不能相续亦可也。乃至身在草野，或不旋踵而亡，亦无不可也。明乎此而后可以读《史记》。④

"列传"即列叙本纪、世家以外的重要历史人物。选择标准是"扶义俶傥，不令己失时，立功名于天下"⑤ 者。也就是说，这些人遵循基本的

---

① 叶适著：《习学记言序目》卷19《史记》，中华书局1977年版，第271页。
② 刘知几撰，浦起龙释：《史通通释·书志》，上海古籍出版社1978年版，第56—57页。
③ 《太史公自序》，《史记》卷130，第3319页。
④ 朱东润：《史记考索》，上海开明书店1947年版，第15页。
⑤ 《太史公自序》，《史记》卷130，第3319页。

道德原则，面对特殊的境遇和条件有自觉主动的意识，故不失其时，抓住时机，立功名于天下。列传有单传，即一人一传，如《商君列传》《李斯列传》等；有合传，即二人、四人乃至多人同记一传，如《管晏列传》《老庄申韩列传》等；有附传，即将一人事迹附于其他同类事迹或与其事相关的人物传记之后，有时也起突出主传、勾连主传的作用，如《魏其武安侯列传》附灌夫传。有时是为了生发议论，如《主父偃传》附徐乐、严安之传，借此论讨伐匈奴之弊；有类传，即以类相从，把同一类人物归到一个传内，如《儒林列传》《循吏列传》《刺客列传》等。此外，当时我国四周少数民族的历史情况，司马迁也用类传形式记载，如《匈奴列传》《朝鲜列传》《大宛列传》等，保留了重要史料。通过这些形式，《史记》试图囊括自古及今数千年风流人物。

《史记》列传七十，开创史书撰作新的形式。司马迁并不满足于事件的简单罗列和账簿年谱式的人物传记，而是紧扣史事，以参与者的重要程度决定是否入传，因此列传仍是以事为主，而非以人为主。对此，章学诚曾有过具体的说明："迁书纪、表、书、传，本左氏而略示区分，不甚拘拘于题目也。《伯夷列传》乃七十篇之序例，非专为伯夷传也。《屈贾列传》所以恶绛、灌之谗，其叙屈之文，非为屈氏表忠，乃吊贾之赋也。《仓公》录其医案，《货殖》兼书物产，《龟策》但言卜筮，亦有因事命篇之意，初不沾沾为一人具始末也。"① 有历史做背景，传主"扶义俶傥"，得其时而动，乃至立下不朽功名的形象，遂像浮雕一样，在波澜壮阔的历史画卷中凸显出来。因此，游侠、日者、货殖家等一般社会成员都因对社会做出贡献而获得入史传的机会。这种写法表现出史家对社会历史发展的深刻见解。故刘知几说："事迹虽寡，名行可崇，寄在他篇，为其标冠……世之求名者咸以附出为小……窃以为书名竹素，岂限详略，但问其事竟何如也耳。"② 《史》《汉》之后史书立传人物，常有为立传而传，传主无美名，无影响，妄占篇目，与此有不同。

《本纪》《列传》约占全书十分之七，因此，《史记》也可以说是

---

① 章学诚著，叶瑛校注：《文史通义校注·书教下》，中华书局1985年版，第50页。
② 刘知几撰，浦起龙释：《史通通释·列传》，第47—48页。

"以人为主"的历史,以后两千余年历代所谓正史都延续这种叙述重心。对于这种著史方式,梁启超评价道:

> 专以人为主的历史,用最新的史学眼光去观察他,自然缺点甚多,几乎变成专门表彰一个人的工具。许多人以为中国史的最大缺点就在此处。这句话,我们可以相当的承认:因为偏于个人的历史,精神多注重彰善惩恶,差不多变成为修身教科书,失了历史性质了。但是近人以为人的历史毫无益处,那又未免太过。历史与旁的科学不同,是专门记载人类的活动的。一个人或一群人的伟大活动可以使历史起很大变化。若把几千年来中外历史上活动力最强的人抽取,历史到底还是这样与否? 恐怕生问题了。①

《史记》虽然也时时讲到天命,但它客观记述人的活动,展现的正是无数历史人物在历史活动中的经验、教训、道德、智慧,从而给后人以启示。因此,世家、列传集中反映了司马迁的史学思想。

综上,借助这五种体例,司马迁呈现自己的历史观:"究天人之际,通古今之变,成一家之言。""究天人之际"是在探讨天人关系,这里的"天",不能简单理解为某种预言或迷信②,而是他意识到在历史发展过程中存在着一种不以个人意志为转移的客观趋势,最终左右着一个人的命运和社会发展趋向。因此,思考"天人"关系,目的还是为了解释历史的发展,即"通古今之变",最终"稽其成败兴坏之理"。在司马迁看来,历史是延续发展的,时间上贯通古今,空间上旁及四境,人事彼此勾连,关涉到社会生活的方方面面。历史发展总是常与变的结合,"通古今之变"既要对古今历史递嬗中的"常"作出解释,找寻大势和规律,又要对其中的"变"作出解释,原始察终,见盛观衰,承弊通变。这一点,司马迁有多次表述,如"礼乐损益,律历改易,兵权山川鬼神,天人之

---

① 梁启超《中国历史研究法补编》,《中国历史研究法》(外二种),河北教育出版社 2000 年版,第 189 页。

② 《史记》中天命论思想也是有的,如《高祖本纪》写刘邦诞生就明显带有神秘色彩,以此说明刘邦称帝乃天意。

际,承敝通变,作八书";"是以物盛而衰,时极而转,一质一文,终始之变也。""汤武承弊易变,使民不倦,各兢兢所以为治,而稍陵迟衰微。"① "周秦之间,可谓文弊矣。秦政不改,仅酷刑法,岂不缪乎?故汉兴,承敝易变,使人不倦,得天统矣。"② 这些都反映出司马迁作为史官的冷静观察和远见卓识。

二 实录

班固评价《史记》:"其文直,其事核,不虚美,不隐恶,故谓之实录。"③ 一部史书只有是信史才能担得起史书之名,因此"实录"是史书撰写至关重要的文体特质。史书撰写虽有各自"笔法",但终究不能离开实录二字,这是从《春秋》就形成的史书撰写传统。

文直、事核是实录的基本要求,也是史书的基本书写规范。史家要认可存在客观事实,并尽可能将其呈现出来,不做歪曲,不有意漏略。《史记》记事的准确可信是后世学者公认的,也获得了现代考古成果的证实。如王国维参照《史记·殷本纪》和《三代世表》与甲骨文字的相关记载进行对比,证明《殷本纪》所叙殷商世系与甲骨所记是一致的。④ 李学勤亦通过研究近些年来新发现的周原甲骨文,证明《史记·周本纪》所载商周更系亦颇为可信。⑤ 又如《史记》载:"世俗所称师旅,皆道《孙子》十三篇。"又云:"孙膑以此名显天下,世传其兵法。"⑥ 遂引起学界争议:孙子、孙膑是一人还是二人?世传《孙子兵法》作者究竟是谁?1972 年山东银雀山汉墓同时出土了《孙子兵法》和《孙膑兵法》,方证明《史记》所载的准确。陈直作《史记新证》更以多方面考古材料印证《史记》所记不妄。

"不虚美,不隐恶"是对文直、事核的进一步要求,涉及史家的见

---

① 《史记》卷30,第1442页。
② 《史记》卷8,第394页。
③ 《汉书》卷62,第2738页。
④ 王国维:《殷卜辞所见先公先王考》,《观堂集林》卷九,中华书局1959年版。
⑤ 《文物研究与历史研究》,《中国文物报》1988年3月11日。
⑥ 《史记》卷65,第2164页。

识，更决定于其职业品德和良知。《史记·仲尼弟子传论》："誉者或过其实，毁者或损其真。"①世人判断常受个人情绪和私利左右，或无端美化，或讥毁过度。司马迁论载史事人物，很少完全肯定或否定，而是将人物行事和事件的来龙去脉从容呈现，在事实基础上给予恰如其分的评价，记述态度严谨，不虚美，不隐恶。如进入汉代，前朝"秦"之恶成为世人抨击的"箭垛"，司马迁反对秦政暴虐，但也肯定秦朝的统一之功；肯定项羽灭秦之功，塑造了一位叱咤风云的英雄楚霸王，但也批判其残暴不仁，有秦之弊。《平准书》歌颂汉初七十年休养生息，国家和民间获得财富积累，但也直陈社会所隐含的危机："网疏而民富，役财骄溢，或至兼并豪党之徒以武断于乡曲。宗室有土，公卿大夫以下争于奢侈，室庐舆服僭上，无限度。"②再如《李斯列传》载秦丞相李斯有大功于秦，最终却被五刑而死，天下之人咸称其冤。而司马迁则用事实说话，条列其辅佐秦政统一六国的功绩，同时又记叙其贪重爵禄、与赵高合谋助二世为虐的罪责，这些行为最终改变了历史进程，也使得自己从历史功臣一变为天下罪人，其死虽可怜但不足惜。汉儒中赫赫有名的叔孙通草具汉仪、公孙弘倡导儒学、董仲舒治公羊春秋倡导大一统，三人都有突出业绩，但司马迁同时呈现其个性弱点：前者"谀"，中者"诈"，后者"迂"。

　　书法不隐，最典型的就是对汉室帝王的记录。高祖刘邦，在本纪中肯定其雄才大略，知人善任，最终承天命建立汉帝国。但对于其弱点甚至道德修为上的弊劣则用旁见侧出之法，以提供尽可能完整丰富也更真实的历史形象。如：《项羽本纪》通过范增叙其贪财好色；《肖相国世家》《留侯列传》呈现其对功臣之猜忌；《樊郦滕灌列传》甚至讲述楚汉相争时，刘邦败逃过程中，为保全自己，几次将亲生儿女推到车下。这些记载展示出刘邦猜忌、冷酷、自私、刻薄的另一面。《孝文本纪》载孝文帝之仁德，是宽厚仁爱之君，而《绛侯周勃世家》《张释之冯唐列传》则指出其对臣子的无端猜忌等。

---

① 《史记》卷67，第2226页。
② 《史记》卷30，第1420页。

司马迁用此互见法呈现传主的丰富面相有多方面原因。

第一，体例的需要，或者说是为突出重心的需要。本纪涉及时间长，事件多，叙事大多简略，不宜旁支斜出，故要在相关处补叙。典型如《秦始皇本纪》叙始皇巡游死于沙丘，赵高篡改遗诏，"更为书赐公子扶苏、蒙恬，数以罪，赐死。"遂说明："语具在《李斯传》中。"① 这件事在《始皇本纪》中为斜出之笔，但在《李斯列传》中就因呈现李斯的性格和命运而成为主要事件，两者一繁一简，彼此借力，各得其所。

第二，有所顾忌。帝王专权，君臣尊卑有序，为尊者讳一定程度上说也是得体的。但作为立传者，笔掌握在手里，写什么不写什么完全自己掌控。若不愿阿谀，也可只选择记录其光明一面，而忽视其他，但司马迁则将后者以特殊的互见法呈现出来，这一点，与《春秋》史官秉笔直书在精神上仍然是一脉相承的。刘知几称赞古代的直笔的史家：董狐之书法不隐；齐史之书崔杼；马迁之述汉非；韦昭仗正于吴朝；崔浩犯讳于魏国。② 实录历史，不虚美不隐恶是史家自古的职业传统，司马迁秉持这个传统，维护了职业尊严。

三 史笔："善序事理，辨而不华，质而不俚"

史家著史，要记录史实，但如果只是单纯罗列史事，形成流水账，最多不过是一种史料汇编的文献，而丧失了它历史著述的价值。因此，如何梳理，即以什么线索将复杂的人事脉络讲述清楚，背后一定要有史官的判断和叙述逻辑，但更需要有高超的驾驭材料、铺排行文的手笔。对于司马迁的史笔之才，班固有过一段赞语："然自刘向、扬雄博极群书，皆称迁有良史之材，服其善序事理，辨而不华，质而不俚。"③

"善序事理"即按照一定的理路将相关史事梳理出来，由此揭示相关事理。《史记》述史，自黄帝始，次序帝王、记侯国，系时事、详制度、志人物，资料之浩繁可以想见，若没有高超的驾驭材料的能力，是无法

---

① 《史记》卷6，第264页。
② 刘知几撰，浦起龙释：《史通通释·直书》卷7，上海古籍出版社1978年版，第192页。
③ 《汉书》卷62，第2738页。

完成的，因此需要史家要有格外明确的主导思想，方能对材料编辑整合。史书都是编纂，但主导思想的不同，对文史材料的取舍和编辑方法也会有差异，不仅有高下之分，有时甚至同样的材料得出的结论也会大相径庭。因此，史家的学识、见解以及笔力就显得尤为重要。司马迁说："余所谓述故事，整齐其世传，非所谓作也。""非好学深思，心知其意，固难为浅见寡闻者道也。"① 表明自己只是向孔子学习，述而不作，亦非好学深思，这当然是谦辞。司马谈父子的见识和笔力使得文献材料焕发了生机。对此，梁启超做过总结：

> 前此史家成绩如何，今不可细考。略以现存之几部古史观之，大抵为断片的杂记，或顺按年月纂录。其自出机杼，加以一番组织，先定全书规模，然后驾驭去取各种资料者，盖未之前有。有之，自迁书始也。《自序》云："余所谓述故事整齐其世传，非所谓作也。"此迁自谦云尔。作史安能凭空白造？舍"述"无由。史家惟一职务，即在"整齐其世传"。"整齐"即史家之创作也。能否"整齐"，则视乎其人之学识及天才。太史公知整齐之必要，又知所以整齐，又能使其整齐理想实现，故太史公为史界第一创作家也。②

汉代书籍文化的一个共同特点即以编纂为主，利用先秦资料尤其如此。如何熔铸剪裁，呈现出史家的历史观。如《五帝本纪》叙黄帝、颛顼、帝喾、尧、舜事迹，同时记录部落间战争，首领禅让，以及初民战猛兽、治洪水、开良田、种嘉谷、测天文、推历法、制乐舞等多方面情况，叙议结合，突出黄帝开创基业树立明德，并由尧、舜继承，乃至发扬光大的历史演进脉络。五帝史料多传说，但司马迁以明确的历史观念为线索，将相关内容组织编结，使得材料焕发出新的生命力。故清人吴见思评价道："尧、舜二纪，纯用《尚书》《孟子》，略改字面，便是太史公之文，不是《尚书》《孟子》之文。且既经删改，而运用插和，绝无痕迹，岂非

---

① 《史记》卷130、1，第3299—3300、46页。
② 《要籍解题及其读法》，《梁启超全集》第16卷，北京出版社1999年版，第4629页。

神手！"①

《五帝本纪》显示出驾驭材料大开大合的从容，而《魏其武安侯列传》则表现为对人事关系极细微的梳理，背后亦有史家的观念作引导。李景星曾有过分析：

> 此传虽曰《魏其武安侯列传》，实则窦、田、灌三人合传也。两个贵戚，一个酒徒，惹出无限风波。头绪纷繁，如何措手？而太史公用独力搏众兽手段，构成一篇热闹文字，真是神力。传以魏其、武安为经，以灌夫为纬，以窦、王两太后为眼目，以宾客为线索，以梁王、淮南王、条侯、高遂、桃侯、田胜、丞相绾、籍福、赵绾、王臧、许昌、庄青翟、韩安国、盖侯、颍阴侯、窦甫、临汝侯、程不识、汲黯、郑当时、石建许多人为点染，以鬼报为收束。分合联络，错综周密，使恩怨相结，权势相倾，杯酒相争，情形宛然在目。②

本传只三千余字，涉及西汉统治集团上层人物二十七人，主角窦婴、田蚡、灌夫并无值得称道的殊勋，但司马迁却细笔梳理彼此恩怨，揭示西汉盛世下宫廷内外的矛盾斗争，以呈现上层社会"恩怨相结，权势相倾"的内在危机。武安侯田蚡恃其宠骄，以琐屑嫌隙倾杀窦、灌，亦是千古不平之事。故传文逐次梳理其气焰日益嚣张的过程："魏其已为大将军后，方盛，蚡为诸郎，未贵，往来侍酒魏其，跪起如子姓"；"蚡益贵幸，为太中大夫"；"武安侯新欲用事为相，卑下宾客，进名士家居者贵之，欲以倾魏其诸将相。""武安者，貌侵，生贵甚。""武安由此滋骄。""武安由此大怨灌夫、魏其。"最后在赞语中顺理成章，重责田蚡"迁怒及人，命亦不延。众庶不载，竟被恶言。"③ 由此可见司马迁对材料的运筹

---

① 吴见思著，陆永晶点校：《史记论文·五帝本纪》，上海古籍出版社 2008 年版，第11页。

② 李景星著，陆永晶点校：《史记评议·魏其武安侯列传》，上海古籍出版社 2008 年版，第196页。

③ 《史记》卷107，第2856页。

帷幄。

"辨而不华，质而不俚"指的是史笔有根据，内容翔实，对相关材料作辨析判断，不任意发挥，不成空疏之语；同时，史笔也有文采，不可过于俚俗。史家是历史事件、历史人物的旁观者，但更是总结者，因此眼界要高于普通民众，言语也要有节制，避免过于俚俗，否则也会失去其可信度。这也是史书文体文风上的讲究。

《史记》史料之丰富显明，此不赘述。其对史料的辨析在文中也多有表现。如《三代世表序》云：

> 五帝、三代之记，尚矣。自殷以前诸侯不可得而谱，周以来乃颇可著。孔子因史文次《春秋》，纪元年，正时日月，盖其详哉。至於序《尚书》则略无年月；或颇有，然多阙，不可录。故疑则传疑，盖其慎也。
>
> 余读谍记，黄帝以来皆有年数。稽其历谱谍终始五德之传，古文咸不同，乖异。夫子之弗论次其年月，岂虚哉！於是以五帝系谍、尚书集世纪黄帝以来讫共和为《世表》。①

孔子叙《春秋》详，序《尚书》略，因为文献不足证，故"疑则传疑，盖其慎也。"司马迁对此颇认同，对早期牒记之类资料采取存疑的态度。

又如对于一些历史人物，民间口耳相传中多有夸大渲染之辞，司马迁进行辨析。如《刺客列传》篇尾：

> 太史公曰：世言荆轲，其称太子丹之命，"天雨粟，马生角"也，太过。又言荆轲伤秦王，皆非也。始公孙季功、董生与夏无且游，具知其事，为余道之如是。②

"荆轲刺秦"事秦汉以来几乎家喻户晓，"天雨粟，马生角"也是一个流

---

① 《史记》卷13，第487—488页。
② 《史记》卷86，第2538页。

传甚广的说法,《论衡·感虚》引传书云:

> 燕太子丹朝于秦,不得去,从秦王求归。秦王执留之,与之誓曰:"使日再中,天雨粟,令乌白头,马生角,厨门木象生肉足,乃得归。"当此之时,天地祐之,日为再中,天雨粟,乌白头,马生角,厨门木象生肉足。秦王以为圣,乃归之。①

燕太子丹曾在秦作质子,向秦王请求归国,秦王说,除非天雨粟、马生角、乌白头等异象发生,太子丹才可以回国。此传说显然是为渲染秦王之恶,太子丹之恨。故司马迁认为这一说法"太过",意思是夸张渲染,太子丹实为逃归。此外传中还指出,传说荆轲刺伤秦王也是一厢情愿的说法,自己曾亲自求证于知情者:"始公孙季功、董生与夏无且游,具知其事,为余道之如是。"

又如《大宛列传》对《禹本纪》《山海经》等典籍中相关记录的怀疑:

> 禹本纪言"河出昆仑。昆仑其高二千五百余里,日月所相避隐为光明也。其上有醴泉、瑶池"。今自张骞使大夏之后也,穷河源,恶睹本纪所谓昆仑者乎?故言九州山川,《尚书》近之矣。至《禹本纪》《山海经》所有怪物,余不敢言之也。②

《禹本纪》今不传,《山海经》更多出于想象。汉代崇尚博物,《山海经》记山川水土、草木禽兽、昆虫麟凤、土贡异产、珍宝奇物、祯祥变怪、绝域殊类诸物,内容丰富庞杂,受到汉代人追捧。刘歆曾称当时朝士"多奇《山海经》者,文学大儒皆读学以为奇,可以考祯祥变怪之物,见远国异人之谣俗。……博物之君子其可不惑焉。"又称"其事质明有

---

① 刘盼遂:《论衡集解》,古籍出版社1957年版,第108页。
② 《史记》卷123,第3179页。

信。"① 但司马迁认为此类鬼怪神异记载不能当具体史料。对于其中九州山川之类的记载，《尚书》所记更稳妥些。

张九镡曾评价司马迁辨伪的态度："一切奇异秘诡，弃而弗论……若夫龙图龟书、河洛苞符、九头五龙、牛首蛇身之说，无一及焉，此岂后儒爱奇好博者所能知哉？夫乃叹太史公之识为不可及也矣。"② 近代曹养吾称司马迁"不特是史学的创造者，并还是辨伪的开山鼻祖"。顾颉刚也称其"最有辨伪的眼光，且已把战国时的伪史作一番大淘汰的工作"。③ 从语言修辞上看，司马迁注重史料考辨，态度严谨，但行文却简明干净，并不作复杂考证，只将相关理由和证据清晰摆出，表明自己的选择即可，可谓典型的"辨而不华"。

"质而不俚，辨而不华"的文风以实录史实为前提，在此基础上，追求文风的节制，既不堆砌辞藻，卖弄文采，故弄玄虚，又不俚俗粗鄙，流宕散漫。这种节制的文风代表一种古典式的从容，也代表了史官的冷静。史家著史都有自己的历史观，对所叙人、事都有自己的评价，但这些评价观念更多要让事实自然呈现，即"用事实说话"，让人物通过自己的言行举止呈现，而非越俎代庖，替人做主。史家只有冷静观察，沉着叙述，历史人物的意态神情才能呼之欲出，历史风云变幻中兴盛衰亡的规律才能显豁呈现。

如《项羽本纪》写巨鹿之战，当时各诸侯军龟缩于壁垒中，项羽独帅军破釜沉舟，猛攻秦军，带动诸侯联军歼灭秦将主力，文中叙述道：

> 项羽乃悉引兵渡河，皆沈船，破釜甑，烧庐舍，持三日粮，以示士卒必死，无一还心。于是至则围王离，与秦军遇，九战，绝其甬道，大破之，杀苏角，虏王离。涉间不降楚，自烧杀。当是时，楚兵冠诸侯。④

---

① 刘歆：《上山海经表》，《全汉文》卷40，第346页。
② 张九镡撰：《笙雅堂文集》卷3《读史记本纪年表》，嘉庆十七年（1812）赐锦楼刻本。
③ 《古史辨》，第2册《辨伪学史》第395页；第7册（上编）《战国秦汉间人的造伪和辨伪》，第46页。
④ 《史记》卷7，第307页。

此段短章促句，既造成一种紧张气氛，呈现激烈的战斗场面，又突出项羽帅军功伐的锐气和勇武，展示出西楚霸王的本色，明朝学者茅坤认为巨鹿之战是"项羽最得意之战，太史公最得意之文"。

如司马迁亦注意呈现历史语境中人物的"声口"，《陈涉世家》写陈涉称王后，故人尝与佣耕者求见，入宫见殿屋帷帐，惊叹曰："颗颐，涉之为王沈沈者。""颗颐""沈沈"都是楚地方土语，佣耕者朴实直率，忘情失态的状态遂呈现出来。

又如《李将军列传》写李广军与匈奴遭遇，寡不敌众，全军震恐：

广令诸骑曰："前！"前未到匈奴陈二里所，止。①

第一个"前"是口令，既符合李将军的身份，也见其镇定无畏，一字之令即如雷霆之声，给手下兵士以信心勇气，在气势上就压倒敌军。云"前"云"止"，军队即依令而行，显示出李广官兵上下一心，军纪整肃，令行禁止，侧面烘托出李广将军的威望。今俗语云：兵熊熊一个，将熊熊一窝。李广军整肃豪壮，能转换危机情势，与李广的勇武机断密切相关。

历来人们都认为《史记》有强烈的抒情性、诗性、文学性，清人刘熙载曾说："学《离骚》得其情者为太史公。"② 鲁迅说《史记》是"史家之绝唱，无韵之离骚。"其实，所谓诗性并非"以诗笔写史"，亦非"创作为文"，而是因为历史从来就充满戏剧性，每件事都有其近因远兆，有其触发根源，史实的组织、时间的叙述，便是文心所在。"史家有诗心，是历史本来就蕴含着催发诗心的因子。"③ 国之治乱兴衰，人之祸福起落都含着悲欢离合，司马迁对历史风云了然于胸，对所叙历史人物充满"了解之同情"，情感是深沉的，史笔是节制从容的，他用文字重现历史画卷，让历史人物亲身"表演"，遂产生令人动容的阅读

---

① 《史记》卷109，第2868页。
② 刘熙载著，王气中笺注：《艺概笺注·文概》，第36页。
③ 扬之水：《先秦诗文史》，辽宁教育出版社2002年版，第25页。

效果。

因此，与其说司马迁是以诗笔写史，不如说他是史笔呈现历史的"诗性"。晚清刘鹗说："《离骚》为屈大夫之哭泣，《庄子》为蒙叟之哭泣，《史记》为太史公之哭泣，《草堂诗集》为杜工部之哭泣，李后主以词哭，八大山人以画哭；王实甫寄哭泣于《西厢》，曹雪芹寄哭泣于《红楼梦》。"①《史记》中有司马迁的身世之叹、人生感慨，但更多史家对历史大势的深入思考，对人物命运中偶然必然、人定天定等问题的探究，如此，才成为史学、文学上的一座高峰。

四 《史记》十表与谱牒

谱牒是记载本族世系和事迹的历史图籍，有时也被称作谱、系牒、系世、统、牒记。《史记》在谱牒基础上创设"表"的形式，以便更客观清晰地呈现相关族群血统脉络。

司马迁《十二诸侯年表序》云："太史公读春秋历谱牒，至周厉王，未尝不废书而叹也。"汉代能看到的谱牒文献起自周代，流传下来的相关文献主要为《世本》。《周礼》："小史掌邦国之志，奠系世，辨昭穆。"郑玄注："系世谓帝系世本之属。"孔颖达疏："天子谓之帝系，诸侯谓之世本。"②《汉志》载："《世本》十五篇，古史官记黄帝以来春秋时诸侯大夫。"《汉书·司马迁传赞》："又有《世本》，录黄帝以来至春秋时帝王公侯卿大夫祖世所出。"③《世本》原书已佚，从辑本看，其内容包括帝王、诸侯、卿大夫的《世本》篇，关于姓氏源流的《姓氏》篇、关于族群居住地变迁的《居》篇，此外还有《作》篇，记上古各种器物技术礼乐等的发明创制者以及《谥法》等。从目前的辑录的条目看，主要以文字形式叙述，如：

> 颛顼生鲧，鲧系颛顼子，鲧娶有辛氏，谓之女志，是生高

---

① 刘鹗著：《老残游记·自序》，中华书局2013年版，第1页。
② 郑玄注，贾公彦疏：《周礼注疏》，阮元校刻本《十三经注疏》，第818页。
③ 《汉书》卷62，第2737页。

密。……禹取涂山氏女，名女娲。生启。少康崩，子帝予立。帝予崩，子帝槐立。帝泄崩，子帝不降立。帝皋生发及履癸，履癸一名桀。

……成王生康王。康王生昭王。……昭王生穆王。穆王生恭王。恭王名伊扈。恭王生懿王及孝王……①

司马迁延续前代编修谱牒文献的传统，在当时所能见到的相关文献基础上，改文字叙述的"谱"为"表"，《史记》卷十三《三代世表》太史公曰：

余读牒记，黄帝以来皆有年数。稽其历谱牒终始五德之传，古文咸不同，乖异。夫子之弗论次其年月，岂虚哉！于是以五帝系牒、《尚书》集世纪黄帝以来讫共和为世表。②

索隐："牒者，纪系谥之书也。下云'稽诸历谍'，谓历代之谱。记，黄帝以来皆有年数。传，音转。谓帝王更王，以金木水火土之五德传次相承，终而复始，故云终始五德之传也。《大戴礼》有《五帝德》及《帝系篇》，盖太史公取此二篇之谍及《尚书》，集而纪黄帝以来为系表也。"又卷130《太史公自序》云："维三代尚矣，年纪不可考，盖取之谱牒旧闻，本于兹，于是略推，作《三代世表》第一。"③

《史记》有十表，即《三代世表》《十二诸侯年表》《六国年表》《秦楚之际月表》《汉兴以来诸侯王年表》《高祖功臣侯者年表》《惠景闲侯者年表》《建元以来侯者年表》《建元已来王子侯者年表》《汉兴以来将相名臣年表》。如《三代世表》：

---

① 《世本》，见《帝王世纪世本逸周书古本竹书纪年》，齐鲁书社2000年版，第5—7页。
② 《史记》卷13，第488页。
③ 《史记》卷130，第3303页。

表1　　　　　　　　　　三代世表

帝王世国号	颛顼属	偁属	尧属	舜属	夏属	殷属	周属
黄帝号有熊	黄帝生昌意	黄帝生玄嚣	黄帝生玄嚣	黄帝生昌意	黄帝生昌意	黄帝生玄嚣	黄帝生玄嚣
帝颛顼，黄帝孙，起黄帝至颛顼三世，号高阳	昌意生颛瑞，为高阳氏	玄嚣生蟜极	玄嚣生蟜极	昌意生颛顼，颛顼生穷蝉	昌意生颛顼	玄嚣生蟜极，蟜极生高辛	玄嚣生蟜极，蟜极生高辛
帝偁，黄帝曾孙，起黄帝至帝偁四世，号高辛		蟜极生高辛，为帝偁	蟜极生高辛，高辛生放勋	穷蝉生敬康，敬康生句望		高辛生禼	高辛生后稷，为周祖
帝尧，起黄帝至偁子五世，号唐			放勋生尧	句望生蟜牛，蟜牛生瞽叟		禼为殷祖	后稷生不窋
帝舜，黄帝玄孙之玄孙，号虞				瞽叟生重华，是为帝舜	颛顼生鲧，鲧生文命	禼生昭明	不窋生鞠
帝禹，黄帝耳孙，号夏					文命，是为禹	昭明生相土	鞠生公刘
帝启，伐有扈，作甘誓						相土生昌若	公刘生庆节
帝太康						昌若生曹圉，曹圉生冥	庆节生皇仆，皇仆生差弗
……	……	……	……	……	……	……	……

表，是司马迁对谱牒所涉内容的一种创新性呈现，郑樵《通志·总序》云："古者纪年别系之书谓之谱，太史公改而为表。"《史通·表历》篇云："盖谱之建名，起于周代，表之所作，因谱象形。故桓君山有云：'《太史公三代世表》，旁行斜上，并效《周谱》。'"①《史记索隐》：应劭

---

① 刘知几撰，浦起龙释：《史通通释》，上海古籍出版社1978年版，第53页。

云:"表者,录其事而见之。"按:《礼》有《表记》,而郑玄云"表,明也"。谓事微而不著,须表明也,故言表也。①

司马迁认为西周以来文献记载,缺乏综合性、宏观性的记录,后人难以综观盛衰始末,设八表是欲改变这一状况:"儒者断其义,驰说者骋其辞,不务综其终始;历人取其年月,数家隆于神运,谱牒独记世谥,其辞略,欲一观诸要难。于是谱《十二诸侯》,自共和讫孔子,表见《春秋》《国语》学者所讥盛衰大指著于篇,为成学治古文者要删焉。"② 而汉初诸侯的封、废、分、削更是极为频繁,也存在"谱纪不明"③的混乱状况,更需对谱系作明确梳理。

以图表方式呈现世系递变,有助于弥补因资料不足而无法以文字记述的困难,也是一种相对更为简明清晰的呈现方式。刘知己评之曰:

> 观太史公之创表也,于帝王则叙其子孙,于公侯则纪其年月,列行萦纡以相属,编字戢舂而相排,虽燕、越万里,而于径寸之内犬牙可接;虽昭穆九代,而于方尺之中雁行有叙。使读者阅文便睹,举目可详,此其所以为快也。④

"径寸之内犬牙可接""方尺之中雁行有叙""使读者阅文便睹,举目可详",这些都是"表"的优势,不过,这并非《史记》"表"所专有。

事实上,战国秦汉之际,许多术数类书籍中都常以"表""图"的形式来排列相关内容,以方便查阅。如阜阳双古堆汉墓为第二代淮阴侯夏侯灶之墓,其约于汉文帝十五年入葬。出土竹简中就有《五星》表,大约用以推算五星的运转和节侯,判断吉凶利害;有《汉初朔闰表》,大抵以年为经,以月为纬,一年一年地排下去,编为一篇;有《干支》表,

---

① 《史记》卷13,第487页。
② 《史记》卷14,第511页。
③ 《史记·太史公自序》云:"汉兴以来,至于太初百年,诸侯废立分削,谱纪不明,有司靡踵,强弱之原云以世。"卷130,第3304页。
④ 刘知几撰,浦起龙释:《史通通释·外篇·杂说上》,上海古籍出版社1978年版,第466页。

包括有朱红色横线界栏的干支表和不带界栏的干支表两类。① 再如长沙马王堆汉墓为汉初墓葬，其出土的帛书中《刑德》甲乙两篇中都有《刑德大小游甲子表》《刑德小游九宫图》，以刑德法来占测战争胜负、人事吉凶，表下有相关文字辅助说明。② 实用性文书使用图表的传统一直持续，如西汉中晚期尹湾汉墓出土《刑德行时》篇，该篇是以日干和一日中的时段为依据占测行事的吉凶。其以六支简列出一表，可据以查知属某一天干的日子里的某一段时间，属于"端""令""罚""刑""德"这五时中的哪一时，然后有五支简文，说明以此五时行事的吉凶。《行道吉凶》则用十支简将六十个干支日名排成一个横行的六甲表，每个干支下注明几阳、几阴及某门，又用五支简书写占断吉凶的说明文字。③

而特别值得注意的是，阜阳双古堆汉墓还出土了二百余片"年表"残片，其纪年可能起始于西周共和行政前后，迄止于秦始皇时，大约在其一统天下之后。该年表编排体例有甲乙两种。甲种"年表"年经国纬，横填事实，其编排体例，大约就和《史记》之《十二诸侯年表》即《六国年表》相仿。简册最右边的一支简（大约称端，端首之意）自上而下书写编入"年表"各诸侯国名，而自右至左则按时代早晚顺次纪年记事。而乙种"年表"有些不同，很像只记君王实际在位的谱牒，其中有若干残简，一栏之内排列两位君王，谥号、年数之间，无任何标志隔断，研究者认为应是同一诸侯国的两代君王，记其各自的在位年数。

关于汉简"年表"的作者，难以判断。刘知几曾在《史通·外篇》中说："楚汉之际，有好事者，录自古帝王公侯卿大夫之世，终乎秦末，号曰《世本》。"因此，研究者推断：有好事者能编录《世本》，那当然也可能会有好事者编制"年表"。此外，汉初诸侯国中也有专职史官，他

---

① 胡平生：《阜阳双古堆汉简数术书简论》，《出土文献研究》1998年第2期。
② 参见《马王堆汉墓文物》，湖南出版社1922年版；陈松长：《马王堆帛书〈刑德〉甲、乙本的比较研究》，《文物》2000年第3期。
③ 参见连云港市博物馆、东海县博物馆、中国社会科学院简帛研究中心、中国文物研究所《尹湾汉墓简牍初探》，《文物》1996年第10期；刘乐贤：《尹湾汉简〈行道吉凶〉初探》，《中国史研究》1997年第4期。

们利用国家档案和其他资料修撰一份"年表",也不是很难的事儿。① 研究者还发现,上述"年表"中许多内容既不能与《史记》诸表相合,也不能与其他文献资料相合,推断在秦始皇焚书前后,除了官方史记,还有一些半官方或民间史记。这些竹简年表入葬时间比司马迁《史记》诸表早六七十年,可见,表的使用在此时就已经很普遍了。

因此,司马迁正是把当时已在普遍使用的"表"用于正史,加以系统成熟的运用,由此更明晰地呈现颇为复杂的世系关系,当然也称得上是一种好的创造。此后班固承袭《史记》,亦有八表,但其《古今人表》以古代人物为经,以品第人物为纬,就颇受诟病,如刘知几《杂说》称:"班氏之《古今人表》者,唯以品藻贤愚,激扬善恶为务尔。既非国家递袭,禄位相承,而以复界重行,狭书细字,比于他表,殆非其类欤!盖人列古今,本殊表限,必吝而不去,则宜以志名篇。"又《表历》云:"异哉!班氏之'人表'也,区别九品,网罗千载;论世则异时,语姓则他族。自可方以类聚,物以群分,使善恶相从,先后为次。何藉而为表乎?且其书上自庖牺,下穷嬴氏,不言汉事,而编入《汉书》,鸠居鹊巢,茑施松上,附生疣赘,不知剪截,何断而为限乎?"② 认为这些内容用表没有发挥应有的作用,不如改用"志"。

不过,《史记》相关纪传中,许多文字记载或保留了当时司马迁所能看到的文字记录的谱牒形式,如《史记·周本纪》记录周代帝王世系:"庆节卒,子皇仆立。皇仆卒,子差弗立。差弗卒,子毁隃立。毁隃卒,子公非立。公非卒,子高圉立。高圉卒,子亚圉立。亚圉卒,子公叔祖类立。公叔祖类卒,子古公亶父立。"③

第二节 《汉书》的因循与创新

班固作史动机与司马迁相似,即承接所谓"世业"。其父班彪潜心史

---

① 胡平生:《阜阳汉简年表整理札记》,《文物研究》1991 年第 7 期。
② 刘知几撰,浦起龙释:《史通通释·表历》,第 466 页。
③ 《史记》卷 4,第 113 页。

籍，觉《史记》"自太初以后，阙而不录"，此后虽有多人续作，"然多鄙俗，不足以踵继其书"，遂博览典籍，采旧闻逸事，作《后传》六十五篇，以接续《史记》。①班彪死后，班固仍觉父作不够详备，立志改作。《太平御览》卷603《史传》上引《后汉书》："班彪续司马迁后传数十篇，未成而卒，明帝命其子固续之。固以史迁所记，乃以汉氏继百王之末，非其义也。大汉当可独立一史，故上自高、祖，下终王莽，为纪、表、传、志九十九篇。"②

班固时期五行观念盛行，在时人观念中，"汉承尧运"，"协于火德"，若按照前人成就，续修汉史，势必"编于百王之末，厕于秦项之列"，如此则不能宣"汉德"③，因此，班固创制新体而为断代史。从技术角度看，断代为史，时间集中，在收集资料方面也有很多便利之处。同时，断代记史也符合中国传统社会皇朝更迭的周期性特点，便于操作，故后世正史，莫不奉为程式。

当然，《史记》后历代都选择断代史还可能有更深层的动因，范文澜曾分析道："中国自汉以下，政权尚专制，忌讳滋多，本朝之人必不敢指斥本朝，以速罪戾。班氏史体，最合著述家之心理，盖记前朝之事，危疑较少。讥谈政事，臧否人物，均视在当代为自由，《汉书》家独盛于后世，即此故也。"④

班固欣赏司马迁，处处效法，史料也多因袭，但也显示出变通革新的鲜明意图。如改《书》为《志》，取消《世家》，增加《刑法》《地理》《艺文》诸志；对汉朝武帝前史实，也多有整理、增补、删节，比《史记》原文更准确详尽。赵翼《廿四史札记》整理有"《汉书》移至《史记》文""《汉书》多载有用之文""《汉书》增传""《汉书》增事迹"诸条，举出大量实例，以见其虽依据旧史，而别加剪裁。虽然"无所因而特创者难为功，有所本而求精者易为力"⑤，但《汉书》仍凭借其

---

① 《后汉书》卷40上，第1324页。
② 《太平御览》卷603，第2713页。
③ 《汉书》卷100下，第4235页。
④ 范文澜《正史考略》，《范文澜全集》第2卷，第28页。
⑤ 赵翼撰，曹光甫校点：《廿二史札记》，上海古籍出版社2011年版，第3页。

内容的博洽和创新为后世确立了新典范。

一 博洽：文瞻而事详

《汉书》虽然是记录一代之断代史，但在史学史上却发挥重大影响，其中很重要的原因是内容"博洽"。对此，白寿彝曾评价道：

> 它曾以"博物洽闻"推重司马迁、刘向和扬雄。它在《叙传》里提出了的任务，也是在要求建立正宗史学的同时，要求各方面的淹博贯通。范晔称它"文瞻而事详"，颜师古称它"宏瞻"，都是从博洽的角度去肯定它的。①

汉代尤其是东汉推崇"博物君子"，"博洽""博通""博达""博喻"②"博闻""博赡""博敏"③ 等内涵相通的词语都可以在汉代典籍中找到较早的用例。《汉书》卷帙繁富，即以详瞻完备见长。

首先，《汉书》的"博洽"在于其创设了一个纪传体断代史的规模。《汉书》共100卷，后人又析出子卷，为120卷，起于汉高祖元年（前206），迄王莽地皇四年（23），记西汉一代230年史事。全书分纪、表、志、传四部分，其中表和天文志未完成，后由其妹昭和扶风马续补写。④ 纪十二篇，叙汉高惠、高后、文景武昭宣元成哀平十二世的大事，年月详明，作为全书纲领；表八篇，前六表分别谱列王侯世系，为分合增减《史记》有关各表而成，《百官公卿表》记录秦汉官制沿革和汉代公卿大臣的迁免，《古今人表》分九等评价历史人物，都是新创；志十篇，有律历、礼乐、形法、食货、郊祀、天文、五行、地理、沟洫、艺文。《郊祀志》承袭《史记·封禅书》，《天文志》和《沟洫志》也承袭《史记》部分内容，其他七篇，虽有篇名同于《史记》或承袭相关内容，但整体而

---

① 白寿彝：《司马迁与班固》，《北京师范大学学报》1963年第4期。
② 郑玄注，孔颖达正义：《礼记正义·学记》："君子……能博喻，然后能为师。"孔颖达疏："博喻，广晓也。"《十三经注疏》，第1523—1524页。
③ 以上据罗竹风主编：《汉语大词典》，上海辞书出版社2008年版。
④ 《后汉书》卷84，第2784页。

言都是新创立的。十篇志和《古今人表》都不限于西汉年代的断限,《古今人表》专谱汉以前人物;传七十篇,其中《匈奴传》《西南夷两粤朝鲜传》记载边疆民族历史,《续传》叙述撰述目的过程内容等,其他均为人物传记,有陈胜、项羽、张耳、陈余等秦汉之际的起义者,有韩信、张良、萧何、晁错等汉家将相名卿,有荆燕吴楚等同姓王侯,有窦田王史等外戚,还有经师、文学、说士、行人、循吏、酷吏、货殖、游侠、佞幸、妃后嫔御等。① 如此,西汉政治经济天文地理文化,等等,包罗万象,详尽该备。

其次,班固有意将一些重要文章和言论保留下来,成为后世重要的历史文献。对于保留相关资料,班固有明确的意识,他多次说要"掇其切于世事者著于传""论其施行之语著于篇"②,因此转录了若干重要历史文献。如帝纪中,收入许多重要诏令;人物传记中,对于所记人物的对策、谏言、奏疏以及辞赋文章等,多加以收录。如《史记·贾生列传》仅载贾谊《吊屈原赋》《鹏鸟赋》两篇文学作品,而对最能反映其政见和当时社会政治大事的上疏和谏言则不录。而《汉书·贾谊传》则除载此二赋外,还载录《治安策》和另外两次上疏。《史记》中公孙弘传、董仲舒传都没有载录其天人对策,《汉书》则皆收入。其他如《晁错传》载《举贤良对策》《言兵事书》《教太子疏》《募民徙塞下疏》;《食货志》录《论贵粟疏》;《贾山传》载其《至言》;《邹阳传》《枚乘传》各载其谏吴王书;《公孙弘传》载其《贤良策》;《韩安国传》载其与王恢辩论对匈奴策略的言论等。

从文学角度看,收录大量文本并非优点,容易使得记录繁冗,如晋张辅《名士优劣论》道:"世人论司马迁、班固才之优劣,多以班为胜。余以为失,迁之著述,辞约而事举,叙三千年事唯五十万言;固叙二百年事乃八十万言,烦省不敌,固之不如迁一也。"③ 其实,对于史书而言,单以文字之烦省评价持论自然不妥。史书的价值更多要从其保留的史料

---

① 白寿彝:《司马迁与班固》,《北京师范大学学报》1963 年第 4 期。
② 《汉书》卷 48、49,第 2265、2303 页。
③ 《全晋文》卷 105,严可均《全上古三代秦汉三国六朝文》,第 2063 页。

价值来品评其高下。《汉书》中引录的大量历史文献,其原始著作后世多失传,因此《汉书》客观完整的第一手资料就成为历史研究的可靠依据,这正是《汉书》的一大优点。刘知几曾说:"史传所书,贵乎博录而已。"① 他曾高度评价《左传》:"其言简而要,其事详而博,信圣人之才羽翮,而述者之冠冕也。"②

但博采不可泛滥无边,刘知几谈及地理类杂史著述存在的问题:"及愚者为之则烦而且滥,博而无限,论榱栋则尺寸皆书,记草木则根株必数,务求详审,持此为能。遂使学者观之,瞀乱而难纪也。"③ 因此,博采固然珍贵,但也要善于统御材料,以清通简要为尚。《汉书》就有此优长,如恰当利用了合传形式,收到行简、知类的效果。如魏豹、田儋、韩信"皆故六国之人",故合传;公孙、刘、田、王、杨、蔡、陈、郑皆"宣、元以来名公卿"故合传;季布、栾布、田叔"皆有侠烈之行,又皆初罪而后见赦者"故合传;傅、常、郑、甘、陈、段"皆经营西域者"故合传;眭、两夏侯、京翼、李"皆通数术说灾异者"故合传。谷永、杜邺"皆有文学,同附王氏"故合传;荆、燕、吴为"宗族诸王"故合传;王商、史丹、傅喜"皆外戚之贤者,故不入外戚传而特传之",亦合传。④ 诸如此类。这也创设了史书的一种编纂规范。

班固有明确的确立某种史书规范的意识。如《史记》无惠帝纪,但《吕后本纪》仍以惠帝纪年,《汉书》则补惠帝纪,确立了此类史书义例,即刘知几所谓"纪之为体,犹春秋之经,系日月以成岁时,书君上以显国统"。⑤ 传记以时代顺序为主,先专传,次类传,次边疆各族传,而终以"贼臣"(《王莽传》)传,也开后世"贰臣"传先例。⑥ 对比《史记》,《刺客列传》在专传间;同为边疆民族传记,《匈奴列传》在卫将军骠骑之前,《大宛列传》反在《游侠列传》之后。又如《史记》列传

---

① 刘知几撰,浦起龙释:《史通通释·浮词》,上海古籍出版社1978年版,第158页。
② 刘知几撰,浦起龙释:《史通通释·六家》,第11页。
③ 刘知几撰,浦起龙释:《史通通释·杂述》,第276页。
④ 杨树达:《汉书窥管》,商务印书馆2015年版。
⑤ 刘知几撰,浦起龙释:《史通通释·本纪》,第37页。
⑥ 《汉书》外戚及元后传在王莽前,为特例。

篇名无定规，或以姓，或以名，或以字（如《伍子胥列传》），或以官（如《李将军列传》），或以爵（如《淮阴侯列传》），体例不一，而《汉书》除诸王传记外，几乎都以姓、名标题①，而且多设合传，故章学诚云："迁史不可为定法，固书因迁之体而为一成之义例，遂为后世不祧之宗焉。"②

史书以怎样的文风呈现与史家的文字驾驭能力有关，但更重要的是和其撰述目的紧密相关，司马迁有意成一家之言，班固有意博录史料，文风上即呈现明显差异。清代学者王鸣盛曾评价《史》《汉》繁简，云司马迁"意主行文，不主载事，故简，班主纪事详瞻"。③ 详瞻，不同于繁冗，繁冗是条目不清，有堆叠之嫌，这是史家行文高下的判断标准之一，而《汉书》则是内容详瞻，眉目清晰。故刘知几《史通·六家篇》称其"言皆精炼，事甚该密，故学者寻讨，易为成功"④。

《汉书》纪事详瞻还表现在十志的设置。当然，十志的价值还不仅于此。

二 十志的创新

《汉书》十志是在《史记》八书基础上发展而来，由此，史书中的书志体得以完善，故十志历来被视为史学精华。十志涉及诸多学科领域，为史学相关研究开辟了道路，成为政治制度史、法制史、经济史、水利工程史、学术史、历史、地理等各科学术源流。

《汉书》十志对《史记》八书的发展，一是为调整篇目，增补内容。如合《礼书》《乐书》为《礼乐志》，合《律书》《历书》为《律历志》，改《天官书》《河渠书》《平准书》《封禅书》为《天文志》《沟洫志》《食货志》《郊祀志》。《礼乐志》《律历志》几乎完全重写，《郊祀志》

---

① "万石"（石奋）为《汉书》中的特例。冉昭德：《班固与〈汉书〉》，《历史教学》1962年第4期。
② 章学诚著，叶瑛校注：《文史通义校注·内篇·书教下》卷1，中华书局1985年版，第50页。
③ 王鸣盛：《十七史商榷》卷7，凤凰出版社2008年版。
④ 刘知几撰，浦起龙释：《史通通释·六家》，第22页。

则续载昭、宣以后帝王封禅祭祀活动。二是新创《五行志》《地理志》《刑法志》《艺文志》，扩大了典志体的内容，后世史书凡设典志的基本不出《汉书》十志的范围，只略有增减。不仅如此，在此基础上，典志体更发展成为一种独立的史书体裁门类，如《通典》《通志》《文献通考》以及《续三通》《清三通》等，俨然成为传统史书体裁中地位仅次于纪传体、编年体和纪事本末体的又一重要史书体裁。[1]

时间、人物、事件是历史演进的重要线索，也是历史记录的线索和焦点，对此，史书的本纪、列传能较好地完成。但与此同时，还有大量社会活动无法呈现，因此，从《史记》书、志开始，选取典章制度和社会生活作为叙述视角，点面结合、筋骨血脉兼备，历史的空间才能尽可能减少叙述空白。《汉书》十志设类丰富，基本囊括了社会生活的方方面面，加之许多贯通古今，故备受后世好评。如《食货志》源于《平准书》，扩充一倍，按"食""货"分上下两部分，对西汉（包括王莽时期）的经济政策和经济生活加以综括。其中引述自贾谊、晁错、董仲舒及汉末肖望之、师丹、孔光等人的重要议论，记载了历朝实行的经济政策及其效果，对于经济生活的盛衰及其原因做了梳理和探究。比如汉初经济凋敝，经过六七十年的经济恢复，至武帝时则"京师之钱累巨万，贯朽而不可校；太仓之粟陈陈相因，充溢露积于外。"[2] 如此巨额财富的集聚一般认为是文景时期清静无为、躬行节俭所取得的成果，其实据《食货志》可知，汉文帝曾采取诸多重要措施，方取得这一巨大成就。文中载贾谊《论积贮疏》，批评当时"背本而趋末"以及"淫侈之俗"的严重，力陈"积贮"的重要，提出当"驱民而归之农"；载晁错《论贵粟疏》，提出贵粟之道在于"使民以粟为赏罚"，即以提供的粮食作为赐爵或赎罪，如此，"主足用""民赋少""劝农桑"三个目的都达到了。文帝采纳晁错建议，实行多项相关政策，产生巨大成效。又武帝时连年征伐，大肆兴造，祠神封禅，致使国库空虚，社会矛盾加剧。晚年武帝"悔征伐之事，乃封丞相为富民侯"并下诏曰："方今之务，在于力农。"

---

[1] 陈其泰：《对〈汉书〉十志的总体考察》，《汉中师院学报》1993年第6期。
[2] 《史记》卷30，第1420页。

以赵过为搜粟都尉，教民耕法，关于这一点，《食货志》记载了很多细节，如：

> 其耕耘下种田器，皆有便巧。率十二夫为田一井一屋，故晦五顷，用耦犁，二牛三人，一岁之收常过缦田亩一斛以上，善者倍之。过使教田太常、三辅，大农置工巧奴与从事，为作田器。二千石遣令长、三老、力田及里父老善田者受田器，学耕种养苗状。民或苦少牛，亡以趋泽，故平都令光教过以人挽犁。过奏光以为丞，教民相与庸挽犁。率多人者田日三十晦，少者十三晦，以故田多垦辟。过试以离宫卒田其宫壖地，课得谷皆多旁田晦一斛以上。令命家田三辅公田，又教边郡及居延城。是后边城、河东、弘农、三辅、太常民皆便代田，用力少而得谷多。①

昭、宣时期仍延续罢兵力农的路线，至"田野益辟"，"岁数千穰"，号称"中兴"。西汉晚期，土地兼并严重，哀帝时，师丹、孔光、何武上奏建议"限田"，但没有实际举措，后乱世，王莽建立新朝，其推行的"五均""六管"等措施实施都有大问题，加之骤行骤废的币制改革，使得经济陷入更大混乱，民不聊生，最终新朝覆亡。《食货志》记载翔实，不仅提供了有关经济、土地制度、商业货币等方面的史料，也以史实的梳理提出对国家经济管理职能以及社会治乱兴衰的思考。

再如《艺文志》将图书存录情况入史，为《汉书》首创。

该志前有总序，概述汉以前学术概况、汉初至成帝时的图书事业、刘向校书程序、刘歆完成《七略》以及自己"今删其要，以备篇籍"编成《汉志》等内容，这篇总序既是西汉前的学术史和目录学史的大纲，又说明《艺文志》的学术渊源：

> 昔仲尼没而微言绝，七十子丧而大义乖。故《春秋》分为五，《诗》分为四，《易》有数家之传。战国从衡，真伪分争，诸子之言，

---

① 《汉书·食货志》卷24上，第1139页。

纷然淆乱。至秦患之，乃燔灭文章，以愚黔首。汉兴，改秦之败，大收篇籍，广开献书之路。迄孝武世，书缺简脱，礼坏乐崩，圣上喟然而称曰："朕甚闵焉！"于是建藏书之策，置写书之官。下及诸子传说，皆充秘府。至成帝时，以书颇散亡，使谒者陈农求遗书于天下。诏光禄大夫刘向校经传、诸子、诗赋，步兵校尉任宏校兵书，太史令尹咸校数术，侍医李柱国校方技。每一书已，向辄条其篇目，撮其指意，录而奏之。会向卒，哀帝复使向子侍中奉车都尉歆卒父业。歆于是总群书而奏其《七略》，故有《辑略》，有《六艺略》，有《诸子略》，有《诗赋略》，有《兵书略》，有《术数略》，有《方技》略。今删其要，以备篇籍。①

以下分六类记录图书，即六艺、诸子、诗赋、兵书、术数、方技六略，略下收书38种，约596家，13269卷。目录之后，记录种、家、卷的数目，书名下，有的有注，标明撰人、内容、篇章、真伪、附录等。各略均有序，除《诗赋略》各种无序外均有小序。序叙图书名称、卷数、作者，并论其所属学术派别源流、是非得失等内容，可看作分类学术史。如《诸子略·法家》：

《李子》三十二篇。名悝，相魏文侯，富国强兵。
《商君》二十九篇。名鞅，姬姓，卫后也，相秦孝公，有《列传》。
《申子》六篇。名不害，京人，相韩昭侯，终其身诸侯不敢侵韩。
《处子》九篇。
《慎子》四十二篇。名到，先申韩，申韩称之。
《韩子》五十五篇。名非，韩诸公子，使秦，李斯害而杀之。
《游棣子》一篇。
《鼂错》三十一篇。

---

① 《汉书》卷30，第1701页。

《燕十事》十篇。不知作者。

《法家言》二篇。不知作者。

右法十家，二百一十七篇。

法家者流，盖出于理官。信赏必罚，以辅礼制。《易》曰"先王以明罚饬法"，此其所长也。及刻者为之，则无教化，去仁爱，专任刑法而欲以致治，至于残害至亲，伤恩薄厚。①

又如《数术略》最末"形法"书目及小序，以及数术略序：

《山海经》十三篇。

《国朝》七卷。

《宫宅地形》二十卷。

《相人》二十四卷。

《相宝剑刀》二十卷。

《相六畜》三十八卷。

右形法六家，百二十二卷。

形法者，大举九州之势以立城郭室舍形，人及六畜骨法之度数、器物之形容以求其声气贵贱吉凶。犹律有长短，而各征其声，非有鬼神，数自然也。然形与气相首尾，亦有有其形而无其气，有其气而无其形，此精微之独异也。

凡数术百九十家，二千五百二十八卷。

数术者，皆明堂羲和史卜之职也。史官之废久矣，其书既不能具，虽有其书而无其人。《易》曰："苟非其人，道不虚行。"春秋时鲁有梓慎，郑有裨灶，晋有卜偃，宋有子韦。六国时楚有甘公，魏有石申夫。汉有唐都，庶得粗觕。盖有因而成易，无因而成难，故因旧书以序数术为六种。②

---

① 《汉书》卷30，第1735—1736页。
② 《汉书》卷30，第1774—1775页。

《汉志》对《七略》所著录的图书基本上按照原来的情况保存下来，但有调整去取，这些变动，《汉志》都用"入""出""省"等字样标明。如凡从某类提出的图书在总数下注明"出"若干家、若干篇；凡因重复而省去的图书都注明"省"若干家、若干篇；凡增入或移入的图书都注明"入"若干家、若干篇。此外将《七略》中"辑略"的内容散附在六略和"诗赋略"外各种之后，删减《七略》各书提要，必要时截取为注释。

《汉志》始创史志目录一体，使目录成为正史中的重要组成部分，存历代典籍之要，开千百年史志目录之局面，为后世学术保留了珍贵资料。尤为珍贵的是，班固根据《辑略》以及所见图书情况作志序一篇、略序六篇、篇序三十三篇，起到提要钩元、洞明流变的作用。如今，《汉志》所录书目许多已不传，但后人仍可循此目，阅其序，察其注，探究学术源流演变，此开设了中国目录学以及学术史研究的重要传统。此志序分析见第十一章《序体》。

第三节　史书的论赞体

古代史官撰史常常在记录史实后"跳出来"，用相应的一段文字表达自己的态度和历史判断，由此形成一种文体，被称为"史赞""史述赞"或"论赞"。"赞"者，明也，助也。赞即作为史实记录的辅助。刘知几《史通·论赞》云：

> 《春秋左氏传》每有发论，假君子以称之。二传云"公羊子""穀梁子"，《史记》云"太史公"。既而班固曰"赞"，荀悦曰"论"，《东观》曰"序"，谢承曰"诠"，陈寿曰评，王隐曰"议"，何法盛曰"述"，扬雄曰"譔"，刘昞曰"奏"，袁宏、裴子野自显姓名，皇甫谧、葛洪列其所号。史官所撰，通称史臣，其名万殊，其义一揆。必取便于时者，则总归论赞焉。①

---

① 刘知几撰，浦起龙释：《史通通释·论赞》，上海古籍出版社1978年版，第81页。

按照现代史学观念，史家记史要尽可能隐藏个人的判断，以免造成"主观"印象。但对于中国古代史家而言，非但不回避，而且还要在史书中给自己表达态度留出相应的空间，这种习惯和早期确立的史官制度有直接关系。

一 "君子曰"的褒贬倾向

周代制度赋予史官记事纂史的权力，目的是以文字记录"立此存照"，行使监察职能，"君举必书，所以慎言行，昭法度也。"① 这些记录既公之于众，也奉之宗庙，故而产生威慑力。因此，史官虽然社会地位不高，却是以礼制体系及道德规范的维护者和最后裁决者身份自居的。加之史官掌管历史典籍，有更宏观的视野，故而对历史和当下人事的是非成败、兴衰祸福等都能有明确的判断。《春秋》史官"一字寓褒贬"，使用"春秋笔法"，此后《左传》为《春秋》作传，逐次呈现史实，篇幅增加，史家的态度就表现为"君子曰"之类，开史赞文体之先。

张高评说："《左传》评论史事，进退人物，载道资鉴，往往假君子以发论，全书多达九十则。'君子曰''君子谓''君子是以知''君子以……为''君子以为''君子是以'乃其形式；出现之次数依序为：四十八见、二十二见、十一见、四见、三见、二见……'君子曰'既以数量之多取胜，遂成《左传》论赞之代称。"② 如：

> 君子曰："颖考叔，纯孝也。爱其母，施及庄公。《诗》曰：'孝子不匮，永锡尔类。'其是之谓乎？"（隐公元年）
>
> 君子曰："心不由中，质无益也命书而行。"（隐公三年）
>
> 二年春宋督攻孔氏，杀孔父而取其妻。公怒，督惧，遂弑殇公。君子以督为有无君之心而后动于恶，先书弑其君。（桓公二年）
>
> 君子谓："文公能其刑矣，三罪而民服。"（僖公二十八年）
>
> 君子是以知秦穆公之为君也，举人之周也，与人之壹也。（文公

---

① 《汉书》卷30，第1715页。
② 张高评：《左传之文韬》，台湾丽文文化事业股份有限公司1994年版，第135页。

三年)①

除"君子曰",还有"孔子曰""仲尼曰""仲尼谓"等引出的评论文字,甚至还有周任、臧文仲、叔向、子产、晏子等其他贤哲君子的议论,都可以看作论赞内容,也都属于"君子"曰。如:

> 周任有言曰:"为国家者,见恶,如农夫之务去草焉,芟夷蕴崇之,绝其根本,勿使能殖,则善者信矣。"(隐公六年)
> 仲尼曰:"臧文仲,其不仁者三,不知者三。下展禽,废六关,妾织蒲,三不仁也。作虚器,纵逆祀,祝爰居,三不知也。"(文公二年)②

春秋时,"君子"已经由早期的身份标志转而为德行标志,代表着道德观念、知识修养、礼仪风度的高标准,因此,才有对历史评价的话语权威。

《春秋》意在监察,树立规范,因此记录寓褒贬。《左传》以史解经,褒贬也是《左传》论赞的核心功能。张高平曾将《左传》"君子曰"论赞的作用概括为十种,即褒美、贬刺、预言、推因、发明、辨惑、示例、补遗、寄慨、载道。不过,这十大作用不是不分轻重、彼此并列的,而是以前四种为主,尤重褒美、贬刺二端。因此,"君子曰"最大的作用还是在历史事件和人物品格的褒贬功能方面,其他功能大都围绕着褒贬功能展开。③

《左传》"君子曰"借助他人口吻对历史事件和人物进行评判,显示出史官作为撰作者主体意识并没有那么强烈,需要借助"重言"增强评判的力度。同时,形式也是相对随意的,在文中的位置也并不固定。

二 "太史公曰"开创文体空间

司马迁《史记》传承史官现身评价的方式,创"太史公曰",史家以

---

① 杨伯峻:《春秋左传注》,第15、27、85、472、530页。
② 杨伯峻:《春秋左传注》,第50、525页。
③ 李洲良:《史迁笔法:定褒贬于论赞》,《求是学刊》2012年第5期。

本色身份登场，也为史家在叙述史实之外创设出一个抒发己见、评论史实人物的独立空间，这一方面强化了史赞作为一种文体的特质，另一方面也显示出史家的主体意识，某种程度上说也是司马迁"成一家之言"观念的体现。

史官评论史实人物有多种方式，很多是隐晦的，清顾炎武评价《史记》"于序事中寓论断法"即是一例。《日知录》卷二十六云：

> 古人作史，有不待论断，而于序事之中即见其指者，唯太史公能之。《平准书》末载卜式语，《王翦传》末载客语，《荆轲传》末载鲁勾践语，《晁错传》末载邓公与景帝语，《武安侯田蚡传》末载武帝语，皆史家于序事中寓论断法也。后人知此法者鲜矣，惟班孟坚间一有之。如《霍光传》载任宣与霍禹语，见光多作威福；《黄霸传》载张敞奏见祥瑞，多不以实，通传皆褒，独此寓贬，可谓得太史公之法者矣。①

顾炎武所举多是在篇末借他人之语来表达评论。如《荆轲传》末载鲁句践语："嗟乎，惜哉其不讲于刺剑之术也。甚矣吾不知人也！曩者吾叱之，彼乃以我为非人也！"借此表达对荆轲剑术不精、行刺不成的惋惜，亦对荆轲勇于涉险表达赞叹。《晁错传》末载邓公语："夫晁错患诸侯强大不可制，故请削地以尊京师，万世之利也。计划始行，卒受大戮，内杜忠臣之口，外为诸侯报仇，臣窃为陛下不取也。"②借此批评景帝处事不当，晁错为国尽忠却得此下场，着实冤屈。

而《史记》几乎每篇都有"太史公曰"（除《汉兴以来将相名臣年表》），位置相对固定，大都在篇末，少量在篇前篇中，很明显，作者是有意要创设一个空间供史家发表意见，而且不再假托他人口吻，显示出史家鲜明的主体意识。如：

---

① 顾炎武著，黄汝成集释：《日知录集释》，第891—892页。
② 《史记》卷86、101，第2538、274—2748页。

> 太史公曰：秦之先为嬴姓。其后分封，以国为姓，有徐氏、郯氏、莒氏、终黎氏、运奄氏、菟裘氏、将梁氏、黄氏、江氏、脩鱼氏、白冥氏、蜚廉氏、秦氏。然秦以其先造父封赵城，为赵氏。(《秦本纪》)
>
> 太史公曰：孔子言"必世然后仁。善人之治国百年，亦可以胜残去杀"。诚哉是言！汉兴，至孝文四十有余载，德至盛也。廪廪乡改正服封禅矣，谦让未成于今。呜呼，岂不仁哉！(《孝文本纪》)
>
> 太史公曰：吾如淮阴，淮阴人为余言，韩信虽为布衣时，其志与众异。其母死，贫无以葬，然乃行营高敞地，令其旁可置万家。余视其母冢，良然。假令韩信学道谦让，不伐己功，不矜其能，则庶几哉，于汉家勋可以比周、召、太公之徒，后世血食矣。不务出此，而天下已集，乃谋畔逆，夷灭宗族，不亦宜乎！(《淮阴侯列传》)
>
> 太史公曰：吾视郭解，状貌不及中人，言语不足采者。然天下无贤与不肖，知与不知，皆慕其声，言侠者皆引以为名。谚曰："人貌荣名，岂有既乎！"于戏，惜哉！(《游侠列传》)[1]

从内容看，"太史公曰"或补充史料轶事，或记载经历，或说明材料去取，或抒发褒贬感慨，内容非常丰富。《史记》为纪传体，为保证记述主体线索的明晰，有些内容不能在正文中呈现，遂以论赞形式加以补充。同时，为保证"实录"的客观性，史官的议论、评价也不宜在文中出现，而"太史公曰"单独构成一个叙述空间，就能解决上述问题。

因此，司马迁的历史观在史赞中有非常明朗的体现。如司马迁从历史经验中看到有一种客观的无形力量在主导着天地万物，即"事势"。人们当顺应事势发展的自然，而非逆势而行，要审时度势，方能建立功勋，推动历史发展。比如《范雎蔡泽列传》：

> 太史公曰：韩子称"长袖善舞，多钱善贾"，信哉是言也！范

---

[1] 《史记》卷5、10、92、124，第221、437、2629—2630、3189页。

睢、蔡泽世所谓一切辩士,然游说诸侯至白首无所遇者,非计策之拙,所为说力少也。及二人羁旅入秦,继踵取卿相,垂功于天下者,固强弱之势异也。然士亦有偶合,贤者多如此二子,不得尽意,岂可胜道哉!然二子不困戹,恶能激乎?①

司马迁肯定范睢、蔡泽二人的才华,但他们游说诸侯至白头无果,后入秦则至卿相,垂功于天下,即"偶合"了当时的"强弱之势"。时势造英雄,英雄也当顺应时势。

从修辞效果上看,"太史公曰"中的评价感慨很多和正文有密切的关系,是顺理成章的产物,因此论赞和正文水乳交融,使得传记一气呵成,大大增强了感染力。如:

> 太史公曰:诗有之:"高山仰止,景行行止。"虽不能至,然心乡往之。余读孔氏书,想见其为人。适鲁,观仲尼庙堂车服礼器,诸生以时习礼其家,余祗回留之不能去云。天下君王至于贤人众矣,当时则荣,没则已焉。孔子布衣,传十馀世,学者宗之。自天子王侯,中国言六艺者折中於夫子,可谓至圣矣!(《孔子世家》)

> 太史公曰:传曰"其身正,不令而行;其身不正,虽令不从"。其李将军之谓也?余睹李将军悛悛如鄙人,口不能道辞。及死之日,天下知与不知,皆为尽哀。彼其忠实心诚信于士大夫也?谚曰"桃李不言,下自成蹊"。此言虽小,可以谕大也。(《李将军列传》)②

特别值得注意的是,《史记》相关传记文末"太史公曰"中,常引谚对人物事件进行评点。其或关明德理国,或关人情世态,或关世俗经验、历史教训,均与所述人物史实紧密扣合。历史传记往往涉及漫长的时段,其间枝蔓复杂,细节琐碎,加之纠结交错的人物关系,等等,叙述时很容易散漫无着,但《史记》却开合自如,这和司马迁对事件逻辑与人物

---

① 《史记》卷19,第2425页。
② 《史记》卷47、109,第1947、2878页。

命运的高超把握能力自然有极大的关系，但文末赞语中谚语的恰当引用无疑起到点睛式的整合作用。谚语是过往经验智慧的凝聚总结，"一句顶一万句"，很容易就将前面复杂的历史记述收束起来，汇聚成点，大大增加了历史叙述的质感。这一点，在前面"谚语"一章已有论述，此不赘述。

《史记》"太史公曰"以鲜明的个人口吻表达对人物、事件的看法，使得史传有了很鲜明的情感，也明确表达了撰述者的历史观和价值观念，这使得史书"文学性"大大增强。爱之者称之为"史家之绝唱，无韵之离骚"，自然也有批评者，这和对史论文体的认识有关。如刘知几就认为史书中的"论"当文笔省净，只做必要的补充解决疑惑问题即可，多了，就有炫才的嫌疑，犯了"文胜质则史"的弊端。《史通·论赞》：

> 夫论者，所以辩疑惑，释凝滞。若愚智共了，固无俟商榷。丘明"君子曰"者，其义实在于斯。司马迁始限以篇终，各书一论。必理有非要，则强生其文，史论之烦，实萌于此。夫拟《春秋》成史，持论尤宜阔略。其有本无疑事，辄设论以裁之，此皆私徇笔端，苟衒文彩，嘉辞美句，寄诸简册，岂知史书之大体，载削之指归者哉？……史之有论也，盖欲事无重出，文省可知。如太史公曰：观张良貌如美妇人；项羽重瞳，岂舜苗裔。此则别加他语，以补书中，所谓事无重出者也。又如班固赞曰：石建之浣衣，君子非之；杨王孙裸葬，贤于秦始皇远矣。此则片言如约，而诸义甚备，所谓文省可知者也。

将上述两种意见并看，就能洞见"太史公曰"作为史赞文体的开创性意义。

三 《汉书》"赞曰"确立文体名称

"史赞"之得名"赞"最早见于班固《汉书》，其篇末以"赞曰"对正文所述人物史事作总结性论断，并收束全文。该书百卷共八十二则

"赞曰"①，名称一致，位置固定，功能明确，故最受人关注。史书论赞是中国传统史学的一种特殊形式，班固"赞曰"实则是这一体例发展过程中之重要一环。

研究者发现，在百卷《汉书》中，八十二则"赞曰"中有三十一篇内容袭用"太史公曰"②，显然其体例是承袭《史记》的。然而，《汉书》为这些论述另立新名，其意当不止于承袭前人，他更多表现出命名定体的较为自觉的意识，实则对史赞一体具有完备之功。

首先从命名上看，《汉书》之前，史书论赞多随意命名，如《左传》为"君子曰"，《史记》为"太史公曰"，续补《史记》者则署名"褚先生曰"，班彪《史记后传》则题作"司徒掾班彪曰"等。而自班固起，首次舍弃人名称谓，改为"赞曰"，显示出明确的文体命名意识。史料显示，班固所处的时代，人们对《史记》所发议论已经以"赞"称之，班固《典引》曾有这样一段记载：

> 永平十七年，臣与贾逵、傅毅、杜矩、展隆、郗萌等召诣云龙门，小黄门赵宣持《秦始皇帝本纪》问臣等曰："太史迁下赞语中，宁有非耶？"臣对："此赞贾谊《过秦篇》云：'向使子婴有庸主之才，仅得中佐，秦之社稷，未宜绝也'。此言非是。"即召臣入，问："本闻此论非邪？将见问意开寤邪？"臣具对素闻知状。诏因曰："司马迁著书，成一家之言，扬名后世。至以身陷刑之故，反微文刺讥，贬损当世，非谊士也。司马相如洿行无节，但有浮华之辞，不周于用。至于疾病而遗忠，主上求取其书，竟得颂述功德，言封禅事，忠臣效也。至是贤迁远矣。"③

---

① 《汉书》中没有"赞曰"的篇章共十八篇，包括八篇表，《律历志》《礼乐志》《刑法志》《天文志》《五行志》《地理志》《艺文志》七志，以及《循吏传》《货殖传》《游侠传》三传。另外，《韦贤传》《翟方进传》《元后传》之赞语题称为"司徒掾班彪曰"，故该传文及赞语当为班彪所作。

② 高祯霙：《〈史〉〈汉〉论赞之研究》，潘美月、杜洁祥编：《古典文献研究辑刊》二编，第12册，台北花木兰文化出版社2006年版。

③ 班固：《典引》，严可均：《全后汉文》，第614页。

赵宣手持《秦始皇本纪》询问司马迁的"赞语"是否过当,意图很明显,班固遂马上意识到,《本纪》文末借用贾谊《过秦论》总结秦亡教训并评论子婴的一段话有为秦亡辩护的意思,亦可能包含对当时君王的不敬,故称此"赞"有误。之后汉明帝召见班固明示司马迁贬损当世,忠贤不及俳优文人司马相如,明确警告班固著史的言论立场。这段记述中,对《史记》之史论,汉明帝名曰"论",而赵宣、班固等明确称为"赞"语,因此,班固最终以"赞"为《汉书》相关史论命名,也是取便于时。"赞"之命名强调出赞文的基本功能,即"纪传之事有未备则于赞中备之,此助之义也;褒贬之义有未尽则于赞中尽之,此明之义也。"① 因此,"赞曰"二字较此前"某某人曰",更能表现出史书论赞的作用和功能,亦含有撇开主观、持平而论的意思。功能和命名的稳定与确立常常是某一文体定体的标志,"赞曰"的意义就在于此。

其次,从史赞所设置的位置上看,班固之前,撰史者发表议论的位置多不固定,《左传》"君子曰"之类散见各处自不必说,相对齐整的《史记》"太史公曰"在位置的安排设置上也不统一,或篇前,或篇中,或篇末,然其又统一称作"太史公曰",很令后人疑惑,故有研究者就因其所置的位置,将"太史公曰"分为序论、赞论及论传。② 班固将"赞曰"统一置于篇末,就为撰史者明确提供了集中表达态度、补足史实的固定空间。

此外,班固还有意区分篇前序论与篇末赞语二者性质功能的差异。《汉书》中没有"赞曰"的篇章集中在八表十志中的七志以及三篇类传,然而这些篇目在篇前多有明显的序论,用以说明义例、内容与编排要旨,对比《史记》篇首序论内容也题作"太史公曰",显示出班固文体观念更趋明晰严谨。此外,《汉书》"赞曰"文笔典雅,显示出独有的特征。刘知几评价云:"孟坚辞惟温雅,理多惬当。其尤美者,有典诰之风,翩翩奕奕,良可咏也。"③ 史赞整体看是史官任意发挥的"自留地",因此,

---

① 范文澜:《文心雕龙注》,第 173 页。
② 张大可:《史记论赞辑释》,陕西人民出版社 1986 年版,第 1—5 页。
③ 刘知几撰,浦起龙释:《史通释通·论赞》,上海古籍出版社 1978 年版,第 82 页。

可以表现出更多史家的个人风格。

《汉书》"赞曰"在继承早期史论的基础上别立新名，从而使得史论形式得以成为稳定一体，此后范晔《后汉书》更将此文体发挥到极致，其纪传每卷之后均有四言韵语之赞文，凡九十篇，三千二百六十四字。据《隋书·经籍志》，范晔有《后汉书赞论》四卷，可见其史赞曾被单独结集流传。①《汉书》之后，各代正史以及其他没有列入正史的编年体史书，几乎都专有史家评论的内容②，虽名称略有所别，但功能一致，刘知几《史通》将其统称为"论赞"，亦可见早期《汉书》"赞曰"在此类文体形成发展中的重要影响。③

第四节　与史书关系密切的"杂述"类著作

汉代正史之外，还有杂史外传以及近似于"小说"的街谈巷议、道听途说之言，内容涉及古人、古事、琐事异闻、风俗地理，等等。有些持正有据，可补正史，有的则迂诞悠谬，游根无方，但即便怪诞离奇，当时也是被当作"事实"加以"实录"的，因此都可看作史乘分流的产物，可为"史之余""史之流"。通观现存汉代著述，《吴越春秋》《越绝书》《新序》《说苑》《列女传》《风俗通义》等，大约可归入此类，姑且称之为史传系列中的"杂述"类。

"杂述"之名出自刘知几《史通·杂述》。他认为传统史料范围是非常广泛的："在昔三坟、五典、春秋、梼杌，即上代帝王之书，中古诸侯之记。行诸历代，以为格言。其余外传，则神农尝药，厥有《本草》；夏禹敷土，实著《山经》；《世本》辨姓，著自周室；《家语》载言，传诸

---

① 范晔也对《后汉书》中论赞非常看重，他在狱中与诸甥侄书中说："吾杂传论，皆有精意深旨，既有裁味，故约其词句。至于《循吏》以下，及《六夷》诸序论，笔势纵放，实天下之奇作，其中合者，往往不减《过秦》篇。尝共比方班氏所作，非但不愧之而已！……赞自是吾文之杰思，殆无一字空设，奇变不穷，同含异体，乃自不知所以称之。"《宋书·范晔传》卷69，中华书局1974年版，第1831页。
② 二十五史除了《元史》外皆有论赞。
③ 郗文倩：《赞体的"正"与"变"——兼谈〈文心雕龙〉"赞"体源流论中存在的问题》，《文艺研究》2014年第8期。

孔氏。是知偏记小说，自成一家，而能与正史参行，其所由来尚矣。"因此，他根据史料价值的高低将传世文献分为十类，目为"史氏流别"。

爰及近古，斯道渐烦。史氏流别，殊途并骛。权而为论，其流有十焉：一曰偏纪，二曰小录，三曰逸事，四曰琐言，五曰郡书，六曰家史，七曰别传，八曰杂记，九曰地理书，十曰都邑簿。

皇王受命，有始有卒，作者著述，详略难均。有权记当时，不终一代，若陆贾《楚汉春秋》、乐资《山阳载记》、王韶《晋安陆纪》、姚最《梁昭后略》，此之谓偏纪者也。

普天率土，人物弘多，求其行事，罕能周悉，则有独举所知，编为短部，若戴逵《竹林名士》、王粲《汉末英雄》、萧世诚《怀旧志》、卢子行《知己传》，此之谓小录者也。

国史之任，记事记言，视听不该，必有遗逸。于是好奇之士，补其所亡，若和峤《汲冢纪年》、葛洪《西京杂纪》、顾协《琐语》、谢绰《拾遗》，此之谓逸事者也。

街谈巷议，时有可观，小说卮言，犹贤于已。故好事君子，无所弃诸，若刘义庆《世说》、裴荣期《语林》、孔思尚《语录》、阳玠松《谈薮》，此之谓琐言者也。

汝、颍奇士，江、汉英灵，人物所生，载光郡国。故乡人学者，编而记之，若圈称《陈留耆旧》、周斐《汝南先贤》、陈寿《益部耆旧》、虞预《会稽典录》，此之谓郡书者也。

高门华胄，奕世载德，才子承家，思显父母。由是纪其先烈，贻厥后来，若扬雄《家谍》、殷敬《世传》、《孙氏谱记》《陆宗系历》，此之谓家史者也。

贤士贞女，类聚区分，虽百行殊途，而同归于善。则有取其所好，各为之录，若刘向《列女》、梁鸿《逸民》、赵采《忠臣》、徐广《孝子》，此之谓别传者也。

阴阳为炭，造化为工，流形赋象，于何不育。求其怪物，有广异闻，若祖台《志怪》、干宝《搜神》、刘义庆《幽明》、刘敬叔《异苑》，此之谓杂记者也。

> 九州土宇，万国山川，物产殊宜，风化异俗，如各志其本国，足以明此一方，若盛弘之《荆州记》、常璩《华阳国志》、辛氏《三秦》、罗含《湘中》，此之谓地理书者也。
>
> 帝王桑梓，列圣遗尘，经始之制，不恒厥所。苟能书其轨则，可以龟镜将来，若潘岳《关中》、陆机《洛阳》《三辅黄图》《建康宫殿》，此之谓都邑簿者也。①

中国古代史官发达，历史记录本就包罗万象，加之对各种小道之说亦有一定的包容性，故上述内容几乎可以涵盖早期各类正史之外以叙述为主的历史文献。

不过，若从史料价值角度看，上述十类是有高下之别的。如偏纪、小录类"旨记即日当时之事，求诸国史，最为实录"，故居首。其次为逸事，乃史官之"遗逸""为益实多"；其次琐言，为街谈巷议，时有可观的小说厄言；其次郡书、家史，因"矜其乡贤，美其邦族""事惟三族，言止一门"，有携私之嫌；其次别传，来源虽"博采前史，聚而成书"，但著者"取其所好，各为之录"，略显狭隘；次杂记，多记神仙鬼怪、虚妄不经之谈，可信度更小；次地理书、都邑簿之类，属于典章制度，这就离刘知几的史料范围相距更远。这种分类方式是基于史学眼光，而非《汉志》《隋志》的目录学视角②，故囊括了更为丰富的史料，同时又有所区别，是较为清晰的分类思路，对处理庞杂的传世文献不失为一种好的办法。

其实，对正史之外相关异辞、传闻、杂说加以关注甚至记录，是先秦时期形成的传统。典型如《国语》《战国策》一定程度上就带有此类性质。比如汉人将《国语》看作《春秋外传》。刘歆上哀帝奏议引用《国语·周语上》"日祭、月祀、时享、岁贡、终王"③之礼，即云出自《春秋外传》，此数语见《国语·周语上》及《国语·楚语下》。班彪亦称左

---

① 刘知几撰，浦起龙释：《史通通释》，上海古籍出版社1978年版，第274—275页。
② 于涌：《从〈史通·杂述〉看刘知几的史学分类意识及史料观》，《兰台世界》2015年第11期。
③ 《汉书》卷73，第3129页。

丘明"作《左氏传》三十篇，又撰异同，号曰《国语》"①。班固延续此说法："孔子因鲁史记而作《春秋》，而左丘明论辑其本事以为传，又撰异同为《国语》。"②《艺文志》著录《国语》自注云"左丘明撰"，又于《律历志》"颛顼帝"及"帝喾"条下，分别引《国语》之说，而题作《春秋外传》。王充也说："《国语》，《左氏》之外传也。"至于何为"外传"？王充解释说："《左氏》传经，辞语尚略，复选录《国语》之辞以实。"③ 刘熙《释名·释典艺》则认为"《春秋》以鲁为内，以诸国为外"，《国语》"记诸国君臣相与言语谋议之得失"，是"外国所传之事。"此后三国吴人韦昭《国语解·叙》则云："左丘明因圣言以摅意，托王义以流藻。其渊源深，沉懿雅丽，可谓命世之才，博物善作者也。其明识高远，雅思未尽，故复采录前世穆王以来，下讫鲁悼智伯之诛。……以为《国语》，其文不立于经，故号曰外传。"这些说法，都可看出，《国语》记录《春秋》异辞他说、为《春秋》外传是汉代人普遍接受的观点。

《战国策》同样如此，也是被当作历史记录看待的。刘向《书录》云：

> 臣向以为，战国时游士辅所用之国，为之策谋，宜为《战国策》。其事继《春秋》以后，讫楚、汉之起，二百四十五年间之事，皆定以杀青，书可缮写……④

今天看，《国语》《战国策》等书在修辞上皆有善于渲染、多录对话的特点，与其说是历史，更具"文学"叙述的特点。

汉代大收篇籍，典藏丰富，汉人有大量史书典籍可供参考发挥，加之汉代整理图书以及私人著述已成气象，故此类"杂述"类著作就丰富起来。

---

① 《后汉书》卷40上，第1325页。
② 《汉书》卷62，第2737页。
③ 刘盼遂：《论衡集解·案书篇》，古籍出版社1957年版，第568页。
④ 《全汉文》卷37，第331页。

一 《吴越春秋》《越绝书》等杂史

这两部著作,都是以春秋末期吴越争霸的历史为基础,可看作"杂史"类。吴越两国争霸事,散见于《左传》《国语》《墨子》《吕氏春秋》《史记》等,《吴越春秋》《越绝书》则踵事增华,显示出历史演义的特点。

《吴越春秋》现存十卷,为《吴太伯传》《吴王寿梦传》《王僚使公子光传》《阖闾内传》《夫差内传》《越王无余外传》《勾践入臣外传》《勾践归国外传》《勾践阴谋外传》《勾践伐吴外传》,涉及吴越两国史事。吴国从太伯立国说起,重点记述后期阖闾刺王僚即位至夫差败亡的历史。越国则记载从大禹治水到勾践称霸乃至后传八世至最终失国的过程,其中重点记录勾践胜吴称霸事。全书以传名目,大体采用《史记》世家的写作体式,对吴越盛衰之迹叙述清晰,反映了历史兴衰之势。因此《吴越春秋》是有其史书价值的。如徐天祐评价道:

> 其言上稽天时,下测物变,明微推远若蓍蔡。至于盛衰成败之迹,则彼己君臣,反复上下。其论议,种、蠡诸大夫之谋,迭用则霸;子胥之谏,一不听则亡,皆凿凿然,可以劝戒万世,岂独为是邦二千年故实哉!①

这段话完全是从史传的角度来论说的。因此,现代史学研究者也有将其看作国别史或地方史所谓重要资料。② 不过,人们也同时注意到,它和《史记》《汉书》等正史相比还是不同,主要表现为历史叙述中多渲染夸张,似稗官小说,如其中越女试剑、老人化猿、公孙圣三呼三应之类。因此,文学研究者则将其看作小说类,是后世历史演义的滥觞。这些归类,都是以后世学科分类后的标准判断《吴越春秋》的文体性质,显然各有侧重。

---

① 徐天祐:《吴越春秋序》,《吴越春秋》,江苏古籍出版社 1999 年版。
② 吴殿才:《〈吴越春秋〉说略》,《史学史研究》2007 年第 1 期。

《越绝书》又名《越绝记》，与《吴越春秋》相类，是记载春秋吴越地方杂史。最早著录于《隋书·经籍志》，称作者子贡。后有伍子胥、无名氏等多种说法。后来明代杨慎破解了末篇《越绝篇叙外传记》中一首四言隐诗，证实作者实为东汉人袁康、吴平。东汉时，字谜之类的隐语颇流行，形式多样，为文人所喜好。汉末孔融曾作《离合作郡姓名字诗》，把姓名隐藏其中。道学家魏伯阳著《周易参同契》，也以"委时去害，与鬼为邻"隐含其名姓。这种隐含作者姓名的方式增加了神秘性，有一定的游戏心态。

　　此书今存十九篇。首尾两篇《越绝外传本事》《越绝篇叙外传记》为序跋性质。据《外传本事》云：

> 越者，国之氏也。……绝者，绝也，谓勾践时也。……句践之时，天子微弱，诸侯皆叛。于是句践抑强扶弱，绝恶反之于善，取舍以道，沛归于宋，浮陵以付楚，临沂、开阳，复之于鲁。中国侵伐，因斯衰止。以其诚在于内，威发于外，越专其功，故曰越绝。故作此者，贵其内能自约，外能绝人也。贤者所述，不可断绝，故不为记明矣。①

可见，此书仍是以史书的面目呈现的。中间十七篇名曰内经、内传和外传，内容颇杂。从其标题即可略观一二，如《越绝荆平王内传》《越绝外传记吴地传》《越绝吴内传》《越绝计倪内经》《越绝请籴内传》《越绝外传记范伯》《越绝内传陈成恒》《越绝外传记地传》《越绝外传计倪》《越绝外传记吴王占梦》《越绝外传记宝剑》《越绝内经九术》《越绝外传记军气》《越绝外传枕中》《越绝外传春申君》《越绝德序外传记》。据《外传本事》解释："经者，论其事；传者，道其意；外者，非一人所作，颇相覆载，或非其事，引类以托意。"② 由此可见其材料来源是多方面的，因此每篇都有其特定的意图，所谓"观乎太伯，能知圣贤之分""观乎九

---

① 袁康、吴平辑录：《越绝书》，上海古籍出版社1985年版，第1页。

② 袁康、吴平辑录：《越绝书》，第3页。

术，能知取人之真、转祸之福"等，内容亦庞杂。

《吴越春秋》《越绝书》二书《隋书·经籍志》归入《史部·杂史类》，序云：

> 自秦拨去古文，篇籍遗散。汉初，得《战国策》，盖战国游士记其策谋。其后陆贾作《楚汉春秋》，以述诛锄秦、项之事。又有《越绝》，相承以为子贡所作。后汉赵晔，又为《吴越春秋》。其属辞比事，皆不与《春秋》《史记》《汉书》相似，盖率尔而作，非史策之正也。灵、献之世，天下大乱，史官失其常守。博达之士，愍其废绝，各记闻见，以备遗亡。是后群才景慕，作者甚众。又自后汉已来，学者多钞撮旧史，自为一书，或起自人皇，或断之近代，亦各其志，而体制不经。又有委巷之说，迂怪妄诞，真虚莫测。然其大抵皆帝王之事，通人君子，必博采广览，以酌其要，故备而存之，谓之杂史。①

"非史策之正"，反映出此类文献特殊的文体特性，归类是比较妥当的。此后《旧唐书·经籍志》（志26）、《新唐书·艺文志》均沿其例。宋元时马端临《文献通考·经籍考》也将之入杂史类。而《宋史·艺文志》分别在别史类和霸史类中著录《吴越春秋》，霸史类著录《越绝书》。至《四库全书总目》则录于《史部·载记类》，认为《吴越春秋》"所述虽稍伤曼衍，而颇丰蔚"；《越绝书》"其文纵横曼衍，与《吴越春秋》相类，而博丽奥衍则过之"，都切中此类杂史的特点。

二 《新序》《说苑》等传闻逸事类

西汉末，刘向奉命校领秘书，《新序》《说苑》是其辑校与编撰的两部文类相同之作。他在《说苑叙录》中介绍两书的整理情况：

> 所校中书《说苑杂事》，及臣向书民间书校雠。其事类众多，章

---

① 魏征等撰：《隋书·经籍志》卷33，中华书局1973年版，第962页。

> 句相溷，或上下谬乱，难分别次序，除去与《新序》复重者，其余者浅薄不中义理，别集以为百家后，令以类相从，一一条别篇目，更以造新事十万言以上，凡二十篇七百八十四章，号曰《新苑》，皆可观。①

可见，此二书性质相似，重复材料亦不少。② 书中大量内容都是刘向从众多书籍资料中整理汇集而成，故"事类繁多"，名为"杂事"。除《说苑》之《谈丛》《杂言》《修文》偏重议论解说外，两书绝大部分篇目是叙先秦至汉代史事传说，有的摘录自《左传》《史记》等典籍，亦载大量正史所无的传闻逸事，甚至有好事者有意虚造的小说家言。从目前出土材料看，上述二书所记故事传闻大约在社会上有很广泛的流传，如河北定县八角廊出土汉简《儒家者言》有16章见于《说苑》，5章见于《新序》；阜阳汉简1号木楬46个章题中，33章见于《说苑》，2章见于《新序》；二号木楬约40章题，18章见于《说苑》，5章见于《新序》，研究者认为这也许是二书的节本，或更原始的本子。③

《新序》原三十卷，今存十卷，即《杂事》五卷、《刺奢》一卷、《节士》一卷、《义勇》一卷、《善谋》二卷。《说苑》原二十卷，大部分散佚，仅存五卷，后经宋曾巩搜辑，复为二十卷，每卷各有标目，依次为君道、臣术、建本、立节、贵德、复恩、政理、尊贤、正谏、敬慎、善说、奉使、权谋、至公、指武、谈丛、杂言、辨物、修文、反质。每个标目之下，纂集先秦到汉初的逸闻轶事若干则，一般第一则或前数则为该卷大纲，陈说本卷主旨，此下则举诸史事以为例证，记事后有按语，书写体例比较统一。除《谈丛》似格言辑录性质外，大多数篇章首尾完具，有一定情节，而且这些故事常以人物对话的方式呈现，对话双方音容笑貌、谈吐性格都有一定的表现，故被后人判定为"语"类文献。如《建本》篇首云：

---

① 《全汉文》卷37，第334—335页。
② 左松超统计重复材料多达15章。《说苑集证》，台湾国立编译馆2001年版，第1445页。
③ 宁镇疆：《八角廊汉简〈儒家者言〉与〈孔子家语〉相关章次疏证》，《古籍整理研究学刊》2004年第5期。

> 孔子曰："君子务本，本立而道生。"夫本不正者末必陭，始不盛者终必衰。诗云："原隰既平，泉流既清。"本立而道生。春秋之义，有正春者无乱秋，有正君者无危国，《易》曰："建其本而万物理，失之毫厘，差以千里。"是故君子贵建本而重立始。

以下则载若干史事，如：

> 曾子芸瓜而误斩其根，曾晳怒，援大杖击之，曾子仆地；有顷乃苏，蹶然而起，进曰："曩者参得罪于大人，大人用力教参，得无疾乎！"退屏鼓琴而歌，欲令曾晳听其歌声，知其平也。孔子闻之，告门人曰："参来，勿内也！"曾子自以无罪，使人谢孔子，孔子曰："汝不闻瞽叟有子名曰舜，舜之事父也，索而使之，未尝不在侧，求而杀之，未尝可得；小箠则待，大箠则走，以逃暴怒也。今子委身以待暴怒，立体而不去，杀身以陷父，不义不孝，孰是大乎？汝非天子之民邪？杀天子之民罪奚如？"以曾子之材，又居孔子之门，有罪不自知，处义难乎！

> 伯俞有过，其母笞之，泣，其母曰："他日笞子未尝见泣，今泣何也？"对曰："他日俞得罪，笞尝痛，今母之力衰，不能使痛，是以泣也。"故曰，父母怒之，不作于意，不见于色，深受其罪，使可哀怜，上也；父母怒之，不作于意，不见其色，其次也；父母怒之，作于意，见于色，下也。①

这些故事多寓意明了，读者展卷即知。

书中有些记载和史书记载相似，如《说苑·立节》：

> 晋灵公暴，赵宣子骤谏，灵公患之，使鉏之弥贼之。鉏之弥晨往则寝门关矣。宣子盛服将朝，尚早，坐而假寐。之弥退，叹而言曰："不忘恭敬，民之主也。贼民之主，不忠；弃君之命，不信。有

---

① 刘向撰，赵善诒疏证：《说苑疏证》，华东师范大学出版社1985年版，第61、66—67页。

一于此，不如死也。"遂触槐而死。①

此段记录与《左传·宣公二年》记载几乎相同。刺客名有异，此为锄之弥，《左传》为锄麑。

又如赵氏孤儿故事，最早出自《史记·赵世家》，《新序》所载与之大同小异。《说苑》卷六《复恩》亦载，整体结构出入不大，但情节人物都有简化，如无公孙杵臼，也没有说及程婴之死等。《史记》《说苑》都讲到赵盾做梦，梦其先祖叔带"持要（腰）而哭"，预示着悲剧的发生，此情节《新序》没有记载。可见这个故事的传说属于公共话语资源，流传中有各种版本和流变。

但由于是传闻异辞，大多数材料很难当作可证的史料。刘知几《史通·杂说》即批评刘向《新序》《说苑》《列女》《神仙》诸传，"皆广陈虚事，多构伪辞"，"至于故造异说，以惑后来。"② 宋叶大庆《考古质疑》、清苏时学《爻山笔话》均指出全书时代违失处多条，甚至关公战秦琼的情况也不少见。以上情况，作为类似野史杂记之类的著述都在所难免。口耳相传中会发生各种信息损耗，人名、时间、情节等信息难免出现错讹，而记录者、转述者也会添油加醋，根据自己的生活经验和判断逻辑来进行加工。当然，也有如《庄子》写庄周之见鲁哀公、展禽与孔丘为友一样，并非不知他们所处的时代，而是有意虚构。也正因如此，这些文献被后世看作小说也就可以理解了。

三 《列女传》为别传

刘向《列女传》成书于汉末，是刘向领校图书期间完成的。史载当时成帝"湛于酒色，赵氏乱内，外家擅朝"③，刘向遂编纂此书以劝谏。赵氏指成帝宠姬赵飞燕姊妹，外家即外戚，指太后王氏兄弟王凤等人：

---

① 刘向撰，赵善诒疏证：《说苑疏证·立节》，第 91 页。
② 刘知几撰，浦起龙释：《史通通释·杂说下》，上海古籍出版社 1978 年版，第 516—517 页。
③ 《汉书》卷 10，第 330 页。

（刘）向睹俗弥奢淫，而赵、卫之属起微贱，逾礼制。向以为王教由内及外，自近者始。故采取《诗》《书》所载贤妃贞妇，兴国显家可法则，及孽嬖乱亡者，序次为《列女传》，凡八篇，以戒天子。①

刘向杂取《诗》《书》等文献中记载的各类"贤妃贞妇""孽嬖乱亡"的女性人物事迹，编撰《列女传》一书。今所见《列女传》为宋人编辑的八卷本，前七卷为刘向所作，分七类叙述女性事迹，即母仪、贤明、仁智、贞顺、节义、辩通、孽嬖，每类包含十五人传记。第八卷为《续列女传》，一般认为是刘向后人作。

刘向编纂《列女传》是有意为之，他认为女德善恶，影响国家治乱甚巨，故列叙历代女性事迹以提供为人楷模或为世垂训，因此列女有善有恶，有贤明贞顺者，亦有背节弃义者。如贤明类叙周宣姜后、齐桓卫姬、晋文齐姜、柳下惠妻、楚接舆妻等人事迹；孽嬖类则叙夏桀末喜、殷纣妲己、周幽褒姒、卫宣公姜等人事迹。叙述方式也大致模仿史传写法，有相对固定的模式，一般每类先以四字十句略释各目含义，相当于该类的序，具体每个人物传记则先叙事迹，结笔仿《左传》，以"君子谓"引出评断之语，而后引《诗经》句，借其寓意作美刺。引诗继承先秦"赋诗言志"的传统，多断章取义。传文后多有"颂曰"，为四言赞语，总结说明。此处"颂"通"诵"，并非"颂扬"之意。

如《母仪传》总序云：

> 惟若母仪，贤圣有智。行为仪表，言则中义。胎养子孙，以渐教化。既成以德，致其功业。姑母察此，不可不法。②

其中《弃母姜嫄》传云：

> 弃母姜嫄者，邰侯之女也。当尧之时，行见巨人迹，好而履之，

---

① 《汉书》卷36，第1957—1958页。
② 张敬：《列女传今注今译》，中国台湾商务印书馆1994年版，目录第1页。

归而有娠，浸以益大，心怪恶之，卜筮禋祀，以求无子，终生子。以为不祥而弃之隘巷，牛羊避而不践。乃送之平林之中，后伐平林者咸荐之覆之。乃取置寒冰之上，飞鸟伛翼之。姜嫄以为异，乃收以归，因命曰弃。姜嫄之性，清静专一，好种稼穑。及弃长，而教之种树桑麻。弃之性明而仁，能育其教，卒致其名。尧使弃居稷官，更国邰地，遂封弃于邰，号曰后稷。及尧崩，舜即位，乃命之曰："弃！黎民阻饥，汝居稷，播时百谷。"其后世世居稷，至周文武而兴为天子。

君子谓姜嫄静而有化。诗云："赫赫姜嫄，其德不回，上帝是依。"又曰："思文后稷，克配彼天，立我烝民。"此之谓也。

颂曰：弃母姜嫄，清静专一，履迹而孕，惧弃于野，鸟兽覆翼，乃复收恤，卒为帝佐，母道既毕。①

又如孽嬖类总序云：

惟若孽嬖，亦甚嫚易。淫妒荧惑，背节弃义。指是为非，终被祸败。②

其中《殷纣妲己》传云：

妲己者，殷纣之妃也。嬖幸于纣。纣材力过人，手格猛兽，智足以距谏，辩足以饰非，矜人臣以能，高天下以声，以为人皆出己之下，好酒淫乐，不离妲己，妲己之所誉贵之，妲己之所憎诛之。

作新淫之声、北鄙之舞、靡靡之乐，收珍物积之于后宫，谀臣群女咸获所欲，积糟为邱，流酒为池，悬肉为林，使人裸形相逐其间，为长夜之饮。妲己好之，百姓怨望，诸侯有畔者。

纣乃为炮烙之法，膏铜柱，加之炭，令有罪者行其上，辄堕炭

---

① 张敬：《列女传今注今译》，第4页。
② 张敬：《列女传今注今译》，目录第7页。

中，妲己乃笑。比干谏曰："不修先王之典法，而用妇言，祸至无日。"纣怒以为妖言。妲己曰："吾闻圣人之心有七窍。"于是剖心而观之。囚箕子，微子去之。

武王遂受命兴师伐纣，战于牧野，纣师倒戈。纣乃登廪台，衣宝玉衣而自杀。于是武王遂致天之罚，斩妲己头，悬于小白旗，以为亡纣者是女也。

书曰："牝鸡无晨，牝鸡之晨，惟家之索。"诗云："君子信盗，乱是用暴，匪其止共，维王之邛。"此之谓也。

颂曰：妲己配纣，惑乱是修，纣既无道，又重相谬。指笑炮炙，谏士剖囚，遂败牧野，反商为周。①

刘向撰写列女传，本意在指斥赵氏姊妹惑乱内廷、妒杀后宫等种种恶行，警诫其必有恶报，故孽嬖类虽只是一目，却当为叙述重心，其他多为对比陪衬。不过从此后列女传的流播情况看，视为楷模的女性更为人们关注且推崇。

列女传编纂同时或稍后，就有列女图传世。《汉志》载："刘向所序六十七篇"，自注云："列女传、颂、图。"《初学记》卷二五"器物部屏风第三"引刘向《别录》云："向与黄门侍郎欲所校《列女传》，种类相从为七篇，以著祸福荣辱之效、是非得失之分，画之于屏风四堵。"② 从出土文献看，东汉列女传、图在民间非常普及，祠堂、墓地壁画多有发现，如山东武梁祠堂（约建于公元78—151年）壁画绘有众多历史人物和故事，且多有榜题，其中8位女性形象即出自刘向《列女传》，如"梁高行""楚昭贞姜"出自卷四《贞顺》；"鲁秋胡妻""鲁义姑姊""梁节姑姊""齐义继母""京师节女"出自卷五《节义》；"钟离春"出自卷六《辩通》等。又郦道元《水经注》曾提及汉荆州刺史李刚墓地祠堂壁画，所图《列女传》三事，其中"无盐丑女"出自《列女传》卷六《辩通传》中的"齐钟离春"一传；"梁高行"出自卷四《贞顺传》中"梁寡

---

① 张敬：《列女传今注今译》，第265页。
② 徐坚等：《初学记》卷25，中华书局1962年版，第599页。

高行"一传;"樊姬、楚庄王"出自卷二《贤明传》中的"楚庄樊姬"一传。再如内蒙古和林格尔汉代壁画墓墓室除东壁外其余三面上部绘有圣贤、豪杰、孝子、贤妻、良母等历史故事,共八十多则。其中榜题可识明显取自《列女传》者有"后羿母姜姬""契母简狄"、周室三母(大姜、大任、大姒)以及"孟柯母""齐田稷母"(取自卷一《母仪》);"秦穆姬""楚昭越姬"(取自卷二《贤明》);"鲁漆室女""许穆夫人""曹僖妻""孙叔敖母""晋范氏母"(取自卷三《仁智》);"秋胡子妻""代赵夫人"(取自卷五《节义》)等。①

汉代重教化,两汉之际,伴随着厚葬和墓祠习俗,以图像方式传递教化内容更是普及。《列女传》因内容系统、体例完整,传记性质具有故事性,旨意明确等优势而广为传播,成为图像艺术的文献参照。

四 《风俗通义》:最早的风俗史

先秦时就有重视采集地方风俗异闻的传统,但没有留下专门的风俗史著。汉代司马迁《史记·货殖列传》重心虽在物产经济,但这些因与气候地理民风密切相关,故一定程度上可以看作风俗史的滥觞。此后,《汉书·地理志》在此基础上扩充,按经济和风俗特点区分地域,介绍各个地域的范围、历史、地理、民生、风俗以及中外交通和交流等情况。《地理志》关注风俗形成与社会变迁和地理环境因素的关系,提示为政者注意各地风俗,从地理实际出发以施政。从言语修辞上看,《货殖列传》《地理志》叙述大都是概括性的语言,如《货殖列传》:

> 颍川、南阳,夏人之居也。夏人政尚忠朴,犹有先王之遗风。颍川敦愿。秦末世,迁不轨之民于南阳。南阳西通武关、郧关,东南受汉、江、淮。宛亦一都会也。俗杂好事,业多贾。其任侠,交通颍川,故至今谓之"夏人"。夫天下物所鲜所多,人民谣俗,山东

---

① 内蒙古文物工作队、内蒙古博物馆:《和林格尔发现一座重要的东汉壁画墓》,《文物》1974年第1期。

食海盐，山西食盐卤，领南、沙北固往往出盐，大体如此矣。①

《地理志》：

> 故秦地于《禹贡》时跨雍、梁二州，《诗·风》兼秦、豳两国。昔后稷封斄，公刘处豳，大王徙岐，文王作酆，武王治镐，其民有先王遗风，好稼墙，务本业，故《豳诗》言农桑衣食之本甚备。有鄠、杜竹林，南山檀柘，号称陆海，为九州膏腴。始皇之初，郑国穿渠，引泾水溉田，沃野千里，民以富饶。汉兴，立都长安，徙齐诸田，楚昭、屈、景及诸功臣家于长陵。后世世徙吏二千石、高訾富人及豪桀并兼之家于诸陵。盖亦以强干弱支，非独为奉山园也。是故五方杂厝，风俗不纯，其世家则好礼文，富人则商贾为利，豪桀则游侠通奸。濒南山，近夏阳，多阻险轻薄，易为盗贼，常为天下剧。又郡国辐凑，浮食者多，民去本就末，列侯贵人车服僭上，众庶放效，羞不相及，嫁娶尤崇侈靡，送死过度。②

汉代重视风俗记录以及正史的记录方式由此可见一斑。

至东汉，应劭著《风俗通义》，在正史以外，开风俗专书记录的先河。该书以记述风俗礼仪为中心，涉及古史传说、礼乐祭祀、山川地理、时人流品、奇闻异事等，内容极为庞杂。该书在流传过程中散佚甚多，今本有《皇霸》《正失》《愆礼》《过誉》《十反》《声音》《穷通》《祀典》《怪神》《山泽》十篇，另有佚文若干。在序言里，应劭称自己撰述风俗承继的是史传传统：

> 昔仲尼殁而微言阙，七十子丧而大义乖。重遭战国，约从连横，好恶殊心，真伪纷争。故《春秋》分为五，《诗》分为四，《易》有数家之传。并以诸子百家之言，纷然淆乱，莫知所从。汉兴，儒者

---

① 《史记》卷129，第3269页。
② 《汉书》卷28下，第1642—1643页。

竞复，比谊会意，为之章句，家有五六，皆析文便辞，弥以驰远。缀文之士，杂袭龙鳞，训注说难，转相陵高，积如丘山，可谓繁富者矣。而至于俗间行语，众所共传，积非习贯，莫能原察。今王室大坏，九州幅裂，乱靡有定，生民无几。私惧后进益以迷昧，聊以不才，举尔所知，方以类聚，凡三十一卷，谓之《风俗通义》。①

同时，应劭还明确表示自己辨正风俗的意图：

言通于流俗之过谬，而事该之于义理也。风者，天气有寒暖，地形有险易，水泉有美恶，草木有刚柔也。俗者，含血之类，像之而生，故言语歌讴异声，鼓舞动作殊形，或直或邪，或善或淫也。圣人作而均齐之，咸归于正，圣人废则还其本俗。《尚书》："天子巡狩，至于岱宗，觐诸侯，见百年，命大师陈诗，以观民风俗。"《孝经》曰："移风易俗，莫善于乐。"传曰："百里不同风，千里不同俗，户异政，人殊服。"由此言之，为政之要，辩风正俗，最其上也。②

带着这样的目的，该书显示出博通的视角，对各种民间传说异闻、信仰习俗等一一加以记录，并加以考辨评述，以订正俗讹，形成独特的叙述体例。除《皇霸》《声音》《山泽》叙写古史、音乐、地理等知识外，其余诸篇均有述有评，即"各卷皆有总题，题各有散目。总题后略陈大意，而散目先详其事，以谨案云云辨证得失。"③ 如《愆礼》：

九江太守武陵陈子威，生不识母，常自悲感；游学京师，还于陵谷中，见一老母，年六十余，因就问："母姓为何？"曰："陈家女李氏。""何故独行？"曰："我孤独，欲依亲家。"子威再拜长跪自

---

① 应劭撰，王利器校注：《风俗通义校注·序》，第1—4页。
② 《风俗通义校注·序》，第8页。
③ 《四库全书总目》卷120《子部·杂家类四》，中华书局1965年版，第1033页。

白曰:"子威少失慈母,姓陈,舅氏亦李,又母与亡亲同年,会遇于此,乃天意也。"因载归家,供养以为母。

谨案:《礼》:"继母如母,慈母如母。"谓继父之室,慈爱己者,皆有母道,故事之如母也。何有道路之人而定省?世间共传丁兰克木而事之,今此之事,岂不是似?如仁人恻隐,哀其无归,直可收养,无事正母之号耳。①

文中所记内容,很多来自街谈巷议,即"俗说""俗传""俗云",也有自己耳闻亲历的,故事性很强,富有趣味。今天看,很多记录若短篇小说,可以说是魏晋六朝志人、志怪小说的滥觞,但对应劭而言,只是据实而录罢了。

《隋书·经籍志》将《风俗通义》归入"杂家"类。题解云:"杂者,兼儒、墨之道,通众家之意,以见王者之化,无所不冠者也。古者,司史历记前言往行,祸福存亡之道。然则杂者,盖出史官之职也。放者为之,不求其本,材少而多学,言非而博,是以杂错漫羡,而无所指归。"②"出史官之职",是将其放在史书系列中的。而"杂错漫羡""无所指归"即内容驳杂,没有统一的主题,正是此书乃至风俗类著述的特点。

---

① 《风俗通义校注》,第138—139页。
② 魏征:《隋书·经籍志》,中华书局1973年版,第1010页。

第六章

丧葬文体：人世间的送别和纪念

死亡是个体生命的终结，是每个民族、每种文化都须面对和处置的大事件，因此，每个民族和文化都有一整套应对死亡、安置死者的方式以及与之相配和的观念信仰体系。其间蕴含着人们对死亡的发生、死亡本体以及生命和死亡关系的思考。相比较而言，中国传统对死亡说得少（孔子云："未知生，焉知死。"生死鬼神，姑且存之不论。）但做得多，即厚葬隆丧，对死者有着超乎寻常的礼遇和妥善安置。丧葬礼俗成为传统文化中最具保守性的部分①，大多丧葬仪式行为传承至今，其间所承载的生死观念也颇具稳定性。

第一节 秦汉人对死后世界的想象

一 人死向何处去

人死后上哪里去？是不是有灵魂存在？这些想法由来已久②。然而较前代相比，秦汉人对死后世界的想象和理解显得更为具体。在秦汉人眼里，整个世界是由三界组成的，人间之外尚有天（仙）界以及幽冥世界

---

① 郭于华：《死的困扰与生的执著——中国民间丧葬仪礼与传统生死观》，中国人民大学出版社1992年版，第19页。

② 上古时期墓葬中就已经有了陶器、石纺轮、石璧、玉璜等随葬品，说明已有类似"死后世界"的观念和"灵魂永存"的思想。《左传》隐公元年"郑伯克段于鄢"的故事中，也已有"黄泉"的说法。

（冥界、鬼界），这是秦汉人面对死亡所产生的应对性想法①，由此产生的一系列仪俗影响至今。

成仙，意味着不死，意味着生命向前无限延伸，这是很多人向往的结果。事实上，战国以来就多有关于神仙所居的"山""岛"和不死之药的传说，《楚辞》《庄子》《山海经》《穆天子传》所描绘的昆仑山和蓬莱岛这些玄虚恍惚却又神奇美妙的神仙世界，一直吸引着人们的视线。不过，相比昆仑山的高远缥缈，海上仙岛似乎更容易令人信以为真，且更具有到达的可能性，遂令求仙者趋之若鹜：

> 自威、宣、燕昭使人入海求蓬莱、方丈、瀛洲。此三神山者，其传在勃海中，去人不远；患且至，则船风引而去。盖尝有至者，诸仙人及不死之药皆在焉。其物禽兽尽白，而黄金银为宫阙。②

根据这个说法，齐威王、宣王、燕昭王都曾寻找过神秘缥缈的神仙世界和不死之药。渤海湾的海市蜃楼赋予传说以现实存在的可能性，其忽隐忽现所产生的神秘感更带给人无限的向往。然而，仙岛虽然美妙，却可望而不可即：

> 未至，望之如云；及到，三神山反居水下。临之，风辄引去，终莫能至云。世主莫不甘心焉。③

不可至似乎并为阻碍后世对神仙世界的热情和向往，之后秦始皇登会稽，至海上，唯恐不及，再派童男女入海求仙。汉武帝步其后尘，求仙之举更为兴师动众，其神仙世界似乎也已不再是人间某一个不为人知的仙境，而是在天上，"升仙"是到达那里的方式，武帝所心仪的封禅大典就与此传说密切相关。《史记·封禅书》载：

---

① 相关研究可参考具圣姬《汉代的死亡观》，民族出版社2003年版；黄晓芬《汉墓的考古学研究》，岳麓书社2003年版。
② 《史记》卷28，第1369页。
③ 《史记》卷28，第1370页。

> 齐人丁公年九十余，曰："封禅者，合不死之名也。秦皇帝不得上封，陛下必欲上，稍上即无风雨，遂上封矣。"上于是乃令诸儒习射牛，草封禅仪。数年，至且行。天子既闻公孙卿及方士之言，黄帝以上封禅，皆致怪物与神通，欲放黄帝以上接神仙人蓬莱士，高世比德于九皇，而颇采儒术以文之。①

史书曾多次记载汉武帝对神仙世界的向往，如司马相如上《大人赋》，武帝"飘飘有凌云之志"；在听了公孙卿对黄帝升天的一番描述之后，他感叹："嗟呼！吾诚得如黄帝，吾视去妻子如脱屣耳。"②

正史对帝王这一思想观念以文字形式详加记录，而从汉代墓葬壁画等出土文物中，我们也能看到神仙观念作为一般的思想和信仰在时人精神领域中所占有的位置。西汉马王堆著名的T形帛画，最上层即是对天界的描述：天门被两个守门人和一对豹子把守，天界中央有一位身份不明的主神，两侧有日月。而在墓葬主人轪侯夫人的第三重漆棺上，绘有象征昆仑山的三座山峰，两侧还绘有龙、神鹿以及其他神异和不死之物。③ 1976年洛阳发现的西汉晚期卜千秋墓藏壁画亦有相似图景。墓中门额绘人首神鸟，主室顶脊东西两端分绘伏羲与日象、女娲与月象。其间则是墓主人在持节仙人的引导下，随双龙、白虎、朱雀、枭鸟等仙禽神兽之后乘龙凤升天的图像。东汉大量画像石更多升仙观念的题材，如山东安丘董家庄画像石墓就有仙人骑白鹿、仙人云车、伏羲女娲以及大量奇禽怪兽。④ 又如近年在山东邹城高李村发现的东汉画像石墓，其第一石是日中三足乌与托日的人面龙身像，第二石两侧是仙人饲龙凤神兽像，第三石两侧是仙人舞乐图⑤等。

---

① 《史记》卷28，第1397页。
② 《史记》卷12，第468页。
③ 巫鸿：《礼仪中的美术——马王堆再思》，选自《礼仪中的美术——巫鸿中国古代美术史文编》，第109—114页。他认为，棺上描述的昆仑表明一种新的信仰的出现，即成仙的欲望也可以在死后实现。
④ 中国社会科学院考古研究所：《新中国的考古发现与研究》，文物出版社1984年版，第448、454页。
⑤ 胡新立、王军、郑建芳：《山东邹县高李村汉画像石墓》，《文物》1994年第6期。

与上述观念相伴生，从战国开始，就形成服食、行气、房中等一整套养生求仙之术，亦形成方士的职业集团。秦汉以降，好方术的氛围日盛，各种神仙、方技之书卷帙浩繁，《汉书·艺文志》"方技略"所记载的医方类书目大都包括相关内容。此外《史记》卷一百五《扁鹊仓公列传》记载太仓公的《脉书》《五色诊》《奇咳术》《石神》以及出土文物中大量的医药方术养生书简等都可以看出，当时的人们在极力探索着人体的奥秘与医疗养生技术：如张家界汉简《引书》《脉书》；马王堆帛书《五十二病方》《导引图》《却谷食气》；双包山汉墓出土的针灸经脉漆木人形等。其背后的动因很大程度上源于人对生命的期望和想象，以及面对死亡时人们内心的焦虑和忧患①。以修仙为旨归的吐纳、导引、胎息、辟谷、内视、存神、符箓、金丹、黄白、玄素等到魏晋时期甚至逐渐汇成一整套追求延年益寿、进而不死成仙的修炼功法，成为道教最为核心的技术实践活动。

然而，秦汉人虽然相信人可以不死成仙，但同时也明白，真正实现极其困难，几乎是"不可能完成的任务"。死后灵魂不灭，"归入"地下为"鬼"，才是可以看见的事实。更何况，死后或许还可以借助天地间的通道升天成仙。② 尽管某些富有理性的学者如王充等人认为，死亡即意味着肉体和精神的双重消失，鬼不过是一种虚幻景象③，然而就普遍而言，秦汉人仍然认为由于灵魂不灭，死后归阴变鬼是必然归宿。《说文》释"鬼"："人所归为鬼。"《淮南子·精神训》："生寄也，死归也。"《礼记·祭义》："众生必死，死必归土，此谓之鬼。""鬼"甲骨文作人在田下之形，如"𤰞""𤰞"。中国传统葬俗为土葬，《说文》："葬，藏也。"

---

① 葛兆光：《中国思想史》（第一卷），复旦大学出版社 2005 年版，第 229 页。
② 从西汉早期开始，墓葬建筑就又开始了由椁到室的转变，以祭祀前堂和后棺室为中心的玄室各空间都与玄门和羡道相连接，加之主室内通天接地的中心柱、穹窿顶的衬托，玄室将不再是单纯埋葬死者鬼魂的空间，而是构成一座可以通天地两界的理想装置。另外，从随葬品、装饰绘画等诸多方面来看，造墓者也非常重视表现天界与地下冥界相连接的意识。黄晓芬：《汉墓的考古学研究》，岳麓书社 2003 年版，第 280 页。
③ 前者如《风俗通义怪神》所说："死者，澌也""精神消越，骨肉归于土也。"应劭撰，王利器校注：《风俗通义校注》，第 409 页；后者如王充《论衡·订鬼》："凡天地之间，有鬼，非人死精神为之也，皆人思念存想之所至也。"刘盼遂《论衡集解》，第 448 页。

"夫春生夏长，秋收冬藏，此天道之大经也。"① 亡者葬（藏）于土，归于土，入土方为安。

人们认为，地下世界是人世的延续，死者将会在那个世界里继续生活，地位、尊卑、贫富等，一如现世，也会继续有种种需求，"谓死如生"遂成为这一时期普遍存在的社会心理。于是厚葬思想便流行起来。家境殷实者，墓葬往往"积土成山，列树成林"②，葬具"必欲江南檽梓豫章楩柟。"③ 财力匮乏者亦"破家尽业，以充死棺""以为死人有知，与生人无以异"。④ 这些现象也引起当时一些思想者的批评，如崔寔《政论》："念亲将终无以奉遣，送终之家，亦大无度。至念亲将终，无以奉遣，乃约其供养衣服，豫修已没之制，竭家尽业，甘之不恨。穷厄既迫，起为盗贼。拘执陷罪，为世大戮。痛乎，此俗之愚民也。"⑤《盐铁论·散不足》："今富者绣墙题凑，中者梓棺楩椫，贫者画荒衣袍，缯囊缇橐……今生不能致其爱敬，死以奢侈相高，虽无哀戚之心，而厚葬重币者则称以为孝，显名立于世，光荣著于俗，故黎民相慕效，至于发屋卖业。"⑥

考古资料也证实了上述说法。比如从墓地的营造看，尽管因时间和地域以及经济形势的不同，墓地形式也表现出一些差别，但总体看仍以生者居住模式为蓝本，形成地上和地下相依并存的复杂组合。汉代墓葬地面建筑一般包括祠堂、墓道、楼台亭池、墓阙、墓垣等。东汉则通常采用墓阙一对、神道一对、墓碑和墓表一座、享堂一座的组合方式。此外，皇帝和诸侯王的陵墓旁还有寝庙，这里就继承了始皇陵的布局，"秦始出寝，起于墓侧，汉因而弗改，故陵上称寝殿，起居衣服象生人之具，

---

① 《史记》卷130，第3290页。
② 王利器校注：《盐铁论校注·散不足》，《新编诸子集成》本，中华书局1992年版，第354页。
③ 王符著，汪纪培笺，彭铎校正：《潜夫论笺校正·浮侈》，中华书局2014年版，第134页。
④ 刘盼遂：《论衡集解》，古籍出版社1957年版，第403页。
⑤ 崔寔：《政论》，《全后汉文》卷46，第724页。
⑥ 王利器校注：《盐铁论校注·散不足》，第353—354页。

古寝之意也"。①

而墓中随葬大量物品,更是秦汉丧葬的重要风俗。随葬品尽量做到应有尽有,几乎包括了衣食住行各个方面的所有物品器具。包括钱、食物、服装、器具等生活用品,以及陶、木制成的偶人、车马等明器。一般来说,西汉中期以前,用人间实用器具随葬十分普遍,中期以后,陶、木或金属制成的井、磨、猪圈、楼阁、田地、猪羊犬鸡等明器也大量出现。比如长沙马王堆一号汉墓就出土了大量随葬器物,由于保存完好,该墓非常典型地展示出西汉贵族的随葬物品情况:在放置随葬品的木椁边箱中,北箱模拟住宅中的内寝。丝幕挂在四壁,竹席铺在底部,饮食器和矮几放置在中央。该箱西部则是卧室用品和家具,包括奁盒、绣枕、香囊和彩绘的屏风。东部是着衣和彩绘的木俑,包括舞者、乐者和墓主轪侯夫人的内侍,这些偶人和东南边箱出土的木俑不一样,后者是由两个称为"冠人"的家臣所率领的仆俑形象。东南边箱和连同西边箱代表了整个家庭及其财产,大部分日用器具和食品藏在这三个相当于储藏室的边箱里,包括:154 件漆器和 48 件陶器,其中许多盛有熟食和酒;48 个布包、干粮、药和用泥仿作的日用品;40 篮假钱以及管弦乐器等。

从马王堆一号汉墓所出土的这些随葬品可以看出,在时人心目中,死后的生活所需与生前并无两样。《论衡·薄葬》称时人"谓死如生。闵死独葬,魂孤无副,丘墓闭藏,谷物乏匮,故作偶人以侍尸柩,多藏食物以歆精魂。"②基于这种观念和情感,人们在瘗埋随葬品时,甚至对死者生前的嗜好或身份、职业特点都有相当程度的关照。比如马王堆一号汉墓丰富的随葬品多为生活用品和食物,这似乎就与墓主轪侯夫人作为家庭最高地位的女性有关。再比如陕西咸阳杨家湾 4 号墓和 5 号墓年代约在文景时期,墓主为当时重要将领,随葬品中就有手持武器的步兵俑 1800 余件,骑兵俑 580 余件。③ 中山靖王嗜酒,在其与妻子窦绾的满城汉

---

① 《后汉书·祭祀下》,第 3199 页。
② 刘盼遂:《论衡集解》,古籍出版社 1957 年版,第 461 页。
③ 展力等:《试谈杨家湾汉墓骑兵俑》,《文物》1977 年第 10 期。

墓中就有30余个盛酒的大陶缸，估计盛酒达一吨以上。① 东汉亦如此，《后汉书》记载术士王和平死后，弟子以其所藏书百余卷、药数囊随葬。② 甘肃武威东汉墓主人生前长期从事医业，墓中就随葬治疗疾病的药方。③ 这一风俗影响至今。

不过，尽管秦汉人想象冥世某种程度上仍是人间社会的翻版，但是就根本而言，它还是一个令人感到陌生故而叫人担心的未知世界。而且，时人认为阴阳两界是可以沟通的，活人和死人之间虽然有分界，但这个分界有时也很模糊，阴阳两界之间的交往也很活跃，这种交往既是福之源，但似乎更是祸之根，因为神相对公正，鬼却似乎更为难缠。《说文》："鬼阴气贼害，故从厶（私）。"从各种资料看，在战国乃至秦汉人眼里，"死"鬼可随时干扰生人，影响大都是负面的，轻者戏弄、干扰人们的正常生活，重者致人疾病、伤害牲畜，甚至引起灾害瘟疫，乃至危害生者。④ 因此，时人对鬼魂是充满恐惧的，乃至即便是亲友的亡魂也以不见为妙。⑤ 有时甚至表现得很决绝，如山东苍山汉墓建于151年，其中长篇铭文结尾云："长就幽冥则决绝，闭圹之后不复发。"⑥

正是这种较为普遍的社会心理为汉代特别是东汉厚葬之风的盛行提供了基本的信仰支持，复杂的丧葬活动将凄凉哀痛、无法回避的死亡演

---

① 中国社会科学院考古所：《满城汉墓发掘报告》上册，文物出版社1980年版，第40—41页。

② 《后汉书》卷82下，第2751页。

③ 甘肃博物馆等合编：《武威汉代医简》，文物出版社1975年版。

④ 如云梦秦简《日书》就收录有涉及父母、祖先对子孙作祟的占卜文辞："甲乙有疾，父母为祟"；"丙丁有疾，王父为祟"；"戊巳有疾，巫堪行，王母为祟"；"以人见疾，以有疾，辰少廖，死生在申……父某为祟"等。这些卜辞都涉及父母亡魂作祟而引起子孙患病、死亡的事例。《云梦秦简》甲种本，第797、797、801条；《云梦秦简》乙种本第1052—1053条。吴小强《秦简日书集释》，岳麓书社2000年版。

⑤ 《后汉书·方术列传》载："蓟子训者，不知所由来也。建安中，客在济阴宛句。有神异之道。尝抱邻家婴儿，故失手堕地而死，其父母惊号怨痛，不可忍闻，而子训唯谢以过误，终无它说，遂埋藏之。后月余，子训乃抱儿归焉。父母大恐，曰：'死生异路，虽思我儿，乞不用复见也。'儿识父母，轩渠笑悦，欲往就之，母不觉揽取，乃实儿也。虽大喜庆，心犹有疑，乃窃发视死儿，但见衣被，方乃信焉。"卷82下，第2745页。又彭卫、杨振红：《中国风俗通史·秦汉卷》第二节《鬼怪世界》对此有详细的分析解说，可参考。

⑥ 王恩田：《苍山元嘉元年汉画像石墓考》，《四川文物》1989年第2期。

变成对死者一次重大出行的隆重安排。人们模仿地面宫室住宅而刻意经营的墓葬建筑成为亡者地下生活的另一处居所，随葬器物也用"如生人"①。活着的人们也尽可能依据人间的生活经验和权力对冥世进行干预，以求得亡者在那里生活的合法与平安，保持阴阳两界基本秩序的稳定。

二 丧葬礼俗：心灵的抚慰与社会的整合

秦汉时的丧葬礼俗大约是各种礼俗活动中最为复杂的。英国人类学家马林诺夫斯基曾从个体心理角度分析丧葬仪式和信仰的情感抚慰功能。他认为，人类——即便是很原始的民族——对待死亡的态度、情绪也非常复杂，甚至是矛盾的，即对于死者充满爱和恋慕，但同时对于尸体又存有反感与恐惧。而丧礼在全世界特别相似的一点是，当死亡来临时，最近的亲属总要聚在一起，有时甚至全地方都聚集在一起，从而使得死亡这一"专私"的行为，变成一项公共的事件。这种"聚在一起"的社会性仪礼有助于人们战胜因死亡而造成的削弱、瓦解、恐惧、失望等离心力，从而使"受了威胁的群体生活得到最有力量的重新统协的机会"，由此保持文化传统的持续和整个社会的再接再厉。②

上述分析包含了丧葬仪式的心理功能以及社会功能，而如何实现这些功能，不同民族、文化各有具体途径。这些途径的不断重复、强化，反过来也强化了自身的文化特性。中国传统社会以血缘为基础，由此决定长幼、尊卑、内外、亲疏，以一种"差序结构"③来确立人伦关系、社会关系乃至政治关系，遂构成一种家国同构的社会。而维系和巩固社会的手段是"礼"，丧葬之礼的内容和形式也按照"差序结构"行事，丧事

---

① 王利器校注：《盐铁论校注·散不足》（增订本），天津古籍出版社1983年版，第355页。
② ［英］马林诺夫斯基著，李安宅译：《巫术科学宗教与神话》，上海社会科学出版社2015年版，第42—50页。
③ 费孝通《差序结构》谈及中国传统社会的格局："好像把一块石头丢在水面上所发生的一圈一圈的波纹。每个人都是他社会影响所推出去的圈子的中心，这一轮一轮波纹的差序就是儒家所谓的人伦。人伦的波纹一圈圈推出去，由己到家，由家到国，由国到天下。修身齐家治国平天下正是一条"推"的路线。这种社会关系格局可称为"差序格局"。《乡土中国》，三联书店1985年版。

活动中亲属、家族、社会集团集中聚集，各种人伦关系获得重新确认和巩固。丧礼隆重排场、墓地规模庞大既是丧者的荣耀，也是家族荣耀和实力的体现。因此，丧葬礼仪细目讲究之繁琐复杂难以一一尽数。①

而文献和考古资料表明，汉代基本社会结构是数量增长迅速的小型核心家庭，这种家庭一般由一对夫妇和未婚子女组成，父母和亲子的关系更为牢固。② 由此，汉代极为重视"孝"道。③ "孝"被赋予新的社会意义，有着近乎神性的地位。汉代高度重视儒家经典《孝经》，"夫孝，德之本也，教之所由生。"（《开宗明义章》）"夫孝，天之经也，地之义也，民之行也。"（《三才章》）父子关系是所有社会关系的基础，祖先祭祀的中心也从远祖转向近亲，特别是父亲。这一变化还带来政治哲学的意义，即父与子、天与君、君与臣是同构关系，《孝经》云："天地之性，人为贵。人之行，莫大于孝。孝莫大于严父。严父莫大于配天。"（《圣治章》）"夫孝，始于事亲，中于事君，终于立身。"（《开宗明义章》）④ 故汉代统治者以"孝"治天下，《孝经》是学子必读书，履行孝道不只是家庭私事，更兼有公共道义。⑤ "举孝廉"也成为汉代特有的选才为官制度。

鼓励尽孝是稳定社会的一种有效手段，但也会产生强烈的反作用。孝的荣誉一旦成为获得物质和政治利益的必要前提，实践者也会从履行

---

① 可参考《仪礼》《礼记》等古文献；杨树达：《汉代婚丧礼俗考》，上海古籍出版社2000年版；李如森：《汉代丧葬礼俗》，沈阳出版社2003年版；彭卫、杨振红：《中国风俗通史·秦汉卷》，上海文艺出版社2002年版。

② 先秦墓地往往为一个氏族或家族共有，西汉墓地规模较小，常包括一个核心家庭内各成员的墓葬。典型如马王堆墓地，其中包括三座墓，分属第一代轪侯利仓与其夫人和一个儿子，第二代轪侯并未葬在此墓地中；此外西汉中期以后夫妻同穴埋葬非常普遍，几乎成为定制。参见中国社会科学院考古研究所《新中国的考古发现和研究》，文物出版社1984年版，第413—415页；王仲殊：《汉代考古学概说》，中华书局1984年版，第102页。

③ 从孔子和其弟子们的问答中可知，"孝"当时就是人们反复思考讨论的话题。秦时知识者更给予"孝"以崇高的地位。高诱注《吕氏春秋·孝行》："凡为天下，治国家，必务本而后末。所谓本者，非耕耘种植之谓，务其人也。务其人，非贫而富之，寡而众之，务其本也。务本莫贵于孝。人主孝，则名章荣，下服听，天下誉。人臣孝，则事君忠，处官廉，临难死。士民孝，则耕芸疾，守战固，不罢北。夫孝，三皇五帝之本务，而万事之纪也。"卷14，第139页，上海书店1985年版。

④ 《孝经注疏》，阮元校刻《十三经注疏》本，第2545、2549、2553、2545页。

⑤ 巫鸿：《丧葬纪念碑的声音》，《中国古代艺术和建筑中的"纪念碑性"》，第255—256页。

这一道德义务转向刻意证明自己具有此德行。《孝经》提出五种孝行："孝子之事亲也，居则致其敬，养则致其乐，病则致其忧，丧则致其哀，祭则致其严。"① 前三种是家庭内部的事情，后二者强调在葬礼和祭祀的公共场合中表现出"哀"和"严"，从本质而言也是孝子的"表演"，而是否达到"哀"和"严"则由葬礼和祭礼中的"观众"来判断，② 这一定程度上增加了丧礼的虚饰性，如王符《潜夫论·务必篇》："养生顺志，所以为孝也。今多违志，俭养约生以待终。终没之后，乃崇饰丧纪以言孝，盛飨宾以求名。"③ 这也是汉代厚葬习俗愈演愈烈、屡禁不止的原因。④ 桓宽等一些敏锐的学者也曾对附加在丧葬活动中这种孝行的"狂热宣誓"提出严正批评：

> 今生不能致其爱敬，死以奢侈相高；虽无哀戚之心，而厚葬重币者，则称以为孝，显明立于世，光荣著于俗。故黎民相慕效，至于发屋卖业。⑤

尽管如此，汉代厚葬之风至东汉仍发展到极致，乃至到了汉魏之际，不得不以严厉的政治法律措施遏制丧葬活动愈演愈烈之势。

尽管东汉奢靡厚葬有崇尚孝道、展示声名、炫耀财富、密切家族集团纽带关系等诸多社会原因，但对死后世界的理解和信仰仍然是其基本的出发点。复杂的丧葬活动将凄凉哀痛、无法回避的死亡演变成对死者一次重大出行的隆重安排，这在很大程度上抚慰了死者亲属的哀戚。加之崇孝风

---

① 《孝经注疏》，阮元校刻《十三经注疏》本，第2555页。
② 巫鸿：《丧葬纪念碑的声音》，第256页。徐吉军《中国丧葬史》亦谈及孝道对厚葬的影响。江西高校出版社1998年版，第102、212页。
③ 王符撰，汪继培笺，彭铎校正：《潜夫论笺校正》，第19页。
④ 关于厚葬，从先秦诸子开始就不断有批评的声音，汉代统治者亦多次主张薄葬，如汉文帝曾下遗诏令死后葬仪从简："盖天下万物之萌生，靡有不死，死者天地之理，物之自然，奚可甚哀。当今之世，咸嘉生而恶死，厚葬以破业，重服以伤生，吾甚不取。"(《汉书·文帝纪》，第132页。)但厚葬之风在汉代却是主流。可参看徐吉军《中国丧葬史》，第102、212页。
⑤ 王利器校注：《盐铁论校注·散不足》，《新编诸子集成》本，中华书局1992年版，第355页。

气的推动，丧葬之事也就由一家私事演变成一种社会公共活动与表演。相关礼俗的改变亦与之形成互动。《论衡·四讳》云："古礼庙祭，今俗墓祠。"汉世以宗庙之礼移于陵墓，上自天子，下至臣民，无论男女皆上先人之冢祠祀。公卿大族多建祠堂于墓所，并对墓地刻意经营，亦在此会宗亲、故人、父老、宾客。其间常置酒作乐，留饮连日。① 墓地遂由原先凄凉沉寂的死者世界一变而为熙熙攘攘的社会活动中心，王符《潜夫论》云：

  今京师贵戚，郡县豪家，生不极养，死乃崇丧。或至刻金镂玉，檽梓楩柟，良田造茔，黄壤致藏，多埋珍宝偶人车马，造起大冢，广种松柏，庐舍祠堂，崇侈上僭。宠臣贵戚，州郡世家，每有丧葬，都官属县，各当遣吏赍奉，车马帷帐，贷假待客之具，竞为华观。②

墓地的社交功能使得人们在墓室棺椁、随葬器物、墓地建筑等物质文化方面都呈现攀比心理，"富者绣墙题凑，中者梓棺楩椁……富者积土成山，列树成林，台榭连阁，集观增楼……中者祠堂屏阁，垣阙罘罳。"③由此，使得汉代尤其是东汉成为墓葬建筑、画像、碑刻等众多艺术发展的黄金时期。

  因此，丧葬仪式，包括丧葬建筑，以及各种丧葬文字的唱诵、撰写、铭刻，都包含着较为复杂的思想心理和社会动因。

第二节　先令、遗诏与招魂辞

  遗嘱多为当事人病重或临终前完成，其内容涉及对于生死的理解以及身后之事的安排，是将亡者意识最为直接的体现。而招魂是祈求亡者"魂兮归来"，若招而不回，丧葬活动才正式开始。因此，遗嘱是对"身后"的最早安排，招魂可看作对亡者的"最后一次抢救"，故放在丧葬文

---

① 《汉代丧葬礼俗》，第59—65页。
② 王符著，汪继培笺，彭铎校正：《潜夫论笺校正》，第137页。
③ 王利器校注：《盐铁论校注·散不足》，第354页。

体中讨论。

一 先令和遗诏：亡人的临终嘱托

遗嘱最晚在春秋时期文献中有记载，《左传·襄公十四年》载："楚子囊还自伐吴，卒。将死，遗言谓于庚：'必城郢'"①《国语·晋语四》载："若礼兄弟，晋郑之亲，王之遗命，可谓兄弟。"② 又《吕氏春秋·季秋纪》载："齐庄子请攻越，问于和子。和子曰：先君有遗令曰：'无攻越。越，猛虎也。'"③ 遗言、遗命、遗令，即为早期遗嘱的称谓，多属于口头遗嘱的范围。秦汉时保留和发展了这一传统，称遗令、先令书，如果是君王，则为遗诏。

遗嘱是亡者对自己身后事的嘱托，从现有资料看，遗嘱内容涉及死后丧葬方式、财产分配、继承人等问题，也有的表达政见以及对子孙的教育和期待。

关于死后如何安葬。如果按照当时习俗，大约不必临终特意嘱托，因此，史料所载，多涉及简葬等方面，显示出遗嘱人更通达的生死观念，以及对个人声名的爱惜。

遗令简葬者，如《汉书》载何并为官清廉，"疾病，召丞掾作先令书，曰：'告子恢，吾生素餐日久，死虽当得法赙，勿受。葬为小椁，亶容下棺。'恢如父言。"④ 遗嘱称自己尸位素餐，嘱咐儿子不要领受官方法定的吊唁财礼，下葬时用能容下棺材的小椁即可。

《汉书·文帝纪》载：夏六月乙亥，（汉文）帝崩于未央宫。遗诏令死后葬仪从简：

> 盖天下万物之萌生，靡不有死，死者天地之理，物之自然，奚可甚哀。当今之世，咸嘉生而恶死，厚葬以破业，重服以伤生，吾甚不取。且朕既不德，无以佐百姓；今崩，又使重服久临，以离寒

---

① 杨伯峻：《春秋左传注》，第1019页。
② 徐元诰撰，王树民、沈长云点校：《国语集解》，中华书局2002年版，第330页。
③ 许维遹撰，梁运华整理：《吕氏春秋集释》，中华书局2009年版，第204页。
④ 《汉书》卷77，第3268页。

暑之数，哀人之父子。伤长老之志，损其饮食，绝鬼神之祭祀，以重吾不德，谓天下何！朕获保宗庙，以眇眇之身托于天下君王之上，二十有余年矣。赖天之灵，社稷之福，方内安宁，靡有兵革。朕既不敏，常畏过行，以羞先帝之遗德；维年之久长，惧于不终。今乃幸以天年，得复供养于高庙，朕之不明与嘉之，其奚哀悲之有！①

诏书一般为代拟，但内容反映了文帝的想法。

又有遗令裸葬者。《汉书·杨胡朱梅云传》："杨王孙者，孝武时人也。学黄老之术，家业千金，厚自奉养生，亡所不致。及病且终，先令其子，曰：'吾欲裸葬，以反吾真，必亡易吾意。死则为布囊盛尸，入地七尺，既下，从足引脱其囊，以身亲土。'"杨王孙遗嘱欲裸葬，布袋盛尸，以身亲土，这在当时是极违背常俗的，故其子左右为难，"欲默而不从，重废父命，欲从之，心又不忍"，无奈只好请父亲的友人祁侯写信劝解。在回信中，杨王孙表达了自己的生死观念，称欲以裸葬以矫世风：

夫厚葬诚亡益于死者，而俗人竞以相高，靡财单币腐之地下；或乃今日入而明日发，此真与暴骸于中野何异？且夫死者，终生之化，而物之归者也。归者得至，化者得变，是物各反其真也。反真冥冥，亡形亡声，乃合道情。夫饰外以华众，厚葬以鬲真，使归者不得至，化者不得变，是使物各失其所也。且吾闻之，精神者天之有也，形骸者地之有也。精神离形，各归其真，故谓之鬼，鬼之为言归也。其尸块然独处，岂有知哉？裹以币帛，隔以棺椁，支体络束，口含玉石，欲化不得，郁为枯腊，千载之后，棺椁朽腐，乃得归土，就其真宅。繇是言之，焉用久客！昔帝尧之葬也，窾木为匵，葛藟为缄，其穿下不乱泉，上不泄殠。故圣王生易尚，死易葬也。不加功于亡用，不损财于亡谓。今费财厚葬，留归鬲至，死者不知，生者不得，是谓重惑。于戏！吾不为也。②

---

① 《汉书》卷4，第132页。
② 《汉书》卷67，第2908—2909页。

这段文字可以看作道家生死观的一次阐述，是"齐物""大化"等观念的解析。祁侯阅后曰善。

又张霸，成都人，70 岁病卒前在京城为官，遗敕诸子曰："昔延州使齐，子死嬴、博，因坎路侧，遂以葬焉。今蜀道阻远，不宜归茔，可止此葬，足藏发齿而已，务遵。速朽，副我本心。人生一世，但当畏敬于人，若不善加己，直为受之。"①嘱咐就地安葬，不必送棺柩回成都。

又《后汉书·梁商传》载梁商病重时"敕子冀等"，嘱咐丧礼一切从简：

> 吾以不德，享受多福。生无以辅益朝廷，死必耗废帑藏，衣衾饭含玉匣珠贝之属，何益朽骨。百僚劳扰，纷华道路，祇增尘垢，虽云礼制，亦有权时。方今边境不宁，盗贼未息，岂宜重为国损！气绝之后，载至冢舍，即时殡敛。敛以时服，皆以故衣，无更裁制。殡已开冢，冢开即葬。祭食如存，无用三牲。孝子善述父志，不宜违我言也。②

又《独行传》载范冉年七十四，卒于家。临命遗令敕其子曰："吾生于昏暗之世，值乎淫侈之俗，生不得匡世济时，死何忍自同于世！气绝便敛，敛以时服，衣足蔽形，棺足周身，……坟封高下，令足自隐，……勿令乡人宗亲有所加也。"③简葬之后，声名远播，三府各遣令史奔吊。大将军何进移书陈留太守，累行论谥，金日宜为贞节先生。会葬者二千余人，刺史郡守各为立碑表墓焉。

关于身后财产的处置。一般而言，关于身后财产的分配处置，在子嗣众多的情况下一般都要早做安排，并非要在遗嘱中呈现，故传世文献涉及相关记载较少。《后汉书·樊宏列传》载："（樊宏）年八十余终，其素所假贷人间数百万，遗令焚削文契。"④

---

① 《后汉书》卷 36，第 1242 页。
② 《后汉书》卷 34，第 1177 页。
③ 《后汉书》卷 81，第 2690 页。
④ 《后汉书》卷 32，第 1119 页。

又近年江苏仪征胥浦西汉墓出土一则涉及财产分配的券书，被认为是涉及财产分配继承问题的完整遗嘱档案，称作"先令券书"。从券书内容看，墓主朱凌（即券书中"子真"）与君、方、仙君、公文、弱君五人为同母异父之兄妹，三父皆已过世，其母（老妪）尚在世。当年分割家产时，按家产只能由子辈分析的原则，本应由真、方、公文三兄弟平均分配。但公文自少外出，对家里无"贡献"，又伤人为徒（完城旦），其母便将原本属于公文的产业暂给了贫无产业的女儿仙君与弱君。身为长兄的真（朱凌）临终前觉得有必要将兄弟血缘身世厘清，并收回仙君、弱君田产，交付给原所有人公文，故由母亲主持，请县、乡三老和亲属作证，并立券书为据。因此，券书主体内容分为两部分："凌自言"云云即明确各自血缘谱系；"妪言"云云则申明财产早先的归属变动情况及原因，以及最终的财产分配：

> 元始五年九月壬辰朔辛丑［亥］，高都里朱凌（墓主）［庐］居新安里。甚接其死，故请县、乡三老、都乡有秩、左、里（师）、田谭等为先令券书。
> 凌自言：有三父，子男女六人，皆不同父。［欲］令子各知其父家次，子女以君、子真（即朱凌本人）、子方、仙君，父为朱孙；弟公文，父吴衰近君；女弟弱君，父阿长宾。
> 妪言：公文年十五去家自出为姓，遂居外，未尝持一钱来归。妪予子真、子方自为产业。子女仙君、弱君等贫毋产业。五年四月十日，妪以稻田一处、桑田二处分予弱君，波［陂］田一处分予仙君，于至十二月。公文伤人为徒（完城旦），贫无产业。于至十二月十一日，仙君、弱君各归田于妪，让予公文。妪即受田，以田分予公文：稻田二处，桑田二处。田界易如故，公文不得移卖予他人。
> 时任知者：里、伍人谭等及亲属孔聚、田文、满真。先令券书明白，可以从事。①

---

① 扬州博物馆：《江苏仪征胥浦 101 号西汉墓》，《文物》1987 年 1 期。

由于券中开头明确说明此券是因为朱凌"甚接其死"时所立,故研究者一般将此券看作形式完备的遗嘱文件,并将此与出土的汉代法律文书对读,认为此中处分财产是合乎当时的法律原则的。据张家山汉简《二年律令·户律》334—336 简记载:

> 民欲先令相分田宅、奴婢、财物,乡部啬夫身听其令,皆参辨券书之,辄上如籍。有争者,以券书从事;毋券书,勿听。所分田宅,不为户,得有之,至八月书户,留难先令,弗为券书,罚金一两。①

律简对"先令"所涉及的田宅、奴婢、财物等遗产分配作了明确的法律规定:一要有"乡部啬夫"等官方监督人员;二要立券书记之,有争议以券书为准;三是分得财产新户立户在每年八月;四是不作券书则罚金一两。

不过,也有研究者认为"先令券书"不能称作遗嘱,因为细读原文可知,众子女和母亲已形成"同居异财"关系。券书中处置的田产并非朱凌本人之财产,这份文书自然也非朱凌处分己身财产的遗嘱,只是归还子公文产业的见证书,更不能以此例认定汉代有遗嘱继承制度,否则就是指鹿为马。②

笔者看来,上述两种意见并非黑白对立,而更可能都有道理,只是侧重点不同罢了。券中明确说明此券书为朱凌临死之前特意主张立下的。作为长子,对身后家庭可能涉及的血缘和遗产分配的复杂、模糊甚为担心,故将此看作"临终嘱托"之遗嘱并无不当。而同时,因为涉及较为复杂的财产流转和分配,自己死后恐因家庭缺少主事之人引发财产争执,故请县、乡三老、都乡有秩、左、里(师)、田谭等家庭以外的"公证人员"作证立券,这也合于当时的法律。从这个角度看,此券书又具有

---

① 张家山二四七号汉墓竹简整理小组:《张家山汉墓竹简》,文物出版社 2001 年版,第 204 页。

② 魏道明:《中国古代遗嘱继承制度质疑》,《历史研究》2000 年第 6 期。

"财产公证书"的性质。

有些遗嘱还有对子女的教导,如《玉门汉简》出土汉代遗诏简,研究者认为当为汉武帝的遗诏,对太子作最后的嘱托,由霍光等人依武帝口诏拟定:

> 制诏皇太子:朕体不安,今将绝矣,与地合同,众不复起,谨视皇大之笥,加曾朕在。善禺百姓,赋敛以理。存贤近圣,必众谐士。表教奉先,自致天子。胡亥自氾,灭名绝纪,审察朕言,众身毋久。苍苍之天,不可得久视;堂堂之地,不可得久履。道此绝矣!告后世及其孙子。①

据《汉书·昭帝纪》载:"武帝末,戾太子败,燕王旦、广陵王胥行骄嫚,后元二年二月上疾病,遂立昭帝为太子,年八岁。以侍中奉车都尉霍光为大司马大将军,受遗诏辅少主。明日,武帝崩。"② 汉昭帝为少子继位,年仅八岁,汉武帝嘱以秦二世胡亥亡国灭朝史例为戒,同时也表达了对世间的不舍之情。

又汉代酷吏尹赏曾任长安令、江夏太守等职,手段狠辣,奸猾者皆亡命散走。其临死时戒诸子,传授自己的为官经验:"丈夫为吏,正坐残贼免,追思其功效,则复进用矣。一坐软弱不胜任免,终身废弃,无有赦时,其羞辱甚於贪污坐臧,慎毋然!"意思是不可妥协手软。后四子皆至郡守,长子立为京兆尹,皆尚威严,有治办名。③

遗嘱是亡者的最后心愿,亲人尤其是子孙多坚决执行。如前述樊宏遗令焚削数百万放贷文。"责家问者皆惭,争往偿之。诸子从敕,竟不肯受。"④ 张霸遗敕诸子勿劳途远归成都祖地,就地安葬,"诸子承命,葬于河南梁县",为陪伴父亲墓冢遂在葬地定居。⑤ 又张纯临终敕家丞曰:"司

---

① 初师宾主编:《中国简牍集成》,敦煌文艺出版社2005年版,第1448页。
② 《汉书》卷7,第217页。
③ 《汉书》卷90,第3675页。
④ 《后汉书》卷32,第1119页。
⑤ 《后汉书》卷36,第1242页。

空（按：张纯曾任司空）无功于时，猥蒙爵土，身死之后，勿议传国。"即爵位不世袭。张纯有二子，光武帝遂诏次子奋嗣爵，"奋称纯遗敕，固不肯受。帝以奋违诏，敕收下狱，奋惶怖，乃袭封。"[1]

人之将死其言也善，一般而言，遗嘱所涉都是亡者临终最大的关切，也多含真诚。汉代重孝德，无论是从情感还是伦理意义看，对遗嘱的尊重和执行都合于公序良俗，也是被广泛接受的。

二 魂兮归来：招魂与招魂辞

大约战国至两汉时，死者刚亡时有招魂习俗[2]，称之为"复"。《后汉书·赵咨传》："表以旌铭之仪，招复含敛之礼。"注："招复谓招魂复魄也。"[3] 对此，《礼记》之《曲礼下》《檀弓下》《礼运》《丧大记》《祭统》等篇都有相关记载。据《仪礼·士丧礼》：

死于适室，幠用敛衾。复者一人，以爵弁服，簪裳于衣，左何之，扱领于带。升自前东荣，中屋，北面，招以衣，曰："皋某复。"三，降衣于前。[4]

郑玄注："复者，有司招魂复魄也。天子则夏采、祭仆之属，诸侯则小臣为之。""皋，长声也；某，死者之名也；复，反也；降衣，下之也。"即招魂者从东边上屋顶，在中间屋脊处面朝北，以逝者之衣招魂，口呼"皋——某某回来吧。"如是三次，将衣服从前面投下，下面手捧衣匣将其接住。呼叫时，男子称名，女子称字。

---

[1]《后汉书》卷35，第1198页。
[2] 招魂是古时较为普遍的礼俗，并非只在人刚亡故时实行。《周礼·司巫》："女巫掌岁时祓除、衅浴。"孙诒让注引"《韩诗》曰：郑国之俗，三月上巳，之溱洧两水之上，招魂续魄，秉兰草祓除不祥"。此当招孤魂野魄。孙诒让：《周礼正义》，中华书局1987年版，第2076页。客死他乡尸骨难寻亦招魂归葬。北魏郦道元《水经注》载："沛公起兵野战，丧皇妣于黄乡。天下平定，乃使使者以梓宫招魂幽野，于是丹蛇自水濯洗，入于梓宫。其浴处有遗发也。故谥曰昭灵夫人，因作寝以宁神也。"郦道元著，陈桥驿校证：《水经注校证》卷9，第196页。
[3]《后汉书》卷39，第1316页注（八）。
[4] 郑玄注，贾公彦疏：《仪礼注疏》，阮元校刻本《十三经注疏》，第1128页。

死亡是生命的终结。《风俗通义·怪神》云:"夫死者,澌也。鬼者,归也。精气消越,骨肉归於土也"①《释名·释丧制》也称死"就消澌也。"但如何判定人的死亡?《释名·释丧制》又云:"人始气绝曰死。"不过,人们还认为,人死之后,魂魄离开身体,阳为魂,升于天;阴为魄,降于地。②假如这时反复呼唤,或许能唤回,死者遂得以复生。郑玄:"复者,庶其生也。""气绝则哭,哭而复,复而不苏可以为死事。"从本质上说,招魂是一种巫术,用死者生前穿过的服装招魂复魄是典型的接触巫术,纳入礼仪,则亦以示孝子亲人尽心尽力不忍分舍之意。《礼记·檀弓下》曰:"丧礼,哀戚之至也。节哀,顺变也。君子念始之者也。复,尽爱之道也,有祷祠之心焉,望反诸幽,求诸鬼神之道也。"③《仪礼·士丧礼》:"复者降自后西荣。"疏云:"凡复者,缘孝子之心,望得魂气复反。""复而不苏"方"行死事"④,表示生者在尽力抢救一个人的生命,而不是对死者漠不关心,草草地把他送往另一个世界。一旦"复而不苏",证明生命无法挽回,方可正式操办丧仪。因此,招魂可以看作临终时的最后一次"抢救"。

从现有资料看,招魂辞云:"皋,某复。"言辞极简,只能说是一种礼仪用辞,难以称得上是一种文体。不过,各地风俗不同,招魂辞或当有更丰富的文本。王逸《楚辞章句》收录的《招魂》与《大招》,就是借助楚地招魂仪式创作的文学作品。王逸在卷九《招魂》题解中说:"魂者神之精也。宋玉怜哀屈原忠而斥弃,愁懑山泽,魂魄放佚,厥命将落,故作《招魂》,欲以复其精神,延其年寿。"⑤楚地信巫鬼,好淫祀,祭神仪式中的各种礼辞想象之奇异、情感之炽热、言辞之繁丽,从屈原《九歌》中即可见一斑。因此,《招魂》《大招》虽为文人加工创

---

① 《风俗通义校释·怪神》,第409页。
② 《礼记·祭义》云:"众生必死,死必归土,此之谓鬼。骨肉毙于下,阴为野土,其气发扬于上为昭明。"《郊特牲》:"魂气归于天,形魄归于地。"郑玄注,孔颖达正义:《礼记正义》,《十三经注疏》,第1595、1457页。
③ 郑玄注,孔颖达正义:《礼记正义》,阮元校刻本《十三经注疏》,第1301页。
④ 郑玄注,贾公彦疏:《仪礼注疏》,阮元校刻本《十三经注疏》,第1129页。
⑤ 这两篇作品作者以及为谁招魂都存在争议。《招魂》有屈原招楚王魂、宋玉招屈原魂、屈原自招等多种说法。亦有学者认为是汉代人所作。

作，但亦可从中看到招魂礼辞所要表达的内容。而汉代尤其是汉初受楚文化影响很大，这两篇战国楚地的招魂辞或亦能代表汉人的观念，故约略介绍。

《大招》只有招魂辞部分。相比之下，《招魂》由序言、招魂辞、乱辞三个部分构成，带有鲜明的礼乐仪式特征。序言交代招魂缘由和对象，之后巫师则向着各方呼唤，先是极力渲染东南西北四方以及天上、幽都的可怕，有鬼怪吃人食魂，有毒蛇猛兽凶残狰狞，自然环境亦极端严酷，劝魂不可留居，反复呼唤"魂兮归来""归来归来"，这是招魂的主要目的：

> 魂兮归来！去君之恒干，何为乎四方些？舍君之乐处，而离彼不祥些。魂兮归来！东方不可以讬些。长人千仞，惟魂是索些。十日代出，流金铄石些。……归来归来！不可以讬些。魂兮归来！南方不可以止些。雕题黑齿，得人肉以祀，以其骨为醢些。……归来归来！不可以久淫些。魂兮归来！西方之害，流沙千里些。旋入雷渊，靡散而不可止些。……五谷不生，藂菅是食些。其土烂人，求水无所得些。彷徉无所倚，广大无所极些。归来归来！恐自遗贼些。魂兮归来！北方不可以止些。增冰峨峨，飞雪千里些。归来归来！不可以久些。魂兮归来！君无上天些。虎豹九关，啄害下人些。一夫九首，拔木九千些。豺狼从目，往来侁侁些。悬人以嬉，投之深渊些。致命于帝，然后得瞑些。归来归来！往恐危身些。魂兮归来！君无下此幽都些。土伯九约，其角觺觺些。敦脄血拇，逐人駓駓些。参目虎首，其身若牛些。此皆甘人，归来归来！恐自遗灾些。

又铺陈夸饰宫室、饮食、歌舞、女乐的奢靡、华美、富丽，借助充满生机的生活内容诱魂归来：

> 魂兮归来！入修门些。工祝招君，背行先些。秦篝齐缕，郑绵络些。招具该备，永啸呼些。
> 魂兮归来！反故居些。天地四方，多贼奸些。像设君室，静闲

安些。高堂邃宇，槛层轩些。层台累榭，临高山些。……室中之观，多珍怪些。兰膏明烛，华容备些。二八侍宿，射递代些。九侯淑女，多迅众些。……蛾眉曼睩，目腾光些。靡颜腻理，遗视矊些。离榭修幕，侍君之闲些。翡帷翠帐，饰高堂些。红壁沙版，玄玉之梁些。仰观刻桷，画龙蛇些。坐堂伏槛，临曲池些。芙蓉始发，杂芰荷些。紫茎屏风，文缘波些。文异豹饰，侍陂陁些。轩辌既低，步骑罗些。兰薄户树，琼木篱些。

魂兮归来！何远为些？室家遂宗，食多方些。稻粢穱麦，挐黄粱些。大苦咸酸，辛甘行些。肥牛之腱，臑若芳些。和酸若苦，陈吴羹些。胹鳖炮羔，有柘浆些。鹄酸臇凫，煎鸿鸧些。露鸡臛蠵，厉而不爽些。粔籹蜜饵，有餦餭些。瑶浆蜜勺，实羽觞些。挫糟冻饮，酎清凉些。华酌既陈，有琼浆些。归反故室，敬而无妨些。肴羞未通，女乐罗些。陈钟按鼓，造新歌些。……魂兮归来！反故居些。

辞中"外陈四方之恶，内崇楚国之美"① 正是"事死如事生"的礼仪体现。最后有"乱辞"以"目极千里兮伤春心，魂兮归来哀江南"收结。

孔颖达云："招魂者，是六国以来之言，故楚辞有《招魂》之篇。"② 早期艺术书写与礼俗仪式之间有密切的关联，很有可能"在源头上是一致的，它们不是一个效仿另一个，而都是对同一种情感的复制和再现"。③ 研究者注意到《招魂》序言交代招魂对象与缘由，这在藏族、苗族以及楚人的招魂习俗与出土文献中都可得到印证。④ 因此，在没有更多其他招魂文本的情况下，《招魂》《大招》等可为重要参照，以此了解时人在面对生命将要逝去时的不舍以及最后的努力。

---

① 洪兴祖：《楚辞补注》，中华书局1983年版，第197页。
② 郑玄注，孔颖达疏：《礼记正义》，《十三经注疏》，第1301页。
③ 简·爱伦·哈里森著，吴晓群译：《古代的艺术与仪式》，大象出版社2011年版，第21页。
④ 熊良智：《招魂礼俗与〈招魂〉主题、体式的生成》，《文艺研究》2019年第11期。

第三节 "诔以定谥"与"诔以铭德"

一 谥法和早期诔谥

谥是人死后的名号，谥法源于周代①，最初大约与称谓的避讳有关。早期的避讳并不严格，生者不相避名，"临文不讳"，但"卒哭乃讳"②，大约觉得死者为鬼，究竟是进入另一个世界，故增加新的名称以区别，也表达爱敬之意。《周礼·大史》贾疏："以其未葬已前，孝子不忍异于生，仍以生礼事之，至葬，送形而往，迎魂而反，则以鬼事之，故既葬之后当称谥。"③ 故郑樵《通志·谥略》云："以讳事神者，周道也。周人卒哭而讳，将葬而谥。有讳则有谥，无讳则谥不立。"④

如何为亡者定谥？一般要根据死者一生的经历和德行，《逸周书·谥法解》："谥者，行之迹也。"⑤ 故要作诔以定谥。"诔者，累其德行，旌之不朽也。"⑥ 依周礼，大奠当天，史官当众诵读诔文，宣布谥号。《周礼·大史》云："大丧……遣之日，读诔。……小丧，赐谥。"郑注："遣谓祖庙之庭大奠将行时也。人之道终于此，累其行而读之。"《周礼·小史》亦云："卿大夫之丧，赐谥，读诔。"⑦ 大丧，为王、后、世子之丧也。小丧，夫人以下。⑧ 故诔以定谥，是对亡者的盖棺论定，《魏书·郑羲传》："盖棺定谥，先典成式，激扬清浊，治道明范。"⑨

诔依事述德以定谥，要与亡者一生事迹相符，故往往经过慎重考虑和讨论。《左传》襄公十三年楚共王病重，认为自己在晋楚鄢陵之战丧师

---

① 黄怀信、张懋镕、田旭东：《逸周书汇校集注·谥法解》："维周公旦、太公望开嗣王业，攻于牧野之中，终葬，乃制谥叙法。"第623页。
② 郑玄注，孔颖达正义：《礼记正义》，阮元校刻本《十三经注疏》，第1251页。
③ 郑玄注，贾公彦疏：《周礼注疏》，阮元校刻本《十三经注疏》，第818页。
④ 郑樵撰：《通志略·谥略》，中华书局1990年版，第313页。
⑤ 黄怀信、张懋镕、田旭东：《逸周书汇校集注》，第625页。
⑥ 刘勰著，詹锳义证：《文心雕龙义证·诔碑》，第427页。
⑦ 郑玄注，贾公彦疏：《周礼注疏》，阮元校刻本《十三经注疏》，第818页。
⑧ 《周礼·天官·宰夫》："大丧小丧，掌小官之戒令，帅执事而治之。"郑玄注："大丧，王、后、世子之丧也。小丧，夫人以下小官士也。"第656页。
⑨ 《魏书·郑羲传》，中华书局2017年版。

辱国，应谥"灵"或"厉"。此皆恶谥，杜注："乱而不损曰灵，戮杀不辜曰厉。"秋，楚共王卒。众人讨论其谥号：

> 大夫曰："君有命矣。"子囊曰："君命以'共'，若之何毁之？赫赫楚国，而君临之，抚有蛮夷，奄征南海。以属诸夏，而知其过，可不谓共乎？请谥之'共'"。大夫从之。①

"共"即"恭"，《逸周书·谥法解》："既过能改曰恭。"②

又《礼记·檀弓下》载：

> 公叔文子卒，其子戍请谥于君，曰："日月有时，将葬矣，请所以易其名者。"君曰："昔者卫国凶饥，夫子为粥与国之饿者，是不亦惠乎？昔者卫国有难，夫子以死卫寡人，不亦贞乎？夫子听卫国之政，修其班制，以与四邻交，卫国之社稷不辱，不亦文乎？故谓夫子贞惠文子。"③

公叔文子，即卫国大夫公叔发，名拔，卫献公之孙，对卫国颇有贡献，故以"贞、惠、文"为谥。

礼讲究名分，谥号也有资格规定："死而谥，今也。古者生无爵，死无谥。"郑玄注云："古，谓殷以前也。"④ 因此，依周礼，天子、诸侯、卿大夫有爵，故有谥。妇人无爵，士无爵，故均不应有谥。此外，《礼记·曾子问》云："贱不诔贵，幼不诔长，礼也。唯天子称天以诔之，诸侯相诔，非礼也。"⑤

---

① 杨伯峻：《春秋左传注》，第1002页。
② 黄怀信、张懋镕、田旭东撰：《逸周书汇校集注·谥法解》，第639页。除此以外，"恭"作为谥号还有多义，如"敬事供上曰恭。尊贤贵义曰恭。尊贤敬让曰恭。执事坚固曰恭。爱民长弟曰恭。执礼御宾曰恭。芘亲之阙曰恭。尊贤让善曰恭。"第639—642页。
③ 《礼记正义》，阮元校刻本《十三经注疏》，第1309页。
④ 《礼记·郊特牲》，阮元校刻本《十三经注疏》，第1455页。
⑤ 《礼记正义》，阮元校刻本《十三经注疏》，第1398页。

因此，丧葬仪式中读诔定谥是一项重要仪程，有时也要集体议定，上奏定夺，即议谥①，以便谥号能获得更多认可。因此，拟写诔文者，既要熟悉谥法，了解亡者的爵位、经历、判断功过，又要有文才，《诗经·鄘风·定之方中》"卜云其吉，终然允臧"句郑玄注列举君子可为大夫的"九能"，其一即"丧纪能诔"，孔疏："谓于丧纪之事能累列其行，为文辞以作谥。"②《文心雕龙·诔碑》："读诔定谥，其节文大矣。"③

谥号本是追美尊者，讳称以表达爱敬，故大约最初只有美谥、平谥，没有恶谥。④但童书业仔细分析《左传》《史记》等记载的一百余人的经历和谥号，认为"西周中叶以来，列国君臣以至周天子谥号，多与其人之德行、事业以至考终与否大略相当。"⑤其中有美谥、有平谥，恶谥亦有不少。

美谥如"文""武""桓"等。谥为"文"者，多彼时所谓令王（按：即贤德君主）或有功烈者，晋文侯有宁王室之勋，秦文公有逐犬戎之劳，楚文王强楚国之功。卫文公复兴卫国，晋文公为霸主，鲁文公、宋文公、郑文公、邾文公皆令主，鲁季文子、臧文仲、齐陈文子、晋赵文子，皆有令德之大夫；谥为"桓"或"武"者，多武功昭著之君，如齐桓公、鲁桓公、郑桓公、卫武公、楚武王等。

平谥，如"昭""悼""哀""闵""怀""出"等。谥为"昭"者，多中衰之主或不得其终者，如周昭王"南征而不复"，鲁昭公被逐，齐昭公、晋昭公皆中衰，鲁叔孙昭为季氏排挤而死，臧昭伯被逐……；谥为悼、哀、闵、怀，均为其人不寿或不获令终，可哀悼怀闵者，如周悼王

---

① 礼官评议亡者生平事迹，拟具上谥或赐谥的名号请旨定夺的过程叫议谥。《国语·楚语上》："王卒，及葬，子囊议谥。"《晋书·秦秀传》："何曾卒，下礼官议谥。"后世如宋代定谥甚至要过四道"关口"，参见汪受宽《谥法研究》，上海古籍出版社 1995 年版，第 130—132 页。亦留下一些议谥之文，如汉崔骃作《章帝谥议》；三国蜀汉姜维作《故镇军将军赵云谥议》（《三国志·赵云传》注引《赵云别传》）；宋李清臣《欧阳文忠公（修）谥法》等。

② 《毛诗正义》，《十三经注疏》，第 316 页。

③ 刘勰著，詹锳义证：《文心雕龙义证·诔碑》，第 427 页。

④ 郑樵《通志略·谥略》云："生有名，死有谥，名乃生者之辨，谥乃死者之辨，初不为善恶也，以谥易名，名尚不敢称，况可加之以恶乎？非臣子之所安也。"中华书局 1987 年版，第 313 页。

⑤ 童书业：《春秋左传研究》，上海人民出版社 1980 年版，第 382 页。

立七月而卒，齐悼公立四年被杀，卫悼公立五年卒、燕悼公立七年卒……齐哀公为周夷王烹，宋哀公立一年卒，郑哀公被杀……谥为"出"者，失国之谓，如卫出公、晋出公、秦前后二出子等。

恶谥如"幽""厉"等。谥为"幽"者，盖非令主，且不得其死，如周幽王、鲁幽公、郑幽公、晋幽公、曹幽伯等；谥为"厉"者，皆有昏德或不终者，周厉王放于彘，齐厉公暴虐见杀，宋厉公杀君自立，晋厉公被杀、陈厉公淫乱被杀等。"灵"略近于"厉"，周灵王、卫灵公、郑灵公、晋灵公、楚灵王、齐灵公、陈灵公、蔡灵侯等，皆无道见杀；赵武灵王虽有武功，但废长立幼，卒致内乱，身死为天下笑，诸如此类。

谥有善恶，是欲以谥法劝善惩恶。《穀梁传·桓公十八年》"桓公葬而后举谥"云云，范宁注："人之终卒，事毕于葬，故于葬定称号也。""大行受大名，小行受小名，所以劝善而惩恶。"① 《通典》引《五经通义》曰："谥者，死后之称，累生时之行而谥之。善行有善谥，恶行有恶谥，所以为劝善戒恶也。"但亦关乎权力的布局。"盖西周中衰，政柄下移，至春秋则更入大夫、家臣之手，所谓令主身后，固按其行事奉以美谥，若不得其死或失国之主，自易以恶谥谥之，与后来中央集权专制之世臣不敢议其君上者有异。"② 还有研究者统计自西周共和至秦统一间周王及诸侯234个谥号中，有近13%为恶（丑）谥，且多非亡国之君，而是自身失德而为其子、臣所谥。③

春秋时还出现私谥，《列女传》又载黔娄子妻事：黔娄子，齐国高士，修身清节，安贫乐道。死，曾子与门人往吊，与其妻议其谥：

（曾子）哭之曰："嗟乎！先生之终也，何以为谥？"其妻曰："以康为谥。"曾子曰："先生在时，食不充虚，衣不盖形。死则手足不敛，旁无酒肉。生不得其美，死不得其荣，何乐于此？而谥为康乎？"其妻曰："昔先生君尝欲授之政以为国相，辞而不为，是有余

---

① 《春秋穀梁传》，《十三经注疏》，第2378页。
② 童书业：《春秋左传研究》之附录《周代谥法》，第382—385页。
③ 汪受宽：《谥法研究》，第51页。

贵也。君尝赐之粟三十钟，先生辞而不受，是有余富也。彼先生者，甘天下之淡味，安天下之卑位。不戚戚于贫贱，不忻忻于富贵。求仁而得仁，求义而得义，其谥为康，不亦宜乎！"①

"康"作为谥号有多解，这里用的是"丰年好乐""温年好乐""富裕和平"之类的意思②。曾子从其实际生活的贫寒着眼，觉得此谥不妥。而高士之妻则从精神层面着眼，认为其无有欲求，富贵有余，故谥为"康"。

正因谥有褒贬，是对人一生善恶是非的定论，故秦政统一天下，专制政权巩固，不允许士人"妄议"帝王功过是非，遂废除谥法：

> 制曰："朕闻太古有号毋谥，中古有号，死而以行为谥。如此，则子议父，臣议君也，甚无谓，朕弗取焉。自今已来，除谥法。二世三世至于万世，传之无穷。"③

始皇"矜其所习，自任私知，讪笑三代，荡灭古法"，拿谥法开刀，也可见这一礼制在当时的影响。

按周礼，诔以定谥，则有谥必有诔，有诔必有谥。《周礼·大祝》"作六辞以通上下亲疏远近……六曰诔"。郑众曰："诔谓积累生时德行以赐之命，主为其辞也。"④ 大概由于诔文是为定谥服务的，一般少有保留，只有谥号作为死后的名号伴随着亡者传记流传后世。现在能看到的先秦时期诔文（辞）有二，都是突破礼制的产物。

其一，鲁哀公为孔子诔，是为无爵位者诔。《左传·哀公十六年》载：

> 夏四月己丑，孔丘卒，公诔之曰："昊天不吊，不憖遗一老，俾

---

① 张敬：《列女传今注今译》，中国台湾商务印书馆1994年版，第75页。
② 汪受宽：《谥法研究》，第404—406页。
③ 《史记》卷6，第236页。
④ 郑玄注，贾公彦疏：《周礼注疏》，阮元校刻《十三经注疏》，第809页。

屏余一人在位,茕茕余在疚,呜呼哀哉!尼父,无自律!"①

《礼记·檀弓上》所载《孔子诔》与此略异:"天不遗耆老,莫相予位焉。呜呼哀哉!尼父。"孔子无爵,依礼无诔无谥。此诔文也并未提及谥号,或意味着礼制的一次突破,"尼父,孔子之字也。孔子无谥诔,诔之不必有谥,于此见矣。"② 明吴讷说:"此唯有辞而无谥,盖唯累其美行示己伤悼之情尔。是则后世有诔辞而无谥者,盖本于此。"③

与此相近的情形是为士诔。《礼记·檀弓》所记:"鲁庄公及宋人战于乘丘,县贲父御,卜国为右。马惊败绩。公队,佐车授绥。公曰:'未之卜也!'县贲父曰:'他日不败绩,而今败绩,是无勇也。'遂死之。圉人浴马,有流矢在白肉。公曰:'非其罪也。'遂诔之。士之有诔,自此始也。"④

突破礼制要求,但又给予礼制内的待遇,往往是对亡者的最高评价。故这两次作诔都没有提及定谥的问题,当是诔与谥可以分别的早期用例,也是特例,大约适用于无爵不能给谥者。因此,这些诔文(辞)在丧葬大奠中当众宣读,述行迹,亦致哀,相当于今天的致悼词。故《孔子诔》也是得体的礼辞。刘勰认为其"虽非叡作,古式存焉"。⑤ 陆机《文赋》:"诔缠绵而凄怆。"后世诔文大约就把这一部分功能扩大了。

其二,突破贱不诔贵的规定。如《柳下惠诔》,出自刘向《列女传》卷二。柳下既死,门人将诔之。妻曰:"将诔夫子之德邪?则二三子不如妾之知也。"乃诔曰:

夫子之不伐兮,夫子之不竭兮,夫子之信诚而与人无害兮,屈柔从俗不强察兮,蒙耻救民,德弥大兮。虽遇三黜,终不蔽兮,恺悌君子,永能厉兮。嗟乎惜哉,乃下世兮。庶几遐年,今遂逝兮。

---

① 杨伯峻:《春秋左传注》,第1698页。
② 孙希旦:《礼记集解》,中华书局1989年,第239页。
③ 吴讷、徐师曾:《文章辨体序说·文体明辨序说》,人民文学出版社1982年,第53页。
④ 郑玄注,孔颖达正义:《礼记正义》,阮元校刻本《十三经注疏》,第1277页。
⑤ 詹锳:《文心雕龙义证·诔碑》,第429页。

呜呼哀哉,魂神泄兮,夫子之谥,宜为惠兮。①

门人从之以为诔,未改一字。此又见《说苑》。柳下惠,即展禽,春秋中期鲁国大夫,道德高尚,《论语·卫灵公》载孔子就曾称道柳下惠之贤。"门人将诔之"以及妻为夫作诔,大约都突破"贱不诔贵"的礼制。刘勰谓此文"辞哀而韵长。"②《文体明辨序说》:"今私诔所由起也。盖古之诔本为定谥,而今之诔惟以寓哀,则不必问其谥之有无,而皆可为之。至于贵贱长幼之节,亦不复论矣。"③

从先秦诔文及有关谥号的讨论看,罗列亡者形迹功过,强调谥号与个人功过的匹配,是较为通行的观念,故曹丕《典论·论文》云:"铭诔尚实。"这是从诔文内容和功能着眼,是其最基本的文体要求。而陆机在《文赋》中说"诔缠绵而凄怆"则是从其情感要求上着眼。诔文的发布场合是送丧前的大奠告别仪式,故《孔子诔》《柳下惠诔》都可谓"辞哀而韵长",是为"缠绵凄怆"。因此,先秦时期的"诔以定谥"的礼仪功能基本决定了其文体风格特点。后世的变化只是在此基础之上微调而已。

二　汉代诔谥和行状

公元前 202 年,汉高祖登基,遂恢复谥法,先后为其生母及一些异姓王侯封赐谥号,以此"定名分"之举作为"拨乱世反诸正"的重要手段。设大鸿胪(九卿之一)专掌谥法。给谥资格也有严格的礼制规定,如百官有爵为伯侯,方有谥;封侯者若因罪夺爵,则不予谥;妇人从夫谥;太子无谥,因为《士冠礼》:"天子之元子犹士也。"反之其他诸子因封王封侯,则都有谥等。

诔谥包含毁誉,牵涉门楣,影响对其本人及子孙的评价,因此受到汉代的重视。据汪寿宽对两汉三国时期宗室、百官谥号的比较看,西汉获谥人数总量还是比较可观的,远远高出东汉。同时他还注意到,西汉

---

① 张敬:《列女传今注今译》,中国台湾商务印书馆 1994 年版,第 73 页。
② 詹锳:《文心雕龙义证·诔碑》,第 429 页。
③ 徐师曾:《文体明辨序说》,人民文学出版社 1962 年版,第 154 页。

宗室获得丑（恶）谥比较百官比例更大，一定程度上也能看出西汉对谥法的看重和认真对待。

不过，汉宣帝时则打破常规，为其祖父（即武帝时巫蛊案中蒙冤而死的太子刘据）及其祖母改葬追谥为"戾"及"戾夫人"，父亲母亲追谥为"悼"及"悼后"。韦昭注："以违戾擅发兵，故谥曰戾。"臣瓒认为是恶谥："太子诛江充以除谗贼，而事不见明。后武帝觉寤，遂族充家，宣帝不得以加恶谥也。"董仲舒云："有其功无其意谓之戾，无其功有其意谓之罪。"① 不过，从董仲舒对"戾"的解释和戾太子的经历看，此大约还是实事求是的。

整体看，西汉给谥制度执行得比较严格，如将军李广在汉匈战争中屡屡以奇兵致胜，但没有封侯，故死无谥。有些能力平平者会因偶然机遇而封侯，死后获美谥。所以后世也认为此谥法有些不公平："谥法主于行而不系爵。然汉、魏相承，爵非列侯，则皆没而高行，不加之谥，使三事之贤臣，不如野战之将。"②

不过，西汉诔文流传下来的文本比较少。最完整和典型的就是扬雄《元后诔》。《汉书·元后传》："孝元皇后，王莽之姑也。……建国（按：指新莽）五年二月癸丑崩，三月乙酉，合葬渭陵。莽诏大夫扬雄作诔。"③西汉后妃按制无谥，以皇帝之谥称之，故此诔文不涉及定谥号的问题，但仍然考行迹，论功业，述德行。值得注意的是，《元后诔》开篇有对作文缘由的说明，可见已被当作文章对待了。序曰：

> 新室文母太后崩，天下哀痛，号哭涕泗，思慕功德，咸上枢，诔之。

此后以"铭曰"领起四言句近千字，累列生时行迹功德。先述元后血统之高贵，天生之圣姿，以及作为皇后孝顺圣敬齐庄的美好德行：

---

① 施之勉集释：《汉书集释·宣帝纪》，中国台北三民书局2003年版，第594页。
② 《晋书·刘毅传》卷45，第1279页。
③ 《汉书》卷98，第4035页。

惟我有新室文母圣明皇太后，姓出黄帝，西陵昌意，实生高阳，纯德虞帝，孝闻四方，登陟帝位。禅受伊唐，爰初胙土，陈田至王，营相厥宇，度河济旁。沙麓之灵，太阴之精，天生圣姿，豫有祥祯，作合于汉，配元生成。孝顺皇姑，圣敬齐庄，内则纯备，后烈丕光，肇初配元。

又述汉末皇室衰微之时元后的担当：

……哀帝承祚，惟离典经，尚是言异，大命俄颠，厥年夭陨，大终不盈。文母览之，千载不倾，博选大智，新都宰衡，明圣作佐，与图国艰……

以及王莽居摄受禅后恭虔祗敬的态度：

……为新帝母，鸿德不忘。钦德伊何，奉命是行。菲薄服食，神祇是崇。尊不虚统，惟祗惟庸。隆循人敬，先民是从。承天祗家，允恭虔恪。丰阜庶卉，旅力不射。恤民于留，不皇诡作。别计千邑，国之是度。还奉于此，以处贫薄。罢苑置县，筑里作宅，以处贫穷，哀此嫠独。起常盈仓，五十万斛，为诸生储，以劝好学。志在黎元，是劳是勤……

最后称元后之德泽被天下，闻其薨亡，四海伤怀，若丧考妣：

自京逮海，靡不仰德，成类存生，秉天地经，无物不理，无人不宁。尊号文母，与新有成。世奉长寿，靡堕有倾，著德太常，注诸旒旌。呜呼哀哉，以昭鸿名。享国六十，殂落而崩。四海伤怀，擗踊拊心。若丧考妣，遏密入音。呜呼哀哉，万方不胜。德被海表，弥流魂精。去此昭昭，就彼冥冥。忽兮不见，超兮西征。既作下官，不复故庭。爰缄伊铭,呜呼哀哉。①

文末三次悲伤哀哭"呜呼哀哉",渲染悲情。

这篇诔文千余字,刘勰评价"文实繁秽"②。繁则繁矣,不过,终不算大问题,关键大概是"秽",大约是因中间一段文字为王莽作回护,有悖诔文体例,故有此评价。文曰:"荣极而迁,皇天眷命,黄虞之孙,历世运移。属在圣新,代于汉刘。受祈于天,汉祖受命。赤传于黄,摄帝受禅。立为真皇,允执厥中,以安黎众。汉祖黜废,移定安公……"

按《汉书·元后传》对此诔文只载四句:"沙麓之灵,太阴之精,作合于汉,配元生成。"挚虞大约未见全文,《文章流别》疑此四句为成篇。对此刘勰说:"安有累德述尊,而阔略四句乎?"③ 可见,无论是否要定谥,诔文当累列生时行迹并述德,这就决定了其文字中"述"的内容占比较高。

西汉还有传卓文君所作《司马相如诔》,《西京杂记》云:长卿素有消渴疾,及还成都,死,文君为诔,传于世。不过《杂记》未载其辞,明梅鼎祚《文纪》收录,未详所出,严可均收入《全汉文》,但认为盖近代依托。其文为楚歌形式:"……忆昔初好兮雍容孔都,怜才仰德兮琴心两娱。永托为妃兮不耻当垆,生平浅促兮命也难扶。长夜思君兮形影孤,步上中庭兮霜草枯。雁鸣哀哀兮吾将安如,仰天太息兮抑郁不舒。诉此凄恻兮畴忍听予,泉穴可从兮愿殒其躯。"④

东汉保留下来的诔文相对较多,诔文的撰写不再限于具体职官所掌,而是出于文人士子之手。《后汉书·杜笃传》载,东汉初年,屡立战功的吴汉去世,光武帝遂诏诸儒为诔:"笃于狱中为诔,辞最高,帝美之,赐帛免刑。"⑤ 杜笃所作《大司马吴汉诔》见《全后汉文》卷二十八,其他则无传。序云"尧隆稷、契,舜嘉皋陶,伊尹佐殷,吕尚翼周。若此五臣,功无与畴。今汉吴公,追而六之,乃作诔曰":

---

① 《全汉文》卷54,第421页。
② 刘勰著,詹锳义证:《文心雕龙义证》,第430页注(二)。
③ 刘勰著,詹锳义证:《文心雕龙义证》,第432页。
④ 《全汉文》卷57,第434页。
⑤ 《后汉书》卷80上,第2595页。

朝失鲠臣，国丧牙爪，天子愍悼，中宫咨嗟。四方残暴，公不征兹，征兹海内，公其攸平。泯泯群黎，赖公以宁。勋业既崇，持盈守虚，功成即退，挹而损诸。死而不朽，名勒丹书，功著金石，与日月俱。①

刘师培评价："句皆直写，不甚锤炼，汉人之诔，大致如此。"②

此后有傅毅《明帝诔》《北海王诔》，见《全后汉文》卷四十三，刘勰评其有"伦次"，即叙写有次序，刘师培评其"调多转折，音节甚高"③，都是诔文中的佳品。

又崔瑗《窦贵人诔》：

若夫贵人，天地之所留神，造化之所殷勤。华光曜乎日月，才志出乎浮云。然犹退让，未尝专宠。乐庆云之普覆，悼时雨之不广。忧国念主，不敢怠遑。呜呼哀哉，惟以永伤。④

韵散结合，音调流荡上口。

又苏顺《和帝诔》前有序，陈说作诔文缘由，后则四言句述德，最后表达悲情：

天王徂登，率土奄伤。如何昊穹，夺我圣皇？恩德累代，乃作铭章。其辞曰：

恭惟大行，配天建德。陶元二化，风流万国。立我蒸民，宜此仪则。厥初生民，三五作刚。载籍之盛，著于虞唐。恭惟大行，爱同其光。自昔何为，钦明允塞。恭惟大行，天覆地载。无为而治，冠斯往代。往代崎岖，诸夏擅命。爰兹发号，民乐其政。奄有万国，民臣咸秩。大孝备矣，閟宫有侐。由昔姜嫄，祖妣之室。本枝百世，

---

① 《全后汉文》卷28，第628页。
② 刘勰著，詹锳义证：《文心雕龙义证》，第432页注（六）。
③ 刘勰著，詹锳义证：《文心雕龙义证》，第433页注（八）。
④ 《全后汉文》卷45，第719页。

神契惟一。弥留不豫，道扬末命。劳谦有终，实惟其性。衣不制新，犀玉远屏。履和而行，威稜上古。洪泽滂流，茂化沾溥。不慭少留，民斯何怙。歔欷成云，泣涕成雨。昊天不吊，丧我慈父。①

这种格式，大约是诔文的标准格式。又蔡邕《济北相崔君夫人诔》前也有序言："维延熹四年，故济北相夫人卒。呜呼哀哉，世丧母仪，宗殒宪师，哀哀孝子，靡所瞻依。凡百赴吊，至亡增悲，投涕嘘欷，共叙赫姿。乃作诔曰"② 云云。但从《全后汉文》所收《陈公诔》《贾逵诔》《司徒吕公诔》《司空陈公诔》《大司农鲍德诔》等看，基本是四言述德的内容，没有序言。四言部分，典雅郑重，当是诔文主体，序则可有可无。
刘勰将汉代诔文看作诔文的正体，以此总结诔文文体要求：

详夫诔之为制，盖选言录行，传体而颂文，荣始而哀终。论其人也，暧乎若可觌；道其哀也，凄焉如可伤，此其旨也。③

传体颂文，荣始哀终，强调的是诔文的礼仪功能。讲述其人，如在眼前；言其伤痛，凄然感人，则强调文章的真情。

由于诔文传体颂文，故汉末碑文中就有把诔文直接做碑文主体者，如《后汉文》载《汉益州太守北海相景君铭》（汉安二年）：

惟汉安二年仲秋□□，故北海任城景府君卒，呜呼哀哉！国□□宝，英彦失畴，列宿亏精，晚学后时，于何穹仓，布命授期，有生有死，天实为之，岂夫仁哲，攸剋不遗。於是故吏诸生，相与论曰：上世群后，莫不流光□於无穷，垂芬耀於书篇，身殁而行明，体亡而名存，或著形像於列图，或鼓颂於管弦。后来咏其烈，竹帛叙其勋，乃作诔曰：

---

① 《全后汉文》卷49，第744页。
② 《全后汉文》卷78，第898页。
③ 刘勰著，詹锳义证：《文心雕龙义证》，第442页。

伏惟明府，受质自天。孝弟渊懿，帅礼蹈仁。相道恢艺，抱淑守真。晶白清方，剋己治身。实深实刚，乃武乃文……①

又阙名《堂邑令费凤碑》（熹平六年九月）：

惟熹平六年岁佫亐大茺无射之月，堂邑令费君寝疾卒。呜呼哀哉。於是夫人元弟故□□□守卜胤追而诔之。其辞曰：……②

东汉大量诔文保留下来与文人才子的参与有密切关系，至此，诔文已不仅为定谥的参照，而是述德陈哀的文章，可彰显才情。此后，诔文述哀的功能进一步扩大，甚至借他人酒杯浇自己的块垒。曹植认为："铭以述德，诔以述哀。"③ 故《陈帝诔》篇末自述哀思，刘勰讥其"繁缓"，但此后诔文述及自身哀思者不可胜数④，诔文则脱开礼仪定谥的功能而转为表达哀思之文。述德的礼仪功能则由墓碑文分担了。

东汉还出现行状之文，也分担了诔文最初述行迹事功以定谥的功能。刘勰云："状者，貌也。体貌本原，取其事实，先贤表谥，并有行状，状之大者也。"⑤ 行状本非专为丧葬而用，东汉时调查基层官员政绩行为时，就通过"举谣言"的方式，了解官员"行状"而加以判断。《后汉书·百官志》"司徒"条注引应劭语："每岁州郡听采长吏臧否，民所疾苦，还条奏之，是为之举谣言者也。顷者举谣言者，掾属令史都会殿上，主者大言某州郡行状云何，善者同声称之，不善者各尔衔枚。"⑥ 相关官员集聚州郡府堂，举谣言者高声诵述某地方官员"行状"，这"行状"自然当有该官员的姓名、籍贯、履历等常规内容，更有"臧否"评价。也正

---

① 《全后汉文》卷98，第1000页。
② 《全后汉文》卷130，第1028页。
③ 曹植：《上卞太后诔表》，严可均：《全三国文》卷19，《全上古三代秦汉三国六朝文》，第1157页。
④ 刘勰著，詹锳义证：《文心雕龙义证》，第439页注（六）引《左庵文论》语。
⑤ 刘勰著，詹锳义证：《文心雕龙义证》，第963页。
⑥ 《后汉书·百官志》，第3560页。

因此，行状后来也用以"盖棺论定"，成为丧葬定谥的参照。

明吴讷《文章辨体序说》引《文章缘起》："（行状）始自汉丞相仓曹傅干作《杨原伯行状》，然徒有其名而亡其辞。萧氏《文选》唯载任彦升所作《齐竟陵王行状》一篇，而辞多矫诞，识者病之。今采韩柳所作，载为楷式云。"①徐师曾《文体明辨序说》云："汉丞相仓曹傅胡干始作《杨元伯行状》，后世因之。盖具死者世系、名字、爵里、行治、寿年之详，或牒考功太常使议谥，或牒史馆请编录，或上作者乞墓志碑表之类皆用之。"②据《文选》卷60李善注，《齐竟陵王行状》纯用骈体，或许被认为"辞多矫诞"的原因。其频繁引经史，如引《汉书》二十二次、《礼记》十九次、《尚书》十七次等③，内容详尽。行状是用来议谥，或用作墓碑墓志参考，会有些行事细节，有人物传记的意思，详尽也是正常的。

第四节　哀吊与祭文

一　哀辞与哀策

诔文多针对成人，有相对完整的一生，故可以述行迹、论德行、定谥号，致哀思。而夭亡者是"未完成"的人生，难以述行评定，"杪末婴孩，安足称诔"④，只有更多痛惜哀悼之情，因此，哀辞可为诔之补充。哀，即哀痛之辞。挚虞《文章流别论》："哀辞者，诔之流也。崔瑗、苏顺、马融等为之，率以施于童殇夭折、不以寿终者。建安中，文帝与临淄侯各失稚子，命徐干、刘桢等为之哀辞。哀辞之体，以哀痛为主，缘以叹息之辞。"⑤刘勰《文心雕龙·哀吊》云：

---

① 吴讷：《文章辨体序说》，人民文学出版社1962年版，第50页。
② 徐师曾：《文体明辨序说》，人民文学出版社1962年版，第147—148页。
③ 吴夏平：《从行状和墓碑文看唐代骈文的演进》，《文学遗产》2007年第4期。
④ 孙楚：《和氏外孙道生哀文》，严可均《全晋文》卷60，《全上古三代秦汉三国六朝文》，第1804页。
⑤ 挚虞：《文章流别论》，严可均《全晋文》卷77，《全上古三代秦汉三国六朝文》，第1905页。

> 赋宪之谥，短折曰哀。哀者，依也。悲实依心，故曰哀也。以辞遣哀，盖下流之悼，故不在黄发，必施夭昏。①

"赋宪"，指谥法。② 根据谥法，谓短命夭折曰"哀"。《逸周书·谥法解》："蚤孤短折曰哀，恭仁短折曰哀。"孔晁注："早者，未知人事。少儿无父谓之孤……体恭为仁，功未施也。"③ 意思是人"未知事"或"功未施"而死，谓之哀。

多大年龄亡殁可谓短折夭亡，说法有不同。《尚书·洪范》："一曰凶短折。"注："短，未六十；折，未三十。"④《左传》昭公十九年载子产曰："寡君之二三臣札瘥夭昏。"杜注："大死曰札，小疫曰瘥，短折曰夭，未名曰昏。"正义谓昏："未三月而死也。"⑤ 从后世相关资料看，如挚虞所云，哀辞多施于童殇夭折，故刘勰称哀辞为"下流"之悼，"下流"指卑者，幼小之流辈。⑥ 秦汉时期所谓"童"大约指未成年，即未巾冠、未笄之时。《说文》："僮，未冠也。"秦汉时婴儿、孺子、悼、幼或幼童等诸阶段相当于现代意义上的儿童时期，童或成童相当于青少年时期。⑦ 幼小或者年轻鲜活生命的亡殁，往往引发人们内心极大的痛惜，这是无关尊卑等级礼仪的，故哀辞"悲实依心"，情真意切，以辞遣哀，主诉伤悼之情，不负载其他更多礼仪内容。

哀辞约起于东汉，梁任昉《文章缘起》云："哀辞，汉班固《梁氏哀辞》。"又宋《太平御览》卷596载班固《马仲都哀辞》："车骑将军顺文侯马仲都，明帝舅也。从车驾于洛水浮桥，马惊入水溺死。帝顾谓侍御

---

① 刘勰著，詹锳义证：《文心雕龙义证》，第464页。
② 黄怀信、张懋镕、田旭东：《逸周书汇校集注·谥法解》，第624页注引《周书·谥法》："惟三月既生魄，周公旦、太师望相嗣王发，既赋宪受胪于牧之野。将葬乃制作谥。"
③ 黄怀信、张懋镕、田旭东：《逸周书汇校集注·谥法解》，第683—684页。
④ 《尚书正义·洪范》，阮元校刻本《十三经注疏》，第193页。
⑤ 《春秋左传正义》，《十三经注疏》，第2087页。
⑥ 刘勰著，詹锳义证《文心雕龙义证·指瑕》："礼文在尊极，而施之下流"，第1533页；《三国志·魏乐陵王茂传》："今封茂为聊城王，以慰太皇太后下流之念。"中华书局1959年版，卷20，第589页。
⑦ 彭卫、杨振红：《中国风俗通史·秦汉卷》，第354页。

曰班固为马上三十步哀辞。"① 明张溥编《汉魏六朝百三家集》卷11《班固集》、明梅鼎祚编《东汉文纪》卷10均据《北堂书钞》录《马仲都哀辞》，内容相似。后人一般将班固所作看作哀辞之祖。如明吴讷《文章辨体》："昔汉班固初作《梁氏哀辞》，后人因之，代有撰著。"② 班固二作今无存。

班固之下，东汉至汉末建安间作哀辞者还有班昭、苏顺、张升、崔瑗、马融、徐干、刘桢、杨修等。《后汉书》卷54杨修传："修所著赋、颂、碑、赞、诗、哀辞、表、记、书凡十五篇"；卷80苏顺传："（顺）所著赋、论、诔、哀辞、杂文凡十六篇。"卷84班昭传："（昭）所著赋、颂、铭、诔、问、注、哀辞、书、论、上疏、遗令凡十六篇。"③ 又晋挚虞《文章流别论》："哀辞……崔瑗、苏顺、马融等为之。"④ 刘勰《文心雕龙·哀吊》亦云："苏顺、张升并述哀文。"⑤ 而前引挚虞《文章流别论》载："建安中……徐干、刘桢等为之哀辞。"上述所涉哀辞亦大都无存。

对生命早逝的哀叹并不是什么特殊的情感，但秦汉以后出现主要针对儿童夭亡者的哀辞与时人对儿童的态度有关。

从各种史料看，秦汉时对儿童投注更多关注。比如将未成年人细分为婴儿、孺子、悼、幼、童等阶段。《释名·释长幼》："人始生曰婴儿"，"儿始能行曰孺"，"七年曰悼"，"幼，少也，言生日少也"，"十五曰童"⑥ 等；儿童生活和安全状况受到官方保护，秦律规定父母不得随便杀害子女、不得随便施与刑罚、父母服刑的子女要获得照顾；汉代官方也对儿童有很多保护行为，除了强调宣传家庭家族对儿童的呵护外，也有相关法律制度针对孤儿和针对儿童的暴力行为加以关注，这些保护措施

---

① 李昉：《太平御览》卷596，中华书局1960年版，第2687页。
② 徐师曾：《文体明辨序说》，人民文学出版社1962年版，第153页。
③ 《后汉书》卷54、80上、84，第1790、2617、2792页。
④ 挚虞：《文章流别论》，严可均：《全晋文》卷77，《全上古三代秦汉三国六朝文》，第1905页。
⑤ 刘勰著，詹锳义证：《文心雕龙义证》，第470页。
⑥ 刘熙撰，任继昉汇校：《释名汇校·释长幼》，齐鲁社2006年版，第145—148页。

涉及平民、奴婢等阶层；在家庭生活中也有普遍溺爱儿童的倾向，民间流行诸多描绘小儿声音、泣笑尤其是哭泣之类的语词，如《说文解字》："咳，小儿笑也"；"喤，小儿声"；"啾，小儿声也"；"呱，小儿啼声"；其他如"咺""咷""咟""嗷""喑"等皆为儿童泣笑等情绪变化有关。① 此外，秦汉整个社会都比较重视儿童教育，欣赏以及发现、推举、称扬灵敏聪颖或少具德行者，出现很多神童。未成年人参政机会也很多，如秦时有"小子军"，汉代有童子郎、少年吏、小儿官等。② 加之秦汉已降，社会结构以小家庭为主，父母和孩子之间有更亲密的情感联系。在这样的氛围下，少年儿童的短折夭亡会给成人的情感精神带来较大的冲击，心动于中，发而为辞，哀辞便出现了。

刘勰曾将哀辞溯源至《诗经·黄鸟》，按《史记》：秦缪公卒，从死者百七十七人，秦之良臣奄息、仲行、针虎亦在从死之中。"秦人哀之，为作歌《黄鸟》之诗。"③ 大约这些人都是少壮的年轻人。又称汉武帝《悼霍嬗诗》"亦哀辞之类。"据《汉书·霍去病传》，霍去病子名嬗字子侯，"（武帝）爱之，幸其壮而将之，为奉车都尉，从封泰山而薨。"④《汉武帝集》："奉车子（集）暴病死，一日死，上甚悼之，乃自为歌诗。"⑤ 又评价崔瑗《汝阳王哀辞》"履突鬼门，怪而不辞。驾龙乘云，仙而不哀"，认为其言辞内容和情感不像哀辞，"又卒章五言，颇似歌谣，亦仿佛乎汉武也。"可见当时文人撰写哀辞也没有什么固定的格式体例。又称汉代苏顺、张升哀文，"虽发其情华，而未极其心实。"指未尽其情，或未尽其诚。哀辞无论以何种言语形式，没有真诚的痛疾之情就难以称得上得体或优秀。

直到建安时期，才有了较为典范的哀辞作品，"哀辞，惟伟长差善，《行女》一篇，时有恻怛。"⑥ 徐干字伟长，"恻怛"，悲喜伤痛也。《礼

---

① 彭卫、杨振红：《中国风俗通史·秦汉卷》，第355—356页。
② 王子今：《秦汉儿童的世界》，中华书局2018年版。
③ 《史记》卷5，第194页。
④ 《汉书》卷55，第2489页。
⑤ 欧阳询：《艺文类聚》卷56，上海古籍出版社2013年版，第1517页。
⑥ 刘勰著，詹锳义证：《文心雕龙义证》，第470页。

记·问丧》："恻怛之心，痛疾之意。"可惜徐干《行女哀辞》今不传。曹植也有《行女哀辞》，今有残篇。其序云："行女生于季秋，而终于首夏。三年之中，二子频丧。"辞云：

  伊上灵之降命，何短修之难栽。或华发以终年，或怀妊而逢灾；感前哀之未阕，复新殃之重来！方朝华而晚敷，比辰露而先晞。感逝者之不追，怅情忽而失度。天盖高而无阶，怀此恨其谁诉！①

行女，为曹植幼女，深秋出生，来年初夏殁。三年内痛失两女，悲伤之情难以抑制。辞中感慨生命长短之难测，悲悼如花的生命像晨露一样迅速消亡。生命流水般逝去，永难复返，念及于此，几乎失去常态。天空高邈，有谁可借我长梯攀缘而上？怅恨满怀又有谁可以诉说！这是哀辞佳篇。

  曹植还有《金瓠哀辞》目前可见28字，当为序言部分："金瓠，予之首女。虽未能言，固已授色知心矣。生十九旬而夭折，乃作此辞。""虽未能言，固已授色知心矣"，此语背后有属于父女间难以言说的情感细节。又有《仲雍哀辞》：

  曹喈字仲雍，魏太子中之子也，三月生而五月亡。
  昔后稷之在寒冰，斗谷之在楚泽，咸依鸟凭虎，而无风尘之灾。今之玄绨文茵，无寒冰之惨；罗帱绮帐，暖于翔禽之翼；幽房闲宇，密于云梦之野；慈母良保，仁乎乌菟之情。卒不能延期于期戴，离六旬而夭没。彼孤兰之眇眇，亮成干其毕荣。哀绵绵之弱子，早背世而潜形。且四孟之未周，将何愿乎一龄。阴云回于素盖，悲风动其扶轮。临埏闼以嘘欷，泪流射而沾巾。②

此哀辞为骈体，后稷为母亲姜源遗弃，事见《诗·大雅·生民》；斗谷即

---

① 严可均：《全三国文》卷19，第1158页。
② 严可均：《全三国文》卷19，第1158页。

斗谷於菟，为楚令尹子文。事见《左传·宣公四年》：若敖在妘国娶妻，生斗伯比。若敖卒，斗伯比随母生活在妘国，与妘子之女私通（淫），生子文，妘夫人遂使弃诸云梦泽，虎乳之。妘子田猎，见之，惧而归。夫人告以实情，遂收养子文。楚人称"乳"为"谷"，称"虎"为"于菟"，故名斗谷于菟。曹植引上述二史例中主人公都是幼时历艰险而存活，感叹曹仲雍虽百般呵护仍年幼夭亡，表达在生死面前人的无能为力。"阴云回于素盖，悲风动其扶轮。临埏闼以嘘欷，泪流射而沾巾。""埏闼"为墓道之门，这里描述送葬的场面，丧车素盖，悲风回旋，唏嘘泪流，悲情难抑。

刘勰称徐干《行女哀辞》后"潘岳继作，实锺其美。"可见他认为汉末哀辞已有典范意义。徐干文虽不见，从曹植作品亦可见其时哀辞的大致情形。

哀辞以情胜，表达的主要是痛惜之情："情主于痛伤，而辞穷乎爱惜。"死者幼弱，难以谈及德行成就，故多赞美其聪慧和容颜，"誉止于察惠""悼加乎肤色。"情动于中而形于言，就能写出好的哀辞，反之，以华美的文辞而去联结心思，自然浮夸不实，亦难有真正的哀痛："以隐心而结文则事惬，观文而属心则体奢。奢体为辞，则虽丽不哀。"故哀辞写作"必使情往会悲，文来引泣，乃其贵耳。"① 《文体明辨序说》"哀辞"类："夫哀之为言依也，悲依于心，故曰哀；以辞遣哀，故谓之哀辞。"②《说文》：悠，痛声也。哀、依古音、义近，故云哀者，依也。各种丧葬礼辞中，大约哀辞是最做不得假的。

又有哀策，亦作哀册，主要施之于帝王、后妃、侯王等。汉代哀策书于竹简，行葬礼时，由太史令诵读后埋于陵中。《后汉书·礼仪志》："司徒、太史令奉谥、哀策。"注曰："晋时有人嵩高山下得竹简一枚，上有两行科斗书之。台中外传以相示，莫有知者。司空张华以问博士束皙，曰：'此明帝显节陵中策也。'检校果然。是知策用此书也。"③ 刘勰称哀

---

① 刘勰著，詹锳义证：《文心雕龙义证》，第474页。
② 徐师曾：《文体明辨序说》，人民文学出版社1962年版，第153页。
③ 《后汉书·礼仪志下》，第3146页。

策文是"诔首而哀末,颂体而祝仪。"① 即开头像诔,末为哀词,体裁像颂,而施用时仪式像祝,故将哀策归入《祝盟》篇中讨论。

哀策大约兴于东汉,《文章缘起》:"汉乐安相李尤作《和帝哀策》。"惜其文佚。今有光武帝《东平宪王哀策》:

> 惟建初八年三月己卯,皇帝曰:咨王丕显,勤劳王室,亲受策命,昭于前世。出作蕃辅,克慎明德,率礼不越,傅闻在下。昊天不吊,不报上仁,俾屏余一人,夙夜茕茕,靡有所终。今诏有司加赐鸾辂乘马,龙旂九旒,虎贲百人,奉送王行。匪我宪王,其孰离之!魂而有灵,保慈宠荣。呜呼哀哉!②

又曹丕《武帝哀册文》,为哀曹操之作,见《艺文类聚》卷十三:

> 痛神曜之幽潜,哀鼎俎之虚置。舒皇德而咏思,遂腷臆以荏事。蜎乃小子,夙遭不造,茕茕在疚。呜呼皇考,产我曷晚,弃我曷早?群臣子辅,夺我哀愿,猥抑奔墓,俯就权变。卜葬既从,大隧既通。漫漫长夜,窈窈玄宫。有晦无明,曷有所穷。卤簿既整,三官骈罗。前驱建旗,方相执戈,弃此宫庭,陟彼山阿。

又明帝曹叡哀其母之作,《三国志·魏志·文德郭皇后传》注引《魏书》:

> 维青龙三年三月壬申,皇太后梓宫启殡,将葬于首阳之西陵。哀子皇帝叡亲奉册祖载,遂亲遣奠,叩心擗踊,号啕仰诉。痛灵魂之迁幸,悲容车之向路,背三光以潜翳,就黄垆而安厝。呜呼哀哉!昔二女妃虞,帝道以彰,三母嫔周,圣善弥光,既多受祉,享国延长。哀哀慈妣,兴化闺房,龙飞紫极,作合圣皇,不虞中年,暴罹

---

① 刘勰著,詹锳义证:《文心雕龙义证》,第372页。
② 《后汉书》卷42,第1441页。

灾殃。愍予小子，茕茕摧伤，魂虽永逝，定省曷望？呜呼哀哉！①

哀策在遣奠时诵读，随葬于墓，故为韵文，言辞多用典雅四言，颂德、述哀都很简要。

二 吊辞和伤辞

吊，即吊丧，后又称吊孝、吊祭，指闻亲朋等丧后，亲自或遣人前往祭奠死者并慰问丧主。先秦时，国灾民亡，都要吊问，以示关切体恤。

国灾，指水火等灾异。《左传》庄公十一年："秋，宋大水。公使吊焉，曰：'天作淫雨，害于粢盛，若之何不吊？'"② 也有相应的职官，如《周礼》大宗伯职："以吊礼哀祸灾。"郑注："祸灾，谓遭水火。"小行人职："若国有祸灾，则令哀吊之。"③ 吊灾，既出于人情，也关乎礼仪，故国灾不吊不仅不通人情，也违礼，亦不吉。《左传》昭公十八年，宋、卫、陈、郑皆火。"使行人告于诸侯。宋、卫皆如是。陈不救火，许不吊灾，君子是以知陈、许之先亡也。"④ 民亡而吊，则为问丧，《礼记·檀弓上》："子张死，曾子有母之丧，齐衰而往哭之。或曰：'齐衰不以吊。'曾子曰：'我吊也与哉。'有若之丧，悼公吊焉，子游摈由左。"⑤ 故吊丧属于殡期间的活动。似乎秦汉以后，吊则专指吊丧，《说文》人部："吊，问终也。"即有死丧而问之。

吊问要亲往，或派专人登门慰问。《尔雅·释诂上》："吊，至也。"不过，若非善终，则不吊。《礼记·檀弓上》："死而不吊者三：畏，厌，溺。"郑玄注云："谓轻身忘孝也。"畏，"人或时以非罪攻己，不能有以说之死者。孔子畏於匡。"⑥ 意思是受到无端攻击或加罪，自己不说清楚就死了；厌，"行止危险之下"即指为崩坠所压杀；溺，指溺水而亡。

---

① 《三国志》卷5，中华书局1959年版，第167页。
② 杨伯峻：《春秋左传注》，第187页。
③ 郑玄注，贾公彦疏：《周礼注疏》，阮元校刻本《十三经注疏》，第759、894页。
④ 杨伯峻：《春秋左传注》，第1396—1397页。
⑤ 郑玄注，孔颖达正义：《礼记正义》，阮元校刻本《十三经注疏》，第1300页。
⑥ 郑玄注，孔颖达正义：《礼记正义》，阮元校刻本《十三经注疏》，第1279页。

这几种死亡，都为"乖道"①，乖违常道，不是善终，故不为吊。

秦汉时吊丧礼俗基本同上。《汉书·元后传》："（王）凤病，天子（成帝）数自临问。……凤薨，天子临吊赠宠。"②刘向《说苑·修文》："宾客吊唁，无不哀者。"③《后汉书·马廖传》："（廖）卒，和帝以廖先帝之舅，使者吊祭，厚加赗赙。王主会丧，谥曰安侯。"《赵熹传》："建初五年，熹疾病，帝亲幸视。及薨，车驾往临吊。"④

吊问以至到为上，不过依古礼，吊问有辞。《文心雕龙·哀吊》："宋水郑火，行人奉辞。""奉辞"，即以文辞慰问。因此，吊丧也有相应的得体言辞，如果说"哀"是哀悼亡者，那"吊"则是抚慰生者。刘勰云："宾之慰主，以至到为言也。"叶长青《文心雕龙杂记》引钱基博云："短折曰哀，所以哭死。至则称吊，实用慰生。"⑤东汉刘表等撰《五经章句》谈及君吊臣议程，可参考：

> 君来吊臣，主人待君到，脱头绖，贯左臂，去杖，出门迎。门外再拜，乃献。还先入门，东壁向君让。君于前听进，即堂先哭，乃止于庐外伏哭。当先君止。君起致辞，子对而不言，稽颡（按：即跪拜）以答之。⑥

不过，古代丧礼对吊丧之辞还有更细致的讲究。《礼记·曲礼上》："知生者吊，知死者伤。知生而不知死，吊而不伤；知死而不知生，伤而不吊。"孔颖达疏："若存之与亡并识，则遣设吊辞、伤辞兼行。若但识生而不识亡，则唯遣设吊辞，而无伤辞。若但识亡，唯施伤辞，而无吊辞也。"也就是说，只是与生者或只是与亡者认识以及与两者都认识，吊丧时要表达的意思是不一样的。《汉书·游侠传》载原涉常振施贫穷，"人

---

① 刘勰著，詹锳义证：《文心雕龙义证》，第473页。
② 《汉书》卷98，第4024页。
③ 刘向撰，赵善诒疏证：《说苑疏证·修文》，华东师范大学出版社1985年版，第561页。
④ 《后汉书》卷24、26，第855、915页。
⑤ 刘勰著，詹锳义证：《文心雕龙义证》，第474页注（四）。
⑥ 《全后汉文》卷82，第914页。

尝置酒请涉，涉入里门，客有道涉所知母病避疾在里宅者。涉即往候，叩门。家哭，涉因入吊，问以丧事。"因此，吊丧更多是对亡者亲属的慰问。

吊辞如何表达为得体？段玉裁《说文解字注》解释"吊"时梳理相关礼辞如下：

> （吊）谓有死丧而问之也。《礼记》曰："吊者东面致命曰：'寡君闻君之丧，寡君使某，如何不淑。'"《曲礼》曰："知死者伤。"郑玄注曰："说者有吊辞曰：'皇天降灾，子遭罗之，如何不淑。'"《礼记·曾子问》曰："父丧称父，母丧称母。"郑玄注云："父使人吊之，辞云：'某子闻某之丧，某子使某，如何不淑。'"母则若云："'宋荡伯姬闻姜氏之丧，伯姬使某，如何不淑。'"此皆问终之辞。①

吊辞是表达对生者的慰问，要表达"共情"，即和对方一样难以接受亲人亡故的现实，故上述皆有"如何不淑"即"为何会遭此不幸?!"这样的反问句式。从心理学角度看，面对亲人的死亡，人们最先的反应都是不认可、不相信，此后则有委屈，追问原因。因此"如何不淑"之类吊辞才能因共情而发挥抚慰功能。同理，吊辞亦当简练朴素，忌絮叨，这和吊丧强调宜"亲往"都是一样的。

吊丧时还有一种"伤辞"，为针对亡者而发，与吊辞口头表达哀悼安慰不同，伤辞是可以提前写好，书之于版的。《礼记·曲礼上》："知生者吊，知死者伤。"郑玄注：

> 人恩各施于所知也。吊、伤，皆谓致命辞也。《杂记》曰："诸侯使人吊，辞曰：'寡君闻君之丧，寡君使某，如何不淑！'"此施于生者。伤辞未闻也。说者有吊辞云："皇天降灾，子遭离之，如何不淑。"此施于死者，盖本伤辞。辞毕，退，皆哭。

---

① 段玉裁：《说文解字注》，上海古籍出版社1981年版，第383页。

> 孔颖达疏：云"辞毕，退，皆哭"者，然吊辞乃使口致命，若伤辞当书之于板，使者读之而奠至殡前也。知辞毕皆退而哭者，案《杂记》，行吊之后，致含襚赗毕乃临。若不致含襚赗，则吊讫乃临也。故郑云吊伤辞毕皆哭。①

因此，吊辞、伤辞的区别大约是说话的对象不同。"吊辞乃使口致命"，抚慰亡者家属；"伤辞当书之于板，使者读之而奠至殡前"。这就是哀悼亡人了。《通典》卷八十三总结为"至主人前"和"诣丧前"言说有别，就是修辞对象不同：

> 吊辞，至主人前曰："闻君有某之丧，如何不淑。"伤辞，诣丧前曰："子遭离之，如何不淑。"此各主于其所知也。②

吊辞哀辞表达之后，则行吊程序结束。若还需赠送"含襚赗"即死者的饭含、衣服以及办理丧事的财物等，则赠送之后即为行吊结束。《汉书·龚胜传》有一例或可参照：

> 胜死，"有老父来吊，哭甚哀，既而曰："嗟乎！薰以香自烧，膏以明自销。龚生竟夭天年，非吾徒也。"遂趋而出，莫知其谁。

文中老父只认识死者龚胜，而与其家人并不相识。这段话是对死者所叹，故如同自言自语，或更接近古人所云伤辞。

总而言之，吊丧时话语交流对象不同，要说不同的话，这是吊辞、伤辞的区别。

不过，由于都是行吊时发生的，汉代时将伤辞也称作吊，如《白虎通义·崩薨》：

---

① 郑玄注，孔颖达正义：《礼记正义》，阮元校刻本《十三经注疏》，第1249页。
② 杜佑：《通典》，中华书局1988年版，第2252、2257页。

天子闻诸侯薨，哭之何？惨怛发中，哀痛之至也。使大夫吊之，追远重终之义也。故《礼·檀弓》曰："天子哭诸侯，爵弁，纯衣。"又曰："遣大夫吊，词曰：'皇天降灾，子遭离之难，呜呼哀哉！大王使臣某吊。'"①

"子遭离之难"显然是针对亡者，严格说是伤辞，但此处称吊辞。

三　吊文

按前述，同样作为礼辞，吊辞为口说，表达慰安之意即为得体，故很难由礼辞发展成一种文体。而伤辞可以提前写好，针对亡者表达哀婉之情，就有更多发挥余地，因此最有可能形成完整的文章。也正因如此，后世谈及吊丧时的文类，也主要谈及伤辞，看作吊文的滥觞。如章太炎：

> 古者吊有伤辞，谥有诔，祭有颂，其余皆祷祝之辞，非著行帛者也。……伤辞多者，不过百字。……自伤辞出者，后有吊文，贾谊《吊屈原》、相如《吊二世》……弥衡《吊张衡》，陆机《吊魏武帝》。②

吊文，东汉时文人多有创作，《后汉书》载：

> 所著诗、赋、铭、颂、箴、吊及诸解诂，凡二十二篇。(《胡广传》)
> 所著诗、赋、碑、诔、铭、赞、连珠、箴、吊、……凡四百篇，传于世。(《蔡邕传》)
> 所著赋、铭、碑、赞、祷文、吊、章表、教令、书、檄记，凡二十七篇。(《皇甫规传》)
> 所著赋、诔、吊、书、赞、七言、《女诫》及杂文，凡十八篇。

---

① 班固：《白虎通义》，上海古籍出版社1992年版，第71页。
② 章太炎：《国故论衡·正赍送》，上海古籍出版社2003年版，第94—95页。

（《杜笃传》）

　　所著赋、颂、铭、诔、箴、吊、论、《九咨》《七言》，凡十五篇。（《崔琦传》）①

这些吊文，大都无传。《全后汉文》载光武帝《临吊侯霸诏》也属于此类，只因帝王吊臣，故名有不同。据袁宏《后汉纪》七，侯霸薨，上伤惜之，亲自临吊，诏封霸为则乡侯，谥曰哀侯。流传两辞曰：

　　惟霸积善之德，久而益彰，清洁之操，白首弥厉。汉之旧制，丞相拜日，封为列侯，顷以军旅暴露，功臣未受国邑，缘忠臣之心，不欲先飨其宠，故未爵命，其追爵谥霸，使袭其后。

又：

　　惟霸积善清洁，视事九年。汉家旧制，丞相拜日，封为列侯。朕以军师暴露，功臣未封，缘忠臣之义，不欲相逾，未及爵命，奄然而终。呜呼哀哉！②

文中简述死者经历，表达对其奄然而终的伤悼之情。

丧葬礼仪中的吊文传世较少。西晋束晳《吊卫巨山文》有序有文，可见该文大体：

　　元康元年，楚王玮矫诏举兵，害太保卫公及公四子三孙。公世子黄门郎巨山与晳有交好。时自本郡来赴其丧，作吊文一篇，以告其柩。曰：

　　同志旧友阳平束晳：顷闻飞虎肆暴，窃矫皇制，祸集于子，宗祊几灭。越自冀方，来赴来祭。遥望子弟，铭旌丛立，既窥子庭，

---

① 《后汉书》卷44、60下、65、80上、80上，第1511、2007、2137、2609、2623页。
② 《全后汉文》卷1，第480页。

其殡盈十。徘徊感恸，载号载泣。敛袂升阶，子不我揖。引袂授袪，子不我执。哀哉魂兮，于焉乃集？①

吊文以四言短章表达伤悼，用于奠前诵念，都是得体的。

不过，许多被后人看作吊文的大都和丧葬礼仪无关，如章太炎所列贾谊《吊屈原》、相如《吊二世》、弥衡《吊张衡》、陆机《吊魏武帝》"皆异时致闵，不当棺柩之前，与旧礼言吊者异"。②又《文心雕龙·哀吊》中列举十篇吊文，也都是凭吊历史人物，除了上述四篇，还有扬雄《反离骚》、班彪《悼离骚》、蔡邕《吊屈原文》、胡广《吊夷齐文》、阮瑀《吊伯夷文》、王粲《吊夷齐文》、祢衡《吊张衡文》。刘勰认为这些历史人物"或骄贵以殒身，或狷忿以乖道，或有志而无时，或行美而兼累，追而慰之，并名为吊"。以此"对古人致追慕、追悼或追慰之意。……或悲其有志而不成功，或伤其怀才而不见用，或怪其狂简而遭累，或惜其忠诚而殒身"。其目的则是"以恻怆剀切，使读者能明是非，辨邪正。"③这些作品中许多是骚体赋，其中一些四言作品，则可看作其流变。它们或受丧葬仪式吊文的影响，但从根本上看，已是不同文体。

四　祭文

祭文为亡故后的祭悼之文，由早期祭祝告飨鬼神之辞发展而来，故刘勰将祭文纳入《祝盟》中的"祝祷"类来讨论。祝祷之辞有两类：一是祭祷山川神灵，"班固之《祀涿山》，祈祷之诚敬也"。④（此类将放在祝祷文体讨论，见本书第八章第一节）。二是祭先祖亲友。祭文属于后者，只不过早期没有这个名称。

《仪礼·士虞礼》载祭祀祖先时的祝祭之辞：

哀子某，哀显相，夙兴夜处不宁。敢用洁牲刚鬣，香合，嘉荐

---

① 《全晋文》卷87，第1965页。
② 章太炎：《国故论衡·正赍送》，上海古籍出版社2003年版，第94—95页。
③ 刘勰著，詹锳义证：《文心雕龙义证》，第477页注（一）。
④ 刘勰著，詹锳义证：《文心雕龙义证》，第376页。

普淖，明齐溲酒，哀荐祫事，适尔皇祖某甫。飨！①

又《少牢馈食礼》：

> 孝孙某，敢用柔毛刚鬣，嘉荐普淖，用荐岁事于皇祖伯某，以某妃配某氏，尚飨。②

祝祭者要说明施祭者、所祭者及所献祭品，并请所祭者享用祭品，礼辞简短，质朴少文，故刘勰云："礼之祭祝，事止告飨。"《后汉书·祭祀志下》注引三国时丁孚《汉仪》载汉桓帝祠恭怀皇后祝文：

> 孝曾孙皇帝志，使有司臣太常抚，夙兴夜处，小心畏忌，不堕其身，一不宁。敢用絜牲一元大武，柔毛刚鬣，商祭明视，芗萁嘉荐，普淖咸蹉，丰本明粢，醪用荐酎，事于恭怀皇后。尚飨。③

这大约就是此类告飨之辞的常规形式，也还是比较朴素的礼辞。

汉代保留下来的祭文并不多，大约还没有形成创作风气。至汉末，方有作品出现，如曹操《祀故太尉桥玄文》：

> 故太尉桥公，懿德高轨，泛爱博容。国念明训，士思令谟。幽灵潜翳，邈哉缅矣！操以幼年，逮升堂室，特以顽质，见纳君子。增荣益观，皆由奖助，犹仲尼称不如颜渊，李生厚叹贾复。士死知己，怀此无忘。又承从容约誓之言："徂没之后，路有经由，不以斗酒只鸡过相沃酹，车过三步，腹痛勿怨。"虽临时戏笑之言，非至亲之笃好，胡肯为此辞哉？怀旧惟顾，念之凄怆。奉命东征，屯次乡里，北望贵土，乃心陵墓。裁致薄奠，公其享之。④

---

① 郑玄注，贾公彦疏：《仪礼注疏》，中华书局 1980 年版，第 1174 页。
② 郑玄注，贾公彦疏：《仪礼注疏》，阮元校刻《十三经注疏》，第 1201 页。
③ 《后汉书·祭祀志下》，第 3195 页注（二）。
④ 《全三国文》卷 3，第 1071 页。

桥玄为汉末名士,曹操年轻时曾颇得其赏识,甚至将妻子托付给曹操。汉献帝建安七年(202),曹操率军过故乡谯县,特去桥玄墓地祭祀。祭文颂扬桥玄美德,回忆往昔,感念其知遇之恩,亦表达痛悼之情。这篇祭文虽也有"裁致薄奠,公其享之"等套语,但整体不受传统礼辞所限,赞德行,叙往事,甚至记录两人间的"戏笑之言",显然已有通脱的个性化色彩。

汉代主要为墓祭,故此祭文当施于墓地,此后大约延续这一传统。如晋周祗《祭梁鸿文》:

> 晋隆安四年十一月,陈郡周颖文以蕰藻行潦,祠于梁先生之墓。夫子迈志箕颍,尘垢雕俗,骨秀风霜,性淳寡欲,娶待偕隐之俪,文绝陪臣之录。遂负策周鲁之郊,逆旅吴会之阿,可谓高奇绝伦,孤生莫和者也。后学抚膜,得人在文。忽以知命,而展其坟,芒芒积草,有馥余芬。昔先生过延陵而想季,经海隅而感连。苟践迹而趣合,亦断金于当年。①

文中称自己"以蕰藻行潦,祠于梁先生之墓"。赞叹梁鸿高迈风神和奇绝文采,表达由衷的倾慕。"忽以知命,而展其坟,芒芒积草,有馥余芬。"则不是悲伤,而是赞其泽被后世。梁鸿生卒年不详,约生活在东汉光武建武初年至和帝永元末年间,对于东晋周祗而言,显然是古人。

今存祭文多见于东晋以后,祭亲友,也祭古人,如东晋王珣《祭徐聘士文》、殷允《祭徐孺子文》、周祗《祭梁鸿文》、孙楚《祭介子推文》、庾亮《释奠祭孔子文》等。南朝有谢惠连《为学生祭周居士文》、颜延之《祭屈原文》《为张湘州祭虞帝文》、卞伯玉《祭孙叔敖文》,萧绎《释奠祭孔子文》《祭颜子文》等。《文选》祭文选文三篇,谢惠连的《祭古冢文》、颜延之《祭屈原文》、王僧达《祭颜光禄文》,都是刘宋时期作品,前两篇祭古人,后一篇祭老友。祭文至此已成为文人祭悼先贤亡人时得心应手的文体形式。

---

① 《全晋文》卷142,第2277页。

第五节 挽歌

一 执绋牵挽者歌

挽歌，是古人送葬时牵挽丧车前行时所唱的歌。棺车旁有引棺之索即绋，人牵挽以行。《礼记·曲礼上》："助葬必执绋。"① 挽歌大约最初为协力之歌，类似劳动号子，《世说新语·任诞》梁刘孝标注引《庄子》佚文："绋讴所生，必于斥苦。"又引司马彪注曰："绋，引柩索也。斥，疏缓也。苦，用力也。引绋所以有讴歌者，为人有用力不齐，故促急之也。"②

挽歌亦和虞殡有关。古代既葬而祭称"虞"，有安神之意。《广雅》：虞，安也。《左传·哀公十一年》："将战，公孙夏命其徒歌虞殡。"杜预注："虞殡，送葬歌曲，示必死。"疏云："盖以启殡将虞之歌谓之'虞殡'。歌者，乐也；丧者，哀也。送葬得有歌者，盖挽引之人为歌声以助哀，今之挽歌是也。"③ 因此，先秦时期挽歌即有哀悼死者的内容，音声促急以协力，情悲以助哀。

依周礼，丧事期间是忌讳歌讴的。《礼记·曲礼》："适墓不登垄，助葬必执绋。临丧不笑，揖人必违其位，望柩不歌，人临不翔，当食不叹。邻有丧，舂不相。里有殡，不巷歌。适墓不歌，哭日不歌。"④《论语·述而》载孔子"于是日哭，则不歌"，正是践行的上述礼仪。古代王侯棺柩多重，大且重，搬动牵引皆需要众人协力，因此挽歌自然也属于"劳役之歌"。但用于丧事，就要在情感表达上做些调整，为伤悲凄凉之音，故与一般劝勉性的，或者欢快的劳动歌讴有不同。

大约在战国末期，挽歌有了相应的曲目名称，早期至少有《薤露》《蒿里》二首。或以为出于汉初田横之门人。崔豹《古今注》卷中"音乐"云：

---

① 郑玄注，孔颖达正义：《礼记正义》，阮元校刻本《十三经注疏》，第 1249 页。
② 徐震堮：《世说新语校笺·任诞》，中华书局 1984 年版，第 407 页。
③ 《春秋左传正义》，阮元校刻本《十三经注疏》，第 2166 页。
④ 郑玄注，孔颖达正义：《礼记正义》，阮元校刻本《十三经注疏》，第 1249 页。

《薤露》《蒿里》，并丧歌也，出自田横门人。横自杀，门人伤之，为作悲歌。言人命如薤上露，易晞灭也。亦谓人死魂魄归于蒿里。故有二章。……至孝武时，李延年乃分二章为二曲，《薤露》送王公贵人，《蒿里》送士大夫庶人，使挽柩者歌之，世亦呼为挽歌。①

田横，齐国贵族，秦时据齐地为王。刘邦统一天下，田横不肯称臣，率五百门客逃往海岛，刘邦派人招抚，田横被迫乘船赴洛，途中在首阳山自杀。干宝《搜神记》也持此说：

挽歌者，丧家之乐；执绋者相和之声也。挽歌辞有《薤露》《蒿里》二章，汉田横门人作。横自杀，门人伤之，悲歌言：人如薤上露，易曦灭，亦谓人死，精魂归于蒿里，故有二章。②

《世说新语·任诞》："张骥酒后挽歌甚凄苦，桓车骑曰：'卿非田横门人，何乃顿尔至致？'"注引三国时谯周《谯子法训》也认同挽歌出于田横门人：

有丧而歌者，或曰："彼为乐丧也，有不可乎？"谯子曰："《书》云：'四海遏密八音。'何乐丧之有！"曰："今丧有挽歌者，何以哉？"谯子曰："周闻之；盖高帝召齐田横，至于尸乡亭，自刎奉首。从者挽至于宫，不敢哭而不胜哀，故为歌以寄哀音。彼则一时之为也。邻有丧，舂不相，引挽人衔枚，孰乐丧者邪？"③

《薤露》《蒿里》今见郭茂倩《乐府诗集》二十七卷相和歌辞，被看作乐府古辞：

---

① 崔豹撰，华林校笺：《古今注校笺》，线装书局2015年版，第77页。
② 《搜神记》卷16，中华书局2019年版，第286页。
③ 徐震堮：《世说新语校笺·任诞》，中华书局1984年版，第407页。

> 薤上露，何易晞，露晞明朝更复落，人死一去何时归。（《薤露》）
>
> 蒿里谁家地，聚敛魂魄无贤愚。鬼伯一何相催促，人命不得少踟蹰。（《蒿里》）①

从内容看，挽歌感慨生命之短促，面对死亡的无奈，以及亡者逝去难以复归的哀伤。

不过，这两首歌似并非汉初田横门人所创，而是在战国时就有较为广泛的流传。如《薤露》，宋玉《对楚王问》已提及：

> 客有歌于郢中者，其始曰《下里》《巴人》，国中属而和者数千人；其为《阳阿》《薤露》，国中属而和者数百人；其为《阳春》《白雪》，国中有属而和者不过数十人；引商刻羽，杂以流徵，国中属而和者，不过数人而已。是其曲弥高，其和弥寡。②

从上文所提供的信息看，宋玉时代，《薤露》《阳阿》虽不及《下里》《巴人》普及，但也是流行的乡歌俚调。阳阿，古艳曲，大约是缠绵喜悦的内容和调子，汉代成为舞乐。③ 这些歌曲的演唱方式都是"属而和"，大约是"一唱众和"，或者"先唱后和"。《淮南子·说山训》曰："欲美和者，必先始于《阳阿》《采菱》。"④ 也说到此类歌曲的唱和特点。而《薤露》或当为悲音，故田横门人选取这首大家熟悉的"流行歌曲"作为挽柩的号子，遂有了专属的功能。

唱和而歌，节奏显明，踏节而动，协力前行，当是挽歌演唱时的首

---

① 郭茂倩：《乐府诗集》第二十七卷相和歌辞二，中华书局1979年版，第396、398页。
② 金荣全：《宋玉辞赋笺评》，中州古籍出版社1984年版，第111页。
③ 徐坚等撰，司义祖点校：《初学记》卷15引梁元帝《纂要》曰："古艳曲有《北里》《靡靡》《激楚》《结风》《阳阿》之曲，又有百戏，起于秦汉，有鱼龙曼延。"中华书局1962年版，第372页。又东汉傅毅《舞赋》序云："楚襄王……谓宋玉曰：'寡人欲觞群臣，何以娱之？'玉曰：'臣闻歌以咏言，舞以尽意，是以论其诗不如听其声，听其声不如察其形。'《激楚》《结风》《阳阿》之舞，材人之穷观，天下之至妙。"《全后汉文》卷43，第705页。
④ 《淮南子校释·说山训》，第1698页。

要特征。今湖北阳新富河流域及江西北部地区的部分县市农村，丧事中还要演唱《薤露》，一般族人相聚后，请来歌师，夜里围着灵柩，一人唱、众人和，似乎已成为守灵丧歌，意在消除悲伤寂寞，挽哀亡灵，安慰生者。研究者整理其谱词，可供参考（见下图）。更早在鄂东南一带，《薤露》还见于挖山燎田等劳动场合中，目前在湖北阳新与通山交界处的黄沙东源等地，还有用《薤露》歌词套以田歌来唱的现象，其以鼓为节，情感悲壮浓烈。①

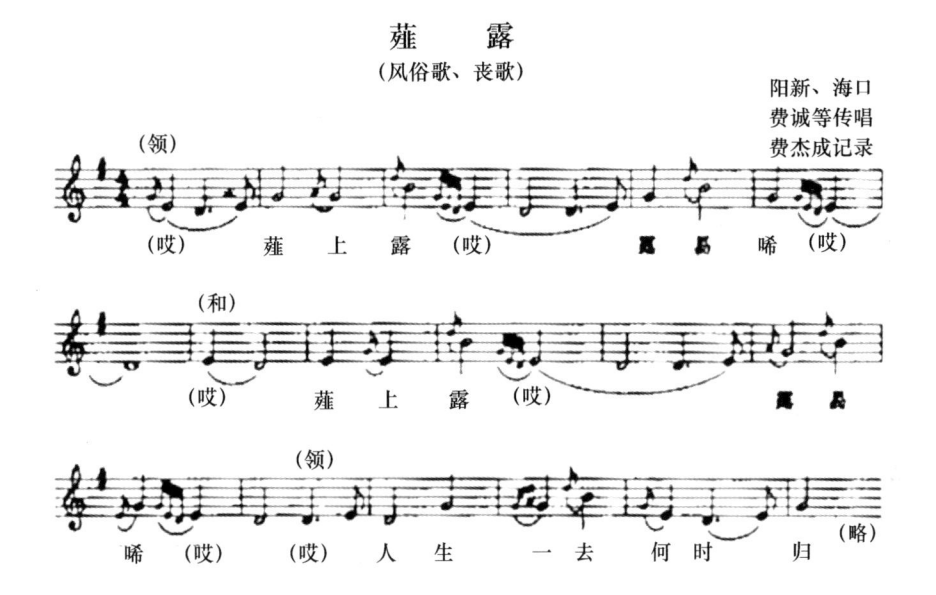

薤　露
（风俗歌、丧歌）

阳新、海口
费诚等传唱
费杰成记录

（领）
（哎）　薤　上　露　（哎）　　　　　唏　（哎）

（和）
（哎）　薤　上　露　（哎）

（领）
唏　（哎）　（哎）　人　生　一　去　何　时　归　（略）

而从《薤露》歌词看，使用"三三七"言的句式，是典型的"成相体"。从节奏看，此体拍节齐整，三言末半拍是空拍，留出一个停顿，齐整中又稍加变化，遂产生铿锵悦耳、错落有致的诵唱效果。从唱诵方式上看，三言句后空拍停顿留出换气空间，特别适合在运动中诵唱，舂米、打夯、捣衣、挽柩、弹剑、成（打）相、击筑、援琴等皆可为节，便于即兴而发，故雅俗共赏。② 用在挽歌中也是适宜的。

---

① 《湖北阳新民歌集成》，湖北阳新县文化馆编印（油印版），转引自巫东攀《薤露考》，《交响：西安音乐学院学报》2003 年第 2 期。
② 郗文倩：《成相：文体界定、文本辑录与文学分析》，《文学遗产》2015 年第 4 期。

关于《蒿里》，相关资料较少。郭茂倩注："蒿里，山名，在泰山南。"不过，颜师古认为"蒿里"实为"高里"的误讹。《汉书·武帝纪》："太初元年冬十月，行幸泰山。……十二月，禋（禅）高里。"注引东汉伏俨曰："高里，山名，在泰山下。"颜师古曰：

> 此"高"字自作高下之"高"，而死人之里谓之蒿里，或呼为下里者也，字则为蓬蒿之"蒿"，或者既见太山神灵之府，高里山又在其旁，即误以高里为蒿里，混同一事，文学之士共有此谬，陆士衡尚不免，况其余乎？今流俗书本此"高"字有作"蒿"者，妄加增耳。①

颜师古所说陆士衡尚不免"此谬"大约指陆机诗作《泰山吟》："泰山一何高，迢迢造天庭。峻极周一远，层云郁冥冥。梁父亦有馆，蒿里亦有亭。幽岑延万鬼，神房集百灵。长吟泰山侧，慷慨激楚声。"诗中将泰山旁两座小山梁父和蒿里看作幽森的万鬼百灵聚集之地。

不管是出于附会，还是以讹传讹，研究者注意到，在汉晋民间观念中，蒿里和下里、黄泉都指死者的永久居住地。② 如《汉书》卷六十三《武五子传》载武帝五子刘胥见昭帝年少无子，遂生觊觎之心，使下神祝诅，事发被迫自杀，死前置酒夜饮自歌云："蒿里召兮郭门阅，死不得取代庸，身自逝。"③

歌中称死后要经"郭门"抵达"蒿里"，此即亡者归处。再如东汉光和五年（182）二月太原太守中山刘氏买田券云："死人归蒿里戊巳，地上地下，不得苛止。"④ 陶渊明《祭程氏妹文》也有："死如有知，相见蒿里。"⑤ 故《蒿里》云："蒿里谁家地，聚敛魂魄无贤愚。鬼伯一何相催促，人命不得少踟躇。"

---

① 《汉书》卷6，第199页注。
② 余英时：《东汉生死观》，上海古籍出版社2005年版。
③ 《汉书》卷63，第2762页。
④ 河北省文物局文物工作队：《望都二号汉墓》，文物出版社1959年版。
⑤ 《全晋文》卷112，第2102页。

按上引崔豹《古今注》说法，大致在汉武帝时，李延年整理《薤露》《蒿里》入乐府，用于丧仪中挽柩者的礼仪用歌，《薤露》送王公贵人，《蒿里》送士大夫、庶人。"世亦呼为挽歌"，挽歌才成为与丧葬、死亡等密切关联的礼仪文体，且有了专名。《后汉书·礼仪志下》："太皇太后，皇太后崩。"注引丁孚《汉仪》曰：

> 柩将发于殿，……女侍史官三百人皆着素，参以白素，引棺挽歌，下殿就车。①

王公贵族的棺椁多重②，柩车比一般沉重，需要更多人力牵引，不过，这里女侍史官三百人"引棺挽歌"更多是为显示丧仪的庄严和排场。

汉代送丧用挽歌的礼仪后世基本延续下来。如《晋书》载晋时修订丧礼时曾有过不同意见，但最终延续"汉魏故事"：

> 汉魏故事，大丧及大臣之丧，执绋者挽歌。新礼以为挽歌出于汉武帝役人之劳歌，声哀切，遂以为送终之礼。虽音曲摧怆，非经典所制，违礼设衔枚之义。方在号慕，不宜以歌为名，除，不挽歌。挚虞以为："挽歌因倡和而为摧怆之声，衔枚所以全哀，此亦以感众。虽非经典所载，是历代故事。《诗》称'君子作歌，惟以告哀'，以歌为名，亦无所嫌。宜定新礼如旧。"诏从之。③

汉代送葬所唱挽歌除了《薤露》《蒿里》外，后来或当有更多的曲目。《后汉书·礼仪志下》说"大丧"礼：

---

① 《后汉书·礼仪志下》，第 3151 页注（一）。
② "重"是将内棺作为基数，在内棺外再加几层棺，一重即加一层，余类推。《荀子·礼论》："天子棺椁七重，诸侯五重，大夫三重，士而重。"《礼记·檀弓》："天子之棺四重。"郑玄注："诸公三重，诸侯再重，大夫一重，士不重。"汉棺椁制度多沿袭周礼。可参见李如森《汉代丧葬礼俗》第三章第二节"棺椁制度"。沈阳出版社 2003 年版。
③ 房玄龄等：《晋书·礼志中》卷 20，中华书局 1974 年版，第 626 页。

> 公卿以下子弟凡三百人，皆素帻委貌冠，衣素裳。校尉三百人，皆赤帻不冠，绛科单衣，持幢幡。候司马承为行首，皆衔枚。羽林孤儿、巴俞擢歌者六十人为六列。①

"羽林孤儿"是将士的遗属，多作为葬礼的挽郎。"巴俞擢歌者"应当是指歌巴渝之乐者。《汉书》中多次提及"巴渝"。《汉书·西域传赞》："天子……设酒池肉林以飨四夷之客，作巴俞都卢、海中砀极、漫衍鱼龙、角抵之戏以观视之。"颜师古注：

> 巴人，巴州人也。俞，水名，今渝州也。巴俞之人，所谓賨人也，劲锐善舞，本从高祖定三秦有功，高祖喜观其舞，因令乐人习之，故有《巴俞》之乐。②

又《汉书·礼乐志》："巴俞鼓员三十六人。"颜师古注：

> 当高祖初为汉王，得巴俞人，并矫捷善斗，与之定三秦灭楚，因存其武乐也。巴俞之乐因此始也。③

又桑弘羊《盐铁论·刺权第九》列举权贵之家的奢靡：

> 中山素女抚流徵于堂上，鸣鼓巴俞作于堂下，妇女被罗纨，婢妾曳絺纻，子孙连车列骑，田猎出入，毕弋捷健。④

巴渝，为蜀地，巴渝之人"劲锐善舞""矫捷善斗"，高祖很欣赏，因"存其武乐"，为巴渝之乐。按桑弘羊云"鸣鼓巴俞"，此乐是以鼓为节，当是节奏铿锵、雄劲悲壮、热烈而庄重的调子。巴渝歌者和羽林孤儿

---

① 《后汉书·礼仪志下》，第3145页。
② 《汉书》卷96下，第3929页。
③ 《汉书》卷22，第1074页注（七）。
④ 桓宽：《盐铁论·刺权》，诸子集成（8），上海书店1988年版，第10页。

"六十人为六列",显然是一个组织队列,或当为挽歌队伍。"巴渝擢歌者"主唱,羽林孤儿挽柩兼应和协力。

二 文人挽歌

挽歌多哀婉生命的逝去,表达无奈之情,加之庄重铿锵的节奏和调子,自有一种悲慨,因此可协力更能"助哀",以疏解焦虑,宣泄痛苦。"挽歌挟毂唱,嘈嘈一何悲。"① 也正因如此,挽歌可以成为独立的艺术表达形式,故东汉时,挽歌已不再限于送丧挽柩的礼仪场合,欢宴之后续以挽歌成为一种新的流行的娱乐方式。《后汉书·五行一》"服妖"刘昭注引《风俗通义》:"京师宾婚嘉会,皆作《魁㰖》,酒酣之后,续以挽歌。"刘昭注曰:

> 《魁㰖》,丧家之乐。挽歌,执绋相偶和之者。天戒若曰:国家当急殄悴,诸贵乐皆死亡也。自灵帝崩后,京师坏灭,户有兼尸,虫而相食,《魁㰖》挽歌,斯之效乎?②

在刘昭看来,宾婚嘉会不用喜庆之乐,却奏以丧乐甚至送葬之挽歌,是为不祥之兆。刘昭为南朝时人,代表了后世的认识。其实在东汉,也有人认为此举为哀乐失时,必有大祸。如《后汉书》卷六十一《左周黄列传》载梁商之事:

> (周)举出为蜀郡太守,坐事免。大将军梁商表为从事中郎,甚敬重焉。六年三月上巳日,商大会宾客,宴于洛水,举时称疾不往。商与亲匿酣饮极欢,及酒阑倡罢,继以《薤露》之歌,坐中闻者,皆为掩涕。太仆张种时亦在焉,会还,以事告举,举叹曰:"此所谓哀乐失时,非其所也。殃将及乎!"商至秋果薨。③

---

① 陆机:《庶人挽歌辞》,逯钦立:《先秦汉魏晋南北朝诗》,第655页。
② 《后汉书·五行志一》,第3273页注(一)。
③ 《后汉书》卷61,第2028页。

东汉末期，整个社会有以悲为美的审美风尚，这和汉代丧葬文化的兴盛有密切关系。丧葬议程的复杂、讲究，使得整个社会都于此投注更多精力，由此亦更深地体会到生命的无常和死亡的无可避免。挽歌是丧葬文体中唯一以乐歌形式呈现的，"声乐之入人也深，其化人也速"。① 因此，面对生死的无奈，挽歌更能在人心灵深处引起波动，故成为一种畅发情志的娱乐活动。

魏晋以后，酒后续以挽歌的情况就更多了，常被看作文人任诞之逸事。《世说新语·任延》："张麟酒后挽歌，甚凄苦。"②《晋书》载"羊昙善唱乐，桓伊能挽歌，及（袁）山松《行路难》继之，时人谓之'三绝'。时张湛好于斋前种松柏，而山松每出游，好令左右作挽歌，人谓'湛屋下陈尸，山松道上行殡。'"③《梁书》卷五十"文学下"载，谢几卿与左丞庚仲容二人"意志相得，并肆情诞纵。或乘露车历游郊野，醉则执铎挽歌，不屑物议"④。《南史》卷三十四载颜延之"常日但酒店裸袒挽歌"⑤。《北史》载尒文略："弹琵琶，吹横笛，谣咏倦极，便卧唱挽歌。"⑥ 不过，正统人士看，此则为"妖异"现象，如《晋书》卷二十八《五行志中》载："海西公时，庚晞四五年中喜为挽歌，自摇大铃为唱，使左右齐和。又燕会辄令倡妓作新安人歌舞离别之辞，其声悲切。时人怪之，后亦果败。"⑦ 汉魏六朝对于挽歌的喜好和"尚悲"的审美趣味相关，"故知音者乐而悲之，不知者怪而伟之"。⑧ 文人于嘉会悦择之间，往往深感时光之逝而不莫留，乐事之后难为继，故喜而复悲。"奏乐以生悲为善音，听乐以能悲为知音，汉魏六朝，风尚如斯。"⑨

此后挽歌则在礼仪所用歌乐外"分身"而出，成为汉魏六朝文人

---

① 王先谦撰：《荀子集解》，《诸子集成》本，第380页。
② 徐震堮：《世说新语校笺·任诞》，中华书局1984年版，第407页。
③ 《晋书》卷83，第2167页。
④ 《梁书》卷50，中华书局1973年版，第709页。
⑤ 《南史》卷34，中华书局1975年版，第879页。
⑥ 《北史》卷48，中华书局1974年版，第1764页。
⑦ 《晋书》卷28，第836页。
⑧ 王褒：《洞箫赋》，《全汉文》卷42，第354页。
⑨ 钱钟书：《管锥编》，中华书局1979年版，第1116、946页。

"借题发挥"的媒介。《文选》卷二十八诗类分"挽歌"类，包括缪袭、陆机、陶渊明《挽歌诗》，均为齐整的五言诗。郭茂倩《乐府诗集》第二十七卷"相和歌辞二"录"薤露""蒿里""挽歌"三类，"薤露"除《薤露》古辞外有曹操、曹植（两首）、晋张骏、傅玄五言诗五首；"蒿里"除《蒿里》古辞外，有曹操、鲍照五言诗两首；"挽歌"则有缪袭一首、陆机三首、陶潜三首、鲍照一首、祖孝徵一首等，均为五言诗。如缪袭诗云：

> 生时游国都，死没弃中野。朝发高堂上，暮宿黄泉下。白日入虞渊，悬车息驷马。造化虽神明，安能复存我？形容稍歇灭，齿发行当堕。自古皆有然，谁能离此者？

缪袭为三国时魏人，诗歌以生死对比慨叹生命之短促，哀叹面对死亡之无奈和悲伤，不离《薤露》《蒿里》等早期挽歌的主题和情感。这首诗大约是最早以"挽歌"命名的文人诗。

又有些内容与挽歌古辞内容相似，哀叹亡者，如傅玄《挽歌》：

> 灵坐飞尘起，魂衣正委移。芒芒丘墓间，松柏郁参差。明器无用时，桐车不可驰。平生坐玉殿，没归都幽宫。地下无刻漏，安知夏与冬。

但更多"挽歌"则借题发挥，各有千秋。如曹操《薤露》《蒿里》用乐府旧调而别创新辞，以旧题赋写时事：

> 惟汉廿二世，所任诚不良。沐猴而冠带，知小而谋疆。犹豫不敢断，因狩执君王。白虹为贯日，己亦先受殃。贼臣持国柄，杀主灭宇京。荡覆帝基业，宗庙以燔丧。播越西迁移，号泣而且行。瞻彼洛城郭，微子为哀伤。（《薤露》）
>
> 关东有义士，兴兵讨群凶。初期会盟津，乃心在咸阳。军合力不齐，踌躇而雁行。势利使人争，嗣还自相戕。淮南弟称号，刻玺

于北方。铠甲生虮虱,万姓以死亡。白骨露于野,千里无鸡鸣。生民百遗一,念之断人肠。(《蒿里》)

东汉中平六年汉灵帝亡,少帝即位,何太后听政。太后兄大将军何进等外戚谋诛宦官,密召董卓进京。事败露,宦官杀何进,劫持少帝出走小平津。董卓入京,废少帝为弘农王,立献帝刘协,大权独揽。后关东诸军举袁绍为盟主起兵讨伐,但又各怀私利,裹足犹疑。董卓烧宫室,挟献帝、百官、平民数百万西迁长安,造成中原地区严重动荡和衰败。作者目睹兵连祸结之下,民不聊生,哀鸿遍野,发感时悯世之叹。

又如北齐祖珽《挽歌》表达繁华转成衰败的哀伤:

> 昔日驱驷马,谒帝长杨宫。旌县白云外,骑猎红尘中。今来向漳浦,素盖转悲风。荣华与欢笑,万事转成空。(《先秦汉魏晋南北朝诗》北齐诗卷二)

又陆机《挽歌》辞中则多"自叹之辞",其一:

> 重阜何崔巍,玄庐窜其间。磅礴立四极,穹隆放苍天。侧听阴沟涌,卧观天井悬。圹宵何寥廓,大暮安可晨。人往有返岁,我行无归年。昔居四民宅,今托万鬼邻。昔为七尺躯,今成灰与尘。金玉素所佩,鸿毛今不振。丰肌飨蝼蚁,妍姿永夷泯。寿堂延魑魅,虚无自相宾。蝼蚁尔何怨,魑魅我何亲。拊心痛荼毒,永叹莫为陈。

对此,颜延之《颜氏家训·文章》批评道:"挽歌辞者,或云古者《虞殡》之歌,或云出自田横之客,皆为生者悼往告哀之意。陆平原多为死者自叹之言,诗格既无此例,又乖制作本意。"① 挽歌"死者自叹",完全背离了挽歌古辞"悼往告哀"的本意,此后陶渊明《拟挽歌辞》三首有更明确的表现,借助挽歌"哀歌"的情感特点,表达了写作者面对死

---

① 王利器:《颜氏家训集解·文章》(增订本),中华书局1993年版。

亡的悲怆与旷达。

这些挽歌作品标志着一种新的文人诗歌创作模式的确立。① 即汉魏之后，挽歌在礼仪之外，逐渐脱离与音乐的密切关系，在内容上也逐渐远离或虚化原有的应用功能，成为寄托自己情思的体式，表达出文人对于死亡复杂的心态。

第六节　墓碑文——死后的荣光

墓碑文是墓地所立碑刻，题写死者姓名、事迹等纪念性文字。墓志也是标记死者生平事迹的石刻，但埋于墓中。墓碑文是东汉厚葬、墓祭风俗的产物，魏时禁碑，墓志遂兴起，故两者大略前后相继。但前者置于地上，后者没于地下，文字内容和功能都有很大差异。

一　汉代的墓祀之俗

佛教传入前，中国宗教主要形式是祖先崇拜，秦汉前，主为庙祭，此后重心则渐渐转为上陵祭祀。《论衡·四讳》："古礼庙祭，今俗墓祀。"② 墓祀也称墓祭，东汉时达到高潮。蔡邕《独断》卷下云：

> 宗庙之制，古者以为人君之居，前有"朝"，后有"寝"；终则前制"庙"以象朝，后制"寝"以象寝。庙以藏主，列昭穆；寝有衣冠、几杖、象生之具，总谓之宫。……古不墓祭，至秦始皇出，寝起之于墓侧，汉因而不改，故今陵上称寝殿，有起居衣冠象生之备，皆古寝之意也。③

依古礼，事死如生，生时前有"朝"处理事务，后有"寝"用于起居。死后安葬于"陵"，也要前设"庙"象"朝"，供后人祭祀；后建"寝"

---

① 吴承学：《汉魏六朝挽歌考论》，《文学评论》2002 年第 3 期。
② 刘盼遂：《论衡集解》，古籍出版社 1957 年版，第 467 页。
③ 蔡邕：《独断》卷下，诸子百家丛书，上海古籍出版社 1990 年版，第 14 页。

陈列衣冠等生活用具。早期庙、寝在一处，始皇将寝移之墓侧，即建陵园，汉因之。《汉书·韦玄成传》载："自高祖下至宣帝，与太上皇、悼皇考，各自居陵旁立庙，并为百七十六。又园中各有寝、便殿。"① 不过尽管西汉时就将寝移置陵园，但"'庙'还造在陵园之外的附近地方，并不作为陵园的一部分。'寝'只作为侍奉墓主灵魂日常起居生活的处所，重要的祭祀祖先的典礼还必须在陵园以外的'庙'中举行。"② 但公元58年，明帝把元旦时百官朝贺即"元会仪"这一重大政治典礼移至光武帝原陵上进行，皇帝百官依次向寝殿中的神座朝拜，各郡上计吏向神座报告粮价以及民生疾苦、风俗善恶，"庶几先帝神魂闻之"。此后，庙祭中最重要的"酎祭礼"③也移至陵墓，"上陵礼"遂确立。自此，"庙"在东汉时期地位下降至低点，"墓地"则成为祖先崇拜中心，此即所谓"陵之崇"，"庙之杀"④。

帝王有"上陵之礼"，臣民则有"墓祀之俗"，从西汉末到东汉，上自天子，下及臣民，无论男女皆上其先人之冢祠祀，门人、故吏、友人亦上冢祠祭师长、官吏、友朋，地方长吏亦至贤达墓前拜谒；天子亦幸次或遣使者祠祭王公、贵戚、功臣冢，等等。⑤ 顾炎武《日知录》云：

> 汉人以宗庙之礼移于陵墓。有人臣而告于陵者……有上冢而会宗族故人及郡邑之官者……有上冢而太官为之供具者……有赠谥而赐之于墓者……有人主而临人臣之墓者……有庶民而祭古贤人之墓者……人情所需，遂成习俗。⑥

而且，上冢时往往会故人、父老、宾客，墓地不仅是行礼呈孝的场所，更是政治性宗教场所、家族礼仪中心。上冢成为会集和团结宗族、宾客、

---

① 《汉书》卷73，第3115页。
② 杨宽：《中国古代陵寝制度史研究》，上海人民出版社2003年版，第37页。
③ 《后汉书·礼仪志上》，第3103页注引《谢承书》。
④ 顾炎武著，黄汝成集释：《日知录集释》卷15，第543页。
⑤ 杨树达：《汉代婚丧礼俗考》第十七节《上冢》，缉史料甚详，足资参考。
⑥ 顾炎武著，黄汝成集释：《日知录集释》卷15，第545页。

故人的一种重要手段,墓园也就成为社会交往的重要空间。

如《汉书》载:哀帝时,有名王林卿者,做过侍中,"归长陵上冢,因留饮连日"。① 董贤得哀帝宠,"上冢有会,辄太官为供"。② 太官为宫中少府所属,主管膳食,可见其上冢酒会的排场;原涉免官后"欲上冢,不欲会宾客,密独与故人期会","会涉所与期上冢者车数十乘到,皆诸豪也。"③ 上冢会集宗族和故人,花费不少,有时不但办酒会,亦分赠礼物钱财。如楼护为谏大夫,"过齐,上书求上先人冢,因会宗族故人,各以亲疏与束帛,一日散百金之费"。④ 东汉此风更盛。《后汉书》多有记载,如帝王也上冢大会故人父老百官:

> (建武三年)冬十月壬申,幸舂陵,祠园庙,因置酒旧宅,大会故人父老。(《光武纪上》)
>
> (永元十五年)冬十月戊申,幸章陵,祠旧宅。癸丑,祠园庙,会宗室于旧庐,劳赐作乐。戊午,进幸云梦,临汉水而还。(《和帝纪》)
>
> (元兴元年)和帝以训皇后之父,使谒者持节至训墓,赐策追封,谥曰平寿敬侯。中官自临,百官大会。(《邓训传》)

光武帝经常诏令功臣"归家上冢"或"过家上冢"以作为恩赐。如建武六年"征(王常)还洛阳,令夫人迎常于舞阳,归家上冢"。同年冬,"征(岑)彭诣京师,数召宴见,厚加赏赐,复南还津乡,有诏过家上冢"。又吴汉"至宛,诏令过家上冢,赐谷二万斛"。又建初七年"厚赐(韦)彪钱珍羞食物,使归平陵上冢,还,拜大鸿胪"。⑤

因此,西汉中期以后,豪强大族势力增长,上冢会集宗族、宾客、故人已成为作为团结和扩展大族势力的重要手段。到东汉初年,由于政

---

① 《汉书》卷77,第3266页。
② 《汉书》卷72,第3092页。
③ 《汉书》卷92,第3717页。
④ 《汉书》卷92,第3707页。
⑤ 《后汉书》卷15、17、18、26,第581、659、682、917页。

权以豪强大族作为基础，皇帝和功臣都是豪强大族出身，上冢的礼俗更被用作赏赐功臣的重要手段。明帝所创上陵礼，实际上是把豪强大族久已风行的上冢礼俗加以扩大，搬到了皇帝陵园中来举行，用于加强与公卿百官以及地方官吏和亲属团结的重要手段。①

同时，东汉士人群体意识增强，墓祭也是聚会沟通的契机。《后汉书·党锢列传》载："恒、灵之间，主荒政谬，国命委与阉寺，士子羞与为伍，故匹夫抗愤，处士横议，遂乃激扬名声，互相题拂，品核公卿，裁量执政，婞直之风，于斯行矣。"② 东汉往往通过征辟入仕③，故游宦之风盛行，士子依附高官豪门世族，互相声援。而许多经学大家，门生众多，丧礼往往门生故吏云集，赴丧者至成千上万，如《陈寔传》："海内赴者三万余人，制衰麻者以百数，共刊石立碑，谥为文范先生。"④ 刻石颂德遍于郡邑，风气极盛。

因此，至东汉，墓地已由以往沉寂凄凉的死者世界变成熙熙攘攘的社会生活中心⑤，一定程度上具有了"公共空间"的性质。换句话说，来宾之所以参加葬礼，是因为他们与死者曾经有过或认为自己有过特殊的关系，并希望把这种关系公开化，因此葬礼就成了感情和政治表白的最佳场合。⑥ 甚至希望在墓碑文留下自己的名姓。如《彭城姜伯淮碑》："于是从游弟子陈留申屠蟠等悲悼伤怀，俱微言之欲绝，感绝伦之盛事，乃建碑于墓，甄述景行。"《太尉刘宽碑》："门生郭异等□公永慕，□□□□□绋，无以慰怀，洵涕述高，乃共刊石建碑，式序鸿业。"⑦ 等。

按当时墓园一般结构：最前一对阙，由此往后，神道两侧置动物和

---

① 杨宽：《中国古代陵寝制度史研究》，上海人民出版社2003年版。
② 《后汉书》卷67，第2185页。
③ "东京入仕之途虽不一，然由儒科而进者，其选亦甚难，故才智之士多由郡吏而入仕。"徐应麟：《东汉会要》，上海古籍出版社1978年版，第405页。
④ 《后汉书》卷62，第2067页。
⑤ 巫鸿：《礼仪中的美术》，北京三联书店2005年，第279页。
⑥ 巫鸿：《丧葬纪念碑的声音》，第286页。
⑦ 《全后汉文》卷77，第890页。

人物雕像，然后是祠堂，其后是墓碑，最后是坟丘。① 坟前祭奠，墓碑矗立于众人面前，是极为醒目的。碑文作为饰终礼文，借助坚石，铭载墓主经历德勋，可传之于世，亦可传之久远以"不朽"，此即"托有形之物，欲垂无穷之名"②。由此，墓碑文得以兴盛开来。刘勰云："庸器渐缺，故后代用碑。以石代金，同乎不朽。自庙徂坟，犹封墓也。"③ 铭于金石，意在存之不朽，在这一点上，早期的青铜器与汉代的墓碑文都承载着这种情感寄托。

二　碑、丰碑和墓表

碑早期有两种，竖立地点不同，功能也不一。

第一种立于宫庙，用于识日影，系祭祀所用牲兽。《仪礼·聘礼》云："上当碑南陈。"郑玄注："宫必有碑，所以识日景，引阴阳也。凡碑引物者，宗庙则丽牲焉，以取毛血。其材，宫、庙以石，窆用木。"④ 又《礼记·祭义》："既入庙门，丽于碑，卿大夫袒，而毛牛尚耳，鸾刀以刲，取膟膋，乃退。"孔颖达疏："君牵牲如央门，系诸中庭碑也。"⑤

另一种则为丰碑，立于墓四角，为下葬时固定引棺的辘轳架基座。《礼记·檀弓下》："公室视丰碑，三家视桓楹。"郑玄注："丰碑，斫大木为之，形如石碑，于椁前后四角树之，穿中于间，为鹿卢，下棺以绋绕。天子六绋四碑，前后各重鹿卢也。"⑥《释名·释典艺》："碑，被也。此本王葬时所设也。施其辘轳，以绳被其上，以引棺也。臣子追述君父之功美，以书其上，后人因焉，故建于道陌之头显见之处，名其文，就谓之碑也。"⑦ 清徐乾学《读礼通考》："自周衰，战国秦汉，皆以碑悬棺，或以木或以石，既葬碑留圹中，不复出矣。其后稍书姓名爵里其上，

---

① 参看李如森《汉代丧葬礼俗》第五章"陵园墓域"，沈阳出版社2003年版。
② 《集古录》之《后汉郎中王君碑》跋，文渊阁《四库全书》影印本，第681册，第47页。
③ 刘勰著，詹锳义证：《文心雕龙义证》，第444页。
④ 郑玄注，贾公彦疏：《仪礼注疏》，阮元校刻本《十三经注疏》，第1059页。
⑤ 郑玄注，贾公彦疏：《礼记注疏》，第1594页。
⑥ 郑玄注，贾公彦疏：《礼记注疏》，第1310页。
⑦ 刘熙撰，任继昉汇校：《释名汇校·释典艺》，齐鲁书社2006年，第348页。

至后汉遂作文字识矣。"① 1986 年陕西凤翔秦公大墓发掘出土四座木制巨碑，当能证实上述说法。故汉代墓碑即由丰碑发展而来。又马衡《中国金石学概要》："汉碑之制，首多有穿，穿之外或有晕者，乃墓碑施鹿卢之遗制。"②"穿"即用以穿绳之孔；"晕"为碑头用于固定辘轳的槽。

据上述说法，周秦时丰碑上书写亡者姓名爵里，以示标识，传世史料中汉代有墓表，性质与此相近。如《汉书·淮南厉王刘长传》：

> 长安尉奇等往捕（伍）开章，……杀以闭口，为棺椁衣衾，葬之肥陵，谩吏曰"不知安在"。又阳聚土，树表其上曰："开章死，葬此下。"③

颜师古注："表者，竖木为之，若柱形也。"为掩人耳目，"阳（佯）"聚土为坟，树表标识墓之所属，可见墓前立表以作标识大约是当时很通行的做法。又《汉书·酷吏传》："楬著其姓名。"颜师古注："楬，杙也，椓杙于瘗处而书死者名也。"④ 这里也是指竖木为标记。换句话说，墓碑出现之前，墓表是通行的墓地标识。甚至在墓碑出现后，鉴于材质得到的难易以及葬者家属的财力，下层民众大约仍然用墓表的方式。徐师曾《文体明辨序说·墓表》云："按墓表自东汉始，安帝元初元年立《谒者景君墓表》，厥后因之。其文体与碑碣同，有官无官皆可用，非若碑碣之有等级限制也。"⑤ 墓表未必自东汉始，当是比墓碑更早也更为普遍使用的墓地标志，其上书写姓名爵里，材质或木或石。

看早期碑文，内容更多为标记墓主基本情况，显然为墓表性质。如《汉司徒袁安碑》，东汉永元四年（公元92）立，原石出土地不详，1929 年在河南偃师县城南辛家村发现，现藏河南博物院。碑高 1.53 米，宽约 0.74 米。存篆书 139 字：

---

① 徐乾学：《读礼通考》卷98，康熙三十五年（1696 年）刻本。
② 马衡：《凡将斋金石丛稿·中国金石学概要》，中华书局1977 年版，第69 页。
③ 《汉书》卷44，第 214 页。
④ 《汉书》卷90，第 3675 页注（一三）。
⑤ 徐师曾：《文体明辨序说》，人民文学出版社1962 年版，第 151 页。

司徒公汝南女阳袁安召公。授《易》孟氏[学]。永平三年二月庚午，以孝廉除郎中。四[年]十一月庚午，除给事谒者。五年正月乙□(亥)，迁东海阴平长。十年二月辛巳，迁东平[任]城令。十三年十二月丙辰，拜楚郡[太]守。十七年八月庚申，徵拜河南尹。[建]初八年六月丙申，拜太仆。元和三年五[月]丙子，拜司空。四年六月己卯，拜司徒。孝和皇帝加元服，诏公为宾。永元四年[三]月癸丑薨。闰月庚午葬。①

碑文记录墓主生卒履历，内容简单，但这部分成为此后墓碑文最基本的内容。

三 墓碑文"写实追虚"

汉代比较标准的墓碑文一般分碑序和碑铭两部分。碑序为散体，记述亡者姓氏籍贯、家族世系、迁官次第，兼叙其德行，最后叙卒葬日期以及死后丧葬事宜，包括赐谥、赠赙以及刊石立碑等情况，并陈哀悼之情。铭文为韵文，以"铭曰""颂曰""词曰"等引领，赞颂墓主德行。东汉蔡邕创作了大量碑文，确立了墓碑文的这一范式。如蔡邕《太傅胡广碑》：

公讳广，字伯始，交趾都尉之元子也。公应天淑灵，履性贞固，九德咸修，百行必备。遭家不造，童而凤孤，上奉继亲，下慈弱弟，崎岖俭约之中，以尽孝友之道。及至入学从训，历观古今，生而知之，闻一睹十。是以周览《六经》，博总群议，旁贯宪法，通识国典。年二十七，察孝谦，除郎中、尚书侍郎、尚书左丞、尚书仆射，干练机事，绸缪枢极，忠亮唯允，简于帝心，智略周密，冠于庶事。迁济阴太守，其为政也，宽裕足以容众，和柔足以安物，刚毅足以威暴，体仁足以劝俗，故禁不用刑，劝不用赏，望之如日月，从之始影响。思不可忘，度不可革，遗爱结于人心，超无穷而垂则。徵

---

① 水易：《河南碑刻叙录（续）袁安碑》1991年第4期。

拜太司农，遂作司徒，迁太尉，以援正之功，封安乐乡侯，录尚书事。称疾屡辞，策赐就第。复拜司空，功成身退，俾位特进。又拜太尉，复以特进，致命休神。又拜太尉，逊位归爵，旋于旧土。徵拜太中大夫、尚书令、太仆、太常、司徒。永康之初，以定策元功，复封前邑，录尚书事。疾病就第，又授太傅，入参机衡。五蹈九列，七统三事，谅暗之际，三据冢宰，和神人于宗伯，治水土于下台，讯五品于司徒，耀三辰于上阶，光弼六世，历载三十。自汉兴以来，鼎臣元辅，耋耇老成，勋被万方，与禄终始，未有若公者焉。春秋八十二，建宁五年三月壬戌薨于位。天子悼惜，群后同怀，诏五官中郎将任崇奉册，赠以太傅、安乡侯印绶，拜室家子一人郎中，赐东园秘器，赐丝帛含敛之备。中谒者董诩吊祠护丧，钱布賵赐，率礼有加。赐谥曰文恭，昭显行迹。四月丁酉，葬于洛阳茔。故吏济阴池喜，感公之义，率慕《黄鸟》之哀，推寻雅意，彷徨旧土，休绩丕烈，宜宣于此，乃树石作颂，用扬德音。词曰：

於皇上德，懿铄孔纯。大孝昭备，思顺履信。膺其命世，保兹旧门。渊泉休茂，彪炳其文。爰尚天机，翼翼唯恭。夙夜出纳，绍迹虞龙。赋政于外，神化玄通。普被汝南，越用熙雍。帝曰休哉，命公三事。乃耀柔嘉，式是百司。股肱元首，庶绩咸厘。二气爕雍，五徵来备。勋格皇天，泽洽后土。封建南蕃，受兹介祜。玉藻在冕，毳服艾辅。路车雕骖，四牡修扈。赞事上帝，祇祠宗祖。陟降盈亏，与时消息。既明且哲，保身遗则。同轨旦奭，光充区域。生荣死哀，流统罔极。①

此篇前述胡广生平德行，末附韵文铭赞，内容、形制都是很典型的。刘勰曾云："写实追虚，诔碑以立。"其总结墓碑文的写作体制："夫属碑之体，资乎史才，其序则传，其文则铭，标序盛德，必见清风之华；昭纪鸿懿，必见峻伟之烈：此碑之制也。"②"资乎史才""其序则传"即

---

① 《全后汉文》卷76，第885—886页。
② 刘勰著，詹锳义证：《文心雕龙义证》，第457页。

强调墓碑文要写明墓主一生基本经历，有史传"实录"的意思，这即是内容的"写实"；"其文则铭"，即铭其功德，见出墓主"清风之华""峻伟之烈"，这就要用些"虚"笔了，这也是碑文作为饰终礼文的需要。

写"实"，墓碑文往往叙写墓主生卒、名讳、籍贯、家族世系、仕宦经历以及竖碑经过等，这些与事实不能有太大出入，这也是墓碑文"表墓"的基本功能，故一定程度上碑文具有墓主传记的性质。如对比《后汉书》本传，蔡邕所写有关胡广、陈球、郭泰、杨秉、度尚、李咸、周龃、朱穆、杨赐、范丹、刘宽等人的墓碑文，上述诸方面大都一致，可彼此对照，甚至可补缺，如蔡邕所撰《太尉乔玄碑》载乔玄以诏考司隶校尉赵祁事、举凉州刺史事、平定西域、开仓赈灾以及任上谷太守时行政为民的事迹，本传中都没有记载。而有些碑主史书没有记载的，墓碑文更有多方面史料价值。

此外，对于墓主的评价，一般也不能过于离谱，主要内容当为时人公认的，如蔡邕《太傅胡广碑》第一碑赞胡广有礼谦和："其接下答宾，虽幼贱降等，礼从谦厚，尊而弥恭。"① 《后汉书·胡广传》亦云其"性温柔谨素，常逊言恭色"。又如陈寔为官清廉，黎民安居乐业，邻县百姓多向其辖境迁徙。官职不高但很有声望，蔡邕《陈寔碑》道："于乡党则恂恂焉，彬彬焉，善诱善导，仁而爱人，使夫少长咸安怀之。"② 《后汉书·陈寔传》亦云其"修德清静，百姓以安。"③ 因此，曹丕《典论·论文》所云"铭诔尚实"，说的正是墓碑之铭的这一特点。

但墓碑文和传记毕竟不同。碑文虽有盖棺论定性质，但作为礼文，碑文受孝子贤孙所托，故吏门生所请，有些甚至就是弟子为恩师所写（如蔡邕为其师胡广作三篇碑文），要公之于众，传之后世，自然要对墓主多有回护，称美不称恶，这一点和早期铜器铭文是一致的。《礼记·祭统》中云：

---

① 《全后汉文》卷76，第885页。
② 《全后汉文》卷78，第892页。
③ 《后汉书》，第2066页。

> 夫鼎有铭，铭者，自名也。自名以称扬其先祖之美，而明著之后世者也。为先祖者，莫不有美焉，莫不有恶焉。铭之义，称美而不称恶，此孝子孝孙之心也。①

对于后世子孙，称美祖先、敬传其名是孝心；对门生故吏而言，感念老师教导擢拔之恩，亦觉有义务颂传其名，即所谓"下有述上之功，臣有叙君之德"②。汉代墓碑很多都有相应的表述，如："树碑表墓，昭明景行。"③"扬景烈，垂不朽。""名莫隆于不朽，德莫盛于万世，铭勒显于锺鼎，清烈光于来裔""重部大掾，以时成铭。斯可谓存荣没哀，死而不朽者。"④

正因如此，墓碑文中的墓主常常是"完美"的。如蔡邕为自己的老师太傅胡广写了三篇碑文，第二碑谓胡广："应天淑灵，履性贞固，九德成修，百行必备。"又"宽崧足以容众，和柔足以安物，刚毅足以威暴，体仁足以劝俗，故禁不用刑，劝不用赏，望之如日月，从之始影响……自汉兴以来，鼎臣元辅，耋耇老成，勋被万方，与禄终始，未有若公者焉"。第三碑："其为政也，导人以德，帅物以己，敦以忠肃，厉以知耻"等。然而从后世史书看，胡广有着公认的弱点，比如《后汉书》肯定其"达练事体，明解朝章"，故京师谚曰："万事不理问伯始，天下中庸有胡公。"但赞文对其中庸自保颇有微词："胡公庸庸，饰情恭貌。"⑤ 正如《资治通鉴》所称："然温柔谨悫，常逊言恭色以取媚于时，无忠直之风，天下以此薄之。"⑥ 碑文意在颂美，即便有过，也当为尊者讳、亲者讳，如此方为"得体"。

又《隶释》十载《童子逢盛碑》碑主逢盛年仅十二岁。文中铺衍其早慧多才："……胎怀正气，生克自然。摛育孩婴，弱而能言。至于垂

---

① 郑玄注，孔颖达正义：《礼记正义》，《十三经注疏》，第1606页。
② 《隶释》卷7《山阳太守祝睦后碑》，第83页。
③ 《全后汉文》卷76，第884页。
④ 《全后汉文》卷76，第886、887页；卷78，第892页。
⑤ 《全后汉文》卷44，第1513页。
⑥ 司马光编：《资治通鉴》，中华书局1992版，第1827页。

髦，智惠聪哲。过庭受诫，退诵诗礼。心开意审，闻一知十。书画规矩，制中园范。日就月将，学有缉熙。才亚后橐，当为师楷。自天生授，罔不在初。谓当以遂，令仪令色。整齐珪角，立朝进仕。究竟人爵，克启厥后。以彰明德，胤嗣昭达。"① 显然多夸张之辞。

因此，墓碑文中很多评价内容属于"虚写"。墓碑书写空间有限，本就多概括总结之评语。刘师培谈碑文写作：

> 以形容为主，不宜据事直书。自两汉以迄唐五代，其用典对仗，递有变化，而作法一致，型式相同。……未有据事直书，琐屑毕陈，而与史传、家传相混者。试观蔡中郎之《郭有道碑》，岂能与《后汉书·郭泰传》易位耶？②

"以形容为主"不必"据事直书，琐屑毕陈"，这就给赞颂碑主留下了很大的文字空间。比如可以小美大赞，甚至无美大赞。撰写者常以当时人们公认的美德来评价墓主，以使碑主的形象达到理想甚至接近完美。一般而言，不出忠、孝、仁、礼、谦、俭等儒家道德规范，由此可看出东汉一些核心价值观。

以蔡邕碑为例：如"忠"，多用于有官爵仕宦者。有忠直、忠顺、忠允、忠清、忠贞、忠洁、忠恕、忠俭、忠肃等许多并列词组③。如蔡邕所撰碑文："行己忠俭，事施顺恕""敦厚忠恕，众悦其良。"（《陈留太守胡硕碑》），"忠亮唯允，简于帝心。""惟君之质，体清良兮。借佐殷姬。忠孝彰兮。委国捐爵，谏国亡兮。"（《伯夷叔齐碑》），"其为政也，导人以德，帅物以己，敦以忠肃，厉以知耻。"（《太傅胡广碑》），"父受纯懿之资，粹忠清之节。"（《太尉李咸碑》），以及"寝疾，顾命无辞，要言

---

① 《全后汉文》卷104，第1033页。
② 刘勰著，詹锳义证：《文心雕龙义证》，第457页注（二）。
③ 杨素惠《蔡邕墓碑文研究——以人物品评为中心》对相关词语有梳理。此为笔者指导福建师范大学硕士学位论文。

约戒，忠俭而已。"(《太尉杨赐碑》)① 等。

又有"孝"，这是使用更为广泛的道德评价，可以加之男女老幼。常将墓主与舜、曾子、颜回、闵子骞、老莱子等孝子事迹相媲美："事亲以孝，则行侔于曾、闵。"(《太傅安乐乡文恭侯胡公碑》)，"孝于二亲，养色宁意，蒸蒸雍雍，虽曾、闵、颜、莱，无以尚也。"(《荆州刺史度侯碑》)，"继亲在堂，朝夕定省，不违子道。旁无几杖，言不称老。居丧致哀，率礼不违。"(《陈留太守胡公碑》)

其他如对妇人，则多称其母仪令德，温慈惠爱，相夫有成，教子有方，如蔡邕《司徒袁公夫人马氏碑铭》；对未成年者，则多称其先天聪慧，如《童幼胡根碑》墓主七岁："故陈留太守胡君子曰根，字仲原。生有嘉表，幼而克才，角犀丰盈，光润玉颜，聪明敏惠，好问早识，言语所及，智思所生，虽成人之德，无以加焉。"②

东汉后期重视人物品评，这些墓碑文也可看出一些新的评价标准，如"清"。东汉后期文人士大夫有尚"清"之风，"气之清者为神，人之清者为贤。"③ 这些在相关碑文中也有体现，如"心栖清虚之域，行在玉石之间"(《琅邪王傅蔡朗碑》)；"玄懿清朗，贞厉精粹"(《汝南周勰碑》)；"可谓立身无过之地，正直清俭该备者矣"(《太尉杨秉碑》)④；"父受纯懿之资，粹忠清之节""惟清惟敏，品物以熙"(《太尉李咸碑》)⑤；"膺皇灵之清和，受明哲之上姿"；"含圣哲之清和，尽人材之上美，光明配于日月，广大侔于天地"(《陈寔碑》)；"操清行朗，潜晦幽闲"(《太尉杨赐碑》)⑥ 等。

汉代碑文这种"虚"写的笔法使得碑文的主人公很少有以生活中原形出现的，甚至"大多数是被定形化以后登场的……也就是说，这些被

---

① 分别参见《全后汉文》卷75，第882页；卷75，第879页；卷76，第886页；卷76，第887页；卷78，第893页。
② 《全后汉文》卷76，第884页。
③ 《后汉书》卷63，第2080页。
④ 《全后汉文》卷75，第880、881、882页。
⑤ 《全后汉文》卷76，第887页。
⑥ 《全后汉文》卷78，第892、893页。

描写的人物大多是当时符合儒教规范的理想化人物"。① 这也是汉代墓碑文多被后人诟病的原因。晋武帝时隐士赵逸曰：

> 生时中庸之人尔，及死也，碑文墓志必穷天地之大德，尽生民之能事，为君共尧舜连衡，为臣与伊皋等迹，牧民之臣，浮虎慕其清尘；执法之吏，埋轮谢其梗直。所谓生为盗跖，死为夷齐。妄言伤正，华词损实。②

蔡邕也因作大量碑文而被后人讥为"谀墓"，如顾炎武《日知录》"作文润笔"条：

> 《蔡伯喈集》中为时贵碑诔之作甚多，如胡广、陈寔各三碑，桥玄、杨赐、胡硕各二碑，至于袁满来年十五，胡根年七岁，皆为之作碑。自非利其润笔，不至为此。史传以其名重，隐而不言耳。文人受赇，岂独韩退之谀墓金哉？③

"谀墓"一词最早见于《新唐书·韩愈传》所附《刘叉传》，批评韩愈为得润笔滥作碑文。其实，如果从更通达的角度看，"谀墓"也是出于人情。碑文之作，乃子孙为其父祖，弟子为其师尊，亲故为其亲故，"揆之人情，宜以颂扬为本……辞虽溢美，义故无愆。"④ 即便叙述失实，于体无害。

对此，蔡邕其实是很清楚的，他曾对卢植说："吾为碑铭多矣，皆有惭德，唯郭有道无愧色耳。"⑤ 蔡邕是知道自己所撰碑文大都褒奖过甚的。

---

① ［日］福井佳夫：《关于"碑"的文体——以蔡邕作品为中心》，转引自（日）后藤秋正《蔡邕〈童幼胡根碑铭〉与哀辞——论禁碑所产生的影响》，《佳木斯师专学报》1996 年第 3 期。
② 范祥庸校注：《洛阳伽蓝记校注·城东篇》，上海古籍出版社 1978 年版，第 89 页。
③ 顾炎武著，黄汝成集释：《日知录集释》卷 19，第 692 页。
④ 刘勰著，詹锳义证：《文心雕龙义证》，第 453 页注（三）引骆鸿凯语。
⑤ 《后汉书》卷 68，第 2227 页。

不过，此"惭德"并非自己有愧，其中或含有一些自负。好的碑文是要在"虚""实"之间找平衡。既不全无根据，肆意夸大，又委婉隐护，顾及体面，满足为亡者留名、给生者以安慰的心理需求。

蔡邕撰写的碑文被认为典范，刘勰给予很高评价：

> 自后汉以来，碑碣云起，才锋所断，莫高蔡邕。观杨赐之碑，骨鲠训典；陈郭二文，词无择言；周胡众碑，莫非精允。其叙事也该而要，其缀采也雅而泽；清词转而不穷，巧义出而卓立；察其为才，自然而至矣。①

刘勰一赞蔡邕叙事该要，缀采雅泽，有如锋刃斩斫，无有枝蔓。蔡邕曾在东观与卢植、韩说等撰补《后汉纪》，具有很高的史学修养，能兼顾史传和墓碑文二体之长。二赞其文辞典正庄严。蔡邕碑文多引经据典，或以经典为判断标准。"骨鲠训典"即以经典为骨干（《尚书》有《尧典》《伊训》等），《文章流别论》："蔡邕为杨公作碑，其文典正，末世之美者也。"② 三赞其碑文长短句间错，词调变化甚多，音节和雅，几乎篇篇可诵。"'清词转而不穷'，此皆其出类拔萃处"。③

陆机《文赋》谓："碑披文以相质。"李善注："碑以叙德，故文质相半。"④ 任何文体大约都涉及文质如何平衡的问题，碑文作为饰终之礼文，程式化的内容自然无可避免，但要写出好的碑文，在"平衡"方面最难拿捏，蔡邕无疑是个中高手。

四 墓志

中国古代丧葬礼俗中，很早就有标记墓主身份的礼俗，分地上和地下两种。前述墓表、墓碑都属于地上标志。此外还有埋于地下的，如墓

---

① 刘勰著，詹锳义证：《文心雕龙义证》，第450页。
② 挚虞：《文章流别论》，严可均：《全晋文》卷77，《全上古三代秦汉三国六朝文》，第1905页。
③ 刘勰著，詹锳义证：《文心雕龙义证》，第454页注（九）。
④ 张少康：《文赋集释》，上海古籍出版社1984年版，第80页。

志，一般为砖石刻字。后又有称作墓铭、圹志、圹铭、墓志铭等。从相关文献看，早期还有用帛书写墓主信息的，称铭旌。如《仪礼·士丧礼》："为铭，各以其物，亡则以缁，长半幅，𦈛末，长终幅，广三寸。书铭于末，曰：'某氏某之柩'。"郑玄注："铭，明旌也，杂帛为物，大夫之所建也。以死者为不可别，故以其旗识之，爱之斯录之矣。"① 铭旌葬前置于灵柩前，葬时置于柩上，有明显的标识作用。这些种类很难说谁先谁后，大概同时存在，只是在使用领域或社会人群上有些差别。整体看，早期文字简单，后世内容丰富；富家或知识群体文字内容丰富，甚至同时使用多种标记，材质也多为石材，以保证即便陵谷变迁，墓前碑表毁失以后，仍有记其生平的刻石留存墓中。普通平民甚至刑徒则大约只用砖瓦简单刻字或墨书墓表而已。

埋于底下的，可统称为"志"类。姚鼐在《古文辞类纂·碑志类》小序中认为："志者，识也。或立石墓上，或埋之圹中，古人皆曰志。为之铭者，所以识之之辞也。然恐人观之不详，故又为序。世或以石立墓上，曰碑曰表；埋，乃曰志。"1979年秦始皇陵附近出土十八件刻于残瓦内外侧的志墓文字，如"东武居赀上造庆忌""平阴居赀北游公士滕""博昌去疾"等，记载了修建陵墓死者的籍贯、姓名、身份，已具备墓志性质②。

汉代亦多见此类墓志性质的墓砖，如近年出土于山东日照市的《高彦墓砖》刻于天凤五年（18）："琅琊郡左尉高君，讳彦，始建国天凤五年三月廿日物故。"③ 墓砖记载了墓主姓名、职官和卒日。其他如东汉安帝元初二年（115）墓志：

故左郎中邓里亭侯沛国丰张盛之墓。元初二年记。④

又刻于光和四年（181）《崔显人墓砖》：

---

① 郑玄注，贾公彦疏：《仪礼注疏》，阮元校刻本《十三经注疏》，第1130页。
② 赵超：《汉魏南北朝墓志汇编·前言》，天津古籍出版社1992年版，第3—4页。
③ 毛远明编著：《汉魏六朝碑刻校注》，线装书局2008年版第1册，第27页。
④ 赵超：《汉魏南北朝墓志汇编》，天津古籍出版社2008年版，第1页。

> 彭城水丞崔显人，光和四年五月八日葬，千秋不发。①

目前所见还有很多东汉刑徒砖铭。如张政烺曾介绍清末洛阳附近东汉刑徒墓葬出土的砖志，铭文开头多有"右部""右"字，如：

> 右部无任□□安完城旦□□，元兴□年□月□□物故，死在此□。
> 右无任汝南山桑髡钳宣晓，熹平元年十二月十九日物故。

或"左部""左"字，如：

> 左部无任东郡濮阳完城旦夏侯当，延光四年九月一日物故。在此下。
> 左无任任城鬼薪纤便，建宁元年七月十六日物故。②

元兴、延光以及熹平、建宁分别为东汉和帝、安帝以及灵帝年号。据《后汉书·百官志四》载，"将作大匠"属官有左校令一人（注曰"掌左工徒"）、丞一人；右校令一人（注曰"掌右工徒"）、丞一人。"左部""右部"即这些刑徒服劳役时所属作部。

以上墓志内容都比较简单，只有墓主姓氏、籍贯、身份、卒年等基本信息。赵超认为，正式的墓志应该符合三个条件：有固定的形制；有惯用的文体或行文格式；具有明确的职能及较为固定的语言形式。③ 这样看，上述墓砖之类已经具备墓志的特征。

"墓志"一词目前最早见于汉和帝永元四年（92）的刑徒砖志：

> 永元四年九月十四日无任陈留高安髡钳朱敬墓志。④

---

① 毛远明编著：《汉魏六朝碑刻校注》，第2册，第33页。
② 张政烺：《秦汉刑徒的考古资料》，《历史教学》2001年第1期。
③ 赵超：《汉魏南北朝墓志汇编·前言》，第1页。
④ 黄士斌：《汉魏洛阳城刑徒坟场调查记》，《考古通讯》1958年第6期。

内容也都是基本信息。而言辞内容丰富的墓志在东汉后期才出现。如刻于元嘉元年（151）的《缪宇墓志》，其文云：

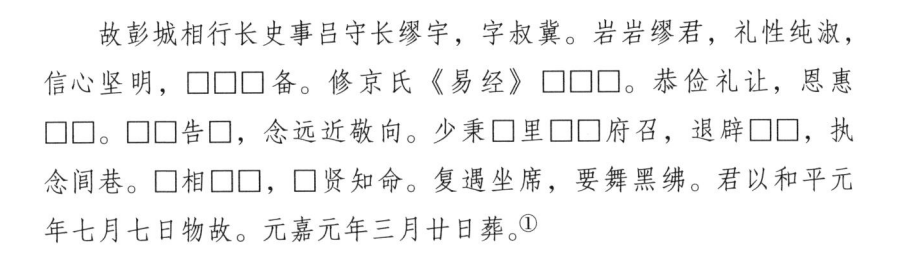

> 故彭城相行长史事吕守长缪宇，字叔冀。岩岩缪君，礼性纯淑，信心坚明，□□□备。修京氏《易经》□□□。恭俭礼让，恩惠□□。□□告□，念远近敬向。少秉□里□□府召，退辟□□，执念间巷。□相□□，□贤知命。复遇坐席，要舞黑绋。君以和平元年七月七日物故。元嘉元年三月廿日葬。①

该墓志刻于墓内后室横额上，除叙述墓主的姓名、职官等基本情况，还有对其生平事迹的记载，以及德行的评价，与墓碑文内容多有相近。《缪宇墓志》常被看作墓志起源的标志。其实，从上面列举的相关资料可见，墓志东汉时有繁简两种，《缪宇墓志》只是其中更具文采的一种而已。

不过，整体看，东汉时期墓志虽有成熟的形制和文体特点，但如《缪宇墓志》一样内容较丰富的文本还是比较少的，原因大约很简单，因为与此同时，地上的墓碑文也兴起，足以承担相应功能。

东汉末年，经济凋敝，加之盗墓之风盛行，树碑等厚葬举动有所收敛。建安十年，曹操"以天下凋弊，下令不得厚葬，又禁立碑"。故整个曹魏统治期间内，碑禁都很严厉。《宋书·礼志》载："魏高贵乡公甘露二年，大将军参军太原王伦卒，伦兄俊作《表德颂》以述伦遗美，云'祗畏王典，不得为铭，乃撰录行事，就刊于墓之阴云尔。'此则碑禁尚严也。"咸宁四年（278），司马炎又下令禁碑："此石兽碑表，既私褒美，兴长虚伪，伤财害人，莫大于此，一禁断之。其犯者虽会赦令，皆当毁坏。"② 由此，地上墓碑文消歇，地下墓志兴盛开来。

此外值得注意的是，1940年四川卢山出土的汉末王晖石棺棺盖上铭文也是墓志性质（图一）。王晖石棺是目前所知汉代石棺中唯一刻有铭文

---

① 毛远明编著：《汉魏六朝碑刻校注》，第1册，第172页。
② 沈约：《宋书·礼志》卷一五，中华书局1974年版，第407页。

的，其棺盖首下阴线刻出双门及浮雕童子迎候图，左门紧闭，上阴刻隶书墓志35字："故上计史王晖伯昭以建安拾六岁在辛卯九月下旬卒其十七年六月甲戌葬呜呼哀哉。"① 右门微启，一双髻阔袖长袍的童子倚门而立，身半露，右手抚门。从发髻看应为女童，神情恬淡，衣带飘拂，似为迎接墓主升天。按铭文，墓主亡于建安十六年九月，次年六月安葬，是在曹操禁碑令后，石棺刻墓志或也是一种变通。

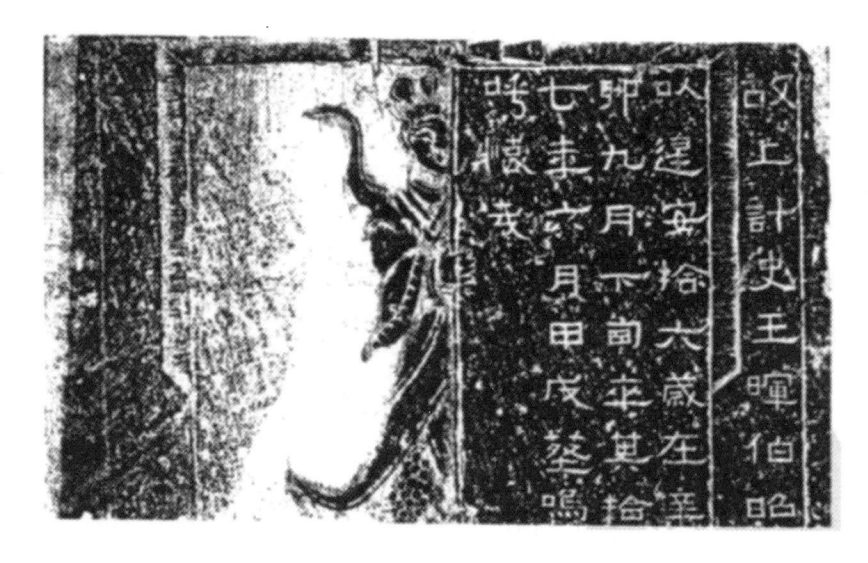

图一 王晖石棺棺盖铭文

第七节 祠堂里的铭文题记

汉代墓地建筑中有地上祠堂和地下祠堂，内容丰富的画像石以及铭文大都出于此。从其文本内容、铭刻位置以及功能上看，大致有两类文体：一是祠堂题记，二是像赞。本节讨论题记文本的功能和文体特性。

一 地上祠堂和地下祠堂：可以"被观看"的空间

祠堂，又称享堂、食堂，是亡者接受后代子孙祭享的空间建筑，因

---

① 高子期:《王晖石棺略说》2009 年第 5 期。

常取石为材，又称石堂、石祠或石室。祠堂始于汉代，《论衡·四讳》云："古礼庙祭，今俗墓祠。"① 汉代皇家将宗庙祭祀之礼移至墓地，有"上陵之礼"，官民遂有"墓祀之俗"，西汉中晚期以后，公卿世族大家就已在墓地营建祠堂，东汉时墓地建祠以祭祀更成风气，上自天子，下至臣民，无论男女皆上先人之冢祠祀，由此，墓地建筑得到迅速发展，祠堂即为代表。

立祠于墓所，本为祭享亡灵，使其安于地下世界，也借此慰藉生者。但汉代墓地的社交功能使得人们在墓室棺椁、随葬器物、墓地建筑等物质文化方面都呈现攀比心理，有财力者在祠堂建筑、雕刻、绘画、铭文等方面则投入甚多，存流后世者，其刻画雕镂，令观者感叹。如《水经注·济水》载李刚墓："有石阙、祠堂、石室三间，椽架高丈余，镂石作椽，瓦屋施平天造，方井侧荷梁柱，四壁隐起，雕刻为君臣、官属、龟龙、麟凤之文，飞禽走兽之象，作制工丽，不甚伤毁。"又记汉司隶校尉鲁峻墓："冢前有石祠、石庙，四壁皆青石隐起，自书契以来，忠臣、孝子、贞妇、孔子及弟子七十二人形像，像边皆刻石记之，文字分明。"② 汉代墓地祠堂规模从目前所见山东武梁祠、孝堂山祠等精美画像石刻中尚能见出一二。

汉代墓地祠堂跟近代家祠作用接近，大约当时常年有祭奉，如山东嘉祥宋山安国画像祠堂题记云："朝莫（暮）祭祀，甘珍滋味兼设，随时进纳，省定若生时。"③ 因此，墓地祠堂是开放性的，墓主活动的画面配置在醒目处，便于拜祭者瞻仰。家族也乐于将祠堂这座地面建筑物，以及内里显示的祖宗的丰功伟绩、孝廉等美德向所有与他们有关或无关的人展示。④ 山东东阿铁头山出土的永兴二年（154）芗他君石祠堂题记有："负土成墓，列种松柏，起立石祠堂，冀二亲魂零有所依止……唯观者诸

---

① 王充著，刘盼遂：《论衡集解·四讳》，第467页。
② 郦道元著，陈桥驿校证：《水经注校证·济水》卷8，中华书局2007年版，第216页。
③ 济宁地区文物组：《山东嘉祥宋山一九八〇年出土的汉画像石》，《文物》1982年第5期。
④ 黄佩贤：《汉代墓室壁画研究》，文物出版社2008年版，第286页。

君，愿勿贩伤，寿得万年，家富昌。"① 建造者希望祠堂"被观看"、孝德"被赞叹"，这一愿望在当时乃至后世确实实现了。最典型的就是孝堂山祠堂。该祠堂位于济南市长清区孝里镇孝堂山顶，约建于东汉早期（章帝时或更早至明帝），是目前所见唯一一座内部图像布局完整有序、外部建筑保存完好的汉代画像石祠堂。祠堂内外没有留下祠主姓名，但这并未影响到人们观看的兴趣，而且瞻仰者常被祠堂建造人的孝行所感，在墙壁、隔梁题刻文字，表达仰慕之情，时间跨度从东汉顺帝永建四年（129）到清高宗乾隆二十二年（1757），文字可识读者即有145条之多，其中北齐武平元年（570），陇东王胡长仁出任齐州刺史，路过该祠，有感而发，在石祠西外利用整面墙刻长文《陇东王感孝颂》，因文中提到汉代孝子郭巨，此后该无名墓祠即被讹传为郭巨墓祠。② 其他如：

　　平原阴湿邵善君以永建四年四月二十四日来过此堂叩头谢贤明。（129）
　　泰山高永康元年七月廿一日故来观记之示后生。（197）
　　泰山山莊高令春以建安二年二月十一日来至石堂。（197）
　　景元四年三月廿一日故来吊山观此堂。（263）
　　申上龙以永康元年二月二日来此堂感斯人孝至……（396）
　　太和三年三月廿五日山茌县人王天明王群王定虏三人等在此行到孝堂造此字。（479）
　　景明元年四月廿五日太原太守往盖袄代下过看耳。（500）
　　延昌二年五月十八日营州建德郡韩仪祺故过石堂念美名而咏之。（513）
　　天保九年山茌县人四月廿七日刘贵刘章兄弟二人回阡过孝堂观使愿愿从心。（558）
　　大唐开元廿三年秋七月旬有五日朝请大夫守冀州别驾上柱国杨

---

① 陈直：《汉芗他君石祠堂题字通考》，《西北大学学报（哲学社会科学版）》1979年第6期。
② 题刻中有"郭巨之墓，马鬣交阡。孝子之堂，鸟翅衔阜"等文字。杨爱国：《故事是如何生成的——以山东长清孝堂山郭氏墓石祠为例》，《社会科学战线》2016年第9期。

杰因公务之暇……人之行莫大于孝孝莫大于爱亲则郭公其人也竭力以养欢心而事见分甘以……达天地至德通鬼神埋玉彰必死之期得全表全生之应实可谓人所不能……重叙斯文故封树以长存挹徽猷而不低杰闻孝子不匮永锡尔类其郭公……（735）①

观者记录自己"到此一观""感斯人""念美名"。因此，作为开放式建筑，墓地祠堂成为一个特殊的"公共空间"，不仅孝子孝孙、亲友宗族定时聚集祭祀供养，路人以及后世慕名而来的"观众"也瞻仰祠堂，感叹建造者的孝行，这无疑也满足了当年建造者借祠堂展示孝行而流芳的潜在意愿。

值得注意的是，除了墓地祠堂这一地上之"堂"外，还有地下即墓室祠堂的存在。同时，地下祠堂也具有一定的开放性。

地下墓室祠堂也称为"明堂"。《后汉书·赵咨传》载赵咨遗训，安排身后事："气绝便敛，敛以时服，衣足蔽形，棺足周身，敛毕便穿，穿毕便埋。其明堂之奠，干饭寒水，饮食之物，勿有所下。"注云："礼送死者衣曰明衣，器曰明器。郑玄注云：'明者，神明之也。'此言明堂，亦神明之堂，谓圹中也。"② 这个说法为考古挖掘所证实。如江苏邳州燕子埠缪纡墓有前后室，后室容棺，前室较高敞，设有置神主的石床，当即"明堂"所在。墓中题刻文字中亦有"明堂之辛""□神之旌荐，子孙永奉"等内容。"荐"指祭享，《礼记·王制》："大夫、士宗庙之祭，有田则祭，无田则荐。"③ 明堂早期指天子宣政、祭祖之处，后成为私祭空间。因此，这里"圹中"明堂，即指地下魂灵居所，是子孙永奉祭享亡灵之处，也可以说是墓室祠堂。

信立祥曾对地上地下两种"堂"进行过专门研究。他认为，墓地祠堂同宗庙中的庙一样，是祖先灵魂接受子孙后代祭祀的地方，模仿生前所居。生前所居宫室前有朝（又称堂），以接待宾客，处理公务；后有寝，为生活

---

① 蒋英炬、杨爱国：《孝堂山石祠》，文物出版社2017年版，第99—105页。
② 《后汉书》卷81，第2690页。
③ 《礼记正义》，《十三经注疏》，中华书局1980年版，第1337页。

起居之处。因此，墓地祠堂与地下墓室的关系就是"堂"与"寝"的关系。对于一般官吏和庶民，墓室结构单纯，这种关系就显而易见，但帝王陵墓和高级贵族墓地为多室墓中，又分前堂和后寝两部分：陈放墓主棺柩的后室，是墓主灵魂日常起居之处，相当于寝；后室之前的中室和前室，是墓主灵魂接待宾客处理公务的地方，即为"朝"或"堂"。山东苍山元嘉元年画像石墓的石刻铭文中，就将前室称为"堂"。因此，汉代大型画像石墓一般都有两个堂。这两个堂，对于地下世界的墓主来说，都是燕居以外各种活动不可缺少的场所。① 山东曲阜县城东徐家村发现的一座汉画像石墓中，前室后壁一块立石上刻有延熹元年题记，文中有"作此食堂"句。据此，蒋英炬亦推断汉代说的"堂"或"食堂"并不一定都是地面上的祠堂，地下墓室中的前室也称为"堂"或"食堂"。② 此建筑空间也是画像石刻最丰富的地方（参看图二、图三画像石墓透视图③）。

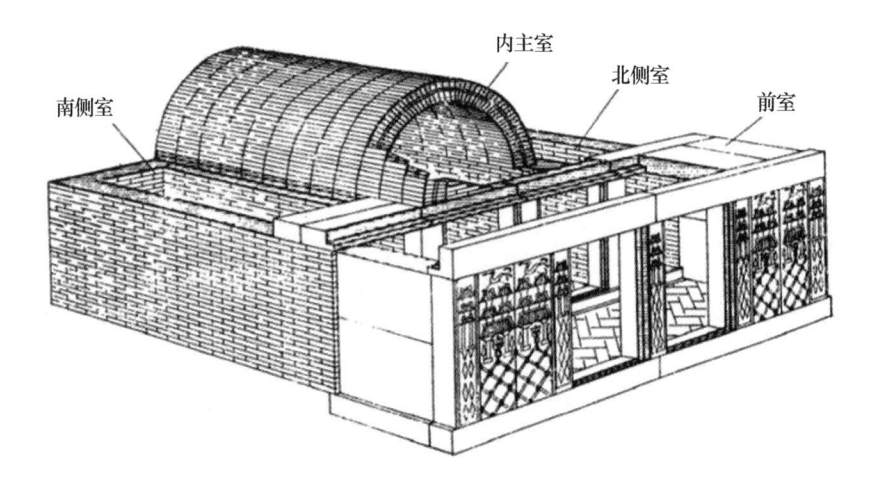

图二　河南南阳石桥汉墓透视图

当然，与墓地祠堂的"全开放"状态不同，墓室祠堂的祭祀和开放

---

① 信立祥：《汉代画像石综和研究》，文物出版社2000年版，第322—323页。
② 蒋英炬：《汉代的小祠堂——嘉祥宋山汉画像石建筑复原》，《考古》1983年第8期。
③ 图片引自南阳博物馆《河南南阳石桥汉画像石墓》，《考古与文物》1982年第1期；信利祥：《汉代画像石综和研究》，文物出版社2000年版，第225页。

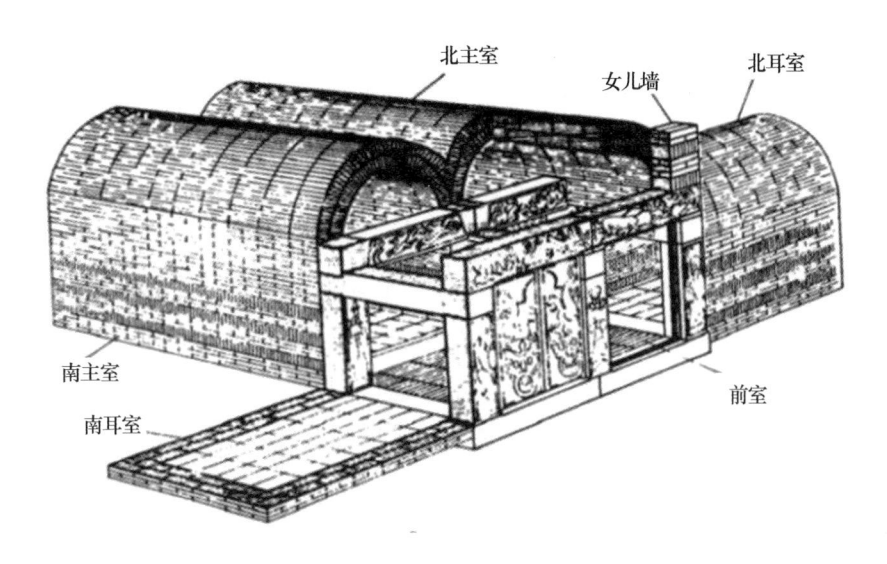

图三　河南南阳赵寨砖瓦厂汉墓透视图

则有时间限制，即在墓门封闭前进行，哀悼者进入墓室直接和地下死者的灵魂诀别，也得以参观内景。而有些汉墓是夫妻合葬墓，其中一位殁后入藏，墓室并不完全关闭，直待另一位去世合葬后才彻底关闭，因此，墓室祠堂还有可能再次被"观看"。如《后汉书》载："民有赵宣葬亲而不闭埏隧，因居其中，行服二十余年，乡邑称孝，州郡数礼请之。"注：埏隧，今人墓道也。① 为进入墓室祭祀侍亲，数年不封闭墓道，这种行为被当作"孝"行而广受赞扬，可见地下祠堂并非丧礼结束后就立刻封闭，而是在较长一段时间内对公众开放。陕西旬邑县东汉 1 号墓中，壁画即分布于甬道、前室四壁及顶部、后室东西两壁及北壁、东西侧室两壁。甬道以墓门为界，门外东、西两壁为"□王力士"，力士外侧朱书"诸观皆解履乃得入""诸欲观者皆当解履乃入观此"②。这里的"观者"，应该是得以进入墓室参观或祭吊的人。

此外，也有亡者生前为身后事做充分准备，包括墓室的营建。如东汉赵歧"年九十余，建安六年卒，先自为寿藏，图季札、子产、晏婴、

---

① 《后汉书》卷 66，第 2160 页。
② 尹申平：《陕西旬邑发现东汉壁画墓》，《考古与文物》2002 年第 3 期。

叔向四像居宾位，又自画其像居主位，皆为赞颂。"李贤注："寿藏，谓冢圹也。称寿者，取其久远之意也，犹如寿宫、寿器之类。"① 因此，有些墓主会对自己墓室的营建、画像石刻的内容完成情况进行检查和验收，这也是一种视角独特的"观看"。

所以，无论是地上还是地下祠堂，都具有开放性或一定程度的开放性，其隐含的"观者"（包括生者和亡灵）对于建筑艺术以及相关文体的内容和配置形式都产生影响。研究者发现，地上地下两个祠"堂"画像之间，无论是题材内容还是配置规律，都有着更多地一致性，即二者都在建筑最高位置的天井上配置表现诸神天界内容的画像，在位置较高的门柱以及左右侧壁上部配置表现墓主（即祀主）升仙愿望的画像，历史故事类画像则配置在其他壁面部分。不仅如此，二者都将表现祭祀墓主活动场面的画像——如庖厨宴饮、车马出行、乐舞百戏等——作为核心内容配置在最醒目的位置，墓室祠堂相关内容一般在四壁、横梁或门额上，墓地祠堂则配置在后壁②，这样的配置也是为了"观者"的便利。

祠堂本为祭拜亡灵，故寄托了建造者的缅怀之情，而地上地下祠堂的永久开放或半开放性特征也使得建造者相信，自己为亡故亲人所做的一切不仅亡灵可以感知，世人乃至后代子孙也能看到，因此，在这个特殊的建筑空间内，建造者用文字这一表意最为明确的交流语言记下了祠堂（甚至包括墓室）的来龙去脉，以及自己的感受和寄托，这就是祠堂题记产生的契机。

二　祠堂题记的功能和文体特点

在了解了两个祠堂的空间意义后，以下将剖析几则明确为祠堂题记的石刻文字，以探究在祠堂这一特定场域、特定功能约束下相关文体书写的修辞要素，总结其文体特质和共性，确立文体规范，之后方可借此对其他"身份不明"的石刻文本找到文体归属乃至空间归属。

汉画像石刻文本中常有"石堂""食堂""石庙堂"等文字，可据此

---

① 《后汉书》卷64，第2124页。
② 信立祥：《汉代画像石综合研究》，文物出版社2000年版，第322—323页。

明确判断为祠堂题记。如山东邹城汉安元年文通祠堂题记，是目前所见最长的一篇题记，非常完整，共606字（包括未识及风化残损字）①，为便于分析，按文意大略分为四段，首段（句）标明祠堂归属：

鲁国驺亭掾、主簿掾、文通食堂。

"鲁国驺"，西汉初改故秦薛郡为鲁国，属豫州，下辖鲁、卞、汶阳、蕃、驺、薛六县②，东汉因之。掾是汉代属官的通称，"亭掾、主簿掾"都是最基层的官员。"文通"当为祠主的字，题记中称"掾"，以官职称之，是为避父讳。"食堂"即祠堂，也即文中所称"石庙堂"。以下则为题记正文，该祠堂为祠主小儿子季起筹建，故全文以他的口吻叙述：

掾少小读《严氏春秋》，经召县掾、功曹、府文学、簿曹、掾县三老。掾年八十六以永和六年十月八日己未以寿终。母年八十四以永和五年五月八日丁卯以寿终。掾有子男女八人，大女蒨侯，字惠迈，适戍父。其大男宗，字伯宗，年五十病终；有子男久卿，久卿弟宝公。伯宗弟殷，字孟卿，年卅病终；有子男如，字伯商。孟卿弟寅，字仲玉，年五十病终；有子男惠，弟阿奴。仲玉弟识，字元玉，有子男方，弟扶、弟羡、弟愿。元玉弟竟，字仲忽，有子男吉，弟福。仲忽弟强，字季卿，有子男高，弟宝、弟时、弟少贵。季卿弟兴，字季起，有子男伯张。季起兄弟八人，诸兄薄命蚤终。季起秉掾、母奉终，得备衣冠印绶。长姊虽无，忠孝之心，尤识子道，反（返）□恩，躬率诸孙，举家竭驡，奉进甘珍。

开篇首先简述祠主"掾"从学和为官经历，以及"掾"及"母"（"掾"的夫人）亡殁时间，夫妇二人享年均80余岁，可谓寿终正寝。接下来则

---

① 以下文本和解释参考邹城市文物局《山东邹城峰山北龙河宋金墓发掘简报》，《文物》2017年第1期；胡新立：《邹城新发现的汉安元年文通祠堂题记及图像释读》，《文物》2017年第1期。
② 《汉书》卷28下，第1637页。

记载"掾"的子孙情况：有子男女八人，即长女、大男（长子）伯宗、（次子）孟卿、（三子）仲玉、（四子）元玉、（五子）仲忽、（六子）季卿，均亡殁。文中载长子 53 岁、次子 30 岁、三子 50 岁病终，其余三子虽成婚有子嗣，大约亦青壮年而亡，故文中称"诸兄薄命蚤终"。叙述者即祠主小儿子（名兴字季起）不得不独自侍奉父母并养老送终。文中表达拳拳孝心："长姊虽无，忠孝之心，尤识子道，反（返）□恩，躬率诸孙，举家竭骕（欢），奉进甘珍。"

接下来，叙子欲养而亲不待的悲伤，以及兄姊皆亡的孤苦之情，引出造作"食堂"的初衷：

> 子孙念无堂，各欲尽□，制□日愁。□欲兄姊不使，少子欲养亲不往（在），掩（阇）忽□（欲）供养，悲痛达心丧魂魄。岁（遂）置自造（这）归幽冥，孤子肠断，维五感常□（永）悲伤。掾、母命终，何其垂念之，悲结（切）忉怛无穷，其子无随没之寿，王无附死之臣。

文中称自己欲跟随而去，惜未达寿限，"子无随没之寿，王无附死之臣"，故悲伤至极，"悲痛达心丧魂魄""悲结（切）忉怛无穷""孤子肠断，维五感常□（永）悲伤"。为缅怀父母兄亲，遂造建食堂以供养亡灵，聊以寄托：

> 唯愿有石显阙，以奉四时，供祭魂神，以□世禄，永享其道。愿勑霜护其子孙。今□重□季起与伯张、高、宝等作成石庙堂，以俟魂神往来休息，孝之然也。所以置食堂，虽鄙陋，万世墓表，颂之皆昌，逆之者亡。后子孙免崩落□子。愿毋绝缘，常受吉福，永永无极，万岁无央。

"显阙"，即祠堂前所立高大显豁的石阙，为墓地大门的标志，这里指代祠堂及附属建筑。建造者希望祠堂成为亡者魂灵休息、享用后代祭享的场所，彼此甚勿相忘，也希望先人在天之灵能永远福佑后代子孙，"愿毋绝缘，常受吉福，永永无极，万岁无央"。

此后一段则补叙祠主各儿媳名字及亡殁情况：

> 伯宗妻□□□，字惠卿，年六十终。有子女福之□□。孟卿妻高平孔叔阳女，四十八终。仲玉妻徐忠□女，字淑，有子、女、孙、女等□之。元玉妻瞿伯春，字睦信，有子女潼去。仲忽妻安天□小卿女，字敬郎，有子女□。季卿妻资稚侯女，字敬淑，有子女□。季起妻徐季文女，字义亲，有子女。年十五构（遭）命夭折祔葬（此），谒（竭）家痛切，治此食堂，以汉安元年六月七日甲寅，毕成。石工高平□、高平□□、直（值）五万。此中人马皆食大（太）仓。

文中言及"祔葬"，研究者推测大约是在建立祠堂之前，季起完成了对以上六兄弟及妻子的迁葬，祔葬在父母墓的周围，形成家族墓地。① 文末说明"食堂"建成时间，以及石工名姓和工程花费。末句"此中人马皆食大仓"为画像石题记中常用祝辞吉语②。大仓，即太仓，汉萧何时所建国家粮库，这里泛指，象征食禄不尽。"此中人马"当包括墓主、随葬人俑动物俑，也包括画像所绘人马等，这些都将是墓主在另一个世界的陪伴。

此篇题记虽长，也记录祠主里籍官职、子女世系等内容，但核心还是以祠堂建造者的口吻叙述造建祠堂的目的和缘起，以此表达对父母至亲的思念，也向世人诉说自己在建造祠堂过程中物质、情感、精力的投入，展示曾经的努力以及孝亲之心，因此，是有特定书写目的的。

对于上述文本的文体性质，有研究者认为"是汉代诔碑记事文佳

---

① 胡新立：《邹城新发现的汉安元年文通祠堂题记及图像释读》，《文物》2017年第1期。
② 如曲阜徐家村画像题记："龙蛇马牛皆食大仓"；安丘县王封画像题记："此上人马皆上食于天仓"；肥城县北大留画像题记："此人马食大山仓"；泗水县南陈村画像题记："人马虎大鱼皆食大仓，长生久寿不复老。"赖非：《山东汉代画像石榜题》，《美术研究》1994年第2期。又如临沂五里堡画像题记云："人马禽兽百鸟皆食太仓饮于河梁之下。"临沂市博物馆：《临沂汉画像石》，山东美术出版社2002年版，第45页。

作……是汉代题记向墓志碑文的过渡文体"。① 这一说法非常含混,颇值得商榷。汉代丧葬文体功能明确,各有其文体职责和适用领域:诔以定谥,故累列生时行迹并述德,刘勰谓:"选言录行,传体而颂文,荣始而哀终"②;碑以志墓铭德,立于墓地坟前;墓志晚出,是禁碑的副产品,因为埋入地下,碑文中"颂德"的内容大大消解,核心功能是"志墓"。此题记虽"述"祠主简历,但非常简略;特别是文中甚至没有提及墓主姓名,仅提及讳字,因此,从"述行""颂德""志墓"角度看,都是"不合格"的,故此文本当作为功能独特的一种丧葬文体看待。

又如许安国祠堂题记(或称宋山画像石题记),1980 年出土于山东嘉祥县螭洞乡宋山村,现存山东石刻艺术博物馆。带题记者有两刻石(第 28/29 石),制于永寿三年十二月(157)。有 460 余字。第 28 石右侧铭 16 字:"阳遂富贵,此中人马,皆食大仓,饮其江海。"为祠堂常用祝辞吉语。题记正文刻于第二十九石,根据前述文通祠堂题记推断,16 字吉语当亦可作正文附于文末。题记开篇简笔介绍墓主亡故时间、年龄以及人品德行③:

> 永寿三年十二月戊寅朔廿六日癸巳,惟许卒史安国礼性方直,廉言敦笃,慈仁多恩,注所不可,稟寿卅四年,遭□泰山有剧贼,军士被病,徊气来西。上正月上旬,被病在床,卜问医药,不为知闻,阍忽离世,下归黄泉,古圣所不勉,寿命不可争。乌呼哀哉!蚤离父母三弟。

许安国为卒史,是汉军中低级军吏,享年 34 岁。题记说他有诸多美德,"注所不可",意思大约是不能一一列数。下文则重点叙说在许安国遭逢

---

① 胡新立:《邹城新发现的汉安元年文通祠堂题记及图像释读》,《文物》2017 年第 1 期。
② 刘勰著,詹锳义证:《文心雕龙义证》,第 441 页。
③ 关于此题记前人研究可参见济宁地区文物组《山东嘉祥宋山一九八〇年出土的汉画像石》,《文物》1982 年第 5 期;赵超:《山东嘉祥出土东汉永寿三年画像石题记补考》,《文物》1990 年第 9 期;刘道广:《山东嘉祥宋山汉永寿三年石刻题记注释》,《艺术百家》2009 年第 2 期。本文对文本句读略作了调整。

乱世、染疫而亡的前后时间内，父母及三兄弟的各种努力：

> 其弟婴、弟东、弟强与父母并力奉遗，悲哀惨怛，竭孝行，殊义笃，君子喜之。内修家事亲顺勒，兄弟和同相事。悲哀思慕，不离冢侧。草庐宝容，负土成坟。□养凌柏，朝暮祭祠。甘珍滋味，嗛设随时进纳，省定若生时。以其余财，造立此堂。募使名工，高平王叔、王坚、江胡、栾石、连车，采石县西南小山阳山，琢砺磨治，规矩施张。

亲人们先是殚精竭虑，卜问医药，尽力救治；然终究无可奈何，"闇闇忽离世，下归黄泉，古圣所不勉，寿命不可诤（争）。乌呼哀哉，蚤离父母三弟"。不幸亡故后，亲人又负土成坟，朝暮祭祠守护，"甘珍嚃味嗛设，随时进纳，省定若生时"，精神也极为焦虑，"悲哀惨怛""悲哀思慕""竭孝行，殊义笃"，尽力按照"君子熹（喜）之"（即社会所推崇的）去做。此后又竭思尽力，请名工多人，采石南山，修建祠堂祭享亡灵。文中用大量文字描摹石堂画像雕镂之丰富生动：

> 襄帷反月，各有文章，雕文刻画，交龙委蛇，猛虎延视，玄猿登高，狮熊嗥戏，众禽群聚，万狩云布。台阁参差，大兴舆驾。上有云气与仙人，下有孝□（子）贤仁。尊者俨然，从者肃侍，煌煌濡濡，其色若儋。作治连月，功扶（夫）无极，贾钱二万七千，父母三弟慕（莫）不竭思。

文中所述画像都是汉代画像石中的常见图案，涉及各种祥瑞、成仙愿望以及孝子贤仁等教化内容，此段应当是对该石堂壁画的文字说明，惜刻石为建筑残件，原石堂亦已毁损，无法进行图文对读。文中同时表明对此石堂建造投注了大量金钱和精力。此后则进一步表达对墓主盛年而殁的悲戚：

> 天命有终，不可复追。憔悴形伤，去留有分，子无随没寿，王

无扶死之臣。恩情未反,迫禋有制,财币雾(无)隐藏,魂灵悲痛夫何,涕泣双并。

"子无随没寿,王无扶死之臣。"大意是其子不该夭亡,随父而去,使得为安国扶丧车的子辈都没有。此题记刻于第二十九石画像左方,该石右方又刻有文字一行:"国子男,字伯孝,年这(迄)六岁,在东道边。孝有小弟,字闰得,夭年俱去,皆随国。"可见,安国两幼子也在其后夭亡。(参照前述文通祠堂题记中补叙祠主各儿媳名字等内容,这一部分也当归入题记内容,可附在文末。)盛年而亡,无以报父母养育恩情,后嗣亦绝,只能由在世的父母兄弟祭吊,颇多无奈和遗憾。不过,虽无后人,父母兄弟顾念亲情,仍尽力奉祭,"迫禋有制,财币雾(无)隐藏",大意是依礼数祭奉,财币花销绝无缩减,以此告慰亡灵,并再次表达内心的悲伤:"魂灵悲痛□何,涕泣双并。"这些举动,既出于血缘情感,也符合伦理孝悌。

题记末尾,口气转换,传语后来人:

传告后生,勉修孝义,无辱生生。唯诸观者,深加哀怜,寿如金石,子孙万年。牧马牛羊诸僮,皆良家子,来入堂宅,但观耳,无得琢画,令人寿。无为贼祸,乱及孙子。明语贤仁四海士,唯省此书无忽矣。易以永寿三年十二月十六日,太岁□在□酉成。

"后来人"当指瞻仰观看该祠堂者,请他们务必勤慎自修,贯彻孝义。"无辱生生"语意不明,不孝有三,无后为大,大约是怜惜亡者盛年而亡,子嗣亦绝,终究"孝义"有憾。同时,文中还希望"观者"对亡者能有深深的哀怜之心,尤其是"牧马牛羊诸僮",万勿随意刻画、破坏。文中带着讨好的语气:你们都是"良家子",不乱刻画,保佑你们健康长寿。但也有严肃告诫:"无为贼祸,乱及孙子。"建造者的担心不是多余的。蒋英炬曾利用画像石残件复原了一些"小祠堂",发现其形制规模不大,面宽约 1.9 米,总高约 1.7 米,构造较简单,在地面上很容易破坏,几个人一齐动手,就可以把它拆掉,所以很难长期保存下来,一遇战乱或改朝换代，后人就拆用这种小祠堂画像石作为造墓的石材，这种情况已被考古所证实。① 文末："明语贤仁四海士，唯省此书，无忽矣。"贤仁四海士，则是对观者的敬称，请他们务必好好看看这段文字，不要举止随意，扰了亡魂。

从这些内容看，墓主为中下级军吏，非豪门望族，大约祠堂也不可能有专人长期守护，只能以文字敬告"观者"②。故末尾段落口气里有请求，有告诫，晓之以理，动之以情，也对未来可能出现的"骚扰"者进行诅咒。

这篇题记与前述文通祠堂题记内容虽不同，但核心也是叙述祠主亡殁过程和祠堂修建缘由始末以及亲人们的作为，叙述主体也是一致的，故同为祠堂题记。研究者曾认为该"文体与墓志、墓碑非常接近"③，显然也是不妥的。

再如山东东阿铁头山永兴二年（54）芗他君石祠堂石柱题记，400余字，该柱四面均有人物或动物画像，其中一面最上分3行刻"东郡厥县东阿西芗堂吉里芗他君石祠堂"17字题额，可以明确其为祠堂题记，墓主为芗他君。其下为正文共417字。④ 该祠堂为芗无患及弟奉宗为双亲芗他君夫妇修建，开头言"顿首"为书信格式，似乎是对"观者"娓娓讲述祠堂兴建的缘由始末：

> 永兴二年七月戊辰朔廿七日甲午，孤子芗无患、弟奉宗顿首：
> 家父主吏，年九十，岁时加寅。五月中卒得病，饭食衰少，遂至掩忽不起。母年八十六，岁移在卯，九月十九日被病，卜问奏解，不为有差，其月廿一日况忽不愈。旬年二亲，蚕去明世，弃离子孙，

---

① 蒋英炬：《汉代的小祠堂——嘉祥宋山汉画像石建筑复原》，《考古》1983年第8期。

② 由于墓室祠堂也可能在一个较长的时间内不做封闭，因此尚难判定该祠堂究竟是地上祠堂还是地下祠堂。蒋英炬认为："可能是作为墓室藻井或其他构件用的。"《汉代的小祠堂——嘉祥宋山汉画像石的建筑复原》，《考古》1983年第8期，第749页。

③ 赵超：《中国古代石刻概论》，文物出版社1997年版，第61页。

④ 相关研究参见罗福颐《芗他君石祠堂题字解释》，《故宫博物院院刊》1960年第6期；陈直：《汉芗他君石祠堂题字通考》，《西北大学学报》（哲学社会科学版）1979年第6期；许国平：《汉芗他君祠堂石柱》《紫禁城》2002年第2期。

往而不返。帝王有终，不可追还，内外子孙，且至百人，抱持啼呼，不可奈何。

惟主吏凤性忠孝，少失父母，丧服如礼，修身仕宦，县诸曹、市橼、主簿、廷橼、功曹召府，更离元二，雍养孤寡，皆得相振。独教儿子书记，以次仕学。大子伯南，结僮在郡，五为功曹书佐。在门合上计，守临邑尉，监莤案狱贼决史，迁县廷橼、功曹、主簿，为郡县所归。坐席未竟，年卌二，不幸蚤终，不卒子道，呜呼悲哉。

主吏早失贤子，无患、奉宗克念父母之恩，思念忉怛悲楚之情。兄弟暴露在冢，不辟晨夜，负土成墓，列植松柏，起立石祠堂，冀二亲魂零有所依止，岁腊拜贺，子孙懽（欢）喜。堂虽小，经日甚久，取石南山，更逾二年，迨今成已。使师操，山阳瑕丘荣保，画师高平代盛、邵强生等十余人。段（价）钱二万五千。朝莫侍师，不敢失欢心。天恩不谢，父母恩不报。兄弟共处甚于亲在，财立小堂，示有子道，差于路食。

唯观者诸君，愿勿败伤，寿得万年家富昌。此上人马皆食大仓。

题记大约分为四部分：

首先叙父母亡故原因始末：先父芗他君和平元年五月病卒，享年90岁；次年九月，先母又病故，享年86岁。其间孤子芗无患、芗奉宗及内外子孙卜医问药，然无力回天，终弃离子孙而去。旬年之内竟连失双亲，抱持啼呼亦无可奈何。

其次追忆其父一生简历：先父凤性忠孝，少失父母，丧服如礼。修身仕宦，历任县市橼、主簿、廷橼、功曹等职。曾历"元二"之灾（即指安帝永初元年二年间，万民饥流、羌貊叛戾之事）。仕官之余，教导后代读书做官。长子伯南42岁亡殁，故芗他君又经中年丧子之痛。

再次则叙述修建祠堂的缘起和过程：长子早亡，为报父母之恩，无患、奉宗兄弟二人不避晨夏，负土成丘，植树成林，建造石祠堂，以使魂灵有所依止。石堂虽小，却建了两年。石料均取自南山，到永兴二年才最后完工，费钱两万五千钱。其间朝暮侍候工匠，非常辛苦，只因天恩不敢谢，父母恩不能不报，遂不敢懈怠。如今父母虽不在，但兄弟和睦如亲在，祠堂虽小也是尽人子之道，好过父母魂灵在路边餐食。

最后希望"观者诸君"勿伤败毁，如此可"寿得万年，家富昌"。末尾以"此中人马皆食大仓"套语收尾。

此题记对父亲讳称"主吏"，述其生平很简略，更多笔墨叙述病亡前后以及石堂建设过程中兄弟二人的所作所为，坦述此前求医问药、勉力侍奉，以及历经二年、负土成坟、取石南山、竭尽财力造建石祠堂的经历，强调尽人子之孝道，借此告慰亡灵。

通观以上三篇长篇祠堂题记，大略有固定的写法，都包含几个核心内容：其一，都以祠主亲人的口吻讲述，他们也是祠堂出资人，张罗乃至实际参与祠堂建造过程；其二，叙述祠堂的来由始末，即祠主不幸亡殁，亲人努力照顾也无力回天，悲伤难抑，遂竭财尽力造建石堂以供养亡灵，借此表达哀思，亦尽孝亲伦理之道；其三，希望世人和子孙后代能看到自己的努力（包括营造时间和花费），并爱护这座祠堂。文末多有"皆食大仓"之类吉语。值得注意的是，题记中祠主名姓、生平、德行等都不是核心要素，或模糊言之，或粗略带过。因此，祠堂题记与墓碑、墓志、诔文、哀辞等其他丧葬文体有质的差异。

除了上述长文外，目前出土石刻文本中明确为祠堂题记的还有其他短篇，内容虽简，但也大略不出上述内容。如山东永和四年昆弟四人食堂题记：

> 永和二年大岁在卯，九月二日，［第］鄉廣里決□昆弟男女四人，少□□□，復失父母，年年（缺）时经有錢［刀］（?）自足，思念父母，弟兄悲哀，乃治冢作小食堂，传孙子。石工邢□□□□［財］弗直萬（缺）①

文中称昆弟男女四人为纪念父母，表达哀思，出资"治冢作小食堂"，工匠某某，用钱若干，等等。

又山东永和六年恒弄食堂画像题记：

---

① 刘昭瑞：《汉魏石刻文字系年》，台北新文丰出版公司2001年版，第36页。

> 永和四年四月丙申朔廿七日壬戌桓荴终亡，二弟文山、叔山悲哀，治此食堂，到六年正月廿五日毕成，自念悲痛，不［受］天佑，少终。有一子男［伯］志，年三岁，却到五年四月三日终，［俱］归黄泉。何时复会，慎勿相忘，传後世子孙，令知之。①

文中称墓主桓荴永和四年四月亡，两位兄弟悲其"少终"，用时一年半为其制作"食堂"，其间，墓主三岁小儿亦夭亡，与父同葬。文末"何时复会，慎勿相忘"，表达悲伤和不舍，也希望后世子孙见此石堂能了解上述情况："令知之"。

又山东曲阜阳三老祠堂题记：

> 阳三老。
> 延平元年十二月甲辰朔，十四日，石堂毕成，时太岁在丙午。鲁北乡侯自思省居乡里，无惠（德）不在朝廷，又无经学，志在共养，子道未反，感切伤心，晨夜哭泣，恐身不全，朝半祠祭，随时进□（食）。（下残）②

"阳三老"三字刻在次行上方，式若碑额，题记没有提及祠主名姓，"三老"为掌教化的官职，汉代乡、县、郡均曾先后设置。正文言及造建"石堂"的目的是"朝半祠祭，随时进□（食）"以报"子道"。

又山东滕州姜屯赵寅祠堂画像石题记：

> 元嘉三年二月廿五日，赵寅大子植卿为王公，次和更立，负土两年，侠坟相雇若□，有孙若此，孝及曾子。植卿惟夫刻心念，始增龙（垄）成坟，不肩一毋，独雇石，直克义，以示祠厓（后），石枾（室）传存，相仿其孝。③

---

① 刘昭瑞：《汉魏石刻文字系年》，第 36 页。
② 毛远明：《汉魏六朝碑刻校注》，北京线装书局，第 1 册，第 79 页。
③ 杨爱国：《幽明两界：纪年汉代画像石研究》，陕西人民美术出版社 2006 年版，第 58 页。

文中重点描述墓地建造过程，突出赵寅殁后其大子"植卿"的种种孝行，"石柿（室）传存，相仿其孝"，建造祠堂就是孝行最好的体现，可为世人榜样。

又山东鱼台文叔阳食堂题记：

> 建康元年八月乙丑朔十九日丁未，寿贵里文叔阳食堂。叔阳故曹史行亭市掾，乡啬夫、廷掾、功曹、府文学掾，有立子三人，女宁，男弟叔明，女弟思，叔明蚤失春秋，长子道士立□□，直钱万七，故曹史市掾。①

题记内容极简，叙祠主简历、子女基本情况、"食堂"花费等。根据前述祠堂题记的内容，文末缺字"□□"或为"此堂"之类。

上述长篇和短篇题记，大约代表了当时祠堂题记的一般文体样式，可作为该文体的一组"范本"。其文本或简或丰，修辞雅俗亦有差异，但都叙述建造祠堂缘由始末，表达修祠者在此墓葬建筑中所寄托的心愿，不离"得体"二字。

目前没有任何信息说明这些题记的写作者是谁，但推测当有类似文体模本，或有熟悉相关写作的"代拟者"，但也不排除亲人即出资建造人自己写定。无论怎样，作为一种可能展示的公开半公开文本，其叙述口吻却还是颇具私人化的，文中所表达的情感亦恻坦真诚，这与许多丧葬文体的程式化表达有些不同。同时，"私人化"叙述也给祠堂题记以更多撰写空间，一些特立独行、不那么"中规中矩"的文本脱颖而出，这大大迷惑了研究者。

三 特殊题记的文体辨析

以上讨论基本明确了祠堂题记的文体功能及文体特征，据此，可以讨论一些出土位置不明、内容较为特殊、文体性质争议较大的石刻文字，以最终确立其文体归属。

---

① 杨爱国：《幽明两界：纪年汉代画像石研究》，第52页。

首先看河南南阳东汉建宁三年许阿瞿画像题记，该画像石出土于南阳东关李相公庄一座年代较晚的墓葬中（约公元4世纪），被作为墓顶石再次利用，因此其原初位置不明。画像石绘有许阿瞿生前观赏乐舞百戏的场面，画像左侧为题记，共136字，为四言韵文，整体看，主要表达了父母亲人对五岁夭逝的小儿无限悲痛之情。释文如下：

> 惟汉建宁，号政三年，三月戊午，甲寅中旬，痛哉可哀，许阿瞿。年甫五岁，去离世荣。遂就长夜，不见日星，神灵独处，下归窈冥。永与家绝，岂复望。谒见先祖，念子营营，三增伏人，皆往吊亲。瞿不识之，啼泣东西，久乃随逐（逝），当时复迁。父之与母，感□□□，蔬□（于）五月，不□肥甘。羸劣瘦□，役财连（联）篇（翩），冀子长哉，□□□□。□□此，□□土尘，立起□埒，以快往人。①

全文大约分三层，起首介绍许阿瞿亡故和下葬时间。"三月戊午，甲寅中旬"，高文释："《二十史朔闰表》，三月丁酉朔，戊午是三月二十二日。""甲寅为三月十八日，此盖许阿瞿夭逝之日。中旬，谓每月十一日至二十日也。十八日，适在中旬之内。"王子今据此判断"三月戊午"是刻石安葬之日，"甲寅中旬"是"夭逝之日"。先说安葬后说夭逝，大约是出于声调谐和的考虑。

接下来以"痛哉可哀，许阿瞿"引出父母失去幼子的哀痛。文中主要从五岁阿瞿的孤独无助着眼，先是想象幼儿将要永处于不见天日的陌生幽冥世界，不胜凄婉："年甫五岁，去离世荣。遂就长夜，不见日星，神灵独处，下归窈冥。永与家绝，岂复望。"又想到阿瞿在地下世界将要

---

① 相关研究参看南阳市博物馆《南阳发现东汉许阿瞿墓志画像》，《文物》1974年第8期；高文：《汉碑集释》，河南大学出版社1997年版，第355页；王建中，闪修山：《南阳两汉画像石》，文物出版社1990年版，图版282—284；王建中主编：《中国画像石全集·河南汉画像石》（第6卷），河南美术出版社2000年版第165页图202，图版说明第70页；王子今：《许阿瞿墓志补释》，《湖南省博物馆馆刊》2016年第12辑。巫鸿：《"私爱"与"公义"——汉代画像中的儿童图像》，《礼仪中的美术》，第226页。

拜谒先祖，可对于五岁幼儿而言，他们都是"陌生人"，故定会惶惶然，涕泣不止，久久不愿跟随而去："瞿不识之，啼泣东西，久乃随逐（逝），当时复迁。"此"迁"大约指亡灵由人世入冥间。此后四句，字有残缺，推测语意大概是说许阿瞿病重长达五个月，饮食不思，逐渐消瘦。父母极力呵护，靡费辛劳和钱财，希望能够延续爱子寿命，"冀子长哉"，但期望终究落空。

末尾两句文字缺失多，但从残字看，似乎语气发生变化，由此前哀呼悲戚转而冷静清醒，"□□土尘，立起□埽"大约是说要对墓室仔细照看拂扫，勿使落尘。"以快往人"，高文解释："快：喜、乐。谓用此舞乐百戏以娱乐逝者。"① 观察题记右侧画面，上栏高垂帏幔，幔下一位身着长襦的总角儿童端坐于榻上，榻前摆一案，案上放置耳杯，旁有一婢女执"便面"②，显示出儿童作为主人的高贵身份，右侧刻其姓名"许阿瞿"。三名圆脸男孩儿或行或奔，来到许阿瞿面前，其服饰和发型有明显的年龄特征，皆穿肚兜，头上两个圆形发髻"总角"。他们戏耍娱乐，其一放出一鸟，随后一人牵鹅或鸠，第三人在后面驱赶。这当为家僮做游戏（或玩鸠车）供小主人取乐。下栏描绘一规模更大的乐舞百戏场面，表演者六人，有"跳丸剑"及"折腰踏盘舞"的内容，两侧有击奏控节及鼓瑟、吹排箫者。因此，其中残缺文句大约是说"建堂在此，勿使蒙尘"，以便幼子永享逸乐。

该文本以父母口吻述说墓主亡殁前后为他（她）所做的各种努力，卜医求药，修建祠堂，请人铭刻壁画，极尽财力人力，不辞辛苦，希望精心所造新的"生活空间"能获得仔细照拂，亡灵可享得安宁快乐，如此亲人亦得以慰藉。因此，其言语虽为韵文，文体功能以及核心内容却与前述题记相近，当亦属于祠堂题记文体，而该刻石大约最初就是地下墓室祠堂构件。

---

① 高文：《汉碑集释》，河南大学出版社1997年版，第355页。
② 便面是一种扇，状似单扇门，所以又叫"户牖"或"刀把扇"《汉书·张敞传》："自以便面拊马。"颜师古："便面，所以障面，盖扇之类也。不欲见人，以此自障面，则得其便，故曰便面，亦曰屏面。"第3223页。长沙马王堆汉墓出土了两件大小不一的便面，扇柄位于一侧，形状近似旗帜的竹编扇子。大扇总长176厘米，应为奴仆打扇使用的长柄扇。

许阿瞿画像题记因语言形式特殊备受关注，对于其文体性质，早期研究者多将其看作墓志①，现在看颇值得商榷。因为此文本虽有一定"志墓"作用，但其真正目的不是志墓，否则亡殁时间不会用表意模糊的语言，还需推算才能确定，更不会先说安葬时间后说夭逝时间。事实上，许多与墓地相关的文体，包括墓碑文都有"志墓"功能，但并非都是墓志②。至于该刻石原本的空间位置，有研究者推断："不排除地上祠堂建筑物的可能性。"③ 但没有说明理由。巫鸿则肯定其"原为一祠堂构件"，但判定文本是"汉代赞体风格写成的诔文"。④ 还有研究者判定其为哀辞，即专为幼儿夭亡而作的文体。⑤ 这些显然是文体观念混乱的说法。诔以定谥明德，多针对成人，有相对完整的一生，故述行迹、论德行、定谥号，致哀思。而夭亡者是"未完成"的人生，难以述行评定，只有更多"痛惜哀悼"之情，故挚虞《文章流别论》："哀辞者，诔之流也。"这两种文体适用于葬埋之前的吊祭仪式中，并不施于墓地。许阿瞿题记虽也表达哀痛惋惜之情，但叙亡殁前后经过，特别是"□□土尘，立起□埽，以快往人"之类的语言，都与哀辞不相干。丧葬文体本就因人亡故而作，言语修辞中多少都含有"致哀"内容，但这并非都是文体核心。此外还有学者认为此文为镇墓文，除了有过度释读的问题外⑥，大约也是对镇墓

---

① 参见南阳博物馆《南阳发现东汉许阿瞿墓志画像石》，《文物》1974年第8期。文中称，志文记述了"年甫五岁"的许阿瞿死亡情况及其家人对死者的悼词，虽然未写明墓志，实际上是一方墓铭。这是继东汉《贾武仲妻马姜墓记》后（晚六十四年）又一次少见的发现。吴炜：《墓志铭起源初探》（《东南文化》1999年第3期），熊基权：《墓志起源新说》（《文物春秋》1994年第1期），吕风林：《最早的墓志铭》（《人民日报海外版》2003年5月19日）等文也都将此看作墓志。

② 赵超就曾提醒人们要将"墓志"和"志墓"习俗区分开来。《中国古代石刻概论》，文物出版社1997年，第34页。

③ 王建中：《汉代画像石通论》，紫禁城出版社2001版，第202页。

④ 巫鸿：《"私爱"与"公义"——汉代画像中的儿童图像》，《礼仪中的美术》，第226。

⑤ 刘文元：《南阳许阿瞿画像石题记文体及其价值》，《濮阳职业技术学院学报》2017年第5期。

⑥ 黄景春将"立起□扫"释为"立起□妇"，认为此"为许阿瞿配冥妇之意甚明"，图中"许阿瞿身后作执扇服侍状的女子，或许就是他的冥妇。"由此，整个图画体现了题记中"以快往人"的用意，以此方式达到镇墓功能。这种释读显然有过度阐释之嫌。《许阿瞿画像石题记性质再认识——兼谈镇墓文与墓志铭的区别》，《中原文化研究》2018年第1期。

文的文体认识模糊，以及将镇墓文与镇墓习俗混淆而谈，因为广义而言，一切墓葬仪式以及物质文化形式都具有"镇墓"性质，意在保持阴阳两界的平衡。

目前所见诸研究中仅黄展岳明确判定许阿瞿画像石为祠堂题记文体："通篇题记为整齐的四字句韵文，与山东嘉祥宋山安国石祠题记、苍山元嘉元年石祠题记，以及微山两城等地出土的石祠题记，风格相同，故可认定许阿瞿画像石题记应是许阿瞿石祠题记。"① "风格相同"即具有相同的文体特质，惜该文点到即止，没有展开说明。

第二则较为特殊的祠堂题记为山东苍山元嘉元年画像石题记。

该刻石所处的地下墓室为模仿地面建筑"前堂后室"结构而来的墓葬形制。前面是横长方形的前室，后接纵长方形的后室（棺室），呈"凸"字形，后室中间有隔墙，将室分为二，隔墙上有过洞。前室东壁开一龛，西侧为耳室，题记即刻在耳室门洞中央和右边的立柱上，这也正是地下之"堂"的位置，故可初步判定此为地下墓室祠堂题记。

题记约320余字（图四），对该墓葬建筑和画像进行了系统的解释，文字内容与墓中十块画像石所绘图画，大都相对应。文本以及对应的图像石刻如下②：

> 元嘉元年八月廿四日，立郭（椁）毕成，以送贵亲。魂零有知，哀怜子孙，治生兴政，寿皆万年。薄（簿）疎（疏）郭（椁）中画观：
>
> 后当（即后室后壁）：朱爵（雀）对游枈（戏）扡（仙）人，

---

① 《早期墓志的一些问题》，《先秦两汉考古与文化》，中国台湾允晨文化实业有限公司1999年版，第441页。

② 相关研究参看山东省博物馆等《山东苍山元嘉元年画像石墓》，《考古》1975年第2期；方鹏钧、张勋燎《山东苍山元嘉元年画像石题记的时代和有关问题的讨论》，《考古》1980年第2期；李发林《苍山元嘉元年墓画像石的年代问题》，《山东大学文科论文集刊》1979年第1期。李发林《山东苍山元嘉元年画像石墓题记试释》，《中原文物》1985年第1期；刘继才《〈苍山元嘉元年汉画像石墓考〉读后浅见》，《四川文物》1994年第6期；巫鸿《超越"大限"——苍山石刻与墓葬叙事画像》，《礼仪中的美术》，第205—224页。其中，巫鸿从图像叙事的角度将这篇题记与墓中十幅画像联系对读，颇有启发，以下释文即参考其与李发林的释读。

图四　山东苍山元嘉元年画像石题记

中行白虎后凤皇（凰）。

中直柱（即后室入口处立柱），双结龙，主守中雷辟邪殃。

室上硙（即后室顶）：五子举（舆），僮女随后驾鲤鱼。前有白虎青龙车，后□被轮雷公君，从者推车，乎樨（狐狸）冤厨（鹓鶵）。

（前室西侧室上方）：上卫（渭）桥，尉车马，前者功曹后主簿，亭长骑佐（左）胡使弩。下有深水多渔者，从儿刺舟渡诸母。

（前室东壁龛上方）：使坐上，小车軿，驱驰相随到都亭。游徼候见谢自便。后有羊车橡（象）其槽。上即圣鸟乘浮云。

（前室东壁龛内）：其中画，橡（象）家亲，玉女执樽杯桉（案）柈（盘），局抶槐抗好弱貌。

堂外（墓门横梁正面）：君出游，车马道从骑吏留。都督在前后贼曹，上有龙虎衔利来，百鸟共侍至钱财。

其内（墓门横梁背面）：有倡家，生（笙）汙（竽）相和仳（比）吹庐（芦），龙爵（雀）除央（殃）鹪嘴（啄）鱼。

堂三柱（墓门立柱）：中直□龙非详（飞翔），左有玉女与扡（仙）人，右柱□□请丞卿，新妇主待（侍）给水浆。

堂盖（前室顶）花好，中瓜叶□□包，未有盱（鱼）。

其当饮食就夫（太）仓，饮江海，学者高迁宜印绶，治生日进钱万倍，长就幽冥则决绝，闭圹之后不复发。

题记分三个部分。起首云：元嘉元年八月廿四日，石室全部修建完成，以送"贵亲"。若魂灵有知，当怜哀子孙，保佑子孙生计仕途顺利、长寿万年。"薄疎（疏）郭（椁）中画观"，巫鸿认为"薄"通"簿"；"疎（疏）"意思与"薄"相近，《汉书·李广苏建传》颜师古注："疏谓条录之。"① "观"按《说文》意为"谛视也。"引申为呈现展示，"画观"可以简单地理解为"画像"，因此这句话大概意思是"墓室画像说明如下"。

接下来题记用大量篇幅对画像内容加以说明，约有十则。文中提到的画面中仅有两幅在墓中没有找到对应画像，即"室上（即后室顶）……乎桿（狐狸）冤厨（鹪鹩）"等奇禽异兽，以及"堂盖（前室顶）……中瓜叶□□包"的瓜叶图案。研究者推测这两幅画像原计划装饰在墓室顶部，后来可能急于完工就省略了，这种可能性是有的。10块画像石处在墓室不同位置，图像间有密切联系，呈现一定的叙事性，表现墓主由此生的"死亡"状态，经由丧葬仪式（亲友送别，通过象征人间和幽冥世界转关的"桥"和"亭"）到达另一个世界，在那里重新开

---

① 《汉书》卷54，第2467页。

始生活,永远享有悠闲的生活,整个图像即描述墓主穿越"大限"的过程。① 因此,当时工匠手里或许有墓室祠堂文字、绘画的固定模本,文字因为是一个整体,完整刻出,而图画中不那么"重要"的装饰性图像元素就有可能"偷工减料",奇禽异兽和瓜叶图案大约就属于这类。

  该题记语言形式与诸多祠堂题记皆不同,用的是汉代极为流行的民间歌谣形式——成相体,此体主要为三三七言形式,在汉代不仅用于各种即兴的歌谣唱诵,也常用在吉祥语和一些实用性的文本中。② 不过,虽然此题记在文辞上有些"特立独行",究其实质,仍保留与其他祠堂题记相似的内容。

  比如题记开头简要说明石堂完工时间,表达亲人的不舍。此后则突出叙述亲人为亡者身后生活所做的各种努力,当然,这里主要通过重点描绘其内部刻石之丰富来体现的:图像"形象的"描述了亲友郑重送别的仪式场面,描画了未来地下生活的尊贵富有、宁静满足等。换句话说,其他祠堂题记中对亲人为亡者所做各种努力的描述这里一定程度上表现在图像上,只需对图像加以说明,让"观者"可以看懂其用心即可。当然,对照嘉祥宋山安国祠堂题记看,对石堂画像进行描述本也是祠堂题记的组成部分。此外,文章最后的吉祥祝词和带有安抚性的语言也是祠堂题记里常见的格套:祝墓中人马饮食无忧,像太仓江海永不竭。祝后代子孙学业卓著,高官佩印;祝善营生计,日进钱万。亡者长居幽冥就此决绝,墓室闭封永不复发。

  因此,此题记亦当属地下墓室祠堂题记。③ 而且,这篇题记大约属于某种通行的题记"母本"或"模本",内含对于图像的说明文字,与画像紧密联系,构成一个系列。文中没有提及死者姓名,只是笼统地泛称为"贵亲""家亲",可谓放之四海而皆准。

---

① 巫鸿曾从图像叙事的角度观察题记、图像以及构件的关系,巫鸿:《超越"大限"——苍山石刻与墓葬叙事画像》,《礼仪中的美术》,第205—224页。
② 郗文倩:《成相:文体界定、文本辑录与文学分析》,《文学遗产》2015年第4期。
③ 李发林认为此题记"体裁和一般墓志截然不同"。但认为末句"闭圹之后不复发""与东汉镇墓文用语和买地券用语有些相似,目的都是不去烦扰死者或给死者家庭带来不利"。因此将之看作镇墓文,也是将镇墓文与镇墓习俗混淆。

第六章　丧葬文体：人世间的送别和纪念　385

第三则为秦君墓刻石，又称"乌还哺母"石刻，为孤石，1964年发现于北京石景山区上庄村，现存北京石刻艺术馆，编号8。同时出土的还有铭文为"汉故幽州书佐秦君神道"的神道石刻。此石正面刻文曰：

> 永元十七年四月，卯（板）令改为元兴元年，其十月，鲁工石巨宜造。

石柱左侧上端刻"乌还哺母"四字，下隶书七行，行二十字：

> 维乌维乌，尚怀反报，何况于人，号治四灵。君臣父子，顺孙弟弟，二亲薨没，孤悲恻怛，鸣号正月，旦夕思慕洹心，长縚（怅惘）五内，力求天命，年寿非永，百身莫赎，欲厚显相，尚无余日。呜呼，匪爱力财，迫于制度，盖欲章明孔子葬母四尺之裔行上德，比承前圣岁少，以降昭皆（楷），永为德俭，人且记入于礼，秦仙爱敢宣情，微之斯石，示有表仪。孝弟之至，通于神明，子孙奉祠，欣肃慎焉。①

该篇以"乌吐哺"的典故开端，大意是：乌鸦尚知反哺报恩，何况人号称四灵，有君臣父子人伦之道。今父母亡故，遗孤悲号思慕，长痛五内。唯恨天命不佑，百身莫赎。想更加厚葬，尚无余日。迫于制度，不得不遵守筑坟"士四尺"的规定，并非爱惜财力。②欲彰明孔子葬母的美德，垂示后人，故刻石为文，以为仪表，孝悌至情，通于神明。末了明确表

---

① 释文据郭沫若《乌还母哺石刻的补充考释》，《郭沫若全集》（考古编第十卷），科学出版社1992年版，第193—194页。相关研究参见北京市文物工作队《北京西郊发现汉代石阙清理简报》，《文物》1964年第11期；陈直：《关于汉幽州书佐秦君石柱题字的补充意见》，《文物》1965年第4期；邵茗生：《汉幽州书佐秦君石阙释文》，《文物》1964年第11期；刘昭瑞：《汉魏石刻文字系年》，第24页。

② 陈直解释：秦君任幽州书佐，在当时立双石阙，已为僭越。故对于筑坟，不能不遵守相关规定，因此在石柱文中表明实迫于制度之不得已也。《关于汉幽州书佐秦君石柱题字的补充意见》，《文物》1965年第4期；郭沫若解释：秦君为书佐之类州郡小吏，论理不当有"神道"之类的排场。但秦君之子似居显职，故准父以子贵之例，已破格厚葬，但也不敢过分违制。

达造墓者的新意："秦仙爱敢宣情,徵之斯石,示有表仪。"① "子孙奉祠,欣肃填(慎)焉。"从叙述口吻和内容看,也当属于祠堂题记。只不过,这一篇似乎精心结撰,用比喻的手法开端,颇具巧思。

综上,祠堂题记常以建造者(即祠主亲人)的口吻叙述祠主(也是墓主)亡殁前后情形以及建造祠堂的缘由、始末,其间亦寄托哀思,展示孝亲伦理,故称之为"题记"是比较妥当的,"记者,记事之文也"②所以备不忘也。"记"体之名始于《戴记》《学记》诸篇,后扬雄有《蜀记》(佚),而《文选》未列其类,刘勰《文心雕龙》亦不著此体(其《书记》之"记"实为奏记、奏笺之类公文),由此,学者多认为汉魏以前,作者尚少,其体盛自唐始。从目前传世文献看,唐代以后,各种"记"文多有,其中记叙亭台楼阁等建筑修建营造缘起、过程、意义等内容的"楼台记"更多。汉代祠堂题记不仅数量多,有特定的文体功能,亦形成明确的文体特征,显然是此类文体的先声。如此看,"记"体在两汉时期就已经蔚为大观了。其以记事为出发点,但行文比较自由,与其他程式化的礼仪文体相比,更具有文学性,这也是后世记体文的特点。

第八节　汉代画像石榜题和像赞

汉代画像石图像内容丰富,几乎涉及当时社会生活的各个领域,大约可分为八类:生产活动、墓主仕宦经历及身份、墓主生活、历史故事、神话故事、祥瑞、天象、图案花纹等③,故翦伯赞说:"我以为除了古人的遗物以外,再没有一种史料比绘画雕刻更能反映出历史上的社会之具体的形象。同时,在中国历史上,也再没有一个时代比汉代更好在石板上刻出当时现实生活的形式和流行的故事来。汉代的石刻画像都是以锐

---

① 郭沫若认为此"秦仙"当即墓主秦君之子,已居显职,故为父建神道,且公然以孔子自比。
② 徐师曾:《文体明辨序说》,人民文学出版社 1998 年版,第 145 页。
③ 俞伟超、信立祥:《中国大百科全书·考古学·汉画像石墓》"汉画像石"条,中国大百科全书出版社 1981 年版。关于汉代画像石图像内容的分类有很多种方式,详见刘太祥《汉代画像石研究综述》,《南都学坛》2002 年第 3 期。

利的低浅浮雕,用确实的描写手腕,用阴勒或浮凸出他所要描写的题材。风景楼阁则俨然逼真,人物衣冠则萧疏欲动;在有些歌舞画面上所表示的图像,不仅可以令人看见古人的形,而且几乎可以聆听到古人的声音。""这些石刻画像假如把它们有系统的搜辑起来,几乎可以成为一部绣像的汉代史。"① 以图画传递信息、经验,保存记忆本是文化传承的重要方式,在文字产生之前这种方式已经被广泛运用了,而汉代画像石不仅传递思想,更是独特的建筑装饰。东汉厚葬习俗使得这种装饰艺术得以在地上地下的各种丧葬建筑中得到长足发展。

汉代早期画像石是以单纯的图像传递信息的,并未有文字的参与。但随着文字使用领域的扩展,至迟在两汉之际,出现文字与画像配合的像赞形式,这与汉代整个社会文字水平的提升、文化的下移、各级政府、地方官员移风易俗的自觉意识,以及整个社会强调孝悌等教化风尚密切相关。② 因此目前所见文字画像石多为东汉中后期的产物,这与汉代丧葬建筑的兴盛轨迹同步。

图文配合的画像石,文字主要用以解释说明画面内容。有的刻在专门留出的方框内,方框即为"榜",故考古研究者一般称之为"榜题",亦有称题铭、题榜、题字等,这些都是一种便宜的说法。当然也有大量文字无榜,直接刻写在图像空白处。如果从文体学的角度看,榜题当属于像赞,是为图像进行说明的文字,个别文字还附加一些感慨和劝诫之语。这些画像题字的情形大致有两类。

第一类只题写画面上的人、物、祥瑞名姓、车马器物名称,或墓主身份、履历,或简短几字注明画面所绘史事或史事发生场景,这一类情况占多数。如山东长清孝堂山石祠画像上的"孔子""令""相""大王车""二千石""胡王",微山县两城祠堂画像上的"西王母",邹城郭里镇独山村祠堂画像上的"东王父",江苏邳州燕子埠元嘉元年彭城相缪宇墓后室门柱画像的"福德羊""朱鸟""玄武",山东嘉祥武氏前石室前壁东段承檐枋里面画像上的"为督邮时",隔梁石东面第三层画像上的

---

① 翦伯赞:《秦汉史·序》,北京大学出版社1983年版,第5—6页。
② 郗文倩:《汉代图像人物风尚与赞体的生成、流变》,《文史哲》2007年第3期。

"君为市掾时""君为郎中时"等①。

第二类图像在数量上不及第一类,却受到后世更多的关注,这主要是因为此类画像多配以四言的简短赞文来介绍画面故事、人物身份行事,并偶有评价,这类画像提供给后人的历史信息也就更为丰富。如武梁祠西壁第七幅尧像（图五,右为复原图）,画一人冕服衣裳,面侧向右,左手外伸微扬,右手屈于胸前,作欢迎状,左侧题赞曰:"帝尧放勋,其仁如天,其知如神,就之如日,望之如云。"此外还有一些祥瑞榜题为一句话介绍,如武梁祠顶有"比目鱼,王□明无不衕□（则）至";"比肩兽,王者德及鳏寡则至";"比翼鸟,王者德及高远则至"等。② 这些祥瑞榜题多与《宋书·瑞符志》所载相同,应是社会上流传较久的观念。

图五　尧像

---

① 杨爱国:《汉代画像榜题之于图像研究的意义》,《中国史研究动态》2018 年第 6 期。
② 《汉代武氏墓群石刻研究》,第 90 页。

一　榜题和图像

下面就以迄今所能见到且识读最为充分的山东嘉祥武氏祠堂系列画像及题赞为例，来考察像、文字配合的具体情形。①

武氏祠堂约建立于公元 2 世纪，现存画像石六块，许多石刻画像有丰富的榜题，代表着在汉代颇为流行的一种图像和文字组合的艺术门类。以下介绍保存最为完好的西壁画像。（图六，原石编号"武梁祠三"，又被称为"武梁祠画像第一石"）

该石画面自上而下分为五层，第一、第二层间和第三、第四层间为卷云纹、双菱纹等装饰性图案，起到分隔作用。第二、第三层间与第四、第五层间，只有一横栏隔开。

第一层描述神仙世界：西王母端坐于中，周围有翼龙、有翼侍女、飞奔羽人、人首鸟身者、蟾蜍、玉兔等，无榜题。

第二层刻画远古帝王十人。各有榜题。从右到左，伏羲、女娲；祝融；神农；黄帝；颛顼；帝喾；尧；舜；禹和桀。在他们的图像左侧竖行均有题赞：

> 伏羲苍精，初造王业，画卦结绳，以理海内。
> 祝诵（融）氏，无所作为，未有奢欲，刑罚未施。
> 神农氏，因宜教田，辟土种谷，以振万民。
> 黄帝，多所改作，造兵井田，垂衣裳，立宫宅。
> 帝颛顼高阳者，黄帝之孙，而昌（意之）子。
> 帝喾高辛者，黄帝之曾孙也。
> 帝尧放勋，其仁如天，其知如神，就之如日，望之如云。
> 帝舜，名重华，耕于历山，外养三年。
> 夏禹，长于地理，脉泉知阴，随时设防，退为肉刑。
> 夏桀。

---

① 高文：《汉碑集释》，河南大学出版社 1997 年版；巫鸿：《武梁祠——中国古代画像艺术的思想性》对相关图像、文字考释甚详。本文所引武梁祠像赞资料均据此二书，以下不标注。

图六　武梁祠西壁画像石①

---

① 蒋英炬、吴文祺:《汉代武氏墓群石刻研究》(修订本),人民美术出版社 2014 年版,第 116 页图版 5.1。

第六章 丧葬文体:人世间的送别和纪念　391

图七　神农氏像

　　从这些画像来看,上古帝王大多只绘出个人肖像,缺乏相关具体情境,赞文所陈述的内容也较为笼统,大都只以简明扼要的四言短句申述其事迹品德。如第三幅神农氏像(图七,其中右为复原图),画一人着紧窄短裤,两手右提左抑,操耒耜以教耕,题赞曰:"神农氏:因宜教田,辟土种谷,以振万民。"即对其事迹的总结。再如第七幅尧像(图五),画一人冕服衣裳,面侧向右,左手外伸微扬,右手屈于胸前,做欢迎状,左侧题赞曰:"帝尧放勋,其仁如天,其知如神,就之如日,望之如云。"此句话出自《史记·五帝本纪》,是尧德行的赞美。再如第九幅禹像(图八,右为复原图),画一人着短服斗笠,右手执两刃铧锹,左手向前挥摆,头回顾,从旁附赞文看,似描画其栉风沐雨领导治水的模样:"夏禹:长于地理,脉泉知阴。随时设防,退为肉刑。"赞文首两行是针对大禹治水能力的描述,后两行陈说其政治策略的变更,《汉书·刑法志》

载:"禹承尧舜之后,自以德衰而制肉刑。汤武顺而行之者,以俗薄于唐虞故也。"① 上古帝王在汉代就已成为某一历史阶段的象征或者某种历史观念和品行道德的化身,赞文将这些主题性的特征描述出来,便于观者在这些形象相仿、有类剪影的图像中辨识其特定身份和特定的意义。

图八 禹像

这些帝王中唯一仅注名姓却无赞文的是最后一幅夏桀图(图九,右为复原图),但是他的图像特征鲜明——画其身着长袍,肩扛长刃弯勾的戟,坐在两名妇人肩背之上。可见描画的是其备受指责的"驾人车"的恶行。与此图像相关的文献记载见于《后汉书·逸民传》中的井丹传:"丹笑曰:'吾闻桀驾人车,岂此邪?'"② 至于在十幅上古帝王图中为何

---

① 《汉书》卷23,第1112页。
② 《后汉书》卷83,第2765页。

只有夏桀的图像没有题写赞文，大概与他不佳的名声有关，关于这一点，我们在下文还将涉及，此不赘述。

图九　夏桀像

第三层，从右到左刻孝子故事四则。

一为汉代广为流传的曾母误信曾参杀人传言故事（图十，右为复原图），最早见于《战国策》，后被司马迁抄入《史记》：

> 昔者曾子处费，费人有与曾子同名族者而杀人，人告曾子母曰："曾参杀人。"曾子之母曰："吾子不杀人。"织自若。有顷焉，人又曰："曾参杀人。"其母尚织自若也。顷之，一人又告之曰："曾参杀人。"其母惧，投杼逾墙而走。夫以曾参之贤，与母之信也，而三人疑之，则慈母不能信也。①

---

① 《战国策·秦策二》，上海古籍出版社1985年版，第150页。

画像中，曾母坐在织机前，转过身来，手中的梭子失落坠地，显示出内心的惊恐。左侧一人跪地拱手，似乎正在告知曾子杀人的坏消息。题赞分为两部分，画面左上方赞曰："曾子至孝，以通神明。贯感神祇，著号来方，后世凯式，以正抚纲。"曾子是历史上最著名的孝子，他和母亲之间的心灵感应也是广为流传的佳话。① 这部分赞语即据此对曾子加以赞美，与画像故事似乎并无多少关系。而画面右下方的简短文字才是对画面故事的说明："谗言三至，慈母投杼。"

图十　曾母投杼故事画像

二为闵子骞故事（图十一，右为复原图），见于刘向《说苑》：

> 闵子骞，兄弟二人，母死，其父更娶，复有二子。子骞为其父御车，失辔，父持其手，衣甚单。父则归，呼其后母儿，持其手，衣甚厚温。即谓其妇曰："吾所以娶汝，乃为吾子，今汝欺我，去无留。"子骞前曰："母在一子单，母去四子寒。"其父默然。故曰："孝哉闵子骞，一言其母还，再言三子温。"②

---

① 相关传说如王充《论衡·感虚篇》："曾子之孝，与母同气。曾子出薪於野，有客至而欲去，曾母曰：'愿留，方待到。'即以右手搤其左臂。曾子左臂立痛，即驰至问母：'臂何故痛？'母曰：'今者客来欲去，吾搤臂以呼汝耳。'"干宝《搜神记》卷11："曾子从仲尼在楚而心动，辞归问母，母曰：'思尔啮齿。'孔子曰：'曾子之孝，精感万里。'"

② 《全汉文》卷39，第343页。

图中画一马驾轺车右向停立，车上有一成人一童子，车后一人拱手跪地，此为闵子骞，正因失棰受父责备。车左榜题云："闵子骞与假母居，爱有偏移，子骞衣寒，驭车失棰。"车右榜题介绍人物："子骞后母弟，子骞父。"

图十一　闵子骞故事画像

三为老莱子娱亲故事（图十二，右为复原图）。图中画四人，莱子父母坐于右，二人上有帷幔。旁边立而举手进食者为莱子妻，莱子跪其后。在莱子父母下放各横题一行，皆三字，分别介绍人物身份"莱子父""莱子母"。图画右上方又题赞六行，行四字，赞文曰："事亲至孝，衣服斑连。婴儿之态，令亲有欢。君子嘉之，孝莫大焉。"可见，画图所描摹的是老莱子日常侍奉双亲的情景，但赞文却仅强调其作婴儿之态娱亲的典型情节，同时还对其品行作简要评价。

图十二　老莱子娱亲画像

第四幅为丁兰刻木遵奉父（母）故事（图十三，右为复原图）。汉应劭《风俗通·愆礼》："世间共传丁兰克木而事之。"《初学记》卷十七引晋孙盛《逸人传》：

> 丁兰者，河内人也，少丧考妣，不及供养，乃刻木为人，仿佛亲形，事之若生，朝夕定省。其后，邻人张叔妻从兰妻有所借，兰妻跪报木人，木人不悦，不以借之。叔醉，疾来诟骂木人，以杖敲其头。兰还，见木人色不怿，乃问其妻，妻具以告之，即奋剑杀张叔。吏捕兰，兰辞木人去。木人见兰，为之垂泪。郡县嘉其至孝，通于神明，图其形象于云台也。①

图中左绘一木像，丁兰跪于前，妻子跪在一边。旁题赞曰："丁兰：二亲终殁，立木为父，邻人假物，报乃借与。"根据这个榜题，再结合史料记载，可以得知画面所表现的正是丁兰在询问木雕像可否借物给邻居的特定情境。

图十三　丁兰刻木故事画像

第四层从右至左为三则刺客故事。

其一为曹沫劫齐桓公事（图十四，右为复原图）。事见《史记·刺客列传》：

---

① 徐坚等撰，司义祖点校：《初学记》卷17，中华书局1962年版。

第六章 丧葬文体：人世间的送别和纪念 397

曹沫者，鲁人也，以勇力事鲁庄公。庄公好力。曹沫为鲁将，与齐战，三败北。鲁庄公惧，乃献遂邑之地以和，犹复以为将。

齐桓公许与鲁会于柯而盟。桓公与庄公既盟于坛上，曹沫执匕首劫齐桓公，桓公左右莫敢动，而问曰："子将何欲？"曹沫曰："齐强鲁弱，而大国侵鲁亦甚矣。今鲁城坏即压齐境，君其图之！"桓公乃许尽归鲁之侵地。既已言，曹沫投其匕首，下坛，北面就群臣之位，颜色不变，辞令如故。桓公怒，欲倍其约。管仲曰："不可。夫贪小利以自快，弃信于诸侯，失天下之援，不如与之。"于是桓公乃遂割鲁侵地，曹沫三战所亡地，尽复予鲁。①

图像居中一人冠服危坐，右手前伸，左手执剑倚肩上，榜题"齐桓公"。身后一人执笏左向，榜题"管仲"；桓公前有一人，俯身执匕首作劫刺状。左上榜题："曹子劫桓"；左边一人伸手作阻止状，榜题"鲁庄公"。

图十四　曹沫劫齐桓公故事画像

其二为专诸刺王僚故事（图十五，右为复原图）。事见《史记·刺客列传》。专诸为吴堂邑人，伍子胥亡楚至吴，知专诸有才能，推荐给吴王诸樊之子公子光。吴王诸樊不立太子，死前命传位给自己的弟弟，其弟共三人：依次为馀祭、夷昧、季子札。诸樊知季子札贤希望最终传位给他。后诸樊死，传馀祭。馀祭死，传夷昧。夷昧死，当传季子札，但季

---

① 《史记》卷86，第2515—2516页。

子札逃不肯立，吴人乃立夷昧之子僚为王。公子光认为不公："使以兄弟次邪，季子当立；必以子乎，则光真適嗣，当立。"遂动了谋反之心。网罗到专诸后遂以宾客待之，等待时机。九年后，终于等来机会：

> 四月丙子，光伏甲士於窟室中，而具酒请王僚。王僚使兵陈自宫至光之家，门户阶陛左右，皆王僚之亲戚也。夹立侍，皆持长铍。酒既酣，公子光详为足疾，入窟室中，使专诸置匕首鱼炙之腹中而进之。既至王前，专诸擘鱼，因以匕首刺王僚，王僚立死。左右亦杀专诸，王人扰乱。公子光出其伏甲以攻王僚之徒，尽灭之，遂自立为王，是为阖闾。阖闾乃封专诸之子以为上卿。①

画像石即描述此刺杀场景：左边一人冠服执剑而坐，左上榜题"吴王"；右边一人左向跪，双手捧鱼作进献状，其后二人持长戟夹持跪者。右上榜题："二侍郎。专诸炙鱼，刺杀吴王。"

图十五　专诸刺王僚故事画像

其三为荆轲刺秦故事（图十六）。事见《战国策》《史记·刺客列传》。荆轲受燕太子委托刺秦，副手为秦舞阳。他们进献地图（内藏淬毒的匕首）和樊於期头颅获得信任，得以靠近秦王行刺。《史记》详细记载了这一行刺过程：

---

① 《史记》卷86，第2518页。

荆轲奉樊於期头函，而秦舞阳奉地图柙，以次进。至陛，秦舞阳色变振恐，群臣怪之。荆轲顾笑舞阳，前谢曰："北蕃蛮夷之鄙人，未尝见天子，故振慑。原大王少假借之，使得毕使於前。"秦王谓轲曰："取舞阳所持地图。"轲既取图奏之，秦王发图，图穷而匕首见。因左手把秦王之袖，而右手持匕首揕之。未至身，秦王惊，自引而起，袖绝。拔剑，剑长，操其室。时惶急，剑坚，故不可立拔。荆轲逐秦王，秦王环柱而走。群臣皆愕，卒起不意，尽失其度。而秦法，群臣侍殿上者不得持尺寸之兵；诸郎中执兵皆陈殿下，非有诏召不得上。方急时，不及召下兵，以故荆轲乃逐秦王。而卒惶急，无以击轲，而以手共搏之。是时侍医夏无且以其所奉药囊提荆轲也。秦王方环柱走，卒惶急，不知所为，左右乃曰："王负剑！"负剑，遂拔以击荆轲，断其左股。荆轲废，乃引其匕首以擿秦王，不中，中桐柱。秦王复击轲，轲被八创。轲自知事不就，倚柱而笑，箕踞以骂曰："事所以不成者，以欲生劫之，必得约契以报太子也。"於是左右既前杀轲，秦王不怡者良久。

图十六　荆轲刺秦故事画像

画像中为一柱,上插匕首。柱左一人,回首作惊避状,右榜题"秦王";柱右一人怒发直竖,双手上举作奔状,一人双手抱持其腰,右上榜题"荆轲";荆轲前一人惊恐伏地,榜题"秦舞阳";地上一箧开盖,内盛头颅,榜题"樊於期头"。画像描述的是刺杀瞬间:匕首已刺入柱子,但匕首所系丝带还径直向后飞起。荆轲帽子搏斗中掉落,一卫士双手死命搂抱,但似乎难以让荆轲屈服。秦王以柱为挡,仓皇失措,秦舞阳则伏在地上瑟瑟发抖。

第五层刻车骑出行图,从左至右为二骑者荷戟,一軿车,二骑从,一卷棚车,而骑从,一执长刀和便面的步卒。无榜题。

前文谈到,汉代墓地祠堂等都具有公共空间的性质,图像很多具有教化性和公示性。创作者对于文字和图像的设计很多都考虑到要减少未来"观者"的理解难度。石刻画像多具有剪影性质,简笔勾勒,若没有必要的文字辅助,是很难读懂的。比如:上述帝王画像系列图像就极为相近,因此,榜题所做的说明就显得极为必要,社会所推重的忠、义、节、孝等道德观念借助直观的画像以及简明便于诵记的文字说明进一步扩大着影响。

二 像赞及其影响下的文体

从上述介绍看,榜题主要围绕画面故事或画像人物的生平事迹做简明扼要的陈述说明,以便使观者进一步明了图像之意。从文体性质上看,属于像赞,是赞体的一种。

"赞"字本义为辅助说明,刘勰《文心雕龙·颂赞》谈到赞体时开篇即称:"赞者,明也,助也。"① 早期古籍多用此意,范文澜总结说:

> 《周礼》州长、充人、大行人,注皆云"赞,助也。"《易·说卦》传"幽赞于神明",《书·皋陶谟》"思曰赞,赞襄哉",韩注、孔传皆曰明也。②

---

① 刘勰著,詹锳义证:《文心雕龙义证》,第337页。
② 刘勰著,詹锳义证:《文心雕龙义证》,第339页。

赞体早期并没有赞扬之义。黄侃《文心雕龙札记》也对此进行了辨析：

> 彦和兼举明、助二义，至为赅备。详赞字见经，始于《皋陶谟》。郑君注曰：明也。盖义有未明，赖赞以明之。故孔子赞《易》，而郑君复作《易赞》，由先有《易》而后赞有所施，《书赞》亦同此例。至班孟坚《汉书赞》，亦由纪传意有未明，作此以彰显之，善恶并施。故赞非赞美之义。①

从武梁祠堂等画像赞来看，赞文因图像而作，常常题于画面一角（侧），为整个画像的一部分。大多数图像赞文或陈述人物事迹，或描摹说明画面故事，对所绘人物操行品德很少进行评价，只有少数几则赞文对中心人物发表评论。这种方式颇有几分"有图再现，不言自明；有史为证，不颂自宣"的意味。由此看来，书赞的目的都为便于观者了解画像人物史事、清楚图像情节的来龙去脉，像赞因图像而生，图像借赞文进一步彰显意义，这应当是像赞生成时的基本功能。因此，古代文体论者在谈到赞体起源时，常常先及像赞，如萧统"图像则赞兴。"② 李充"容象图而赞立，宜使辞简而义正。"③

而从文体形式看，由于赞像以画为主，以赞为宾，赞不能喧宾夺主，但又要发挥宣明画面内容和意义的特殊作用，因此文字内容多说明画面故事或叙述人物史事，以便能给观图者以相应的知识提示。而且限于画面空间，像赞的篇幅也不能长，叙述评价都要尽量简洁、概括，所以刘勰称赞体"促而不广""结言于四字之句，盘桓于数韵之辞，"④ 中国古代一些措辞质朴的韵文，常常与通俗文化保持着某些联系（即使它们出自文人之手），这些像赞就是一种在民众间进行教化以及文化传播的独特方式。

---

① 黄侃：《文心雕龙札记》，上海古籍出版社2000年版，第74页。
② 萧统编，李善注：《文选》，上海古籍出版社1986年版，第2页。
③ 李充：《翰林论》，《全晋文》卷53，《全上古三代秦汉三国六朝文》，中华书局1965年版，第1767页。
④ 刘勰著，詹锳义证：《文心雕龙义证》，第347页。

单从像赞本身来看，它所承担的功能主要是说明画面、叙述史事，并不含明显的褒贬，但是此后则成为一种赞扬之文，对比汉代《说文解字》《释名》二书对"赞"的解释，同样可以看出这种观念的递变：

赞，见也。(《说文解字》)
称人之美曰赞。赞，纂也。纂集其美而叙之也。(刘熙《释名·释典艺》)

汉代流行以图像人物的方式以示表彰纪念，东汉颂扬之风甚烈，这直接影响了人们对像赞的功能认识。麒麟阁、甘泉宫、未央宫、南宫云台等宫廷建筑中绘制有远古圣贤、肱股大臣，以及皇室成员、贤良文学等画像，各级地方政府也在公堂图画历届长官，民间随即如法炮制，在墓地祠堂等公共空间为古帝王、名臣、列女、孝子画像。一些画像还形成系列专题，如古帝王系列、列女孝子系列、刺客系列等。画像作为一种影响广泛的具有表彰、纪念和教化意义的社会活动使其成为一种流行的建筑装饰，为图像说明的赞体也渐渐变为称美不称恶之文。①

因此，东汉后期除了像赞外出现一些人物赞，多嘉美令德，汉魏之后这类作品更大量出现，这应当看作像赞之风盛行之后的产物。东汉应劭曾将前人像赞"连缀其名，录为状人纪"②，这似乎昭示出像赞到人物赞的流变轨迹：最初为图像人物作赞，后来画赞分离，赞文逐渐从画像中剥离出来，以文本形式被收集起来并在社会中流传开来，于是单纯文字形式的人物赞开始出现。在这种情况下，人们就索性模仿这样的体式以纯文字形式对人物生平事迹进行记述、品评和赞美，于是，人物赞遂渐渐成为一种独立的文体。脱离了为图像服务的功能，人物赞也就呈现不同于像赞的修辞特点。比如，像赞中说明性文字占有很大比重，而人物赞则以议论、评述为主，故其中颇多褒美之辞，这就使得赞体本身

---

① 郄文倩：《汉代图画人物风尚与赞体的生成流变》，《文史哲》2007年第3期。
② 《后汉书》卷48，第1614页。

"称颂"的功能进一步被强化了。如曹植系列画赞①，其赞武帝曰：

> 世宗光光，文武是攘。威震百蛮，恢拓土疆。简定律历，辨修旧章。封天禅土，功越百王。

赞班婕妤：

> 有德有言，实惟班婕。盈冲其骄，穷悦其厌。在夷贞坚，在晋正接。临飙端干，冲霜振叶。

从保留下来的人物赞看，它们大都保持着像赞篇幅短小、简洁概括的特点，但重在评论，且意在褒美，显示出文字文本脱离为图像服务的功能后所发生的文体变异。像赞最初应图像而生时，更近似于图像说明书，像、赞二者是一种共生的关系。图画形象这一举动已经体现出褒美纪念的鲜明意图，像赞只需进行简单说明即可，甚至文字越简单明了越好；而当它逐渐从这种共生关系中剥离出来并以独立的文本形式存在时，图像自身赞颂的含义也被它携带而出，并转而成为自身的文体功能。而当人物赞失去图像的帮助，自身成为主角时，褒赞之意只能借文字阐发，故文字内容也就相应的发生了变化。从像赞平静客观的陈述说明到人物赞热情洋溢的称颂赞美，言语修辞变化的背后有着诸种复杂因素，甚至也可以说，这是文本从原有的功能实践中剥离出来时，自身所进行的一种"机能补偿"，而这也可以看作文体生成的一途。

同时，由于没有图像空间的限制，文字成为表达的唯一方式，这就给文人展示才华、抒情言志提供了相对宽广的自由空间。比方说与像赞相比，人物赞呈现言辞典丽的特点，如同样是对上古帝王的赞文，武梁祠堂"伏戏像赞"简述事迹，言辞质朴："伏戏仓精，初造王业，画卦结绳，以理海内。"而曹植《庖羲赞》则语词典雅，用韵齐整，体现出鲜明

---

① 《全三国文》卷17，严可均《全上古三代秦汉三国六朝文》，中华书局1965年版，第1147页。

的文人创作特点:"木德风姓,八卦创焉。龙瑞名官,法地象天。庖厨祭祀,罟网鱼畋。瑟以像时,神德通玄。"① 另外,在这种情况下,创作者的情感也可以有更丰富、畅达的表达,曹植《庖羲赞》就灌注比较浓郁的褒美情感。再如蔡邕《焦君赞》:

> 猗欤焦君,常此玄墨。衡门之下,栖迟偃息。泌之洋洋,乐以忘食。鹤鸣九皋,音亮帝侧。乃徵乃用,将受衮职。昊天不吊,贤人遘慝。不惟一志,并此四国。如何穹苍,不昭斯惑。惜哉朝廷,丧兹旧德。恨以学士,将何法则。②

洋洋赞叹与唏嘘悲情互动交融,亦能感动人心。

由此,渐渐分化出一些新的体类,如《焦君赞》即被称为哀赞。又比如传赞体(或称述赞体)即先述后赞的人物赞文也出现了。由于没有像赞可以借图像帮助生动传达人物生平事迹的优势,再加上受到序以及史传的影响,传赞体则先以述、传的形式对人物生平事迹进行描述,最后用赞文进行颂扬,如嵇康《圣贤高士传》中传赞司马相如:

> 司马相如者,蜀郡成都人,字长卿。初为郎,事景帝。梁孝王来朝,从游说士邹阳等,相如说之,因病免,游梁。后过临邛,富人卓王孙女文君新寡,好音,相如以琴心挑之,文君奔之,俱归成都。后居贫,至临邛,买酒舍,文君当垆,相如著犊鼻褌,涤器市中。为人口吃,善属文。仕宦不慕高爵,尝托疾不与公卿大事,终于家,其赞曰:长卿慢世,越礼自放。犊鼻居市,不耻其状。托疾避官,蔑此卿相。乃赋大人,超然莫尚。③

据《隋志·杂传类》载,《圣贤高士传赞》共三卷,嵇康传,周续之注。

---

① 《全三国文》卷17,第1144页。
② 《全后汉文》卷74,第875页。
③ 《全三国文》卷74,第1348页。

据康兄喜为康传云,"撰录上古以来圣贤隐逸、遁心、遗名者,集为《传赞》,自混沌至于管宁,凡百一十有九人"① 由此可见此类文体创作的规模也是甚为可观的。

此外,伴随着碑文的兴盛,人物赞文还入墓碑文,成为其后的韵语总结部分。如蔡邕《太尉杨赐碑》,前面序文叙述碑主生平事迹,最后"以赞铭之,铭曰:……"② 这一点,和东汉后期颂文入碑文的情况相仿佛。

中国古代文体的发展演变常常同时存在两种动态的轨迹,一方面是文体的逐渐规范到最终形塑,另一方面则是文人在创作中不断"破体",从而使得文体分流别派,滋生新的子文体。有些新生文体还保留着其家族特征,有些则慢慢变得面目全非,须仔细辨别方可察其血脉,上述几种赞体还是较为浓重的保留家族遗传因子的。

刘勰称西汉司马相如曾作《荆轲赞》,从名称上看,应当是一则人物赞,但世已不传。除此赞外,西汉似没有赞体出现,《汉志》杂家有《荆轲论》五篇,班固自注:"轲为燕刺秦王,不成而死,司马相如等论之。"③ 从前面所引的史料看,赞体似最早在西汉晚期才产生,由此似乎可以推断,刘勰说的这则赞文也许即为《汉志》中的荆轲论。东汉人物赞保留下来的不是太多,仅杨修《司空荀爽述赞》,蔡邕《焦君赞》《太尉陈公赞》,王粲《正考父赞》《反金人赞》等少量作品,严可均《全后汉文》有收。但是从《后汉书》可知,很多文人生前作有赞文④,考虑到汉代特别是东汉的颂扬风尚,这其中应当有不少是人物赞。魏晋时期,赞文创作更为丰富,流传下来的也很多,且多为像赞及人物赞,内容主要以赞颂为主,严可均《全文》收录甚多,有些赞文甚至以系列赞文的形式出现。如《全三国文》收曹植画像赞三十一则(并序),杨戏系列人

---

① 《全三国文》卷73,第1344页。
② 《全后汉文》卷78,第893页。
③ 《汉书》卷30,第1741页。
④ 如《后汉书》卷37《桓荣传》附《桓麟传》、卷54《杨震传》附《杨修传》、卷60《蔡邕传》、卷65《皇甫规传》、卷80上《杜笃传》、《夏恭传》附《夏牙传》、卷84《烈女传》等均有相关记述。

物赞三十余则,涉及人物五十余人(有时一赞赞多人),由此可见当时赞文创作的繁盛情况。

东汉以后,许多文士以文章显,单篇文章渐多并流传于世,许多人也以此获得声名。到魏晋时期,许多文人有诗文专集。据《晋书》与《隋书·经籍志》所载,西晋、东晋两代,文人的专集已不下一二百种,加之后世《文选》等大型文集的出现,赞文特别是其中有关人物像赞更多是以书籍形式流传后世,它们最初与图画相配合的辅助功能就渐渐变得不太明朗了。在这种情况下,后世研究者对赞体的认识难免开始产生误解。如:尽管刘勰明智地强调"原始以表末"的研究观念,论及赞体兼举明、助二义,至为赅备,但他仍囿于当时的赞文创作实况而将颂赞并举,且认为赞体"乃颂家之细条"。① 而如果我们将视线对赞体的生成发展作全程扫描,这种说法也许会得到部分修正。无论是像赞、史赞、婚物赞以及后世如郭璞《山海经》《尔雅》图赞等赞体,均不失赞字"明、助"本意,人物赞的称颂之意则自有来头,但由于其影响深远,乃至对后世造成赞体即"赞颂"的普遍印象,徐师曾《文体明辨序说》就是在这种观念下对刘勰《颂赞篇》将史赞一并论述进行批评,认为"史赞"当入"论类"。更有甚者如王应麟《辞学指南》引西山先生(真德秀)曰:

> 赞颂皆韵语,体式类相似。赞者赞美之辞,颂者形容功德。然颂比于赞,尤贵赡丽宏肆。②

这里面就存在两种明显的误解:一是认为赞体即赞美之词;二是认为颂赞二体只是在语言风格上有些不同,颂体比之赞体,更为铺张扬丽,以典雅丰缛为贵。这种颇有偏差的认识很能代表许多论者的观念。

---

① 刘勰著,詹锳义证:《文心雕龙义证》,第348页。
② 刘勰著,詹锳义证:《文心雕龙义证》,第337页。

第九节　发往地下的文书

在中国古代传统的生死信仰中，对于灵魂和死后冥世的观念由来已久。然而较前代相比，秦汉人对死后世界的想象和理解显得更为具体，由此形成对后世产生极大影响的丰富的丧葬文化。复杂的丧葬活动将凄凉哀痛、无法回避的死亡演变成对死者一次重大出行的隆重安排，这在很大程度上抚慰了死者亲属的哀戚。与地面之上热闹丰富的墓葬建筑、雕像绘画相比，伴随亡者下葬的文书却悄无声息地以其特有的文字方式，传达出特定时期、特定地域的人们对待死亡的态度。

一　遣册、赗方、从器志和衣物疏：随葬物品清单

遣册，又称遣策，是墓葬中记录随葬物品名称、数量的清单。若随葬物品少，则写在长方形木板上，称为"赗方"，故有时还被称作木椟、木方。遣册在战国时期的墓葬中就有出土，秦汉时最多，并延续至晋唐时期。

遣册、赗方之名，早期礼书有明确记载，但有所区分，属于不同的物品清单，如《仪礼·既夕礼》：

> 凡将礼，必请而后拜送。兄弟，赗奠可也。所知，则赗而不奠。知死者赠，知生者赗。书赗于方，若九若七若五。书遣于策。
>
> 郑玄注："方，板也。书赗奠赙赠之人名与其物于板。每板若九行，若七行，若五行。……策，简也。遣犹送也，谓所当藏物茵以下。"
>
> 唐贾公颜疏："以宾客所致，有赙、有赗、有赠、有奠，直云'书赗'者，举首而言，但所送有多少，故行数不同。""云'策''简'者，编连为策，不编为简，故《春秋左氏传》云南史氏执简以往。上书赗云'方'，此言'书遣于策'不同者。《聘礼》记云：'百名以上书于策，不及百名书于方'，以宾客赠物名字少，故书于方，则尽遣送死者。明器之等并赠死者玩好之物，名字多，故书之

于策。"①

根据上述记载,"赗方"与"遣策"都是记录随葬物品,但有区别:前者是对助丧赗赠人员及其所赠物品的记录,书于方牍;后者是对亡人所携带随葬物品的记录,书于简策。此外就是记录物品多少的差异,"百名"即百种以上(言其多)则书于简册,不及"百名"则书于方板。在丧葬礼仪中,遣册、赗方写好后,葬前由司仪人员宣读,然后随同器物一起入葬。《既夕礼》云:

> 主人之史请读赗,执算从柩东,当前束西面,不命毋哭,哭者相止也,唯主人主妇哭。烛在右南面。读书,释算则坐。卒,命哭,灭烛。书与算执之以逆出。公史自西方东面,命毋哭,主人主妇皆不哭。读遣。卒,命哭,灭烛,出。②

不过,从目前所发现的考古资料看,"赗方"与"遣策"所记录的内容与《即夕礼》之规定并不完全一致,比如仰天湖遣策、曾侯乙墓遣策、包山遣策、马王堆汉墓遣策都包含有赗赠记录③,因此,严格区分遣策和赗书是很困难的④,故广义上的遣策,"既记录了随葬明器,还或多或少地记录了赗奠赙赠之物"。⑤

另外,大多数遣策一般没有自题,但从出土情况看,当时人们对遣册有自己的称谓,比如西汉早期罗泊湾1号汉墓出土遣册自名为"从器志"⑥,中晚期以后如江苏东海尹湾汉墓出土遣册自名"衣物疏",都属

---

① 郑玄注,贾公彦疏:《仪礼注疏》,阮元校刻本《十三经注疏》,第1153页。
② 郑玄注,贾公彦疏:《仪礼注疏》,第1154页。
③ 杨华:《䞓·赗·遣——简牍所见楚地助丧礼制研究》,《学术月刊》2003年第9期。
④ 田河:《出土遣策与古代名物研究》,《社会科学战线》2018年第10期。
⑤ 郑曙斌:《遣策的考古发现与文献诠释》,《南方文物》2005年第2期。
⑥ 冼光位:《西汉木牍〈从器志〉及其特点研究》,《广西地方志》2001年第2期。

于遣册类,相关名称甚至延续至晋唐①。

秦汉丧葬活动"事死如生",死者在冥世要过的是另一个"实实在在"的生活,因此这类文体可以说是亡人的财产清单,也是财产证明,因此,记录得很认真。以下分别举几例。

比较早的一例为罗泊湾1号汉墓M1∶161木牍,正背两面都有字,自题《从器志》,共372字,字体为秦汉之际通行的略带篆书笔意的隶书。研究者推断,该墓墓主可能为当地最高统治者,时间则上限到秦末,下限不会晚于文景时期。因此,此木牍大约能代表秦汉时遣册的早期样态。《从器志》记录随葬品极为丰富,包括生活用物、生产工具、车马器、乐器、兵器、金、银、铁、玉石、玛瑙、琉璃、竹、木、麻、丝及植物、果实、种实等。② 以下节录部分内容,涉及衣物、武器、黄金象牙、厨具粮酒等:

● 从器志
衣袍五十领二笥：皆缯缘
有州二小䋈一：笥缯缘
丹画盾各一：缯囊
……
茭戟三
柚戟二
锬二　此皆以缯缠矜
矛一
七尺矛二缯囊
金人二在中
金膻一缯囊

---

①　如江苏东海尹湾汉墓出土《君兄衣物疏》自名"衣物疏",载服饰、衾被、武器等。窦磊梳理了汉晋自名"衣物疏"的相关出土资料,参见《汉晋衣物疏及相关问题考察》,武汉大学2016年历史文献学博士学位论文,第2页。

②　参见广西壮族自治区博物馆编《广西贵县罗泊湾汉墓》,文物出版社1988年版,第79—85页。

象齿四

……

厨瓵十一
中土瓵卅
仓穜及米厨物五十八囊
中土食物五筥
大方篹（籢）一
杯及卑䍐西攦笥各一
厨酒十三罋

……

开头圆点"●"为表篇章段落开始，"从器志"是此牍名称。从，跟随，这里指随葬；器，即器物；志，记。可见，当时随葬器物名单是被看作独立的篇章，也是一种独立的文体，与《汉书·艺文志》之"志"以及后世的方志之"志"类似，即指逐条罗列记录相关内容。研究者统计此志共记随葬物品 91 种，583 件（袋、箱、筐），从上可见，记录并不是杂乱无章，而是大致按门类分别记述。

再如江苏连云港市海州西汉侍其繇墓为西汉中后期夫妻合葬墓，棺木中各有遣册木牍一件，主要记载衣服，故被称为衣物疏（图十七）。如侍其繇衣物疏木牍分上中下三栏，上栏载：

红野王绮复襜褕红丸（纨）缘一
领，衣；

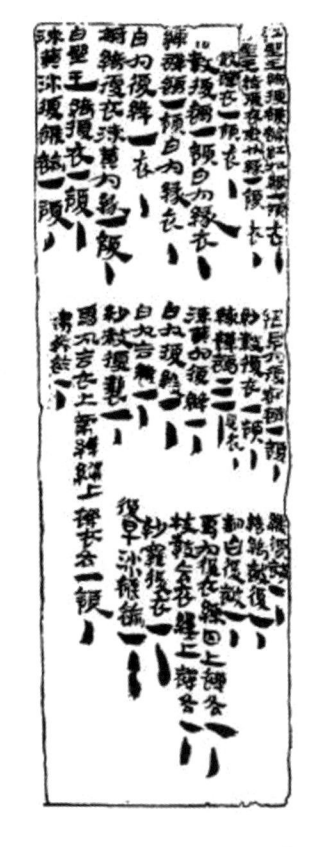

图十七 侍其县衣物疏木牍

第六章 丧葬文体：人世间的送别和纪念　　411

□野王绮复衣皂（？）丸缘一领，衣；

□縠襌衣一领，衣；

□縠复襦一领白丸缘，衣；

练襌襦一领，白丸缘，衣；

白丸复绔（袴）一，衣；

□绮复衣，涷（流）黄丸缘一领；

白野王绮复衣一领；

涷（流）黄冰复复襜褕一领。①

诸如此类。出土遣册所列名物众多，一般记有随葬器物的名称、质地、数量，偶尔还记有随葬品的置放位置及器物分类小结等内容，是研究秦汉时物质文化的重要资料。一些保存较完整的遣策，其内容编排的先后顺序具有一定的规律，考古发掘时，将这些记录与墓中的出土物相对应，基本相符。如望山 M2、云梦大坟头 M1 和凤凰山 M168 等，其考古报告都列有遣策记录与出土器物的对照表，反映出遣策记录的可靠程度。但是，遣策所记与出土实物也不一定完全可以对应。如长沙马王堆 M1 的遣策中提到有"土牛马""土金钱马牛羊鸟"等数十只（简 298—312），但这些土制明器在实际墓室中并未发现；又如马王堆 M3 遣策中有"土牛""土马"等，也未见诸随葬实物。另外，随葬物品还常见有数量不足的现象，原因暂无定论。②

遣册文书在战国到晋唐时的墓葬中都有出土，数量不少，但对其命名和文体性质却仍有各种分歧，比如除了"赗方""遣策""衣物疏"外，还有研究者称其为"告地策""移书"或"移文""过所"等，也有

---

① 文本录自胡平生、李天虹《长江流域出土简牍与研究》，湖北教育出版社 2004 年，第 460—462 页；又见中国简牍集成编辑委员会《中国简牍集成》第十九册，第 1849—1850 页。图见南波《江苏连云港海州西汉侍其墓》，《考古》1975 年第 3 期。

② 杨华：《禭赗遣——简牍所见楚地助丧礼制研究》，《学术月刊》2003 年第 9 期。该文还认为"名实不副"是由遣策的性质所决定的，因为遣策要在丧礼上宣读是丧礼中的一道必要节目，丧家为了夸耀财富和社会关系之广泛，便"虚列"随葬物品，但实际准备这些物品时，并不一定能照单凑足。此可备一说。

泛称"财产凭证""墓葬文书""邮件"的①，这些说法都存在文体认识上的模糊。遣册以及接下来要介绍的告地书、买地券、镇墓文等，都属于发往地下的文书，很多虽模仿地上公文，但作为随葬文书，各有自己的文体功能。这些文体，有些彼此有密切联系，比如告地策是一种模拟现世官府文书向冥世官吏通告亡人名籍及其所携财产的文本，遣册一定程度上可看作其"附录"。

二 告地书（策）：身份证和通行证

秦汉人认为，阴阳二世属于不同的世界，由不同的人所掌管，死者需要出示相关证件来证明自己的身份、财产，如此方能有资格进入这个相对陌生的世界，获得在那里生活的合法权，因此，借鉴地上通关公文写就的随葬文书——告地书（策）就出现在西汉墓葬中。时人希望凭借这特殊的通行证，亡者能在阴阳两界顺利而合法地转换，并能如愿入登冥府户籍，安于地下生活，也就不再干扰生人。告地书多出土于西汉初年楚国故地墓葬，有着较为明显的地域和时代特点。②

告地书通常写在木牍上，其行文格式略同人间官方文书，主要记录日期、死者姓名、籍贯、所携带物品以及移交对象等。而且，常常和遣策同出，目前所见最早的一则是荆州高台十八号汉墓（文帝前元七年即前173年）所出告地书。该书置于遣策之前，其文云：

> 七年十月丙子朔，庚子，中乡起敢言之，新安大女燕自言：与大奴甲乙、大婢妨徙安都，谒告安都，受名数。书到为报，敢言之。十月庚子，江陵龙氏丞敬移安都丞，亭手。

这是一名叫"起"的中乡长官替由江陵徙往安都的墓主人燕向江陵丞提出迁徙的申请，该申请获得江陵丞龙氏的批准。据汉制，平民若出行，需按例"自言"（自我介绍）提出申请，由县丞或与县丞相当的官吏批

---

① 天河：《出土遣策与古代名物研究》，《社会科学战线》2018年第10期。
② 郗文倩：《汉代告地书及其文体渊源述论》，《南都学坛》2011年第3期。

办,因此文中写明"徙安都"乃大女燕"自言"即自愿迁徙,同时文书中还写明与之同行的还有大奴甲、乙和大婢妨,以及时间和地点。"名数"在这里指户籍(或名籍),名籍要填写户主与同住家属名字,以及奴婢与应报之财产数。在这则告地书中,名叫"起"的官员请求江陵丞将此事告知安都长官,希望能接受大女燕的"名数",登报户籍,故下文云"书到为报。"这是江陵丞发函给安都丞的主要目的。关于"安都",研究者曾一度认为是具体的地名,而"安都丞"就是实际的地方官吏,但研究者从南朝墓葬出土的同样作为明器的两款买地券中发现,"安都"均和"黄神后土""土黄土祖""土文土武""墓上、下、左、右、中央墓主""丘丞冢伯"等诸多掌管亡人的冥府官吏并列,因此,显而易见,这里的"安都"即地下冥府,相当于后世所谓"冥都";"安都丞"就是江陵的"地下丞"。① 这里是向地下官吏通报燕到来的文书,告地书即成为进入冥世的身份和报到证明。

文末的"亭手",似有些难以理解,不过研究者认为,由于这是一则模拟的公文,书写者不必一定为江陵丞龙氏,极有可能是中乡下设之亭的长官代为书写,如此,则"亭手"应当是亭长(或亭父)的手书。此牍背面另有"产手"二字,极有可能与"亭手"之意相同,或者"产"即为书写者名,只不过非公文正文,故书于背面。秦汉时期乡以下置亭,十里一亭,亭设亭长或亭父、求盗等职,掌管关闭扫除、逐捕盗贼等事务,是最基层的行政长官,替辖区内亡人书写证明文书也在情理之中。②

不过,在笔者看来,所有这些官方口吻和签名可能都是对正式官方文件的模仿,即仿其体例,求其权威。因为从后世同为陪葬文书的买地券、镇墓文看,书写者多为巫道等神职人员,这些文体尽管各自有独特的功能,但作为陪葬明器,它们与许多镇墓类器物一样,都有镇墓之意,希求生者、死者各得其所,相安无事。早期告地书也有同样的功能,应当也是出自这类人员之手。尽管汉代有较为浓重的神秘主义信仰,巫祝

---

① 刘国胜:《高台汉牍"安都"别解》,中国古文字学会、中山大学古文字研究所《古文字研究》(24辑),中华书局2002年版,第444—448页。

② 湖北省荆州博物馆:《荆州高台秦汉墓:宜黄公路荆州段田野考古报告之一》,科学出版社2000年版。

等神职人员在社会生活中也发挥着重要的作用,但汉代知识分子和官吏对巫祝人员无甚好感,甚至有贱视、拒斥之意①,因此,政府官员当不会插手冥界事务。

又如江陵凤凰山一六八号墓(汉文帝前元十三年即前 167 年)所出告地书(与遣策同出):

> 十三年五月庚辰,江陵丞敢告地下丞:市阳五(夫)[大夫]遂自言:与大奴良等廿八人,大婢益等十八人,轺车二乘,牛车一两,口马四匹,聊马二匹,骑马四匹,可令吏以从事,敢告主。②

这则文书仍然模仿地上文书,以地上江陵丞的口吻书写这则证明文书,由他根据本地市阳里居民"遂"的自我介绍,将其情况批转移告给冥世掌理相关事务的地下丞。告地书记载随墓主下葬的奴婢人数合计 46 人,车 3 辆,各种马合计 10 匹。同出的遣策也标明随葬物品包括"车三乘,马十匹,人四十六,船一艘"。而从考古发现所见,实际出土明器中也有车 3,马 10,船 1 以及圆雕木偶 46,三者基本相符。可见,这是地下模仿地上,显示出时人处理冥世事务时的一丝不苟。

不过,并非所有告地券书写内容都如此详尽,有些则比较简单,如江陵凤凰山十号墓(景帝四年即公元前 153 年)所出告地书与遣策为同一木牍,写在遣策之后:

> 四年后九月辛亥,平里五大夫佅(张)偃(敢)告地下主:偃衣器物,所以□(撰)具器物,可令吏以律令从事。③

"偃衣器物"就是死者所携带的随葬用品,即遣策所开列"撰具"的内容。又如长沙马王堆三号墓(汉文帝前元十二年即前 168 年)所出告地

---

① 林富士:《汉代的巫者》稻香出版社 1988 年版。
② 黄盛璋:《历史地理与考古论丛》,齐鲁书社 1982 年版。
③ 黄盛璋:《江陵凤凰山汉墓出土称钱衡、告地策与历史地理问题》,《考古》1977 第 1 期。

书置于遣策之后,其文亦较简单:

> 十二年二月乙巳朔,戊辰,家丞奋移主藏郎中:移藏物一编,书到,先选[撰]具奉主藏君。①

这里强调"移藏物一编"即将遣策所载物品移告地下主藏君。主办者为一名叫奋的家丞。

上述买地券中所谓"地下丞""地下主""主藏郎中""主藏君",显然都是地下主吏,"(敢)告地下丞""敢告地下主"模仿的是秦汉政府文移中的常用套语,如云梦秦简爰书(治狱文书)就有"敢告某县主""敢告主"的说法②。

那么,时人为什么将这样的文书与亡者一同埋葬?他们希望这样模仿人世公文的告地书能发挥怎样的效力呢?

一些研究者认为,从出土文物看,告地书秦以前不见,目前所出多为西汉初年(上引诸文牍就为文、景时期),这就和秦汉时期严格的户籍制度有密切关系。户籍受到特别的重视是因为它关系到服兵役、纳口钱、算赋等事宜。秦国商鞅变法,富国强兵,首先就是改革行政区划(并诸小乡聚集为大县)与田制(开阡陌)、户籍制度(伍邻连坐)。秦国还创立"占"即如实自报的登报制度,如果不如实全面登报就要受到严厉惩罚。故秦律规定出生登报户籍(名数),死时削籍,如果匿户,将被严重处罚。刘项楚汉之争四年拉锯战,不仅人口死亡众多,逃亡散失数量更大,秦时建立的户籍制度基本崩溃,所以,刘邦即位,首先就进行户籍登报与相关制度的整顿改革,建立汉代新的户籍制度并制定相关法律法规。高祖五年即皇帝位,第一道诏书即令民"各归其县",奴婢可免为庶

---

① 湖南省博物馆、中科院考古研究所:《长沙马王堆二、三号汉墓发掘简报》,《文物》1974年第7期。

② 爰书,是一种专用文书,秦时主要用于记录囚犯供词,汉代适用范围有所扩大,似乎一切文书证明材料,凡为法律认可其合法性的,在一定条件下都可以称为爰书。参见薛英群《居延汉简通论》,甘肃教育出版社1991年版,第146—147页;高敏:《释"爰书"——读秦汉简牍札记》,《益阳师专学报》1987年第2期。

人，显然是要重新登报户口，此令应即紧接其后。登报户口限期三十日，逾期不报，即"耐为隶臣妾"即判三年徒刑，沦为奴隶。① 秦以及汉初统治者对户籍制度的看重显然在时人心理产生强烈影响，故反映在墓葬中。生着死削，地下生活也要模仿地上，所以到地下第一件事就要登报户籍，一点儿也不能马虎，这就是告地书产生的社会心理。

另外，研究者发现，出土告地书的墓葬多在原楚国故地，即今湖北江陵、湖南长沙及江苏北部地区，因此这一风俗也许还有一定的地域性特点。据江陵《包山楚简》所载，楚国对户籍登记制度极为重视，楚王亲自过问，中央与各地皆设官专管，户籍藏于"王府之籍"，封以三合之鈢，启视与更动至少也要三个官吏一同进行。而失报户口则称为"溺籍"，因何失报、谁人负责等都要认真追查到底。按《周礼》规定，三年"大比"，即三年进行一次大的户口查登，这项制度楚国也已实行。因此告地书皆发现于楚地，和楚地严格的户籍传统有一定的关系。②

以上我们分析了汉初告地书产生的社会心理，当地上户籍制度被严加强调的时候，对于"谓死如生"的汉代人而言，他们也将地下著籍看得十分重要，并且相信死者一旦持有相关的身份和财产证明，即能较为顺利得到冥世官方认可，从而获得合法居住生活的权利，故有的告地书要强调："受名数，书到为报。"

不过，从告地书的运用情况看，登报户籍似乎只是将这类证明书随葬的重要心理动因，而从告地书的书写内容和具体功能来看，似乎更多模仿的是秦汉时期的一种类似通行证性质的文书，这类文书早先称为"传"，东汉时又有"过所"的称谓。③ 传在撰写时要有时间、持传者、出行事由、公文的申报和接受官员（部门）等信息，甚至"如律令"之类显示政府公文权威的言辞也是常见的套语，而告地书模仿的正是这些内容。在汉人眼里，死者从阳世到冥府，意味着一次特殊的重大出行或

---

① 黄盛璋：《邗江胡场汉墓所谓"文告牍"与"告地策"谜再揭》，《文博》1996 年第 5 期。
② 黄盛璋：《江陵高台汉墓新出"告地策"、"遣策"与相关制度发覆》，《江汉考古》1994 年第 1 期。
③ 参见本书第九章第四节。

迁徙①，生死两界，旅程中必当途经重重关卡，故须按律逐层申请获得通关文书。于是，凭借对阳世严格的户籍和出行制度的理解，人们就替亡者准备了随身携带的通关身份证明，并在文书中向地下土主通报名籍以及身份财产等内容。考古发现，告地书有时与记录随葬物品清单的遣策放置在一起，有时与表明户籍财产的名数牍捆绑在一起，显示出时人对此类明器一丝不苟的态度。如前面所谈到的大女燕墓中，死者随身携带的告地书牍和名数牍（户籍簿）正面相向而合，二牍背面均有丝绸捆绑的痕迹，说明这两牍原本就是捆绑在一起的，原属同一件公函中的两个部分（即所谓"合檄"的形式）。

由此看来，在时人观念中，人间社会普遍使用的政府公文有着足够的信誉和权威，只要地上与地下的官僚体制一并运转正常，只要死者如生前一样遵循国家行政体制的管理，那么，手持这样的证明文书，死者就可以在去往冥界的长途跋涉中通行无阻，并最终在冥世安家落户。从随葬生活实用器具仆从偶人到一本正经的书写文牍证明，甚至携带户籍簿，诸如此类细密周到的安排让我们感受到他们对地下世界真实性的认可。因此，告地书用以随葬与其说是象征性的，不如说是现实功利的，时人尽可能地在为亡者——也为将来的自己——平安进入另一个实在的世界作出各种稳妥的安排。

三　买地券：冥间土地的私有证明

在北京大学馆藏碑刻拓片中，有这样一则东汉墓葬出土的买地券：

> 建宁四年九月戊午朔廿八日乙酉，左骏厩官大奴孙成从雒阳男子张伯始卖（当为买）所名有广德亭罗陌田一町，贾钱万五千，钱即日毕。田东比张长卿，南比许仲异，西尽大道，北比张伯始。根生土著毛物，皆属孙成。田中若有尸死，男即当为奴，女即当为婢，

---

① 这一点在汉代墓葬壁画中有着生动鲜活的展现，可参见巫鸿《从哪里来？到哪里去？——汉代丧葬艺术中的"柩车"和"魂车"》，出自《礼仪中的美术——巫鸿古代美术史文编》。

皆当为孙成趋走给使。田东西南北以大石为界。时旁人樊永、张义、孙龙、异姓、樊元祖皆知券约，沽酒各半。①

此券原是刻在一块铅版上，罗振玉《蒿里遗珍》（一）《地券征存》跋对它有介绍："高一尺六寸六分，广一寸三分。三行，行字多寡不等。刻铅版上，隶书。黄县丁氏藏。"②乍一看，这就是一则土地的买卖契约，买主孙成是左骏厩（饲养马的官署）官奴仆的头目即"大奴"，他于东汉建宁四年（公元171）九月从雒阳男子张伯始买田"一町"，并签订了上述契约。契约中说明土地面积、四周边界以及价格，并列举多位证人。汉代各式买卖契约的一般写法和今日契约并无太大不同，一般标明时间、当事人双方、买卖物品及价格和相关事宜，并附加证人，注明沽酒酬谢等，故上述契约概略来看似乎并没有什么异常。然而稍加分析却疑点重重，遂引起研究者的关注。

人们首先感到疑惑的是契约的一些细节。券文注明卖地人张伯始所出卖的除土地及土地上的所有"根生土著毛物"外，还有田中男女"尸死"，并且声明将田中男女尸死也卖与买地人（亡人）为奴婢（男当作奴，女当作婢），为其"趋走给使"。对此，人们不禁要问：如果卖地人是"生人"，何以会愿意以其名附于墓主、并葬于墓中？又如何可能将田中的伏尸亡魂卖与墓主？同样，券约中写有见证人之姓名，如果这些见证人均为生人，又如何见证此种包括伏尸亡魂在内的买卖关系呢？③

无独有偶，东汉墓葬还出土有两则购买冢地的契文，内容与上则相类似。一则是光和元年（公元178）曹仲成买地铅券：

光和元年十二月丙午朔十五日，平阴都乡市南里曹仲成，从同县男子陈胡奴买长谷亭部马领佰北冢田六亩，亩千五百，并直九千，钱即日毕。田东比胡奴，北比胡奴，西比胡奴，南尽松道。四比之

---

① 张传玺：《中国历代契约汇编考释》，北京大学出版社1995年版，第48页。
② 张传玺：《中国历代契约汇编考释》，第49页注（一）。
③ 鲁西奇：《汉代买地券的实质》，《中国史研究》2006年第1期。

内，根生伏财物一钱以上，皆属仲成。田中有伏尸□骨，男当作奴，女当作婢，皆当为仲成给使。时旁人贾、刘皆知券约，他如天帝律令。①

另一则是中平五年（公元188）房桃枝买地铅券：

> 中平五年三月壬午朔七日戊午，雒阳大女房桃枝，从同县大女赵敬买广德亭部罗西造步兵道东冢下余地一亩，直钱三千，钱即毕。田中有伏尸，男为奴，女为婢，田东、西、南比旧□，北比樊汉昌。时旁人樊汉昌、王阿顺皆知券约，沽各半。钱千无五十。②

从这三则契约看，前后相差二十余年，形式内容却极为相似，可见这类文书应当是那个时期较为通行的一种文书样式，二书都约定将田中伏尸卖于墓主做仆役。

事实上，东汉墓葬出土的买地契约并非都有如此令人不解的细节，有一些和一般的契约并无二致。如建初六年（公元81）武孟子买地玉券，这是迄今发现的最早的买地券：

> 建初六年十一月十六日乙酉，武孟子男靡婴买马熙宜、朱大弟少卿冢田。南广九十四步，西长六十八步，北广六十五，东长七十九步，为田廿三亩奇百六十四步。直钱十万二千。东陈田比介，北、西、南朱少比介。时知券约赵满、何非，沽酒各半。③

根据杨守敬先生的解释，此券讲的是武孟子（及其二男靡、婴）购买马、朱二姓之田做墓地。"东陈[田]比介，北、西、南朱少比介"，意思是东一面与陈姓田连界，北、西、南三面皆与朱少田连界，此朱少即上文

---

① 张传玺：《中国历代契约会编考释》，第51页。
② 吴天颖：《汉代买地券考》，《考古学报》1982年第1期，第24页。
③ 张传玺：《中国历代契约会编考释》，第47页。

之朱少卿,盖割其地而买之。此亦汉人相墓择地之证,故一并买马、朱二姓之地,而又不尽买朱姓之地以为冢田。① 此券比上述三则券文要早百年左右,向来被认为是最真实的土地买卖文书,然而,还是有研究者发现了其中的问题。一般而言,南北朝以前的土地买卖契约,均一剖为二(或一式二份),中有券齿以资对证,分别由买卖双方持有。② 因此,研究者发现了这则买地契约中的疑点:如果这是一项实际发生的土地买卖关系,则应当是武孟子(及其二男靡、婴)与马、朱二姓分别订立契约,方可分执。而此件买地券却是由武孟子与马、朱二姓合立契约,既不合情理,亦与订立契约之义旨相违。这是第一个可疑之处。其二,武氏父子所买冢田,东南西北四至明白,合计为二十三亩有余,似无可怀疑。然由其田东与陈氏田连界,北、西、南三面均毗连朱氏田观之,当为尽买马氏田、兼买朱氏田。而在券文当中却并未分别说明所买马氏田若干、朱氏田若干。那么假使这是实用契约,为何又写得如此模糊不清?③

另外,还有一个更为重要的问题,那就是,如果这些是实在的土地买卖文书,何以契约刚生效便被新主人葬入墓中? 因此从这一重要疑点入手,早在1982年,吴天颖就在《汉代买地券考》一文中分析道:土地买卖文书这种具有契约形式的法权关系,标志着产权的让渡,即卖主丧失土地所有权和买主取得新的土地所有权,因此,土地买卖文书本身,就直接排除了用于随葬的可能性。古代契约主要包括作为借贷券契的"傅别"和"质剂"两种,均一剖为二(或一式两份),中有券齿以资对证,分别由借贷或买卖双方持有,作为日后清偿债务或者裁决产权纠纷的法律依据。如《周礼》载:"凡以财狱讼者,正之以傅别约剂。"因此他认为,对于借贷、买卖文书,债权人或产权所有者一方,都对它们珍若瑰宝,藏之唯恐不周,土地契约还得世代相传,因此绝不轻易毁弃,

---

① 杨守敬:《壬癸金石跋》,谢承仁主编《杨守敬集》第8册,湖北人民出版社1997年版,第998页。

② 张传玺:《中国古代契约形式的源和流》,《秦汉问题研究》,北京大学出版社1985年版,第167页。

③ 鲁西奇:《汉代买地券的实质》,《中国史研究》2006年第1期。

也不会用于随葬。①

由此，他对所有汉代买地券均属明器之说作了全面申论，并从买地券的质地、形制，特别是所谓"丹书铁券"的真实含义等角度，论证了这些买地券的性质即冥世的土地私有权凭证，是随葬明器。这一判断受到研究者的认可。人们进而认为买地券所涉及的买卖双方、见证人均为亡人，所买卖的墓地所有权是冥世所有权，其田亩面积、所用之钱亦仅具冥世意义，也就无须亦不可能与现世实际墓地亩数及现世土地价格相对应。

"买地券"之称初见于南宋周密《癸辛杂识·别集》卷下"买地券"条："今人造墓，必用买地券，以梓木为之，朱书云：'用钱九万九千九百九十九文，买到某地若干'，云云。此村巫风俗如此，殊为可笑。"② 清代洪亮吉在《北江诗话》卷六也说道："古人卜葬，必先作买地券，或镌于瓦石，或书作铁券，盖俗例如此。又必高估其值，多至千百万；又必以天地日月为证，殊为可笑。然此风自汉晋时已有之。"③ 可见以买地券作为随葬明器的风俗汉代以后很长时间内在民间仍然流行。只不过后世买地契中标价显得过于夸张离谱，动辄"用钱九万九千九百九十九文"，甚或"高估其值，多至千百万"，故令周密、洪亮吉等人感到非常可笑。相比之下，汉代人的买地契尽管也是作为明器使用，其内容却显得更为朴质。换句话说，当时人们似乎确实是把它们作为真实有效且严肃的买卖文书，也正因如此，后世研究者才一度将其认为是人间实用性契约，而同时却又为其中不尽合理之处而迷惑不解。

现今所见买地券大都出于东汉墓葬，研究者认为这与当时的土地私有制以及人们对土地财富的观念息息相关。在"浦天之下，莫非王土"④的周代，土地不得买卖，墓地自然也是按照等级随族而葬。《礼记·王

---

① 吴天颖：《汉代买地券考》，《考古学报》1982年第1期，第24页。
② 吴企明点校：《癸辛杂识》，唐宋史料笔记丛刊本，中华书局1997年12月版。"买地券"一般方形或长方形的铭刻，质地一般为石、玉、砖、铅等。还有人称"墓券""地券""幽券""买地莂"等，但买地券名称最早出现。
③ 刘德权编：《洪亮吉集》第五册，中华书局2001年版，第2312页。
④ 《毛诗正义》，阮元校刻《十三经注疏》，第463页。

制》:"田里不鬻,墓地不请。"孔颖达解释说:"天地里邑既受之于公,民不得鬻卖;冢墓之地,公家所给,族葬有常,不得辄请求余处。"① 因此,庶人对土地只有使用权,没有所有权,衡量其财富的标准是牲畜的数量,故《礼记·曲礼下》所载:"问国君之富,数地以对,山泽之所出。问大夫之富,曰:有宰食力,祭器衣服不假。问庶人之富,数畜以对。"② 而到了汉代,土地买卖日增,土地易主频率加快,"田无常主,民无常居"。土地作为财富的观念便渐渐深入人心。"长地宅"不仅与"积米谷""藏布帛""畜牛马"③相提并论,而且似有土地至上的观念。"以田饮食,以宅居处,人民所重,莫食最急,先田后宅,田重于宅也。"④人们不仅期望在现世获得土地,而且希望死去也能占有土地,因此,模仿人间买地契约的买地券就随之出现了。

　　研究者认为,买地券的原始形态似可追溯到西汉初期墓中所出的"薄土"(或作"簿土""傅土")。1973年,湖北江陵凤凰山8号汉墓内,出土一件竹笥,内盛泥土一堆,遣策标明"傅土一"。稍后,167号、168号汉墓又发现标明"薄土一枚"的遣策,167号墓出土的是用绛红色绢包裹的长方形土块,长20厘米、宽14厘米、高12厘米,另有丈量土地的步弓模型,以及同为财富象征的缯等物,这些为了解土块入葬的含义提供了可靠的依据。征之古籍,以土块象征土地最迟在春秋前期已见端倪,《国语·晋语四》载:"(晋公子重耳)乃行,过五鹿,乞食于野人。野人举块以与之,公子怒,将鞭之。子犯曰:'天赐也。民以土服,又何求焉!天事必象,十有二年,必获此土……'再拜稽首,受而载之。"⑤ 可见,接受泥土也就象征着对土地的获得,故汉墓中的"薄土"也是死者在阴间继续保持土地私有权的微妙象征。⑥ 而随着汉代土地私有化和土地

---

① 《礼记正义》,阮元校刻《十三经注疏》,第1338页。
② 《礼记正义》,阮元校刻《十三经注疏》,第1268页。
③ 刘盼遂:《论衡集解》,古籍出版社1957年版,第388页。
④ 刘盼遂:《论衡集解》,第500页。
⑤ 《国语·晋语四》,辽宁教育出版社1997年版,第74页。
⑥ 吴天颖:《汉代买地券考》《考古学报》1982年第1期。第29页。不过,也有研究者对凤凰山汉墓所出土块是否就是遣策所记的"薄土"有疑问,参见裘锡圭《说"薄土"》,《古文字论集》,中华书局1992年版,第564页。

买卖的频繁以及契约运用的日益成熟和普及，人们开始使用更具效力、表意更为明朗的土地契券形式，买地券遂作为明器出现在墓葬里。

契约在汉代已经发展得十分完备，它作为经济发展、制度建设和社会交往的产物，涉及各个领域，延及各个阶层，成为联结汉代人们生产和生活的必要方式，并随之成为汉代社会关系的重要信物。契约在运用过程中逐渐确立了相对稳定的形制和书写规范，其合理性和权威性也渐渐深入人心，且以常识支配着人们的习惯，当人们希望在冥世仍然获得土地所有权以便获得安宁的保证时，便自然想到使用买地券。

从出土的东汉买地券看，墓主除孙成券明言其为"左骏厩官大奴"之外，其余大都称某地"男子"或"大女"即成年男女，由此观之，其社会地位不会太高，很可能就是一般平民，使用买地券可能与他们没有固定的家族墓地有关系。考察六朝时期墓葬出土的买地券也可以发现，墓主或者为无职的处士、白丁，或者虽有一定官职，却并非名门望族。因此，买地券作为明器主要是在中下层人群中流行，是有着相对固定的适用群体的。[①] 此外，今见东汉镇墓文与买地券则主要出自以长安、洛阳为中心的关洛地区特别是洛阳周围地区，而在同时期其他地区特别是原楚国故地的今湖北、湖南及江淮地区墓葬中反而很少见到。在对土地有更大需求的地区，没有或曾经缺乏土地的人往往对土地有着特别的关注和渴望，这也许是东汉买地券在关洛地区中下层人群墓葬中较为流行的原因吧。[②] 生者将一则呆板严肃的契约文书与亡者一同安葬，希望亡人一旦持有这样的买地文书，也就同时获得它的权威和保障，并相信这样的保障在冥世仍然具有足够的效力。因此，买地券在某种程度上消淡了人们对冥世的不安，也部分消解了对死去亲属在另一个世界生活的担心。

买地券在东汉常常加上一些镇墓、解谪的内容。由此可以看出它和同期出现的镇墓文之间的互渗。关于这个问题，将在下面谈及。

---

① 王志高：《六朝买地券综述》，《苏州大学学报》1996年第2期，第2页。
② 不过，后世买地券使用群体和地域都有扩大，墓主身份就较为驳杂，似无贵贱之分。韩森：《宋代的买地券》，邓广铭、漆侠主编：《国际宋史研讨会论文选集》，河北大学出版社1992年版。

四　镇墓文：神巫的守护

镇墓文①是方士或巫觋为死者解除灾祸的文告，这种墓葬文体在东汉时颇为流行，且被道教所吸纳。其产生时间与买地券大致相当，且多出土于洛阳、灵宝、西安、宝鸡等地。镇墓文一般以朱书墨笔书刻于瓶、罐、瓮、盆等陶制容器上，有时也以墓砖、铅版、铁版、木牍为载体。内容多为某年某月某人死亡、天帝使者告死者之家以及为死者解谪（罪责）、为生人除殃之类的话语，带有浓重的巫术色彩。镇墓文意在镇墓，故常模仿指令性公文的表述方式，在官府文书威严的语言躯壳内附加巫术咒语胁迫、恫吓等情感性言辞，巧妙吸纳两种文体共同的修辞特性和文体权威以加强自身的震慑力，从而形成一种特殊的、极具时代特色的墓葬文体形式。

"镇墓"是一种历史悠久的丧葬传统，早在汉代镇墓文出现之前，墓葬中就有镇墓器物。最典型的是出土于战国楚地墓葬中的"镇墓兽"类器物，其源头甚至可以追溯至战国以前或更早。通常认为，镇墓的目的在于驱邪镇恶、安宁墓土。不过也有人认为，镇墓兽的意义在于扼住死者的灵魂，防止其出来游荡而产生对生者的伤害。② 或者可以说，镇墓的目的一方面是要安宁死者，但更主要的是希望以此护卫生者，维持阴阳两界的平衡，这是镇墓的核心意义。东汉时镇墓文的大量出现也是出于这样的目的，故有些镇墓文中就非常强调"生死异簿"的内容。如日本《书道全集》卷三著录的东汉永寿三年成氏朱书陶瓶镇墓文云：

> 永寿二年二月已未朔廿七日乙酉，天帝使者告丘丞墓伯、地下二千石：今成氏之家，死者字桃椎，死日时重复年命，与家中生人

---

① 镇墓文一语最早由罗振玉在《古器物识小录》一书中使用，现一般为学术界所接受。较早进行概括且深度研究的有日本学者池田温先生和中国学者吴荣曾先生。他们1981年分别发表《中国历代墓券略考》（《东洋文化研究纪要》第八十六册，1981年）和《镇墓文中所见到的东汉道巫关系》（《文物》1981年第6期）。前文以资料收集为主，后者则更多触及对镇墓文的性质及其所反映的早期道教相关问题。此后，镇墓文开始引起研究者重视。郗文倩：《东汉镇墓文的文体功能及其文体借鉴》，《广西师范大学学报（哲学社会科学版）》2010年第5期。

② 蒋卫东：《"镇墓兽"意义辨》，《江汉考古》1991年第2期。

相拘籍；到，复其年命，削重复之文，解拘伍之籍，死生异薄（簿），千秋万岁，不得复相求索。急急如律令。①

文中以天帝使者的名义命令地下诸神丘丞墓伯等要消除死者地上生籍，建立冥府死籍。刘昭瑞先生认为所谓"重复"相当于后世道教经典《太平经》中所谈及的"承负"，②意思是人生有过，常不自知，用日积久，相聚为多，死后受殃，生人也会受到连累，蒙其过谪。"拘籍"，牵迫相连义，"与家中生人相拘籍"即指死者会作祟于生者。文中所说死者成桃椎因有日时所累积的厄责，已减其寿算，死后可能牵连家中生人，今命令到日，可复其寿算，解除可能加诸生人的殃咎，消除与生人相连的名籍，"复其年命，削重复之文，解拘伍之籍"，即从生人籍中除名，如此则死者就永不能干扰生者。东汉人非常强调生死区别，在一些镇墓类文字中常常可见相关内容，如"生人入比，死人入棺""生人之死阳解，生自属长安，死人自属丘丞墓""生人得九，死人得五，生死异路，相去万里""生人上就阳，死人下归阴，生人上就高台，死人深自藏，生人南，死人北，生死各自异路""汝命薄蚤死，不口西，天地久相视，汝自当下属棺椁，……生人入城，死人出郭"，等等③。镇墓文反复强调生死异路目的还是希望以此约束死者鬼魂，防止其干扰生者。

此外，为了让死者安于地下，除随葬各种器物、营建墓室并借助天地神灵的权威加以干涉以外，东汉人认为还要解除死人的罪谪。死者罪从何来？这就涉及汉代人对破土的忌讳。人们认为土地归土神所管，破土就是冒犯，故要行祭祀，祈求解除罪责祸殃。王充曾谈到这一风俗："世间缮治宅舍，凿地掘土，功成作毕，解谢土神，名曰：'解土'。为土偶人，以像鬼形，令巫祝延，以解土神。已祭之后，心快意喜，谓鬼神解谢，殃祸除去。"④ 这种观念在晋人所作的《江氏家传》里也有所谈

---

① 池田温：《中国历代墓券略考》，《东洋文化研究所纪要》第86册，1981年。
② 参见刘昭瑞《考古发现与早期道教研究》第三章《〈太平经〉"承负说"研究》，文物出版社2007年版。
③ 王育成：《南里王陶瓶朱书与相关宗教文化问题研究》，《考古与文物》1996年第2期。
④ 黄辉：《论衡校释》，中华书局1990年版，第1044页。

及:"土者民之主用,播殖、筑室、营都、建邑,皆有明制,著在经典,而无禁忌犯害之文。唯末俗小巫乃有此言,巫书乃禁入地三尺……"① 当为汉代风俗之延续。宝鸡铲车厂汉墓 M1∶21 朱书云:

> 黄神北斗主为葬者阿丘镇解诸咎殃。葬犯墓神墓伯,□利不便,今日移别,殃害须除。死者阿丘等无责妻子、子孙、侄弟。□□因累大神。如律令。②

修墓动土,"葬犯墓神墓伯",故要设法为死者解除罪谪。此类话语在许多镇墓文中都可以看到,如:

> 立冢墓之□,为生人除殃,为死人解适。
> 故为丹书铁券,□及解适,千秋万岁,莫来相索。
> 刘元□家冢,□青黑漆书之,以除百适,急急如律令。
> 谨以铅人金玉,为死者解适,生人除罪过。③

"解适""除适",即解除罪谪之义。④ "适"即罪责。《汉书·陈胜传》"适戍之众",颜师古注:"适读曰谪,谓罪罚而行也",⑤ 可知"解适""除适"之"适"乃"谪"之假借,"谪"是罪过或惩罚之意。《说文》:"谪,罚也。""解"即解除或解脱,即通过对鬼神祭祀而除去凶灾者。《史记·封禅书》:"古者天子常以春解祠。"索隐:"谓祠祭以解殃咎,求福祥也。"⑥ 东汉民间流行"解除"风俗,王充《解除》篇云:"世信祭祀,谓祭祀必有福;又然解除,谓解除必去凶。"他还谈及此风俗渊

---

① 李昉:《太平御览》卷 735,中华书局 1960 年版,第 3259 页。
② 宝鸡市博物馆:《宝鸡铲车厂汉墓》,《文物》1981 年第 3 期。
③ 例引自吴荣曾《镇墓文中所见的东汉道巫关系》,《文物》1981 年第 3 期,第 57 页。
④ 吴荣曾:《镇墓文中所见的东汉道巫关系》,《文物》1981 年第 3 期。许多研究论文写作简体"解适",这会对我们理解其含义产生障碍,故改作原有的繁体"適"。
⑤ 《汉书》卷 31,第 1826 页。
⑥ 《史记》卷 28,第 1386 页。

源:"解逐之法,缘古逐疫之礼也。昔颛顼氏有子三人,生而皆亡,一居江水为虐鬼,一居若水为魍魉,一居欧隅之间主疫病人。故岁终事毕,驱逐疫鬼,因以送陈、迎新、内吉也。世相仿效,故有解除。"① 可见,担心"死鬼"干扰作祟生人是当时很具普遍性的社会心理。

那么如何解除罪殃?恩威并施。从镇墓文的内容可以看到:一方面文书假借天帝神师的名义,下令除去死者罪殃,这是在借助权威的力量;另一方面则施加恩惠,以金银贿赂。然而这样做还不够放心,故有些墓中还藏有铅人为死者代罪受罚。这种铅人实物在东汉墓葬中多有发现,如河南灵宝张湾出土高5厘米的铅人二具、陕县刘家渠出土三具、陕西长安县三里村汉墓出土高6.5厘米的铅人二具、汉中市铺镇砖厂一陶罐内甚至装有十具高10.5~10.7厘米的铅人。② 一些墓葬券书中还对铅人的意义作出说明,如1935年出土的熹平二年间的墓葬瓦盆上就有"上党人参九枚,欲持代生人,铅人持代死人"③ 的内容。又1957年陕西长安县东北50里三里村东汉墓葬中发现的桓帝建和元年朱书陶瓶六件,三件文字清晰。其中一件写道:

> 天地使者谨为加氏之家别解地下,后死妇亡年二十四,等女名借(籍),或同岁月重复校日死,或同日鸣重复校日死,告上司命、下司禄,子孙所属,告墓皇使者,转相告语,故以自代铅人,铅人池池,能舂能炊,上车能御,可笔能书,告于中高长白,上游徼,千秋万岁,永无相坠物与生人食□九人□□□。④

文中夸耀铅人之能干:"铅人池池,能舂能炊,上车能御,可笔能书。"

---

① 刘盼遂:《论衡集解》,古籍出版社1957年版,第504页。
② 参见河南省博物馆《灵宝张湾汉墓》,《文物》1975年第11期;黄河水库考古工作队:《河南陕县刘家渠汉墓》,《考古学报》1965年第1期;陕西省文管会:《长安县三里村东汉墓发掘简报》,《文物参考资料》1958年第7期;连劭名:《汉晋解除文和道家方术》,《华夏考古》1998年第4期;何新成:《陕西汉中市铺镇砖厂汉墓清理简报》,《考古与文物》1989年第6期。
③ 郭沫若:《奴隶制时代》,《郭沫若全集》历史编第三卷,人民出版社1984年版,第94页。
④ 陕西省文管会:《长安县三里村东汉墓发掘简报》,《文物参考资料》1958年第7期。

按照汉人法律观念，臣民触犯法律就可能沦为刑徒，死人若有罪，也会成为地下刑徒。而有了能干的铅人，当然就可以顶替死者服役，死者遂获得了安宁。

铅之用作明器始于周代，但为数不多。汉墓则广泛出土各种铅制明器，特别是铅人以及买地铅券与日俱增。对此，研究者认为可能与当时盛行的"黄白之术"以及对铅的崇拜相关。所谓"黄白之术"，是指方术之士认为的把铅转化成金银等贵重金属的方法，东晋葛洪曾对这一转化过程加以说明："以铁器销铅，以散药投之，即成银；又销此银，以他药投之，乃作黄金。"① 镇墓这一巫术本有方士巫觋操持，随着东汉道教逐渐兴起，巫道并容②，解除、泰山治鬼、黄神越章（即天帝使者）等诸多与巫术有关的民间信仰大都被道教所吸收③，道士亦成为镇墓作法的重要人群，镇墓器物上画有符箓以及镇墓文中"转要道中人"的语言都是一些显见的证明（如图十八④）。因此，汉代铅制的买地券和镇墓器以及镇墓文的作者就很可能是操"黄白之术"的方士、巫、道们。

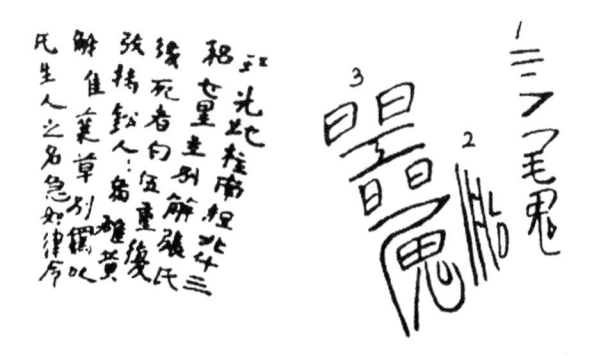

图十八　南李王村汉墓出土朱书陶瓶镇墓文及道符

---

① 葛洪：《抱朴子·内篇》卷16《黄白》，诸子集成本（8），上海书店1988年版，第72页。
② 《三国志·魏志》卷六注引《献帝起居注》称李傕"性喜鬼怪左道之术，常有道人及女巫歌讴击鼓下神，祠祭六丁，符劾厌胜之具，无所不为"。六丁是神灵名，祭六丁和符劾厌胜一样，原都是巫术范畴，后为道教吸收，这即是汉末巫道并容的史例。中华书局1959年版，第184页注（五）。
③ 吴荣曾：《镇墓文中所见的东汉道巫关系》，《文物》1981年第3期。
④ 王育成：《南里王陶瓶朱书与相关宗教文化问题研究》，《考古与文物》1996年第2期。

第六章 丧葬文体：人世间的送别和纪念

从文本看，镇墓文模仿的是上对下的指令性公文，希望借助等级观念获得更大的语言威力。行文时，多假借天帝特派神师的名义，昭告丘丞、墓伯等地下诸神接纳死者，为死者解谪（罪责）、为生人除殃。如熹平二年（173）张叔敬瓦缶丹书文字：

> 熹平二年十二月乙巳朔十六日庚申，天帝使者告张氏之家、三丘五墓、墓左墓右、中央墓主、冢丞冢令、主冢司令、魂门亭长、冢中游徼等；敢告移丘丞墓柄、地下二千石、东冢侯、西冢伯、地下击植卿、耗里伍长等：今日吉良，非用他故，但以死人张叔敬薄命蚤死，当来下归丘墓。黄神生五岳，主死人录，召魂召魄，主死人籍。生人筑高台，死人归，深自埋。眉须以落，下为土灰。今故上复除之药，欲令后世无有死者。上党人参九枚，欲持代生人，铅人持代死人。黄豆瓜子，死人持给地下赋。立制牡厉，辟除土咎，欲令祸殃不行。传到，约束地吏，勿复烦扰张氏之家。急急如律令。①

天帝是天上的君主，具有主宰人间和幽冥的双重权力，文中以天地使者的口吻告令地下神祇以及殁亡人的先人等各路鬼魂接受死者张书敬的到来，这些神祇上自中央墓主、冢丞冢令、主冢司令、丘丞墓伯、地下二千石，下至魂门亭长、耗（蒿）里伍长、冢中游徼等，其中有许多模仿的是地上官制名称。并称此"传"到后当约束地吏，接受死者入籍，文末有"急急如律令"的官文书套语。镇墓文意在强调生死异路，各有所归，故一面下达指令，一面想法安抚死者地下生活，比如说明已随葬铅人代为服役、承担动土惊扰神祇的罪殃，随葬黄豆瓜子以缴纳地下赋税，等等。此外，文中称死者薄命早死，恐故于疾疫，故文中还声明"上复除之药，欲令后世无有死者"，防止疫病蔓延至生者，显示出镇墓文的巫

---

① 此文为1935年同蒲路开工时在山西出土（具体地点不详），释文录自郭沫若《由王谢墓志的出土论到兰亭序的真伪》，《文物》1965年第6期；又见郭沫若《申述一下关于殷代人殉的问题》，《奴隶制时代》，人民出版社1954年版，第94页。参考鲁西奇《汉代买地券的实质》，《中国史研究》2006年第1期。

术成分。

再如东汉初平四年（公元192）的王氏镇墓瓶（图三，右为文字摹本）：

> 初平四年十二月，己卯朔，十八日丙申。直危天地使者，谨为王氏之家，后死黄母，当归旧阅。慈（兹）告丘丞、莫（墓）伯、地下二千石、蒿里君、莫黄（皇）、莫主、莫故夫人、决曹、尚书令、王氏冢中先人：无惊无恐，安隐（稳）如故。令后曾（增）财益口，千秋万岁，无有央（殃）咎。谨奉黄金千斤两，用填（镇）冢门。地下死籍消除，无他央（殃）咎，转要道中人，和以五石之精，安冢墓，利子孙。故以神瓶震（镇）郭门。如律令。①

图十九　东汉初平四年（公元192）王氏镇墓瓶及摹本

文中也以天地使者的口吻令告各地下鬼吏，确保亡人在地下生活安稳，无恐无咎；家族后代，兴旺顺利。同时恩威并施，表明要奉献黄金千斤。天帝使者有时又称为天地使黄神越章、天地神师黄越章、天地神师使者、

---

① 此陶瓶出土于西安市和平门外雁塔路东，摹本及录文见唐金裕《汉初平四年王氏朱书陶瓶》，《文物》1980 第 1 期第 95 页；释文见陈直《汉初平四年王氏朱书陶瓶考释》，《考古与文物》1981 年第 4 期。文中"蒿里君、莫黄、莫主、莫故夫人、决曹尚书令、王氏冢中先人"，陈直先生释作"蒿里君墓，黄墓主墓，故夫人决曹尚书令王氏冢中"，当误，兹不从。"莫黄"，当即正文所引王当买地铅券中的"墓皇"。对此，鲁西奇《汉代买地券的实质》已作说明，参见《中国史研究》2006 年第 1 期。

神师黄神越章等，就是施法巫师的自称。

也有一些镇墓文形制简短，但仍保留有上下号令的公文因素，如灵宝县张湾杨氏镇墓瓶（图二十）：

> 天地使者，谨为杨氏之家镇安稳冢墓，谨以铅人金玉，为死者解適，生人除罪过。瓶到之后，令母人为安，宗君自食地下租岁三千石，今后出子子孙孙宦位至三公，富贵将相不绝。移丘丞墓伯下当用者，如律令。①

图二十　灵宝县张湾杨氏镇墓瓶摹本

文中明确表明此举目的在于"镇安稳冢墓"，以此解除生人亡者的罪责，获得福禄。

再如1979年出土于宝鸡的东汉镇墓瓶（图二十一，右为文字摹本）：

> 黄神北斗，主为葬者阿丘镇解诸咎殃。葬犯墓神墓伯，行利不便，今日移别殃害，须除死者阿丘等，无责妻子、子孙、侄弟、宾昏（婚），因累大神。如律令。

文中的"北斗"为道士经常操纵的天神，"阿丘"当为死者的名字。"无责妻子"云云，说的是墓葬行为如若有所触犯，殃害要移往别处，不可连累亲属。文中大量使用祈使句，显示出巫术咒语的特点。同墓所出另

---

① 河南省博物馆：《灵宝张湾汉墓》，《文物》1975年第11期。

图二十一　宝鸡东汉镇墓瓶及摹本

一镇墓瓶文辞与此相近：

> 黄神北斗，主为葬者睢方镇解诸殃咎。葬犯墓伯，不利生人者，今日移别墓冢，无殃睢方等，无责人子孙、子□、妇弟，因累大神，利生人后世子孙。如律令。①

镇墓文写法并无非常严格的约定，有繁有简，但内容基本上包含两层意思：故去的先人安宁祥和，甚至可以消除死籍，登入仙籍；活着的生人生活富裕，子孙发达，永无灾殃。与告地策和买地券平和相告或平等签署契约不同的是，镇墓文采用的是命令性的口吻，文中常常用"谨告""令""不得……"等字眼，文末则用"急急如律令"或"如律令"作为结束语。这种命令的口吻是指令性公文的修辞特点。不过，基于上下尊卑、等级观念的指令性公文虽然也意在表明命令的毋庸置疑，口气比较凌厉，还是有温文尔雅的礼仪性成分。也有个别镇墓文在一本正经的公文形式之中，仍然露出传统巫术咒语威胁恫吓的面目口吻，如1960年江苏高邮东汉遗址出土的一方木简上写道：

> 乙巳日死者鬼名天光，天地神师已知汝名，急去三千里。汝不

---

① 马俭：《宝鸡市铲车厂汉墓——兼谈M1出土的行楷体朱书陶瓶》，《文物》1981年第3期。

即去，南山紒□令来食汝，急如律令！①

文中对死鬼进行威吓恫劾，称天地神师已知其名，如不赶紧躲远，就派南山某神怪来噬咬吞食。这则镇墓文虽然在文末写有"急如律令"的官文字样，却难以掩饰其巫术咒语的面目。与此相类似的还有东汉永寿二年（156）镇墓瓶陶文。该陶瓶腹部竖写朱书文字十六行，每行九至十字，末行为十二字，最后一字"令"写在瓶底：

永寿二年五月□□□□之直天帝使者旦□□□之家，填寒暑，□□□□移大黄印章，窐佼四时五行，追逐天下，捕取五□豕之符昼，制日夜□□，乘传居署，越度阁梁，□董摄录佰鬼，名字无合得桃之近留远行□生□徯山主，搜致荣□，□□□旦女婴，执火大夫烧汝骨，风伯雨师扬汝灰，没□□者，使汝蓺灰垣五百□□，戍其上没戍其下，秦其□汝黄帝呈下，急□舟□，□神玄武，其物主者，慈石池，□建（律）令！②

文中称：东汉桓帝永寿二年五月，某人死亡，故天地使者谨为某氏家里解除灾祸妖邪。以黄帝印章为镇，勒使四时及五行诸神，去捕捉疫病恶鬼。以驱鬼符咒，日夜兼程，乘坐四马快车，越过障碍桥梁，摄捕各路鬼怪。名字不合的鬼怪可以逃亡，只能在附近通行，或在遥远处生存，等待太上君赦免后，才可获得自由。凡是名字相合的鬼怪，某神要杀尽你们的子孙后代，火神要将你们焚身碎骨，风伯雨师要吹散你们的骨灰，淹没你们的魂魄，让你们筑成灰墙五百座。再令大风吹销其上，雨水冲刷其下。而你们一旦被捕获，经黄帝判决后，就会立即乘坐舟船，被押送至水神玄武，接受杀戮。该文通篇充满震慑威吓的言语，读者似乎可以感受到施咒者的狰狞面目。

---

① 江苏省文物管理委员会：《江苏高邮邵家沟汉代遗址的清理》，《考古》1960年第10期。
② 蔡运章：《东汉永寿二年镇墓瓶陶文考略》，《考古》1989年第7期。其释读文字缺"没□□者，使汝灰垣五百□□"一句，此处补足了。

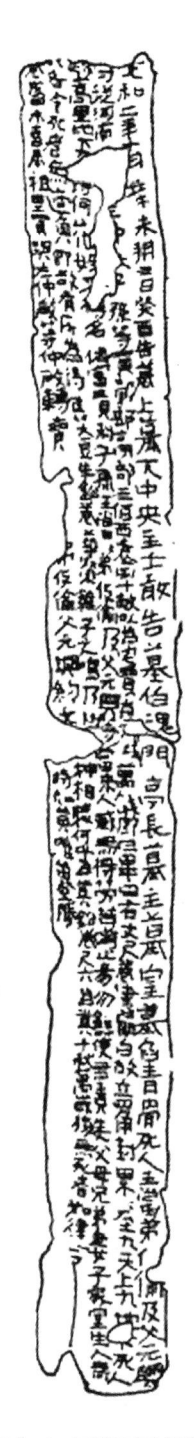

图二十二　王当买地铅券

公文本是制度化的产物，尽管指令性公文也要特别强调命令毋庸置疑的权威性，但在行文修辞上还要求符合礼仪，上下级皆有尊严，其中的强制性是隐含的。但上述这两则穿着公文外衣的镇墓文却赤裸裸地表现威胁和恫吓，对鬼怪一路穷追猛打，显现出巫术咒语的原始面貌。也许正是由于这个原因，有研究者又称上述这类文书为"劾鬼文"。其实，从上文的分析来看，它只是镇墓文中更多表现出其血统中驱鬼巫术咒语修辞特性的一类而已。

东汉还有一类被称为"解注文"的镇墓类文字，这类文书行文中常常带有"注"类字样，随葬这类文字的目的，是禳解当时被称为"注"的疫病灾殃。刘熙《释名》之《释疾病》云："注病，一人死，一人复得，气相灌注也。"① 这类文字在行文修辞上亦表现出上述特点，也属于镇墓文内属的文类。②

此外，今所见镇墓文与买地券产生时间大致相近，出土地也均为以长安、洛阳为中心的关洛地区，故两种墓葬文体有融合倾向。如买地契中加入镇墓解謫的内容，如光和二年（179）王当买地铅券（图二十二）：

> 光和二年十月辛未朔三日癸酉，告墓上、墓下、中央主土，敢告墓伯、魂门、亭长、墓主、墓皇、墓舀：青骨死人王当、弟伎偷及父元兴，从河南□□□□□子孙等买谷郊亭部三陌西袁田十亩以为宅，贾直钱万，钱即日毕。田有丈尺，券书明白。故立四角封界，界至九天上、九地下。死人归蒿里，地下□□何止，[他]姓[不得名]。佑富贵，利子孙，王当、当弟伎偷及父元兴等。
>
> 当来人臧，无得劳苦苛止，易勿䜴使，无责生人、父母、兄弟、妻子，家室生人无[殃]，各令死者无適负。即欲有所为，待焦大豆生，铅券华荣，鸡子之鸣，乃与□神相听。何以为真？铅卷尺六为

---

① 刘熙撰，任继昉汇校：《释名汇校》，齐鲁书社2006年版，第453页。
② 刘昭瑞先生对相关出土资料作了较好的整理，并对"注"的含义考释甚详，可参见《考古发现与早期道教研究》第二章第一节《论考古发现的解注文》，北京大学出版社2007年版。

真。千秋万岁，后无死者，如律令。券成，田本曹奉祖田卖与左仲敬等，仲敬转卖［与王当］弟伎偷及父元兴。约文□□，时知黄唯、留登胜。①

这则墓券前一部分为买地契约，中间部分则是镇墓内容，其中有"即欲有所为，待焦大豆生，铅券华荣，鸡子之鸣，乃与□神相听"之类诅誓之语，意思是如果要加以责罚，除非等到烧焦的大豆发芽，铅券开花，鸡蛋打鸣，才能听命。

也有的是在原有镇墓文基础上，加入虚拟夸张的土地价格，卖主也成了执掌土地的神仙、土公之类。如延熹四年（161）钟仲游妻买地券：

延熹四年九月丙辰朔卅日乙酉直闭，黄帝告丘丞墓伯、地下两千石、墓左墓右主墓狱吏、墓门亭长，莫不皆在。今平阴偃人乡苌富里钟仲游妻薄命蚤死，今来下葬，自买万世冢田，价值九万九千，钱即日毕。四角立封，中央明堂皆有尺六桃券、钱布、鉰人。时证知者先□曾王父母□□□氏知也。自今以后，不得干［扰］生人。有天地教如律令！②

文中以黄帝告令的名义通告地下冥吏，强调此券镇墓的意义。又称"自买万世冢田，价值九万九千"云云，这一价格显然是虚拟的。可见随着文体形态的逐渐稳定，一些言辞也就随之开始出现形式化的趋向。

以买地券或镇墓文或两者兼有进行随葬的形式在后世一直沿用着，历代传承不绝，买地券中附加镇墓文字更为常见，北宋时甚至还记录有这类文体的范本。如北宋王洙奉敕所修《地理新书》卷十四"斩草建旐条"曰：

---

① 参见朱亮、余扶危《洛阳东汉光和二年王当墓发掘简报》，《文物》1980年第6期；吴天颖：《汉代买地券考》，《考古学报》1982年第1期。

② 吴天颖：《汉代买地券考》，《考古学报》1982年第1期。

用铁为地券，文曰：某年月日，具官封姓名，以某年月日殁故，龟筮叶从，相地袭吉，宜于某州某县某乡某原安厝宅兆，谨用钱九万九千九百九十九贯文，兼五彩信币，买地一段，东西若干步，南北若干步，东至青龙，西至白虎，南至朱雀，北至玄武，内方勾陈，分擘四域，丘丞墓伯、封部界畔，道路将军，齐整阡陌，千秋万岁，永无殃咎。若则干犯呵禁者，将军亭长收付河伯。今以牲牢酒饭，百味香新，共为信契。财地交相分付工匠修造，安厝已后，永保休吉。知见人、岁月、主保人，今日直符、故气邪精不得忏悟怄。先有居者，永避万里，若违此约，地府主吏自当其祸，主人内外存亡，悉皆安吉。急急如五帝使者女青律令。①

从这则地券范本看，其间既以买地契约加以约束，又强调辅以"牲牢酒饭，百味香新，共为信契"，以表示对神灵的尊崇和信任，之后又有"若违此约，地府主吏自当其祸"之类的诅誓镇墓内容，最后还要强调"急急如五帝使者女青律令"，以示此券书的指令性威严，可谓恩威并施，加上了多重保险。

---

① 王洙:《重校定地理新书》卷14,《续修四库全书》第1054册子部·术数类,上海古籍出版社2002年版,第112—113页。

第七章

颂类文体：褒颂纪载，鸿德乃彰

秦汉时期的颂体创作承接先秦《诗·颂》，仍有较为明确的适用场合和用途，和相关礼仪活动也有着密切的关系。但同时颂体又与乐、舞相脱离，使得自身真正成为一种相对独立、成熟的文体类别。王充《论衡·须颂》云："古之帝王建鸿德者，须鸿笔之臣褒颂纪载，鸿德乃彰。""无鸿笔之论，不免庸庸之名。"又云："鸿笔之奋，盖斯时也。"① 以"鸿笔""褒颂纪载"，遂使"鸿德乃彰"是颂类文体的基本功能。秦汉时颂类文体内容丰富，有与封禅巡狩相关的刻石文、封禅文以及歌颂天降福瑞的符命之文，还包括其他颂扬帝王、功臣的纪功之文。相关文本虽有各自的叙述目的和手法，但整体看不离颂德铭功，故均可归为颂类文体。

第一节　封禅与相关颂体文

一　封禅、巡狩与秦代刻石文

封禅，是帝王亲至泰山祭祀天地的大型典礼，登泰山祭天即为"封"，至泰山下小山祭地即是"禅"，封禅是表明受命于天，故以其成功告于神明，亦报天地之功德。② 《史记·封禅书》载齐桓公既霸，会诸侯

---

① 刘盼遂：《论衡集解》，古籍出版社1957年版，第403页。
② 研究者认为西周天亡簋铭文内容即记录了武王纣成功后在嵩山举行祀天告成之礼。因此，封禅之礼渊源古老，早期或不叫封禅，地点也不在泰山。杨英：《"封禅"溯源及战国、汉初封禅说考》，《世界宗教研究》2015年第3期。

于葵丘，而欲封禅。管仲遂称上古时代行封禅的有七十二家，从无怀氏、伏羲、神农、炎帝到尧、舜、禹、汤、成王"皆受命然后得封禅"。但他认为，行封禅之礼有个前提，即治下太平，可以用四方灵物祥瑞以降神，即所谓"致物"以谢天地。但齐桓公显然没有达到这个标准，故管仲劝其放弃：

> 古之封禅，鄗上之黍、北里之禾，所以为盛；江淮之间，一茅三脊，所以为藉也。东海致比目之鱼，西海致比翼之鸟，然后物有不召而自至者十有五焉。今凤皇麒麟不来，嘉谷不生，而蓬蒿藜莠茂，鸱枭数至，而欲封禅，毋乃不可乎？①

于是桓公乃止。

不过，从《史记·始皇本纪》所载王绾、李斯等诸位大臣就封禅之事的讨论看，似乎到始皇时，这一传统已经不知其具体样态了。司马迁也承认，封禅礼早已失传，"厥旷远者千有余载，近者数百载，故其仪阙然湮灭，其详不可得而记闻"。② 而梁玉绳《史记志疑》则以为："三代以前无封禅，乃燕齐方士所伪造。"按他的观点，封禅"昉于秦始，侈于汉武"。③ 因此，封禅某种程度上也可以说是秦始皇的一大创造，或者说秦始皇首次实践了古代传说中的"封禅"礼。《史记·封禅书》记载了这次活动：

> 即帝位三年，东巡郡县，祠驺峄山，颂秦功业。於是徵从齐鲁之儒生博士七十人，至乎泰山下。诸儒生或议曰："古者封禅为蒲车，恶伤山之土石草木；埽地而祭，席用菹稭，言其易遵也。"始皇闻此议各乖异，难施用，由此绌儒生。而遂除车道，上自泰山阳至巅，立石颂秦始皇帝德，明其得封也。从阴道下，禅於梁父。其礼

---

① 《史记》卷28，第1361页。
② 《史记》卷28，第1355页。
③ 梁玉绳：《史记志疑》，中华书局1985年版，第792页。

颇采太祝之祀雍上帝所用，而封藏皆祕之，世不得而记也。①

又《史记·秦始皇本纪》载：

> 二十八年，始皇东行郡县，上邹峄山。立石，与鲁诸儒生议，刻石颂秦德，议封禅望祭山川之事。乃遂上泰山，立石，封，祠祀。下，风雨暴至，休于树下，因封其树为五大夫。禅梁父。刻所立石，其辞曰：
>
> 皇帝临位，作制明法，臣下脩饬。二十有六年，初并天下，罔不宾服。亲巡远方黎民，登兹泰山，周览东极。从臣思迹，本原事业，祇诵功德。治道运行，诸产得宜，皆有法式。大义休明，垂于后世，顺承勿革。皇帝躬圣，既平天下，不懈於治。夙兴夜寐，建设长利，专隆教诲。训经宣达，远近毕理，咸承圣志。贵贱分明，男女礼顺，慎遵职事。昭隔内外，靡不清净，施于后嗣。化及无穷，遵奉遗诏，永承重戒。②

此处记录封禅仪式甚简。《礼记·礼器》："因名山，升中于天。"郑注引《孝经说》曰："封乎泰山，考绩燔燎；禅乎梁甫，刻石纪号也。"正义："封乎泰山者，谓封土为坛，在于泰山之上；考绩燔燎者，谓考诸侯功绩，燔柴燎牲以告天。禅乎梁甫者，禅读为墠，谓除地为墠，在于梁甫，以告地也。梁甫是泰山之旁小山也。刻石纪号也者，谓刻石为文，纪录当代号谥。"③ 封禅仪式中的"刻石记号"是否古已有之，不得而知，但此次封禅仪式中刻石以颂扬秦德，显然是极为郑重且核心的仪节。文中以四言韵语述秦并天下、创立了后世可资延续的伟业："治道运行，诸产得宜，皆有法式。大义休明，垂于后世，顺承勿革。""贵贱分明，男女礼顺，慎遵职事。昭隔内外，靡不清净，施于後嗣。"故刻石颂功记德。

---

① 《史记》，卷28，第1366—1367页。
② 《史记》，卷6，第242—243页。
③ 《礼记正义》，《十三经注疏》，第1440页。

"封者，增高也；禅者，广厚也；皆刻石记号，著己之功绩以自效也。"① 秦结束战国政治分裂，在文化和宗教信仰方面都有寻求一种高于各地多元性地域文化的期望。封禅说虽可能出自齐地稷下学派，但能满足秦始皇追求一统、向天告成的心理需求。此后，泰山封禅则成为中央集权帝国新的政治传统。

不仅如此，泰山封禅后，秦始皇还四方巡游，宣扬声威，实践天子巡狩之礼。巡狩，即天子视察四方疆土的行为，《孟子·梁惠王下》云："天子适诸侯，曰巡狩。巡狩者，巡所守也。"封禅常伴随巡狩活动，故有时也用巡狩涵盖封禅。《礼记·王制》载：

> 天子五年一巡守，岁二月东巡守，至于岱宗，柴而望祀山川。觐诸侯，问百年者就见之；命大师陈诗，以观民风；命市纳贾，以观民之所好恶，志淫好辟；命典礼，考时月，定日，同律，礼乐、制度、衣服正之。山川神祇，有不举者为不敬，不敬者君削以地；宗庙有不顺者为不孝，不孝者君绌以爵；变礼易乐者为不从，不从者君流；革制度衣服者为畔，畔者君讨；有功德于民者加地进律。五月，南巡守至于南岳，如东巡守之礼。八月，西巡守至于西岳，如南巡守之礼。十有一月北巡守，至于北岳，如西巡守之礼。归假于祖祢，用牲。②

秦始皇四方巡行亦常常刻石颂德：

> 于是乃并勃海以东，过黄、腄，穷成山，登之罘，立石颂秦德焉而去。
>
> 南登琅邪，大乐之，留三月。乃徙黔首三万户琅邪台下，复十二岁。作琅邪台，立石刻，颂秦德，明得意。曰：……
>
> 二十九年，始皇东游。登之罘，刻石。其辞曰：……

---

① 刘勰著，詹锳义证：《文心雕龙义证》，第 792 页引梅庆生语。
② 《礼记正义》，《十三经注疏》，第 1327—1328 页。

> 上会稽，祭大禹，望于南海，而立石刻，颂秦德。其文曰：……①

《史记·秦始皇本纪》记载相关的刻石共七处：二十八年峄山刻石，泰山刻石、琅邪刻石；二十九年之罘刻石、东观刻石；三十二年碣石刻石；三十七年会稽刻石，并且记载了峄山以外六种的全文。这几篇刻石颂文内容类似，大都以四言韵文颂述"皇帝明德，经理宇内"的伟业。流传至今的刻石文实物尚有两件：一是琅邪刻石，二是泰山刻石，并有较早拓本传世，前者保存较为完整，后者仅存九字。琅琊刻石包括两部分，前半记述秦始皇统一天下的功绩，后半则记录李斯、王绾等随从大臣的名字及议立碑刻的过程：

> 维二十八年，皇帝作始。端平法度，万物之纪。以明人事，合同父子。圣智仁义，显白道理。东抚东土，以省卒士。事已大毕，乃临于海。皇帝之功，劝劳本事。上农除末，黔首是富。普天之下，抟心揖志。器械一量，同书文字。日月所照，舟舆所载。皆终其命，莫不得意。应时动事，是维皇帝。匡饬异俗，陵水经地。忧恤黔首，朝夕不懈。除疑定法，咸知所辟。方伯分职，诸治经易。举错必当，莫不如画。皇帝之明，临察四方。尊卑贵贱，不逾次行。奸邪不容，皆务贞良。细大尽力，莫敢怠荒。远迩辟隐，专务肃庄。端直敦忠，事业有常。皇帝之德，存定四极。诛乱除害，兴利致福。节事以时，诸产繁殖。黔首安宁，不用兵革。六亲相保，终无寇贼。驩欣奉教，尽知法式。六合之内，皇帝之土。西涉流沙，南尽北户。东有东海，北过大夏。人迹所至，无不臣者。功盖五帝，泽及牛马。莫不受德，各安其宇。
>
> 维秦王兼有天下，立名为皇帝，乃抚东土，至于琅邪。列侯武城侯王离、列侯通武侯王贲、伦侯建成侯赵亥、伦侯昌武侯成、伦侯武信侯冯毋择、丞相隗林、丞相王绾、卿李斯、卿王戊、五大夫

---

① 《史记》卷28，第244、249、260页。

> 赵婴、五大夫杨樛从，与议於海上。曰："古之帝者，地不过千里，诸侯各守其封域，或朝或否，相侵暴乱，残伐不止，犹刻金石，以自为纪。古之五帝三王，知教不同，法度不明，假威鬼神，以欺远方，实不称名，故不久长。其身未殁，诸侯倍叛，法令不行。今皇帝并一海内，以为郡县，天下和平。昭明宗庙，体道行德，尊号大成。群臣相与诵皇帝功德，刻于金石，以为表经。"

此碑今残石存87字，藏于中国国家博物馆。同时还有79字，记录李斯随同秦二世出巡时上书请求在秦始皇所立刻石旁刻诏书的情况：

> 皇帝曰："金石刻尽始皇帝所为也。今袭号而金石刻辞不称始皇帝。其于久远也，如后嗣为之者，不称成功盛德。"丞相臣斯、臣去疾、御史大夫臣德昧死言："臣请具刻诏书金石刻，因明白矣。臣昧死请。"制曰："可。"①

《汉书·郊祀志》载：

> 二世元年，东巡碣石，并海，南历泰山，至会稽，皆礼祠之，而刻勒始皇所立石书旁，以章始皇之功德。②

上述刻石文，多出自李斯之手，文风比较朴实，但显示出当时颂体的特点。刘勰云："秦皇铭岱，文自李斯，法家辞气，体乏弘润。然疎而能壮，亦彼时之绝采也。"③

历述功德本就是颂体的功能。郑玄曰："颂之言容。天子之德，光被四表，格于上下，无不覆焘，无不持载，此之谓容。于是和乐兴焉，颂

---

① 《史记》卷28，第267页。
② 《汉书》卷25，第1205页。
③ 刘勰著，詹锳义证：《文心雕龙义证》，第803页。

声乃作。"① 刘熙《释名》曰："颂，容也。叙说其成功之形容也。"② 又曰："称颂成功为之颂。"③ 秦代颂体文进一步延续了该文体和礼仪之间的紧密关系，只是在实际操作过程中又同乐、舞相分离，于是，文字文本的意义便凸显出来，颂体真正获得了独立，开了后世颂体可以不入乐的先河。刘师培先生曾评价道：

> 秦之刻石，与三代之颂不同，颂之音节虽无可考，然三代之时皆可入乐，颂为诗之一体，必可被之管弦。秦刻石则恐皆不能谱入乐章。故三代而后，颂与诗分，此其大变迁也。④

秦始皇的封禅和巡游恢复或者说建立了一项为后代帝王十分看重的帝国政治礼制。同时，作为礼仪活动的核心仪程，大量刻石文也创立了一种新的颂体形式，后世大致沿其波而流，刘勰："至于秦政刻文，爰颂其德，汉之惠、景，亦有述容，沿世并作，相继于时矣。"⑤

二 汉代封禅与相关刻石文

封禅是报天功，也是寻求权力合法性的重要方式。《史记·封禅书》正义引《五经通义》："易姓而王，致太平，必封泰山，禅梁父，天命以为王，使理群生，告太平于天，报群神之功。"汉兴，文帝即"使博士诸生刺《六经》中作《王制》，谋议巡狩封禅事"⑥，不过文帝未及施行。

至武帝即位，"汉兴已六十余岁矣，天下艾安，搢绅之属皆望天子封禅改正度也"。然而封禅终究是旷世盛典，不可贸然行之。至元鼎年前后，武帝文治武功达到极盛，封禅事开始成为朝堂内外知识者热议鼓吹的话题。其间封禅与成仙的说法对武帝影响很大。据《史记·封禅书》：

---

① 《毛诗正义·周颂谱》，《十三经注疏》，第581页。
② 王先谦：《释名疏证补》卷四《释言语》，上海古籍出版社1984年版，第175页。
③ 王先谦：《释名疏证补》卷四《释典艺》，第312页。
④ 陈引驰编校：《刘师培中古文学论集》，中国社会科学出版社1997年版，第151页。
⑤ 刘勰著，詹锳义证：《文心雕龙义证》，第321页。
⑥ 《史记》卷28，第1382页。

先是齐人公孙卿称，今年得宝鼎，与黄帝情况相似。当年黄帝采首山铜，铸鼎于荆山下。鼎既成，有龙垂胡须下迎黄帝。黄帝上骑，群臣后宫从上者七十余人。馀小臣不得上，乃悉持龙须，龙须拔，堕，堕黄帝之弓。百姓仰望黄帝既上天，乃抱其弓与胡须号哭。武帝听完感叹道："嗟乎！吾诚得如黄帝，吾视去妻子如脱屣耳。"后又有齐人丁公年九十余称"封禅者，合不死之名也。"因此，武帝时封禅行为背后有浓重的求仙思想意味。

无论封禅是为成仙还是纪功，都受到当时知识者的普遍肯定和积极推动。武帝遂召集群儒议定其礼。《汉书·艺文志》礼家有《古封禅群祀》二十二篇、《封禅议对》十九篇（武帝时）、《汉封禅群祀》三十六篇；小说家有《封禅方说》十八篇（武帝时），当为相关讨论内容。然而，封禅"用希旷绝，莫知其仪礼""群儒既已不能辨明封禅事，又拘于《诗》、《书》古文而不敢骋"，故祠官倪宽建言："唯圣主所由，制定其当，非群臣之所能列。"武帝遂自制封禅仪，"颇采儒术以文之"。登封泰山，"建汉家封禅"大典，也能满足武帝"欲仿黄帝以接神人蓬莱，高世比德于九皇"的私愿。史载武帝封禅前后过程：

> 三月，遂东幸缑氏，礼登中岳太室。……东上泰山，泰山之草木叶未生，乃令人上石立之泰山巅。……四月，还至奉高。上念诸儒及方士言封禅人人殊，不经，难施行。天子至梁父，礼祠地主。乙卯，令侍中儒者皮弁荐绅，射牛行事。封泰山下东方，如郊祠太一之礼。封广丈二尺，高九尺，其下则有玉牒书，书祕。礼毕，天子独与侍中奉车子侯上泰山，亦有封。其事皆禁。明日，下阴道。丙辰，禅泰山下阯东北肃然山，如祭后土礼。天子皆亲拜见，衣上黄而尽用乐焉。江淮间一茅三脊为神藉。五色土益杂封。纵远方奇兽蜚禽及白雉诸物，颇以加礼。兕牛犀象之属不用。皆至泰山祭后土。封禅祠；其夜若有光，昼有白云起封中。①

---

① 《史记》卷28，第1397—1398页。

武帝封禅泰山"其事皆禁",仪程充满神秘感,前有"上石立之泰山巅",所立石刻文字,正史未载。《风俗通·正失》篇载武帝《泰山刻石文》曰:

> 事天以礼,立身以义,事亲以孝,育民以仁,四守之内,莫不为郡县。四夷八蛮,咸来贡职。与天无极,人民蕃息,天禄永得。①

显然是四言韵语的赞颂之语,与秦刻石异曲同工。

此后,武帝又每隔五年即元封五年、太初三年、天汉三年、太始四年、征和四年登泰山修封。

西汉末,王莽自立为帝,改汉国号为新,其在位十五年,曾三次欲行巡狩封禅,但都因各种原因而未能成行。今在西安长安城桂宫四号出土其玉牒残石,存二十九字,中有"封壇泰山,新室昌……"②之类文辞,研究者认为当为其封禅告神的玉牒文书。王莽深通礼学,性慕古法,出土玉牒的石材选用和刻书的处理形式与汉代封禅玉牒相同。玉牒属于祝祷之辞,详见本书第八章第一节。

至东汉,光武中兴。"建武三十年二月,群臣上言:即位三十年,宜封禅泰山。"光武帝颁诏云:"即位三十年,百姓怨气满腹,吾谁欺,欺天乎?"从此群臣不敢复言。后两年,夜读《河图会昌符》曰:"赤刘之九,会命岱宗。不慎克用,何益于承!诚善用之,奸伪不萌。"受此谶纬之文的感染,光武帝乃诏松等复案索《河》《雒》谶文言九世封禅事者,结合武帝封禅故事,确定仪程施用以及玉牒形制等细节。《后汉书·祭祀志上》:

> (二月)二十二日辛卯晨,燎祭天于泰山下南方,群神皆从,用乐如南郊。诸王、王者后二公、孔子后褒成君,皆助祭位事也。事毕,将升封。或曰:"泰山虽已从食于柴祭,今亲升告功,宜有礼

---

① 应劭撰,王利器校注:《风俗通义校注》,第68页。
② 冯时:《新莽封禅玉牒研究》,《考古》2006年第1期。

祭。"于是使谒者以一特牲于常祠泰山处,告祠泰山,如亲耕、貙刘、先祠、先农、先虞故事。至食时,御辇升山,日中后到山上更衣,早晡时即位于坛,北面。群臣以次陈后,西上,毕位升坛。尚书令奉玉牒检,皇帝以寸二分玺亲封之,讫,太常命人发坛上石,尚书令藏玉牒已,复石覆讫,尚书令以五寸印封石检。事毕,皇帝再拜,群臣称万岁。命人立所刻石碑,乃复道下。

二十五日甲午,禅,祭地于梁阴,以高后配,山川群神从,如元始中北郊故事。

此次封禅,立有刻石文,即文中所称"命人立所刻石碑",文曰:

维建武三十有二年二月,皇帝东巡狩,至于岱宗,柴,望秩于山川,班于群神,遂觐东后。从臣太尉熹、行司徒事特进高密侯禹等。汉宾二王之后在位。孔子之后褒成侯,序在东后,蕃王十二,咸来助祭。《河图赤伏符》曰:"刘秀发兵捕不道,四夷云集龙斗野,四七之际火为主。"《河图会昌符》曰:"赤帝九世,巡省得中,治平则封,诚合帝道孔矩,则天文灵出,地祇瑞兴。帝刘之九,会命岱宗,诚善用之,奸伪不萌。赤汉德兴,九世会昌,巡岱皆当。天地扶九,崇经之常。汉大兴之,道在九世之王。封于泰山,刻石著纪,禅于梁父,退省考五。"《河图合古篇》曰:"帝刘之秀,九名之世,帝行德,封刻政。"《河图提刘予》曰:"九世之帝,方明圣,持衡拒,九州平,天下予。"《雒书甄曜度》曰:"赤三德,昌九世,会修符,合帝际,勉刻封。"《孝经钩命决》曰:"予谁行,赤刘用帝,三建孝,九会修,专兹竭行封岱青。"《河》《雒》命后,经谶所传。昔在帝尧,聪明密微,让与舜庶,后裔握机。王莽以舅后之家、三司鼎足冢宰之权势,依托周公、霍光辅幼归政之义,遂以篡叛,僭号自立。宗庙堕坏,社稷丧亡,不得血食,十有八年。杨、徐、青三州首乱,兵革横行,延及荆州,豪杰并兼,百里屯聚,往往僭号。北夷作寇,千里无烟,无鸡鸣狗吠之声。皇天睠顾皇帝,以匹庶受命中兴,年二十八载兴兵,以次诛讨,十有余年,罪人斯得。黎庶得居尔田，安尔宅。书同文，车同轨，人同伦。舟舆所通，人迹所至，靡不贡职。建明堂，立辟雍，起灵台，设庠序。同律、度、量、衡。修五礼，五玉，三帛，二牲，一死，贽。吏各修职，复于旧典。在位三十有二年，年六十二。乾乾日昃，不敢荒宁，涉危历险，亲巡黎元，恭肃神祇，惠恤耆老，理庶遵古，聪允明恕。皇帝唯慎《河图》《雒书》正文，是月辛卯，柴，登封泰山。甲午，禅于梁阴。以承灵瑞，以为兆民，永兹一宇，垂于后昆。百僚从臣，郡守师尹，咸蒙祉福，永永无极。秦相李斯燔《诗》《书》，乐崩礼坏。建武元年已前，文书散亡，旧典不具，不能明经文，以章句细微相况八十一卷，明者为验，又其十卷，皆不昭晰。子贡欲去告朔之饩羊，子曰："赐也，尔爱其羊，我爱其礼。"后有圣人，正失误，刻石记。①

文中以记述此次封禅时间和过程为开端，模仿《尚书·舜典》，其后大量引用《河图赤伏符》《河图会昌符》《河图合古篇》《河图提刘予》《雒书甄曜度》《孝经钩命决》等谶纬之书中有关赤刘用帝、以承天命的隐语预言，强调光武帝即位之合法性、正统性和神圣性。最后强调此次封禅谨按河图洛书所记仪程，以备后勘，也是为后世立典范的意思。其内容风格与秦刻石有不同，但亦是承接而来的碑刻颂文。此文张纯所作，刘勰评价道：

及光武勒碑，则文自张纯，首胤典谟，末同祝辞，引《钩谶》，叙离合，计武功，述文德，事核理举，华不足而实有余矣。②

"末同祝辞"说的是"以承灵瑞，以为兆民，永兹一宇，垂于后昆。百僚从臣，郡守师尹，咸蒙祉福，永永无极"之类。秦汉封禅刻石内容虽不同，但功能是一致的。

---

① 《后汉书·祭祀志》，第 3165—3166 页。
② 刘勰著，詹锳义证：《文心雕龙义证》，第 807 页。

三 《封禅文》《剧秦美新》和《典引》

汉家封禅,标志着王朝统治达到鼎盛,这一重大事件在当时知识者心中有着极特殊的意义。司马谈因故"留滞周南,不得与从事"遗憾而卒,死前对司马迁说:"今天子接千岁之统封泰山,而余不得从行,是命也夫!命也夫!"两汉知识者对于封禅的意义有明确的理论认识,《白虎通·道德论·封禅》云:

> 王者易姓而起,必升封泰山何?教告之义也。始受命之时,改制应天,天下太平,功成封禅,以告太平也。所以必于泰山何?万物之始,交代之处也。必于其上何?因高告高,顺其类也。故升封者,增高也。下禅梁甫之基,广厚也。刻石纪号者,著己之功迹以自效放也。……封者,广也。言禅者,明以成功相传也。[①]

封禅意在纪功名德,宣告政权的合法。故围绕着封禅之事,文人也竞相献上颂德之文。

司马相如生前武帝尚未封禅,其临终留下《封禅文(书)》,以为汉世帝德都远超前人,当行封禅。文章先是历述古代传说中行封禅之礼的七十二位君王以及唐尧、后稷、公刘、文王等,这些君王有的取得大功绩,但亦多"未有殊尤绝迹可考于今者也,然犹蹑梁父,登泰山,建显号,施尊名"。而当今汉世,文治武功,显赫一时,四境归顺,祥瑞屡现,正当行封禅:

> 大汉之德,烽涌原泉,沕潏漫羡,旁魄四塞,云布雾散,上畅九垓,下沂八埏。怀生之类,沾濡浸润,协气横流,武节猋逝,尔陿游原,迥阔泳沫,首恶郁没,暗昧昭晰,昆虫凯泽,回首面内。然后囿驺虞之珍群,徼麋鹿之怪兽,导一茎六穗于庖,牺双觡共抵之兽,获周余放龟于岐,招翠黄乘龙于沼。鬼神接灵圉,宾于闲馆。

[①] 班固:《白虎通义》卷5,上海古籍出版社1990年版,第42页。

奇物谲诡，俶傥穷变。钦哉，符瑞臻兹，犹以为薄，不敢道封禅。盖周跃鱼陨杭，休之以燎，微夫斯之为符也，以登介丘，不亦恧乎！进攘之道，何其爽与！

司马相如用赋家铺叙体物的笔法描述汉世祥瑞屡见的盛景。接下来，则假设大司马进奏，赞颂武帝功德以及封禅的重大意义：

于是大司马进曰："陛下仁育群生，义征不譓，诸夏乐贡，百蛮执贽，德牟往初，功无与二，休烈液洽，符瑞众变，期应绍至，不特创见。意者太山、梁父设坛场望幸，盖号以况荣上帝垂恩储祉，将以荐成，陛下嗛让而弗发也。挈三神之欢，缺王道之仪，群臣恧焉。或谓且天为质闇，示珍符固不可辞；若然辞之，是泰山靡记而梁父罔几也。亦各并时而荣，咸济厥世而屈，说者尚何称于后，而云七十二君哉？夫修德以锡符，奉符以行事，不为进越也。故圣王弗替，而修礼（地）祇，谒款天神，勒功中岳，以彰至尊，舒盛德，发号荣，受厚福，以浸黎民也。皇皇哉斯事！天下之壮观，王者之卒业，不可贬也。原陛下全之。而后因杂缙绅先生之略术，使获曜日月之末光绝炎，以展采错事，犹兼正列其义，袨饰厥文，作春秋一艺，将袭旧六为七，摅之无穷，俾万世得激清流，扬微波，蜚英声，腾茂实。前圣之所以永保鸿名而常为称首者用此，宜命掌故悉奏其义而览焉。"

于是天子沛然改容，曰："俞乎，朕其试哉！"乃迁思回虑，总公卿之议，询封禅之事，诗大泽之博，广符瑞之富。"乃作颂曰……①

大司马陈述封禅理由：第一，若无封禅之遗迹，则荣尽于当时，至于历世之后，人何所述？第二，封禅是谒告天地以报诚也。是听天命，是"奉符以行事，不为进越。"文中恳请武帝行封禅，"故圣王弗替，而修礼

---

① 《汉书》卷57下，第2601—2606页。

地祇，谒款天神，勒功中岳，以彰至尊，舒盛德，发号荣，受厚福，以浸黎民也。皇皇哉斯事！天下之壮观，王者之丕业，不可贬也。原陛下全之"。

这篇文章，看似用了赋家假设问对的笔法，也有铺张扬厉的语言风格，但究其实，是一篇带有创新性的颂赞之文，受到后人褒赞。刘勰云："其表权舆，序皇王，炳玄符，镜鸿业，驱前古于当今之下，腾休明于列圣之上，歌之以祯瑞，赞之以介丘，绝笔兹文，固维新之作也。"① 姚鼐引姜坞先生语云："《封禅文》相如创为之，体兼赋颂。其设意措词皆翔蹴虚无，非如扬、班之徒诞妄贡谀，为跖实之文也。通体结构，若无畔岸，如云兴水溢，一片深茫骏邈之气。观扬班之作，而后知相如文句句欲活。"又孙月峰称其为"后世颂圣之祖。"② 封禅即彰显帝圣，故司马相如言封禅，实则赞颂武帝汉世。其作为赋家云兴水溢的灵动笔法，吸引此后扬雄、班固等人竞相仿作。不过，此文亦遭到后人批评，如方伯海曰：

> 帝王功德，何关封禅不封禅？且所称七十二君何人？成王所据何典？不过取《虞书》柴望、《武成》祭告，而附会其说耳。究竟篇中毫无实在根据，只是子虚乌有，以艰深文其附会。后人险句僻字，貌为古奥，按之无物，其弊已开于此。③

颂体本就不为求证，故批评其"实无根据"也是隔膜之言。

史载相如既卒五岁，上始祭后土。八年而遂礼中岳，封于太山，至梁甫，禅肃然。武帝封禅一定程度上也是受其文影响。《史记·司马相如列传》载武帝阅其书，"异之"，大概首先被其文采和新异的写法所吸引感染。不过，据《汉书·倪宽传》，大约因其文夸诞，武帝虽"奇其书"，对封禅事仍心存疑虑，遂咨询温良善文的儒者倪宽。倪宽言天子有德，

---

① 刘勰著，詹锳义证：《文心雕龙义证》，第803页。
② 刘勰著，詹锳义证：《文心雕龙义证》，第804—805页。
③ 刘勰著，詹锳义证：《文心雕龙义证》，第805页。

符瑞必报，封禅告成，也是沟通天地神祇，表达精专敬慎之心，亦是彰显帝王盛节之事。但封禅享荐，不著于经，天子兼总条总贯，自建制度即可。武帝遂释然，"乃自制仪，采儒术以文焉"。①

司马相如之后，有扬雄《剧秦美新》及班固《典引》。

扬雄《剧秦美新》是呈给新朝王莽帝的一篇颂歌，收录于《文选》。同时，收录的还有"序"：

> 诸吏中散大夫臣雄稽首再拜，上封事皇帝陛下：
>
> 臣雄经术浅薄，行能无异，数蒙渥恩，拔擢伦比，与群贤并，愧无以称职。臣伏惟陛下以至圣之德，龙兴登庸，钦明尚古，作民父母，为天下主。执粹清之道，镜照四海，听聆风俗，博览广包。参天贰地，兼并神明。配五帝，冠三王，开辟以来，未之闻也。臣诚乐昭著新德，光之罔极。往时司马相如作《封禅》一篇，以彰汉氏之休，臣常有颠眴病，恐一旦先犬马，填沟壑，所怀不章，长恨黄泉。敢竭肝胆，写腹心，作《剧秦美新》一篇，虽未究万分之一，亦臣之极思也。臣雄稽首再拜以闻。曰：……

据上文，扬雄写了《剧秦美新》之后，给王莽上封事，陈说作文动机，并附全文。这篇"封事"即被后人看作序文。奏章先是按例谦称愧无以称职，又称颂王莽"至圣之德"，"开辟以来，未之闻也。"之后，明确说明自己著文上书的目的是"昭著新德，光之罔极"。又云以往相如有《封禅》之文，彰汉氏之休，自己亦愿竭肝胆，写腹心，表达颂赞之情，否则，自己身患癫痫之病，万一不测，长恨黄泉。他明确此文名《剧秦美新》，剧，甚也，剧秦，即批秦事酷暴之甚，以对比美颂新朝，意思是很明白的。

正文大约分四部分，首先述历史，谈始皇帝国用邪政、灭古文，弛礼崩乐之弊恶。王莽粉饰周官周礼，凡事多假托六艺，以文其奸，本文故意借秦焚书灭典等恶政来对比铺垫：

---

① 《汉书》卷58，第2630—2632页。

第七章 颂类文体:褒颂纪载,鸿德乃彰

权舆天地未袪,睢睢盱盱,或玄而萌,或黄而牙,玄黄剖,上下相呕,爰初生民,帝王始存。在乎混混茫茫之时,罿闻罕漫而不昭察,世莫得而云也。厥有云者:上罔显于羲皇,中莫盛于唐虞,迩麋著于成周。仲尼不遭用,春秋困斯发,言神明所祚,兆民所托,罔不云道德仁义礼智。独秦屈起西戎,邠荒岐雍之疆,因襄文宣灵之僭迹,立基孝公,茂惠文,奋昭庄,至政破纵擅衡,并吞六国,遂称乎始皇。盛从鞅仪韦斯之邪政,驰骛起剪恬贲之用兵,燔灭古文,刮语烧书,弛礼崩乐,涂民耳目,遂欲流唐漂虞,涤殷荡周谯,除仲尼之篇籍。自勒功业,改制度轨量,咸稽之于秦纪。是以耆儒硕老,抱其书而远逊。礼官博士,卷其舌而不谈。来仪之鸟,肉角之兽,狙犷而不臻。甘露嘉醴,景曜浸潭之瑞潜。大蒐经贯,巨狄鬼信之妖发。神歇灵绎,海水群飞,二世而亡,何其剧与。帝王之道,兢兢乎不可离已。夫能贞而明之者穷详瑞,回而昧之者极妖悆。上览古在昔,有凭应而尚缺,焉壤彻而能全。故若古者称尧舜,威侮者陷桀纣,况尽汛扫前圣数千载功业,专用己之私而能享祐者哉?

第二部分用较小的篇幅讲述汉室帝天下,但承秦制,帝典阙而不补,王网弛而未张,致使政道晦暗:

会汉祖龙腾丰沛,奋迅宛叶,自武关与项羽戮力咸阳,创业蜀汉,发迹三秦,克项山东,而帝天下。摘秦政惨酷尤烦者,应时而蠲,如儒林、刑辟、厤纪、图典之用稍增焉。秦余制度,项氏爵号,虽违古而犹袭之。是以帝典阙而不补,王网弛而未张,道极数殚,暗忽不还。

这部分显然避重就轻,将汉武帝封禅以及其他文化建设一笔勾销,只剩下承秦制之"弊"。

第三部分则用铺张扬厉的赋法盛赞王莽新朝的功德:

逮至大新受命,上帝还资,后土顾怀,玄符灵契,黄瑞涌出,

浑淳汹涌，川流海渟，云动风偃，雾集雨散。诞弥八圻，上陈天庭，震声日景，炎光飞响，盈塞天渊之闲，必有不可辞让云尔。于是乃奉若天命，穷宠极崇，与天剖神符，地合灵契，创亿兆，规万世，奇伟倜傥诡谲，天祭地事。其异物殊怪，存乎五威将帅，班乎天下者，四十有八章。登假皇穹，铺衍下土，非新家其畴离之。卓哉煌煌，真天子之表也。若夫白鸠丹乌，素鱼断蛇，方斯蔑矣。受命甚易，格来甚勤。昔帝缵皇，王缵帝，随前踵古，或无为而治，或损益而亡。岂知新室委心积意，储思垂务，旁作穆穆，明旦不寐，勤勤恳恳者，非秦之为与？夫不勤勤，则前人不当；不恳恳，则觉德不恺。是以发秘府，览书林，遥集乎文雅之囿，翱翔乎礼乐之场，胤殷周之失业，绍唐虞之绝风，懿律嘉量，金科玉条，神卦灵兆，古文毕发，焕炳照曜，靡不宣臻。式軨轩旌旗以示之，扬和鸾肆夏以节之，施黼黻衮冕以昭之，正嫁娶送终以尊之，亲九族淑以穆之。

夫改定神祇，上仪也。钦修而祀，咸秩也。明堂雍台，壮观也。九庙长寿，极孝也，制成六经，洪业也。北怀单于，广德也。若复五爵，度三壤，经井田，免人役，方《甫刑》，匡《马法》。恢崇祇庸烁德懿和之风，广彼搢绅讲习言谏箴诵之塗。振鹭之声充庭，鸿鸾之党渐阶。俾前圣之绪，布濩流衍而不韫韣，郁郁乎焕哉！天人之事盛矣，鬼神之望允塞。群公先正，莫不夷仪；奸宄寇贼，罔不振威。绍少典之苗，著黄虞之裔。帝典阙者已补，王纲弛者已张，炳炳麟麟，岂不懿哉！厥被风濡化者，京师沈潜，甸内匜洽，侯卫厉揭，要荒濯沐，而术前典，巡四民，迄四岳，增封泰山，禅梁父，斯受命者之典业也。

文中称，大新受命，天降玄符灵契，祥瑞吉兆，纷至沓来。特别是复兴古礼，文章焕焕，天人之事盛矣。如此盛世，自当"巡四民，迄四岳，增封泰山，禅梁父，斯受命者之典业也"。

文章最后再次申劝新莽当承接传统，行封禅事：

盖受命日不暇给，或不受命，然犹有事矣，况堂堂有新，正丁厥时，崇岳渟海通渎之神，咸设坛场，望受命之臻焉。海外遐方，信延颈企踵；回面内向，喁喁如也。帝者虽勤，恶可以已乎？宜命贤哲作《帝典》一篇，旧三为一袭，以示来人，摛之罔极。令万世常戴巍巍，履栗栗，臭馨香，含甘实，镜纯粹之至精，聆清和之正声，则百工伊凝，庶绩咸喜。荷天衢，提地謋，斯天下之上则已，庶可试哉！①

文中称，刘邦受命而不封禅，始皇不受命却封禅，都有所失。现在新朝确立，天下莫不延颈归德，当封禅以应天。"崇岳渟海通渎之神，咸设坛场，望受命之臻。"此话言辞委婉，其实指的就是泰山封禅受命。同时他还恳请王莽命贤圣作《帝典》，以承接《尧典》《舜典》而为三典。

这篇文章学习《封禅书》劝奉封禅表德事，却比其阿谀肉麻得多。宋史绳祖《学斋占毕》云："司马长卿《封禅文》，典雅为西京之宗。然未免托符瑞以启武帝之侈心，君子已耻之。其后，扬雄仿之，作《剧秦美新》，尤为可耻。"② 不过，扬雄此文似有难言之隐，六臣注《文选》李周翰注："剧，甚也。……是时雄仕莽朝，……以秦酷暴之甚，以新室为美，将悦莽意，求免于祸，非本情也。"李兆洛则从修辞角度称："诬善之人其词游，失其守者其辞屈，此文之谓也。"谭献则同情扬雄，"《剧秦》处避重就轻，词要心苦"。③

刘勰似乎也并未对扬雄有过多责备，而是从写作角度指出扬雄拟作的缺陷，亦肯定其辞句细密，表意圆通："观《剧秦》为文，影写长卿，诡言遯辞，故兼包神怪。然骨制靡密，辞贯圆通，自称极思，无遗力矣。"④ 大约从颂赞之文的角度看，《剧秦美新》的阿谀也不算太大毛病。

班固《典引》是相如、扬雄之后又一篇谈天降符瑞的颂德之作。按《文选》所载，此篇亦有序，其实为班固上书明帝的奏章：

---

① 萧统编，李善注：《文选》，上海古籍出版社1986年版，第2148—2156页。
② 刘勰著，詹锳义证：《文心雕龙义证》，809页注（四）。
③ 刘勰著，詹锳义证：《文心雕龙义证》，第811页注（八）。
④ 刘勰著，詹锳义证：《文心雕龙义证》，第808页。

臣固言：永平十七年，臣与贾逵、傅毅、杜矩、展隆、郗萌等召诣云龙门，小黄门赵宣持《秦始皇帝本纪》问臣等曰："太史迁下赞语中，宁有非耶？"臣对："此赞贾谊《过秦篇》云：'向使子婴有庸主之才，仅得中佐，秦之社稷，未宜绝也'。此言非是。"即召臣入，问："本闻此论非邪？将见问意开寤邪？"臣具对素闻知状。诏因曰："司马迁著书，成一家之言，扬名后世。至以身陷刑之故，反微文刺讥，贬损当世，非谊士也。司马相如污行无节，但有浮华之辞，不周于用。至于疾病而遗忠，主上求取其书，竟得颂述功德，言封禅事，忠臣效也。至是贤迁远矣。"臣固常伏刻诵圣论，昭明好恶，不遗微细，缘事断谊，动有规矩，虽仲尼之因史见意，亦无以加。臣固被学最旧，受恩浸深，诚思毕力竭情。昊天罔极，臣固顿首顿首。臣固才朽，不及前人。盖咏《云门》者难为音，观隋和者难为珍。不胜区区，虽不足雍容明盛万分之一，犹启发愤满，觉悟童蒙，光扬大汉，轶声前代，然后退入沟壑，死而不朽。臣固愚戆，顿首顿首。

奏章回顾此前章帝垂诏询问《史记》载贾谊文一事以及班固的回复。明帝认为，司马迁虽成一家之，但"微文刺讥，贬损当世，非谊士也"。相比，司马相如虽污行无节，言辞浮华，不周于用。但临终遗作颂述功德，言封禅事，真"忠臣效也，至是贤迁远矣"。因此，班固称自己步司马相如后尘，窃作《典引》一篇，"虽不足雍容明盛万分之一，犹启发愤满，觉悟童蒙，光扬大汉，轶声前代"。显然，文章的意图即为颂德扬汉。不过，班固有自己的写法。

《典引》之篇题，按《文选》蔡邕注："典者，常也，法也。引者，伸也，长也。《尚书》疏：尧之常法，谓之《尧典》。汉绍其绪伸而长之也。"① 可见，《典引》是将汉德上推至尧，以强调其合法和唯一。文中反复申说、推求"尧事"与"汉德"之间的关系。将当朝上推至尧舜商周，是此类颂文的传统。《封禅文》并举唐尧、后稷，盛称周德"善始善

---

① 萧统编，李善注：《文选》，上海古籍出版社1986年版，第2158页。

终";《剧秦美新》称新朝"胤殷周之失业，绍唐虞之绝风";《典引》则从五德终始的思想出发，将汉与唐尧紧密相连。同时，在写法上，班固认为要避免前两篇文章的弊端，《后汉书·班固传》载其上书：

> 固又作《典引》篇，述叙汉德。以为相如《封禅》靡而不典；扬雄《美新》典而不实；盖自谓得其致焉。①

按李贤注，所谓"靡而不典"即"文虽靡丽，而体无古典。"既言辞靡丽，多讲祥瑞少叙功德；"典而不实"即"体虽典则，而其事虚伪，谓王莽事不实。"不能虚设无端之辞，因此全文贯穿着上述创作理念。

文章从太极说起，以说明刘汉政权渊源有自，是天意的体现，中间则申说唐尧到刘汉的承继："若夫上稽乾则，降承龙翼，而炳诸典谟，以冠德卓绝者，莫崇乎陶唐。陶唐舍胤而禅有虞，有虞亦命夏后，稷契熙载，越成汤武，股肱既周，天乃归功元首，将授汉刘。""赫赫圣汉，巍巍唐基，溯测其源，乃先孕虞育夏，甄殷陶周，然后宣二祖之重光，袭四宗之缉熙"。② 又描述赞颂刘汉德行伟业：

> 太极之元，两仪始分，烟烟煴煴。有沈而奥，有浮而清。沈浮交错，庶类混成。肇命民主，五德初始，同于草昧。玄混之中，逾绳越契，寂寥而亡诏者，系不得而缀也。厥有氏号，绍天阐绎，莫不开元于太昊皇初之首。上哉复乎，其书犹得而修也。亚斯之代，通变神化，函光而未曜。
>
> 若夫上稽乾则，降承龙翼，而炳诸典谟，以冠德卓绝者，莫崇乎陶唐。陶唐胤而禅有虞，有虞亦命夏后。稷契熙载，越成汤武，股肱既周，天乃归功元首，将授汉刘。俾其承三季之荒末，值亢龙之灾孽，县象暗而恒文乖，彝伦斁而旧章缺。故先命玄圣，使缀学立制，宏亮洪业，表相祖宗，赞扬迪哲，备哉粲烂，真神明之式也。

---

① 《后汉书》卷40下，第1375页。
② 据蔡邕注，高祖、光武为二祖，孝文曰太宗，孝武曰世宗，孝宣曰中宗，孝明曰显宗。

虽皋、夔、衡、旦密勿之辅，比兹䙡矣。是以高、光二圣，宸居其域，时至气动，乃龙见渊跃。抴翼而未举，则威灵纷纭，海内云蒸，雷动电熛，胡缢莽分，尚不茇其诛。然后钦若上下，恭揖群后，正位度宗，有于德不台渊穆之让，靡号师矢敦奋执之容。盖以膺当天之正统，受克让之归运，蓄炎上之烈精，蕴孔佐之弘陈云尔。

洋洋乎若德，帝者之上仪，诰誓所不及已。铺观二代洪纤之度，其赜可探也。并开迹于一匮，同受侯甸之服，奕世勤民，以方伯统牧，乘其命赐彤弧黄钺之威，用讨韦、顾、黎、崇之不恪。至于参五华夏，京迁镐、亳，遂自北面。虎螭其师，革灭天邑，是故谊士华而不敢，《武》称未尽，《护》有渐德，不其然欤？然犹于穆猗那，翕纯皦绎，以崇严祖考，殷荐宗配帝，发祥流庆，对越天地者，舃奕乎千载，岂不克自神明哉！诞略有常，审言行于篇籍，光藻郎而不渝耳。

矧夫赫赫圣汉，巍巍唐基，泝测其源，乃先孕虞育夏，甄殷陶周，然后宣二祖之重光，袭四宗之缉熙。神灵日照，光被六幽，仁风翔乎海表，威灵行乎鬼区，匿亡回而不泯，微胡琐而不颐。故夫显定三才昭登之绩，匪尧不兴；铺闻遗策在下之训，匪汉不弘厥道。至于经纬乾坤，出入三光，外运浑元，内沾豪芒，性类循理，品物咸亨，其已久矣。

盛哉！皇家帝世，德臣列辟，功君百王，荣镜宇宙，尊亡与亢，乃始虔巩劳谦，兢兢业业。贬成抑定，不敢论制作，至于迁正黜色宾监之事，浃扬宇内。而礼官儒林屯用笃海之士，不传祖宗之仿佛，虽云优慎，无乃葸与！

"故夫显定三才昭登之绩，匪尧不兴，铺闻遗策在下之训，匪汉不弘厥道。"李善注曰："言谁能竟此道，惟唐尧与汉，汉与唐尧而已。"

随后模仿《封禅书》假设问对，以"三事岳收之寮，佥尔而进曰"引出当今汉帝执政秉持传统，兢兢业业，"监唐典，中述祖则，俯蹈宗轨，躬奉天经"，取得大功绩，由此获得上天的肯定，"嘉谷灵草，奇兽神禽，应图合牒，穷祥极瑞者"纷现，力赞封禅事：

第七章 颂类文体:褒颂纪载,鸿德乃彰   459

  于是三事岳牧之寮,佥尔而进曰:"陛下仰监唐典,中述祖则,俯蹈宗轨,躬奉天经,惇睦辨章之化洽,巡靖黎蒸,怀保鳏寡之惠浃。燔瘗県沈,肃祗群神之礼备。是以来仪集羽族于观魏,肉角驯毛宗于外囿,扰缁文皓质于郊,升黄辉采鳞于沼,甘露宵零于丰草,三足轩翥于茂树。若乃嘉谷灵草,奇兽神禽,应图合牒,穷祥极瑞者,朝夕坰牧,日月邦畿,卓荦乎方州,洋溢乎要荒。昔姬有素雉、朱乌、玄秬、黄鏊之事耳,君臣动色,左右相趋,济济翼翼,峨峨如也。盖用昭明寅畏,承事怀之福,亦以宠灵文武,贻燕后昆,覆以懿铄,岂其为身而有颛辞也?若然受之,亦宜勤恁旅力,以充厥道,启恭馆之金縢,御东序之秘宝,以流其占。

  夫图书亮章,天哲也。孔猷先命,圣孚也。体行德本,正性也。逢吉丁辰,景命也。顺命以创制,因定以和神。答三灵之蕃祉,展放唐之明文,兹事体大,而充痡瘃次于心,瞻前顾后,岂蔑清庙惮敕天命也?伊考自邃古,乃降戾爰兹,作者七十有四人,有不俾而假素,罔光度而遗章,今其如台而独阙也。"

文中称:"岂蔑清庙、惮敕天命也?"按《清庙》,祀文王也。惮,难也;敕,正也。此句意思是:封禅之事,皆述祖宗之德,今若推让,岂不是背祖违天而难正天命吗?"七十有四人"李善注:古封禅者七十二君,今又加之二汉。班固的意思是封禅是谢天恩,述功德,瑞符频显,言功谢天地神灵,也是天意不可违。

最后再次赞颂汉帝的政治功绩:

  是时圣上固已垂精游神,苞举艺文,屡访群儒,谕咨故老,与之斟酌道德之渊源,肴覈仁谊之林薮,以望元符之臻焉。既感群后之谠辞,又悉经五繇之硕虑矣。将绷万嗣,扬洪辉,奋景炎,扇遗风,播芳烈,久而愈新,用而不竭,汪汪乎丕天之大律,其畴能亘之哉!唐哉皇哉,皇哉唐哉!①

---

① 萧统编,李善注:《文选》,上海古籍出版社1986年版。

"唐哉皇哉,皇哉唐哉!"以盛赞唐尧汉世收束,明确两者的承继关系。

班固推崇"尧之常法"的依据,乃汉时盛行的五德之说。《典引》曰:"肇命民主,五德初始。"李善注:"《尚书》曰:'成汤代夏作民主。五德,五行之德。自伏羲已下,帝王相代,各据其一行,始于木,终于水,则复始也。'"推算下来,汉德是承接唐尧之德,因此,《典引》一定程度上代表了官方意识形态,加之文章言辞雅懿,多含典章,故整体看宏雅而绚丽。刘勰称:"《典引》所叙,雅有懿采,历鉴前作,能执厥中,其致义会文,斐然余巧。"认为《典引》吸收两家之长而去其短,所以恰到好处。

《封禅文》《剧秦美新》《典引》三篇,《文选》收录时归入"符命"一类。符命本指非人为的天命文字或神异物象之类,是天命所证:"皇天上帝隆显大佑,成命统序,符契图文,金匮策书,神明诏告,属予以天下兆民。"① 汉代灾异、谶纬思想是"符命"一词受到重视的原因。《汉书》王莽本传载《符命》四十二篇:

> 秋,遣五威将王奇等十二人班《符命》四十二篇於天下。《德祥》五事,《符命》二十五,《福应》十二,凡四十二篇。其《德祥》言文、宣之世黄龙见於成纪、新都,高祖考王伯墓门梓柱生枝叶之属。《符命》言井石、金匮之属。《福应》言雌鸡化为雄之属。其文尔雅依托,皆为作说,大归言莽当代汉有天下云。总而说之曰"帝王受命,必有德祥之符瑞,协成五命,申以福应,然后能立巍巍之功,传于子孙,永享无穷之祚。故新室之兴也,德祥发於汉三七九世之后。肇命於新都,受瑞於黄支,开王於威功,定命於子同,成命於巴宕,申福於十二应,天所以保祐新室者深矣,固矣。……"②

从上文看,符命包含的内容很广,也非单纯的文体名称。但由于《文选》

---

① 《汉书》卷99上,第4095页。
② 《汉书》卷99中,第4112页。

所收《封禅文》等三篇文章言封禅、祥瑞之事，颂天命之德，故借东汉盛行的"符命"一词通涵盖之，也有其道理。

四 巡狩颂文

巡狩是天子巡幸四方，维护王权的举动，封禅常伴随有巡狩活动，董仲舒《春秋繁露》有专章解释有关巡狩中若干仪节要求的渊源根据。武帝封泰山、禅梁父，五年一巡狩。东汉光武帝在建武、中元年间六次出巡；汉明帝于永平年间巡狩；汉章帝于元和年间四巡狩：元和元年南巡，二年东巡，三年北巡、西巡。《全后汉文》卷五载有汉章帝《东巡大赦诏》云："朕巡狩岱宗，柴望山川，告祀明堂，以彰先勋……"又《巡幸诏》云："惟巡狩之制，以宣声教，考同遐迩，解释怨结。"① 巡狩的目的即震慑四方，维护王权，张扬功勋，亦需要有颂德之章以纪其盛。

为迎合此类重大礼仪活动，东汉出现一系列巡颂之文，今天能看到的有马融《东巡颂》、班固《东巡颂》《南巡颂》，以及崔骃东西南北《四巡颂》等。《后汉书·马融列传》："时车驾东巡岱宗，融上《东巡颂》，帝奇其文。"② 又如班固《东巡颂》（《岱宗颂》）序曰："窃见巡狩岱宗，柴望山虞，宗祀明堂，上稽帝尧，中述世宗，遵奉世祖，礼仪备具，动自圣心，是以明神屡应，休徵仍降。事大而瑞盛，非一小臣所任颂述，不胜狂简之情，谨上《岱宗颂》一篇。"③ 又崔骃《北巡颂》序云：

> 元和二年正月，上既毕郊祀之事，乃东巡出于河内，纳青、兖之郊。回冀州，礼北岳，登中山，天帝观神农，将省阳谷，相天功。巡东作，圣泽流浃，黎元被德，嘉瑞并集，乃作颂。④

帝王巡守之后敬献颂文称颂记功，这类颂文也和礼仪活动紧密结合在一

---

① 《全后汉文》卷5，第496、497页。
② 《后汉书》卷60上，第1971页。
③ 《全后汉文》卷26，第612页。
④ 《全后汉文》卷44，第713页。

上述颂文今所见多为残篇，较为完整的如马融《东巡颂》：

> 允迪在昔，绍烈陶唐。殷天衷，克摇光。若时则，运琼衡。敷六典，经八成。燮和万殊，总领神明。肆类乎上帝，燔柴乎三辰。禋祀乎六宗，祇燎乎群神。遂发号群司，申戒百工。卜筮称吉，蓍龟袭从。南征有时，冯相告祥。清夷道而后行，曜四国而扬光。展圣义于巡狩，喜坏畤而咏八荒。指宗岳以为期，固贷神之所望。散斋既毕，越异良辰。械橺增构，烈火燔燃。晖光四炀，焱烂薄天。萧香肆升，青烟习云。珪璋峨峨，牺牲洁纯。郁邑宗彝，明水玄樽。空桑孤竹，咸池云门。六八匝变，神祇并存。①

又班固《东巡颂》：

> 曰若稽古，在汉迪哲，肆修厥德，宪章丕烈。翿六龙，较五辂，齐百僚，练质素，命南重以司历，历中月之六辰，备天官之列卫，盛舆服而东巡。乘舆动色，群后屏气，万骑齐镳，千乘弭辔。②

又崔骃《东巡颂》：

> 伊汉中兴三叶，於皇维烈。允迪厥伦，缵王命，彻汉勋，矩坤度以范物，规乾则以陶钧。于是考上帝以质中，总列宿于北辰。开太微，敞紫庭，延儒林，以咨询岱岳之事。于是典司耆耇，载华抱实，迨尔而造曰："盛乎大汉，既重雍而袭熙，世增其德。唯斯岳礼，久而不修。此神人之所庆幸，海内之所想思。颂有乔山之征，典有徂岳之巡。时迈其邦，民斯攸勤，不亦宜哉。"乃命太仆，训六驷，闲路马，戒师徒。于是乘舆登天灵之威路，驾太一之象车，升

---

① 《全后汉文》卷18，第571页。
② 《全后汉文》卷26，第612页。

九龙之华旗，建翠霓之旌旐。三军霆激，羽骑火烈，天动雷震，隐隐辚辚。躬东作之上务，始八正于南行，哀胡耇之元老，赏孝行之畯农。①

这些颂文，言辞典雅，敷写似赋，但不入华奢之区。三言句排列，辞气明朗，四言则言辞典重，加之排偶句式的穿插勾连，通篇有顿挫抑扬的口吻。这些颂体都是可以"诵"之于口的。

第二节　汉代其他颂类文体

一　庙颂以及功臣贤良之颂

汉代还有一些为祭祀帝王、先祖或追念前贤时彦的颂文。文中歌颂的对象以及适用的场合各异。

如帝王庙颂。《后汉书·文苑列传》云："建初中，肃宗博召文学之士，以（傅）毅为兰台令史，拜为郎，与班固、贾逵共典校书。毅追美孝明皇帝功德最盛，而庙颂未立，乃依《清庙》，作《显宗颂》十篇，奏之。由是文雅显于朝廷。"②《显宗颂》今传残句："体天统物，济宁兆民。""荡荡川渎，既澜且清。"③

又《文选》载史岑《出师颂》注引《流别集》及《集林》载岑《和熹邓后颂并序》，文无传，大约此文也和相关祭祀活动有关。又崔骃《明帝颂》有残句："帝乃负扆，执胄覆圭，运斗杓以酬酢，酌酒旗之玉卮。"④又汉末年间王粲有《太庙颂》亦为此类。残篇云：

思皇烈祖，时迈其德。肇启洪源，贻宴我则。我休厥成，聿先厥道。丕明丕钦，允时祖考。於穆清庙，翼严休徵。祁祁髦士，厥德允升。怀想成位，咸奔在宫。无思不若，永观厥崇。绥庶邦，和

---

① 《全后汉文》卷44，第713页。
② 《后汉书》卷80上，第2613页。
③ 《全后汉文》卷43，第707页。
④ 《全后汉文》卷44，第713页。

四宇。九功备，彝乐序。建崇牙，设璧羽。六拊奏，八音举。昭大孝，衍妣祖。念武功，收醇祐。①

显然，此类文体当大多为汉代典正的颂体。

帝王有庙颂，臣民祭祀先祖也用颂体，如蔡邕《祖德颂》并序：

昔文王始受命，武王定祸乱，至于成王，太平乃洽，祥瑞毕降。夫岂后德熙隆渐浸之所通也？是以《易》嘉"积善有馀庆"，《诗》称"子孙其保之"，非特王道然也，贤人君子，修仁履德者，亦其有焉。昔我列祖，暨于予考，世载孝友，重以明德，率礼莫违，是以灵祇，降之休瑞，兔扰驯以昭其仁，木连理以象其义。斯乃祖祢之遗灵，盛德之所贶也，岂我童蒙孤稚所克任哉！乃为颂曰：

穆穆我祖，世笃其仁。其德克明，惟懿惟醇。宣慈惠和，无竞伊人。岩岩我考，苀之以庄。增崇丕显，克构其堂。是用祚之，休徵惟光。厥徵伊何？於昭于今，园有甘棠，别榦同心，坟有扰兔，宅我柏林。神不可诬，伪不可加。析薪之业，畏不克荷。矧贪灵贶，以为己华。惟予小子，岂不是欲。干有先功，匪荣伊辱。②

颂体部分纯用四言，恭谨典雅，或在相关祭祀活动中作为核心仪节诵读。

还有一些颂文是为了追念功臣良将，如扬雄的《赵充国颂》。据《汉书·赵充国传》云："初，充国以功德与霍光等列，画未央宫。成帝时，西羌尝有警，上思将帅之臣，追美充国，乃召黄门郎扬雄即充国图画而颂之。"③ 又东汉初窦融以武功封安丰侯，死后加号戴，故称戴侯，班固作《安丰戴侯颂》，文今佚。再如蔡邕《胡广黄琼颂》，《后汉书·胡广传》云："熹平六年，灵帝思感旧德，乃图画广及太尉黄琼于省内，诏议郎蔡邕为其颂。"文曰：

---

① 《全后汉文》卷91，第963页。
② 《全后汉文》卷74，第874页。
③ 《汉书》卷69，第2994页。

> 岩岩山狱，配天作辅，降神有周，生申及甫。允兹汉室，诞育二后。曰胡曰黄，方轨齐武。惟道之渊，惟德之薮。股肱元首，代作心膂。天之蒸人，有则有类。我胡我黄，锺厥纯懿。巍巍特进，仍践其位，赫赫三事，七佩其绶。弈弈四牡，沃若六辔。衮痛职龙章，其文有蔚。参曜乾台，穷宠极贵。功加八荒，群生以遂。超哉邈乎，莫与其二。①

颂文以四言韵语歌颂胡广黄琼为锺厥纯懿，股肱元首。

还有一些颂文是为颂扬出征的将军，如班固《窦将军北征颂》、傅毅《窦将军北征颂》《西征颂》、崔骃《北征颂》、史岑《出师颂》等，这些颂文是为重大出征礼仪活动而作的，用以渲染声势，称显武功，如上述班固、傅毅的同名颂作就是为窦宪北征而作。据《汉书》记载，窦宪北征，既登燕然山，去塞三千余里，于是刻石勒功，班固作铭，纪汉威德，又与傅毅为之颂。古代国之大事，在祀与戎，将兵征伐，声势浩大，是一件重大礼仪活动，因此崔骃称："昔在上世，义兵所克，工歌其诗，具陈其颂，书之庸器，列在明堂，所以显武功也。"②

此类颂文有的以赋法铺陈功德，如班固《窦将军北征颂》：

> 车骑将军应昭明之上德，该文武之妙姿，蹈佐历，握辅策，翼肱圣上，作主光辉。资天心，谟神明，规卓远，图幽冥，亲率戎士，巡抚疆城。勒边御之永设，奋园区辕橹之远径，闵遐黎之骚狄，念荒服之不庭。乃总三选，简虎校，勒部队，明誓号。援谋夫于末言，察武毅于俎豆；取可杖于品象，拔所用于仄陋。料资器使，采用先务，民仪响慕，群英影附。羌戎相率，东胡争鹜，不召而集，未令而谕。于是雷震九原，电曜高阙。金光镜野，武旂胃日。云黯长霓，鹿走黄碛。轻选四纵，所从莫敌。驰飙疾，踵蹊迹，探梗莽，采嶰阬，断温禺，分尸逐。电激私渠，星流霰落，名王交手，稽颡请服。

---

① 《后汉书》卷44，第1511—1512页。
② 《全后汉文》卷44《大将军西征赋序》，第711页。

乃收其锋镞、干卤、甲胄，积象如丘阜，陈阅满广野，戢载连百两，散数累万亿。放获驱挈，揣城拔邑，擒馘之倡，九谷谣噪，响聒东夷，埃尘戎域。然而唱呼郁愤，未遑厥愿。甘平原之酣战，矜讯捷之累算。何则？上将崇至仁，行凯易，弘浓恩，降温泽。同庖厨之珍馔，分裂室之纤帛。劳不御舆，寒不施襗，行无偏勤，止无兼役。悝蒙识而愎戾顺，贰者异而懦夫奋。遂逾涿邪，跨祁连，籍□庭蹈就，疆獢靖嗔，辚幽山，遏凶河，临安候，轶焉居与虞衍，顾卫、霍之遗迹，贼伊袄之所邋，师横鹜而庶御，士怫憪以争先，回万里而风腾，刘残寇于沂根。粮不赋而师赡，役不重而备军。行戎丑以礼教，炘鸿校而昭仁。文武炳其并隆，威德兼而两信。清乾钩之攸冒，拓畿略之所顺。櫜弓镞而戢戈，回双麾以东运。于是封燕然以降高，禅广鞬以弘旷，铭灵陶以勒崇，钦皇祗之祐贶。宣惠气，荡残风，轲泰幽嘉，凝阴飞雪，让庶其雨，洒淋榛枯一握兴。嘉卉始农，土膏含养，四行分任。于是三军称曰：亹亹将军，克广德心。光光神武，弘昭德音。超兮首天潜，眇兮与神参。①

又傅毅《窦将军北征颂》：

逮汉祖之龙兴，荷天符而用师。曜神武于幽、冀，遇白登之重围。何獯鬻之桀虐，自弛放而不羁。哀昏戾之习性，阻广汉之荒垂。命窦侯之征讨，蹑卫、霍之遗风。奉圣皇之明策，奋无前之严锋。采伊吾之城壁，蹈天山而遥降。曝名烈于禹迹，奉旗鼓而来旋。圣上嘉而褒宠，典禁旅之戎兵。内雍容以诇谟，外折冲于无形。惟倜傥以弘远，委精虑于朝廷。②

有的则为典正的四言诗，如汉安帝舅邓骘大败西羌回，拜大将军，史岑作《出师颂》：

---

① 《全后汉文》卷26，第612页。
② 《全后汉文》卷43，第707页。

茫茫上天，降祚有汉。兆基开业，人神攸赞。五曜霄映，素灵夜叹。皇运来授，万宝增焕。历纪十二，天命中易。西零不顺，东夷遘逆。乃命上将，授以雄戟。桓桓上将，实天所启。允文允武，明诗悦礼。宪章百揆，为世作楷。昔在孟津，惟师尚父。素旄一麾，浑一区宇。苍生更始，朔风变楚。薄伐猃狁，至于太原。诗人歌之，犹叹其艰。况我将军，穷城极边。鼓无停响，旗不暂褰。泽沾遐荒，功铭鼎铉。我出我师，于彼西疆。天子饯我，路车乘黄。言念伯舅，恩深渭阳。介圭既削，列壤酬勋。今我将军，启土上郡。传子传孙，显显令问。①

颂歌并不限于朝堂帝京，功臣名将，各地方亦多有以前贤时彦为对象的颂歌。如东汉时梁鸿仰慕前世高士，为四皓以来四十四人作颂，今见《安丘严平颂》，为颂安丘望之、严君平二人，仅有残句："无营无欲，澹尔渊清。"② 皇甫谧《高士传序》云："梁鸿颂逸民。"大约他所歌颂的都是高士隐逸之人。又张超，汉灵帝时人，有《尼父颂》，赞孔子，佚文云：

岩岩孔圣，异世称杰。量合乾坤，明参日月。德被八荒，名充遐外。终于获麟，遗歌鲁卫。③

《杨四公颂》颂赞杨氏家族四位先公为国家栋梁：

峨峨西岳，峻极太清，降神挺贤，实有景灵。灵何为四？四杨是丁。佐我大侯，俾作韩贞。明明在上，不显其身。帝时畴咨，本道求真。金日于公，温故知新。宜保宜傅，克赞典坟。昔在阿衡，左右商王。有周文武，股肱旦望。我汉杨氏，作代栋梁。蹇蹇匪躬，

---

① 《全后汉文》卷49，第744页。
② 《全后汉文》卷32，第652页。
③ 《全后汉文》卷84，第929页。

惟国之纲。纲弛复整,政无乱荒。功假皇穹,率土以康。心尽于朝,终然允臧。伊德之辅,是乃毛羽。匪哲匪贤,孰云敢举。杨氏蹈之,为轨为武。轨武伊何,尽启基绪。穆穆天子,以为心膂。于万斯年,克昌厥后。

又据《后汉书·蔡邕传》的记载,蔡邕本人死后,其长期生活的"兖州、陈留间皆画像而颂焉"。① 蔡邕生前亦多为人作颂,如《京兆樊惠渠颂》:

《洪范》八政一曰食,《周礼》九职一曰农,有生之本于是乎出,货殖财用于是乎在。九土上沃为大田多稔,然而地有垧埠,川有垫下,溉灌之便,形趋不至,明哲君子,创业农事,因高卑之宜,驱自行之势,以尽水利,而富国饶人,自古有焉。若夫西门起邺,郑国行秦,李冰在蜀,信臣治穰,皆此道也。阳陵县东,厥地衍陭,土气辛螫,嘉谷不植,草莱焦枯。而泾水长流,溉灌维首,编户齐氓,庸力不供。牧人之吏,谋不暇给,盖常兴役,犹不克成。光和五年,京兆尹樊君讳陵字得云,勤恤民隐,悉心政事,苟可以惠斯人者,无闻而不行焉。遂谘之郡吏,申于政府,佥以为因其所利之事者,不可已者也。乃命方略大吏鞠遂令五琼揣度计虑,揆程经用,以事上闻,副在三府。司农遂取财于豪富,借力于黎元,树柱累石,委薪积土,基趾功坚,体势强壮,折湍流,欵旷陂,会之于新渠,流水门,通窨渎,洒之于畎亩,清流浸润,泥潦浮游,曩之卤田,化为甘壤,粳黍稼穑之所入,不可胜算。农民熙怡,悦豫且康,相与讴谈壃畔,斐然成章,谓之樊惠渠云尔。其歌曰:

我有长流,莫或阙之。我有沟浍,莫或达之。田畴斥卤,莫修莫治。饥馑困瘁,莫恤莫思。乃有樊君,作人父母。□□□□,立我畎亩。黄潦膏凝,多稼茂止。惠乃无疆,如何勿喜。我壤既营,我疆斯成,泯泯我人,既富且盈。为酒为酿,烝畀祖灵,贻福惠君,

---

① 《后汉书》卷60下,第2006页。

寿考且宁。①

东汉光和五年（182）樊陵出任京兆尹，在泾河岸组织修建引水渠，百姓耕作灌溉大大便利了，此在当时可谓盛举，故为人称道，水渠被当地人唤作樊惠渠，其位置在今咸阳县东。蔡邕对这一水利工程的意义作了总结和赞颂。

有时，这些纪念文字刻于石碑之上，如《后汉书》卷八十三《逸民列传·法真》载法真有高名，但辟公府，举贤良，皆不就。顺帝西巡，闻其名，前后四征，真遂隐退山林。友人郭正称之曰："法真名可得闻，身难得而见，逃名而名我随，避名而名我追，可谓百世之师者矣！"乃共刊石颂之，号曰玄德先生。年八十九，中平五年，以寿终。《全后汉文》卷七十四载蔡邕《陈留太守行县颂（并序）》《颍川太守王立义葬流民颂》两篇残句，从其名称看，当为地方官作的颂文。

又蔡邕《九嶷山碑》②《伯夷叔齐碑》《王子乔碑》等是为历史传说中的人物作颂刻碑，写法上多采用先叙人物经历或成就，后以韵语赞颂的体例。如《王子乔碑》：

> 王孙子乔者，盖上世之真人也。闻其仙旧矣，不知兴于何代。博问道家，或言颍川，或言彦蒙，初建斯城，则有斯丘，传承先民，曰王氏墓。绍胤屑不继，荒而不嗣，历载弥年，莫之能纪。暨于永和之元年冬十有二月，当腊之夜，墓上有哭声，其音甚哀，附居者王伯闻而怪之明则祭其墓而察焉。时天洪雪，下无人径，见一大鸟迹在祭祀之处，左右咸以为神，其后有人着大冠绛单衣，杖竹策立冢前，呼樵孺子尹永昌曰，我王子乔也。尔勿复以吾墓前树也。须臾，忽然不见。时令太山万熹，稽故老之言，感精瑞之应，咨访其验，信而有徵，乃造灵庙，以休厥神。于是好道之俦，自远来集，或弦琴以歌太一，或覃思以历丹丘，其疾病瘵者，静躬祈福，即获

---

① 《全后汉文》卷74，第874页。

② 相传舜南巡，葬于九嶷。该碑文只有部分佚文。

祚，若不虔恪，辄颠踣。故知至德之宅兆，实真人之先祖也。延熹八年秋八月，皇帝遣使者奉牺牲以致祀，祇惧之敬肃如也。国相东莱王璋字伯仪，以为神圣所兴，必有铭表，昭示后世，是以赖乡仰伯阳之踪，关民慕尹喜之风，乃与长史边乾，访及士隶，遂树之玄石，纪颂遗烈，俾志道者有所览焉：

> 伊王君，德通灵。含光耀，秉纯贞。应大道，羡久荣。弃世俗，飞神形。翔云霄，浮太清。乘螭龙，载鹤軿。戴华笠，奋金铃。挥羽旗，曳霓旌。欢罔极，寿亿龄。昭笃孝，念所生。岁终阕，发丹情。存墓冢，舒哀声。遗鸟迹，觉旧城。被绛衣，垂紫缨。呼孺子，告姓名。由此悟，咸怖惊。修祠宇，反几筵，馈饎进，甘香陈。时倾顾，馨明禋。匡流祉，熙帝庭。祐邦国，相黔民。光景福，耀无垠。①

《全后汉文》卷四十五还辑录崔瑗《南阳文学颂》，为颂时政之作：

> 昔圣人制礼作乐也，将以统天理物，经国序民，立均出度，因其利而利之，俾不失其性也。故观礼则体敬，听乐则心和，然后知反其性而正其身焉。取律于天以和声，采言于圣以成谋，以和邦国，以谐万民，以序宾旅，以悦远人。其观威仪，省祸福也，出言视听，于是乎取之。

> 民生如何，导以礼乐，乃修礼官，奋其羽籥。我国既淳，我俗既敦，神乐民别，嘉生乃繁。无言不酬，其德宜光，先民既没，赖兹旧章。我礼既经，我乐既馨，三事不叙，莫识其形。②

文章盛赞南阳礼乐教化，文章焕焕，风俗敦淳。

作颂以赞美、祭奠、追念，是当时上层社会，特别是文人中较为普遍的行为，其中或有很多阿谀之作。如《梁大将军西第颂》是东汉马融

---

① 《全后汉文》卷75，第880页。
② 《全后汉文》卷45，第717页。

为外戚权臣梁冀而作。《后汉书·马融传》："初，融惩于邓氏（即马融曾因讽谏遭邓太后禁锢，遂成惊弓之鸟），不敢复违忤执家，遂为梁冀草奏李固（作飞章陷害），又作大将军《西第颂》，以此颇为正直所羞。该文佚失，仅余残句："西北戌亥，玄石承输。虾蟆吐写，庚辛之域""黄果扬芳，紫房溃漏""腾极受檐，阳马承阿"①，大约多浮夸不实之辞。后"西第颂"即成为阿谀权贵之文的代名词，清顾炎武《过矩亭拜李先生墓》诗云："心鄙马季长，不作《西第颂》。"

二 功德碑铭

碑文是刻在碑石之上的文字，秦汉时根据其适用场合分化出两类成熟的文体，一是功德碑铭，二是墓碑文。后者晚出，一定程度上是受前者影响，只因其还有志墓功能，故独立为体，入丧葬文体类。事实上，铭于碑石，均意在不朽，故两种文体都属于纪念性文字，用以颂功铭德，垂示于后，因此，归入颂类文体讨论。

碑铭上承周青铜庸器纪功铭文，《周礼·春官·典庸器》"掌藏乐器庸器"注："庸器，伐国所藏之器，若崇鼎贯鼎及以其兵物所铸铭也。"贾疏："庸，功也，言功器者，伐国所获之器也。"②《左传》襄公十九年载臧武仲论铭："夫铭，天子令德，诸侯言时计功，大夫称伐。"③ 又《礼记·祭统》对铭之义有更详尽的论说：

> 夫鼎有铭，铭者自名也。自名以称扬其先祖之美，而明著之后世者也。为先祖者，莫不有美焉，莫不有恶焉，铭之义，称美而不称恶，此孝子孝孙之心也。唯贤者能之。铭者，论譔其先祖之有德善、功烈、勋劳、庆赏、声名列于天下，而酌之祭器，自成其名焉，以祀其先祖者也。显扬先祖，所以崇孝也。身比焉，顺也。明示后世，教也。夫铭者，壹称而上下皆得焉耳矣。是故君子之观于铭也，

---

① 《全后汉文》卷18，第571页。
② 《周礼注疏》，阮元校刻《十三经注疏》，第802页。
③ 杨伯峻：《春秋左传注》，第1047页。

既美其所称，又美其所为。为之者，明足以见之，仁足以与之，知足以利之，可谓贤矣。贤而勿伐，可谓恭矣。①

秦汉时，以石代金，但目的是一样的。《文心雕龙·诔碑》："庸器渐缺，故后代用碑，以石代金，同乎不朽。"② 秦汉前有秦石鼓文，即属于此类。

秦汉纪功铭德之碑始于秦刻石文，"纪号封禅，树石埤岳"。③ 秦汉帝王封禅巡狩是政治大事件，产生各种颂体之文，详见第一节。除此以外，两汉还有大量纪功颂德碑铭，立于山野河畔、宫庙门前，记录相关重大事件，为相关人物树碑扬名，东汉尤甚。

如班固著有《高祖泗水亭碑铭》并《十八侯铭》。刘邦发迹前曾任泗水亭长，铭文即追述并赞颂其起于微末，凭借神异之质得天助人助，并最终诛项讨羽、建立大汉的过程。

> 皇皇圣汉，兆自沛丰，乾降著符，精感赤龙，承魁流裔，袭唐末风。寸木尺土，无俟斯亭，建号宣基，惟以沛公。扬威斩蛇，金精摧伤，涉关凌霸，系获秦王。应门造势，斗璧纳忠，天期乘祚，受爵汉中。勒陈东征，剟擒三秦，灵神威佑，洪沟是乘。汉军改歌，楚众易心，诛项讨羽，诸夏以康。陈、张画策，萧、勃翼终，出爵褒贤，列士封功。炎火之德，弥光以明，源清流洁，本盛末荣。叙将十八，赞述股肱，休勋显祚，永永无疆。国宁家安，我君是升，根生叶茂，旧邑是仍。于皇旧亭，苗嗣是承，天之福祐，万年是兴。④

文中称泗水立铭亦是不忘根本，同时，也要"叙将十八，赞述股肱"，即同时为十八位开国元勋树碑铭德，故《十八侯铭》与此是一体的，大约刻在同一块碑上。如酂侯萧何铭：

---

① 郑玄注，孔颖达正义：《礼记正义》，《十三经注疏》，第1606页。
② 刘勰著，詹锳义证：《文心雕龙义证》，第443页。
③ 刘勰著，詹锳义证：《文心雕龙义证》，第442页。
④ 《全后汉文》卷26，第613页。

> 耽耽相国，弘策不追，御国维纲，秉统枢机，文昌四友，汉有萧何，序功第一，受封于酂。

再如将军留侯张良铭：

> 赫赫将军，受兵黄石，规图胜负，不出帷幄。命惠瞻仰，安全正朔，国师是封，光荣旧宅。①

此碑铭全用四言，典雅庄重。

班固还著有《封燕然山铭》。东汉和帝永元年间，窦宪率军大败北匈奴，班固时为中护军随军出征，故撰文，并在燕然山南麓勒石纪功。《后汉书·窦宪传》载："会南单于请兵北伐，乃拜宪车骑将军……大破之……登燕然山，……刻石勒功，纪汉威德，令班固作铭。"此摩崖文字1997年被牧民发现，在今蒙古国境内杭爱山。文曰：

> 惟永元元年秋七月，有汉元舅曰车骑将军窦宪，寅亮圣明，登翼王室，纳于大麓，惟清缉熙。乃与执金吾耿秉，述职巡御，治兵于朔方。鹰扬之校，螭虎之士，爰该六师，暨南单于、东乌桓、西戎氐羌侯王君长之群，骁骑十万。元戎轻武，长毂四分，云辎蔽路，万有三千余乘。勒以八阵，莅以威神，玄甲耀日，朱旗绛天。遂凌高阙，下鸡鹿，经碛卤，绝大漠，斩温禹以衅鼓，血尸逐以染锷。然后四校横徂，星流彗扫，萧条万里，野无遗寇。于是域灭区殚，反斾而旋，考传验图，究览其山川。遂逾涿邪，跨安侯，乘燕然，蹑冒顿之区落，焚老上之龙庭。上以摅高、文之宿愤，光祖宗之玄灵；下以安固后嗣，恢拓境宇，振大汉之天声。兹可谓一劳而永逸，暂费而永宁也。乃遂封山刊石，昭铭上德，其辞曰：
>
> 铄王师兮征荒裔，剿凶虐兮截海外。敻其邈兮亘地界，封神

---

① 《全后汉文》卷26，第613页。

丘兮建隆碣，熙帝载兮振万世。①

文中陈述立碑缘起，颂述车骑将军窦宪及其所帅军队取得的丰功伟绩。部队威武勇猛，铁甲耀日，红旗蔽空，将校横行若星流彗扫，遂统一区宇，举旗凯旋。"逾涿邪，跨安侯，乘燕然，蹑冒顿之区落，焚老上之龙庭。"此次大战一扫宿愤，拓宽疆土，振汉声威，正所谓一劳而永逸，故封山刻石，昭铭盛德。文章言辞铿锵，无虚辞华藻，肃穆沉着；篇尾铭辞是"三兮三"句式的韵文，这是汉代礼乐歌辞常用的形式，为全篇增加了深长厚重的韵味。此篇遂成为边塞纪功之碑的典范。

东汉纪念战功的还有阙名的《敦煌太守裴岑碑》（永和二年八月）内容较为简朴。

> 惟汉永和二年八月，敦煌太守云中裴岑，将郡兵三千人，诛呼衍王等，斩馘部众，克敌全师，除西域之灾，蠲四郡之害，边竟艾安，振威到此，立海祠以表万世。②

蔡邕也写有大量纪功碑文，如《黄钺铭》，是为度辽将军乔玄而作，赞扬其守疆的卓越战功：

> 孝桓之季年，鲜卑入塞抄，盗起匈奴左部，梁州叛羌逼迫兵诛，淫衍东移，高句丽嗣子伯固逆谋并发，三垂骚然，为国忧念，西府表乔公，昔在梁州，柔远能迩，不烦军师，而车师克定。及在上谷汉阳，连在营郡，眚力方刚，明集御众，徵拜度辽将军，始受旄钺钲鼓之任，捍御三垂。公以吏士频年在外，勤于奔命，人马疲羸挠钝，请且息州营横发之役，以补困惫，朝廷许之。于是储廪丰饶，室罄不悬，人逸马同，弓劲矢利，而经用省息，官有馀资，执事无放散之尤，簿书有进入之赢。治兵示威，戎士勇踊，旌旗曜日，金

---

① 《后汉书》卷23，第815—817页。
② 《全后汉文》卷98，第1000页。

鼓霆奋，守有山岳之固，攻有必克之势，羌戎授首于西疆，百固冰散于东邻，鲜卑收迹，烽燧不举，视事三年，马不带鈇，弓不受驱，是用镂石，作兹钲钺军鼓，陈之东阶，以昭公文武之勋焉。铭曰："帝命将军，执兹黄钺。威灵振耀，如火之烈。公之莅止，群狄斯柔。齐斧罔设，介士斯休。"①

文中称："是用镂石，作兹钲钺军鼓，陈之东阶，以昭公文武之勋焉。"可见是刻镂在钲钺军鼓之上的铭文。此外蔡邕还作《东鼎铭》《中鼎铭》，赞赏乔玄在文德方面的功绩。

又如《光武济阳宫碑》，为歌颂纪念光武帝而作，立于济阳行宫。江武帝出生于济阳，当年封禅亦过此地：

> 惟汉再受命，曰世祖光武皇帝。考南顿君初为济阳令，济阳有武帝行过官，常封闭，帝将生，考以令舍下湿，开官后殿居之。建平元年十二月甲子夜，帝生，时有赤光，室中皆明，使卜者王长卜之，长曰："此善事，不可言。"岁有嘉禾，一茎生九穗，长于凡禾，因为尊讳。王室中微，哀、平短祚，奸臣王莽，媮有神器，十有八年，罪成恶熟，天人致诛。帝乃龙见白水，渊跃昆滍，破前队之众，殄二公之师，收兵略地，经营河朔，勠力戎功，翼戴更始，义不即命，帝位阙焉。於是群公诸将，据河洛之文，协符瑞之徵，佥曰历数在帝，践祚允宜。乃以建武元年六月乙未，即位于鄗县之阳，五成之陌，祀汉配天，罔失旧物，享国三十有三年，方内乂安，蛮夷率服，巡狩泰山，禅梁父，皇代之遐迹，帝者之上仪，罔不毕举，道德馀庆，延于无穷。先民有言曰："乐乐其所自生，而礼不忘其本。"是以虞称妫讷，姬美周原，皇天乃眷神宫，实始于此。厥迹邈哉，所谓神丽显融，越不可尚。小臣河南尹巩玮，先祖银艾封侯，历世卿尹，受汉厚恩，玮以商箕馀烈，郡举孝廉，为大官丞，来在济阳，愿见神宫，追惟桑梓褒述之义，用敢作颂：

---

① 《全后汉文》卷74，第877页。

> 赫矣炎光，爰耀其辉。笃生圣皇，二汉之徽。稽度乾则，诞育灵姿。黄孽作慝，篡握天机。帝赫斯怒，爰整其师。应期潜见，扶阳而飞。祸乱克定，群凶殄夷。匡复帝载，万国以绥。巡于四岳，展义省方。登封降禅，升于中皇。爰兹初基，天命孔彰。子子孙孙，保之无疆。①

铭文先简单讲述济阳宫和光武帝之间的关系，接着描述其出生时各种神迹瑞应，以及登基后的政治功勋和封禅的光耀。济阳是其本，有特殊的纪念意义，故立碑"追惟桑梓褒述之义"。"小臣河南尹巩玮"云云，当是立碑的发起者和出资者。

又《河激颂》颂述河堤谒者率百姓疏达河川，消除水害的功绩，见于《水经七·济水》，注云："石铭岁远，字多湮缺。其所灭，盖阙如也。"② 文中称"安得淹湮没而不章焉。故遂刊石记功，垂示于后。"佚文曰：

> 惟阳嘉三年二月丁丑，使河堤谒者王诲疏达河川，通荒庶土。往大河冲塞，侵啮金堤，以竹笼石，葺土而为堨，坏颓无已，功消亿万。请以滨河郡徒疏山采石，垒以为障。功业既就，徭役用息。辛未诏书，许诲立功府卿，规基经始，诏策加命，迁在沇州。乃简朱轩，授使司马登，令缵茂前绪，称遂休功。登以伊、洛合注大河，南则缘山，东过大伾，回流北岸。其势郁㦬涛怒，湍急激疾，一有决溢，弥原淹野。蚁孔之变，害起不测，盖自姬氏之所常戁。昔崇鲧所不能治，我二宗之所勷劳。于是乃跋涉躬亲经之营之。比率百姓，议之于臣，伐石三谷，水匠致治，立激岸侧，以扞鸿波。随时庆赐，说以劝之，川无滞越，水土通演。役未逾年而功程有毕。斯乃元动之嘉课，上德之宏表也。昔禹修九道，《书》录其功；后稷躬稼，《诗》列于《雅》。夫不惮劳谦之勤，夙兴厥职，充国惠民，安

---

① 《全后汉文》卷75，第879页。
② 郦道元著，陈桥驿校证：《水经注校证》卷7，中华书局2007年版，第192页。

得淹湮没而不章焉。故遂刊石记功，垂示于后。其辞云云。使河堤谒者山阳东缗司马登字伯志、代东莱曲成王诲字孟坚、河内太守宋城向豹字伯尹、丞汝南邓方字德山、怀令刘丞字季意、河堤掾匠等造。陈留浚仪边韶字孝先颂。①

篇尾记录参与治水的官员工匠名姓，边韶为碑文撰写者。

又蔡邕《陈留东昏库上里社碑》是为基层的社祀建成而撰写的碑文：

> 曰社祀之建尚矣。昔在圣帝，有五行之官，而共工子句龙为后土，及其没也，遂为社祀。故曰社者，土地之主也。周礼建为社位，左宗庙，右社稷，戎丑攸行。于是受脤，土膏恒动。于是祈农，又班之于兆民，春秋之中，命之供祠，故自有国至于黎庶，莫不祀焉。惟斯库上里，古阳武之户牖乡也。秦时有池子华为丞相，汉兴，陈平由此社宰，遂佐高帝，克定天下，为右丞相，封曲逆侯。永平之世，虞延为太尉司徒封公。至延熹中，延弟曾孙放字子卿，为尚书令，外戚梁冀，乘宠作乱，首策诛之，王室以绩。诏封都亭侯、太仆、太常、司空，毗天子而维四方，克错其功，往烈有常。于是司监爰暨邦人，佥以为宰相继踵，咸出斯里，秦一汉三，而虞氏世焉。虽有积德馀庆修身之致，亦斯社之所相也。乃与树碑作颂，以示后昆：

> 惟王建祀，明事百神。乃顾斯社，于我兆民。明德惟馨，其庆聿彰。自嬴及汉，四辅代昌。爰我虞宗，乃世重光，元勋既立，锡兹士疆，乃公乃侯，帝载用庸，神人叶祚，且巨且长。凡我里人，尽受嘉祥。刊铭金石，永思不忘。②

文中先讲述社祀的来源意义，接着历述当地所出人才，这些人"虽有积德馀庆修身之致，亦斯社之所相也。乃与树碑作颂，以示后昆。"树碑以

---

① 《全后汉文》卷62，第812页。
② 《全后汉文》卷74，第879页。

赞颂祀社的福佑。

《全后汉文》还收载多篇作者阙名的碑刻，其中很多是为了纪念当地官员修路建桥、疏浚河道、建立神祠等事迹。保留较为完整的如《西狭颂》：

> 汉武都太守汉汤阿汤李君，讳翕，字伯都。天姿明敏，敦诗说礼，膺禄美厚，继世郎吏，幼而宿卫，弱冠典城，有阿郑之化。是以三剖符守，致黄龙、嘉禾、木连、甘露之瑞。动顺经古，先之以博爱，陈之以德义，示之以好恶，不肃而成，不严而治，朝中惟静，威仪抑抑。督邮部职，不出府门，政约令行，强不暴寡，知不诈愚，属县趋教，无对会之事，徼外来庭，面缚二千馀人，年谷屡登，仓庚惟亿，百姓有蓄，粟麦五钱。郡西狭中道危难阻峻，缘崖俾阁，两山壁立，隆崇造云，下有不测之谿，厄笮促迫，财容车骑，进不能济，息不得驻，数有颠覆□賈隧之害，过者创楚，憯憯其栗。君践其险，若涉渊冰，叹曰：《诗》所谓"如集于木，如临于谷"，斯其殆哉。困其事则为设备，今不图之，为患无已。敕衡官有秩李瑾掾仇审，因常繇道徒，馔烧破析，刻刍崔嵬，减高就埤，平夷正曲，㭬致士石，坚固广大，可以夜涉。四方无雍，行人欢踊，民歌德惠，穆如清风，乃刊斯石曰：
>
> 赫赫明后，柔嘉惟则。克长克君，牧守三国。三国清平，咏歌懿德。瑞降丰稔，民以货殖。威恩并降，远人宾服。馔山浚渎，路以安直。继禹之迹，亦世赖福。
>
> 建宁四年六月十三日壬寅造，时府承右扶风陈仓吕国字文宝，门下掾下辨李虔字子行，故从事议曹掾下辨李旻字仲齐，故从事主簿下辨李遂字子华，故从事主簿上禄石祥字元祺，五官掾上禄张亢字惠叔，故从事功曹下辨姜纳字元嗣，故从事尉曹史武都王尼字孔光，衡官有秩下辨李瑾字玮甫，从史位下辨仇靖字汉德，书文下辨道长广汉汁邡任诗字幼起，下辨丞安定朝那皇甫彦字子才。[①]

---

① 《全后汉文》卷2，第1021页。

铭文首先按例颂述武都太守李翕天姿明敏,为官后治理有方云云。接着讲述立碑的缘起:郡西山崖险峻,道狭厄促,行者惴惴,常有颠覆坠落之害。李君亲涉其险,体察民艰,遂征召工徒修路。完工后,道路平夷,可以夜涉,"行人欢踊,民歌德惠,穆如清风,乃刊斯石。"其后以四言韵文歌赞。末段补充碑刻建造时间,以及赞助者身份名姓等。

又《祀三公山碑》(元初四年)赞颂常山盯陇西冯君到官后设坛祭祀"三公"之神,"神熹其位,甘雨屡降,报如景响,国界大丰,谷斗三钱,民无疾苦,永保其年。"遂刻石纪念:

> 元初四年,常山相陇西冯君到官,承饥衰之后,□惟三公御语山,三条别神,迥在领西,吏民祷祀,兴云肤寸,偏雨四维。遭离羌寇,蝗旱鬲我,民流道荒,醮祠希罕,□莫不行,由是之来,和气不臻,乃来道要,本祖其原,以三公德广,其灵尤神,处幽道艰,存之者难,卜择吉□治,东就衡山,起堂立坛,双阙夹门,荐牲纳礼,以宁其神。神熹其位,甘雨屡降,报如景响,国界大丰,谷斗三钱,民无疾苦,永保其年。长史鲁国颜浟、五官掾阎祐、户曹史纪受、将作掾王策,元氏令茅匡、丞吴音、廷掾郭洪、户曹史翟福、工宋高等刊石纪焉。①

纪功碑文有些比较简单。如《蜀郡太守何君阁道碑》是为修路造阁的官员立碑纪念,文中只有发起者、用工多少、立碑时间等基本信息:

> 蜀郡太守平陵何君,遣掾临邛舒鲔,将徒治道,造尊楗阁,袤五十五丈,用功千一百九十八日。建武中元二年六月就道。史任云陈春主。②

又《青衣尉赵孟麟羊窦道碑》(永元十一年九月),是为在高山峻岭修路

---

① 《全后汉文》卷98,第998页。
② 《全后汉文》卷98,第998页。

的盛举立碑纪念：

> 羊窦道旧故南上高山，下入深谷，危骏回，百姓患苦。永初六年，青衣尉南安赵孟麟更易由此道，滨江平泽无盗贼，差近廿里，骑马儋负，水弱得过，除去危难，行人万姓，莫不蒙恩，传于无究乎。维世青衣尉赵君，故治所书佐郡督邮，随牒除到官六日，郡召守蜀铁官长，积四月，治状分明，徙守成都，今复还归尉向，羊窦故道高危，君更穿崖易道，盗贼徵止，老弱往来无患。时典主通道者，积黏故吏梁沱捕盗贼王留，百姓过者皆蒙恩，君延寿万年。书此盛巨。永元十一月九日造。（案：羊窦故道，和帝永元年造，至安帝永初六年改修。）①

功德碑铭行文主要要说明立碑的原因，即是为纪念某人某事，这构成其行文主体，韵语赞文以及赞助者信息不是必要因素，故纪功碑文亦根据情况有繁简的不同写法。而且，有些碑文也无意突出赞颂某位参与者、领导者，而意在立碑赞颂并纪念其"盛举"。如《鄐君开褒斜道摩崖刻石》（永平九年）是为纪念述颂汉中郡官吏和民工修桥治道的功绩：

> 永平六年，汉中郡以诏书受广汉、蜀郡、巴郡徒二千六百九十人，开通褒余道，太守钜鹿鄐君部掾治级王宏、史荀茂、张宇、韩岑弟典功作，太守丞广汉杨显将领用。始作桥格六百卅三间，大桥五，为道二百五十八里，邮亭驿置徒司空褒中县官寺并六十四所。凡用功七十六万六千八百馀人，瓦卅六万九千八百四器，用钱百四十九万九千四百馀斛粟。九年四月成就，益州东至京师，去就安隐。②

---

① 《全后汉文》卷98，第998页。
② 《全后汉文》卷98，第998页。

目前所见功德碑铭主要出现在东汉，除上述外，还有《司隶校尉杨孟文石门颂》（建和二年十一月）、《嘉州夹江县摩崖》《南安长王君平乡道碑》《汉安长陈君阁道碑》《洛阳上东门桥右石柱铭》《武都太守李翕天井道碑》（建宁五年四月廿五日）、《成阳灵台碑》（建宁五年五月）、《东海庙碑》（熹平元年四月）、《无极山碑》等。这些碑铭大都和修路建桥、疏浚河道、建立神祠等公共事务有关。

前引《礼记·祭统》释铭："显扬先祖，所以崇孝也。身比焉，顺也。明示后世，教也。"碑颂是颂赞某人某事，也在树立道德榜样，以教时人和后世，这也是传统社会维护公序良俗的教化方式。

三　名物之颂

《全后汉文》还辑录两汉时一些名物之颂，大都和祥瑞、福兆有关。

如《神雀颂》。《御览》五百八十八："永平中，神雀群集，孝明诏上《神雀颂》。班固、贾逵、傅毅、杨终、侯讽五颂文比金玉，今佚。"至今可见的如黄香《天子冠颂》：

> 惟永元之盛代，圣皇德之茂纯，躬烝烝之至孝，崇敬顺以奉天。以三载之孟春，建寅月之上旬，皇帝将加玄冕，简甲子之元辰。厥日王于太皞，厥时叶于百神。皇舆幸夫金根，六玄虬之连蜷，建螭龙以为旂，鸣节路之和銮。既臻庙以成礼，乃回轸而反宫，正朝服以享燕，撞大蔟之庭钟。祚蕃屏而鼎辅，暨夷蛮之君王，咸进酌于金罍，献万寿之玉觞。①

又崔骃《杖颂》：

> 植根荄于湘浦，承雷夏之洪泽，寓流云而诒我，合天生乎裁剥。用以为杖，饰以犀角，玉母扶持，永保百福，寿如西老，子孙

---

① 《全后汉文》卷42，第702页。

千亿。①

又蔡邕《五灵颂》，此五灵指青龙、白虎、朱雀、玄武、麒麟，是汉代尊崇的祥瑞。佚文存《麒麟》《白虎》残文：

> 皇矣大角，降生灵兽。视明礼修，麒麟来乳。春秋既书，尔来告就。庶士子鉏，获诸西狩。
> 大梁乘精，白虎用生。思睿信立，绕于垣垌。②

另外，《全汉文》卷42收载王褒《碧鸡颂》，是根据《后汉书·西南夷传注》《水经淹水注》整理而成：

> 持节使王褒谨拜南崖，敬移金精神马，缥碧之鸡：处南之荒，深豁回谷，非土之乡。归来归来，汉德无疆，兼乎唐虞，泽配三皇。黄龙见兮白虎仁，归来可以为伦。归兮翔兮，何事南荒？③

据《汉书·王褒传》："后方士言益州有金马碧鸡之宝，可祭祀致也，宣帝使褒往祀焉。褒于道病死，上闵惜之。"④ 故此文本当属于祭祀之文，与屈原《九歌》大致为一个系统，即通过各种呼唤来使神灵祥瑞现身，下至人间，明《蜀中名胜记》卷12收录称之为《招碧鸡神》，更为切题。而从行文上看，它大约按招魂辞的形式写成。招魂、祝祭等仪式虽用于不同场合，但背后的信仰和文化心理是相通的，故言辞上也可以互通。

此外，后世如《艺文类聚》《初学记》乃至严可均《全文》所辑录的两汉一些咏物四言韵文，称之为"铭文"的，实则可归入颂体。如刘向《熏炉铭》是对熏炉的敬赞：

---

① 《全后汉文》卷44，第714页。
② 《全后汉文》卷74，第875页。
③ 《全汉文》卷42，第359页。
④ 《汉书》卷64下，第2830页。

> 嘉此正器，崭岩若山。上贯太华，承以铜盘。中有兰麝，朱火青烟。蔚术四塞，上连青天。①

又崔骃《冬至袜铭》，冬至赞袜助养元气。

> 机衡建子，万物含滋。黄钟育化，以养元基。阳升于下，日永于天。长履景福，至于亿年。皇灵既祐，祉禄来臻。本枝百世，子子孙孙。②

汉魏时有冬至送袜的习俗，认为冬至之后，白日渐长，阳气渐升，人们踏日影沐浴阳光，可吸收阳气驱除体内邪气，故向长辈献袜履以迎祥纳庆。曹植《冬至献袜履颂表》云："亚岁迎祥，履长纳庆。"后冬至又称"履长节"。

还有些"铭文"是对一些吉金礼器的赞美，其实也当归入颂体。礼器意味着文化传统，意味着福佑，也代表着政权，故铭文中赞其育化之功，福佑子孙之德。崔骃《樽铭》：

> 惟岁之元，朝贺奉樽。金罍牺象，嘉礼具存。献酬交错，万国咸欢。③

王粲有《蕤宾钟铭》《无射钟铭》则借颂扬礼器，美魏政，祈天佑：

> 有魏匡国，诞成天功。厎绥六合，篡定庶邦。承民靡戾，休徵惟同。皇命孔昭，造兹衡钟。纪之以三，平之以六。□□允嘉，气齐允淑。表声韶和，民听以睦。时作蕤宾，永享遐福。
>
> 有魏匡国，成功允章。格于上下，光于四方。休徵时序，人说

---

① 《全汉文》卷37，第335页。
② 《全后汉文》卷44，第716页。
③ 《全后汉文》卷44，第715页。

时康。造兹衡钟,有命自皇。三以纪之,六以平之。厥量孔嘉,厥齐孔时。音声和协,人德同熙。听之无射,用以启期。①

汉代咏物之赋、颂、铭常被混淆,其实三者还是有较大区别的。《文心雕龙·颂赞》:"原夫颂惟典雅,辞必清铄,敷写似赋,而不入华侈之区;敬慎如铭,而异乎规戒之域。"从修辞角度将三者的文体差异说清了。

综观以上各类颂体之文,特别是封禅刻石、庙堂颂赞以及其他各类颂功之文、铭德之碑,其意都在宣颂德行,彰显名声,故王延寿《鲁灵光殿赋序》云:"物以赋显,事以颂宣。匪赋匪颂,将何述焉?"②汉代缘饰儒道,儒家讲教化,树立道德楷模以化育风俗也是其内在的主张。加之汉帝国一统,相较此前暴秦,经济文化等诸多方面都可谓"前无古人",因此,整个社会风气对于"颂赞"是有心理倾向的,文人亦有参与其间的冲动。王充《论衡·须颂》篇:"古之帝王建鸿德者,须鸿笔之臣襃颂纪载,鸿德乃彰,万世乃闻。"他打比方分析"鸿笔之人"在国家建设方面的重大价值:

龙无云雨,不能参天,鸿笔之人,国之云雨也。载国德于《传》书之上,宣昭名于万世之后,厥高非徒参天也。城墙之土、平地之壤也,人加筑蹋之力,树立临池。国之功德崇于城墙,文人之笔劲于筑蹋。圣主德盛功立,莫不襃颂纪载,奚得传驰流去无疆乎?③

鸿笔之人就是飞龙所凭借的云雨,是高墙立起所依存的"筑蹋"之功,因此,功莫大焉。这大约是汉代文人对手中之笔最具自豪感的一次宣告。颂类文体的创作使得文人更广泛地参与到政治和社会活动中,其中包含着丰富的社会和心理内涵,不当以阿谀文学概言之。

---

① 《全后汉文》卷91,第965页。
② 《全后汉文》卷58,第790页。
③ 刘盼遂:《论衡集解》,古籍出版社1957年版,第403页。

第 八 章

祝祷咒诅类文体

祝祷咒诅是人与神鬼灵怪间沟通的文字言语方式。秦汉神鬼信仰极为驳杂，上自天地神祇，下至各种妖鬼灵怪，都是民众信仰中所关注的对象。神鬼世界与人间世界密接交缠，人们一方面畏惧于各种超人的神秘力量，另一方面又用各种仪式手段与其沟通，祈求福报，寻求庇护，禳避可能到来的各种灾祸。祝祷类文体大致可分为祝祷和咒诅两类。前者主要是向神灵表达祈愿之情，态度恭谨；后者则多和巫术相关，借助天地神灵的威严以及语言的神秘力量责骂、谴告甚至威胁，以祛祸避害。

不过，从史料记载看，秦汉时"祝""咒"常混称。云"祝"有时表达的却是谴咒之义，如《后汉书·贾逵传》："乡人有所计争，辄令祝少宾。"①《论衡·言毒》："南郡极热之地，其人祝树树枯，唾鸟鸟坠。"②张衡《西京赋》："东海黄公，赤刀粤祝。"③而有时云"咒"却实为祈祝，如《后汉书·谅辅传》载祈雨时"慷慨咒曰"④云云。故祝、咒早期大约是同义词，此后亦有沿用，如敦煌文书有《呪愿新郎文》《呪愿新妇》《呪愿新女婿》《呪愿文》等。"呪"即"咒"，实则都是新婚祝辞。

祝祷咒诅类文体有非常古老的渊源，也很早就发展成熟，如《礼记·郊特牲》载《蜡辞》，用不可置疑的口吻命令各方神灵各归其位，勿为害作乱："土反其宅，水归其壑，昆虫毋作，草木归其泽！"该文本其

---

① 《后汉书》卷36，第1240页。
② 刘盼遂：《论衡集解》，古籍出版社1957年版，第457页。
③ 《全后汉文》卷52，第764页。
④ 《后汉书》卷81，第2694页。

实就是咒辞。又北宋年间先后在三个地方发现三块战国末期秦石刻，为秦王令宗祝在神前历数楚王罪过、祈求神灵保佑其"克剂楚师"的祝辞，被称为《诅楚文》。三篇祝辞文句相似，只是所求之神有巫咸、大沈厥湫、亚驼的差异。巫咸，按《史记·殷本纪》的说法为商时大巫："伊陟赞言于巫咸，巫咸治王家有功，作《咸艾》、作《太戊》"，后成为群巫之首。大沈厥湫是秦地名川湫渊之神，也是当时秦的巫师所崇拜和祈求的重要对象。其一曰：

> 又秦嗣王，敢用吉玉瑄璧，使其宗祝邵鏊布，告于丕显大神厥湫，以底楚王熊相之多辠。昔我先君穆公及楚成王，是戮力同心，两邦若壹，绊以婚姻，袗以齐盟。曰叶万子孙，毋相为不利。亲卬丕显大沈厥湫而质焉。今楚王熊相康回无道，淫甚乱，宣侈竞从，变输盟刺勻。内之则戒虎虐不姑，刑戮孕妇，幽刺亲戚，拘围其叔父，窴者冥室椟棺之中；外之则冒改厥心，不畏皇天上帝及丕显大神厥湫之光烈威神，而兼倍十八世之诅盟。者诸侯之兵以临加我，欲剗伐我社稷，伐灭我百姓，求蔑法皇天上帝及丕显大神厥湫之卹。祠圭玉羲牲，述取我边城新隍及郝、长、亲，俉不敢曰可。今又悉兴其众，张矜亿怒，饰甲底兵，奋士盛师，以逼俉边竟，将欲复其凶遂。唯是秦邦之羸众敝赋，鞞輴栈舆，礼傻介老，将之以自救也。亦应受皇天上帝及丕显大沈厥湫之几灵德赐，克剂楚师，且复略我边城。敢数楚王熊相之倍盟犯诅，箸者石章，以盟大神之威神。①

篇首称"有秦嗣王，敢用吉玉瑄璧，使其宗祝邵鏊布忠，告于丕显大神厥湫"云云，是典型的祈祝口吻，此后历数楚罪过，相当于"告状"，亦非咒辞。

因此，祝和诅二字虽常混用，但从情感修辞上看，两者很早就有了区别。秦汉时延续这个传统，也留下较为丰富的文本。

---

① 郭沫若：《诅楚文考释》，《郭沫若全集》考古编第九卷，科学出版社1982年版，第297—298页。

第一节　祝祷类文体

祝辞主要是向天地间各类神祇以及先祖表达祈愿，求得福佑。《淮南子·说山训》高诱注："祝，祈福祥之辞。"① 因此，"祝"亦指祭祀中的飨神、告事求福之辞。又《说文》释"祷"为"告事求福也"。② 明代徐师曾在《文体明辨》亦总结"祝文"之辞："按祝文者，飨神之词也……用以飨天地山川社稷宗庙五祀群神，而总谓之祝文。"③ 根据适用场合，有时也有专名。

一　封禅玉牒和郊祀祝辞

"国之大事，在祀与戎。"④ 先秦以来祭祀有天神、地祇、人鬼三大系统，各自都具有极强的区域特点，人鬼祖先自不必说，其他各地神祇之间亦互相排斥。秦汉帝国统一后，即有意将地域性的神祇崇拜加以整合。如山神祭祀，秦始皇将秦国关中七大名山加上关东五大名山，形成一个相对固定的山川祭祀体系。汉武帝则遍巡名山大川，逐步确立了五岳祭祀体系，到汉宣帝时稳定下来："自是五岳、四渎皆有常礼。"⑤ 而秦皇、汉武的封禅和巡游，既是追求一己之福，也是为了寻求东方神祇的认同。经过数代皇帝的努力，至汉宣之世，完成了覆盖全国的"五岳四渎"的大祭祀系统，整合全国神权的历程逐渐完成。⑥ 在相关祭祀活动中，祝辞当为核心礼辞。

玉牒是封禅活动中祭告天地的祝辞。玉牒常封，秘不示人，故其文本难得一见。《史记·封禅书》载始皇封禅："其礼颇采太祝之祀雍上帝

---

① 高诱注，刘安等编著：《淮南子》，上海古籍出版社1989年版，第179页上栏。
② 许慎撰，段玉裁注：《说文解字注》，上海古籍出版社1981年版，第6页下栏。
③ 徐师曾著，罗根泽点校：《文体明辨序说》，人民文学出版社1998年版，第155—156页。
④ 杨伯峻：《春秋左传注》，第861页。
⑤ 《汉书》卷25下，第1249页。
⑥ 杨华：《秦汉帝国的神权统一——出土简帛与〈封禅书〉〈郊祀志〉的对比考察》，《历史研究》2011年第5期。

所用，而封藏皆祕之，世不得而记也。"汉武帝封禅："封广丈二尺，高九尺，其下则有玉牒书，书祕。"① 光武帝封禅："尚书令奉玉牒检，皇帝以寸二分玺亲封之，讫，太常命人发坛上石，尚书令藏玉牒已，复石覆讫，尚书令以五寸印封石检。"②《旧唐书·礼仪志三》载玄宗对此不解，问：玉牒之文，前代帝王何故密之？贺知章对曰：

> 玉牒本是通于神明之意。前代帝王所求各异，或祷年算，或思神仙，其事微密，是故莫知之。③

不过，玄宗对此不以为意："朕今此行，皆为苍生祈福，更无秘请。宜将玉牒出示百僚，使知朕意。"其辞曰："有唐嗣天子臣某，敢昭告于昊天上帝。天启李氏，运兴土德。高祖、太宗，受命立极。高宗升中，六合殷盛。中宗绍复，继体不定。上帝眷祐，锡臣忠武。底绥内难，推戴圣父。恭承大宝，十有三年。敬若天意，四海晏然。封祀岱岳，谢成于天。子孙百禄，苍生受福。"这篇玉牒文可作为早期秘"牒"的参照。

西汉末，王莽自立为帝，改汉国号为新，其在位十五年，曾三次欲行封禅，但都因各种原因而未能成行。今在西安长安城桂宫四号出土其玉牒残石，存二十九字，中有"新室"字样，研究者认为是王莽欲封禅之玉牒文。大约未能成行秘藏，故流传下来。文曰：

> 万岁壹纪……
> □德，作民父母，清［深］……
> □（罢）退佞人姦轨，诛［灭］……
> 延寿，长壮不老。累……
> 封覃（禅）泰山，新室昌□（熾）④

---

① 《史记·封禅书》，第 1367、1398 页。
② 《后汉书·祭祀志》，第 3169 页。
③ 刘昫等撰：《旧唐书》卷 23，中华书局 2010 年版，第 898 页。
④ 冯时：《新莽封禅玉牒研究》，《考古》2006 年第 1 期。

文字缺略，大致是向天地神祇表明功德，请求赐福、延年益寿、新朝昌盛之类。王莽深通礼学，性慕古法，玉牒的石材选用以及牒文刻书的处理形式都与汉代所记载的封禅玉牒相同。《后汉书·祭祀志上》载光武帝仿武帝元封间封禅所制封禅玉牒："遂使泰山郡及鲁趣石工，宜取完青石，无必五色。时以印工不能刻玉牒，欲用丹漆书之；会求得能刻玉者，遂书。书秘刻方石中，命容玉牒。"① 据此可知，依汉制，玉牒所用石材为纯净青石，牒文施朱，刻书。而新莽玉牒即为黑色青石制成，通体磨光。牒文阴刻五行，字口涂朱，与此制合。

祀天祭地、祭祀五帝及日月山川等，亦有相应的仪式，如《史记·武帝本纪》载祀太一、五帝：

> 十一月辛巳朔旦冬至，昧爽，天子始郊拜泰一。朝朝日，夕夕月，则揖；而见泰一如雍礼。其赞飨曰："天始以宝鼎神筴授皇帝，朔而又朔，终而复始，皇帝敬拜见焉。"而衣上黄。其祠列火满坛，坛旁烹炊具。……其来年冬，郊雍五帝。还，拜祝祠泰一。赞飨曰："德星昭衍，厥维休祥。寿星乃出，渊耀光明。信星昭见，皇帝敬拜泰祝之享。"②

这里的"赞飨"云云是礼官引导武帝敬拜的导引辞。未载祝辞。《春秋繁露·郊祀》载郊祝用辞，可作参照。文曰：

> 皇皇上天，照临下土，集地之灵，降甘风雨，庶物群生，各得其所，靡今靡古，维予一人某敬拜皇天之祜。③

祝辞为庶物群生求福，正是天子受命于天，护佑群生的表现，"不自为言，而为庶物群生言，以人心庶天无尤焉，天无尤焉，而辞恭顺，宜可

---

① 《后汉书·祭祀志上》，第3165页。
② 《史记》卷20，第477页。
③ 苏舆撰，钟哲点校：《春秋繁露义证·郊祀》，新编诸子集成本，中华书局1992年版，第409页。

喜也。"

此祝辞又见《大戴礼·公冠篇》，严可均收录，名《祭天辞》，称其"列於孝昭冠辞后，明非先秦古辞，今编入汉阙名类。"同时还有《祭地辞》：

> 薄薄之土，承天之神。兴甘风雨，庶卉百谷，莫不茂者，既安且宁。维予一人某，敬拜下土之灵。

又有《迎日辞》：

> 维某年某月上日，明光于上下，勤施于四方，旁作穆穆。维予一人某，敬拜迎日于郊。①

郊祀礼仪化后，相关祝辞大约也有固定的程式，故文中多有"某"以便根据祝祷者不同而替换。

二 祈雨、止雨祝辞

农业文明对雨水格外倚重，故祈雨、止雨的相关祝辞也比较丰富。

祈雨祝辞据传源自商汤，其灭夏后，连年大旱，五年不收，汤乃"翦其发，枥其手，以身为牺牲，祷于桑林"，其辞曰：

> 余一人有罪，无及万夫，万夫有罪，在余一人。无以一人之不敏，使上帝鬼神伤民之命。②

此言一下，"民乃甚悦"，而汤自为牺牲，亦获得神灵哀怜，雨乃大至。故人称"汤达乎鬼神之化，人事之传也。"商汤以自罚甚至自焚的谢罪方式请求神祇宽恕，遂有甘霖降下，这个说法的背后是灾异观念。在这个

---

① 《全汉文》卷57，第439页。
② 高诱注：《吕氏春秋·顺民篇》，上海书店1986年版，第86页。

思想系统中，日食月食、地震水旱乃至疾疫怪妖等天灾异象，都是执政者不德的表现，是天谴，故要罪己，虔诚改过。因此，祈雨祝辞里常有自我检讨的内容。汉代帝王当亦参与请雨仪式，祝辞或承袭商汤：

> 君亲之南郊，以六事谢过自责曰："政不善与？民失职与？宫室崇与？妇谒盛与？苞苴行与？谗夫倡与？"①

祝辞反躬自问，表现出在天地诸神面前的谦卑和惶恐。

而有时，各级地方官也承担罪己求雨的职责，如《后汉书·独行传》载西华大旱，县令戴封祈祷上天请雨无获，乃积薪坐其上自焚，最终诚心感动上天，"火起而大雨暴至，于是远近叹服"。② 又载谅辅自焚求雨，并祝辞自罪：

> 时夏大旱，太守自出祈祷山川，连日而无所降。（谅）辅乃自暴庭中，慷慨咒曰："辅为股肱，不能进谏纳忠，荐贤退恶，和调阴阳，承顺天意，至令天地否隔，万物焦枯，百姓喁喁，无所诉告，咎尽在辅。今郡太守改服责己，为民祈福，精诚恳到，未有感彻。辅今敢自祈请，若至日中不雨，乞以身塞无状。"于是积薪柴聚茭茅以自环，搆火其旁，将自焚焉。未及日中时，而天云晦合，须臾澍雨，一郡沾润，世以此称其志诚。③

祝辞自责自谴，言辞恳切，发自肺腑，故被史家收入。

也有一些程式化的祈雨、止雨祝辞，如《春秋繁露·求雨》载请雨祝辞：

> 昊天生五谷以养人。今五谷病旱，恐不成实，敬进清酒膊脯，

---

① 《后汉书·礼仪志中》，第3117页注（一）。
② 《后汉书》卷81，第2684页。
③ 《后汉书》卷81，第2694页。

再拜请雨，雨幸大澍。

又《止雨》载止雨祝辞：

> 嗟！天生五谷以养人。今淫雨太多，五谷不和，敬进肥牲清酒，以请社灵，幸为止雨，除民所苦，无使阴灭阳。阴灭阳，不顺於天。天之常意，在於利人。人愿止雨，敢告於社。①

祝辞是向神灵祈愿，故敬诚是修辞核心。《文心雕龙·祝盟》云："祈祷之式，必诚以敬。"② 又《文章辨体序说》云："大抵祷神以悔过迁善为主。"③

三 宗庙祝辞

此类祝辞是向先人祝祷，希望能满足特殊需求。如匡衡《祷高祖孝文孝武庙》。据《汉书·韦玄成传》载，汉元帝永光、建昭年间进行宗庙礼制改革，依据礼典轨范皇帝宗庙典制，其主要内容是罢弃西汉初、中期建立的"祖""宗"郡国庙，确定皇帝宗庙迭毁之制。因此，不仅"罢祖宗宗庙在郡国制者"，还多次按照世数的递进，依次迁毁宗庙中逾越血缘关系的祖宗神主。这项改革有政治的考量，但很大程度上是出于经济的考虑，遂引起很多争议。汉元帝也感到了压力，因梦而病："上寝疾，梦祖宗谴罢郡国庙，上少弟楚孝王亦梦焉。"遂召见丞相匡衡，"议欲复之"，即商量恢复原有宗庙建制的可行性。匡衡很坚决，深言不可。"上疾久不平"，匡衡惶恐，遂祝祷于高祖、孝文、孝武庙曰：

> 嗣曾孙皇帝恭承洪业，夙夜不敢康宁，思育休烈，以章祖宗之盛功。故动作接神，必因古圣之经。往者有司以为前因所幸而立庙，

---

① 苏舆撰，钟哲点校：《春秋繁露义证·郊祀》，第428、438页。
② 刘勰著，詹锳义证：《文心雕龙义证》，第375页。
③ 吴讷著，于北山校点：《文章辨体序说》，人民文学出版社1998年版，第54页。

将以系海内之心，非为尊祖严亲也。今赖宗庙之灵，六合之内莫不附亲，庙宜一居京师，天子亲奉，郡国庙可止毋修。皇帝祇肃旧礼，尊重神明，即告於祖宗而不敢失。今皇帝有疾不豫，乃梦祖宗见戒以庙，楚王梦亦有其序。皇帝悼惧，即诏臣衡复修立。谨案上世帝王承祖祢之大义，皆不敢不自亲。郡国吏卑贱，不可使独承。又祭祀之义以民为本，间者岁数不登，百姓困乏，郡国庙无以修立。《礼》，凶年则岁事不举，以祖祢之意为不乐，是以不敢复。如诚非礼义之中，违祖宗之心，咎尽在臣衡，当受其殃，大被其疾，队在沟渎之中。皇帝至孝肃慎，宜蒙祐福。唯高皇帝、孝文皇帝、孝武皇帝省察，右飨皇帝之孝，开赐皇帝眉寿亡疆，令所疾日瘳，平复反常，永保宗庙，天下幸甚！①

辞中称元帝恭承洪业，夙夜不敢康宁，以彰显祖宗之盛功。然而却梦见祖宗因毁郡国庙事责戒，甚惶恐，欲恢复旧制。但自己考虑到"岁数不登，百姓困乏，郡国庙无以修立"等原因不主张恢复。因此，这件事若"非礼义之中，违祖宗之心"，罪责不在元帝，而是自己："咎尽在臣衡，当受其殃，大被其疾，队（坠）在沟渎之中。"最后，他希望"高皇帝、孝文皇帝、孝武皇帝省察，佑飨皇帝之孝，开赐皇帝眉寿无疆，令所疾日瘳，平复反常，永保宗庙，天下幸甚"。祝祷之辞是很诚恳的。

四　祖祝

祖是祭祀路神的仪式。古人出行道路险恶，交通不便，长途旅行穷年累月，旅途常常伴随着危险，故出行前祈求神灵保佑成为缓解紧张情绪的重要方式。秦汉时期交通状况有很大改观，社会心理从重土畏迁转而向慕远行，也多有不远万里开拓迁徙的情况，但总体来说，由于交通、医疗等条件的限制，更由于以定居农业为主体经济形式的社会长期所形成的讲究"定""静"而"安"的传统观念造成的心理阻力，秦汉人对

---

① 《汉书》卷73，第3121—3122页。

远行仍充满犹疑乃至畏厌。① 因此，时人出行延续早期祭祀路神的道祭仪式，与之相关的祝辞也被保留下来。

《仪礼·聘礼》："出祖释軷，祭酒脯，乃饮酒于其侧。"郑注云："祖，始也，……行出国门，止陈车骑，释酒脯之，奠于軷，为行始也。"②《左传》"梦襄公祖"，杜预注："祖，祭道神。"强调祖的仪式意义。③ 从各种史料看，祖道仪式全程如下：先堆土台像山形，树草木为神主，叫作軷，如《说文解字》释"軷"："出将有事于道，必先告其神，立坛四通，树茅以依神为軷。"之后，祀神以萧草牲脂等祭品。再以车骑碾过軷坛，被称为"範（犯）軷"，以示一路无险难。此外，丧者出门仪式也称"祖"。《仪礼·既夕礼》："有司请祖期。"郑注："将行而饮酒曰祖。祖，始也。"贾公彦疏："此死者将行亦曰祖，为始行，故曰祖也。"④ 仪式亦相似。从心理学角度看，仪式具有强烈的象征意义，其气氛庄严、程式规范、意蕴丰富，能够产生心理暗示，故对心灵产生慰藉作用，因此，祖道仪式在某种程度上可以缓解人们出行的紧张心理。

在汉代人的神灵谱系里，祖为远古历史人物，一说是共工之子，如《通典》引《白虎通》："共工之子曰修，好远游，舟车所至，足迹所达，靡不穷览，故祀以为祖神。"⑤ 应劭《风俗通义·祀典》引《礼传》所述文字与此全同。一说是黄帝之子"累祖"，如《宋书》卷十二《律历中》引崔寔《四民月令》曰："祖者，道神。黄帝之子曰累祖，好远游，死道路，故祀以为道神。"⑥ 祖道时以酒脯膏脂祭軷是希望通过娱神获得神灵福佑，而以车骑碾过軷坛的"範（犯）軷"行为似乎又有一定威慑的意思。民间信仰对待人鬼常常持这种恩威并施的态度，既有请求和报谢，

---

① 《论语·季氏》孔子批评"损者三乐"之一"乐佚游"；《礼记·中庸》："君子居易以俟命，小人行险以徼幸。"《大学》："知止而后有定，定而后能静，静而后能安，安而后能虑，虑而后能得。"相关研究参看王子今《秦汉交通史稿》第十七章《秦汉人的交通心理与交通习尚》，北京：中共中央党校出版社，1994年。

② 《仪礼注疏》，阮元校刻《十三经注疏》，第1072页。

③ 《春秋左传正义》，阮元校刻《十三经注疏》，第2048页。

④ 郑玄注，贾公彦疏：《仪礼注疏》，阮元校刻本《十三经注疏》，第1148页。

⑤ 杜佑撰，王文锦等点校《通典》卷51，中华书局1988年版，第1421页。

⑥ 《宋书·律历中》卷12，中华书局1974年版，第260页。

亦时有命令和威胁。而在言语文字受到崇拜的时代，利用祝辞咒语与神灵交流以达成某种默契，更是一种通行的礼仪程式，甚至有时就是最核心的礼仪环节。如战国末期睡虎地秦简《日书》简文记录早期祝祖仪式：

> 行行祠：行祠，东行南〈南行〉，祠道左；西北行，祠道右。其谓（号）曰大常行，合三土皇，耐为四席。席歿馂（餕）其后，亦席三歿馂（餕）。其祝曰："毋（无）王事，唯福是司，勉饮食，多投福。"

这是向路神表达祈望。又有借助巫师巫术咒语的力量以示威慑，如：

> 行到邦门囷（闉），禹步三，勉壹步，謼（呼）："皋，敢告曰：某行毋（无）咎，先为禹除道。"即五画地，掓其画中央土而怀之。①

禹步是一种巫术步法，仪式中，祝诅者先发出长声"皋——"，然后用带着威慑的语气言"某某出行无咎"。之后画地五方，象征东西南北中五方神灵，取最具权威的中央土怀之，以为辟邪之物。放马滩秦简《日书》也有类似内容：

> 禹须臾，臾臾行，得。择日出邑门，禹步三，向北斗质画地，视之曰："禹有直五横，今利行，行毋咎，为禹前除，得。"②

又额济纳汉简亦有类似内容：

> 欲急行出邑，禹步三，唬"皋"，祝曰："土五光，今日利以行，

---

① 睡虎地秦墓竹简整理小组：《睡虎地秦墓竹简》，文物出版社1990年版，第243、223页。

② 秦简整理小组：《天水放马滩秦简甲种日书释文》，《秦汉简牍论文集》，甘肃人民出版社1989年版，第5页。"视"或当为"祝"。

行毋死。已辟除道,莫敢义当,狱史、壮者皆道道旁。"①

辞中称设置了两道庇护,一是施法以祛害,二是壮士护佑,故出行无咎。

《日书》为战国秦汉时选择时日吉凶的数术之书,主要为人们日常行归宜忌提供行为规范,其收录祝诅之辞内容简单,言辞朴素,便于各个文化层次的人随时套用,"某"字可根据情境替代为具体人名。不过,上述三则从修辞角度看属于咒语。

而到了汉代,随着国家对礼仪文化建设的重视,一大批有着良好语言训练的文人才士参与到礼辞的撰写当中,礼仪文体空前繁盛,祖道仪式中的祝祷之辞遂有了崭新的面目。从保留下来的蔡邕《祖饯祝》看,其内容丰富,言辞雅丽,体现出鲜明的文人创作特点:

> 令岁淑月,日吉时良。爽应孔嘉,君当迁行。神龟吉兆,林气煌煌。著卦利贞,天见三光。鸾鸣雍雍,四牡彭彭。君既升舆,道路开张。风伯雨师,洒道中央。阳遂求福,蚩尤辟兵。仓龙夹毂,白虎扶行。朱雀道引,玄武作侣。勾陈居中,厌伏四方。往临邦国,长乐无疆。②

祝辞采用古老庄重的四言句式,首先强调出行时日是经过慎重占卜选择的,文中"令岁淑月""日吉时良""神龟吉兆""著卦利贞"等句并非一般的套语,而是指实际出行前必要的程序。秦汉时期巫觋活动、数术之学都有着广泛的影响,生老病死、衣食住行也都有各种约束和禁忌,人们在自然和社会生活中的自觉和自由都是比较有限的。据王子今统计,睡虎地秦简《日书》所列行忌十四种,"不可以行"的日数超过 355 天,排除可能重复的行忌,全年行忌达 165 日,将近占全年日数的一半③,汉代人也同样如此,如史载张竦"知有贼当去,会反支日,不去,因为贼

---

① 魏坚主编:《额济纳汉简》,广西师范大学出版社 2005 年,第 284 页。
② 《全后汉文》卷 79,第 899 页。
③ 参看王子今《秦汉交通史稿》第十七章之"交通禁忌"。北京:中共中央党校出版社,1994 年。

所杀。"① 又如陈伯敬"行路闻凶，便解驾留止，还触归忌，则寄宿乡亭。"② 等，都是很典型的例子。

此外，祝辞中还提到一系列随行护佑的神灵，如风伯、雨师、蚩尤、仓龙、白虎、朱雀、玄武、勾陈等，显示出秦汉信仰中神灵广杂的特点。有上述诸位神灵开道保佑，行路者即可"往临邦国，长乐无疆"。此祝辞篇幅短小，多为程式化的内容，但表达了汉代人的基本信仰。而"鸾鸣雍雍，四牡彭彭"语出《诗经》，为祝辞添加一抹典雅色调，言辞中的神秘主义气息因此而有所减淡。在程式化的礼仪之文中引经据典，是汉代文人的习惯。

五 龟祝

秦汉神灵广杂，人神交往也非常频繁，各种祈愿祝辞当是极丰富的。不过，由于大多为口头言辞，内容相对简单。而且祝辞大约常常是默默的向神灵诉说，故保留下来的也不多。《史记·龟策列传》记载了龟占时的一些祝辞，可一斑窥豹。

其一为多次卜龟不中，要为占卜之龟被除祸祟：

> 人若已卜不中，皆被之以卵，东向立，灼以荆若刚木，土卵指之者三，持龟以卵周环之，祝曰："今日吉，谨以梁卵烯黄，祓去玉灵之不祥。"玉灵必信以诚，知万事之情，辩兆皆可占。不信不诚，则烧玉灵，扬其灰，以征后龟。③

古之灼龟，取生荆枝及生坚木烧之，斩断以灼龟。若已卜不中，则占卜时用黄绢裹梁卵围着龟绕三圈，点三次，以祓除不祥。用黄者，中之色，主土；鸡报时有信，故用鸡。祝辞简单明白的表达祈愿。

又占卜灼龟时，有祝辞曰：

---

① 《汉书》卷92，第3714页。
② 《后汉书》卷46，第1546页。
③ 《史记》卷128，第3239页。

> 假之玉灵夫子，夫子玉灵，荆灼而心，令而先知，而上行於天，下行於渊。诸灵数篇，莫如汝信。今日良日，行一良贞，其欲卜某，即得而喜，不得而悔。即得，发乡我身长大，首足收人皆上偶。不得，发乡我身挫折，中外不相应，手足灭去。①

"玉灵夫子"是对神龟的尊称。辞中先是赞颂神龟之灵验诚信，然后诉说自己的愿望：今为某事占卜，希望能如愿。如果"得"，就显示某种征兆，若"不得"，就显示某兆。"发乡我身长大，手足收人皆上偶。""发乡我身挫折，中外不相应，手足灭去"云云，大约都指某种兆相。

其他龟祝，如：

> 假之灵龟，五巫五灵，不如神龟之灵，知人死，知人生。某身良贞，某欲求某物。即得也，头见足发，内外相应；即不得也，头仰足肦，内外自垂。可得占。

又卜占病者生死，祝曰：

> 今某病困，死，首上开，内外交骇，身节折。不死，首仰足肦。

又卜病者是否祟，祝曰：

> 今病有祟无呈，无祟有呈。兆有中祟有内，外祟有外。②

民间各种祝辞多言辞朴素。向神灵祈愿重在恭谦心诚，心诚则灵，言辞繁简并不太重要。

---

① 《史记》卷128，第3240页。
② 以上三则见《史记》卷128，第3240—3241页。

第二节 咒诅类文体

在早期观念中，语言是有神秘魔力的，语言和它所指代的实际事物差不多是等值的，因此古人相信，凭借语言的作用就能使客观现实发生相应的变化，产生预期的结果，语言巫术也就成为促成愿望或承诺得以实现的特殊方式。而在巫术与宗教仪式中出现的被认为具有超自然力量的神秘套语一般被人们称为咒语。咒语在使用上有广义狭义之别。广义的咒语，包括巫术与宗教仪式中的所有"神秘"语言，它将祷词、神谕也涵盖在内。而狭义的咒语，则仅指那种以语言灵力崇拜为主的神秘套语。它在民间信仰中的神奇效力从根本上看不是来自神灵的力量，而是主要依靠语言自身的魔力。① 本节讨论的就是此类。

咒语巫术常常由号称掌握法术的巫觋方士等神职人员实施，他们一般要郑重其事举行仪式，同时借助法器，以及咒语或符箓等手段来增强巫术影响的力度，因此，人们对咒语魔力的信仰同时又是建立在对这些神职人员意志力和法力崇拜的基础之上的。人们相信，在实施咒语巫术的时候，凭借语言灵力加上施咒者自身法力就可以有无上的权威，所以，巫术咒语常常是用毋庸置疑的口吻发出命令，甚至进行威胁、恫吓，强行要求自然万物或鬼怪妖魔听从命令。当然，咒语中也有些口气较为和缓，表示一定的尊敬，或同鬼怪谈谈条件、讲讲道理，但整体上还是表现出一种压制性态度。如《史记·殷本纪》载商汤向鸟兽发出咒语："汤出，见野张网四面，祝曰：'自天下四方皆入吾网。'汤曰：'嘻，尽之矣！'乃去其三面，祝曰：'欲左，左。欲右，右。不用命，乃入吾网。'"② 又如《礼记·郊特牲》载年终蜡祭咒语："土反其宅，水归其

---

① 黄涛：《咒语、祷词与神谕：民间信仰仪式中的三种"神秘"语言现象》，《民间文化论坛》2006年第2期。文中还认为，祷词是信教者以赞美、禀告、恳求、感谢等方式，向他们所信奉的神灵进行祷告以祈福禳灾的语言。神谕指被认为体现神的意志的语言或其他象征形式，以寻求神谕为目的的民俗活动有附体、占卜、托梦、神判等。二者与咒语的区别主要在于咒语源于巫力崇拜，祷词、神谕出于神力崇拜。

② 《史记》卷3，第95页。

壑，昆虫毋作，草木归其泽！"①《山海经·大荒北经》载驱逐旱魃："魃时亡之，所欲逐之者，令曰：'神北行！'先除水道，决通沟渎。"② 言辞都表现出命令的口吻。民间信仰有很强的保守性，变化缓慢，近些年来出土的战国至秦汉竹简中有很多咒辞，形态都很相近，可以窥见这种文化氛围。但作为民间信仰仪式，传世文献记载较少。

一 驱鬼逐疫

秦汉时，神秘主义信仰气氛浓厚，人们施咒作法的对象主要是对日常生活影响大的鬼怪神灵，目前所见集中在两类：一是人鬼，二是各种疫病，不过，两者常有交叉。因为鬼也常作祟，轻者戏弄、干扰人们正常生活，重者致人疾病、伤害牲畜，甚至引起灾害瘟疫，乃至危害生者③，因此要用各种方式压胜。睡虎地秦简《日书》中的《诘（咎）篇》即历数祛鬼的种种方式，篇首云："诘咎，鬼害民罔（妄）行，为民不羊（祥），告如诘之。"④ 其中所涉及的鬼名就有刺鬼、丘鬼、棘鬼、阳鬼、故丘鬼、凶鬼、暴鬼、游鬼、不辜鬼、饿鬼、遽鬼、哀乳之鬼、疠鬼、夭鬼等二十余种，当然，劾治的办法也很多，如驱逐、祭祝、屠杀、火攻、土攻、药攻，乃至用畜粪驱鬼等。

《汉书·艺文志·数术略》杂占中有《人鬼精物六畜变怪》二十一卷、《变怪浩咎》十三卷、《执不祥劾鬼物》八卷、《请官除妖祥》十九卷，大约都是和《诘（咎）篇》相类似的书籍。不过，从《诘（咎）篇》看，驱鬼除疫的法子更多是和某些实物相关的技术性措施，言辞较少。现在能看到带有咒语性质的，除了前面丧葬文体里的镇墓文，还有腊岁大傩仪式中的咒语。

大傩逐疫是战国秦汉时较为普遍的一种民间信仰活动，秦汉时纳入

---

① 古时巫祝不分，故祝辞、巫术咒语二者在称谓上区分并不十分严格。此二例严格上说属于巫术咒语，但前例《史记》称"祝"，后一例《文体明辨序说》称："此祝文之祖也。"
② 袁珂：《山海经校注》，上海古籍出版社1980年版，第430页。
③ 彭卫、杨振红：《中国风俗通史·秦汉卷》第二节《鬼怪世界》对此有详细的分析解说，可参看第583—592页。
④ 王子今：《睡虎地秦简〈日书〉甲种疏证》，湖北教育出版社2003年版。

官方祭祀系统。《吕氏春秋·季冬》："命有司大傩，旁磔，出土牛，以送寒气。"高诱注："大傩，逐尽阴气为阳导也。今人腊岁前一日击鼓驱疫，谓之逐除是也。"① 张衡《东京赋》："尔乃卒岁大傩，殴除群厉。"《后汉书·礼仪志中》记载汉代宫廷大傩活动中逐疫咒辞的唱和仪式：

先腊一日，大傩，谓之逐疫。其仪：选中黄门子弟年十岁以上，十二以下，百二十人为侲子。皆赤帻皂制，执大鼗。方相氏黄金四目，蒙熊皮，玄衣朱裳，执戈扬盾。十二兽有衣毛角。中黄门行之，冗从仆射将之，以逐恶鬼于禁中。夜漏上水，朝臣会，侍中、尚书、御史、谒者、虎贲、羽林郎将执事，皆赤帻陛卫。乘舆御前殿。黄门令奏曰："侲子备，请逐疫。"于是中黄门倡，侲子和，曰：

"甲作食凶，胇胃食虎，雄伯食魅，腾简食不祥，揽诸食咎，伯奇食梦，强梁、祖明共食磔死寄生，委随食观，错断食巨，穷奇、腾根共食蛊。凡使十二神追恶凶，赫汝躯，拉汝干，节解汝肉，抽汝肺肠。汝不急去，后者为粮。"②

这场声势浩大的仪式参与者众多。百余人唱和的咒辞成为中心环节。辞中"食"字前面的"甲作""胇胃""雄伯""腾简"等皆为各路神灵。咒辞呼唤这些神灵对诸多凶害、疫病、疠邪之鬼进行威吓、训斥，穷追猛打。咒语唱完之后，还要持炬火，驱送疫鬼邪害远离。

巫术咒语有多种表现形式，但其基本立足点是对语言魔力以及对施法者法力的崇信，故修辞上常常表现得很坚定，显示出施语者的力量和主动性。文中请神协助看似发挥的是神灵的威慑，然而能邀请到神灵这一行为本身就显示出一种法力的强大，因此在根本上仍然反映出巫师的神通广大。

二 祝由

祝由是借符咒禁禳来治疗疾病的一种方法。"祝"者咒也，"由"即

---

① 高诱注：《吕氏春秋》卷12，上海书店1986年版，第114页。
② 《后汉书·礼仪志中》卷，第3128页。

病的原由。祝由一词，见于《黄帝内经·素问·移精变气论》：

> 黄帝问曰："余闻古之治病，惟其移精变气，可祝由而已。今世治病，毒药治其内，针石治其外，或愈或不愈，何也？"岐伯对曰："往古人居禽兽之间，动作以避寒，阴居以避暑，内无眷暮之累，外无伸宦之形，此恬淡之世，邪不能深入也。故毒药不能治其内，针石不能治其外，故可移精变气，祝由而已。当今之世不然，忧患缘其内，苦形伤其外，又失四时之从，逆寒暑之宜，贼风数至，虚邪朝夕，内至五脏骨髓，外伤空窍肌肤；所以小病必甚，大病必死，故祝由不能已也。"①

又《灵枢·贼风》："黄帝曰：其祝而已者，其故何也？岐伯曰：先巫者，因知百病之胜，先知其病之所从生者，可祝而已矣。"祝由是一种重要的心理治疗巫术手段，如《灵枢·官能》："疾毒言语轻人者，可使唾痈咒病。"②意思是嫉妒、刻薄、说话轻慢的人可以教之唾痈咒病。

马王堆竹简《五十二病方》有大量以"祝由"治病的记载。

> 以朔日，葵茎磨疣二七，言曰："今日朔，磨疣以葵戟。"又以殻本若道旁帚、楷二七，投泽若□下。除日已望。（109—110）

> 唾曰："歕，桼（漆），"三，即曰："天窗（帝）下若，以桼（漆）弓矢，今若为下民疣，涂若以豖矢。"以履下靡（磨）抵之。（380）

> 身有痈者，曰："皋，敢'告'大山陵：某'不'幸病痈，我值百疾之□，我以明月炙若，寒且□若，以柞槍柱若，以虎爪抉取若，刀而割若，苇而刖若。今□若不去，苦唾□若。"即以朝日未食，东向唾之。（379—381）

> 鬃：祝曰："帝有五兵，尔亡。不亡，探刀为创。"即唾之，男

---

① 邢汝雯编著：《黄帝内经·素问篇》，华中科技大学出版社2017年版，第64页。
② 邢汝雯编著：《黄帝内经·灵枢篇》，华中科技大学出版社2017年版，第251、312页。

子七，女子二七（391）①

上述医方中的祝辞（即咒语）口气威严，有些还很凌厉，带有攻击性，或称天帝之名，或称有刀、虎之威，不断恐吓、震慑，意在将病魔赶出人体。

祝由术有古老的渊源，秦简中就有类似的内容，如上引末则为一种治疗漆疮的方法。类似的祝由之语也见于睡虎地秦简《诘咎》：

> 一室中卧者眯也，不可以居，是□居之，取桃桪榬四隅中央，以棘刀刊其宫墙，呼之曰："復疾趣（趋）出。今日不出，以牡刀皮而衣。"则无殃矣。②

《淮南子·精神训》云："觉而若昧，以生而若死。"高诱注："昧，厌也。楚人谓厌为昧。"③ 大约是做了噩梦而病。故先用桃枝布法，且用刀刮墙，威胁疫怪赶紧出来受死，否则剥皮为衣。

据研究者统计，《五十二病方》现存283方，其中祝由34方，点明"祝曰""呼曰""唾喷""吙"之后念祝辞者25方；直念祝辞者3方；禹步三配祝词3方，仅禹步三而无祝辞者2方；依巫祝术取一定施术方法者2方；"以葛为矢"，饮"并符灰"者各一方。含有祝辞的有三则。④祝由治病，一定程度上发挥的是语言的威力，若有效，也可以说是心理治疗法。

三　刚卯辟邪铭文

汉代丧葬、佩饰、日用及陈设用玉中，很多玉器无论造型或纹饰都

---

① 裘锡圭主编，湖南省博物馆、复旦大学出土文献与古文字研究中心编：《长沙马王堆汉墓简帛集成（五）》，中华书局2014年版。
② 刘乐贤：《睡虎地秦简日书〈诘咎〉篇研究》，《考古学报》1993年第4期。
③ 张双棣：《淮南子校释》，第783—784页。
④ 严健民：《五十二病方注补译》，中医古籍出版社2005年版，第233页。

有辟邪之意,体现当时社会流行的辟邪厌胜思想。① 但有铭文的玉器仍较为少见,刚卯就是其中较为独特的有铭文的一类。它作为汉时玉器特有的器型,与司南、翁仲一起构成三大辟邪玉佩件。从传世史料和出土文物看,这类玉器上铭文首句或为"正月刚卯",或为"疾日严卯",因此又被分别称为刚卯和严卯,但一般统称为刚卯。

有关刚卯的记载最早见于《汉书·王莽传》:"正月刚卯。"颜师古注引服虔曰:

> 刚卯以正月卯日作佩之,长三(尺)[寸],广一寸,四方,或用(五)[玉],或用金,或用桃,著革带佩之。今有玉在者,铭其一面曰:"正月刚卯"。

又引晋灼曰:

> 刚卯长一寸,广五分,四方。当中央从穿作孔,以采丝(茸)[葺]其底,如冠缨头蕤。刻其上面,作两行书,文曰:"正月刚卯既央,灵殳四方,赤青白黄,四色是当。帝令祝融,以教夔、龙,庶疫刚瘅,莫我敢当。"其一铭曰:"疾日严卯,帝令夔化,顺尔固伏,化兹灵殳,既正既直,既觚既方,庶疫刚瘅,莫我敢当。"②

这是最早有关刚卯形制、铭文的记载。颜师古又注曰:"今往往有土中得玉刚卯者,案大小及文,服说是也。"

此外,《后汉书·舆服下》在简述君臣佩玉制度的历史时也说到刚卯,因佩戴者身份等级不同而在质料、形制、色泽等方面有差异:

> 佩双印(当为卯——笔者注),长寸二分,方六分。乘舆、诸侯

---

① 徐琳:《两汉用玉思想研究之一——辟邪厌胜思想》,《故宫博物院院刊》2005 年第 1 期,总第 135 期。
② 《汉书》卷 99 中,第 4110 页。

王、公、列侯以白玉，中二千石以下至四百石皆以黑犀，二百石以至私学弟子皆以象牙。上合丝，乘舆以縢贯白珠，赤罽蕤，诸侯王以下以綟赤丝蕤，縢綟各如其印（当为卯——笔者注）质。刻书文曰："正月刚卯既决，灵殳四方，赤青白黄，四色是当。帝令祝融，以教夔龙，庶疫刚瘅，莫我敢当。疾日严卯，帝令夔化，慎尔周伏，化兹灵殳。既正既直，既觚既方，庶疫刚瘅，莫我敢当。"凡六十六字。①

铭文为四言韵语，称刚卯选择特殊时日制作佩戴，其棱角方正，象征四方神灵。佩戴此物，庶疫刚瘅，莫我敢当，口气中含着说一不二的威严。

目前安徽亳县凤凰台一号墓（东汉曹操长夫人丁氏家族墓）出土玉严卯1，长2.25厘米、宽1厘米；安徽亳县凤凰台一号墓（东汉丁崇墓）出土刚卯1，长2.25、宽1厘米、厚1厘米；河北景县广川东汉墓出土玉刚卯，高2.3厘米，宽1厘米，高1厘米；江苏扬州市邗江区甘泉东汉二号墓出土玉严卯，高2.2厘米。其铭文与上述史料所记载的大同小异。（如图一、图二。图一玉严卯，江苏扬州市邗江区甘泉东汉二号墓出土，现藏于南京博物馆，32字；图二玉刚卯，河北景县广川乡后村东汉墓出土，现藏于河北省文物研究所。这些刚卯形制与上述记载大致相同。）

刚卯一般成对佩戴，与其他饰物构成组配，可以说是先秦时期玉组佩方式的延续。佩带刚卯之俗，与汉人于五月五日以五彩丝系臂一样，均意在"辟兵及鬼，令人不病温（瘟）"。② 是以吉煞凶，祈祝祥和平安。不同的是，刚卯特别发挥了文字的功能，显示出汉代对文字的崇信，以及文字使用领域的广泛。

刚卯在王莽时期一度被禁绝，只因"刚卯"二字含"刘"字偏旁，与王莽篡位立王姓废刘姓相冲克，《汉书·王莽传》记载王莽的一段话：

> 今百姓咸言皇天革汉而立新，废刘而兴王。夫"刘"之为字，

---

① 《后汉书·舆服志下》，第3671—3673页。
② 应劭撰，吴树平校释：《风俗通义校释》，天津人民出版社1980年版，第415页。

图一　玉严卯　　　　　　图二　玉刚卯

"卯、金、刀"也,正月刚卯,金刀之利,皆不得行。博谋卿士,佥曰天人同应,昭然著明。其去刚卯莫以为佩,除刀钱勿以为利,承顺天心,快百姓意。①

王莽后,刚卯又一度流行,但魏晋后就少有了,或许与这次禁绝有一定关系。

四　《骂鬼文》与《诘咎文》

战国秦汉时,以咒语诅祝鬼恶邪祟,是非常普遍的方式,文人亦参与其间。不过,正如屈原在民间祭歌基础上创作《九歌》,改变了"其辞鄙陋"②的状况,汉代文人参与咒语,也将简陋的咒语雅化而成文章。

---

① 《汉书》卷99中,第4109—4110页。
② 黄灵庚疏证:《楚辞章句疏证·九歌序》(增订本),上海古籍出版社2018年版,第822页。

据传，东方朔有骂鬼之书，《古文苑》卷六载王延寿《梦赋序》云："臣弱冠，尝夜梦见鬼物与臣战，遂得东方朔与臣作《骂鬼》之书。"①王延寿与东方朔隔世久远，序中称"与臣作"大约不可信，但骂鬼之书或有，从其讲述看，当为咒诅驱鬼的内容。

此外，曹植有《诘咎文》，是在咒语基础上创作的一篇诰咎祈福之文。《文心雕龙·祝盟》作"诰咎"，但《文选·洛神赋》李注引虞喜《志林》作"诘咎"，胡克家《文选考异》云："王伯厚尝言曹子建《诘咎文》，假天帝之命，以诘风伯雨师，名篇之意显然矣。"《艺文类聚》卷一百引亦作诘。②故刘勰"诰咎"大约为"诘咎"之误。

该文序云："五行致灾，先史咸以为应政而作。天地之气，自有变动，未必政治之所兴致也。于时大风，发屋拔木，意有感焉。聊假天帝之命，以诰咎祈福。"辞曰：

> 上帝有命，风伯雨师。夫风以动气，雨以润时，阴阳协和，庶物以滋。亢阳害苗，暴风伤条，伊周是过，在汤斯遭。桑林既祷，庆云克举。偃禾之复，姬公去楚。况我皇德，承天统民。礼敬川岳，祗肃百神。享兹元吉，荐福日新。至若灾旱赫羲，飚风扇发，嘉卉以萎，良木以拔。何谷宜填？何山应伐？何灵宜论？何神宜谒？于是五灵振竦，皇祇赫怒，招摇警怵，欃抢奋斧。河伯典泽，屏翳司风，迴呵飞廉，顾叱丰隆。息飚遏暴，元敕华嵩，庆云是兴，效厥年丰。遂乃沈阴块圠，甘泽微微，雨我公田，爰既于私。黍稷盈畴，芳草依依，灵禾重穗，生彼邦畿。年登岁丰，民无馁饥。③

以往风雨之灾常被看作天谴，是执政者不德的表现，故对风雨之神一般都是检讨祈祝的口吻。但曹植认为，风雨为天地之气感动而成，未必与政治有关。更何况，当今政权"承天统民"，"礼敬川岳，祗肃百神"，何

---

① 章樵注，钱熙祚校：《古文苑》，商务印书馆 1937 年版，第 151 页。
② 赵幼文校注：《曹植集校注·诰咎文》，人民文学出版社 1984 年，第 457 页注一。
③ 赵幼文校注：《曹植集校注·诰咎文》，第 456—457 页。

来灾异之说。因此，文中借天帝之命，责令风雨之神"息飚遏暴"，风调雨顺，致"年登岁丰，民无馁饥"。曹植不迷信鬼神，义正词严，故《文心雕龙·祝盟》称"陈思诰咎，裁以正义"。①

---

① 詹锳正义：《文心雕龙正义》，第371页。

第 九 章

官文书：空前的"文书行政"

所谓官文书，是与私文书相对，主要指由帝王、官方或具有官方身份的人员撰写、制定的有关国家政令信息等文体形式，一般以书面方式呈现。汉代已用"文书"一词指代此类文体，如《汉书·刑法志》称武帝以后律令条文滋繁，"文书盈于几阁，典者不能遍睹。"① 这里的"文书"指的是律令条文。又《论衡·别通篇》："萧何入秦，收拾文书。汉所以能制九州岛者，文书之力也。以文书御天下……""萧何所以能使樊、郦者，以入秦收敛文书也，众将拾金，何独掇书，坐知秦之形势，是以能图其利害。"② 等，这些"文书"包含的内容则更广些。

文字和国家出现后，官文书便应运而生，成为国家行政管理运转的重要凭借。早在殷商时期，甲骨占卜文字之外，简牍形式的官方文书就逐渐形成一些文体类型，《尚书·多士》云："惟殷先人，有册有典。"③ 甲骨文中"册"即是简牍用两道编绳联结之形，而"典"则是双手捧册之形。此后，随着政事处理的需要，相关文书逐渐根据行为功能加以分类整理和定名，朝着系统化的方向发展。如《尚书》中有"诰""誓""命"等。春秋战国时期，君王昭告之辞则多称为"令"或"命"，如《国语·楚语上》："王言以出令也。若不言，是无所禀令也。"韦昭注云："令，命也。"④ 此外，由于当时外交往来频繁，士人奔走游说，大夫亦建

---

① 《汉书》卷23，第1101页。
② 刘盼遂：《论衡集解》，古籍出版社1957年版，第271页。
③ 《尚书正义》，阮元校刻本《十三经注疏》，第220页。
④ 徐元诰撰，王树民、沈长云点校：《国语集解》，第503页。

言陈事，相关文书得到更大的发展空间。《文心雕龙·书记》说："春秋聘繁，书介弥盛。"① 只不过，先秦时官方文书的命名、形制都没有非常严格的界定。

至秦汉，为了彰显帝王权威而设定诸多专称，官文书由简到繁，进入重大发展时期。据《史记·秦始皇本纪》载：

> 秦王初并天下，令丞相、御史曰："……寡人以眇眇之身，兴兵诛暴乱，赖宗庙之灵，六王咸伏其辜，天下大定。今名号不更，无以称成功，传后世。其议帝号。"丞相绾、御史大夫劫、廷尉斯等皆曰："昔者五帝地方千里，其外侯服夷服，诸侯或朝或否，天子不能制。今陛下兴义兵，诛残贼，平定天下，海内为郡县，法令由一统，自上古以来未尝有，五帝所不及。臣等谨与博士议曰：'古有天皇，有地皇，有泰皇，泰皇最贵。'臣等昧死上尊号，王为'泰皇'，命为'制'，令为'诏'，天子自称曰'朕'。"王曰："去'泰'，著'皇'，采上古'帝'位号，号曰'皇帝'。他如议。"制曰："可"。②

故张守节《正义》："制诏，三代无文，秦始有之。"

汉承秦制，且进一步强化这种趋势。"汉初定仪则，则命有四品：一曰策书，二曰制书，三曰诏书，四曰戒敕。敕戒州部，诏诰百官，制施赦命，策封王侯。策者，简也。制者，裁也。诏者，告也。敕者，正也。"③ 文体命名以及发布对象等各种约定，都标志着官方文书进入成熟发展时期。

为提高行政管理效率，秦律明确规定："有事请殹（也），必以书，毋口请，毋羁请。"④ 即下级有所请示须采取书面方式，不得口说或请托。

---

① 刘勰著，詹锳义证：《文心雕龙义证》，第920页。
② 《史记》卷6，第236页。
③ 刘勰著，詹锳义证：《文心雕龙义证》，第730页。
④ 《内史杂》，睡虎地秦墓竹简整理小组：《睡虎地秦墓竹简》，文物出版社1978年版，第105页。

实际上当时无论上级发号施令，还是下级请示汇报，一概以书面形式进行，几乎无事不成文。汉承秦制，施政手段更加完善，公文书的普遍使用更成为典型表征。生活在东汉前期的王充曾说："汉所以能制九州者，文书之力也。（汉）以文书御天下。"① 从传世文献和近百年出土的秦汉简牍看，当时"文书行政"空前发达，官方文书种类和数量都非常可观，而且文书在制作、收发、办理、保管各个环节上都形成了严密的制度，已成为秦汉时重要的行政工具，承担着帝国政令下传与下情上达的功能，支撑着帝国官僚机构的正常运转。②

通常而言，官文书有广义和狭义两个范畴。广义之官文书是官府为处理政治、军事、经济、财政、人事等各类事务而形成的所有文书形式，可以包括通用公文、簿籍、账册、司法文书、律令文书等。而狭义的官文书则仅指通用公文，是官府在传达命令、请示、答复以及处理其他日常事务中形成和使用的书面文字材料，它具有成文性，有一定的程序要求，且经过了一定的处理程序，包括诏策等下行文书、章奏等上行文书，以及一般官府往来文书三大类。本章所涉及的官文书以狭义范畴为主，但同时兼顾广义文书范畴内的司法律令、簿籍等。一方面是因为这些较为专门的文书体系与秦汉帝国行政有密切关系，是国家制度运作的重要凭借；另一方面，它们常常和狭义官文书有密切的粘连关系，比如一些律条就是由诏令转化而来，一些往来公文也常伴随着簿籍等，故约略介绍。

第一节　诏令文书

诏令为帝王专用文书的统称，主要类型有制、诏、策、戒敕等。据刘勰的说法，制书之名取自《周易》"君子以制度数"；策书之名化自

---

① 刘盼遂：《论衡集解·别通》，古籍出版社1957年版，第271页。
② 参见富谷至著，刘恒武、孔令波译《文书行政的汉帝国》，江苏人民出版社2013年版。汪桂海：《汉代官文书制度》，广西教育出版社1999年版；永田英正著，张学锋译《居延汉简研究》，广西师范大学出版社2007年版；李均明《秦汉简牍文书分类辑解》，文物出版社2009年版等。

《诗经·小雅·出车》中"岂不怀归,畏此简书";诏书之名取自《礼》"明君之诏";戒敕取自《尚书》中"敕天之命",都是"本经典以立名目"。① 实际上,这几种文体虽有一定的功能区分,但也不是很严格,后世常统称为诏书。

一 秦朝的制、诏

秦始皇时,改命为制,改令为诏,成为皇帝专用文书,蕴含着强烈的皇权文化诉求,与更换名号一样,文书定名是为凸显皇帝有专断天下、昭告民庶的权力,这同时也体现出文书行政的规范化意识。

前引《史记·秦始皇本纪》:"命为'制',令为'诏'。"裴骃《集解》引蔡邕曰:"制书,帝者制度之命也,其文曰'制'。"② 目前所见最早的一则制书为秦始皇废除周代谥法、自称始皇帝的制书:

> 制曰:"朕闻太古有号毋谥,中古有号,死而以行为谥。如此,则子议父,臣议君也,甚无谓,朕弗取焉。自今已来,除谥法。朕为始皇帝。后世以计数,二世三世至于万世,传之无穷。"③

谥法是丧葬礼仪中结合亡者经历、品德等给予谥号的制度。谥号有恶谥、美谥和平谥三种,秦始皇去谥法,大约觉得若按照传统谥法自己很可能会获得恶谥,更可能是认为无人有资格对自己品头论足,此制书言辞简洁凌厉,威权凸显,显示出秦始皇一统后傲视往古、居高临下的自负。

又如秦统一全国后,"一法度衡石丈尺,车同轨,书同文字",颁布了统一度量衡的诏书。南京大学博物馆所藏秦铜诏权(图一),权身即环刻该诏书共13行40字:

> 廿六年,皇帝尽并兼天下诸侯,黔首大安,立号为皇帝,乃诏

---

① 刘勰著,詹锳义证:《文心雕龙义证·诏策》,第733页。
② 《史记》卷6,第237页注(一一)。
③ 《史记》卷6,第236页。

第九章　官文书:空前的"文书行政"　◀◀　513

图一　秦铜诏权及铭文

丞相状、绾，法度量则不壹嫌疑者，皆明壹之。①

权是测重之器，类似后世杆秤的秤砣或天平的砝码。铭文言简意赅，"法度量则不壹嫌疑者，皆明壹之。"权身铭刻诏书，大大增加其说一不二的权威性。

2013年在湖南益阳兔子山9号井出土记载有秦二世元年诏书的木牍，牍文作：

> 天下失始皇帝，皆遽恐悲哀甚，朕奉遗诏，今宗庙吏及箸以明至治大功德者具矣，律令当除定者毕矣。元年与黔首更始，尽为解除故罪。令皆已下矣，朕将自抚天下。（牍正面）吏、黔首其具行事，毋以繇（徭）赋扰黔首，毋以细物苛劾县吏。亟布。以元年十月甲午下十一月戊午到守府。（牍背面）②

此诏书大约颁布于秦二世胡亥继位后第一个月，文中称"朕奉遗诏"句，强调其继位的合法性。"更始"是秦汉文献常用语，为变革、更改之意，类似后世所谓"改元新政"之类。作为嗣君的新政宣言，该诏书下令解

---

① 李文：《铜权诏》，《南京大学学报》2019年第2期。
② 湖南省文物考古研究所、益阳市文物管理处：《湖南益阳兔子山遗址九号井发掘简报》，《文物》2016年第5期。

除故罪，减缓徭役赋税，对基层官吏予以惠待，等等，以表达宽抚四海的意愿。行文时，为表尊崇，"始皇帝"换行顶格书写。古代诏策奏议等官文书提及帝王或朝代按例都要换行顶格书写，这是最早的文书实例。木牍背面"以元年十月甲午下，十一月戊午到守府"并非诏书内容，而是记录此诏书传达至当地的时间。研究者曾推算该诏书大约在颁布24天后到达守府。按照秦时高效的公文传达系统，该诏书当同时下达到境内各地。①

不过，诏书中所提及的政策除了一次性解除故罪外，其余大都只是说说而已。据《史记·李斯列传》，胡亥即位后诛杀大臣和诸公子，"法令诛罚日益刻深，群臣人人自危，欲畔者众。又作阿房之宫，治直道、驰道，赋敛愈重，戍徭无已。"② 因此，二世所行与其诏书所言不仅不相符，甚至是背道而驰，颁诏大约只是为临时应对秦始皇去世造成上下惊恐、统治不稳的局面。贾谊《过秦论》亦称："二世不行此术（即仁政），而重以无道：坏宗庙与民更始，作阿房宫；繁刑严诛，吏治刻深；赏罚不当，赋敛无度。天下多事，吏不能纪；百姓困穷，而主弗收恤。然后奸伪并起，而上下相遁；蒙罪者众，刑戮相望于道，而天下苦之。自君卿以下至于众庶，人怀自危之心，亲处穷苦之实，咸不安其位，故易动也。是以陈涉不用汤、武之贤，不借公侯之尊，奋臂于大泽，而天下响应者，其民危也。"③ 这个总结是很中肯的。诏书虽言辞精简恳切，却显示出作为官文书"堂皇"而虚伪的一面。

秦二世时还有一篇名为《诏李斯冯去疾》的诏书，谈及金石铭文中没有称"始皇帝"，担心后世不知成功盛德。据严可均《全秦文》收录的两个版本看，开头分别为"制诏……"和"皇帝曰"：

> 制诏丞相斯、去疾：法度量尽始皇帝为之者，（一作皆）有刻辞焉。今袭号而刻辞不称始皇帝，其于久远殹，如后嗣为之者，不称

---

① 何有祖：《秦二世元年诏书解读》，《文献》2020年第1期。
② 《史记》卷87，第2553页。
③ 《全汉文》卷16，第218页。

成功盛德。

> 皇帝曰：金石刻，尽始皇帝所为也。今袭号而金石刻辞不称始皇帝，其于久远也，如后嗣为之者，不称成功盛德。①

前者大约属于制书，是诏辞的原始文本，汉代制书"制诏某官"是常用的发语词，也是沿袭。后者为石刻文字，传播中就简化为"皇帝曰"。

秦国奉行法家思想，排斥礼义文章，反对言辞修饰，加之大一统帝国对君权的自负，使得秦代诏令文书亦表现出刚硬峻朗，气势凛人的特点。姚鼐《古文辞类纂序》称"秦最无道，而辞则伟"，② 大约也是从这个角度说的。

二 汉代的策书、制书、诏书、戒敕

汉承秦制，建立之初即对诏令类文书名实作了进一步更定完善，这种完善也是出于"定仪则"的目的。东汉蔡邕《独断》云：

> 汉天子正号曰皇帝，自称曰朕，臣民称之曰陛下，其言曰制诏，史官记事曰上，车马衣服器械百物曰乘舆，所在曰行在所，所居曰禁中，后曰省中，印曰玺，所至曰幸，所进曰御，其命令一曰策书，二曰制书，三曰诏书，四曰戒书。③

刘勰《文心雕龙》解释这四类文体："敕戒州部，诏诰百官，制施赦命，策封王侯。策者，简也。制者，裁也。诏者，告也。敕者，正也。"④ 强调君王所言基于功能、言说对象、内容等加以区别，这种划分至东汉末都没有根本性变化。

---

① 《全秦文》，严可均：《全上古三代秦汉三国六朝文》卷1，中华书局1958年版，第117页。
② 姚鼐：《古文辞类纂·序目·诏令类》，上海古籍出版社1998年版。
③ 蔡邕：《独断》，中国台湾商务印书馆影印文渊阁四库全书本，850册，第78页。
④ 刘勰著，詹锳义证：《文心雕龙义证·诏策》，第730页。

(一) 策书

蔡邕《独断》解释这种文体：

> 策书，策者简也。礼曰：不满百丈不书于策。其制长二尺，短者半之，其次一长一短，两编下附篆书，起年月日，称"皇帝曰"，以命诸侯王三公。其诸侯王三公之薨于位者，亦以策书诔谥其行而赐之，如诸侯之策。三公以罪免，亦赐策，文体如上策。而隶书以一尺木两行，唯此为异者也。①

根据上述文字，策书主要用于除封、免罢以及诔谥等事项。形制上用长两尺或一尺的竹简，或一长一短间次编联，两道编绳，书体一般为篆书，起首年日月，称"皇帝曰"。若罪免三公，则用一尺短简，隶书。

策书主要用以"策封王侯"，《史记·三王世家》即载武帝同日策封三子分别为齐、燕、广陵三王，策文如下：

> 维六年四月乙巳，皇帝使御史大夫汤庙立子闳为齐王。曰："于戏，小子闳，受兹青社！朕承祖考，维稽古建尔国家，封于东土，世为汉籓辅。于戏念哉！恭朕之诏，惟命不于常。人之好德，克明显光。义之不图，俾君子息。悉尔心，允执其中，天禄永终。厥有不臧，乃凶于而国，害于尔躬。于戏，保国艾民，可不敬与！王其戒之。"（齐王策）

> 维六年四月乙巳，皇帝使御史大夫汤庙立子旦为燕王。曰："于戏，小子旦，受兹玄社！朕承祖考，维稽古建尔国家，封于北土，世为汉籓辅。于戏！荤粥氏虐老兽心，侵犯寇盗，加以奸巧边萌。于戏！朕命将率徂征厥罪，万夫长，千夫长，三十有二君皆来，降期奔师。荤粥徙域，北州以绥。悉尔心，毋作怨，毋俷德，毋乃废备。非教士不得从征。于戏，保国艾民，可不敬与！王其戒之。"（燕王策）

---

① 蔡邕：《独断》，第78页。

维六年四月乙巳,皇帝使御史大夫汤庙立子胥为广陵王。曰:"于戏,小子胥,受兹赤社!朕承祖考,维稽古,建尔国家,封于南土,世为汉藩辅。古人有言曰:'大江之南,五湖之间,其人轻心。杨州保疆,三代要服,不及以政。'于戏!悉尔心,战战兢兢,乃惠乃顺,毋侗好轶,毋迩宵人,维法维则。书云:'臣不作威,不作福,靡有后羞。'于戏,保国艾民,可不敬与!王其戒之。"(广陵王策)①

《索隐》:"按武帝集,此三王策皆武帝手制。"文中嘱咐三子受各色方土,归以立社,从此保疆爱民,勤政修德,世为汉辅。

西汉时策书亦用以封拜三公甚至太守等,如《汉书·朱博传》载哀帝时朱博以御史大夫为丞相,赵玄以少府为御史大夫,"并拜于前殿,延登受策。"②《汉书·董贤传》载策命董贤为大司马大将军:

朕承天序,惟稽古建尔于公,以为汉辅。往悉尔心,统辟元戎,折冲绥远,匡正庶事,允执其中。天下之众,受制于朕,以将为命,以兵为威,可不慎与!③

又《汉书·萧望之附传》策封萧育为南郡太守:

南郡盗贼群辈为害,朕甚忧之。以太守威信素著,故委南郡太守,之官,其于为民除害,安元元而已,亡拘于小文。④

而策书用于免罢,西汉时多用于罢免侯王、三公,但亦不限于此。汉成帝时,接连发生山崩、水灾、日蚀等天灾异象,朝野惶恐,成帝遂接连策免丞相薛宣、翟方进以移咎。永始二年六月策免薛宣:

---

① 《史记》卷60,第2111—2112页。
② 《汉书》卷83,第3409页。
③ 《汉书》卷93,第3736页。
④ 《汉书》卷78,第3290页。

> 君为丞相，出入六年，忠孝之行，率先百僚，朕无闻焉。朕既不明，变异数见，岁比不登，仓廪空虚，百姓饥馑，流离道路，疾疫死者以万数，人至相食，盗贼并兴，群职旷废，是朕之不德而股肱不良也。乃者广汉群盗横恣，残贼吏民，朕恻然伤之。数以问君，君对辄不如其实。西州鬲绝，几不为郡。三辅赋敛无度，酷吏并缘为奸，侵扰百姓，诏君案验，复无欲得事实之意。九卿以下，咸承风指，同时陷于谩欺之辜，咎繇君焉。有司法君领职解嫚，开谩欺之路，伤薄风化，无以帅示四方。不忍致君于理，其上丞相高阳侯印绶，罢归。①

又绥和二年二月，策免翟方进：

> 皇帝问丞相，君有孔子之虑，孟贲之勇，朕嘉与君同心一意，庶几有成。惟君登位于今十年，灾害并臻，民被饥馑，加以疾疫溺死，关门牡开，失国守备；盗贼党辈，吏民残贼，殴杀良民，断狱岁岁多前。上书言事，交错道路，怀奸朋党，相为隐蔽，皆亡忠虑。群下凶凶，更相嫉妒，其咎安在？观君之治，无欲辅朕富民便安元元之念。间者郡国谷虽颇孰，百姓不足者尚众。前去城郭，未能尽还，夙夜未尝忘焉。朕惟往时之用，与今一也。百寮用度各有数，君不量多少，一听群下言，用度不足，奏请一切增赋，税城郭堧及园田，过更，算马牛羊，增益盐铁，变更无常。朕既不明，随奏许可。后议者以为不便，制诏下君，君云卖酒醪，后请止。未尽月复奏议令卖酒醪。朕诚怪君，何持容容之计，无忠固意，将何以辅朕帅道群下？而欲久蒙显尊之位，岂不难哉？《传》曰："高而不危，所以长守贵也。"欲退君位，尚未忍。君其孰念详计，塞绝奸原，忧国如家，务便百姓，以辅朕。朕既已改，君其自思，强食慎职。使尚书令赐君上尊酒十石，养牛一，君审处焉。②

---

① 《汉书》卷83，第3393页。
② 《汉书》卷84，第3423页。

而《汉书·外戚传》则载策废陈皇后：

> 皇后失序，惑于巫祝，不可以承天命。其上玺绶，罢退居长门宫。

又策废霍皇后：

> 皇后荧惑失道，怀不德，挟毒与母博陆宣成侯夫人显谋欲危太子，无人母之恩，不宜奉宗庙衣服，不可以承天命。呜呼伤哉！其退避宫，上玺绶有司。①

策免多因罪而发，故策书中常常要用较大篇幅列数其罪咎，其间颇多责问之语，并督促其反思己过。同时强调策免乃不忍但无奈之举。策免用正式的公文形式，给臣子造成的压力有时是很大的，如策免翟方进后，翟即日自杀。东汉《释名·释书契》云："策，书教令于上，所以驱策诸下也。"② 按韩非子的说法，君王当掌握法、术、势，以上行下，以策书认命罢免，这既是公文制度，更是君权手段。

(二) 制书

汉代制书承秦制，主要作为帝王"制度之命"，故常用于确定礼仪制度颁布天下。《后汉书》卷一《光武帝纪》李贤注引《汉制度》："制书者，帝者制度之命，其文曰制诏三公，皆玺封，尚书令印重封，露布州郡也。"③

如《汉书》卷二十三《刑法志》载汉高祖七年制书：

> 制诏御史：狱之疑者，吏或不敢决，有罪者久而不论，无罪者久系不决。自今以来，县道官狱疑者，各谳所属二千石官，二千石

---

① 《汉书》卷97上，第3948、3968页。
② 刘熙撰，任继昉汇校：《释名汇校》，齐鲁书社2006年版，第331页。
③ 《后汉书》卷1上，第24页。

官以其罪名当报之。所不能决者，皆移廷尉，廷尉亦当报之。廷尉所不能决，谨具为奏，傅所当比律令以闻。①

又载汉文帝因感少女缇萦上书替父赎罪事，下制书除肉刑：

> 制诏御史：盖闻有虞氏之时，画衣冠异章服以为戮，而民弗犯，何治之至也！今法有肉刑三，而奸不止，其咎安在？非乃朕德之薄而教不明与？吾甚自愧。故夫训道不纯而愚民陷焉，《诗》曰："恺弟君子，民之父母。"今人有过，教未施而刑已加焉，或欲改行为善，而道亡繇至，朕甚怜之。夫刑至断支休，刻肌肤，终身不息，何其刑之痛而不德也！岂为民父母之意哉！其除肉刑，有以易之；及令罪人各以轻重，不亡逃，有年而免。具为令。②

又《汉书·郊祀志》载汉宣帝十三年三月幸河东，祠后土，"有神爵集，改元为神爵"，定四时祠江海洛水之礼：

> 制诏太常：夫江海，百川之大者也，今阙焉无祠。其令祠官以礼为岁事，以四时祠江海洛水，祈为天下丰年焉。③

不过，制书并非只是涉及礼仪制度时才颁布，有时为表达大赦宽缓之举措亦用此形式。如《汉书·文帝纪》载文帝即位后大赦天下：

> 制诏丞相、太尉、御史大夫：间者诸吕用事擅权，谋为大逆，欲危刘氏宗庙，赖将相列侯宗室大臣诛之，皆伏其辜。朕初即位，其赦天下，赐民爵一级，女子百户牛酒，酺五日。④

---

① 《汉书》卷23，第1106页。
② 《汉书》卷23，第1098页。
③ 《汉书》卷25下，第1249页。
④ 《汉书》卷4，第108页。

又《史记》卷十二《孝武本纪》载武帝从封禅还,坐明堂,群臣更上寿,于是颁制书:

> 制诏御史:朕以眇眇之身承至尊,兢兢焉惧弗任。维德菲薄,不明于礼乐。脩祀泰一,若有象景光,屑如有望,依依震于怪物,欲止不敢,遂登封泰山,至于梁父,而后禅肃然。自新,嘉与士大夫更始,赐民百户牛一酒十石,加年八十孤寡布帛二匹。复博、奉高、蛇丘、历城,毋出今年租税。其赦天下,如乙卯赦令。行所过毋有复作。事在二年前,皆勿听治。①

东汉时按照惯例,每年立春,下诏赦天下:

> 制诏三公:方春东作,敬始慎微,动作从之。罪非殊死,且勿案验,皆须麦秋。退贪残,进柔良。下当用者,如故事。②

制书有时也用于王侯或京师重臣的任免,如《汉书·萧何传》景帝二年,封萧何孙:"制诏御史:……其以武阳县户两千封何孙嘉为列侯。"《汉书·王嘉传》免廷尉梁相:"制诏免相等皆为庶人。"《张敞传》任命张敞作京兆尹:"制诏御史:其以胶东相敞守京兆尹。"③《汉书》卷八十二《王商传》免丞相王商:

> 制诏御史:盖丞相以德辅翼国家,典领百寮,协和万国,为职任莫重焉。今乐昌侯商为丞相,出入五年,未闻忠言嘉谋,而有不忠执左道之辜,陷于大辟。前商女弟内行不修,奴贼杀人,疑商教使,为商重臣,故抑而不穷。今或言商不以自悔而反怨怼,朕甚伤之。惟商与先帝有外亲,未忍致于理。其赦商罪。使者收丞相

---

① 《史记》卷12,第476页。
② 《后汉书·礼仪志上》,第3102页。
③ 《汉书》卷39、86、76,第2012、3499、3221页。

印绶。①

东汉蔡邕《独断》解释这种文体：

> 制书，帝者制度之命也，其文曰"制"，诏三公，赦令，赎令之属是也。刺史太守相劾奏申，下上迁书，文亦如之。其征为九卿，若迁京师近官，则言官具，言姓名；其免若得罪，无姓。凡制书有印，使符，下远近皆玺封，尚书令重封；唯赦令赎令，召三公诣朝堂受制书。司徒印封，露布下州郡。②

从功能和内容上看，制书和策书功能上有重合，如任免官员等。但二者在表达方式上有差别，即制书常以"制诏某官"开头，一般也不标明年月日，策书则以年月日起首。

以制书形式颁布法令，出土汉简有较多的例子，如张家山汉简《二年律令·津关令》两则：

> 制诏御史：其令扞（扜）关、郧关、武关、函谷［关］、临晋官，及诸其塞之河津，禁毋出黄金，诸奠黄金器及铜，有犯令。
>
> 制诏御史：其令诸关，禁毋出私金器□。其以金器入者，关谨籍书，出复以阅，出之。籍器，饰及所服者不用此令。③

又如武威磨咀子出土的《王杖十简》《王杖诏书令》，都是西汉尊老的法令，其中由制书颁布者如下：

> 制诏御史：年七十以上，人所尊敬也。非首（疑为"手"）杀伤人，毋告劾，它毋所坐。年八十以上，生日久乎？年六十以上毋子

---

① 《汉书》卷82，第3374页。
② 蔡邕：《独断》，中国台湾商务印书馆影印文渊阁四库全书本，第850册，第78页。
③ 张家山二四七号汉墓竹简整理小组：《张家山汉墓竹简［二四七号墓］》（释文修订本），文物出版社2006年版，第83页。

男为鲲（疑为"鳏"）。女子年六十以上毋子男为寡。贾市毋租，比山东复。复人有养谨者扶持。明著令。

制诏御史：年七十以上杖王杖，比六百石，入官府不趋；吏民有敢殴辱者，逆不道，弃市。令在兰台第册三。①

以制书形式颁布法令，强调其规范和严肃，上述文本语言省净，一目了然。

（三）诏书

诏书的功能和内容包罗万象，涉及国家政治、经济、法律、军事、礼乐文化乃至皇室内部事务等诸多领域，故后世常把君王之命统称为诏书，或根据内容称作传位诏、即位诏、改元诏、罪己诏、哀诏、遗诏等。《释名·释典艺》："诏书。诏，昭也。不暗不见事宜，则有所犯，以此示之，使昭然知所由也。"② 意思是，天子出言如日之照于天下，故诏书的得名是因其含义的象征性，而非从功能入手。诏书分类往往非常琐碎，常有交叉重复之处。

蔡邕《独断》对诏书加以总结，主要从其写作方式上做了说明和分类：

> 诏书者，诏诰也，有三品，其文曰"告某官某……如故事"，是为诏书。群臣有所奏请，尚书令奏之，下有制曰"天子答之曰可，若下某官"云云，亦曰诏书。群臣有所奏请，无尚书令奏"制"之字，则答曰"已奏如书，本官下所当至"，亦曰诏。③

蔡邕所言"三品"即诏书的三种类型：第一品是皇帝直接发布的命令，开头有"告某官"、结尾有"如故事"之类常用语；第二种是群臣递上奏章，由尚书令呈交皇帝，若皇帝首肯，则在奏章后加上"制曰：可，若

---

① 武威县博物馆：《武威新出土王杖诏令册》，甘肃省文物工作队、甘肃省博物馆：《汉简研究文集》，第35—37页。
② 任继昉纂：《释名汇校》，齐鲁书社2006年版，第344页。
③ 蔡邕：《独断》，中国台湾商务印书馆影印文渊阁四库全书本，第850册，第78页。

下某官"云云，这两部分合并构成诏书；第三种是群臣提交奏章，没有获得皇帝所批"制"字等，而是由尚书令批注"已奏如书，本官下所当至"，也看作诏书。闵庚尧分析，"已奏"，"意思是已经有人奏请过，皇帝已有过既定指示，并告其按已奏之意见办理。这种由尚书令代复的文书，必须有一个前提，即前者'已奏'的既定指示精神，一定要和现在大臣所奏请的意见相一致才行。"① 他还把这三种诏书分别称为主动指令式、批复式和尚书令代复式。

不过，现存诏书大都为史书所载，经过多次传抄，或只保留诏书中的核心内容，原来的诏书文本样态有的不能完整呈现。比如蔡邕所言第一种，即诏文中前有"告某官"、后有"如故事"之类，"如故事"即按旧例执行。今所见或存前语，或存后语，少有兼具者。或此类书写格式即如此，蔡邕只是并说而已。如《隶释》卷十五《赐豫州刺史冯焕诏》起首即作"告豫州刺史冯焕"，但碑文下部残损，难知下文是否有"官如故事"之类。而史书所载诏书末尾"如故事"则偶有可见，如《汉书·平帝纪》载平帝薨，遗诏"出媵妾"：

> 皇帝仁惠，无不顾哀，每疾一发，气辄上逆，害于言语，故不及有遗诏。其出媵妾，皆归家得嫁，如孝文时故事。②

又《后汉书》载桓帝永兴二年，京师地震，遂颁诏要求去奢务俭，末云："申明旧令，如永平故事。"

《东观汉记》载有章帝诏为较完整的一例，是表彰赏赐诏，大约为蔡邕所说第一品：

> 告平陵令、丞：县人故云阳令朱勃，建武中以伏波将军爵土不传，上书陈状，不顾罪戾，怀旌善之志，有烈士之风。《诗》云："无言不雠，无德不报。"其以县见谷二千斛赐勃子若孙，勿令远诣

---

① 闵庚尧：《中国古代公文简史》，档案出版社1988年版，第39页。
② 《汉书》卷12，第360页。

阙谢。①

第二品前有大臣奏章，后有皇帝曰"可，若下某官"的批复式诏书，则有完整史例，如《史记·三王世家》载霍去病上书请立诸皇子：

> "大司马臣去病昧死再拜上疏皇帝陛下：陛下过听，使臣去病待罪行间。宜专边塞之思虑，暴骸中野无以报，乃敢惟他议以干用事者，诚见陛下忧劳天下，哀怜百姓以自忘，亏膳贬乐，损郎员。皇子赖天，能胜衣趋拜，至今无号位师傅官。陛下恭让不恤，群臣私望，不敢越职而言。臣窃不胜犬马心，昧死原陛下诏有司，因盛夏吉时定皇子位。唯陛下幸察。臣去病昧死再拜以闻皇帝陛下。"
> 三月乙亥，御史臣光守尚书令奏未央宫。制曰："下御史。"②

"制曰"是皇帝批答的标志，"下御史"是武帝的批复内容。

又如《汉书·淮南王传》载，文帝时淮南王长谋反事发，"丞相张苍、典客冯敬行御史大夫事与宗正杂奏：'长废先帝法，不听天子诏……当弃市，臣请论如法。'制曰：'朕不忍置法于王，其与列侯吏二千石议。'"③ 此类皇帝批复内容一般文字大都不多，少则一字，多则一句。

有些诏书涉及制度性的内容，需层层下达至基层。如居延汉简《元康五年诏书册》载：

> 御史大夫吉昧死言：丞相相上大常昌书，言大史定言元康五年五月二日壬子夏至，宜寝兵，大官抒井，更水火，进鸡鸣，谒以闻，布当用者●臣谨案［比原泉御者］，水衡抒大官御井，中二千石、二千石令官各抒，别火官先夏至一日，以除隧取火，授中二千石，二千石官在长安云阳者。其民皆受，以日至易故火。庚戌寝兵不听事，

---

① 刘珍等撰，吴树平校注：《东观汉记校注》，中州古籍出版社1987年版，第447—448页。
② 《史记》卷60，第2105页。
③ 《汉书·淮南王传》卷44，第2142页。

尽甲寅五日。臣请布。臣昧死以闻。

　　制曰：可。

　　元康五年二月癸丑朔癸亥，御史大夫吉下丞相，承书从事下当用者，如诏书。

　　二月丁卯，丞相相下车骑将军、将军、中二千石、二千石、郡大守、诸侯相，承书从事下当用者，如诏书。少史庆，令史宜王，始长。

　　三月丙午，张掖长史延行大守事，肩水仓长汤兼行丞事，下属国、农部都尉、小府、县官，承书从事下当用者，如诏书。/守属宗，助府佐定。

　　闰月丁巳，张掖肩水城尉谊，以近次兼行都尉事，下候城尉，承书从事下当用者，如诏书。/守卒史义。

　　闰月庚申，肩水士吏横，以私印行候事，下尉候长，丞书从事下当用者，如诏书，/令史得。①

此诏书册大意是说，元康五年，由御史大夫丙吉提出的有关夏至礼仪等问题的奏议得到了汉宣帝的"制可"的批复、转变为诏令后，从中央经张掖郡、肩水都尉、候官等若干层级一直下发至候。这则诏书册在一定程度上成为秦汉时代诏令等在官府内部传达的代表性文书。

　　第三品尚书令代复式的诏书，批"已奏"云云，是表示皇帝对相关奏章内容认可，随后"下所当至"，即下给相关人员处理。此类诏书是针对臣子所呈奏、章的批复，故针对章和奏批复方式有差异，《独断》称"章口报'闻'""奏闻报'可'"。章所建言属于臣民个人的建议，是以皇帝览章，一般告知其人其章已闻即可，未必给予书面批复。而奏是有司在请求皇帝的批准或指示，因此皇帝要给予明确意见。② 当然，若臣民上章引起皇帝重视，也会给予书面批复，如前举大司马霍去病的上章以

---

① 此处所引简文分别出自谢桂华、李均明、朱国炤：《居延汉简释文合校》，上册第8、16—17页、下册第520页。简文排序复原参考朱腾：《秦汉时代律令的传播》，《法学评论》2017年第4期。

② 代国玺：《汉代公文史新探》，《中国史研究》2015年第2期。

及《王杖诏书令》平民诉冤的上章，皇帝都直接作出指示"闻"，大意是知道了，听说了，故臣民上章如果仅是报"闻"而已，也意味着其建议不获采纳或暂时搁置，如《汉书·霍光传》载霍光受宠信时，有上疏弹劾者：

> 初，霍氏奢侈，茂陵徐生曰："霍氏必亡。夫奢则不逊，不逊必侮上。侮上者，逆道也。在人之右，众必害之。霍氏秉权日久，害之者多矣。天下害之，而又行以逆道，不亡何待！"乃上疏言："霍氏泰盛，陛下即爱厚之，宜以时抑制，无使至亡。"书三上，辄报闻。①

徐生三次上疏，获得的反馈都是"闻"，颜师古注："不许之"。

（四）戒敕

戒敕，又称戒书，含有训诫、告诫之意，主要用于敦促、督责臣吏遵纪循法，忠于职守。《仪礼·士冠礼》"主人戒宾"，郑玄注："戒，警也，告也。"②《释名·释书契》："敕，饬也，使自警饬，不敢废慢也。"③敕书出现约在西汉中后期。《汉书·成帝纪》云鸿嘉四年（前17）："数敕有司，务行宽大。"《汉书·萧望之传》："敕令召望之手付。"④《后汉书·邓禹传》："帝以关中未定，而禹久不进兵，下敕曰"⑤云云。《居延汉简释文合校》130·14："所敕莫房，因奏八书。"⑥蔡邕《独断》总结云："戒书，戒敕刺史、太守及三边营官，被敕文曰'有诏敕某官'，是为戒敕也。"⑦

颁布戒敕，有时是因为对方确有过失，如《汉书》载东平思王宇成

---

① 《汉书》卷68，第2957页。
② 《仪礼注疏》，阮元校刻《十三经注疏》，第947页。
③ 任继昉纂：《释名汇校》，齐鲁书社2006年版，第336页。
④ 《汉书》卷10、78，第318、3288页。
⑤ 《后汉书》卷17，第603页。
⑥ 《居延汉简释文合校》，第214页。
⑦ 蔡邕：《独断》卷上，上海古籍出版社1990年版，第4页。

年后通奸犯法,元帝都姑息了,只处置了其傅相。后侍奉太后,与太后不睦,汉元帝遂遣太中大夫张子蟜奉玺书敕谕之,曰:

> 皇帝问东平王。盖闻亲亲之恩莫重于孝,尊尊之义莫大于忠,故诸侯在位不骄以致孝道,制节谨度以翼天子,然后富贵不离于身,而社稷可保。今闻王自修有阙,本朝不和,流言纷纷,谤自内兴,朕甚悯焉,为王惧之。《诗》不云乎?"毋念尔祖,述修厥德,永言配命,自求多福。"朕惟王之春秋方刚,忽于道德,意有所移,忠言未纳,故临遣太中大夫子蟜谕王朕意。孔子曰:"过而不改,是谓过矣。"王其深惟孰思之,无违朕意。①

文中以亲亲尊尊之大义责其反思己过。宇惭俱,面对使者顿首谢死罪,表示愿洗心革面。诏书又敕其傅相,斥责其失教之责:

> 夫人之性皆有五常,及其少长,耳目牵于耆欲,故五常销而邪心作,情乱其性,利胜其义,而不失厥家者,未之有也。今王富于春秋,气力勇武,获师傅之教浅,加以少所闻见,自今以来,非《五经》之正术,敢以游猎非礼道王者,辄以名闻。②

这两次戒敕都可以说处理的是家事,意在教子责师,同时调和祖孙间关系。但因戒敕颁布,强化了君臣身份,自会产生更大的威慑力。

颁戒敕有时并非臣子真有大过失,而是帝王的一种御臣之术。《汉书·酷吏传》卷九十载杨仆因"南越反,拜为楼船将军,有功,封将梁侯。"后东越反,汉武帝欲在此派他将兵出征,担心其自矜前功,遂"以书敕责之",文曰:

> 将军之功,独有先破石门、寻狭,非有斩将骞旗之实也,乌足

---

① 《汉书》卷80,第3321页。
② 《汉书》卷80,第3323页。

以骄人哉！前破番禺，捕降者以为虏，掘死人以为获，是一过也。建德、吕嘉逆罪不容于天下，将军拥精兵不穷追，超然以东越为援，是二过也。士卒暴露连岁，为朝会不置酒，将军不念其勤劳，而造佞巧，请乘传行塞，因用归家，怀银黄，垂三组，夸乡里，是三过也。失期内顾，以道恶为解，失尊尊之序，是四过也。欲请蜀刀，问君贾几何，对曰率数百，武库日出兵而阳不知，挟伪干君，是五过也。受诏不至兰池宫，明日又不对。假令将军之吏问之不对，令之不从，其罪何如？推此心以在外，江海之间可得信乎！今东越深入，将军能率众以掩过不？①

文中开篇即明确警告杨仆勿居功自傲，遂历数其讨伐南越等时所犯五大罪过，涉及欺瞒、抗旨、阳奉阴违、苟待士卒、虚荣炫耀等诸多失当行为，文末问："今东越深入，将军能率众以掩过不？"这种情形下，哪里会有否定答案。故戒敕下，杨仆惶恐，对曰："愿尽死赎罪！"遂与王温舒俱破东越。后复与左将军荀彘俱击朝鲜，为彘所缚。还，免为庶人，病死。

三 诏书的下达与玺书、露布、扁书和征书

秦汉帝国是"文书帝国"，依靠公文的上传下达实施行政管理是维护集权统治的重要手段，亦有相关制度与之配套。诏书作为中央政府最重要的公文，所涉内容广泛，有些是皇帝本人对帝国统治、思想道德等宏观方面的看法，更有大量诏书是相关职能部门呈报具体事务，再以诏书形式下发。有些诏书文末即有关于下行路径的文辞，如《汉书·高帝纪》载高帝十一年下求贤诏，文曰：

> 布告天下，使明知朕意。御史大夫昌下相国，相国酂侯下诸侯王，御史中执法下郡守……②

---

① 《汉书》卷90，第3660页。
② 《汉书》卷1下，第71页。

秦及汉初相当长的一段时期内，丞相、御史府起着公文上呈下发的核心作用，特别是御史大夫更处于转承、起草诏书的关键地位，故诏书中开头常常是"制诏御史大夫"云云，然后根据公文涉及的内容转发给有关中央行政机构具体处理。如《丙吉传》载宣帝时，掖庭宫婢上书自陈有阿保之功，"章下掖庭令考问。"因事涉后宫，故下掖庭令。《孙宝传》载司直陈崇劾奏大司农孙宝，"事下三公即讯。"《严延年传》载，严延年劾奏大司农田延年，"事下御史中丞。"① 由哪个机构处理，有时是由皇帝指定，大体与该机构的主管职能有关，但也并非严格制度化。皇帝的个人意志，中外朝的形成，行政中枢的演化，宦官外戚干政等，均对公文批复产生过重大影响②。

作为御用文书，诏书下达过程中，因内容或传播方式的特殊性，还出现一些文类名称，如玺书、露布、扁书、征书等。

玺书，是从封缄方式上得名的，即诏书下行时以玺印封缄，封缄时所用印泥和书囊都有一定要求，《后汉书·舆服志下》："乘舆黄赤绶"注引《汉旧仪》："玺皆以武都紫泥封，青囊白素里，两端无缝，尺一板中约署。"③ 玺书之名，始于秦始皇，《史记·秦始皇本纪》载："上病益甚，乃为玺书赐公子扶苏曰：'与丧会咸阳而葬。'书已封，在中车府令赵高行符玺事所，未授使者。"④ 此后，汉代史料多见，如《汉书·张汤传》："玺书劳问不绝。"《汉书·武五子传》载汉昭帝始立，"赐诸侯王玺书。"⑤ 皇帝常用玺书来勉励或责让臣子或慰问宠臣故旧等，因此，与其他诏书相比，玺书具有一定"私信"性质，表达皇帝与受书者的私人感情和关系。由于具有"私信"性质，玺书常有专使奉送，不需中转，如前所引《汉书》载东平思王宇与太后不睦，汉元帝敕书东平思王及其傅相，又遣太中大夫张子蟜奉玺书敕谕太后，告知已斥责事，同时劝慰太后宽谅。此玺书一定程度上可看作皇帝家书。而且，送达后，一般要

---

① 《汉书》卷74、71、90，第3144、3263、3667页。
② 卜宪群：《秦汉公文文书与官僚行政管理》，《历史研究》1994年第4期。
③ 《后汉书·舆服志下》，第3673页注（一）。
④ 《史记》卷6，第264页。
⑤ 《汉书》卷59、63，第2656、2751页。

由本人接收，《汉书·王尊传》载，王尊奉送玺书至于王庭，东平王未能及时出来接收，"尊持玺书归舍"。① 有时还要强调保密性，即玺书为"密令"，如戾太子反，武帝赐丞相刘屈牦玺书，命其进行镇压："捕斩反者，自有赏罚。以牛车为橹，毋接短兵，多杀伤士众。坚闭城门，毋令反者得出。"② 《汉书·武五子传》载，宣帝赐玺书命山阳太守张敞监视废帝昌邑王贺："制诏山阳太守：其谨备盗贼，察往来过客。毋下所赐书！"颜师古注："密令警察，不欲宣露也。"③ 即强调此为密令，不可外泄。

玺封并不只用于玺书，蔡邕《独断》云："凡制书，有印、使、符，下远近皆玺封，尚书令重封。"④ 即制书封缄时除加盖玺印外，尚书令要加盖官印。但由于玺书有一定"私信"性质，是赐给个人而非相关机构，封缄时当仅加盖玺印，不再加盖其他臣印。此外，玺书还有奉送速度的要求，据《汉旧仪》："奉玺书使者乘驰传，其驿骑也，三骑行，昼夜行千里为程。"⑤《悬泉汉简》V92DXT1612④：11载："皇帝玺书一封，赐敦煌太守。元平元年十一月癸丑，夜几少半时，悬泉驿骑得受万年驿骑广宗。到夜半时，付平望驿骑。"⑥ 玺书对速度的要求与事情紧急与否无直接关联，更多是由于强调"私密"性质。

不过，玺书即便有一定的私文书性质，基于皇帝的天子身份，亦不能看作私人信件，因为帝王之事一般关联国事，比如汉代常以玺书方式与番外君王沟通。西汉初年，文帝多次玺书匈奴单于，表达交好意愿。又曾赐给南粤王赵佗玺书，劝他取消帝号，归附汉朝。东汉建武三十一年（55），"北匈奴复遣使如前，乃玺书报答。"⑦ 因此，玺书具有特殊性和复杂性，若言其为私文书，处理的却是国家大政；若言其为公文书，

---

① 《汉书》卷76，第3230页。
② 《汉书》卷66，第2880页。
③ 《汉书》卷63，第2767页。
④ 蔡邕：《独断》卷上，诸子百家丛书，上海古籍出版社1990年版，第4页。
⑤ 孙星衍等辑，周天游点校：《汉官六种》，第63页。
⑥ 郝树声、张德芳：《敦煌悬泉汉简研究》，甘肃文化出版社2009年版，第89页。
⑦ 《后汉书》卷89，第2948页。

却始终带有皇帝的个人性特征。①

露布，是指文书传达时采取公开的方式，不加封缄。"所以名露布者，谓不封检，露而宣布，欲四方速知。"② 按蔡邕《独断》："凡制书有印使符，下远近皆玺封，尚书令印重封，唯赦令、赎令召三公诣朝堂受制书，司徒印封，露布下州郡。"③《汉官仪》亦云："凡制书皆玺封，尚书令重封。唯赦赎令司徒印，露布州郡。"④ 即制书下达时通常加玺封，尚书令再用印重封，但若是赦令、赎令则由司徒用印，并露布州郡。袁宏《后汉纪》载汉章帝建初元年丙寅诏，末云："露布天下，使明朕意。"⑤

汉代朝廷上下行公文，按制当要封缄。若不封，即称作"露布"，不仅独用于诏书。若用于臣子奏章，亦称露章。西汉时何武任扬州刺史，"所举奏二千石长吏必先露章，服罪者为亏除，免之而已；不服，极法奏之，抵罪或至死。"⑥ 事先公布是为让被举奏者主动服罪，观其认罪态度再行裁决。露布公开，一定程度上是要造成舆论影响。如《后汉书·李云传》载："是时，地数震裂，众灾频降。云素刚，忧国将危，心不能忍，乃露布上书，移副三府云云"，以灾异说公开批评上用人不善，这就是用公开的方式批评帝政，没有给帝王留一点面子，遂产生很大的舆论影响，史载桓帝得奏震怒：

> 下有司逮云，诏尚书都护剑戟送黄门北寺狱，使中常侍管霸与御史廷尉杂考之。时，弘农五官掾杜众伤云以忠谏获罪，上书愿与云同日死。帝愈怒，遂并下廷尉。……大鸿胪陈蕃上疏救云曰：……太常杨秉、洛阳市长沐茂、郎中上官资并上疏请云。帝恚甚，有司奏以为大不敬。诏切责蕃、秉，免归田里；茂、资贬秩二等。时，帝在濯龙池，管霸奏云等事。霸诡言曰："李云野泽愚儒，

---

① 代国玺：《汉代公文史新探》，《中国史研究》2015年第2期。
② 封演：《封氏闻见记》卷4，中华书局2005年版，第30页。
③ 蔡邕：《独断》卷上，第4页。
④ 孙星衍等辑，周天游点校：《汉官六种》，中华书局1990版，第1022页。
⑤ 袁宏著，周天游校注：《后汉纪校注》，天津古籍出版社1987年版，第300页。
⑥ 《汉书》卷86，第3482页。

杜众郡中小吏，出于狂戆，不足加罪。"帝谓霸曰："帝欲不谛，是何等语，而常侍欲原之邪？"顾使小黄门可其奏，云、众皆死狱中。①

李云等露布批评时政而得罪，主要因其造成"惑众"后果。因此，露布在汉代不是文体名称，而是一种公文传递形态，背后有特殊的传播心理。

汉代后，露布沿用此义，三国时孙权将曹操欲杀伏皇后之事"露布于蜀"。毌丘俭、文钦谋反，遣使招呼豫州士民，诸葛诞处斩使者，"露布天下，令知俭、钦凶逆"②，则均是向民众揭露谋反者的罪行，阻止其谋反行为。又魏明帝《改元景初诏》云："司徒露布，咸使闻知，称朕意焉"③

不过，由于此后军事活动中檄文或告捷文书常以露布形式发布，后世亦将露布看作一种文体，与檄文等同。④ 如刘勰《文心雕龙·檄移》篇云："檄者，皦也。宣露于外，皦然明白。张仪檄楚，书以尺二，明白之文，或称露布。露布者，盖露板不封，布诸视听也。"⑤ 大约在刘勰时，人们已用"露布"指代檄文了，大约这是汉代以后以"露布"方式宣告的主要文书样式。

扁书，是诏书等下行公文下达基层时"广而告之"的宣布方式。两汉时期，包括诏书在内的各级公文凡是牵涉乡里事务或与全国范围内事务有关的诏书，一般要下达到最基层即乡里，故诏书常有"布告天下，使明知朕意""布告天下，使明知之"之类的话。诏书的具体传达有两种方式：一种是基层官吏将乡里百姓召集在一起，进行口头宣读，如《汉书·贾山传》云："臣闻山东吏布诏令，民虽老羸癃疾，扶杖而往听之。"⑥ 另一种就是将诏令以"扁书""大扁书"的形式，即用大字写在墙壁或木板上，在乡亭、市门、里门等高显之处展示，以便往来人员观

---

① 《后汉书》卷57，第1851—1852页。
② 陈寿著，裴松之注：《三国志》，中华书局1982年版，第318、769页。
③ 沈约：《宋书》，中华书局1974年版，第331页。
④ 莫尚葭：《露布文体起源诸说考辨》，《云南社会科学》2013年第5期。
⑤ 刘勰著，詹锳义证：《文心雕龙义证》，第766页。
⑥ 《汉书》卷51，第2336页。

看。如西汉成帝永始三年诏书："明扁悬亭显处，令吏民皆知之。"① 又敦煌悬泉汉简："书到白大扁书乡亭市里高显处，令亡人命者尽知之，上赦者人数太守府别之，如诏书。"② 又居延汉简139·13、16·4A记载居延都尉和张掖太守下至乡里的文书："书到，令长丞候尉明白大扁书乡市里门亭显见［处］。""移书到，扁书乡亭市里显见处，令民尽知之。"③

东汉时，乡亭是最为重要的公文发布地点，《后汉书·王景传》："训令蚕织，为作法制，皆著于乡亭，庐江传其文辞。"④ 为了便捷，文书有时就直接书写于墙壁之上，如敦煌悬泉置遗址曾出土西汉平帝元始五年《四时月令诏条》就是写在泥墙之上，长两米有余，高约半米。大约泥墙墙皮容易剥落，不便保存，后改书于木板上。如《风俗通义·佚文》：

> 光武中兴以来，五曹诏书题乡亭壁，岁补正，多有阙谬。永建中，兖州刺史过翔笺撰卷别，改著板上，一劳而久逸。⑤

五曹诏书是尚书台撰写的诏书。墙皮剥落导致文字脱落残缺。而年年修复，又多讹误错谬，故顺帝永建年间兖州刺史进行改革，将诏书写在木板上，便于悬挂展示，也方便保护修改，于是"一劳而永逸"。

以扁书方式传达诏令是很普遍的方式，崔寔《政论》曾记载里语云："州郡记，如霹历；得诏书，但挂壁。"⑥ 这里的"记"为官文书，《后汉书·宋均传》："（均）迁上蔡令，时府下记，禁人丧葬不得侈长。"《后汉书·钟离意传》："时部县亭长有受人酒礼者，府下记案考之。"注云："记，文符也。"⑦ 此里语意思是，皇帝诏书在基层官府受到的重视程度远不如州郡文书，因为县官不如现管，基层官吏接到州郡文书如听霹雳，

---

① 甘肃省博物馆汉简整理组：《永始三年诏书简册释文》，《西北师范学院学报》1983年第4期。
② 胡平生：《敦煌悬泉汉简释粹》，上海古籍出版社2001年版，第115页。
③ 谢桂华、李均明、朱国炤：《居延汉简释文合校》，第230、25页。
④ 《后汉书》卷76，第2466页。
⑤ 《风俗通义校注》，第494页。
⑥ 《全后汉文》卷46，第727页。
⑦ 《后汉书》即41，第1406页。

战战兢兢，小心谨慎，而接到皇帝诏书则写在板上，例行公事宣布了事，因此，"挂壁"后来就成了受冷落的代名词。

征书，主要用以征召，是根据内容上细分而得名的。如《后汉书·郎宗传》载安帝以博士征郎宗，宗"闻征书到，……遁去"。据《苏不韦传》载："汉法，免罢守令，自非诏征，不得妄到京师。"① 因此，征召京师以外的官员，要待征书。不过，严格意义上说，征书并非专属御用文书，因为有时征书也间或用于丞相御史，如《汉书·严延年传》："丞相御史府征书同日到，延年以御史书先至，诣御史府。"②

四 汉代诏书的言语修辞特点

汉代自武帝始崇礼尚文，朝廷内外上上下下，大都注重官方文牍的修辞文采。《汉书·儒林列传》载公孙弘论诏书律令文："诏书律令下者，明天人分际，通古今之义，文章尔雅，训辞深厚，恩施甚美。小吏浅闻，不能究宣，无以明布谕下。"③ 因此，汉代诏书整体看，大都典雅温润，坦荡诚挚，同时又有严峻的君王之威。不过，根据言说目的和接受对象的不同，汉代诏书也呈现多样的风格。

如前所引汉元帝戒敕东平思王宇，为解决其与太后不和睦的状况，以"孝义"入题，责其思过；而戒敕傅相，言辞虽简洁，责其失教，亦有秋霜之烈。同时，还特以玺书赐王太后：

> 皇帝使诸吏宦者令承问东平王太后。朕有闻，王太后少加意焉。……今东平王出襁褓之中而讬于南面之位，以年齿方刚，涉学日寡，骜忽臣下，不自它于太后，以是之间，能无失礼义者，其唯圣人乎！传曰："父为子隐，直在其中矣。"王太后明察此意，不可不详。闺门之内，母子之间，同气异息，骨肉之恩，岂可忽哉！岂可忽哉！昔周公戒伯禽曰："故旧无大故，则不可弃也，毋求备于一

---

① 《后汉书》卷30下、31，第1053、1107页。
② 《汉书》卷90，第3667页。
③ 《史记》卷121，第3119页。

人。"夫以故旧之恩，犹忍小恶，而况此乎！已遣使者谕王，王既悔过服罪，太后宽忍以贳之，后宜不敢。王太后强餐，止思念，慎疾自爱。①

文中表明自己对祖孙不睦的关注和担忧，申明大义："夫福善之门莫美于和睦，患咎之首莫大于内离。"同时说明自己亦遣使责谕不孝子，且对方已有改过之心，遂恳请太后顾念亲情，原谅少子方刚、涉学日寡的鲁莽和失礼，以宽忍之心待之。同一个事件，不同的对象，修辞各有不同，却都能做到理得而辞中。

又如前引武帝手制策封三子为齐、燕、广陵三王之文。三篇策书前半写法相似，严肃中正，有些程式化，后半则各有不同，其间或排比，或引经据典，或引古语谚言，谆谆教导，恳切温厚，既有《尚书·无逸》的典诰之风，又有温厚的舐犊之情。故太史公评价道：

> 古人有言曰"爱之欲其富，亲之欲其贵"。故王者壃土建国，封立子弟，所以褒亲亲，序骨肉，尊先祖，贵支体，广同姓于天下也。是以形势强而王室安。自古至今，所由来久矣。非有异也，故弗论箸也。燕齐之事，无足采者。然封立三王，天子恭让，群臣守义，文辞烂然，甚可观也。②

又如汉代多有求贤诏，各有口吻。最早为汉高祖十一年二月颁布求贤诏：

> 盖闻王者莫高于周文，伯者莫高于齐桓，皆待贤人而成名。今天下贤者智能岂特古之人乎？患在人主不交故也。士奚由进？今吾以天之灵，贤士大夫定有天下，以为一家，欲其长久，世世奉宗庙亡绝也，贤人已与我共平之矣，而不与吾共安利之，可乎？贤士大夫有肯从我游者，吾能尊显之。布告天下，使明知朕意。御史大夫

---

① 《汉书》卷80，第3322页。
② 《史记》卷60，第2114页。

昌下相国，相国酂侯下诸侯王，御史中执法下郡守。其有意称明德者，必身劝，为之驾，遣诣相国府，署行、义、年。有而弗言，觉，免。年老癃病，勿遣。①

人才是任何政治都需要的，礼贤下士也是古代传统。文中一方面表达自己尊古守制、礼贤下士、求贤若渴，另一方面命各级官员举荐人才，"有而弗言，觉，免。"文中以利禄诱之，称若得"贤士大夫有肯从我游者，吾能尊显之。"颇似刘邦粗率口吻。清人赵翼认为"汉帝多自作诏"②，此虽未必是刘邦亲拟，但或为口授记录，故保有特定的声口。

汉武帝在元封五年四月所颁求贤诏，为后人称道，其文曰：

> 盖有非常之功，必待非常之人。故马或奔踶而致千里，士或有负俗之累而立功名。夫泛驾之马，跅弛之士，亦在御之而已。其令州郡察吏民有茂才异等，可为将相及使绝国者。③

此诏颁布时，汉武帝四十五岁，已在位三十年，此后，他还将继续执政二十四年，成为在中国两千多年历史上享国时间最长的君主，此记录直到18世纪才被清朝的康熙皇帝打破。谈到汉武帝，人们往往毁誉参半，赞扬者认为其凭借雄才大略、文治武功开创了一个英雄时代；而批评者也从此处着眼，认为其"好大喜功""穷兵黩武"，大大透支了国力，这种批评甚至在汉宣帝的时候就开始了。史载夏侯胜就曾上书直言："武帝多杀士卒，竭民财力，天下虚耗。"故而东汉班固在武帝本纪赞中也只谈其"文治"，不谈其武功。然而，无论怎样讲，汉武帝在位期间所开创的局面，后人无法继续。这是一个特殊的君王，胆大、想象力丰富、不拘形迹，上面这则求贤诏就显得极有个性，体现出独特的用人观念。文中首句"盖有非常之功，必待非常之人"，毫不掩饰其理想主义的英雄气

---

① 《汉书》卷1下，第71页。
② 赵翼撰，曹光甫校点：《廿二史劄记》卷四"汉帝多自作诏"条，上海古籍出版社2011年版，第74页。
③ 《汉书》卷6，第197页。

魄，却又显得异常理智。武帝明确表示，要想成就不世之功，关键要有一批特殊人才。而人才能否尽其才，关键在于是否善于使用，即把握"御之"的技巧，就好像蛮野踢踏的不良之马，一旦驯服照样能至千里。诏书对特异人才的"特异"之处表现出充分的理解，认为马有余力，方能败驾，士行卓异，不入俗检，才会被世人讥论斥逐。因此，武帝昭告各州县察举之吏，选才不求四平八稳，但凡有茂才异等，可成将相或能出使远域的人才，都一概荐举。在历史上定功立业的帝王很多都表达过招揽辅翼之才的渴望，刘邦《大风歌》、曹操《短歌行》都表达了这样的情感。汉武帝这则诏书则显示出延揽人才方面的大开大合，不拘成俗，实际上也是如此，赵翼《廿二史札记》卷二"汉武用将"条曾梳理众多史料论及这一点。

不过，武帝颁布此求贤诏之前，许多得力的干将已经纷纷过世。《汉书》在记录这则诏书时说："元封五年，大将军大司马（卫）青薨，名臣文武欲尽。"因此，寻找股肱大臣迫在眉睫。这则诏书既是对此前成功驾驭人才的经验总结，又表现出对寻找得力干将的急切和渴望。

秦汉虽都是君主专制，但汉帝诏书多表达出战战兢兢、唯恐德不配位的谦恭姿态，有别于秦始皇的张狂。《史记》卷十二《孝武本纪》载武帝从封禅还，坐明堂，群臣依次上寿祝贺。遂布诏赦天下：

> 于是制诏御史："朕以眇眇之身承至尊，兢兢焉惧弗任。维德菲薄，不明于礼乐。脩祀泰一，若有象景光，屑如有望，依依震于怪物，欲止不敢，遂登封泰山，至于梁父，而后禅肃然。自新，嘉与士大夫更始，赐民百户牛一酒十石，加年八十孤寡布帛二匹。复博、奉高、蛇丘、历城，毋出今年租税。其赦天下，如乙卯赦令。行所过毋有复作。事在二年前，皆勿听治。"①

封禅活动实质上是强调君权神授的手段。汉代是"马上得天下"，故汉初几代君王一直都对政权的合法性问题耿耿于怀。继秦始皇秘密封禅后，

---

① 《史记》卷12，第476页。

汉武帝再次声势浩大的举行封禅大典。《五经通义》云："易姓而王，致太平，必封泰山，禅梁父，天命以为王，使理群生，告太平于天，报群神之功。"行封禅之仪意味着太平盛世，意味着大有成功，得天地之助。但此诏谈及封禅事，仍强调战战兢兢之态。

诏书多有敬慎谦恭之辞，罪己诏最为典型。

罪己诏是古代帝王在灾异发生或政令失误时颁布的反省罪己文书，汉代最为兴盛。最早的一则为汉文帝时颁布。他在即位第二年（前178）冬因发生日食而颁诏，对自己德行不够、布政不均、不能治育群生而遭天谴表达深深的戒惧和愧疚，并声明要采取相应补救措施以示改过诚意：

> 朕闻之，天生民，为之置君以养治之。人主不德，布政不均，则天示之灾以戒不治。乃十一月晦，日有食之，适见于天，灾孰大焉！朕获保宗庙，以微眇之身托于士民君王之上，天下治乱，在予一人，唯二三执政犹吾股肱也。朕下不能治育群生，上以累三光之明，其不德大矣。令至，其悉思朕之过失，及知见之所不及，匄以启告朕。及举贤良方正能直言极谏者，以匡朕之不逮。因各敕以职任，务省徭费以便民。朕既不能远德，故憪然念外人之有非，是以设备未息。今纵不能罢边屯戍，又饬兵厚卫，其罢卫将军军。太仆见马遗财足，余皆以给传置。①

在汉人眼里，日者乃众阳之宗，人君之表，君德衰微，则日食应之，故日食的出现特别引人瞩目。在诏书中，文帝对上天的警告表示惊惧，认为自己"下不能治育群生，上以累三光之明，其不德大矣"。同时表示自己勇于承担罪责，"天下治乱，在予一人"，并提出了整改的若干方案，如召贤良方正能直言进谏者指摘自己的行政过失、减少百姓徭役费用、罢兵省马，等等，以显示自己积极改良的决心和诚意。《春觉斋论文·流别论》："诏诰一门，非镕经铸史，持以中正之心，出以诚挚之笔，万不

---

① 《汉书》卷4，第116页。

足以动天下。"①

作为中国古代最早的罪己诏,这则内容详尽、措辞诚恳的文书给后世帝王提供了精神和文字范本,后世相关罪己诏尽管文字或详或略,但内容和修辞大都无出其右。比如东汉光武帝二十二年九月戊辰"地震裂",遂制诏曰:

> 日者地震,南阳尤甚。夫地者,任物至重,静而不动者也。而今震裂,咎在君上。鬼神不顺无德,灾殃将及吏人,朕甚惧焉。其令南阳勿输今年田租刍稿。遣谒者案行,其死罪系囚在戊辰以前,减死罪一等;徒皆弛解钳,衣丝絮。赐郡中居人压死者棺钱,人三千。其口赋逋税而庐宅尤破坏者,勿收责。吏人死亡,或在坏垣毁屋之下,而家羸弱不能收拾者,其以见钱谷取佣,为寻求之。②

此外,帝王还因异常星象、风雨不调、水旱虫灾、疫病流行甚至火灾等诏颁罪己,西汉文帝、元帝、成帝、东汉桓帝、章帝等都颁布过此类诏书。自此以后,罪己诏便频频出现。据笔者统计,两汉二十四位皇帝(不含吕后、新莽、更始帝),除西汉高帝、惠帝、昭帝、平帝、孺子婴(王莽摄政)以及东汉冲帝外,其余 18 位皇帝都下过罪己诏,所下罪己诏近八十份(其中近六十份与灾异有关),与后世相比,频率和数量也都是比较高的。③ 罪己诏遂在汉代稳定为一种具有独特内涵的文体,成为帝王政治生活的重要组成部分。

---

① 林纾著:《春觉斋论文·流别论》,人民文学出版社 1959 年版,第 63 页。
② 《后汉书》卷 1 下,第 74 页。
③ 关于汉代罪己诏的数量学界统计不尽相同,这主要因为汉代罪己诏并未有固定命名,而每篇文字表述也不完全一致,故无法确定非常严格的认定标准。笔者认为罪己诏颁布的前提是"有事做错或做得不好而感到自责自罪",这是本文罪己诏选录分类的标准,因祥瑞而颁布带有"朕既不德""朕既不明""朕既不敏"等自谦语句的诏书不在此列。灾异类罪己诏受到关注最多,吴青《灾异与汉代社会》(《西北大学学报》1995 年第 3 期)统计 58 条,西汉 28:文 2、宣 4、元 10、成 9、哀 2、莽 1;东汉 30:光武 4、明 3、章 3、和 4、殇 1、安 5、顺 4、质 1、桓 5,大致与笔者统计相类。而王宝顶《汉代灾异观略论》(《学术月刊》1997 年第 5 期)计 40 条,笔者认为缺略较多。

作为君王自上而下发布给臣民的专用礼仪文书，诏书往往显示教诲民众的优势姿态，如《释名》所说："诏，昭也。人暗不见事宜，则有所犯，以此示之，使昭然知所由也。"① 但罪己诏却是皇帝发布用以自我批评的文本，其背后是天人感应的思想和系统化，到西汉中后期这一思想发展为阴阳灾异学，说祥瑞、言灾异遂成为统治阶层频繁使用的主要辅政手段之一。宣帝时的眭孟、夏侯胜，元帝、成帝时的京房、翼奉、刘向、谷永，哀帝、平帝时的李寻、田终术等均善言灾异，故至东汉，帝王因灾异而颁罪己诏的比例亦大大增加。灾异说是制度之外约束帝王言行以使皇权不至于过度膨胀的软性心理砝码，故余英时说，尽管大一统之后帝王拥有绝对权力，但自秦汉以下，并没有出现传说中桀纣一类暴君，至少可以说昏君远多于暴君，就是因为君权虽无形式化、制度化的限制，却仍有一些无形的、精神上的制约②，罪己诏文本的出现就显示了这样的文化心理。罪己诏显示君王自我反省精神，常伴有招贤纳士、延问得失、敦勉臣吏的作用，且附带救助优抚措施，能在一定程度上发挥修政功能。

汉代帝王屡下罪己诏，公开承认中枢领导无力，在整个历史上都是罕见的。帝王面对灾异诚惶诚恐，谦恭自罪，坦诚的解释它们和自己政治行为之间的连带关系，并展示改过自新的一系列政策措施，这里有基于神秘主义信仰的真诚，也包含在其位谋其政的责任感和自我反省精神，故赢得后世赞誉。但事实上当帝王以最为庄重严肃的诏书形式将自我批评昭告天下时，这则公文也是在发挥其隐性功用，体现出某种政治修辞策略。

比如罪己诏在斟酌辞令时是有特殊考虑的，在检讨自己之前，先将君权天地所授的事实作为"发语词"。如文帝因日食颁诏："朕闻之，天生民，为之置君以养治之。人主不德，布政不均，则天示之灾以戒不治。"③ 或者强调责任者的唯一性，如罪己诏文本中的标志性言辞"天下

---

① 刘熙撰，任继昉汇校：《释名汇校》卷6《释书契》，齐鲁书社2006年版，第344页。
② 余英时：《中国思想传统的现代诠释》，江苏人民出版社2006年版，第80页。
③ 《汉书》卷4，第116页。

治乱，在予一人""百姓有过，在予一人""天著厥异，辜在朕躬""厥咎不远，在余一人""天变娄臻，咸在朕躬"① "永思厥咎，在予一人""灾异屡见，咎在朕躬""万方有罪，在予一人"② 等。因此，对巩固皇权而言，罪己诏是一种看似谦逊却更加有效的办法，在垄断灾变解释权的同时也限定了归罪资格。所以，尽管罪己诏中罗列诸多罪责，强调"万方有罪，在予一人"，但帝王却永远不会因此而引咎辞职，或真的将"听上去很美"的"禅让"传说付诸实践。从修辞层面看，罪己诏垄断了灾变解释权，限定了归罪资格，有助于巩固皇权，是政治修辞的重要形式。在后世发展中，其自我批评自我反省式的策略实施，日渐蜕变为取悦民众、缓和矛盾的统治权术。③

对于诏书的修辞特点，刘勰总结道：

> 夫王言崇秘，大观在上，所以百辟其刑，万邦作孚。故授官选贤，则义炳重离之辉；优文封策，则气含风雨之润；敕戒恒诰，则笔吐星汉之华；治戎燮伐，则声有洊雷之威；眚灾肆赦，则文有春露之滋；明罚敕法，则辞有秋霜之烈：此诏策之大略也。④

帝王位高言重，诏书以文字的形式发布，朝出九重，暮行万里，风动草偃，山鸣谷应，自有特殊的影响力。汉代诏书数量多，内容丰富，风格多样，言辞斐然，成为后世诏书的典范。

第二节 奏议类文书

奏议主要指臣民向君王陈政献说所用文书。按刘勰的说法，周代时此类文书主要用以陈谢，"降及七国，未变古式，言事于王，皆称上

---

① 《汉书》卷4、9、10、11、98，第116、296、309、343、4023页。
② 《后汉书》卷2、2、4，第111、117、182页。
③ 郗文倩：《汉代罪己诏：文体与文化》，《福建师范大学学报》2012年第6期。
④ 刘勰著，詹锳义证：《文心雕龙义证》，第745—746页。

书"。① 战国时此类文书较为发达,《战国策》中《苏代遗燕昭王书》《乐毅报燕惠王书献书魏王》以及《史记》所载李斯《谏逐客书》等都是此类文书的代表。秦汉一统,确名号,定制度,尊君抑臣,此类文书遂纳入礼制的管理,分类渐渐细密化。蔡邕《独断》云:"凡群臣上书于天子者,有四名:一曰章,二曰奏,三曰表,四曰驳议。"②

《文心雕龙·章表》云:

> 秦初定制,改书曰奏。汉定礼仪,则有四品:一曰章,二曰奏,三曰表,四曰议。章以谢恩,奏以按劾,表以陈请,议以执异。③

又《昭明文选》卷三十七"表"序亦谈及此类文书的发展、分类和命名,略有差异:

> 三王已前谓之敷奏,故《尚书》云:敷奏以言,是也。至秦并天下,改为表,总有四品:一曰章,谢恩曰章。二曰表,陈事曰表。三曰奏,劾验政事曰奏。四曰驳,推覆平论有异事进之曰驳。六国及秦汉兼谓之上书,行此五事。至汉魏已来,都曰表,进之天子称表,进诸侯称上疏。魏已前,天子亦得上疏。④

按照上述说法,秦汉时奏议类文书主要包括章、表、奏、(驳)议,有时也统称上书(疏)。但实际使用时,又有多种异名,彼此间也常有交叉。故《古文辞类纂》云:"奏议类者……汉以来有表、奏、疏、议、上书、封事之异名,其实一类。惟对策虽亦臣下告君之辞,而其体少别。"⑤

---

① 刘勰著,詹锳义证:《文心雕龙义证》,第822页。
② 蔡邕:《独断》卷上,上海古籍出版社1990年版,第4页。
③ 刘勰著,詹锳义证:《文心雕龙义证》,第826页。
④ 萧统编,李善注:《文选》,上海古籍出版社1986年版,第1667页。
⑤ 姚鼐:《古文辞类纂·序目》,上海古籍出版社1998年版,第2页。

一 章

蔡邕《独断》云：

> 章者，需头，称"稽首上书"，谢恩、陈事，诣阙通者也。……章曰报闻，公卿使谒者将大夫以下，至吏民，尚书左丞奏闻报可。①

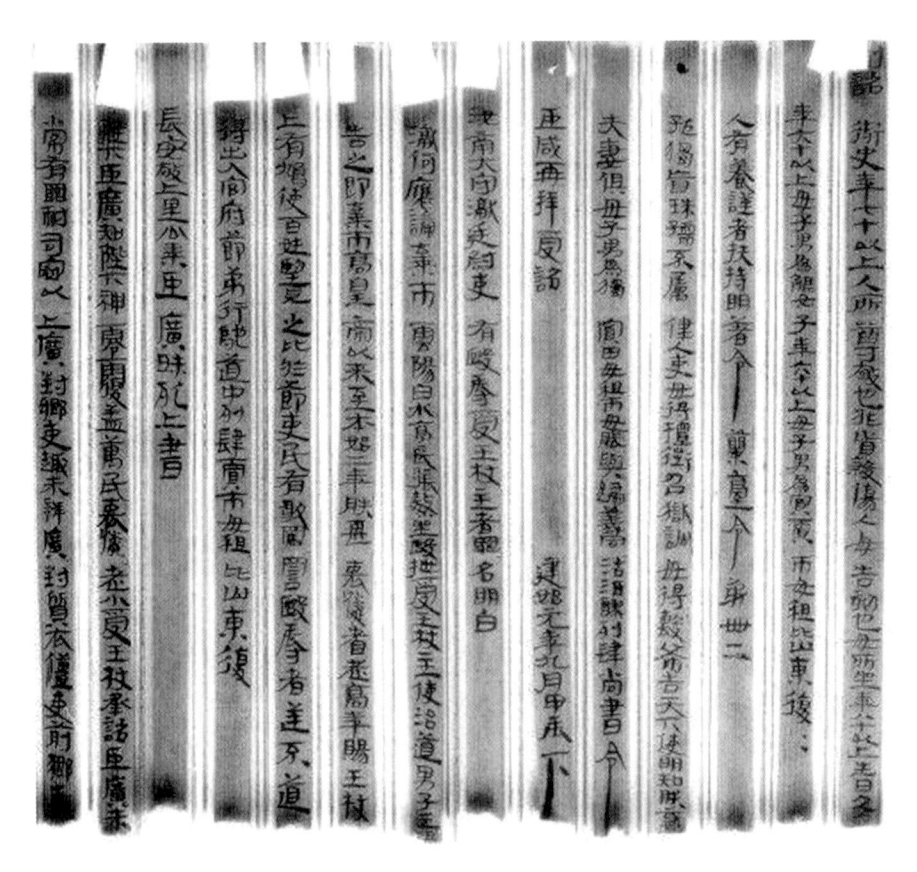

图二　武威磨咀子汉墓出土《王杖诏书令》

章、奏的写作格式，蔡邕均称"需头"。明人杨慎《谭苑醍醐·需头》解释说："盖空其首一幅，以俟诏旨批答，陈请之奏用之。不需头

---

① 蔡邕：《独断》卷上，上海古籍出版社1990年版，第4页。

者,申谢之奏用之。"① 指留出空间给皇帝批复之用。汉代章、奏上达之后,皇帝是在臣民的原奏册上作批答,而不是抄本上。批答时若觉所留空简不够用,还可编缀新简。因此,有研究者认为"需头"是留出数枚空简于其末以供皇帝批答。② 不过,从出土资料看,汉代公文有抬头制度,如"制诏"或以"制曰"引领的批复文字,"制诏"或"制"字要高出正文,以凸显皇帝旨意的权威,故"需头"或指在竹简上部预留出空间。这种格式见于石刻、简牍。如汉代乙瑛碑"制曰可"即高出正文;武威磨咀子汉墓出土王杖十简中"制"字顶格,突出于正文。③ 出土《王杖诏书令》简册中"制诏""皇帝"与"制曰"皆顶格书写,高于其余文字2—2.5厘米(如图二),反映了汉代官文书的抬头制度。"诣阙通者"说的是公文上达渠道。此处所谓阙,指皇宫司马门,司马门设有公车署,专门负责接收吏民上书。《续汉书·百官志二》载:"公车司马令一人,六百石。"注曰:"掌宫南阙门,凡吏民上章,四方贡献,及征诣公车者。"

章主要用以向皇帝谢恩、陈事,撰写时开头有"稽首上书"之类敬辞套语。又据《独断》:

> 汉承秦法,群臣上书皆言"昧死言"。王莽盗位,慕古法,去"昧死"曰"稽首",光武因而不改。朝臣曰"稽首""顿首",非朝臣曰"稽首再拜"。公卿侍中尚书衣帛而朝曰朝臣,诸营校尉将大夫以下亦为朝臣。④

---

① 杨慎:《谭苑醍醐》卷6,丛书集成初编334册,商务印书馆1936年版,第48页。
② 《汉书·万石君传》载:(石)建为郎中令,奏事下,建读之,惊恐曰:"书'马'者与尾而五,今乃四,不足一,获谴死矣!"其为谨慎,虽他皆如是。第2196页。石建在汉武帝下发的批答上发现自己书写的错误,说明汉武帝是在石建所上的原奏册作批答,而批答之后,下发于石建的,也还是原奏册。整个流程,都是在原本而非抄本上进行,这与汉代常人书信往来的情形正相同。参见代国玺《汉代章奏文书"需头"与"言姓"问题考论》,《兰州学刊》2017年第8期。
③ [日]富谷至著,刘恒武、孔李波译:《文书行政的汉帝国》谈及此一问题。江苏人民出版社2013年版,第28页。
④ 蔡邕:《独断》卷上,诸子百家丛书,上海古籍出版社1990年版,第4—5页。

故西汉时期章的起首应有"昧死（再拜）上书"。如《汉书·南粤传》载赵佗上书文帝，表达前所称帝的罪悔，愿永为藩臣、奉贡职。文曰：

> 蛮夷大长老夫臣佗昧死再拜上书皇帝陛下：老夫故粤吏也，高皇帝幸赐臣佗玺，以为南粤王，使为外臣，时内贡职。孝惠皇帝即位，义不忍绝，所以赐老夫者厚甚。高后自临用事，近细士，信谗臣，别异蛮夷，出令曰："毋予蛮夷外粤金铁田器；马牛羊即予，予牡，毋与牝。"老夫处辟，马牛羊齿已长，自以祭祀不修，有死罪，使内史藩、中尉高、御史平凡三辈上书谢过，皆不反。又风闻老夫父母坟墓已坏削，兄弟宗族已诛论。吏相与议曰："今内不得振于汉。外亡以自高异。"故更号为帝，自帝其国，非敢有害于天下也。高皇后闻之大怒，削去南粤之籍，使使不通。老夫窃疑长沙王谗臣，故敢发兵以伐其边。且南方卑湿，蛮夷中西有西瓯，其众半羸，南面称王；东有闽粤，其众数千人，亦称王；西北有长沙，其半蛮夷，亦称王。老夫故敢妄窃帝号，聊以自娱。老夫身定百邑之地，东西南北数千万里，带甲百万有余，然北面而臣事汉，何也？不敢背先人之故。老夫处粤四十九年，于今抱孙焉。然夙兴夜寐，寝不安席，食不甘味，目不视靡曼之色，耳不听钟鼓之音者，以不得事汉也。今陛下幸哀怜，复故号，通使汉如故，老夫死骨不腐，改号不敢为帝矣！谨北面因使者献白璧一双，翠鸟千，犀角十，紫贝五百，桂蠹一器，生翠四十双，孔雀二双。昧死再拜，以闻皇帝陛下。①

又《史记·三王世家》载霍去病上书请立皇子事，是首尾皆具的完整文书：

> 大司马臣去病昧死再拜上疏皇帝陛下：陛下过听，使臣去病待罪行间。宜专边塞之思虑，暴骸中野无以报，乃敢惟他议以干用事者，诚见陛下忧劳天下，哀怜百姓以自忘，亏膳贬乐，损郎员。皇

---

① 《汉书》卷95，第3851页。

子赖天,能胜衣趋拜,至今无号位师傅官。陛下恭让不恤,群臣私望,不敢越职而言。臣窃不胜犬马心,昧死原陛下诏有司,因盛夏吉时定皇子位。唯陛下幸察。臣去病昧死再拜以闻皇帝陛下。①

史载:三月乙亥,御史臣光守尚书令奏未央宫。制曰:"下御史。"这就是一个完整的递请以及获得批复的文例。此文书与皇帝批复"制曰"云云,合并即可看作诏书类中制书的一种。

又蔡邕曾获罪,判"与家属髡钳徙朔方,不得以赦令除"。由于蔡邕希望回京续成汉志,故上章恳请皇帝施恩准许。文中谢恩亦谢罪,此为《戍边上章》(又称《上汉书十志疏》)见《续汉书·律历志下》注补引,也有较为完整的格式,"昧死"已作"稽首":

朔方髡钳徒臣邕稽首再拜上书皇帝陛下:

臣邕被受陛下尤异大恩,初由宰府备数典城,以叔父故卫尉质时为尚书,召拜郎中,受诏诣东观著作,遂与群儒并拜议郎。沐浴恩泽,承答圣问,前后六年。质奉机密,趋走目下,遂由端右,出相外藩,还尹辇毂,旬日之中,登蹑上列。父子一门兼受恩宠,不能输写心力,以效丝发之功,一旦被章,陷没辜戮。陛下天地之德,不忍刀锯截臣首领,得就平罪,父子家属,徒充边方,完全躯命,喘息相随。非臣无状所敢复望,非臣罪恶所当复蒙,非臣辞笔所能复陈。臣初决罪雒阳诏狱生出牢户,愿念元初中故尚书郎张后,坐漏泄事,当伏重刑,又出榖门,复听读鞫,诏书驰救,减罪一等,输作左校。后上书谢恩,遂以转徙。郡县促遣,遍于吏手,不得顷息,含辞抱悲,无由上达。臣既到徙所,乘塞守烽,队在候望,忧怖焦灼,无心复能操笔成草,致章阙庭。诚知圣朝不责臣谢,但怀愚心,有所不竟。臣自在布衣,常以为《汉书》十志,下尽王莽而止。世祖以来,唯有纪传,无续志者。臣所师事故太傅胡广,知臣颇识其门户,略以所有旧事与臣,虽未备悉,粗见首尾,积累思惟,

---

① 《史记》卷60,第2105页。

> 二十余年。不在其位，非外吏庶人所得擅述。天诱其衷，得备著作郎，建言十志皆当撰录，遂与议郎张华等分受之，所使元顺难者皆以付臣。先治律历，以筹算为本，天文为验，请太史旧注，考校连年，往往颇有差舛，当有增损，乃可施行，为无穷法。道至深微，不敢独议。郎中刘洪，密于用算，故臣表上洪，与共参思图牒。寻绎适有头角，会臣被罪，逐放边野。臣窃自痛，一为不善，使史籍所阙，胡广所校，二十年之思，中道废绝，不得究竟。偬偬之情，犹以结心，不能违望。臣初欲须刑竟，乃因县道，具以上闻。今年七月九日，匈奴始攻郡盐池县，其时鲜卑连犯云中、五原，一月之中，烽火不绝。不意四夷相与合谋，所图广远，恐遂为变，不知所济。郡县咸惧，不守朝旦。臣所在孤危，悬命锋镝，湮灭土灰，呼吸无期。诚恐所怀随躯腐朽，抱恨黄泉，遂不设施，谨先颠踣。科条诸志，臣欲删定者一，所当接续者四，《前志》所无，臣欲著者五，及经典群书所宜捃摭，本奏诏书所当依据，分别首目，并书章左。臣初被考，妻子迸窜，亡失文书，无所案请。加以惶怖愁恐，思念荒散，十分不得识一，所识者又恐谬误。触冒死罪，披散愚情，愿下东观，推求诸奏，参以玺书，以补缀遗阙，昭明国体。章闻之后，虽肝脑流离，白骨部破，无所复恨。惟陛下留神省察。臣谨因临戎长霍圉封上。有《律历意》《礼意》《乐意》《郊祀意》《天文意》《车服意》《朝会意》《五行意》。……臣顿首死罪，稽首再拜以闻。①

又甘肃武威出土的《王杖诏书令》中有平民"广"给汉成帝的上章和批复：

> 长安敬上里公乘臣广昧死上书皇帝陛下：臣广知陛下神零（灵），覆盖万民，哀怜老小，受王杖、承诏。臣广未常有罪耐司寇以上。广对乡吏趣未辨，广对质，衣僵吏前。乡吏……（缺1简）

---

① 《全后汉文》卷70，第858—859页。

大不敬重父母所致也，郡国易（亦）然。臣广愿归王杖，没入为官奴。臣广昧死再拜，以闻皇帝陛下。

制曰：问何乡吏，论齐市，毋须时，广受王杖如故。

元延元年正月壬申下①

《王杖诏书令》是一组诏令，内容主要为优抚鳏、寡、孤、独、残疾者，授高年王杖，严惩殴辱受杖老人的规定。上述诏书由"广"的上章与皇帝批复共同构成。"广"作为受杖老人，大约受到官吏殴辱，遂上书诉冤，皇帝批复安抚。末尾时间当为批复到达的时间。

二 奏

奏也是臣子言事呈送皇帝等待批复的文书。蔡邕《独断》：

奏者，亦需头，其京师官但云"稽首"，下言"稽首以闻"。其中者所请若罪法劾案，公府送御史台，公卿校尉送谒者台也。②

奏文一般前有"稽首"，后有"稽首以闻"之类。如东汉《乙瑛碑》（《孔庙置百石卒史孔龢碑》）载司徒吴雄、司空赵戒上冲帝奏书：

司徒臣雄、司空臣戒稽首言：鲁前相瑛书言："诏书崇圣道……庙有礼器，无常人掌领，请置百石卒史一人，典主守庙。"……臣请鲁相为孔子置百石卒史一人，掌领礼器，出王家钱，给大酒亨，他如故事。臣雄、臣戒愚戆，诚惶诚恐，顿首顿首，死罪死罪，臣稽首以闻。③

---

① 参见武威县博物馆《武威新出土王杖诏令册》，甘肃省文物工作队、甘肃省博物馆编：《汉简研究论文集》，第36—37页。陈直：《甘肃武威磨咀子汉墓出土王杖十简通考》，《考古》1961年第3期。

② 蔡邕：《独断》卷上，上海古籍出版社1990年版，第4页。

③ 《全后汉文》卷99，第1004页。

这是报请皇帝批准其所办理郡国奏事的奏疏。

西汉时"稽首"作"昧死",如《汉书·霍光传》杨敞与霍光等群臣联名上奏,废昌邑王:

> 丞相臣敞、大司马大将军臣光、车骑将军臣安世、度辽将军臣明友、前将军臣增、后将军臣充国、御史大夫臣谊、宜春侯臣谭、当涂侯臣圣、随桃侯臣昌乐、杜侯臣屠耆堂、太仆臣延年、太常臣昌、大司农臣延年、宗正臣德、少府臣乐成、廷尉臣光、执金吾臣延寿、大鸿胪臣贤、左冯翊臣广明、右扶风臣德、长信少府臣嘉、典属国臣武、京辅都尉臣广汉、司隶校尉臣辟兵、诸吏文学光禄大夫臣迁、臣畸、臣吉、臣赐、臣管、臣胜、臣梁、臣长幸、臣夏侯胜、大中大夫臣德、臣卬昧死言皇太后陛下:臣敞等顿首死罪。天子所以永保宗庙总壹海内者,以慈孝礼谊赏罚为本。孝昭皇帝早弃天下,亡嗣,臣敞等议,礼曰"为人后者为之子也",昌邑王宜嗣后,遣宗正、大鸿胪、光禄大夫奉节使征昌邑王典丧。服斩縗,亡悲哀之心,废礼谊,居道上不素食,使从官略女子载衣车,内所居传舍,始至谒见,立为皇太子,常私买鸡豚以食。受皇帝信玺、行玺大行前,就次发玺不封。从官更持节,引内昌邑从官驺宰官奴二百馀人,常与居禁闼内敖戏。自之符玺取节十六,朝暮临,令从官更持节从。为书曰:"皇帝问侍中君卿:使中御府令高昌奉黄金千斤,赐君卿取十妻。"大行在前殿,发乐府乐器,引内昌邑乐人,击鼓歌吹作俳倡。会下还,上前殿,击钟磬,召内泰壹宗庙乐人辇道牟首,鼓吹歌舞,悉奏众乐。发长安厨三太牢具祠阁室中,祀已,与从官饮啖。驾法驾,皮轩鸾旗,驱驰北宫、桂宫,弄彘斗虎。召皇太后御小马车,使官奴骑乘,游戏掖庭中。与孝昭皇帝宫人蒙等淫乱,诏掖庭令敢泄言要斩。取诸侯王、列侯、二千石绶及墨绶、黄绶以并佩昌邑郎官者免奴。变易节上黄旄以赤。发御府金钱刀剑玉器采缯,赏赐所与游戏者。与从官官奴夜饮,湛沔于酒。诏太官上乘舆食如故。食监奏未释服未可御故食,复召太官趣具,无关食监。太官不敢具,即使从官出买鸡豚,诏殿门内,以为常。独夜设

九宾温室，延见姊夫昌邑关内侯。祖宗庙祠未举，为玺书使使者持节，以三太牢祠昌邑哀王园庙，称嗣子皇帝。受玺以来二十七日，使者旁午，持节诏诸官署征发，凡千一百二十七事。文学光禄大夫夏侯胜等及侍中傅嘉数进谏以过失，使人簿责胜，缚嘉系狱。荒淫迷惑，失帝王礼谊，乱汉制度。臣敞等数进谏，不变更，日以益甚，恐危社稷，天下不安。

臣敞等谨与博士臣霸、臣隽舍、臣德、臣虞舍、臣射、臣仓议，皆曰："高皇帝建功业为汉太祖，孝文皇帝慈仁节俭为太宗，今陛下嗣孝昭皇帝后，行淫辟不轨。《诗》云'籍曰未知，亦既抱子。'五辟之属，莫大不孝。周襄王不能事母，《春秋》曰'天王出居于郑。'繇不孝出之，绝之于天下也。宗庙重于君，陛下未见命高庙，不可以承天序，奉祖宗庙，子万姓，当废。"臣请有司御史大夫臣谊、宗正臣德、太常臣昌与太祝以一太牢具，告祠高庙。臣敞等昧死以闻。①

史载："尚书令读奏，太后诏曰'可'"。

居延汉简有《永始三年诏书册》，保留了上奏与批复的完整文档：

丞相方进、御史臣光昧死言：明诏哀闵元元，臣方进、御史臣光。往秋郡被霜，冬无大雪，不利宿麦，恐民□调有余，给不足，不民所疾苦也，可以便安百姓者，问计长吏守丞，条□。臣光奉职无状，顿首顿首，死罪死罪。臣方进、臣光前对问上计弘农太守丞□令堪对曰：富民多出田出贷□□□□郡国九谷最少，可豫稍为调给，立、辅预言民所疾苦可以便□弘农太守立、山阳行大守事湖陵□□上行太守事，来去城郭，流亡离本逐末浮食者浸□与县官并税以成家致富，开并兼之路伤家□治民之道宜务兴本，广农桑□□□□来出贷或取以贾贩，愚者苟得□□□言预可许。臣请除贷钱它物律，诏书到，县道官得□□□□县官还息与贷者，它不可许，

---

① 《汉书》卷68，第2939—2946页。

它别奏。臣方进、臣光愚戆，顿首顿首，死罪死罪。
制：可
永始三年七月戊申朔戊辰
下当用者。①

从形式看，章与奏从言事功能上看似乎区别不大，虽有一些程序化的用语区别，但也不构成实质差异。不过，整体看，奏一定程度上是代表自己所任的职能机构上书，所言之事在其职责范围内。而章更多是代表个人的想法或建议，而非其履行职权的请示。②

三　表

表一般用来向皇帝说明或解释某事。李善注《文选》："表者，明也，标也，如物之标表。言标著事序，使之明白，以晓主上，得尽其忠曰表。"③ 因此，与章、奏不同的是，表无须皇帝批复。蔡邕《独断》云：

表者，不需头，上言"臣某言"，下言"臣某诚惶诚恐，稽首顿首，死罪死罪"，左方下附曰"某官臣某甲上"。文多用编两行，文少以五行。诣尚书通者也。……表文报已奏如书。④

表不需批复，但常有"已奏如书"，说明其流转情况。"诣尚书通者也"是说由尚书转呈，前面说章要诣阙提交，奏要送御史台或谒者台，实际未必。

目前所见西汉之表，格式较为完具者，主要为刘向刘歆父子校书所上表文，介绍校书详情和相关书籍的主要内容及源流等，《全汉文》或称"表"，或称"书录"，或称"叙录"，其实都是表文。如刘向《战国策书

---

① 甘肃省文物工作队居延简整理组：《居延简〈永始三年诏书〉册释文》，《敦煌学集刊》1984 年第 2 期。
② 代国玺：《汉代公文史新探》，《中国史研究》2015 年第 2 期。
③ 《文选》第四册，第 1667 页。
④ 蔡邕：《独断》卷上，诸子百家丛书，上海古籍出版社 1990 年版，第 4 页。

录》《管子书录》《晏子叙录》《孙卿书录》《韩非子书录》《列子书录》《邓析书录》《关尹子书录》《子华子书录》《说苑叙录》，刘歆《上山海经表》等，撰写方式皆类似。如刘向《管子书录》：

> 护左都水使者光禄大夫臣向言，所校雠中《管子书》三百八十九篇，大中大夫卜圭书二十七篇，臣富参书四十一篇，射声校尉立书十一篇，太史书九十六篇，凡中外书五百六十四篇，以校，除复重四百八十四篇，定著八十六篇，杀青而书可缮写也。
>
> 管子者，颍上人也，名夷吾，号仲父。少时尝与鲍叔牙游，鲍叔知其贤，管子贫困，常欺叔牙，叔牙终善之。……凡《管子书》务富国安民，道约言要，可以晓合经义。向谨第录。①

又刘歆《上山海经表》：

> 侍中奉车都尉光禄大夫臣秀、领校秘书言校秘书太常属臣望：所校《山海经》凡三十二篇，今定篇为一十八篇，已定。《山海经》者，出于唐虞之际。昔洪水洋溢，漫衍中国，民人失据，崎岖于邱陵，巢于树木。……朝士由是多奇《山海经》者，文学大儒皆读学以为奇，可以考祯祥变怪之物，见远国异人之谣俗。故《易》曰："言天下之至赜，而不可乱也。"博物之君子，其可不惑焉。臣昧死谨上。②

此表起首为"某官臣某言"，结尾为"臣某昧死谨上"，这应该是西汉时表的典型格式。

表文内容非常丰富，不过整体看，大都不涉及制度、法令等政务，反倒是有很多生活化的内容。故徐炬《事物原始》云："表者，白也，以

---

① 《全汉文》卷37，第332页。
② 《全汉文》卷40，第346页。

情旨表白于外也"。① 如《后汉书·张禹传》载"永初四年,新野君病,皇太后车驾幸其第。禹与司徒夏勤、司空张敏俱上表",恳请太后尽快回宫:

> 新野君不安,车驾连日宿止,臣等诚窃惶惧。臣闻王者动设先置,止则交戟,清道而后行,清室而后御,离宫不宿,所以重宿卫也。陛下体烝烝至孝,亲省方药,恩情发中,久处单处,百官露止,议者所不安。宜且还宫,上为宗庙社稷,下为万国子民。②

《太平御览》九百八十四载应劭《贡药物表》,是献药:

> 臣劭言,郡旧因计吏献药,阙而不修,惭悸交集,无辞自文。今道少通,谨遣五官孙艾贡茯苓十斤,紫芝六枝,鹿茸五斤,五味一斗,计吏发行,辄复表贡。

表文也常用来举荐。如《后汉书·孟尝传》载杨乔上表荐孟尝:

> 臣前后七表言故合浦太守孟尝,而身轻言微,终不蒙察。区区破心,徒然而已。尝安仁弘义,耽乐道德,清行出俗,能干绝群。前更守宰,移风改政,去珠复还,饥民蒙活。且南海多珍,财产易积,掌握之内,价盈兼金,而尝单身谢病,躬耕垄次,匿景藏采,不扬华藻。实羽翮之美用,非徒腹背之毛也。而沈沦草莽。好爵莫及,廊庙之宝,弃于沟渠。且年岁有讫,桑榆行尽。而忠贞之节,永谢圣时。臣诚伤心,私用流涕。夫物以远至为珍,士以稀见为贵。樊木朽株,为万乘用者,左右为之容耳。王者取士,宜拔众之所贵。臣以斗筲之姿,趋日月之侧。思立微节,不敢苟私乡曲。窃感禽息,

---

① 刘勰著,詹锳义证:《文心雕龙义证》,第 829 页注(十)。
② 《后汉书》卷 44,第 1499 页。

忘身进贤。①

史书记载这些表文大都省去相关礼仪套语，只保留了内容主体。蔡邕有几篇表文，从现在所见，尚保留有部分程序化语言。如蔡邕《荐皇甫规表》：

> 臣闻唐虞以师师咸熙，周文以济济为宁；区区之楚，犹用贤臣为宝；卫多君子，季札知其不危。由此言之，忠臣贤士，国家之元龟，社稷之桢固也。昔孝文愠匈奴之生事，思李牧于前代；孝宣忿奸邪之不散，举张敞于亡命，况在于当时，谦虚为罪，而可遗弃。臣伏见护羌校尉皇甫规，少明经术，道为儒宗，修身力行，忠亮阐著，出处抱义，皦然不污，藏器林薮之中，以辞徵召之宠。先帝嘉之，群公归德。盗发东岳，莫能婴讨，即起家参拜为泰山太守，屠斩桀黠，绥抚茕弱，青、兖之郊，迄用康乂。自是以来。方外有事，戎狄猾华，进简前勋，连见委任，伏节举麾，威灵神行，演化凶悍，使为惫愿，爱财省稽，每有馀资，养士御众，悦以亡死。论其武劳，则汉室之干城；课其文德，则皇家之心腹，诚宜试用，以广振鹭西雍之美。臣以顽愚，忝污显列，辄流汗墨不堪之责，不胜区区，执心所见，越职罄言，罪当死。唯陛下当留神省察。臣邕顿首顿首。②

又《为陈留太守奏上孝子程末事表》是为推举孝子而作：

> 臣前到官，博问掾史孝行卓异者。臣门下掾申屠夐称，孝子平丘程末，年十四岁时，祖父叔病殁，末抱伏叔尸，号泣悲哀，口干气少，喘息才属。舅偃，哀其羸劣，嚼枣肉以哺之。末见食歔欷，不能吞咽，麦饭寒水间用之。舅偃诱劝，哽咽益甚。是后精美异味，遂不过口。常在枢旁，耳闻叔名，目应以泪。前太守文穆召署孝义

---

① 《后汉书》卷76，第2474页。
② 《全后汉文》卷71，第862页。

童，云以叔未葬，不能至府舍。臣辄核问掾史邑子殷盛宿彦等，辞验皆至。臣即召来见。末年十四岁，颜色瘦小，应对甚详。臣问乐为吏否，垂泣求去，白归丧所。臣为设食，但用麦饭寒水，不食肥腻。舅本以田作为事，家无典学者，其志行发于自然，非耳目闻见所仿效也。虽成人之年，知礼识义之士，恐不能及。伏唯陛下体因心之德，当中兴之运，躬秉万机，建用皇极，神纪骋于无方，淑旸洽于群生，故醇行感时而生，美义因政以出，清风奋扬，休征诞漫，太平之萌，昭验已著，臣诚伏见幸甚。臣闻鲁侯能孝，命于夷宫，张仲孝友，侯在左右，周宣之兴，实始于此。且乌以反哺，托体太阳，羔以跪乳，为贽国卿。禽鸟之微，犹以孝宠，况末禀纯粹之精爽，立百行之根原，其人殄瘁，而德曜弥光，其族益章。臣不胜愿，会使末美昭显本朝，谨陈状。臣顿首。①

又蔡邕为辞谢巴郡太守职作《巴郡太守谢表》：

臣尚书邕免冠顿首死罪。臣猥以顽暗，连值盛时，超自群吏，入登机密，未及输力，尽心日下，五府举臣任巴郡太守，陛下不复参论。府举入奏，惊惶失守。非所敢安，征营累息，不知所措。臣邕顿首死罪，知纳言任重，非臣所得久忝。今月丁丑，一章自闻，乞闲冗，抱关执籥，不意录符银青，授任千里，求退得进，后上先迁，为众所怪，不合事宜，愿乞还诏命，尽力他役，死而后已。臣猥以愚暗，盗窃明时，周旋三台，充列机衡，出入省闼，登踏丹墀，承随同位，与在行列，以受酒礼嘉币之赐。诏书前后赐石镜奁、礼经素字、《尚书章句》《白虎议奏》，合成二百一十二卷，及莲香、瓠子熏炉、唾壶、弹棋、石秤、梨饧汁器、园卢诸物。诚念及下，锡惠周至，每敕勿谢。朝廷之恩，前后重叠，虽父母之于子孙，无以加此。未得因缘有事，答称所蒙，不意卒迁，荷受非任，临时自陈，未蒙省许，惨结屏营，踧踖受拜，命服银青，光宠休显，上耀祖先，

---

① 《全后汉文》卷71，第862页。

下荣昆裔，诚非所望。臣邕顿首死罪。巴士长远，江山修隔，顷来未悉辑睦。刘焉抚宁有方，柔远功著，臣当以顽蒙，不闲职政，宣旸圣化，导遵和风，非臣才力所能供给，必以忝辱烦污圣朝。幸循旧职，当竭肝胆从事，筋绝骨破，以命继之。①

表文意在有所陈情，故有陈谢、辞请、荐举、慰安等，所施既殊，则其辞有异。此类文体的内容和形式都相对自由。

四 （驳）议

皇帝就国事或相关决议咨询朝臣，朝臣陈述各自不同政见，这种文体就是议。《文体明辨序说》"议"类："国有大事，必集群臣而廷议之，交口往复，务尽其情。"因此，议又称驳议，"驳者，杂也，杂议不纯，故曰驳也。"指的是各抒己见。由于议常针对某些决策表达不同见解，故"驳议"亦有驳对、反驳之义。

蔡邕《独断》总结其一般程序：

> 其有疑事，公卿百官会议。若台阁有所正处而独执异议者曰驳议。驳议曰"某官某甲议以为如是"，下言"臣愚戆议异"。其非驳议，不言"议异"。其合于上意者，文报曰"某官某甲议可"。②

针对朝廷"疑事"即尚未形成定论或存在较大争议的某项政策，百官共对讨论。若持异见，则称驳议，文中前有"某官某甲议以为如是"，后有"臣愚戆议异"之类文字。皇帝对某人意见认可，批复为"某官某甲议可"。

作为君臣之间的一种议政方式，议对之体在汉文帝时就形成稳定的制度形态。《史记·屈原贾生列传》载文帝初立，闻贾谊年少，颇通诸子百家之书。故召以为博士。"每诏令议下，诸老先生不能言，贾生尽为之

---

① 《全后汉文》卷71，第863页。
② 蔡邕：《独断》卷上，诸子百家丛书，上海古籍出版社1990年版，第4页。

对,人人各如其意所欲出。诸生于是乃以为能,不及也。"此后,议对则是朝廷议政的常态,许多政策的制定和大事件的处理,都经由议对这一过程。

如《史记·韩长孺列传》载武帝时,匈奴请和亲,天子"下议",王恢反对和亲,主张兴兵,韩安国据匈奴游牧特点认为兴兵难以长治久安,故主张和亲,获得上下认同,遂定和亲事:

> 匈奴来请和亲,天子下议。大行王恢,燕人也,数为边吏,习知胡事。议曰:"汉与匈奴和亲,率不过数岁即复倍约。不如勿许,兴兵击之。"(韩)安国曰:"千里而战,兵不获利。今匈奴负戎马之足,怀禽兽之心,迁徙鸟举,难得而制也。得其地不足以为广,有其众不足以为强,自上古不属为人。汉数千里争利,则人马罢,虏以全制其敝。且强弩之极,矢不能穿鲁缟;冲风之末,力不能漂鸿毛。非初不劲,末力衰也。击之不便,不如和亲。"群臣议者多附安国,于是上许和亲。①

又《汉书·吾丘寿王传》载丞相公孙弘上奏章主张朝廷下令"民不得挟弓弩",理由是盗贼若持弓弩,则有恃无恐,官吏亦无可奈何:

> 十贼彍弩,百吏不敢前,盗贼不辄伏辜,免脱者众,害寡而利多,此盗贼所以蕃也。禁民不得挟弓弩,则盗贼执短兵,短兵接则众者胜。以众吏捕寡贼,其势必得。盗贼有害无利,且莫犯法,刑错之道也。臣愚以为禁民毋得挟弓弩便。

上"下其议",让诸臣讨论。吾丘寿王时任光禄大夫侍中,对曰:

> 臣闻古者作五兵,非以相害,以禁暴讨邪也。安居则以制猛兽而备非常,有事则以设守卫而施行阵。及至周室衰微,上无明王,

---

① 《史记》卷108,第2861页。

> 诸侯力政，强侵弱，众暴寡，海内抗敝，巧诈并生。是以知者陷愚，勇者威怯，苟以得胜为务，不顾义理。故机变械饰，所以相贼害之具不可胜数。于是秦兼天下，废王道，立私议，灭《诗》《书》而首法令，去仁恩而任刑戮，堕名城，杀豪桀，销甲兵，折锋刃。其后，民以櫌鉏棰梃相挞击，犯法滋众，盗贼不胜，至于赭衣塞路，群盗满山，卒以乱亡。故圣王务教化而省禁防，知其不足恃也。
>
> 今陛下昭明德，建太平，举俊才，兴学官，三公有司或由穷巷，起白屋，裂地而封，宇内日化，方外乡风，然而盗贼犹有者，郡国二千石之罪，非挟弓弩之过也。《礼》曰男子生，桑弧蓬矢以举之，明示有事也。孔子曰："吾何执，执射乎？"大射之礼，自天子降及庶人，三代之道也。《诗》云"大侯既抗，弓矢斯张，射夫既同，献尔发功"，言贵中也。愚闻圣王合射以明教矣，未闻弓矢之为禁也。且所为禁者，为盗贼之以攻夺也。攻夺之罪死，然而不止者，大奸之于重诛固不避也。臣恐邪人挟之而吏不能止，良民以自备而抵法禁，是擅贼威而夺民救也。窃以为无益于禁奸，而废先王之典，使学者不得习行其礼，大不便。①

文中反驳此项建议，他首先分析盗贼兴起的原因，认为周室衰微，上无明王，巧诈并生，加之此后秦政一味任刑法，不主教化，故盗贼并生，犯法者众。而如今世道太平，举俊才，兴学官，宇内日化，方外乡风，世风、民风已大不同。如有盗贼，是当地官员管理教化无方即"郡国二千石之罪，非挟弓弩之过"，因此禁弓弩是治标不治本。更何况，射礼本即礼仪教化，"圣王合射以明教矣，未闻弓矢之为禁也。"因此，禁弓弩"无益于禁奸，而废先王之典，使学者不得习行其礼，大不便。"史载"书奏，上以难丞相弘，弘诎服焉。"

又《汉书·贾捐之传》载贾捐之《罢珠崖议》，亦有完整过程。海南珠崖郡为武帝元封元年所立，此后在宣、昭、元帝时屡屡叛反，朝廷反复发兵平叛。元帝初元元年，又反，发兵击之，然诸县更叛，连年不定。

---

① 《汉书》卷64上，第2795—2797页。

"元帝遂与有司议大发军,捐之建议,以为不当击。上使侍中、驸马都尉、乐昌侯王商诘问捐之曰:'珠崖内属为郡久矣,今背畔逆节,而云不当击,长蛮夷之乱,亏先帝功德,经义何以处之?'"捐之对曰:

> 臣幸得遭明盛之朝,蒙危言之策,无忌讳之患,敢昧死竭卷卷。
> 臣闻尧、舜,圣之盛也,禹入圣域而不忧,故孔子称尧曰"大哉",《韶》曰"尽善",禹曰"无间"。以三圣之德,地方不过数千里,西被流沙,东渐于海,朔南暨声教,迄于四海,欲与声教则治之,不欲与者不强治也。故君臣歌德,含气之物各得其宜。武丁、成王,殷、周之大仁也,然地东不过江、黄,西不过氐、羌,南不过蛮荆,北不过朔方。是以颂声并作,视听之类咸乐其生,越裳氏重九译而献,此非兵革之所能致。及其衰也,南征不还,齐桓救其难,孔子定其文。以至乎秦,兴兵远攻,贪外虚内,务欲广地,不虑其害。然地南不过闽越,北不过太原,而天下溃畔,祸卒在于二世之末,《长城之歌》至今未绝。
> 赖圣汉初兴,为百姓请命,平定天下。至孝文皇帝,闵中国未安,偃武行文,则断狱数百,民赋四十,丁男三年而一事。时有献千里马者,诏曰:"鸾旗在前,属车在后,吉行日五十里,师行三十里,朕乘千里之马,独先安之?"于是还马,与道里费,而下诏曰:"朕不受献也,其令四方毋求来献。"当此之时,逸游之乐绝,奇丽之赂塞,郑、卫之倡微矣。夫后宫盛色则贤者隐处,佞人用事则诤臣杜口,而文帝不行,故谥为孝文,庙称太宗。至孝武皇帝元狩六年,太仓之粟红腐而不可食,都内之钱贯朽而不可校。乃探平城之事,录冒顿以来数为边害,籍兵厉马,因富民以攘服之。西连诸国至于安息,东过碣石以玄菟、乐浪为郡,北却匈奴万里,更起营塞,制南海以为八郡,则天下断狱万数,民赋数百,造盐、铁、酒榷之利以佐用度,犹不能足。当此之时,寇贼并起,军旅数发,父战死于前,子斗伤于后,女子乘亭障,孤儿号于道,老母寡妇饮泣巷哭,遥设虚祭,想魂乎万里之外。淮南王盗写虎符,阴聘名士,关东公孙勇等诈为使者,是皆廓地泰大,征伐不休之故也。

第九章 官文书:空前的"文书行政"

> 今天下独有关东,关东大者独有齐楚,民众久困,连年流离,离其城郭,相枕席于道路。人情莫亲父母,莫乐夫妇,至嫁妻卖子,法不能禁,义不能止,此社稷之忧也。今陛下不忍悁悁之忿,欲驱士众挤之大海之中,快心幽冥之地,非所以救助饥馑,保全元元也。《诗》云"蠢尔蛮荆,大邦为仇",言圣人起则后服,中国衰则先畔,动为国家难,自古而患之久矣,何况乃复其南方万里之蛮乎!骆越之人父子同川而浴,相习以鼻饮,与禽兽无异,本不足郡县置也。颛颛独居一海之中,雾露气湿,多毒草虫蛇水土之害,人未见虏,战士自死,又非独珠厓有珠犀玳瑁也,弃之不足惜,不击不损威。其民譬犹鱼鳖,何足贪也!
>
> 臣窃以往者羌军言之,暴师曾未一年,兵出不逾千里,费四十余万万,大司农钱尽,乃以少府禁钱续之。夫一隅为不善,费尚如此,况于劳师远攻,亡士毋功乎!求之往古则不合,施之当今又不便。臣愚以为非冠带之国,《禹贡》所及,《春秋》所治,皆可且无以为。愿遂弃珠厓,专用恤关东为忧。

贾捐之的意思是:珠崖一带民风荒蛮,其人父子同川而浴,相习以鼻饮,与禽兽无异,本不足置郡县。其独居一海之中,雾露气湿,多毒草虫蛇水土之害,人未见虏,战士自死,若发兵攻打,损失太大。从物产上看,非独珠厓有珠犀瑇瑁,故弃之不足惜,不击不损威,故主张放弃珠厓。史载,"对奏,上以问丞相御史。御史大夫陈万年以为当击;丞相于定国以为:'前日兴兵击之连年,护军都尉、校尉及丞凡十一人,还者二人,卒士及转输死者万人以上,费用三万万余,尚未能尽降。今关东困乏,民难摇动,捐之议是。'上乃从之"。遂下诏曰:

> 珠崖虏杀吏民,背畔为逆,今廷议者或言可击,或言可守,或欲弃之,其指各殊。朕日夜惟思议者之言,羞威不行,则欲诛之;孤疑辟难,则守屯田;通于时变,则忧万民。夫万民之饥饿,与远蛮之不讨,危孰大焉?且宗庙之祭,凶年不备,况乎辟不嫌之辱哉!今关东大困,仓库空虚,无以相赡,又以动兵,非特劳民,凶年随

之。其罢珠厓郡。民有慕义欲内属，便处之；不欲，勿强。①

珠厓由是罢。

又《后汉书·张敏传》载肃宗建初年间，有人侮辱人父者，而其子杀之，肃宗赦免其死刑且宽恕之，此后成为惯例，并以此制定《轻侮法》。张敏认为此法会助长奸佞，遂上驳议曰：

> 夫《轻侮》之法，先帝一切之恩，不有成科班之律令也。夫死生之决，宜从上下，犹天之四时，有生有杀。若开相容恕，著为定法者，则是故设奸萌，生长罪隙。孔子曰："民可使由之，不可使知之。"《春秋》之义，子不报仇，非子也。而法令不为之减者，以相杀之路不可开故也。今托义者得减，妄杀者有差，使执宪之吏得设巧诈，非所以导"在丑不争"之义。又《轻侮》之比，浸以繁滋，至有四五百科，转相顾望，弥复增甚，难以垂之万载。臣闻师言："救文莫如质。"故高帝去烦苛之法，为三章之约。建初诏书，有改于古者，可下三公、廷尉蠲除其敝。

其建议被按下不提。张敏复上疏，认为不当纵民相互轻慢，开相杀之路，恳请陛下考寻利害，让大家广泛讨论，文曰：

> 臣敏蒙恩，特见拔擢，愚心所不晓，迷意所不解，诚不敢苟随众议。臣伏见孔子垂经典，皋陶造法律，原其本意，皆欲禁民为非也。未晓《轻侮》之法将以何禁？必不能使不相轻侮，而更开相杀之路，执宪之吏复容其奸枉。议者或曰："平法当先论生。"臣愚以为天地之性，唯人为贵，杀人者死，三代通制。今欲趣生，反开杀路，一人不死，天下受敝。记曰："利一害百，人去城郭。"夫春生秋杀，天道之常。春一物枯即为灾，秋一物华即为异。王者承天地，顺四时，法圣人，从经律。愿陛下留意下民，考寻利害，广令平议，

---

① 《汉书》卷64下，第2830—2835页。

天下幸甚。①

史载：和帝从之。

驳议体现出对待国家政治管理的严肃态度。刘勰云："夫动先拟议，明用稽疑，所以敬慎群务，弛张治术。"即驳议是为了在朝廷某些重大行动前集思广益，充分剖析其中利害得失，从而保持所颁法令以及所采取行动的有效性，故参与者要能对相关政治事务有较为深入的了解，博古通今，所议才能有足够的说服力。从文辞上，刘勰云："理不谬摇其枝，字不妄舒其藻。"即要把握大方向、抓住根本性问题，"标以显义，约以正辞"，而不被细枝末节所牵绊。辞藻亦不能任意铺张，当以辞达为本，即"文以辩洁为能，不以繁缛为巧；事宜明核为美，不以环隐为奇。"②上述驳议之文所议内容不一，但都体现出这个特点。

五 对策和射策

对策和射策本是汉代朝廷一种策选贤良的方式。天子下策书问以政事经义，令臣子各对之，观其文辞以定高下，由此形成一种独特文体。策问时有两种方式：一是对策，类似今天的"必答题"，即针对某个问题同时策问应试臣子，题目是公开的，最后根据每人的答卷来比较优劣。二是射策，类似"选答题"，应试臣子在密封的策问中抽取，抽到什么答什么。《文体明辨序说》"策"类：

> 按《说文》云："策者，谋也。"《汉书音义》曰："作简策推问，例置案上，在试者意投射取而答之，谓之射策。若录政化得失显而问之，谓之对策。"③

对策和射策都是臣子应诏而陈政议事，故与议体功能相似，可谓"议"

---

① 《后汉书》卷44，第1503页。
② 刘勰著，詹锳义证：《文心雕龙义证》，第898—899页。
③ 徐师曾：《文体明辨序说》，人民文学出版社1962年版，第130页。

之别体。

对策和射策虽然也是论议政事,但其意在选贤。刘勰云:"射策者,探事而献说也。言中理准,譬射侯中的;二名虽殊,即议之别体也。古之造士,选事考言。汉文中年,始举贤良,鼌错对策,蔚为举首。及孝武益明,旁求俊乂,对策者以第一登庸,射策者以甲科入仕,斯固选贤要术也。"① 策士制度始于汉文帝,"十五年九月……诏诸侯王公卿郡守举贤良能直言极谏者,上亲策之。"② 此次策问,对策者百余人,皆为各郡守推荐的贤良文学,晁错在其中。其本传中详细记载了策问和晁错的对策内容:

> 惟十有五年九月壬子,皇帝曰:"昔者大禹勤求贤士,施及方外,四极之内,舟车所至,人迹所及,靡不闻命,以辅其不逮;近者献其明,远者通厥聪,比善戮力,以翼天子。是以大禹能亡失德,夏以长懋。高皇帝亲除大害,去乱从,并建豪英,以为官师,为谏争,辅天子之阙,而翼戴汉宗也。赖天之灵,宗庙之福,方内以安,泽及四夷。今朕获执天子之正,以承宗庙之祀,朕既不德,又不敏,明弗能烛,而智不能治,此大夫之所著闻也。故诏有司、诸侯王、三公、九卿及主郡吏,各帅其志,以选贤良明于国家之大体,通于人事之终始,及能直言极谏者,各有人数,将以匡朕之不逮。二三大夫之行当此三道,朕甚嘉之,故登大夫于朝,亲谕朕志。大夫其上三道之要,及永惟朕之不德,吏之不平,政之不宣,民之不宁,四者之阙,悉陈其志,毋有所隐。上以荐先帝之宗庙,下以兴愚民之休利,著之于篇,朕亲览焉,观大夫所以佐朕,至与不至。书之,周之密之,重之闭之。兴自朕躬,大夫其正论,毋枉执事。乌乎,戒之!二三大夫其帅志毋怠!"

汉文帝的策问并没有问及具体政事,而是希望诸贤良文学能就"明于国

---

① 刘勰著,詹锳义证:《文心雕龙义证·问对》,第902页。
② 《汉书》卷4,第127页。

家大体""通于人事终始""直言进谏"三方面来发表看法。同时,对于"朕之不德,吏之不平,政之不宣,民之不宁,四者之阙,悉陈其志,毋有所隐",言辞中亦表达礼贤下士的俯就姿态。晁错对曰:

> 平阳侯臣窋、汝阴侯臣灶、颍阴侯臣何、廷尉臣宜昌、陇西太守臣昆邪所选贤良太子家令臣错昧死再拜言:臣窃闻古之贤主莫不求贤以为辅翼,故黄帝得力牧而为五帝先,大禹得咎繇而为三王祖,齐桓得管子而为五伯长。今陛下讲于大禹及高皇帝之建豪英也,退托于不明,以求贤良,让之至也。臣窃观上世之传,若高皇帝之建功业,陛下之德厚而得贤佐,皆有司之所览,刻于玉版,藏于金匮,历之春秋,纪之后世,为帝者祖宗,与天地相终。今臣窋等乃以臣错充赋,甚不称明诏求贤之意。臣错草茅臣,亡识知,昧死上愚对,曰:
>
> 诏策曰"明于国家大体",愚臣窃以古之五帝明之。臣闻五帝神圣,其臣莫能及,故自亲事,处于法官之中,明堂之上;动静上配天,下顺地,中得人。故众生之类亡下覆也,根著之徒亡不载也;烛以光明,亡偏异也;德上及飞鸟,下至水虫草木诸产,皆被其泽。然后阴阳调,四时节,日月光,风雨时,膏露降,五谷熟,祅孽灭,贼气息,民不疾疫,河出图,洛出书,神龙至,凤鸟翔,德泽满天下,灵光施四海。此谓配天地,治国大体之功也。
>
> 诏策曰"通于人事终始",愚臣窃以古之三王明之。臣闻三王臣主俱贤,故合谋相辅,计安天下,莫不本于人情。人情莫不欲寿,三王生而不伤也;人情莫不欲富,三王厚而不困也;人情莫不欲安,三王扶而不危也;人情莫不欲逸,三王节其力而不尽也。其为法令也,合于人情而后行之;其动众使民也,本于人事然后为之。取人以己,内恕及人。情之所恶,不以强人;情之所欲,不以禁民。是以天下乐其政,归其德,望之若父母,从之若流水;百姓和亲,国家安宁,名位不失,施及后世。此明于人情终始之功也。
>
> 诏策曰"直言极谏",愚臣窃以五伯之臣明之。臣闻五伯不及其臣,故属之以国,任之以事。五伯之佐之为人臣也,察身而不敢诬,

奉法令不容私，尽心力不敢矜，遭患难不避死，见贤不居其上，受禄不过其量，不以亡能居尊显之位。自行若此，可谓方正之士矣。其立法也，非以苦民伤众而为之机陷也，以之兴利除害，尊主安民而救暴乱也。其行赏也，非虚取民财妄予人也，以劝天下之忠孝而明其功也。故功多者赏厚，功少者赏薄。如此，敛民财以顾其功，而民不恨者，知与而安己也。其行罚也，非以忿怒妄诛而从暴心也，以禁天下不忠不孝而害国者也。故罪大者罚重，罪小者罚轻。如此，民虽伏罪至死而不怨者，知罪罚之至，自取之也。立法若此，可谓平正之吏矣。法之逆者，请而更之，不以伤民；主行之暴者，逆而复之，不以伤国。救主之失，补主之过，扬主之美，明主之功，使主内亡邪辟之行，外亡骞污之名。事君若此，可谓直言极谏之士矣。此五伯之所以德匡天下，威正诸侯，功业甚美，名声章明。举天下之贤主，五伯与焉，此身不及其臣而使得直言极谏补其不逮之功也。今陛下人民之众，威武之重，德惠之厚，令行禁止之势，万万于五伯，而赐愚臣策曰"匡朕之不逮"，愚臣何足以识陛下之高明而奉承之！

诏策曰"吏之不平，政之不宣，民之不宁"，愚臣窃以秦事明之。臣闻秦始并天下之时，其主不及三王，而臣不及其佐，然功力不迟者，何也？地形便，山川利，财用足，民利战。其所与并者六国，六国者，臣主皆不肖，谋不辑，民不用，故当此之时，秦最富强。夫国富强而邻国乱者，帝王之资也，故秦能兼六国，立为天子。当此之时，三王之功不能进焉。及其末涂之衰也，任不肖而信谗贼；宫室过度，耆欲亡极，民力罢尽，赋敛不节；矜奋自贤，群臣恐谀，骄溢纵恣，不顾患祸；妄赏以随喜意，妄诛以快怒心，法令烦憯，刑罚暴酷，轻绝人命，身自射杀；天下寒心，莫安其处。奸邪之吏，乘其乱法，以成其威，狱官主断，生杀自恣。上下瓦解，各自为制。秦始乱之时，吏之所先侵者，贫人贱民也；至其中节，所侵者富人吏家也；及其末涂，所侵者宗室大臣也。是故亲疏皆危，外内咸怨，离散逋逃，人有走心。陈胜先倡，天下大溃，绝祀亡世，为异姓福。此吏不平，政不宣，民不宁之祸也。今陛下配天象地，覆露万民，绝秦之迹，除其乱法；躬亲本事，废去淫末；除苛解娆，宽大爱人；肉刑不用，罪人亡帑；非谤不治，铸钱者除；通关去塞，不孽诸侯；宾礼长老，爱恤少孤；罪人有期，后宫出嫁；尊赐孝悌，农民不租；明诏军师，爱士大夫；求进方正，废退奸邪；除去阴刑，害民者诛；忧劳百姓，列侯就都；亲耕节用，视民不奢。所为天下兴利除害，变法易故，以安海内者，大功数十，皆上世之所难及，陛下行之，道纯德厚，元元之民幸矣。①

晁错首先对皇帝俯就咨询以及诸位推举其入贤良文学的大臣表达感恩，随后逐一对策问中的话题加以申论："诏策曰'明于国家大体'，愚臣窃以古之五帝明之……"；"诏策曰'通于人事终始'，愚臣窃以古之三王明之……"；"诏策曰'直言极谏'，愚臣窃以五伯之臣明之……"；"诏策曰'吏之不平，政之不宣，民之不宁'，愚臣窃以秦事明之。"凭借这篇对策，晁错在百人中胜出，由太子家令迁中大夫。

此后，天子往往临轩策士，而有司亦以策举人，如《史记·平津侯传》载武帝"元光五年，有诏征文学……国人固推（公孙）弘，弘至太常。太常令所征儒士各对策，百余人，弘第居下。策奏，天子擢弘对为第一。"②汉代射策以甲科入仕者，颇不乏人。《汉书·匡衡传》："衡射策甲科，以不应令除为太常掌故。"《翟方进传》："以射策甲科为郎。"《王嘉传》："以明经射策甲科为郎。"《汉书·儒林传》："平帝时……岁课甲科四十人为郎中，乙科二十人为太子舍人，丙科四十人补文学掌故。"③

策对虽然为人才选拔的"应试"文体，但能集中体现君臣的政治智慧和文才修养，有时亦能出现"经国之枢机"的议政佳作。《汉书·董仲舒传》载武帝即位，举贤良文学之士前后百数，而仲舒以其对策胜出，此即"天人三策"。其第一策说天人感应，君权神授，"王者承天意以从

---

① 《汉书》卷49，第2290—2297页。
② 《史记》卷112，第2949页。
③ 《汉书》卷81、84、86、88，第3331、3411、3488、3596页。

事","观天人相与之际,甚可畏也。国家将有失道之败,而天乃先出灾害以谴告之;不知自省,又出怪异以警惧之;尚不知变而伤败乃至:以此见天心之仁爱人君而欲止其乱也。"故主张勉力行善,施行教化,以获得瑞应福禄。第二策说人才制度,主张"兴太学置明师以养天下之士",改革人才拔擢制度,实行"量材授官,录德定位"使"诸侯吏二千石皆尽心于求贤",如此,"则三王之盛易为而尧舜之名可及也"。第三策说思想一统,即罢黜百家,独尊儒术,"人之所为,其美恶之极乃与天地流通而往来相应。"故务必"务明教化民以成性也。""《春秋》大一统者,天地之常经,古今之通谊也。今师异道,人异论,百家殊方,指意不同,是以上亡以持一统,法制数变,下不知所守。臣愚以为诸不在六艺之科、孔子之术者,皆绝其道,勿使并进。"三次对策文集中体现了董仲舒的治国理念,《汉书》有完整记载:

> 制曰:朕获承至尊休德,传之亡穷,而施之罔极,任大而守重,是以夙夜不皇康宁,永惟万事之统,犹惧有阙。故广延四方之豪俊,郡国诸侯公选贤良修洁博习之士,欲闻大道之要,至论之极。今子大夫褎然为举首,朕甚嘉之。子大夫其精心致思,朕垂听而问焉。
>
> 盖闻五帝三王之道,改制作乐而天下洽和,百王同之。当虞氏之乐莫盛于《韶》,于周莫盛于《勺》。圣王已没,钟鼓管弦之声未衰,而大道微缺,陵夷至乎桀、纣之行,王道大坏矣。夫五百年之间,守文之君,当涂之士,欲则先王之法以戴翼其世者甚众,然犹不能反,日以仆灭,至后王而后止,岂其所持操或诗缪而失其统与?固天降命不可复反,必推之于大衰而后息与?乌乎!凡所为屑屑,夙兴夜寐,务法上古者,又将无补与?三代受命,其符安在?灾异之变,何缘而起?性命之情,或夭或寿,或仁或鄙,习闻其号,未烛厥理。伊欲风流而令行,刑轻而奸改,百姓和乐,政事宣昭,何修何饬而膏露降,百谷登,德润四海,泽臻草木,三光全,寒暑平,受天之祜,享鬼神之灵,德泽洋溢,施乎方外,延及群生?
>
> 子大夫明先圣之业,习俗化之变,终始之序,讲闻高谊之日久矣,其明以谕朕。科别其条,勿猥勿并,取之于术,慎其所出。乃

其不正不直，不忠不极，枉于执事，书之不泄，兴于朕躬，毋悼后害。子大夫其尽心，靡有所隐，朕将亲览焉。

仲舒对曰：

陛下发德音，下明诏，求天命与情性，皆非愚臣之所能及也。臣谨案《春秋》之中，视前世已行之事，以观天人相与之际，甚可畏也。国家将有失道之败，而天乃先出灾害以谴告之，不知自省，又出怪异以警惧之，尚不知变，而伤败乃至。以此见天心之仁爱人君而欲止其乱也。自非大亡道之世者，天尽欲扶持而全安之，事在强勉而已矣。强勉学问，则闻见博而知益明；强勉行道，则德日起而大有功：此皆可使还至而有效者也。《诗》曰"夙夜匪解"，《书》云"茂哉茂哉！"皆强勉之谓也。

道者，所繇适于治之路也，仁义礼乐皆其具也。故圣王已没，而子孙长久安宁数百岁，此皆礼乐教化之功也。王者未作乐之时，乃用先王之乐宜于世者，而以深入教化于民。教化之情不得，雅颂之乐不成，故王者功成作乐，乐其德也。乐者，所以变民风，化民俗也；其变民也易，其化人也著。故声发于和而本于情，接于肌肤，臧于骨髓。故王道虽微缺，而管弦之声未衰也。夫虞氏之不为政久矣，然而乐颂遗风犹有存者，是以孔子在齐而闻《韶》也。夫人君莫不欲安存而恶危亡，然而政乱国危者甚众，所任者非其人，而所繇者非其道，是以政日以仆灭也。夫周道衰于幽、厉，非道亡也，幽、厉不繇也。至于宣王，思昔先王之德，兴滞补弊，明文、武之功业，周道粲然复兴，诗人美之而作，上天祐之，为生贤佐，后世称通，至今不绝。此夙夜不解行善之所致也。孔子曰"人能弘道，非道弘人"也。故治乱废兴在于己，非天降命不得可反，其所操持誖谬失其统也。

臣闻天之所大奉使之王者，必有非人力所能致而自至者，此受命之符也。天下之人同心归之，若归父母，故天瑞应诚而至。《书》曰"白鱼入于王舟，有火复于王屋，流为乌"，此盖受命之符也。周公曰"复哉复哉"，孔子曰"德不孤，必有邻"，皆积善累德之效也。及至后世，淫佚衰微，不能统理群生，诸侯背畔，残贼良民以争壤土,废德教而任刑罚。刑罚不中,则生邪气;邪气积于下,怨恶畜于上。上下不和,则阴阳缪盭而妖孽生矣。此灾异所缘而起也。

臣闻命者天之令也,性者生之质也,情者人之欲也。或夭或寿,或仁或鄙,陶冶而成之,不能粹美,有治乱之所生,故不齐也。孔子曰:"君子之德风,小人之德草,草上之风必偃。"故尧、舜行德则民仁寿,桀、纣行暴则民鄙夭。夫上之化下,下之从上,犹泥之在钧,唯甄者之所为,犹金之在熔,唯冶者之所铸。"绥之斯俫,动之斯和",此之谓也。

臣谨案《春秋》之文,求王道之端,得之于正。正次王,王次春。春者,天之所为也;正者,王之所为也。其意曰,上承天之所为,而下以正其所为,正王道之端云尔。然则王者欲有所为,宜求其端于天。天道之大者在阴阳。阳为德,阴为刑;刑主杀而德主生。是故阳常居大夏,而以生育养长为事;阴常居大冬,而积于空虚不用之处。以此见天之任德不任刑也。天使阳出布施于上而主岁功,使阴入伏于下而时出佐阳;阳不得阴之助,亦不能独成岁。终阳以成岁为名,此天意也。王者承天意以从事,故任德教而不任刑。刑者不可任以治世,犹阴之不可任以成岁也。为政而任刑,不顺于天,故先王莫之肯为也。今废先王德教之官,而独任执法之吏治民,毋乃任刑之意与!孔子曰:"不教而诛谓之虐。"虐政用于下,而欲德教之被四海,故难成也。

臣谨案《春秋》谓一元之意,一者万物之所从始也,元者辞之所谓大也。谓一为元者,视大始而欲正本也。《春秋》深探其本,而反自贵者始。故为人君者,正心以正朝廷,正朝廷以正百官,正百官以正万民,正万民以正四方。四方正,远近莫敢不壹于正,而亡有邪气奸其间者。是以阴阳调而风雨时,群生和而万民殖,五谷孰而草木茂,天地之间被润泽而大丰美,四海之内闻盛德而皆徕臣,诸福之物,可致之祥,莫不毕至,而王道终矣。

孔子曰:"凤鸟不至,河不出图,吾已矣夫!"自悲可致此物,而身卑贱不得致也。今陛下贵为天子,富有四海,居得致之位,操可致之势,又有能致之资,行高而恩厚,知明而意美,爱民而好士,可谓谊主矣。然而天地未应而美祥莫至者，何也？凡以教化不立而万民不正也。夫万民之从利也，如水之走下，不以教化堤防之，不能止也。是故教化立而奸邪皆止者，其隄防完也；教化废而奸邪并出，刑罚不能胜者，其隄防坏也。古之王者明于此，是故南面而治天下，莫不以教化为大务。立大学以教于国，设庠序以化于邑，渐民以仁，摩民以谊，节民以礼，故其刑罚甚轻而禁不犯者，教化行而习俗美也。

圣王之继乱世也，扫除其迹而悉去之，复修教化而崇起之。教化已明，习俗已成，子孙循之，行五六百岁尚未败也。至周之末世，大为亡道，以失天下。秦继其后，独不能改，又益甚之，重禁文学，不得挟书，弃捐礼谊而恶闻之，其心欲尽灭先王之道，而颛为自恣苟简之治，故立为天子十四岁而国破亡矣。自古以来，未尝有以乱济乱，大败天下之民如秦者也。其遗毒余烈，至今未灭，使习俗薄恶，人民嚚顽，抵冒殊扞，孰烂如此之甚者也。孔子曰："腐朽之木不可雕也，粪土之墙不可圬也。"今汉继秦之后，如朽木、粪墙矣，虽欲善治之，亡可奈何。法出而奸生，令下而诈起，如以汤止沸，抱薪救火，愈甚亡益也。窃譬之琴瑟不调，甚者必解而更张之，乃可鼓也；为政而不行，甚者必变而更化之，乃可理也。当更张而不更张，虽有良工不能善调也；当更化而不更化，虽有大贤不能善治也。故汉得天下以来，常欲善治而至今不可善治者，失之于当更化而不更化也。古人有言曰："临渊羡鱼，不如退而结网。"今临政而愿治七十余岁矣，不如退而更化；更化则可善治，善治则灾害日去，福禄日来。《诗》云："宜民宜人，受禄于天。"为政而宜于民者，固当受禄于天。夫仁谊礼知信五常之道，王者所当修饬也；五者修饬，故受天之祐，而享鬼神之灵，德施于方外，延及群生也。

天子览其对而异焉，乃复册之曰：

制曰：盖闻虞舜之时，游于岩郎之上，垂拱无为，而天下太平。周文王至于日昃不暇食，而宇内亦治。夫帝王之道，岂不同条共贯与？何逸劳之殊也？……

仲舒对曰：……

于是天子复册之：

制曰：……

仲舒复对曰：……①

史载："对既毕，天子以仲舒为江都相，事易王。"

议政强调务实，汉天子亦反感"高论""大言"。但策问常要求就"国家大体""人事终始"等一系列"务虚"问题加以阐述，这就为汉臣提供了"高谈阔论"的空间，许多宏大而深刻的思想政治理论借此产生。

刘勰谈优秀对策文特点："风恢恢而能远，流洋洋而不溢，王庭之美对也。"② 对策之文要写得洋洋洒洒，气度恢宏而远大，通权达变，方为上选。对策是一问一答，帝王要有谦恭之态，躬身下问，臣子亦坦言直陈，方能成就美对。王通《中说·问易》："广仁益智，莫善于问。乘事演道，莫善于对。非明君孰能广问，非达臣孰能专对乎？"③ 对策问答间可见君臣修养、文采和政治智慧。

六　奏章的上行与封事

汉代章奏等上行文书送呈皇帝最普遍的方式是诣阙上书，由公车递进。汉代公车是掌管宫殿中司马门的警卫部门，上书一般要诣宫阙，交给公车，公车司马递送宫中谒者或御史，再转呈尚书，由其奏入省禁，中谒者等职官自省禁中出来收受所呈文书，进纳给皇帝。④《史记·滑稽列传》载东方朔初入长安，"至公车上书，凡用三千奏牍，公车令两人共持举其书，仅然能胜之。"⑤ 章奏要经层层转递才可抵达皇帝手中，由此产生封事这一文书样式。

---

① 《汉书》卷56，第2495—2523页。
② 刘勰著，詹锳义证：《文心雕龙义证》，第913页。
③ 王通著，阮逸注，秦跃宇点校：《文中子中说》卷5，诸子百家丛书，上海古籍出版社1989年版，第22页。
④ 汪桂海：《汉代官文书制度》，第164页。
⑤ 《史记》卷126，第3205页。

封事，即密封的奏章，"言事而不欲宣泄，重封上之，故曰封事"。①封事的出现与上述公文传递制度以及相关职能部门的权力变化密切相关。汉初相当长的一段时期内，丞相、御史府特别是御史大夫处于转承、起草诏书的关键地位，而尚书只负责一般的文书管理传递。但西汉中后期至东汉，尚书权势日趋发展，成为中央公文运转中的关键。② 首先，尚书有权利阅看奏章副本，进行筛选。《汉书·魏相传》："故事诸上书者皆为二封，署其一曰副，领尚书者先发副封，所言不善，屏去不奏。"③ 即臣民上书都需呈奏两份，其中一份为副本，至尚书处先发副封，"所言不善，屏去不奏"，因此，权力是很大的。其次，尚书的勤政与否也直接影响公文上传下达的效率。怠惰甚至心怀叵测者可使公文久不得复。《汉书·王莽传》："尚书因是为奸寝事，上书待报者连年不得去。"④《后汉书·虞诩传》载，宁阳主簿上书"积六七岁不省"。⑤ 汉宣帝时，为加强皇权，削弱尚书权力，故设立"封事"制度。若臣民上书涉秘事或不愿宣露，可采用封事呈报。但由于汉代奏章有副本制度，封事仍有泄密的可能，故宣帝采纳魏相建议，"去副封以防雍蔽"，封事遂越过尚书台，成为直接呈递给皇帝的机密文书。

作为机密文书，为防泄露，封事用皂囊封缄，"凡章表皆启封，其言密事，得皂囊盛。"⑥ "密奏以皂囊封之，不使人知，故曰封事。"⑦ 囊是一种口袋，需囊封的文书盖印后"皆以武都紫泥封，青囊白素裹，两端无缝，尺一板中约署。"⑧ 封事用黑色布袋，以示区别。《文心雕龙·奏启》："自汉置八仪，密奏阴阳，皂囊封板，故曰封事……后代便宜，多

---

① 司马光编注：《资治通鉴》卷24 "御史大夫魏相上封事"注，中华书局1956年版，第805页。
② 卜宪群：《秦汉公文文书与官僚行政管理》，《历史研究》1997年第4期。
③ 《汉书·魏相传》卷74，第3135页。
④ 《汉书》卷99中，第4140页。
⑤ 《后汉书》卷58，第1872页。
⑥ 蔡邕：《独断》卷上，上海古籍出版社1990年版，第4页。
⑦ 应劭：《汉官仪》，孙星衍等辑，周天游点校《汉官六种》，第190页。
⑧ 《后汉书·舆服志》"乘舆黄赤绶"句注引《汉旧仪》，第3673页。

附封事,甚机密也。"①

从汉代封事内容看,涉及很多方面。主要集中在国家政治和社稷安危方面的机密,其次是有关皇帝个人行为及其与皇亲国戚的关系方面,因牵涉内廷后宫隐秘,自然应当保密。如批评时政、预戒厄运、弹劾举荐官员、请治诸侯桀骜之罪、为得罪者说解、谏外戚权重、谏戒女祸、谏除奸佞、谏过度赐封,等等。② 封事直达天子,便于皇帝刺探下情,控制权臣。同时上封事者亦能减少顾忌,做出尽忠告密或弹劾权贵等"危险"举动。

由于封事常涉皇亲国戚和权贵,亦透露出朝廷内部矛盾和帝王执政缺陷,故汉代官方对封事的保密性有明确规定,防止散布造成社会舆论。若上书者不谨慎而导致封事泄露,以致世人广知,则要治罪。哀帝时,左将军师丹上封事时"使吏写奏章,吏私写其草",故外泄,致使"行道人遍持其书",遂被告发。汉哀帝让诸臣论议此事:

上以问将军中朝臣,皆对曰:"忠臣不显谏,大臣奏事不宜漏泄,令吏民传写流闻四方。'臣不密则失身',宜下廷尉治。"事下廷尉,廷尉劾丹大不敬。事未决,给事中博士申咸、炔钦上书言:"丹经行无比,自近世大臣能若丹者少。发愤懑,奏封事,不及深思远虑,使主簿书,漏泄之过不在丹。以此贬黜,恐不厌众心。"尚书劾咸、钦:"幸得以儒官选擢备腹心,上所折中定疑,知丹社稷重臣,议罪处罚,国之所慎,咸、钦初傅经义以为当治,事以暴列,乃复上书妄称誉丹,前后相违,不敬。"上贬咸、钦秩各二等。遂策免丹曰:"夫三公者,朕之腹心也。……及君奏封事,传于道路,布闻朝市,言事者以为大臣不忠,辜陷重辟,获虚采名,谤讥匈匈,流于四方。腹心如此,谓疏者何?殆谬于二人同心之利焉,将何以率示群下,附亲远方?朕惟君位尊任重,虑不周密,怀谖迷国,进退违命,反复异言,甚为君耻之,非所以共承天地,永保国家之意。以

---

① 刘勰著,詹锳义证:《文心雕龙义证·奏启》,第877页。
② 王云庆:《汉代封事的内容及其运作》,《唐都学刊》2011年第4期。

君尝托傅位，未忍考于理，已诏有司赦君勿治。其上大司空高乐侯印绶，罢归。"①

哀帝策免诏书中指责师丹，认为其作为皇帝心腹大臣，本应处事周密，如今密奏广为人知，采获虚名，致使毁谤指责沸沸扬扬，流传四方，迷乱国家。最终，师丹以"大不敬"获罪，免大司空之职和爵位，为其说情的两位大臣亦受降等之罚。

因此，无论因公因私，臣子上封事大都非常谨慎。灵帝时，司徒杨赐上封事，"谨自手书密上。"② 即亲自书写，以防手下代笔泄密。《三国志》注引《魏书》载陈群："每上封事，辄削其草，时人及子弟莫能知之。"③ 即将封事的草稿及时销毁。但即便如此，由于封事的敏感性特点，往往会引来更多"窥探者"。特别是皇帝身边近侍常常是泄密源头，如王章奏封事劝成帝以冯野王替代王凤，"章每召见，上辄辟左右"，但是"时太后从弟长乐卫尉弘子侍中音独侧听，具知章言，以语凤。"④

但有时皇帝自己也不够谨慎，蔡邕就因此获罪流放。《后汉书·蔡邕传》载，因灾异屡见，灵帝特诏蔡邕，问曰：

> 比灾变互生，未知厥咎，朝廷焦心，载怀恐惧。每访郡公卿士，庶闻忠言，而各存括囊，莫肯尽心。以邕经学深奥，故密特稽问，宜披露失得，指陈政要，勿有依违，自生疑讳。具对经术，以皂囊封上。

蔡邕遂上封事，以灾异学说解释天象，认为灾异屡见，都是人事不正常的表现，如妇人干政、奸佞当道之类。文中谈及多位时政要人，各有褒贬：

---

① 《汉书》卷86，第3507页。
② 《后汉书》卷54，第1778页。
③ 陈寿撰，裴松之注：《三国志》卷22，中华书局1959年版，第638页注（一）。
④ 《汉书》卷98，第4021—4022页。

前者乳母赵娆，贵重天下，生则货藏侔于天府，死则丘墓逾于园陵，两子受封，兄弟典郡；续以永乐门史霍玉，依阻城社，又为奸邪。今者道路纷纷，复云有程大人者，察其风声，将为国患。宜高为堤防，明设禁令，深惟赵、霍，以为至戒。今圣意勤勤，思明邪正。而闻太尉张颢，为玉所进；光禄勋姓璋，有名贪浊；又长水校尉赵玹、屯骑校尉盖升，并叨时幸，荣富优足。宜念小人在位之咎，退思引身避贤之福。伏见廷尉郭禧，纯厚老成；光禄大夫桥玄，聪达方直；故太尉刘宠，忠实守正：并宜为谋主，数见访问。……臣愿陛下忍而绝之，思惟万机，以答天望。圣朝既自约厉，左右近臣亦宜从化。人自抑损，以塞咎戒，则天道亏满，鬼神福谦矣。

文末，蔡邕心有余悸，担心泄密，故委婉提醒桓帝注意保密：

臣以愚赣，感激忘身，敢触忌讳，手书具对。夫君臣不密，上有漏言之戒，下有失身之祸。愿寝臣表，无使尽忠之吏，受怨奸仇。①

史载，"章奏，帝览而叹息，因起更衣，曹节于后窃视之，悉宣语左右，事遂漏露。其为邕所裁黜者，皆侧目思报。"不久，中常侍程璜使人飞章（匿名上书）构陷，蔡邕被劾"仇怨奉公，议害大臣"，虽"有诏减死一等"，最终仍"与家属髡钳徙朔方"。

汉代封事制度，一定程度上与时人崇尚"委婉谲谏"的讽谏观念有关。《白虎通·谏诤》"事君进思尽忠，退思补过，去而不讪，谏而不露，"故《曲礼》曰："为人臣，不显谏。"封事有无副封、不关尚书、皂囊封装、亲自手书等规定，都使得其保密性要高于一般奏书，一定程度上保护了直言进谏者，也维护了帝王的权威和尊严，对于抑制外戚宦官权力也发挥了一定的作用。如和帝掌权后，欲清除窦氏势力，司徒丁鸿遂以封事弹劾大将军窦宪，"书奏十余日，帝以鸿行太尉兼卫尉，屯

---

① 《后汉书》卷60下，第1998—2000页。

南、北宫。于是收窦宪大将军印绶，宪及诸弟皆自杀。"① 但从实际情形看，官员上封事常有因失密遭受政治报复者。如成帝时帝舅王凤权势更胜石显，京兆尹王章借日蚀之机奏封事，"言凤不可任用，宜更选忠贤"，结果王章"为凤所陷，罪至大逆"②，死于狱中。东汉和帝时，外戚窦氏专权，尚书何敞上封事弹劾，结果被窦宪外放为济南太傅。《后汉书》载灵帝时谢弼上封事谏去左右宦官，结果"左右恶其言，出为广陵府丞"。宋登"数上封事，抑退权臣，由是出为颍川太守。"③

封事意在监察，它服务于皇权，也依附于皇权。皇权的强弱和皇帝的政治智慧高下以及德行好恶等个性特点，都直接影响着封事的效果以及上书者的命运。

第三节　官府往来公文

秦汉各级政府进行行政管理亦有大量行移公文，大体可以分为记（包括奏记和笺记）、檄书、牒书、府书、爰书、变事书、奔命书、报书、举书、劾状等。

一　一般官员往来文书：记、奏记、笺记（奏笺）

记是秦汉时帝王以下各级政府官员间往来的一种文书。若上行，常称作奏记和笺记，若下行，则一般概称为记，内容涉及各项事务。奏记、笺记得名也是为了明等级尊卑，从内容和功能上看没有本质区别。

奏记一般是指呈递给三公等高官的文书；笺记，即奏笺，又称笺奏，是呈给郡守等地方长官的文书。郡守兼领武事，故亦称郡将。刘勰云："公府奏记，而郡将奏笺。记之言志，进己志也。笺者，表也，表识其情也。"④ 不过，有时也混用，如《论衡·对作》云："上书奏记，陈列便

---

① 《后汉书》卷37，第1267页。
② 《汉书》卷76，第3238页。
③ 《后汉书》卷57、79上，第1860、2557页。
④ 刘勰著，詹锳义证：《文心雕龙义证·书记》，第936页。

宜，皆欲辅政。……《论衡》之人，奏记郡守，宜禁奢侈，以备困乏。"① 是上书郡守亦得称奏记。《后汉书·胡广传》注引《谢承书》云：太尉李咸约身率下，不与州郡交通，"刺史、二千石笺记，非公事不发省。"② 故刺史等发太尉的文书又称作笺记。

作为上行文书，奏记、笺记类常有"敢言之"之类表谦恭之语。因此，出土汉简中许多文书没有具体文类名称，但有"敢言之"之类词句的，当也属于奏记之类文书。如现藏于甘肃简牍博物馆的"建武三年隧长病书"为三枚木牍组成的一份完整文件，就是下级向上级请假的奏记文书：

> 建武三年三月丁亥朔己丑，城北隧长党敢言之，乃二月壬午病加，两脾雍种，匈胁丈满，不耐食饮，未能视事，敢言之。
> 三月丁亥朔辛卯，城北守候长匡敢言之，谨写移隧长党病，书如牒，敢言之。
> 今言府请令就医。E. P. F22：80—82③

该文书包括三项内容：一是城北隧长党向候长请病假的陈述；二是城北守候长匡将隧长党的病书上报候官的行文；三是候官的处理批示，上报都尉府请同意隧长党就医治病。

刘勰谈及汉代两篇代表作，"崔寔奏记于公府，则崇让之德音矣；黄香奏笺于江夏，亦肃恭之遗式矣。"④ 崔寔奏记于公府，今无存。《后汉书》本传云："所著碑、论、箴、铭、答、七言、词、文、表、记、书凡十五篇。"其中"记"或包括此篇。"黄香奏笺于江夏"，亦无存。《后汉·文苑传》载其文中有笺奏之文："黄香，字文强，江夏安陆人，所著赋、笺奏、书、令，凡五篇。"⑤ 刘勰评价这两篇文章"崇让""肃恭"，

---

① 刘盼遂：《论衡集解》，古籍出版社1957年版，第576—577页。
② 《后汉书》卷44，第1511页。
③ 《居延新简——甲渠候官与第四燧》，文物出版社1990年版，第483页。
④ 刘勰著，詹锳义证：《文心雕龙义证·书记》，第936页。
⑤ 《后汉书》卷52、80上，第1731、2615页。

这当是此类文书修辞上的特点。

下行文书常泛称为记。《汉书·赵广汉传》：载广汉为京兆尹，"尝记召湖都亭长"。颜师古注云："为书记以召之，若今之下符追呼人。"又《汉书·何武传》："武为刺史，……行部必先即学宫见诸生，试其诵论，问以得失，然后入传舍，出记问垦田顷亩、五谷美恶。"颜师古注云："记为教命之书。"基层官员为当地父母官，亦负责教化，故"记"有教导之义。又《后汉书·宋均传》："（均）迁上蔡令，时府下记，禁人丧葬不得侈长。"是下令不能奢侈厚葬。《钟离意传》载郡府曾下记给督游钟离意，令他案考受人酒礼的县亭长："时部县亭长有受人酒礼者，府下记案考之。"注："记，文符也。"简牍文书中，常有上级下发的记文。如：

> 府告居延甲渠鄣候：卅井关守丞匡十一月壬辰檄言居延都田啬夫丁宫、禄福男子王歆等入关檄甲午日入到府，匡乙未言檄言男子郭长入关檄丁酉食时到府，皆后宫等到，留迟。记到，各推辟界中，定吏主当坐者名，会月晦，有教。建武四年十一月戊戌起府。EPF22：151A、B、C

这是居延都尉府给甲渠候的记，令其验治推问丁宫等人入关檄留迟的原因，追究当事者责任。

> 府告居延、甲渠、卅井、殄北鄣候：方有警备，记到，数循行教敕吏卒，明烽火，谨侯望，有所闻见，亟言。有教。建武三年六月戊辰起府。EPF22：459

这是居延都尉府给居延、甲渠等鄣候的记，命其加强警备。

> □□月癸卯官告第四候长：记到，驰诣官会☒毋以它为解……113.12

这是甲渠侯官下达给第四侯长的记，通知其届时到侯官会见。

> 六月辛未府告金关啬夫：久前移拘逐偏辟橐他令史解事所行蒲封一至今不到，解何？及到，久逐辟，诣会壬申旦府对状，毋得以它为解。各署记到起时，令可课。183.15A、B①

这是肩水都尉府下记责问金关啬夫，要他追查橐他令史解事所递送的蒲封②未能准时送到的原因，不得寻找托词。

> 官告第四侯长徐卿，鄣卒周利自言当责第七隧长季由□百。记到，持由三月奉钱诣官，会月三日。有。（《合校》285.12）

这是有关偿还债务的保证书，官方可依照文书中所规定的扣除当事人薪俸以还债。③

二 声讨和晓喻之文：檄、移

檄文是用以声讨、征召或晓谕的文书。最初形成于战国，用于军事活动，宣扬己方正义，声讨对方罪行，以此提高士气、瓦解敌人。《史记·张仪列传》载张仪为秦相，"为文檄告楚相曰：'始吾从若饮，我不盗而璧，若笞我。若善守女国，我顾且盗而城。'"④ 这就是声讨之文。《汉书·翟义传》载，居摄二年九月，东郡太守翟义举兵反莽，立严乡侯刘信为天子，"移檄郡国，言莽鸩杀孝平皇帝，矫摄尊号，今天子已立，共行天罚。"⑤ 檄之所至，郡国为之震动。《说文》云："檄，二尺书，从木敫声。"若遇紧急情况，则檄上加鸟羽，称为羽檄。《汉书·高帝纪》：

---

① 以上引自汪桂海《汉代官文书制度》，第50页。
② 汉代重要文书用布囊封缄，一般公文则用蒲缠裹简牍文书，再以枲（麻绳）捆扎封检，此即为蒲封。黄浩波：《蒲封：秦汉时期简牍文书的一种封缄方式》，《考古》2019年第10期。
③ 李均明：《秦汉简牍文书分类辑解》有多例，第60页。
④ 《史记》卷70，第2281页。
⑤ 《汉书》卷84，第3426页。

"吾以羽檄征天下兵。"颜师古注："檄者……其有急事，则加以鸟羽插之，示速疾也。"① 羽檄亦称羽书，《后汉书·刘陶传》："每闻羽书告急之声，心灼内热，四体惊竦。"②

两汉时檄文主要用以征召、晓谕臣民等。刘熙《释名》云："檄，激也，下官所以激迎其上之书文也。"③ 如司马相如的《谕巴蜀檄》即为晓谕巴蜀百姓的文书。据《史记·司马相如列传》，汉使唐蒙出使西南夜郎、西僰，"发巴蜀吏卒千人，郡又多为发转漕万余人，用兴法诛其渠帅，巴蜀民大惊恐。上闻之，乃使相如责唐蒙，因喻告巴蜀民以非上意"，以安定民心。文曰：

> 告巴蜀太守：蛮夷自擅不讨之日久矣，时侵犯边境，劳士大夫。陛下即位，存抚天下，辑安中国，然后兴师出兵，北征匈奴。单于怖骇，交臂受事，屈膝请和。康居西域，重译请朝，稽首来享。移师东指，闽越相诛；右吊番禺，太子入朝。南夷之君，西僰之长，常效贡职，不敢怠堕，延颈举踵，喁喁然皆争归义，欲为臣妾；道里辽远，山川阻深，不能自致。夫不顺者已诛，而为善者未赏，故遣中郎将往宾之，发巴蜀士民各五百人，以奉币帛，卫使者不然，靡有兵革之事，战斗之患。今闻其乃发军兴制，惊惧子弟，忧患长老，郡又擅为转粟运输，皆非陛下之意也。当行者或亡逃自贼杀，亦非人臣之节也。
>
> 夫边郡之士，闻烽举燧燔，皆摄弓而驰，荷兵而走，流汗相属，唯恐居后；触白刃，冒流矢，义不反顾，计不旋踵，人怀怒心，如报私仇。彼岂乐死恶生，非编列之民，而与巴蜀异主哉？计深虑远，急国家之难，而乐尽人臣之道也。故有剖符之封，析珪而爵，位为通侯，居列东第，终则遗显号于后世，传土地于子孙。行事甚忠敬，居位甚安佚，名声施于无穷，功烈著而不灭。是以贤人君子，肝脑

---

① 《汉书》卷 1 下，第 68 页。
② 《后汉书》卷 57，第 1849—1850 页。
③ 任继昉汇校：《释名汇校》，齐鲁书社 2006 年版，第 327 页。

涂中原，膏液润野草而不辞也。今奉币役至南夷，即自贼杀，或亡逃抵诛，身死无名，谥为至愚，耻及父母，为天下笑。人之度量相越，岂不远哉！然此非独行者之罪也，父兄之教不先，子弟之率不谨也，寡廉鲜耻；而俗不长厚也。其被刑戮，不亦宜乎！

陛下患使者有司之若彼，悼不肖愚民之如此，故遣信使晓谕百姓以发卒之事，因数之以不忠死亡之罪，让三老孝弟以不教诲之过。方今田时，重烦百姓，已亲见近县，恐远所溪谷山泽之民不遍闻，檄到，亟下县道，使咸知陛下之意，唯毋忽也。①

檄文要晓谕巴蜀百姓明了汉帝国通西南夷的大政方针，安抚其"惊恐"之心，又要以皇权威责其愚钝不肖。故文章首先陈述武帝兴师出兵治理边地的巨大成就，以及唐蒙奉使西南的必要和正义，随后批评唐蒙发卒扰民的过错，申明"皆非陛下之意也。"此后则斥责巴蜀民众的愚钝不忠。文中对比"夫边郡之士"和"巴蜀民"，前者是"肝脑涂中原，膏液润野草而不辞"且"计深虑远，急国家之难，而乐尽人臣之道"的"贤人君子"，后者则"当行者或亡逃自贼杀，亦非人臣之节也。"其"寡廉鲜耻""为天下笑"，有"不忠死亡之罪"，三老亦有"教诲之过"，"其被刑戮，不亦宜乎！"措辞相当严厉。最后重申皇帝命其出使巴蜀发布檄文的目的即"晓喻百姓以发卒之事"，"檄到，亟下县道，使咸知陛下之意，唯毋忽也。"辞气果决，刚健。

檄文也用以征召，《汉书·申屠嘉传》："嘉为檄召（邓）通诣丞相府。"②《后汉书·袁安传》："（执金吾窦）景又擅使乘驿施檄缘边诸郡，发突骑及善骑射有才力者。"③ 居延汉简："邮书失期，前檄召候长敢诣官对状。"（123.55）此简出自甲渠候官遗址（A8 破城子）。据简文，知前此甲渠候官曾发送檄文召候长至候官验证邮书失期之事。

檄文后用于军事告捷，常用露布方式，刘勰谓檄文"明白之文，或

---

① 《史记》卷117，第3044—3046页。
② 《汉书》卷42，第2101页。
③ 《后汉书》卷45，第1519页。

称露布者，著露板不封，布诸视听也。"《后汉书·鲍昱传》："使封胡降檄。光武遣小黄门问昱有所怪不？对曰：'臣闻故事通官文书不著姓，又当司徒露布，怪使司隶下书而著姓也。'"注："檄，军书也，若今之露布也。"① 故军事檄文汉代以后被称为露布，成为与檄文并列的一种文体。《隋志》有《杂露布》十二卷、《杂檄文》十七卷、魏武帝《露布文》九卷。

移文与檄文有相似处，也用于宣谕与告诫。不过，移的原义是改变和更易，移文意在移风易俗，令往而民随，故相比檄文更温和，言说对象的性质定位也有不同。刘勰称："其在金革，则逆党用檄，顺命资移。"② 即对逆党用檄文讨伐，对意欲归顺之人则用移文，如此方可洗濯民心，使坚同符契。

《汉书·薛宣传》载薛宣为左冯翊，督责贪腐或渎职的官吏，即用移文：

> 始高陵令杨湛、栎阳令谢游皆贪猾不逊，持郡短长，前二千石数案不能竟。及宣视事，诣府谒，宣设酒饭与相对，接待甚备。已而阴求其罪臧，具得所受取。宣察湛有改节敬宣之效，乃手自牒书，条其奸臧，封与湛曰："吏民条言君如牒，或议以为疑于主守盗。冯翊敬重令，又念十金法重，不忍相暴章。故密以手书相晓，欲君自图进退，可复伸眉于后。即无其事，复封还记，得为君分明之。"湛自知罪臧皆应记，而宣辞语温润，无伤害意。湛即时解印绶付吏，为记谢宣，终无怨言。而栎阳令游自以大儒有名，轻宣。宣独移书显责之曰："告栎阳令：吏民言令治行烦苛，适罚作使千人以上；贼取钱财数十万，给为非法；卖买听任富吏，贾数不可知。证验以明白，欲遣吏考案，恐负举者，耻辱儒士，故使掾平镌令。孔子曰：'陈力就列，不能者止。'令详思之，方调守。"游得檄，亦解印

---

① 《后汉书》卷29，第1022页。
② 刘勰著，詹锳义证：《文心雕龙义证》，第789页。

绶去。①

高陵令杨湛与栎阳令谢游皆贪猾不逊，薛宣根据二人不同状况，对杨湛"乃手自牒书，条其奸赃"，牒云："冯翊敬重令，又念十金法重，不忍相暴章。故密以手书相晓"；而对谢游则以檄移之书"显责之"。一显一密，也反映出檄移不同于牒书的特点。关于牒书，下文将讨论。

又刘歆《移书让太常博士》是汉代经学史上一篇重要文章。刘歆领校秘书，欲将《左氏春秋》及《毛诗》《逸礼》《古文尚书》皆列于学官。哀帝遂令刘歆与《五经》博士论其义，诸博士或以《左传》不传《春秋》而不肯置对，刘歆因此而移书太常博士责让之。此文即揭开古今文之争的序幕。文章谈及经典流传史，批评今文学家所传典籍"书缺简脱"，缺乏完整性，力荐《左氏春秋》等"古文旧书"，对今文经学诸多弊病加以批评：

……往者缀学之士，不思废绝之阙，苟因陋就寡，分文析字，烦言碎辞，学者罢老，且不能究其一艺，信口说而背传记，是末师而非往古。至于国家将有大事，若立辟雍封禅巡狩之仪，则幽冥而莫知其原。犹欲保残守缺，挟恐见破之私意，而亡从善服义之公心。或怀妒嫉，不考情实，雷同相从，随声是非，抑此三学，以《尚书》为备，谓左氏为不传春秋，岂不哀哉！

今圣上德通神明，继统扬业，亦闵此文教错乱，学士若兹，虽照其情，犹依违谦让，乐与士君子同之。故下明诏，试左氏可立不。遣近臣奉旨衔命，将以辅弱扶微，与二三君子比意同力，冀得废遗。今则不然，深闭固距而不肯试，猥以不诵绝之，欲以杜塞余道，绝灭微学。夫可与乐成，难与虑始，此乃众庶之所为耳，非所望士君子也。且此数家之事，皆先帝所亲论，今上所考视，其为古文旧书，皆有征验，内外相应，岂苟而已哉！夫礼失求之于野，古文不犹愈于野乎！

---

① 《汉书》卷83，第3387—3388页。

> 往者博士《书》有欧阳，《春秋》公羊，《易》则施孟，然孝宣帝犹复广立谷梁《春秋》、梁丘《易》、大小夏侯《尚书》，义虽相反，犹并置之。何则？与其过而废之也，宁过而立之。传曰："文武之道，未坠于地，在人。贤者志其大者，不贤者志其小者。"今此数家之言，所以兼包大小之义，岂可偏绝哉？若必专己守残，党同门，妒道真，违明诏，失圣意，以陷于文吏之议，甚为二三君子不取也。①

文章最后指责太常博士们"保残守缺，挟恐见破之私意，而无从善服义之公心。"可谓一针见血。

檄文和移文都有以上行下的气势，发布者或居尊位，或站在道德制高点，或以正压邪，或得理为先，故多刚健、劲拔之气，即刘勰所谓事昭、理辨、气盛、辞断。

三 简略通事：牒书

牒书是形制较小的简牍，主要用于简略通事。《左传》昭公二十五年："右师不敢对，受牒而退。"正义："简，牒也。牒，札也。"② 《汉书·路温舒传》："温舒牧羊……取泽中蒲，截以为牒，编用写书。稍习善，求为狱小吏，因学律令。"师古注："小简曰牒，编联次之。"③ 刘勰云："牒者，叶也，短简为牒，如叶在枝。温舒截蒲，即其事也。议政未定，故短牒咨谋。"④ 王兆芳《文体通释》曰："札牒者，札，牒也；牒，札也。简牍之小者，版书之属也，主于小事通言，简略明意。源出汉齐人公孙卿《奏札书》。流有薛宣《与阳湛手牒》，钟离意《白周树牒》，蜀蒲元《与武侯牒》。"⑤

薛宣《与阳湛手牒》，《全汉文》收录，作《手自牒书封与高陵令阳

---

① 《全汉文》卷40，第348页。
② 《春秋左传正义》，《十三经注疏》，第2109页。
③ 《汉书》卷51，第2367—2368页。
④ 詹锳义证：《文心雕龙义证·书记》，第959页。
⑤ 刘勰著，詹锳义证：《文心雕龙义证》，第962页注（九）引。

湛》，见《汉书·薛宣传》。高陵令杨湛与栎阳令谢游皆贪猾不逊，薛宣设酒饭与相对，接待甚备。见谢游态度轻傲，遂以檄书"显责之"。而察湛有改节敬宣之效，"乃手自牒书，条其奸臧"，封与湛曰：

> 吏民条言君如牒，或议以为疑于主守盗。冯翊敬重令，又念十金法重，不忍相暴章。故密以手书相晓，欲君自图进退，可复伸眉于后。即无其事，复封还记，得为君分明之。①

史载"湛自知罪臧皆应记，而宣辞语温润，无伤害意。湛即时解印绶付吏，为记谢宣，终无怨言。"简牒上"条其奸臧"即在逐条列举其贪贿，是一种简略记录。

钟离意《白周树牒》，见《全后汉文》，名曰《牒白周树宜部职》，是一封举荐周树的简短文书：

> 贼曹吏周树，结发佐吏，服勤不懈，果于从政，行如玉石，折而不挠，谓宜部职。②

由于牒形制小，简短言事甚为便利，故除了用于上述官吏迁免、验问责问等事项外，更常用于名籍登录、法律条文、财物管理记录等。如崔寔《政论》："三府掾属，位卑职重，及其取官，又多超卓，或期月而长州郡，或数年而至公卿。诚不假非其人，其负牒而亡也。"③ 这里的"牒"当指簿籍条文等重要文件。《后汉书·郑玄传》载其戒子益恩书云："……公车再召，比牒并名，早为宰相。"《后汉书·马融传》载马融受梁冀指使，诬告太尉李固"因公假私，依正行邪，离间近戚，自隆支党。"其家族"或富室财赂，或子婿婚属，其列在官牒者，凡四十九人。"④ 这里的"官牒"当指官员名录档案。

---

① 《汉书》卷 83，第 3387 页。
② 《全后汉文》卷 27，第 621 页。
③ 《全后汉文》卷 46，第 727 页。
④ 《后汉书》卷 63，第 2084 页。

出土秦汉简牍中多有此类文书，罗列名物种类、人员情况等。常作为相关文书如致书（表示一种送达的文书）的附录。如：

> 建平三年闰月辛亥朔丙寅，禄福仓丞敞移肩水金关。居延坞长王戎所乘用马各如牒。书到，出如律令。①
> 始建国三年五月庚寅朔壬辰，肩水守城尉移肩水金关。吏所葆名如牒。书到，出入［如］律令。②

有时牒大概就只是一只笺文。汉代随葬的遣策记录随葬车马器物等，是随葬物品清单，也称作牒书。朱德熙、裘锡圭先生讨论马王堆 1 号汉墓遣册 68 号小结简"右方牛、犬、豕、羊肩、载（胾）八牒"时说："本组中，牛、犬、豕的肩和胾都是分简记的，独有羊的肩、胾合记于一简。书写遣策的人在写小结简的时候，大概误认为羊的肩、胾也是分简的，所以把本组简数误计为八牒，比实际数字多出了一牒。"③ 又如江陵毛家园 1 号汉墓出土告地书谈及墓主所携带"牒移"云：

> 十二年八月壬寅朔己未，建乡畴敢告地下主，□阳关内侯寡大女精死，自言以家属、马牛徙。今牒书所与徙者七十三牒移。此家复不事。可令吏受数以从事，它如律令。敢告主。④

此"七十三牒"即指遣册用以登记随行人、物数目的简数为七十三支简。

因此，牒书不是从文书功能上得名，而是因形制得名，故与其他文书多有重合。

帝王封禅、郊祀的玉简文书，也称牒，作为上传给天地神灵的文书，也是形制较小的文本。此详见第八章祝祷文体。

---

① 《居延汉简释文合校》，简 15·18。
② 李均明：《秦汉简牍文书分类辑解》，第 67 页。
③ 朱德熙、裘锡圭：《马王堆一号汉墓遣策考释补正》，《朱德熙古文字论集》，中华书局 1995 年版，第 124、125 页。
④ 刘国胜：《读西汉丧葬文书札记》，《江汉考古》2011 年第 2 期。

四 地方性法规和教化：语书、（条）教、府书、科令、条式

秦汉时的法律体系既包括皇帝颁行的各种律令以及朝廷制定的各种条例，刘勰《文心雕龙·书记》所列：

> 律者，中也。黄钟调起，五音以正。法律驭民，八刑克平，以律为名，取中正也。
>
> 令者，命也。出命申禁，有若自天，管仲下命如流水，使民从也。
>
> 法者，象也。兵谋无方，而奇正有象，故曰法也。
>
> 制者，裁也。上行于下，如匠之制器也。①

同时，也包括由郡守等地方官颁布的地方性法规，被称作语书、教、条教、府书、科令、条式等②。这些基层教令常包含很多教化内容，显示出地方官员的权利和义务。

语书，是训诫文书。《国语·鲁语下》："季康子问于公父文伯之母曰：'主亦有以语肥也。'"韦昭注："语，教戒也。"③ 这里指晓谕官吏民众的文告。睡虎地云梦秦简中即有南郡守腾发布的一份语书。《语书》为原简标题，书写于最后一支竹简的背面：

> 廿年四月丙戌朔丁亥，南郡守腾谓县、道啬夫：古者，民各有乡俗，其所利及好恶不同，或不便于民，害于邦。是以圣王作为法度，以矫端民心，去其邪避（僻），除其恶俗。法律未足，民多诈巧，故后有间令下者。凡法律令者，以教道（导）民，去其淫避（僻），除其恶俗，而使之之于为善殹（也）。今法律令已具矣，而吏民莫用，乡俗淫失（佚）之民不止，是即灋（废）主之明法殹

---

① 刘勰著，詹锳义证：《文心雕龙义证·书记》，第951页。
② 本节参考阎晓君《略论秦汉时期地方性立法》，《江西师范大学学报》2000年第3期。
③ 徐元诰撰，王树民、沈长云点校：《国语集解》，第192页。

（也），而长邪避（僻）淫失（佚）之民，甚害于邦，不便于民。故腾为是而修法律令、田令及为间私方而下之，令吏明布，令吏民皆明智（知）之，毋巨（歫）于罪。今法令已布，闻吏民犯法为间私者不止，私好、乡俗之心不变，自从令、丞以下智（知）而弗举论，是即明避主之明法殹（也），而养匿邪避（僻）之民。如此，则为人臣亦不忠矣。若弗智（知），是即不胜任、不智殹（也）；智（知）而弗敢论，是即不廉殹（也），此皆大罪殹（也），而令、丞弗明智（知），甚不便。今且令人案行之，举劾不从令者，致以律，论及令、丞。有（又）且课县官，独多犯令而令、丞弗得者，以令、丞闻。以次传：别书汀陵布，以邮行。

凡良吏明法律令，事无不能殹（也）；有（又）廉絜（洁）敦悫而好佐上；以一曹事不足独治殹（也），故有公心；有（又）能自端殹（也），而恶与人辨治，是以不争书。恶吏不明法律令，不智（知）事，不廉絜（洁），毋（无）以佐上，纶（偷）随（惰）疾事，易口舌，不羞辱，轻恶言而易病人，毋（无）公端之心，而有冒抵（抵）之治，是以善斥（诉）事，喜争书。争书，因恙（佯）瞋目扼搵（腕）认丑言麚斫以视（示）险，阮闻强肮（伉）以视（示）强，而上犹智之殹（也），故如此者不可不为罚。发书，移书曹，曹莫受，以告府，府令曹画之。其画最多者，当居曹奏令、丞，令、丞以为不直，志千里使有籍书之，以为恶吏。语书①

《语书》由两部分构成，"以邮行"前为正件，是南郡守腾的下行文书，当传达至基层。此后至"以为恶吏"为附件，专门阐述良吏与恶吏的区别，强化正件的教诫作用。语书贯彻"明主治吏不治民"的思想，认为在国家律令颁布后，恶俗邪僻之行仍不能禁止，是由于官吏纠察处罚无力，甚至对其包庇纵容的结果是不智、不廉、不忠的大罪。腾称自己将

---

① 云梦秦简整理小组：《云梦秦简释文（一）》，《文物》1976年第6期；《睡虎地秦墓竹简》第三册，文物出版社1977年版，第16页。刘海年：《云梦秦简探析——秦始皇时期颁行的一个地方性法规》，《学习和探索》第6期。

派人各处巡察对失职的官吏予以惩罚。附件对良吏和恶吏的作为做了对比说明，以便各级官吏对镜自照。全篇文字简练、结构严谨，没有赘言，训诫的口气是很明显的。

有研究者认为，此语书二字当为归卷入档或作为宣教材料时所用称谓，其初或无此标题，这是有道理的，因此，语书亦可归入以下教类文体。

教，或称条教，条款，是郡守以个人名义发布的教导之言，有时针对下属。《说文》："教，上所施，下所效也。"《汉书·薛宣传》载贼曹掾张扶公休日不休息，仍"坐曹治事"，宣遂出教曰：

> 盖礼贵和，人道尚通，日至，吏以令休，所由来久。曹虽有公职事，家亦望私恩意。掾宜从众，归对妻子，设酒肴，请邻里，壹笑相乐，斯亦可矣！①

薛宣教导张扶，虽有公职，亦不可"一心为公"，而当顾及家庭妻儿。教出，张扶愧，官属善之。

又《汉书·王尊传》载王尊为安定太守，上任后，出教告属县曰：

> 令长丞尉奉法守城，为民父母，抑强扶弱，宣恩广泽，甚劳苦矣。太守以今日至府，愿诸君卿勉力正身以率下。故行贪鄙，能变更者与为治。明慎所职，毋以身试法。

又出教敕掾功曹，要求其恪尽职守，并以逮捕掾吏张辅以示威慑：

> 各自底厉，助太守为治。其不中用，趣自避退，毋久妨贤。夫羽翮不修，则不可以致千里；闑内不理，无以整外。府丞悉署吏行能，分别白之。贤为上，毋以富。贾人百万，不足与计事。昔孔子治鲁，七日诛少正卯，今太守视事已一月矣，五月掾张辅怀虎狼之

---

① 《汉书》卷83，第3390页。

心，贪污不轨，一郡之钱尽入辅家，然适足以葬矣。今将辅送狱，直符吏诣阁下，从太守受其事。丞戒之戒之！相随入狱矣！①

史载："辅系狱数日死，尽得其狡猾不道，百万奸臧，威震郡中，盗贼分散，入傍郡界。"

《后汉书·独行传·李业传》载王莽居摄时，李业以病去官，杜门不应州郡之命。太守刘咸强召之，业乃带病拜谒至门。刘咸怒，出教指责其托病不尽臣职：

> 贤者不避害，譬犹彀弩射市，薄命者先死。闻业名称，故欲与之为治，而反托疾乎？②

又令其到狱中养病，欲杀之。客有说咸曰："赵杀鸣犊，孔子临河而逝。未闻求贤而胁以牢狱者也。"咸乃出之，因举方正。王莽以业为酒士，病不之官，遂隐藏山谷，绝匿名迹，终莽之世。

又《后汉书·酷吏传》载阳球迁平原相，出教告诫奸恶者曰：

> 相前莅高唐，志埽奸鄙，遂为贵郡所见枉举。昔桓公释管仲射钩之仇，高祖赦季布逃亡之罪。虽以不德，敢忘前义。况君臣分定，而可怀宿者哉！今一蠲往愆，期诸来效。若受教之后而不改奸状者，不得复有所容矣。③

史载："郡中咸畏服焉。"

汉代还多有"条教"之称。大约地方官所施"教"中条理性、规范性的内容，相当于地方性法规。《史记·张丞相列传》："黄丞相霸者，淮阳人也，以读书为吏，至颖川太守。治颖川，以礼义条教喻告化之，犯

---

① 《汉书》卷76，第3228页。
② 《后汉书》卷81，第2669页。
③ 《后汉书》卷2498，第2498页。

法者,风晓令自杀。"① 《汉书·郑弘传》载:"弘为南阳太守,皆著治迹,条教法度,为后所述。"《汉书·薛宣传》:"宣为吏赏罚明,用法平而必行,所居皆有条教可纪,多仁恕爱利。"② 《后汉书·酷吏传》载周䌷以威名迁齐相,"颇严酷,专任刑法,而善为辞案条教,为州内所则。"③

汉代地方官不仅承担上传下达的任务,更负有管理地方、教化吏民的职责,故施教是常态,也有足够的权力。

府书,是因发文部门而得名的一种文书形式。薛英群认为是由太守府或都尉府下达或批转④,卜宪群认为还包括丞相府、莫(幕)府。⑤《居延新简》E.P.F22:70—79 是一组文书,为转发、传抄都尉融颁布有关官吏俸谷标准的指令,被称作大将军莫府书:

> 建武三年四月丁巳朔辛巳,领河西五郡大将军张掖属国都尉融移张掖居延都尉。今为都尉以下奉各如差,司马、千人、候、仓长、丞、塞尉职闲,都尉以便宜财予,从史、田吏如律令。
>
> 六月壬申,守张掖居延都尉旷、丞崇告司马、千人官谓官县:写移书到,如大将军莫府书律令。掾阳、守属恭、书佐丰。
>
> 已雏
>
> 居延都尉　俸谷六十石。
>
> 居延都尉丞　俸谷月卅石。
>
> 居延令　奉谷月卅石
>
> ……⑥

---

① 《史记》卷96,第2688页。
② 《汉书》卷83,第3390页。
③ 《后汉书》卷77,第2493页。
④ 薛英群:《汉简官文书考略》,甘肃省文物工作队等《汉简研究文集》,甘肃人民出版社1984年版。
⑤ 卜宪群:《秦汉公文文书与官僚行政管理》,《历史研究》1994年第4期。
⑥ 甘肃省文物考古研究所,甘肃省博物馆,文化部古文献研究室等:《居延新简——甲渠候官与第四燧》,文物出版社1990年版,第482页。

其他如 E. P. F22：425 有"大将军莫府守府书"① 云云；又如丞相府公文也称府书，《新简》E. P. T53：63："元康二年五月己巳朔辛卯，武威库令安世别缮治卒兵姑臧敢言之：酒泉太守府移丞相府书曰……" E. P. T51：79："太守府书：塞吏、武官吏，皆为短衣，去足一尺，告尉谓第四守侯长忠等如府书，方察不变更者。" E. P. T51：190A："五月丙寅，居延都尉德，库守丞常乐兼行丞事，谓甲渠塞候写移书到，如太守府书律令。"等。②

科令，条式，指地方性的法规条例。如《后汉书·循吏传》载仇览为蒲亭长，"劝人生业，为制科令，至于果菜为限，鸡豕有数，农事既毕，乃令子弟群居，还就黌学。其剽轻游恣者，皆役以田桑，严设科罚。"③ 此"科令"由亭长颁制，为最基层的法规。基层条例有时被称作"条式"，执行得好，还可能上升为全国性诏令。如《后汉书·循吏传》载秦彭为山阳太守，"兴起稻田数千顷，每于农月亲度顷亩，分别肥瘦，差为三品，各立文薄，藏之乡县。于是奸吏跼蹐，无所容诈。彭乃上言，宜令天下齐同其制。诏书以其所立条式，班令三府，并下州郡。"④

秦汉时的地方性法规内容庞杂，涉及农桑水利、嫁娶送终、尊老怀爱、诣学受业，等等，以使得"耕织种收，皆有条章"⑤，民安其业，移风易俗等。有时这些条章是极为琐碎的，如《汉书·龚遂传》："遂见齐俗奢侈，好末技，不田作，乃躬卒以俭约，劝民务农桑，令口种一树榆，百本薤，五十本葱，一畦韭，家二母彘，五鸡。民有带持刀剑者，使卖剑买牛，卖刀买犊，曰：'何为带牛佩犊！'春夏不得不趋田亩，秋冬科课收敛，益蓄果实菱芡。"⑥《后汉书·循吏传》载王景"迁庐江太守。先是百姓不知牛耕，致地力有余而食常不足。郡界有楚相孙叔敖所起芍陂稻田。景乃驱率吏民，修起芜废，教用犁耕，由是垦辟倍多，境内丰

---

① 《居延新简——甲渠候官与第四燧》，第 504 页。
② 《居延新简——甲渠候官与第四燧》，第 284、177、187 页。
③ 《后汉书》卷 76，2479—2480 页。
④ 《后汉书》卷 76，2467 页。
⑤ 《后汉书》卷 76，2482 页。
⑥ 《汉书》卷 89，第 3640 页。

给。遂铭石刻誓,令民知常禁。又训令蚕织,为作法制,皆著于乡亭,庐江传其文辞。"①

秦汉时的地方立法,是地方行政长官行使职权的一种重要手段,对当地的治乱兴衰起着重要作用,其间也反映长官的某些个人意志。

五 事关急变:变事书、奔命书

变事书是遇紧急事态向皇帝检举、揭发或诉冤的文书,又作变、飞变、急变。《汉书·韩信传》:"有变告信欲反。"颜师古注:"凡言'变'告者,谓告非常之事。"②《汉书·梅福传》:"后去官归寿春,数因县道上言变事,求假轺传,诣行在所条对急政,辄报罢。"③ 即允许上变事者使用传车。《史记·鲸布列传》载中大夫贲赫"言变事,乘传诣长安。布使人追,不及。赫至,上变,言布谋反有端,可先未发诛也。"④《汉书·张汤传》载汤失势,河东人李文,故尝与汤有隙,后为御史中丞,便从以往文书中搜罗可中伤汤者。汤手下一位知己的史官鲁谒居,遂打抱不平,"使人上飞变告(李)文奸事,事下汤,汤治论杀(李)文。"颜师古注:"飞变犹言急变也。"⑤

居延汉简中有一组竹简,被称为"上言变事册书",是一位时任肩水候官令史、觚得敬老里公乘名"熹"的基层官员报告边塞紧急状况的文书。出土时简已错乱,研究者或认为十简一组,或认为十二简一组。依后者,文曰:

(1) 肩水候官令史、觚得敬老里公乘粪土臣熹昧死再拜,上言变事书

(2) 十二月乙酉,广地候

(3) □檄曰,甲申,候卒望见塞外东北

---

① 《后汉书》卷76,第2466页。
② 《汉书》卷34,第1876注(三)
③ 《汉书》卷67,第1917页。
④ 《史记》卷91,第2603—2604页。
⑤ 《汉书》卷59,第2643页。

(4) 火四所，大如积薪，去塞百余里，臣熹愚

(5) 皇帝陛下，车骑将军，下诏书曰，乌孙小昆弥乌

(6) 就屠与匈奴呼韩邪单于谋

(7) 夷狄贪而不仁，怀挟二心，请为

(8) 郅支为名，未知其变

(9) 塞外诸节谷呼韩单于

(10) 往来技表是乐

(11) 小月氏仰美人

(12) 愚戆触讳忘言顿首①

从简文内容看，大约反映的是有关匈奴阴谋诈变起事之类的紧急情况。

传世文献中目前所能见到的变事文本有两则：一则是武帝时卫太子遭巫蛊之祸，车千秋上急变，讼太子冤。见《汉书》卷六十六《车千秋传》：

> 车千秋，本姓田氏，其先齐诸田徙长陵。千秋为高寝郎。会卫太子为江充所谮败，久之，千秋上急变讼太子冤，曰："子弄父兵，罪当笞；天子之子过误杀人，当何罪哉！臣尝梦见一白头翁教臣言。"是时，上颇知太子惶恐无他意，乃大感寤，召见千秋。至前，千秋长八尺余，体貌甚丽，武帝见而说之，谓曰："父子之间，人所难言也，公独明其不然。此高庙神灵使公教我，公当遂为吾辅佐。"立拜千秋为大鸿胪。②

另一则是刘向（字子政，本名更生）在权力斗争中为自保，阴使其外戚上变事，解释新近所发地震灾异事，认为此为权臣弘恭、石显之罪，当"退恭、显以章蔽善之罚，进（萧）望之等以通贤者之路。"《汉书·楚

---

① ［日］大庭脩著，林剑鸣等译：《秦汉法制史研究》，上海人民出版社1991年版，第254—255页。

② 《汉书》卷66，第2883页。

元王交附传》云:"更生惧焉,乃使其外亲上变事。"颜师古注:"非常之事,故谓之变也。"文曰:

> 窃闻故前将军萧望之等,皆忠正无私,欲致大治,忤于贵戚尚书。今道路人闻望之等复进,以为且复见毁谗,必曰尝有过之臣不宜复用,是大不然。臣闻春秋地震,为在位执政太盛也,不为三独夫动,亦已明矣。且往者高皇帝时,季布有罪,至于夷灭,后赦以为将军,高后、孝文之间卒为名臣。孝武帝时,儿宽有重罪系,按道侯韩说谏曰:"前吾丘寿王死,陛下至今恨之;今杀宽,后将复大恨矣!"上感其言,遂贳宽,复用之,位至御史大夫,御史大夫未有及宽者也。又董仲舒坐私为灾异书,主父偃取奏之,下吏,罪至不道,幸蒙不诛,复为太中大夫,胶西相,以老病免归。汉有所欲兴,常有诏问。仲舒为世儒宗,定议有益天下。孝宣皇帝时,夏侯胜坐诽谤系狱,三年免为庶人。宣帝复用胜,至长信少府,太子太傅,名敢直言,天下美之。若乃群臣,多此比类,难一二记。有过之臣,无负国家,有益天下,此四臣者,足以观矣。
>
> 前弘恭奏望之等狱决,三月,地大震。恭移病出,后复视事,天阴雨雪。由是言之,地动殆为恭等。臣愚以为宜退恭、显以章蔽善之罚,进望之等以通贤者之路。如此,太平之门开,灾异之原塞矣。①

史载:书奏,弘恭、石显疑其刘向所为,坐免为庶人。

奔命书也是指紧急公文,大概是比变事书还要紧急的事情,比如报告边塞胡虏入侵之类。《汉书·丙吉传》载丙吉身边驭吏习知边事,一次见驿骑持赤白囊飞马奔驰而来,遂知边郡有急,赶紧带他面见丙吉,遂迅速上报:

> 驭吏边郡人,习知边塞发奔命警备事,尝出,适见驿骑持赤白

---

① 《汉书》卷36,第1930—1932页。

囊,边郡发奔命书驰来至。驭吏因随驿骑至公车刺取,知虏入云中、代郡,遽归府见吉白状,因曰:"恐虏所入边郡,二千石长吏有老病不任兵马者,宜可豫视。"吉善其言,召东曹案边长吏,琐科条其人。未已,诏召丞相、御史,问以虏所入郡吏,吉具对。御史大夫卒遽不能详知,以得谴让。而吉见谓忧边思职,驭吏力也。①

从这些资料看,变事书多都以个人名义呈上,而奔命书则为官府所发,大约多为边境告警。

六　匿名信：投书、飞书

投书、飞书是指隐匿己名或假冒他人姓名的公私文书,其内容往往涉及举报、攻讦、诽谤等内容,有时也由于发信者有特殊的顾忌而匿名。

投书,"投"即投掷之意。简言之,投书就是把书信扔过去,对方不知写信者为谁。《后汉书·马援传附子廖》载马廖之子豫,为步兵校尉,"太后崩后,马氏失势,廖性宽缓,不能教勒子孙,豫遂投书怨诽。"②又《三国志·魏书·国渊传》载:

> 时有投书诽谤者,太祖疾之,欲必知其主。渊请留其本书,而不宣露。其书多引二京赋,渊敕功曹曰:"此郡既大,今在都辇,而少学问者。其简开解年少,欲遣就师。"功曹差三人,临遣引见,训以"所学未及,二京赋,博物之书也,世人忽略,少有其师,可求能读者从受之。"又密喻旨。旬日得能读者,遂往受业。吏因请使作笺,比方其书,与投书人同手。收摄案问,具得情理。③

投书诽谤权臣曹操,因书中多引《二京赋》,故佯称寻求能教授《二京赋》者,又令应者笺注该赋,暗中比对书法,遂抓住投书者审讯治罪。

---

① 《汉书》卷74,第3146页。
② 《后汉书》卷24,第855页。
③ 《三国志》卷11,第340页。

飞书，在汉代也有匿名（或托名）书信的意思。《后汉书》卷三十四《梁统传附子松传》载梁松"数为私书请托郡县，二年，发觉免官，遂怀怨望。四年冬，乃县飞书诽谤，下狱死，国除。"即张悬匿名信以诽谤，获罪。又卷十上《皇后纪·章德窦皇后》载褒亲愍侯梁竦二女均先后选入掖庭为贵人。后梁贵人生和帝，窦皇后虽养为己子，但忌惮梁家日后得势，"乃作飞书以陷竦，竦坐诛，贵人姊妹以忧卒。"注云："若今匿名书也。"①

假托发信者是他人，实质上也是匿名，故亦被称作飞书。如《后汉书·光武十王列传》载广陵思王刘荆飞书鼓动东海王刘强谋逆事即假托其舅父之名：

> 荆性刻急隐害，有才能而喜文法。光武崩，大行在前殿，荆哭不哀，而作飞书，封以方底，令苍头诈称东海王强舅大鸿胪郭况书与强曰："君王无罪，猥被斥废，而兄弟至有束缚入牢狱者。太后失职，别守北宫，及至年老，远斥居边，海内深痛，观者鼻酸。及太后尸柩在堂，洛阳吏以次捕斩宾客，至有一家三尸伏堂者，痛甚矣！今天下有丧，弓弩张设甚备。间梁松敕虎贲史曰：'吏以便宜见非，勿有所拘，封侯难再得也。'郎官窃悲之，为王寒心累息。今天下争欲思刻贼王以求功，宁有量邪！若归并二国之众，可聚百万，君王为之主，鼓行无前，功易于太山破鸡子，轻于四马载鸿毛，此汤、武兵也。今年轩辕星有白气，星家及喜事者，皆云白气者丧，轩辕女主之位。又太白前出西方，至午兵当起。又太子星色黑，至辰日辄变赤。夫黑为病，赤为兵，王努力卒事。高祖起亭长，陛下兴白水，何况于王陛下长子，故副主哉！上以求天下事必举，下以雪除沉没之耻，报死母之仇。精诚所加，金石为开。当为秋霜，无为槛羊。虽欲为槛羊，又可得乎！窃见诸相工言王贵，天子法也。人主崩亡，间阎之伍尚为盗贼，欲有所望，何况王邪！夫受命之君，天之所立，不可谋也。今新帝人之所置，强者为右。愿君王为高祖、

---

① 《后汉书》卷10上，第416页。

陛下所志，无为扶苏、将闾叫呼天也！"强得书惶怖，即执其使，封书上之。①

刘荆书信中鼓动刘强趁现在国殇期间举以起事："人主崩亡，闾阎之伍尚为盗贼，欲有所望，何况王邪！夫受命之君，天之所立，不可谋也。"不过，刘荆知此举为典型的谋逆，若事败，罪莫大焉，遂令送信人诈称写信者是刘强舅父大鸿胪郭况。没承想，刘强抓住了送信的苍头，遂败露。

不过，投书有时也不尽指匿名信。《汉书·赵广汉传》载广汉任颍川太守时利用投书等治理豪强：

> 颍川豪杰大姓相与为婚姻，吏俗朋党。广汉患之，厉使其中可用者受记，出有案问，既得罪名，行法罚之，广汉故漏泄其语，令相怨咎。又教吏为缿筩，及得投书，削其主名，而托以为豪桀大姓子弟所言。②

广汉的目的是令豪强互相猜忌攻击，"令相怨咎"，最终解散朋党，故使用挑拨的手段。缿筩是状如小口瓶的竹器，类似今天的举报箱。"及得投书，削其主名，而托以为豪桀大姓子弟所言。"可见是有名主的举报信。史载："吏民相告讦，广汉得以为耳目，盗贼以故不发，发又辄得。一切治理，威名流闻，及匈奴降者言匈奴中皆闻广汉。"

秦汉时官方明令禁止匿名信，亦不允许匿名信作为证据甚至流播。对投递匿名信者治重罪，官吏若保留匿名信，亦治罪。《睡虎地秦墓竹简·法律答问》：

> 有投书，发，见辄燔之；能捕者购臣妾二人，系投书者鞫审谳之。所谓者，见书而投者不得，燔书，勿发；投者［得］，书不燔，

---

① 《后汉书》卷42，第1447页。
② 《汉书》卷76，第3200页。

鞫审谳之之谓也。①

据此，秦律规定，官府若收到匿名书信，须立即焚毁，不得拆看。若捉拿到了投书人，则书信不需焚毁，可据之审讯投书人，以追查来源。

汉承秦制，张家山汉简《二年律令·具律》载：

> 毋敢以投书者言系治人。不从律者，以鞫狱故不直论。②

即官府不能据投书来捕系、审理被告发的人，否则，以"鞫狱故不直"之罪来处罚相关官员。《晋书·刑法志》追述曹魏时改革汉律："改投书弃市之科，所以轻刑。"③ 秦汉时，弃市是一种死刑，故汉代投书者属于重典严惩的犯罪行为。

秦汉以后，历代官方基本上都不鼓励匿名性，甚至立法要求"见辄焚之"，投书者亦治罪。如《唐律》规定："诸投匿名书告人罪者，流二千里。……得者，皆即焚之，若将送官司者，徒一年。官司受而为理者，加二等。被告者，不坐。辄上闻者，徒三年。"《疏》议曰："匿名之书，不合检校，得者即须焚之，以绝欺诡之路。得书不焚，以送官府者，合徒一年。官司既不合理，受而为理者，加二等，处徒二年。被告者，假令事实，亦不合坐。若是书不原事，以后别有人论告，还合得罪。……"④ 见而不焚，有罪；若以此匿名信为根据断事，罪加一等。这种规定目的是杜绝诈诡之恶。不过，法律总有空子可钻，执行者知法犯法，亦不少见。如前述曹操阴藏投书，暗暗着人搜查即是一例。又《旧唐书·王锷传》载：

---

① 《睡虎地秦墓竹简》，文物出版社1978年版，第174页。
② 张家山二四七号汉墓竹简整理小组：《张家山汉墓竹简［二四七号墓］》，文物出版社2001年版，第150页。
③ 《晋书》卷30，第925—926页。
④ 长孙无忌等撰：《唐律疏议》（7），卷24《斗讼》"投匿名书告人罪（问答）"条。江苏广陵古籍刻印社1984年版。

> 锷明习簿领，善小数以持下，吏或有奸，锷毕究之。尝听理，有遗匿名书于前者，左右取以授锷，锷内之靴中，靴中先有他书以杂之。及吏退，锷探取他书焚之，人信其以所匿名者焚也。既归省所告者，异日乃以他微事连其所告者，固穷按验之以谲众，下吏以为神明。①

王锷阴藏它信于靴中，替换匿名信以焚之，既不违法，又探查到一些秘事，可谓谲诡。

匿名信有两类：一是纯属捏造或部分失实，二是全部属实。从情理上说，法律当禁止、打击前者，保护后者——因为投书人或因担心遭到报复而匿名。因此，一味采取杜绝的态度也是不公平的。当法律被权势垄断时，不公平尤甚。②

七　诬奏之文：飞章和飞条

飞章、飞条主要是指捏造罪名向朝廷奏告的文书，即所谓"诬奏"之文。飞章和飞条以往多被看作匿名信，但从史料看，飞章等多不匿名，只不过由于是诬告之辞，故常假托他人，这大概是人们将其看作匿名信的原因。

《后汉书·蔡邕传》载：

> 初，邕与司徒刘郃素不相平，叔父卫尉质又与将作大匠阳球有隙。球即中常侍程璜女夫也，璜遂使人飞章言邕、质数以私事请托于郃，郃不听，邕含隐切，志欲相中。于是诏下尚书，召邕诘状。……下邕、质于洛阳狱，劾以仇怨奉公，议害大臣，大不敬，弃市。③

蔡邕曾封事上书谏刺权臣宦官，桓帝不慎重，被身边宦官看到泄露出去。

---

① 《旧唐书》卷151，第4060页。
② 赵凯：《汉代匿名文书犯罪诸问题再探讨》，《河北学刊》2009年第3期。
③ 《后汉书》卷78，第2001页。

恰逢蔡邕叔父与阳球有隙,球为程璜女婿,璜遂"使人飞章"诋毁蔡邕,可见,这里并非匿名,而是走正常的上书渠道。事发后蔡邕被判弃市。中常侍吕强悯邕无罪,请之:

> 又闻前召议郎蔡邕对问于金商门,而令中常侍曹节、王甫等以诏书喻旨。邕不敢怀道迷国,而切言极对,毁刺贵臣,讥呵竖宦。陛下不密其言,至令宣露,群邪项领,膏唇拭舌,竞欲咀嚼,造作飞条。陛下回受诽谤,致邕刑罪,室家徙放,老幼流离,岂不负忠臣哉!①

吕强所说"飞条"当即蔡邕传中"飞章"。章怀注:"飞条,飞书也。"是将"飞条"看作匿名信,恐误。

飞条,又作"蜚条"。《论衡·自纪篇》载:"所友位虽微卑,年虽幼稚,行苟离俗,必与之友。好杰友雅徒,不泛结俗材。俗材因其微过,蜚条陷之。"②此未必是指章奏一类正式的构陷文书,而类似打"小报告"一类。

以飞章诋毁他人后汉多见,如《后汉书》卷六十三太尉李固传载其两次遭到飞章构陷,一次是直言灾异事被宦官嫉恨:

> 顺帝……以固为议郎。而阿母宦者疾固言直,因诈飞章以陷其罪,事从中下。大司农黄尚等请之于大将军梁商,又仆射黄琼救明固事,久乃得拜议郎。

史载"固在事,奏免百余人。"到质帝时,李固因立嗣等事为权臣梁冀所忌恨,那些曾被李固奏免的官员"此等既怨,又希望冀旨",遂在梁冀授意下,"共作飞章虚诬固罪"。文曰:

---

① 《后汉书》卷78,第2531页。
② 刘盼遂:《论衡集解》,第580页。

臣闻君不稽古，无以承天；臣不述旧，无以奉君。昔尧殂之后，舜仰慕三年，坐则见尧于墙，食则睹尧于羹。斯所谓聿追来孝，不失臣子之节者。太尉李固，因公假私，依正行邪，离间近戚，自隆支党。至于表举荐达，例皆门徒，及所辟召，靡非先旧。或富室财赂，或子壻婚属，其列在官牒者凡四十九人。又广选贾竖，以补令史；募求好马，临窗呈试。出入逾侈，辎軿曜日。大行在殡，路人掩涕，固独胡粉饰貌，搔头弄姿，槃旋偃仰，从容冶步，曾无惨怛伤悴之心。山陵未成，违矫旧政，善则称己，过则归君，斥逐近臣，不得侍送，作威作福，莫固之甚。臣闻台辅之位，实和阴阳，璇机不平，寇贼奸轨，则责在太尉。固受任之后，东南跋扈，两州数郡，千里萧条，兆人伤损，大化陵迟，而诋疵先主，苟肆狂狷。存无廷争之忠，没有诽谤之说。夫子罪莫大于累父，臣恶莫深于毁君。固之过衅，事合诛辟。①

书奏，冀以白太后，使下其事。太后不听，得免。

此飞章由马融撰写。《吴祐传》对当时的撰写情形有详细记载：

（吴）祐在胶东九年，迁齐相，大将军梁冀表为长史。及冀诬奏太尉李固，祐闻而请见，与冀争之，不听。时扶风马融在坐，为冀章草，祐因谓融曰："李公之罪，成于卿手。李公即诛，卿何面目见天下之人乎？"冀怒而起入室，祐亦径去。②

梁冀欲"诬奏"李固，吴祐"闻而请见"，两人争执。时"马融在坐。为冀章草"即起草飞章，遂又指责马融，激怒梁冀，吴祐亦径直而去。可见，飞章并不是秘密而作的。《马融传》云："为梁冀草奏李固，又作大将军《西第颂》，以此颇为正直所羞。"③

---

① 《后汉书》卷63，第2078、2084页。
② 《后汉书》卷64，第2102页。
③ 《后汉书》卷60上，第2084页。

八　垂询、质疑与回复：应书、报书、举书

汉代常规官文书中有很多适用面很广的文体，很多名称是按照自身性质或涉及事项专门设类命名。

应书，是应对上级垂询或回复指令而形成的一种文书。居延汉简有多例明确使用这一名称：

> 却者县别课与计偕，谨移应书一编，敢言之。　346 简
>
> 阳朔三年九月癸亥朔，壬午，甲渠不私亭侯塞尉顺敢言之，府书移赋钱出入簿与计偕，谨移应书一编，敢言之。　384 简
>
> ▫所部治所录日移相出入簿，谨移应书如牒，敢言之。168.18 简①

官府往来文书要有应有答，应书以明确的文体名称出现，反映出秦汉时官文书制度的严格和细密。对于皇帝的询问，臣子答复，相应的上奏亦可称作应书。《汉书·沟洫志》载：

> 哀帝初，平当使领河堤，奏言："九河今皆寘灭，按经义治水，有决河深川，而无堤防雍塞之文。河从魏郡以东，北多溢决，水迹难以分明。四海之众不可诬，宜博求能浚川疏河者。"下丞相孔光、大司空何武，奏请部刺史、三辅、三河、弘农太守举吏民能者，莫有应书。待诏贾让奏言："治河有上中下策。……"②

平当负责治理河堤，上奏请"博求能浚川疏河者"。哀帝遂将此事交给丞相孔光、大司空何武，二人复上奏请求部署刺史、三辅、三河、弘农太守举荐官民中能治河水的人。按公文制度，臣子上奏获得皇帝同意后下达就成为诏书，"莫有应书"，即没有人回复举荐。后待诏贾让奏言，

---

① 于豪亮：《居延汉简校释》，《考古》1964 年第 3 期。
② 《汉书》卷29，第 1691—1692 页。

提出疏浚河道的上中下三策。因此，应书也可以指对皇帝诏书的答复。王先谦《汉书补注》释"莫有应书"："言无应诏书者。"① 在这个语境中也是对的。但从居延汉简中看，下级对上级均用"应书"，并不限于"应诏书"。应书属于上行公文。

报书，指上级对下级上呈文书的答复。《汉书·淮南王安传》："（武帝）每为报书及赐，常召司马相如等视草乃遣。"这里的"报书"即指皇帝对上书的回复。《汉书·王莽传》载当时尚书府成为上传下达的关键，"尚书因是为奸寝事，上书待报者连年不得去。"② "待报"即等待下行的批复文件。

在近些年出土的秦汉法律文书中，常有较为完整的用例，包括下级奏请，以及上级的批复。如岳麓书院藏秦简043：

> 廿（二十）五年六月丙辰朔己卯，南郡叚（假）守贾报州陵守绾、丞越：子瀺（谳）：求盗尸等捕秦男子治等四人、荆男子闻等十人，告羣盗█杀伤好等。治等秦人，邦亡；闻等荆人。来归萧（义），行到州陵，悔□□□□□攻（？）盗（？），京州降为秦，乃杀好等。疑尺［尸］等购。●瀺（谳）固有审矣。治等，审秦人殹（也），尸等当购金七两；闻等，其荆人殹（也），尸等当购金三两。它有［律］令。③

该案件是讲尸等奉命抓捕盗杀伤好的凶手，最终将治、闻等捉拿归案送官，并以盗杀伤好等提出控告。但州陵县对尸等的奖赏产生疑问，便向上级请示，上引材料正是南郡对州陵县奏瀺文书的回复，也就是报书。"南郡叚（假）守贾"向上级主要请示对抓捕有功的尸等如何奖赏。在《岳麓书院藏秦简》（叁）中简36—37是相关规定的律条两则：

---

① 王先谦：《汉书补注》，中华书局2007年版。
② 《汉书》卷44、99中，第2145、4140页。
③ 朱汉民、陈松长：《岳麓书院藏秦简》（三），上海辞书出版社2013年版，第116—117页。

> 律曰：产捕羣盗一人，购金十四两。有（又）曰：它邦人
> □□□盗，非吏所兴，毋（无）什伍将长者捕之，购金二两。

尸等捕治、阆等羣盗，可按第一条获赏；同时，盗贼中阆等是楚人，为"它邦"之盗贼，故又可按照第二条律令行赏，但两条律令彼此有交叉，故无法判定，遂谳狱至郡，由上级定夺。在郡回复的报书之中，就对该问题进行了解答："治等，审秦人殹（也），尸等当购金七两；阆等，其荆人殹（也），尸等当购金三两。"① 至于其他问题，律令清楚，可自行处理。

秦汉法律规定需要上报的案件，得到上级批准后才能使判决发生效力，涉及疑难案件亦须逐级上报获得批复。《汉书·刑法志》载：

> 高皇帝七年，制诏御史："狱之疑者，吏或不敢决，有罪者久而不论，无罪者久系不决。自今以来，县道官狱疑者，各谳所属二千石官，二千石官以其罪名当报之。所不能决者，皆移廷尉，廷尉亦当报之。廷尉所不能决，谨具为奏，傅所当比律令以闻。"上恩如此，吏犹不能奉宣。故孝景中五年复下诏曰："诸狱疑，虽文致于法而于人心不厌者，辄谳之。"其后狱吏复避微文，遂其愚心。至后元年，又下诏曰："狱，重事也。人有愚智，官有上下。狱疑者谳，有令谳者已报谳而后不当，谳者不为失。"自此之后，狱刑益详，近于五听三宥之意。②

汉代廷尉府设有奏谳掾即负责此项事务，这种涉及疑难案件向上级汇报的文书一般被称作奏谳书，汉简《奏谳书》即为此类文书的实例。因此，秦汉法律文书中，相关报书是比较多见的。

举书常见于汉简，是上级检查纠举下级相关工作时所发现的问题陈述。举，纠举。举书一般罗列有问题的诸事项，下级需进一步查证回报。

---

① 朱汉民、陈松长：《岳麓书院藏秦简》（三），第114—115页。
② 《汉书》卷23，第1106页。

《新简》EPT52：83 文书即包含举书及查证回报的相关流程：

> 建昭四年四月辛巳朔庚戌，不侵候长齐敢言之。官移府所移邮书课举曰：各推辟部中，牒别言，会月廿七日。●谨推辟，案过书刺：正月乙亥人定七分，不侵卒武受万年卒盖；夜大半三分，付当曲卒山；鸡鸣五分，付居延收降亭卒世。①

此文系不侵候长给甲渠候官的回报文，大约因为邮书在不侵候长管辖处发生了问题，府下举书陈述此事，要求查证其间问题。府举书是经候官下达给候长的。"谨推辟"云云当即候长对举书所说问题的调查。由于府举书从候官转来，故候长仅将结果回复给候官，按例，候官也应当将这一回复再上移至府，举书遂完成运转。

又如居延汉简：

> 河平五年正月己酉朔丙寅，甲渠鄣候谊敢言之。府移举书曰：第十三隧长解官病背一，伤右䏶□□爰书言：已乘□亭，解何？今移举各如牒。书到，牒别言。●谨案：第十三隧长解官上置□□伤右䏶，作治　　35.22A②

举书大约是对相关验伤记录有疑义，督促下属查检。文中所说爰书指司法审讯过程中的书证记录（详情见本章第五节）。

九　升迁调动文书：除书、遣书

这一组文书名称多见于秦汉简文，涉及相关职务升迁调动。③

除书，是与某项任免相关的调动、升迁、免职、代理事宜的文书。除书之名见于汉简，如：

---

① 《居延新简——甲渠候官与第四燧》，第 233 页。
② 谢桂华、李均明、朱国炤：《居延汉简释文合校》，第 57 页。
③ 本节参考李均明《秦汉简牍文书分类辑解》，文物出版社 2009 年版，第 54—56 页。

- 右除遣视事书 67.11

右除书 160.18A

永始二年［吏］除及遣书。　　　262.4A—B①

除，即任命，《史记·平准书》："诸买武功爵官首者试补吏，先除。"司马贞索隐："官首，武功爵第五也，位稍高，故得试为吏，先除用之。"《汉书·食货志》："除故盐铁家富者为吏，吏益多。"

又居延新简 EPF22：56—60 是一组文书，包含除书正本与附件：

牒书吏迁、斥免给事补者四人，人一牒。

建武五年八月甲辰朔丙午，居延令、丞审告尉谓乡移甲渠候官。听书从事，如律令。

甲渠・此书已发传致官，亭间相付前　掾党、令史循。

甲渠候官财史郑骏，迁缺。

故吏阳里上造梁普，年五十，今除补甲渠候官尉史代郑骏。

甲渠候官斗食令史孙良，迁缺。

宜谷亭长孤山里大夫孙况，年五十七，董事，今除补甲渠候官斗令吏代孙良。②

此例所见首简为除书正件，其余四简为"除迁名籍"，乃除书之附件。斥免，即罢免；迁，即调迁，升迁。"此书已发传致官，亭间相付前"为后书文字，说明文件已送达候官并已启封，又在诸亭间传递。

遣书，犹今派遣证，是对方单位凭以接收的书证。遣，即派遣，《汉书·高帝纪》："其有意称明德者，必身劝，为之驾，遣诣相国府署行、义、年。"③ 居延新简 EPF22：475：

---

① 《居延汉简释文合校》，第 114、264、434 页。
② 《居延新简——甲渠候官与第四燧》，第 480 页。
③ 《汉书》卷 1 下，第 71 页。

十一月己未，府告甲渠鄣候。遣新除第四隧长刑凤之官。符到，令凤乘第三。遣甲渠鄣候回［己未下餔遣］骑士召戎诣殄北乘凤隧。遣凤日时在检中，到课言。①

第二简中"已未下餔遣"书于封泥槽中，所书为派遣时间，填入封泥当被覆盖，收件人拆开封泥，方能见到此日时，以便核实是否按时到达，故简文云"日时在检中"。凡遣书，文末皆云"到课言"，意谓收到派遣证及被派遣的人后，核实其是否准时到达并作出书面回报。

有时，任命的除书与遣书为一则文书，如：

甘露□□□月丁亥朔庚寅，将屯居延都尉德谓甲渠塞候。都尉□以功次迁为甲渠候长，今遣之官。掾仁，卒史赏、书佐安世伏地伏地再拜。40·2-3②

研究者认为，此例所见当为较为正式的派遣书。

十　请假报告：病书、视事书、予宁书

这是政府公职人员的各种请假报告。

病书是因病请假。居延新简EPF22·80—82：

建武三年三月丁亥朔己丑，城北隧长党敢言之。乃二月壬午，病加两脾雍肿，匈胁丈满，不耐食饮，未能视事，敢言之。

三月丁亥朔辛卯，城北守候长匡敢言之。谨写移长党病书如牒，敢言之。今言府，请令就医。③

隧长党生病，两脾肿胀，胸肋胀满，不耐食饮，无法继续工作，遂申请

---

① 《居延新简——甲渠候官与第四燧》，文物出版社1990年版，第509页。
② 《居延汉简释文合校》，第68页。
③ 《居延新简——甲渠候官与第四燧》，第483页。

就医。"今言府，请令就医。"属第二次书写笔迹，为候长匡批示，表示已呈报都尉府，并命其就医。这些病假报告个人档案，作为日后考核的依据。

视事书是到岗报告，也可以看作病假后的销假或到任开始工作的报告。视事，即到岗工作。秦律《置吏律》："除吏、尉，已除之，乃令视事及遣之；所不当除而敢先见事，及相听以遣之，以律论之。啬夫之送见它官者，不得除其故官佐、吏以之新官。"①《汉书·王尊传》："今太守视事已一月矣。"②《太平御览》二〇四引《汉书》："丞相有病，皇帝法驾亲至问疾，及瘳视事，则赐以养牛上尊酒。"③瘳，即病愈。故相对于病书而言，视事书即销假报告。如以下两则④：

五凤二年八月辛巳朔乙酉，甲渠万岁隧长成敢言之。乃七月戊寅夜随（堕），坞陛伤要（腰），有瘳，即日视事，敢言之。《合校》6.8

五凤三年四月丁未朔甲戌，候史通敢言之官。病有瘳，即日视事，敢言之。　《新简》EPT53·26

前一则是隧长成因腰伤休病假复岗，后一则言"病有瘳"即病已好，即日到岗。

予宁书即有关奔丧的请求和批复文书。宁，奔丧。取宁，请丧假。《汉书·高帝纪》："高祖尝告归之田。"李斐注："休谒之名，吉曰告，凶曰宁。"⑤《汉书·哀帝纪》载绥和二年诏云："博士弟子父母死，予宁三年。"师古注："宁谓处家持丧服。"⑥《后汉书·陈忠传》："高祖受命，

---

① 睡虎地秦墓竹简整理小组：《睡虎地秦墓竹简》，文物出版社1978年版，第94—95页。
② 《汉书》卷76，第3228页。
③ 李昉：《太平御览》卷204，中华书局1960年版，第983页。
④ 李均明：《秦汉简牍文书分类辑解》，文物出版社2009年版，第57页。
⑤ 《汉书》卷1上，第6页注（一）。
⑥ 《汉书》卷1上、11，第6、336—337页。

萧何创制，大臣有宁告之科，合于致忧之义。"① 汉简有隧长、候长等中下级官吏的宁告文书：

永光二年三月壬戌朔己卯，甲渠士吏强以私印行候事敢言之。候长郑赦父望之不幸死；癸巳予赦宁，敢言之。令史充　《合校》57·1A—B

□□愿以令取宁，唯府告甲渠候官予宁，敢言之。□居延县以邮亭行　《新简》EPT53·71A－B

也有相关上级官员的批复文书，如：

□甲渠候长愿以令取宁，即日遣。书到，日尽遗，如律令。《合校》160·16

□延都［尉］德谓甲渠塞候。移觻得令建书曰：延寿□同里杨合众病死。猛为居延甲渠候长，愿以令取宁　《新简》EPT59·53—54②

此类文常见"以令取宁"语，说明相关法令条款中有奔丧期限的规定。

十一　证明类文书：致、传、过所

这一组文书都属于证明类文书，证明人到、物到。

致，表明送达。《说文》："致，送诣也。"《汉书·文帝纪》："赐物及当禀鬻米者，长吏阅视，丞若尉致。"师古注："致者，送至也。或丞或尉，自致之也。"③《秦简·秦律杂抄》："冗募归，辞曰日已备，致未来，不如辞，赀日四月居边。"整理小组注引朱骏声《说文通训定声》："按犹券也。"认为"致"指"领取饲料的凭券"。不过，裘锡圭认为此说大体正确，但恐怕不一定都采用券的形式。他根据秦汉简所见，将"致"分为三类：一是致物于人所用文书；二是领东西所用文书；三类是

---

① 《后汉书》卷46，第1561页。
② 李均明：《秦汉简牍文书分类辑解》，第57—58页。
③ 《汉书》卷4，第113—114页。

出入关用文书。① 《秦汉简牍文书分类辑解》录以下示例②，前一则提及致，后两则即为致书文本：

> 私市居延，愿以令取致，谨☐　　《合校》243.34
>
> 建平三年闰月辛亥朔丙寅、禄福仓丞敞移肩水金关。居延坞长王戎所乘用马各如牒。书到，出如律令。　《合校》15.18
>
> 始建国三年五月庚寅朔壬辰，肩水守城尉萌移肩水金关。吏所葆名如牒，书到，出入［如］律令。　《释粹》74EI3.155

第二则涉及人和物，后一则为人员出入证明。

传，即通行证，魏晋以后则有"过所"的称谓。不过，汉简中所谓"过所"，是"所过之所"的意思。

传，《说文》注"递也。""传递者"，乘传奔走之信使也。《周礼·秋官》就记载有信使类官员，即行夫，主要负责掌理各邦国无须行礼的福庆丧荒等小事，乘车传达王命。出使时，必持旌节表明身份，以使行程畅通无阻。行夫时常还要随从大小行人出使他国，做传递信息的中介。"传"遂用来指称官方信使的凭证，《地官·掌节》曰："凡通达于天下者，必有节以传辅之。"郑玄注："辅之以传者，节为信耳，传说所赍操及所适。"《司关》："凡所达货贿者，则以节传出之"，郑玄注："商或取货于民间，无玺节者，至关，关为之玺节及传出之，其有玺节亦为之传。……传如今移过所文书。"③ 可见，"过所"名称的出现要晚于"传"，大约在东汉时已通用。刘熙《释名·释书契》亦称："过所，至关津以示之也。"④ 晋崔豹《古今注》释"传"："如今之过所也。"⑤ 可知"过所"的名称在晋时也还使用。

秦汉时期，"传"已发展为一般吏民出入关道河津及行止的身份证明

---

① 裘锡圭：《汉简零拾》，载《文史》第12辑。
② 李均明：《秦汉简牍文书分类辑解》，文物出版社2009年版，第61页。
③ 郑玄注，贾公彦疏：《周礼注疏》，阮元校刻本《十三经注疏》，第740、739页。
④ 刘熙撰，任继昉汇校：《释名汇校》，齐鲁书社2006年版，第332页。
⑤ 崔豹：《古今注》，商务印书馆1956年版，第28页。

或通行凭证。"传"的使用在汉文帝时曾有过一些波动，《汉书·文帝纪》十二年载："除关无用传。"①《汉书·景帝纪》元年诏曰："孝文皇帝临天下，通关梁不异远方。"张晏注："孝文十二年，除关不用传，令远近若一，四年复置诸关用传出入。"为什么四年复置诸关用传出入，这是七国叛乱的缘故，应邵解释说："文帝十二年除关无用传，至此复用传，以七国新反，备非常。"② 因此，传首先是作为维护社会治安，巩固国家政权、整顿社会秩序的重要措施而推行使用的。

有关传的形制，崔豹《古今注·问答释义》曾有这样的描述："凡传皆以木为之，长五寸，书符信于上，又以一板封之，皆封以御史印章，所以为信也。"③ 这应是官传的标准形制。从居延汉简出土的木传看，既无"御史印章"，其大小也无定制，内容更是有繁有简，可见在实际使用过程中形制并不是非常固定。而对于"传"的内容，相关概括性的介绍比较少。不过，贾公彦在《周礼·地官·司关》疏中曾对"过所"的内容和使用方法做过描述："过所文书……当载人年几及物多少，至关至门，皆别写一通，入关家门家，乃案勘而过，其自内出者，义亦然。"④ 另外《居延汉简》中也保存有较为完整的"传"，可作为贾说的例证，如：

> 永始五年闰月己巳朔、丙子，北乡啬夫忠，敢言之：义成里崔自当，自言为家私市居延，谨案自当毋官狱讼事，当得取传谒移肩水金关，居延县索关，敢言之。
>
> 闰月丙子，䎒得丞彭，移肩水金关，居延县索关，如律令。掾晏，令史建。⑤

这则"传"是义成里一个名叫崔自当的人持有的，他要去居延为家里买

---

① 《汉书》卷4，第123页。
② 《汉书》卷5，第143页。
③ 崔豹：《古今注》，商务印书馆1956年版，第28页。
④ 郑玄注，贾公彦疏：《周礼注疏》，阮元校刻本《十三经注疏》，第739页。
⑤ 黄盛璋：《历史地理与考古论丛》，齐鲁书社1982年版，第202页。

东西,便首先提出申请,北乡啬夫忠为他开了证明,证明崔自当没有犯罪,也没有徭役,意即他是一个清白的人,不是为了逃避什么才离开本地的,该证明上报获得批复。可见,从使用程序上看,一般庶民如需出行用传,当先由本人言明事由,即"自言",申请于乡啬夫这一基层长官,证明申请人无讼狱、欠税之事,然后再上报县丞,待批准后,由掾、令史书将"传"交申请人,各关津验"传"放行。而"传"上一般书写持传者姓名及乡里籍贯,所去目的和理由以及批准书,承办者的签署,等等。

这则"传"的文字内容与前面介绍的荆州高台十八号汉墓(文帝前元七年即前173年)所出告地书非常相似。前文引大女燕的告地书还配有文书封套,所谓"书函之盖也",上面"江陵丞印"四字分两行书写,排列成正方形,如同印章一般,这种形制也正是模仿的官"传"的标准形制,被称为"检"或"封",作为出入津关的通行凭证之用。①

从居延汉简看,传(过所)的文字内容无定制,根据出行的不同情况分别撰写,如170.3A为公务用传,特别强调持行者应享受的待遇,如:

> 元延二年七月乙酉,居延令尚、丞忠移过所县道河津关:遣亭长王丰以诏书买骑马酒泉、敦煌、张掖郡中,当舍传舍,从者如律令。守令史诩、左襃。七月丁亥出。②

这里申明持传者王丰可以在传舍停留休息,由传舍按官爵等级提供膳食。

有的则只证明持传者的名姓身份、出行事由,请沿途按律放行,如:

> 元始元年九月丙辰朔乙丑,甲渠守侯政移过所,遣万岁燧长王迁,为燧载坚门亭坞辟,市里勿苛留止,如律令,/掾□③

---

① 湖北省荆州博物馆:《荆州高台秦汉墓:宜黄公路荆州段田野考古报告之一》,科学出版社2000年版。
② 谢桂华、李均明、朱国炤:《居延汉简释文合校》,第271页。
③ 薛英群:《居延汉简通论》,甘肃教育出版社1991年版,第141页。

"垩",指黑色土。"坞辟"即"坞壁",指防御用的土障、土堡。这则"过所"由一名叫"政"的甲渠守候签发,他派遣名叫王迁的万岁隧长在门亭等防守工事处建立烽燧并备土,希望沿途所经过的市镇乡里予以放行。

第四节 簿籍类文书

簿、籍类似今天的账簿、名册,主要是罗列事项数量以存档,故体式上有共同之处,有时也混称。秦汉时两者区别主要在于:簿常以人或钱物的数量值为主项,而籍大多以人或物自身为主项,即所谓"人入名籍,物录簿书"。簿籍类文书在简牍文书中所占比例最大,达一半以上。①

一 簿

簿,主要记录人或钱物的数量,类似账簿,常按类记录以明晰数量,以便查验时一目了然,故刘熙《释名·释书契》:"簿,言可以簿疏密也。"②《文心雕龙》:"簿者,圃也。草木区别,文书类聚。"③ 此谓象草木之树艺应分区各别。

今所见秦汉简牍中此类文本是非常多的,有综合性的涵盖地方各类事项的集簿,或称作综合统计报告;也有分类记录的簿册,如吏员簿、车马兵器簿、粟糜谷荎等粮草日用出入簿、盐出入簿、钱出入簿、什器出入簿以及官员财产登录簿、例行巡逻登记簿,等等。④

如《东海郡集簿》就是东海郡上报朝廷的某年度综合统计报告,内容包括地理行政、官员编制、荣誉人员、人口构成、土地使用、钱谷出入等多方面内容。如关于土地使用和人口构成:

种宿麦十万七千三百□十□顷,多前千九百廿顷八十亩。

---

① 李均明:《秦汉简牍文书分类辑解》,第247页。
② 任继昉纂:《释名汇校》,齐鲁书社2006年版,第324页。
③ 刘勰著,詹锳义证:《文心雕龙义证》,第944页。
④ 李均明:《秦汉简牍文书分类辑解》统计有22类,第247—341页。

男子七十万六千六十四人，女子六十八万八千一百卅二人，女子多前七千九百廿六。

年八十以上三万三千八百七十一，六岁以下廿六万二千五百八十八，凡廿九万六千四百五十九。

年九十以上万一千六百七十人，年七十以上受杖二千八百廿三人，凡万四千四百九十三，多前七百一十八。

又如列兰陵官员编制：

兰陵吏员八十八人：令一人，秩千石；丞一人，秩四百石；尉二人，秩四百石；官有秩一人，令史六人，狱史四人，官啬夫四人，乡啬夫十三人，游徼四人，牢监一人；尉史四人，官佐八人，乡佐四人，亭长卅五人；凡八十八人。①

簿类文献很多涉及物品出入，类似流水账，如麦米等出入计簿：

光光四月十三日乙亥
乙亥出麦一石，又驿小史一石十六。
丙子出麦八斗，茭十九。
丁丑出麦石二斗，茭廿。
戊寅出麦石二斗，茭十五。
乙卯出麦九斗，茭廿一。
……
庚寅出麦。辛卯出麦。四月六日小史从、尉史仲山取麦一石，前后二石又石，凡三石。

又官吏赀直簿，即官员资产，包括奴婢、车辆、牲畜、房屋、田地等：

---

① 李均明：《秦汉简牍文书分类辑解》，第248、249页。

> 候长觻得广昌里公乘礼忠,年卅。
> 小奴二人,直三万。用马五匹,直二万。
> 大婢一人,二万。牛车二两,直四千。
> 轺车二乘,直万。服牛二,六千。
> 宅一区,万。
> 田五顷,五万。
> ● 凡赀直十五万。

又兵完、折伤簿,即有关兵器完损情况的统计:

> □石具弩十,其四伤渊:獲胡、辟非、如意、临渠。
> 三石具弩四,皆伤。
> 瞀十四,完。
> 盾四,完。
> 陷坚稾矢五十,其五斥呼。
> 稾矢千五十,其卅四斥呼:三辟非,十二如意,二第六,八临渠、廿一完军。
> 茧矢千二百,其册斥呼:獲胡十八,辟非、如意二,第六八,临渠六,完军。①

此簿所见主要统计折伤兵器。獲胡、辟非、如意、临渠、第六、完军皆为隧名,隧名前后之数词即相应兵器之折伤数量。

《史记·酷吏传》载:"张汤为御史大夫,天子以汤怀诈面欺,使使八辈簿责汤。"② 此又见《汉书·张汤传》,师古注:"以文簿次第一一责之。"③ 又《史记》:"李广从大将军击匈奴军,失道,大将军使长史急责广之幕府对簿。"④《汉书·李广传》作"急责广之幕府上簿"师古注:

---

① 李均明:《秦汉简牍文书分类辑解》,第 283、305、309 页。
② 《史记》卷 122,第 3143 页。
③ 《汉书》卷 59,第 2646 页注(十)。
④ 《史记》卷 109,第 2875 页。

"簿，谓文状也。"① 王金凌据此认为"簿是责罪或为己罪辩解的文书"②，当不确。这里既然要"以文簿次第一一责之"、要"对簿"，当是就某些账目出入如兵器粮草士卒等数量档案加以核对校验。两相比对，若有不当或不实出入，以及不该有的大的折损，如李广手中兵士武器等，可据以治罪。

另外，随葬器物簿也属于此类，不过，汉代称作籍、从器志、衣物疏等，今多称作遣书，见第六章第九节。

二 籍

籍，即名籍，主要为人员名单。《说文》："籍，簿也。"可见两者性质类似。刘熙《释名·释书契》："籍，籍也，所以籍疏人名户口也。"③《文心雕龙·书记》："籍者，借也。岁借民力，条之于版，《春秋》司籍，即其事也。"④ 即告地书中常出现的"名数"即户籍，也是此类文书。

从目前所见简牍看，籍类文书包括很多方面内容，李均明《秦汉简牍文书分类辑解》整理有三十三类：吏名籍、卒名籍、骑士名籍、候官鄣廪名籍、诸部廪名籍、隧别廪食名籍、吏廪食名籍、卒廪食名籍、卒家属廪食名籍、从者廪名籍、吏奉赋名籍、吏未得奉及赋钱名籍、债名籍、贳卖名籍、负债名籍、赠钱名籍、衣物名籍、被兵名籍、折伤兵名籍、功劳墨将名籍、吏射名籍、以令赐爵名籍、吏换调名籍、吏缺除代名籍、适名籍、坐罪名籍、休名籍、病名籍、佣名籍、出入名籍、葆出入名籍、车夫名籍、卒日作名籍、卒更日迹名。

如尹湾牍3A东海郡下辖长吏名籍，涵盖官职、名姓、任免情况、奖惩弹劾等情况：

> 开阳左尉颍川郡许胡忠，故御史有秩，以功迁。
> 开阳右尉琅邪郡柜王蒙，故游徼，以捕群盗尤异除。

---

① 《汉书》卷54，第2449页注（一六）。
② 刘勰著，詹锳义证：《文心雕龙义证》，第946页注11。
③ 刘熙撰，任继昉汇校：《释名汇校》，齐鲁书社2006年版，第326页。
④ 刘勰著，詹锳义证：《文心雕龙义证》，第959页。

第九章 官文书:空前的"文书行政"　619

即丘长胶[东]国昌武范常,故不夜长,以廉迁。
即丘丞东郡东阿周喜,故顿丘北乡有秩,以功次迁。
即丘左尉颖川郡颖阴王昌,故太守卒史,以功迁。
即丘右尉琅邪郡房山逢贤,故侯行人,以功迁。①

又士卒名籍,包括姓名、年龄、籍贯等,如:

戍卒梁国己氏显阳里公乘卫路人,年卅。
戍卒梁国己氏高里公乘周市,年卅。
戍卒张掖郡居延平明里上造高自当,年廿三。
戍卒淮阳郡苦中都里公士薛宽,年廿七。
戍卒张掖郡居延当遂里大夫殷则,年卅五。
卒张掖郡居延昌里大夫赵宣,年卅。②

又折损兵名籍,即武器受损人员名单,如:

第五隧长赵延年。有方二,破。斧头一,破。·皆已易。
却适隧长长寿。六石具弩,伤左渊一所。
第廿隧卒□兵定。有方一,刃生。右卒受居延。③

又功劳名籍,即有关官吏个人才能与功劳的名单:

显美传舍斗食啬夫莫君里公乘谢横。中功一,劳二岁二月,今肩水候官士吏代郑昌成。
肩水候官并山隧长公乘司马成。中劳二岁八月十四月,能书会计治官民,颇知律令,武,年卅二岁,长七尺五寸,觻得成汉里,

---

① 李均明:《秦汉简牍文书分类辑解》,第343页。
② 李均明:《秦汉简牍文书分类辑解》,第351页。
③ 李均明:《秦汉简牍文书分类辑解》,第378页。

家去官六里。

　　肩水候官始安隧长公乘许宗。中功一，劳一岁十五日，能书会计治官民，颇知律令，文，年卅六，长七尺二寸，觻得千秋里，家去官六百里。①

名籍记录现任职务、姓名、年龄等个人基本信息，以及任职后的劳绩和特长。劳绩称"功劳"，"功"以序数一、二计，"劳"以自然日计，二者可换算，即"劳四岁"可递进为"功一"②。汉简中功劳名籍被称作"功劳墨将名籍"，如《合校》282·7："初元三年十月壬子朔辛巳，甲渠士吏强敢言之：谨移所自占书功劳墨将名籍一编，敢言之。"③ 又《新简》EPT5：1："始建国五年九月丙午朔乙亥，第二十三隧长宏敢言之。谨移所自占书功劳墨将名籍一编，敢言之。"④《论衡·谢短篇》云："吏上功曰伐阅，名籍墨将，何指？"大约东汉时很多人不明白"墨将名籍"的意思。文中解释道："以儒生修大道，以文吏晓簿书，道胜于事，故谓儒生颇愈文吏也。此职业外相程相量也，其内各有所以为短，未实谢也。夫儒生能说一经，自谓通大道，以骄文吏；文吏晓簿书，自谓文无害，以戏儒生。各持满而自[臧]，非彼而是我，不知所为短，不悟于己未足。"⑤ 由此可见，功劳名籍等官文书是较为专门的记录，非职业内人员难以了解，这是公牍文书的特点。

又吏卒廪食、俸禄的名籍，即每人每月钱、粮数量和受领方式等：

　　第一隧长召浦，二月食三石，二月辛巳自取。
　　第三隧长薛寄，二月食三石，二月辛亥自取。
　　诚北候长王襃，乙三月食三石，三月丙戌自取。

---

① 李均明：《秦汉简牍文书分类辑解》，第 379 页。
② 胡平生：《居延汉简中的"功"与"劳"》，载《胡平生简牍文物论集》，兰台出版社 2000 年版。
③ 《居延汉简释文合校》，第 472 页。
④ 《居延新简——甲渠候官与第四燧》，第 17 页。
⑤ 刘盼遂：《论衡集解》，第 262 页。

令吏夏谭，四月食三石，四月辛亥自取。
第八隧长梁习，四月食三石，四月辛亥自取。①

又供给吏卒家属、随从廪食名籍，包括身份（妻、子、女、从者等）、名姓、年龄、粮食数量等，如：

妻大女止氏，年廿六，用谷二石一斗六升大。
子使女捐之，年廿八，用谷一石六斗六升大。
子使男并，年七，用谷二石一斗六升大。
凡用谷六石。②

又赊贷类债务名单，包括债权人、借债者，钱物类别数量等，如：

甲渠戍卒淮阳始□□宁□，自言责算山隧长周祖，从与贷钱千，已得六百，少四百。
鄣卒尹赏，·自言责第廿·隧徐胜之长襦钱少二千。
临之卒魏郡内黄宜民里尹宗，责故临之隧长薛忘得铁斗一，直九十；尺二寸刀一，直卅；缇绩一，直廿五。凡直百卅五。
同隧卒魏郡内黄城南里吴故，责故临之隧长薛忘［得］三石布橐一、曼索一，皆蘸忘得，不可得。忘得见为复作。③

其他如衣物所有者名单，包括衣物具体为何、数量多少、归属人及年龄等；还有配备兵器人员名籍、折伤兵名籍、功劳才能名籍、参加射箭考试名籍、换岗名籍、犯罪或休假人员名籍、出入关人员名籍、车夫名籍，等等，类例甚多。

簿籍类文书是经济管理和行政人事管理的重要依据文书，处理此类

---

① 李均明：《秦汉简牍文书分类辑解》，第357页。
② 李均明：《秦汉简牍文书分类辑解》，第359页。
③ 李均明：《秦汉简牍文书分类辑解》，第366—367页。

事务就是"会计",亦称"计会"。《战国策》载孟尝君问诸客:"谁为计会,能为文收责于薛者乎?"《说文》:"会,计也。""计,会也。"会、计互训。会计工作通过记录、计算、核算人员钱物账目达到管理、监察的目的。又郑樵《通志·氏族略》云汉魏以后"官为簿状,家有谱系,官之选举,必由于簿状,家之婚姻,必由于谱牒。"① 此"簿状"就是簿籍类文书,据此可考察评价官员。

第五节　法律文书

秦汉律法在古代法律发展史中有特殊的地位,不仅确立了刑罚体系,也形成一套法典体系。《汉书·刑法志》称:

> 汉兴,高祖初入关,约法三章曰:"杀人者死,伤人及盗抵罪。"蠲削繁苛,兆民大说。其后四夷未附,兵革未息,三章之法不足以御奸,于是相国萧何攈摭秦法,取其宜于时者,作律九章。②

《晋书·刑法志》述及秦汉法律:

> 是时承用秦汉旧律,其文起自魏文侯师李悝。悝撰次诸国法,著《法经》。以为王者之政,莫急于盗贼,故其律始于《盗》《贼》。盗贼须劾捕,故著《网》《捕》二篇。其轻狡、越城、博戏、借假不廉、淫侈、逾制以为《杂律》一篇,又以《具律》具其加减。是故所著六篇而已,然皆罪名之制也。商君受之以相秦。汉承秦制,萧何定律,除参夷连坐之罪,增部主见知之条,益事律《兴》《厩》《户》,合为九篇。叔孙通益律所不及,傍章十八篇,张汤《越宫律》二十七篇,赵禹《朝律》六篇,合六十篇……《盗律》有贼伤之例,《贼律》有盗章之文,《兴律》有上狱之法,《厩律》有逮捕之事,

---

① 郑樵撰:《通志略·氏族略》,中华书局1990年版,第1页。
② 《汉书》卷23,第1096页。

若此之比，错糅无常。后人生意，各为章句。①

李悝《法经》是法学思想著作，以此为基础制定秦律，汉承秦制，律法系统又不断发展。不过从出土资料看，秦汉律法系统比上述记载还要丰富，如湖北云梦睡虎地秦简有《秦律十八种》，包括《田律》《厩苑律》《仓律》《金布律》《关市》《工律》《徭律》《军爵律》《传食律》等。又有《秦律杂抄》，包括《除吏律》《游士律》《除弟子律》《中劳律》《藏律》《公车司马猎律》《牛羊课》《傅律》《屯表律》《捕盗律》《戍律》共十一种律文的摘录；张家山出土的二年律令，时在萧何之后不久，包括27种律和1种令，内容涉及西汉初年政治、经济、军事、社会生活等多方面。②

围绕着各种案件以及律、令的制定、实施，还有爰书、奏谳书、举书、劾状以及法律答问等相关文体形式。法律文书是较为专门的文书体系，但由于与秦汉帝国行政运转有密切关系，故在此约略介绍。

一 律、令

律，是常法。《尔雅·释诂》："律，常也。"邢昺疏："律者，常法也。"令，即法令，是皇帝针对具体时政所颁布的命令。《尔雅·释诂》："令，告也。"《说文》："令，发号也。"令有教导之义，则是对律的补充、说明和修正。《盐铁论·刑德》："令者，所以教民也。法者，所以督奸也。令严而民慎，法设而奸禁。网疏则兽失，法疏则罪漏。罪漏则民放佚而轻犯禁，故禁不必法。"又《诏圣》："令者，教也，所以导民人。法者，刑罚也，所以禁强暴也。二者治乱之具，存亡之效也。"③ 除了已有成文法外，秦汉新的律、令的生成主要来自诏令。即以诏令形式颁布，再转化为律条。诏令一类是针对或处理具体事务，另一类则具有通则性

---

① 《晋书》卷30，中华书局1974年版，第922—923页。
② 参看睡虎地秦墓竹简整理小组《睡虎地秦墓竹简》，文物出版社1978年版，第292—293页；张家山二四七号汉墓竹简整理小组：《张家山汉墓竹简［二四七号墓］·二年律令释文注释》，文物出版社2001年版。
③ 桓宽：《盐铁论》，诸子集成（8），上海书店1988年版，第56、60页。

质，长期起作用，这些具有通则意义的诏令或对成文律条进行修订补充的诏令，被称作"诏书令"（如王杖诏书令）、"诏条"（如敦煌悬泉置诏书月令五十条）。①

秦汉时律、令在内容和法律效力上没有太大差异，比如汉律有关于公务出行用传的律法，即用车住宿等所享受的相关待遇。《汉书·灌夫传》："乃戏缚夫，置传舍。"② 应劭《风俗通义》："诸侯及使者有传信，乃得舍于传耳。"③ 传舍，犹今招待所。传舍按官爵等级提供膳食，《二年律令·传食律》有相关规定：

> 丞相、御史及诸二千石官使人，若遣吏、新为官及属尉、佐以上征若迁徙者，及军吏、县道有尤急言变事，皆得为传食。车大夫粺米半斗，参食，从者粝米，皆给草具。车大夫酱四分升一，盐及从者人各廿二分升一。食马如律，禾之比乘传者马。使者非有事，其县道界中也，皆毋过再食。其有事焉，留过十日者，禀米令自炊。以诏使及乘置传，不用此律。县各署食尽日，前县以谁（推）续食。食从者，二千石毋过十人，千石到六百石毋过五人，五百石以下到二百石毋过二人，二百石以下一人。使非吏，食从者，卿以上比千石，五大夫以下到官大夫比五百石，大夫以下比二百石；吏皆以实从者食之。诸吏乘车以上及宦皇帝者，归休若罢官而有传者，县舍食人、马如令。④

另外，还有用马等级的律法，《汉书·高帝纪》："五年，田横乘传诣洛阳。"如淳注："律，四马高足为置传，四马中足为驰传，四马下足为乘传，一马二马为轺传。急者乘一乘传。"颜师古注："传者，若今之驿，

---

① 孟彦弘：《秦汉法典体系的演变》，《历史研究》2005 年第 3 期。
② 《汉书》卷 52，第 2387 页。
③ 《全后汉文》卷 37，第 678 页。
④ 张家山二四七号汉墓竹简整理小组：《张家山汉墓竹简［二四七号墓］》，文物出版社 2001 年版，第 164—165 页。

古者以车，谓之传车，其后又单置马，谓之驿骑。"①

如津关令，是关于津关通行的法令，研究者统计见于制诏凡二十八则，涉及事项很多。最普遍的如禁止越塞兰关，须以符传出入；禁携带黄金、黄金器具及铜出关；吏卒可越津关追捕盗贼，但须上报，等等。令多有对具体出入关津事项的特别规定，如允许鲁国郎中出入关买马等。②《二年律令·津关令》载：

> □、制诏御史，其令诸关，禁毋出私金□□。或以金器入者，关谨籍书，出复以阅，出之。籍器，饰及所服者不用此令。
>
> □、相国、御史请缘关塞县道群盗、盗贼及亡人越关、垣离（篱）、格堑、封刊，出人塞界，吏卒追逐者得随出入服迹穷追捕。令将吏为吏卒出入者名籍，伍人阅具，上籍副县廷。事已，得道出入所。出入盈五日不反（返），伍人弗言将吏，将吏弗劾，皆以越塞令论之。③

关津制度贯穿两汉，一直延续到五代时期，是中央王朝集权不可或缺的控制手段。

另外，秦汉律法旨在建立一个贵贱、尊卑、亲疏、长幼有序的等级社会④，很多律令都与此相关，如严禁一切冒犯帝王和危害国家社稷的行为。秦简《秦律杂抄》规定：

> 为（伪）听命书，法（废）弗行，耐为侯（候）；不辟（避）席立，赀二甲，法（废）。⑤

---

① 《汉书》卷1下，第57页注（二）。
② 李均明：《秦汉简牍文书分类辑解》，第203页。
③ 《张家山汉墓竹简［二四七号墓］》，第206页。
④ 《从出土秦汉律看中国古代的"礼""法"观念及其法律体现》，《中国史研究》2010年第4期。
⑤ 彭浩、刘乐贤等撰著：《秦简牍合集·释文注释修订本》，武汉大学出版社2016年版，第157页。

即对帝王命书阳奉阴违者,要耐为候;听命书不避席立,赀二甲。又规定,伤害帝王车驾,要根据伤情受不同处罚:

> 伤乘舆马,夬(决)革一寸,赀一盾;二寸,赀二盾;过二寸,赀一甲。

又《二年律令》简9规定:

> 伪写皇帝信玺(玺)、皇帝行玺(玺),要(腰)斩,以匀(徇)。①

即伪造皇帝玺要处腰斩刑,并游街示众。腰斩是死刑中之最重者。

张家山汉律《二年律令》中刑罚最重的是谋反罪。简1—2:

> 以城邑亭障反,降诸侯,及守乘城亭障,诸侯人来攻盗,不坚守而弃去之,若降之,及谋反者,皆要(腰)斩。其父母、妻子、同产,无少长皆弃市。其坐谋反者,能偏(遍)捕,若先告吏,皆除坐者罪。

规定若据城谋反以及遇攻盗时不坚守,甚至弃城而逃或降敌等,不仅本人要处腰斩刑,而且父母、妻子、同产(即兄弟姊妹)要连坐,处以弃市刑。汉代吕后时已废除夷三族罪,上述处罚当为汉初最重的刑罚。此律应沿自商鞅秦律。《史记·商君列传》载商鞅第一次变法即包括:"不告奸者腰斩,告奸者与斩敌首同赏,匿奸者与降敌同罚。"司马贞《索隐》:"律,降敌者诛其身,没其家。今匿奸者,言当与之同罚也。"② 秦汉律法一定程度上鼓励告奸,上述连坐者包括父母、妻子、兄弟姊妹,若能逮捕反者,或先告发,可以免除其缘坐罪。

---

① 《张家山汉墓竹简 [二四七号墓]》,第134页。
② 《史记》卷68,第2230页。

但针对家庭内部事务，秦汉律法则鼓励亲属相隐、奴为主隐，注重维护家庭伦理。如《二年律令》简133规定：

> 子告父母，妇告威公，奴婢告主、主父母妻子，勿听而弃告者市。①

子告父母，儿媳告公婆、奴婢告主，不仅不听其告，而且要将告者弃市。这也是儒家"父为子隐，子为父隐"思想的体现。又《汉书·宣帝纪》载地节四年（前66），宣帝颁诏："自今子首匿父母，妻匿夫，孙匿大父母，皆勿坐。其父母匿子，夫匿妻，大父母匿孙，罪殊死，皆上请廷尉以闻。"② 若子孙对尊长、妻对夫有窝藏包庇，则不予追究罪责。而对于父母、丈夫窝藏包庇子孙、妻子，除重大罪行要上报中央外，也不予追究。不过，此诏令具体执行情况不详。

儒家重礼治，法家重法治，但二者都旨在建立尊卑爵秩等级秩序分明的社会，也注重维护周代以来重血缘、敬父祖的文化传统。因此秦汉律法对父母、祖父母等尊长和子孙、奴婢都赋予了不同的法律地位和权利。

汉承秦制，律法也有延续性，对前刑法律文或继承，或细化补充。如《云梦秦简·法律答问》记载："甲谋遣乙盗，乙且往盗，未到，得，皆赎黥。"在汉简《二年律令·盗律》也记载有："谋遣人盗，若教人可（何）盗所，人即以其言□□□□□及智（知）人盗与分，皆与盗同法。"③ 可见秦汉律对合伙盗窃的处罚是一样的。又如对贼伤、斗伤的处罚，《法律答问》规定以针、锥伤人，当黥为城旦，而汉简《贼律》同。而关于不孝罪的规定，秦简《法律答问》载殴打父母，黥为城旦舂。汉简《二年律令·贼律》规定子殴杀父母，殴詈"泰父母"（即祖父母），父母告子不孝，皆弃市；妇贼伤、殴詈夫之泰父母、父母、主母、后母，

---

① 张家山二四七号汉墓竹简整理小组：《张家山汉墓竹简［二四七号墓］》，第151页。
② 《汉书》卷8，第251页。
③ 《张家山汉墓竹简［二四七号墓］》，第142页。

皆弃市等。

秦汉律法不是封闭系统，而是不断补充发展，因此，也有相关辅助性的司法解释。如睡虎地出土秦简中有简二百一十支，以问答形式对秦律相关条文、术语以及律文的意图作出解释说明，内容共一百八十余条，整理者命名为《法律答问》。如关于父母杀子、笞子等方面的法律说明：

> "擅杀子，黥为城旦舂。其子新生而有怪物其身及不全而杀之，勿罪。"今生子，子身全殹（也），毋（无）怪物，直以多子故，不欲其生，即弗举而杀之，可（何）论？为杀子。人奴擅杀子，城旦黥之，畀主。
>
> 人奴妾治（笞）子，子以胅死，黥颜頯，畀主。｜相与斗，交伤，皆论不殹（也）？交论。①

从上述内容看，父亲擅自杀死自己的儿子，处"黥为城旦舂"刑，量刑比普通杀人判弃市为轻，按秦汉法，子女杀死父母判枭首刑，量刑还是强调孝道，维护父权的。

二 《奏谳书》

汉代时有"奏谳"制度，即若有疑难狱案不能决者，当逐级上报请示以定案。《汉书·刑法志》载：

> 高皇帝七年，制诏御史："狱之疑者，吏或不敢决，有罪者久而不论，无罪者久系不决。自今以来，县道官狱疑者，各谳所属二千石官，二千石官以其罪名当报之。所不能决者，皆移廷尉，廷尉亦当报之。廷尉所不能决，谨具为奏，傅所当比律令以闻。"上恩如此，吏犹不能奉宣。故孝景中五年复下诏曰："诸狱疑，虽文致于法而于人心不厌者，辄谳之。"其后狱吏复避微文，遂其愚心。至后元年，又下诏曰："狱，重事也。人有愚智，官有上下。狱疑

---

① 《法律答问》，第181—183页。

者谳,有令谳者已报谳而后不当,谳者不为失。"自此之后,狱刑益详。①

秦汉时已有很多成文法,但司法实践中会遇到一些疑难案件,无现成的成文法可以对照,或与已有法令有矛盾,故逐级向上申请。奏谳制度是特例特办,可以让法律保持一定的动态。湖北张家山出土汉简即有《奏谳书》,包含春秋案例、秦始皇时案例以及西汉案例,大致按照年代排序,故研究者认为《奏谳书》所录案例是"经过选择、有代表性的、对当时的司法实践有示范作用的案例,可作为审理类似案件的依据。"② 因此,其可看作一部判例集。案例如:

> 十一年八月甲申朔丙戌,江陵丞骜敢谳之。三月己巳大夫禄辟(辞)曰:六年二月中买婢媚士五(伍)点所,贾(价)钱万六千,乃三月丁巳亡,求得媚,媚曰:不当为婢。·媚曰:故点婢,楚时去亡,降为汉,不书名数,点得媚,占数复婢媚,卖禄所,自当不当复受婢,即去亡,它如禄。·点曰:媚故点婢,楚时亡,六年二月中得媚,媚未有名数,即占数,卖禄所,它如禄、媚。·诘媚:媚故点婢,虽楚时去亡,降为汉,不书名数,点得,占数媚,媚复为婢,卖媚当也。去亡,何解?·媚曰:楚时亡,点乃以为汉,复婢,卖媚,自当不当复为婢,即去亡,无它解。·问媚:年卅岁,它如辟(辞)。·鞫之:媚故点婢,楚时亡,降为汉,不书名数,点得,占数,复婢,卖禄所,媚去亡,年卅岁,得皆审。·疑媚罪,它县论,敢谳之,谒报,署如膺发。·吏当:黥媚颜頯,畀禄,或曰当为庶人。③

书中大意为:汉高祖十一年(公元前196)八月初三日,江陵县丞骜呈请

---

① 《汉书·刑法志》卷23,第1106页。
② 李均明:《秦汉简牍文书分类辑解》,第103页。
③ 《张家山汉墓竹简[二四七号墓]》,第214页。

审议。三月己巳日，大夫橡状辞："六年二月中，在士伍点住处买婢女媚，价一万六千钱。三月丁巳日逃，抓获后，她说：自己不应当是婢女。"

媚申辩："我以前是点的婢女，楚时就逃亡了。至汉时未上户籍。点逮住我后，仍将我作为奴婢，报了户口，卖给禄。我认为自己不应该还是奴婢，遂逃跑。其他情况，和禄所说的相同。"点说："媚以前是我的婢女，楚时逃跑，六年二月中找到，她没有户口，就给她报了户口，卖给了禄。"其他情节，和禄、媚所说相同。

诘问媚："你以前是点的奴婢。虽然楚时逃跑了，但到汉朝后，并未申报户籍。点逮住你后，仍将你作为奴婢报了户口，将你卖与他人，符合法律。你为什么逃跑？"媚答："楚时候我已逃跑，点认为到了汉朝后我仍是他的奴婢，卖给禄。我认为自己不应当还是奴婢，就逃跑了。没有其他可说的。"

复审问媚，答现年四十岁。陈述的其他情节和前面的供词相同。

审理结果：媚原是点的奴婢，楚时逃亡，到了汉朝后没有申报户籍。点逮住她，仍以奴婢上了户籍，并将她卖给禄，后又逃跑抓获。现年四十岁。经审讯，均属实。问应判媚何种罪？请审议批复。最终县廷属吏给出批复意见：黥媚颜頯，还给禄；或判为庶民。

奏谳书对相关细节记录的非常细致，尽可能呈现侦办过程，这既是出于作为判例的考虑，也显示出律法文书追求严谨切实的修辞特点。

三　劾状

劾状，即起诉书。《急就篇》："诛罚诈伪劾罪人。"师古注："劾，举案之也。""劾状"见于汉简，如《新简》EPT68：54—55 为不侵守候长呈送上司相关劾状的报告，即提及"劾状一编"："建武六年三月庚子朔甲辰，不侵守候长业敢言之。谨移劾状一编，敢言之。"①

劾状通常包含劾文和状辞。劾文即起诉书，如《新简》EPT68：59—64 诸简，劾文云：

---

① 《居延新简——甲渠候官与第四燧》，文物出版社1990年版，第489页。

> 乃今月三日壬寅，居延常安亭长王闳、闳子男同、攻虏亭长赵常及容民赵闳、范翕一等五人俱亡，皆共盗官兵，臧千钱以上，带大刀剑及铍各一，又各持锥、小尺白刀、筴各一，兰越甲渠当曲隧塞，从河水中天田出。·案：常等持禁物兰越塞，于边关徼逐捕未得，它案验未竟。①

文中记录被告身份及犯罪事实的陈述，以及对相关事实的调查处理。

状辞是原告自述，如《新简》EPT68：68—76 诸简载与上述劾文相关的状辞云：

> ·状辞曰：公乘居延中宿里，年五十一岁，姓陈氏，今年正月中，府补业守候长，署不侵部，主领吏迹候备寇虏盗贼为职。乃今月三日壬寅，居延常安亭长王闳、闳子男同、攻虏亭长赵常及客民赵闳、范翕等五人俱亡，皆共盗官兵，臧千钱以上，带大刀剑及铍各一，又各持锥、小尺白刀、筴各一，兰越甲渠当曲隧塞，从河水中天田出。案：常等持禁物兰越塞，于边关徼逐捕未得，它案验未竟，以此知而劾无长吏使，劾者状具此。②

其有对原告身份的说明，包括籍贯、姓氏、年龄、职务等，主题内容为被告犯罪事实和初步调查处理情况。《新简》EPT68：34："状辞皆曰名、爵、县、里、年、姓、官禄，各如律。"③

四 爰书

爰书，主要指司法过程产生的笔录文书。④《汉书·张汤传》："（汤）劾鼠掠治，传爰书，讯鞫论报"，师古注："传谓传逮，若今之追逮赴对也。爰，换也，以文书代换其口辞也。讯，考问也。鞫，穷也，谓穷核

---

① 《居延新简——甲渠候官与第四燧》，第 458 页。
② 《居延新简——甲渠候官与第四燧》，第 459—460 页。
③ 《居延新简——甲渠候官与第四燧》，第 458 页。
④ 李均明：《秦汉简牍文书分类辑解》，第 81 页。

之也。论报，谓上论之而获报也。"① 传爰书，即传因辞而著之文书。"以文书代换其口辞"即把案审当事人、证人等的口供记录下来。从出土简文看，凡对原告、被告、证人言辞乃至现场情况的笔录均称"爰书"。

如湖北睡虎地出土秦墓竹简中有《封诊式》98 简，此标题写于最后一支简背。简文分 25 节，每节第一简简首有标题，包括《治狱》《讯狱》《封守》《有鞫》《覆》《盗自告》《□捕》《盗马》《争牛》《群盗》《夺首》《告臣》《黥妾》等，除《治狱》《讯狱》为法律文书补充性质，其他多是关于审判原则以及案件调查、勘验、审讯、查封等方面的规定和文书程式。其中就记录大量爰书格式，如《黥妾》：

> 爰书：某里公士甲缚诣大女子丙，告曰："某里五大夫乙家吏。丙，乙妾殴（也）。乙使甲曰：丙悍，谒黥劓丙。"•讯丙，辞曰："乙妾殴（也），毋（无）它坐。"•丞某告某乡主：某里五大夫乙家吏甲诣乙妾丙，曰："乙令甲谒黥劓丙。"其问如言不然？定名事里，所坐论云可（何），或覆问毋（无）有，以书言。②

上文涉及一起主人（甲）派家吏（公士乙）告奴婢（丙）的案件。代理人乙代表甲状告家婢女丙"悍"，请求判"黥鼻"即刺面割鼻之刑。"讯丙，辞曰"云云，是审讯婢女丙及其供词，供词很简单，就是承认自己是乙的奴婢，无其他内容。"丞某告某乡主"以下，则是丞某发往当事人所在地方官吏的下行文书，要求查证相关内容，即询问是否和所说的一样，确定其姓名、身份、籍贯，曾犯有何罪，还有什么问题，最后要求以书面汇报。因此，有关案件起因，当事人双方告辞、供词等都重复叙述。案件没有说判决结果。按汉简《二年律令·贼律》："父母殴笞子及奴婢，子及奴婢以殴笞辜死，令赎死。"③ 即子女和奴婢有过失，父母将其殴笞致死，父母只判"赎死"的轻刑。换句话说，父母可以随意打骂

---

① 《汉书》卷 59，第 2637 页注（二）。
② 睡虎地秦墓竹简整理小组：《睡虎地秦墓竹简》，文物出版社 1978 年版，第 260—261 页。
③ 《张家山汉墓竹简（二四七号墓）》，第 139 页。

子女、奴婢，只要不致死，就合法。但若擅自"杀、刑、髡"奴婢，须报官府行刑。《二年律令·贼律》即有关于"悍主"的律法："□母妻子者，弃市。其悍主而谒杀之，亦弃市；谒斩若刑，为斩、刑之。其叚诟詈主、主父母妻□□□者，以贼论之。"① 奴婢悍主，主人请求处死的，施以"弃市"刑；请求斩趾的，则按照斩趾刑的方式行刑。

又《告子》：

> 爰书：某里士五（伍）甲告曰："甲亲子同里士五（伍）丙不孝，谒杀，敢告。"即令令史己往执。令史己爰书：与牢隶臣某执丙，得某室。丞某讯丙，辞曰："甲亲子，诚不孝甲所，毋（无）它坐罪。"②

甲控告子丙不孝，要求判以死刑。官府当即命史已前去拘捕，在家中拿获。进行审讯，丙承认是甲的亲生子，确实不孝，没有其他过犯。

又如《新简》EPF22：29—33：

> 建武三年十二月癸丑朔辛未，都乡啬夫宫敢言之。廷移甲渠候书曰：去年十二月中，取客民寇恩为就，载鱼五千头到觻得，就贾用牛一头，谷廿七石。恩愿沽出时行钱卅万，以得卅二万，又借牛一头以为韅，因卖，不肯归，以所得就直牛偿，不相当廿石。书到，验问，治决言。前言解，廷邮书曰：恩辞不与候书相应，疑非实。今候奏记府，愿诣乡爰书是正。府录令明处。更详验问，治决言。谨验问，恩辞：不当与粟君牛，不相当谷廿石。又，以在粟君所器物直钱万五千六百；又，为粟君买肉糒、谷三石；又，子男钦为粟君作，贾直廿石：皆尽偿所负粟君钱毕。粟君用恩器物币败，今欲归恩，不肯受。爰书自证。写移爰书。叩头死罪，敢言之。

---

① 《张家山汉墓竹简（二四七号墓）》，第140页。
② 睡虎地秦墓竹简整理小组：《睡虎地秦墓竹简》，文物出版社1978年版，第263页。

・右爰书①

此为一份综合性的爰书形式,包含验闻、调查和分析等内容。案件大约为:甲渠候粟君雇用寇恩至觻得卖鱼,临走时支付了工钱即一头牛和二十七石谷,约定交回鱼钱四十万,但最终寇恩只拿回三十二万钱,差八万,折算谷二十石。寇恩自诉其子钦为粟君劳作可抵此债,加之自己抵押给粟君的各种器物,以及为粟君购买肉、谷等物,已大大超过二十石谷价。粟君却认为寇恩把借去运鱼的牛卖掉未还,而以作为工钱的牛抵债,两者不等值,不能相抵。而且,用寇恩的器物也要归还,也不能抵债,等等,由此产生诉讼。

《史记·酷吏列传》:"传爰书,讯鞫论报。"裴骃集解引苏林曰:"爰,易也。以此书易其辞处。"又引张晏曰:"传,考证验也。爰书,自证不如此言,反受其罪,讯考三日复问之,知与前辞同不也。"索引引韦昭云:"爰,换也。古者重刑,嫌有爰恶,故移换狱书,使他官考实之,故曰'传爰书'也。"② 因此,"爰书"是当事人证言供词,是日后验实的证据,若属实则罢,若不属实,反留下罪证。秦汉时凡是被正式审理的案件当都有相应的爰书,以作备案。目前看到的出土爰书只是其中很少的部分。而如《封诊式》这一类被编订且仔细保存随葬的,大约属于比较有代表性的案例,式,当为格式、程式之意,《说文》:"式,法也。"《文心雕龙·书记》:"式,则也。"③ 因此《封诊式》也可以看作案例集。

---

① 《居延新简——甲渠候官与第四燧》,第 478 页。
② 《史记》卷 122,第 3137 页注(二)。
③ 刘勰著,詹锳义证:《文心雕龙义证》,第 948 页。

第十章

铭　箴

　　铭文本指刻镂于金石等硬质器物上的文字，即所谓"铭于金石"，相比"书于竹帛"的文字，更能体现某种特殊的郑重态度。从文体功能上看，铭文有作为标记的文字，如早期的墓表、刑徒瓦文等标记葬者名姓信息，玺印铭文标明地位身份，物勒工名以备后查，以及度量之器铭刻相关数据以为标准①等；有为颂功铭德的纪念性文字，也兼有记录功能，如前述纪功刻石、功德碑文以及墓碑文等。上述几类各有自己的适用领域，故归入相关文类系统中。除此以外，还有些玺印、瓦当铭文为修身自警的箴言和吉语，它们和铜镜铭文一样，更多是作为装饰而存在，表达时人的祈愿和审美观念。同时，还有一类铭文歌咏车马宫室以及日常器物，多称"铭"而不求刻镂，内容包含箴诫之意。《文章辨体序说》："按铭者，名也，名其器物以自警也。"说的就是此类文体。箴是规诫、警戒之辞，早期为规谏王阙，此后则有官箴以及私人箴诫。铭箴在文体功能上有相近和交叉之处，故将二者合并讨论。

---

①　如刘歆《斛铭》："律嘉量斛，方尺而圆，其外□旁九厘五毫，幂百六十二寸，深尺，积一千六百二十寸，容十斗。"此外，《晋书·律历志上》载王莽《权石铭》："律权石重四钧，同律度量衡，有辛氏造。"卷16，第493页。又《隋书·律历志上》载《铜权铭》，称"王莽所制也。"从文字内容看，兼有标记度量和吉金铭德的特点。文曰："律权石，重四钧。""黄帝初祖，德帀於虞。虞帝始祖，德帀於辛。岁在大梁，龙集戊辰，戊辰直定，天命有人，据土德，受正号即真。改正建丑，长寿隆崇，［同律度量衡］（按：此句或当置于前'重四钧'句后），稽当前人，龙在己巳，岁次实沈，初班天下，万国永遵。子子孙孙，享传亿年。"卷16，第411页。

第一节　玺印和瓦当铭文

秦汉时，瓦当、玺印和铜镜是铭文的重要载体，流传文本丰富。瓦当作为建筑构件，其铭文有标明所属建筑的实用文字和祈福吉语两类；玺印中则有很多私印类似后世的"闲章"，铭文内容为修身自警的箴言和吉语。它们在满足实用功能外，附加了装饰性功能，反映出独特的社会心理和美学观念。

一　佩印中的箴言和吉语

古人用玺印在秦汉之前就已形成传统，称作鈢（即玺），如现藏于北京故宫博物院的"连尹之鈢"（下图1）、"南门之鈢"（下图2）①。古文鈢字或从土，反映出当时玺印的材质，铜制则从金，土制则从土。玺印分官印和私印，秦统一六国，为了加强中央集权，官印有了制度上的要求，规定皇帝印称玺，一般官民只能称印。汉代沿袭并略有调整，比如王后、诸侯之印也可称玺，如"皇后之玺"（下图3）、"淮阳王玺"（下图4）等②。官印代表官方身份，《说文解字》释"印"："执政所持信

1　　2　　3　　4

也。"故官员职务的任命、迁免也常以授印和夺印作为某种标志，官员死后玺印也被收回。若重新赐还，则意味着帝王对官员的褒赏。也允许复

---

① 罗福颐主编，故宫博物院古玺印编写组编：《故宫博物院藏古玺印选》，文物出版社1982年版，图版25、26。
② 罗福颐：《古玺印概论》，文物出版社1981年版，第29页图。

制作为明器，位卑者刻上官职，但职位后附上姓名，表明是殉葬之物，如"河间私长朱宏""司徒中士张尚"，否则就有私刻官印之嫌。

玺印最初主要是一种信用之物，或表明官职身份，或表明责任人，或作为通关凭证等，亦常盖于印泥之上用于封缄信函物品，东汉刘熙《释名》云："玺，徙也，封物使可转徙而不可发也。印，信也，所以封物为信验也。亦言因也，封物相因付也。"① 此外，历代都有用玺印随葬的习俗，传世私印也大多出于墓葬，有些是生前实用之物，有些则可能为临葬明器。如长沙马王堆西汉利仓墓出有"长沙丞相"（下图1），以及"轪侯之印"两封铜印（下图2），铭文内容与《史记》称利仓为长沙丞相、封轪侯相合，可见是实有其事的。但研究者注意到其文字刻工均极草率，很明显是殉葬物，而非实用品。②

1　　　　　2

玺印与执印者有密切关系，因此战国时就流行随身携带私印，将其作为一种私人佩饰。卫宏《汉旧仪》："秦以前民皆佩绶，金、玉、银、铜、犀象为方寸玺，各服所好。汉以来，天子独称玺，又以玉，群臣莫敢用也。"③ 从造型上看，印纽有鼻纽、桥纽、坛纽、人形纽、亭纽、戒指纽、环纽等多种，具有装饰性特点。私印除了表明姓氏、身份外，还有一类比较特殊，内容多为修身箴语，或祈祥纳福之吉语。这些印佩于身上，透露出佩戴者的旨趣选择。

战国玺印中就有很多修身"成语"，如"敬文""敬身""敬事""敬

---

① 刘熙撰，任继昉汇校：《释名汇校》，齐鲁书社2006年版，第328页。
② 罗福颐《古玺印概论》，第40—41页。
③ 孙星衍等辑，周天游点校：《汉官六种》，第62页。

位""敬守""日敬勿怠""中行""正行"等,表达对现有礼制道德的遵守和自警。这些文字大都见于传统儒家经典,如"敬守"。《礼记·郊特牲》:"知其义而敬守之,天子之所以治天下也。"①;"敬事",《论语·学而》:"敬事而信。"《卫灵公》:"事君敬其事而后其食。"又如"中行",强调行能得其中。《论语·子路》:"子曰:不得中行而与之,必也狂狷乎。"《荀子·子道》:"入孝出弟,人之小行也;上顺下笃,人之中行也。从道不从君,从义不从父,人之大行也。"② 再如"中正""上下和",《礼记·乐记》:"中正无邪,礼之质也。""乐文同,则上下和矣。"③

吉语如"善寿"(意即福寿)、"千岁""长生""千秋万世昌""出入大吉"等,是祈福纳寿的祝福语;"日入千万""宜有金""长官""宜官"则是有关财富官禄的祈愿。这些有点类似于后世的"闲章"。④

从目前所见私印看,很多铭文内容都是重复的,甚至完全一样,可见其制作流通具有某种商业化的特征,自然也代表了时人一种普遍的趣尚。战国玺印所代表的古玺印盛行于书不同文的时期,故后世看来"书体诡异,恒增笔画,变异形体"⑤,这显示出战国时文字篆刻"不拘一格"的特殊美学观念,亦包含着丰富的历史信息。

秦汉时私印延续这一传统。秦朝存续时间短,流传下来的较少,相比而言,印的篆刻形式、内容都较为单一,规范板正,也透出时代的特点。至汉代则大不同,其制作之精、篆刻之美、风格之多样,达到一个高峰,后世难以匹敌。

比如从印纽形式上看,除了战国以来流行的各种形制外,以及在此基础上的改造更新外,还出现子母"套印",即由大小两个或三个印套合

---

① 《礼记正义》卷26,阮元校刻《十三经注疏》,第1455页。
② 王先谦:《荀子集解》,诸子集成本,第347页。
③ 《礼记正义》卷37,阮元校刻《十三经注疏》,第1530、1529页。
④ 叶其峰《战国成语玺析义》,《故宫博物院院刊》1984年第4期。文中"相室"一印也被看作"闲章"不妥。按《韩非子·八经》:"相室约其廷臣,廷臣约其官属。"陈奇猷校注:《韩非子新校注》,第1064页。又《汉书·五行志中之下》卷27中之下:"不当华而华,易大夫;不当实而实,易相ախ。"颜师古注:"相室,犹言相国,谓宰相也。合韵故言相室。相室者,相王室。"第1412页。
⑤ 故宫博物院编:《古玺汇编·序》,文物出版社1981年版,第6页。

而成，大印腹空，小印嵌入腹内，若母抱子。此多见于东汉，印钮常作兽、龟等造型。如故宫博物院藏辟邪钮套印"孙敏信印·孙敏白记·孙伯"即三层套印，大子印为印钮，小子印套在大子印中，再套于母印。

从篆刻风格上看，私印也丰富多样。汉印篆刻文字形式有小篆、缪篆、摹印篆三种不同形态的文字，书体本身就形态多样，其中缪篆源出战国鸟虫书，有很强的装饰意味。因此，加之篆刻者的个性偏好，汉代私印显示出勃勃生气，或匀称舒朗，或瘦劲严紧，或遒劲雄健，或雅致柔婉，参差变化，风神灵动。

而从内容上看，秦汉私印除了官印、姓名印等表明身份的印信外，也有很多"成语"印，内容亦包括处世修身和吉语两类。但整体看，战国时流行的儒家修身箴言比较罕见，反倒出现了一些新的"成语"，可见语言的更新变化。比如修身类有"中精外诚"（下图1），意为内心明粹，坦荡笃诚；"一心慎事"（下图2）强调做事态度的专一；"长谋"即深谋远虑（下图3）；"百尝"大约就类似神农氏尝百草，勇于探求之意（下图4）；"交

　　1　　　　　2　　　　　3　　　　　4

仁"（下图5）、"交仁必可"（下图6），交训"俱"，强调相互仁爱等。此外，"民乐"（下图7）、"安众"（下图8）等表现对和平安定生活的期待；"真心"（下图9）、"相念"（下图10）、"相惠"（下图11）等强调相爱相思之情。"惠"，《尚书·皋陶谟》："安民则惠，黎民怀之。"注云："惠，爱也。"[1]

---

[1] 《尚书正义》卷4，《十三经注疏》，第138页。

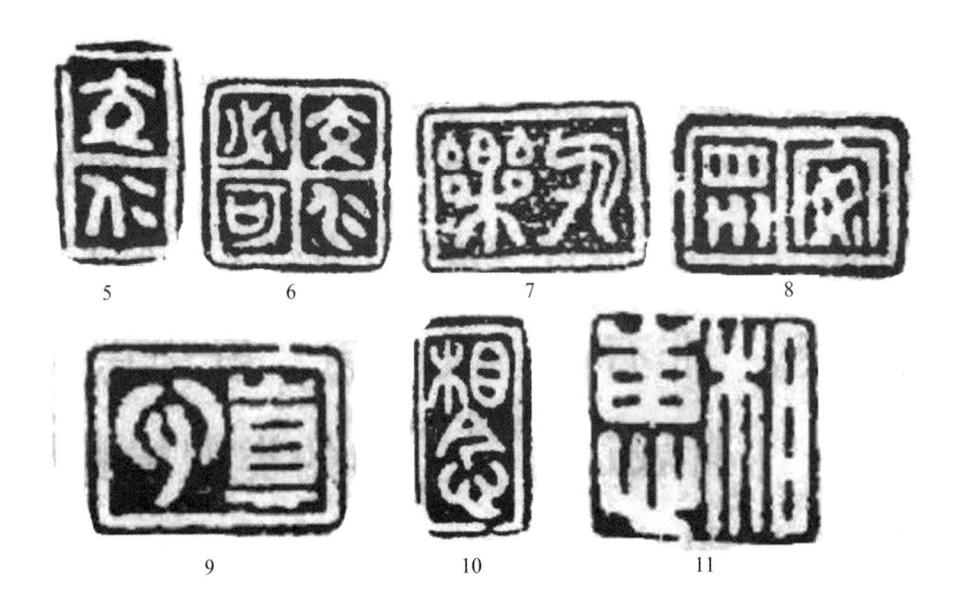

汉代成语印中，吉语类最多，包含了一些典型的"关键词"，如利、巨、大、光、千万、倍等。比如"大利旦中公"（下图1）、"大利吴子侠"（下图2）、"巨利即子张"（下图3，"即"为姓）、"羊利""长利""巨苏千万""大徐千万""巨侯千万""巨蔡千万""日光""大光""长光""出入大光"（下图4）等。"巨"训"大"，《方言》："巨，大也。齐宋之间曰巨。""光"意思是显贵荣耀，《韩非子·解老》："所谓光者，官爵尊贵，衣裘壮丽也。"① 汉代文景以后，国家统一，社会稳定，国家休养生息政策也给社会发展提供了有利条件，因此，社会财富积聚，商业发达，人们获得财富的通道，不仅有传统的仕途，还有繁荣的商贸，甚至后者获利更快、更多，出现一批新兴的地主、商人阶层。这种对于财富的追求、渴望以及满足感就会反映在日常器物铭文中。②

值得注意的是，有些吉语和铜镜铭文吉语相近，如"毋伤"（下图5）、"长毋伤"（下图6），即无忧无害、无病无灾之意。汉镜铭中也有：

---

① 陈奇猷校注：《韩非子新校注》，第390页。
② 本节内容参考叶其峰《古玺印通论》，北京紫禁城出版社2003年版，第60—66、182—184页。

"张氏作竟大毋伤,长保二亲乐未央。""鲁氏作竟有无伤,浮云连结卫四方。"其他如"未央""乐未央",汉镜铭多有"乐未央""长乐未央"句,可见民间吉语有着共同的文化心理和语库。

二 瓦当铭文

中国古建筑多以木结构为主体,屋顶以瓦覆盖,瓦当即瓦头部分。瓦当可保护屋檐处露出的椽头免受风雨侵蚀,延长建筑寿命。同时,由于瓦当处于最明显的受光部位,也就成为美化屋檐的重要装饰构件。因此,人们在瓦当上做"文章",遂有了瓦当上的各种画像和文字,此即瓦当铭文。

考古发现,在西周建筑上已有包含三、四、五、六、巳、丁五等文字在内的瓦当铭文,战国时期则多为半圆形画像瓦当,许多构图非常精美,如下图1—3①。

---

① 本节瓦当图版来自华非《中国古代瓦当》,人民美术出版社1983年版。

642 ▶▶ 秦汉文体史

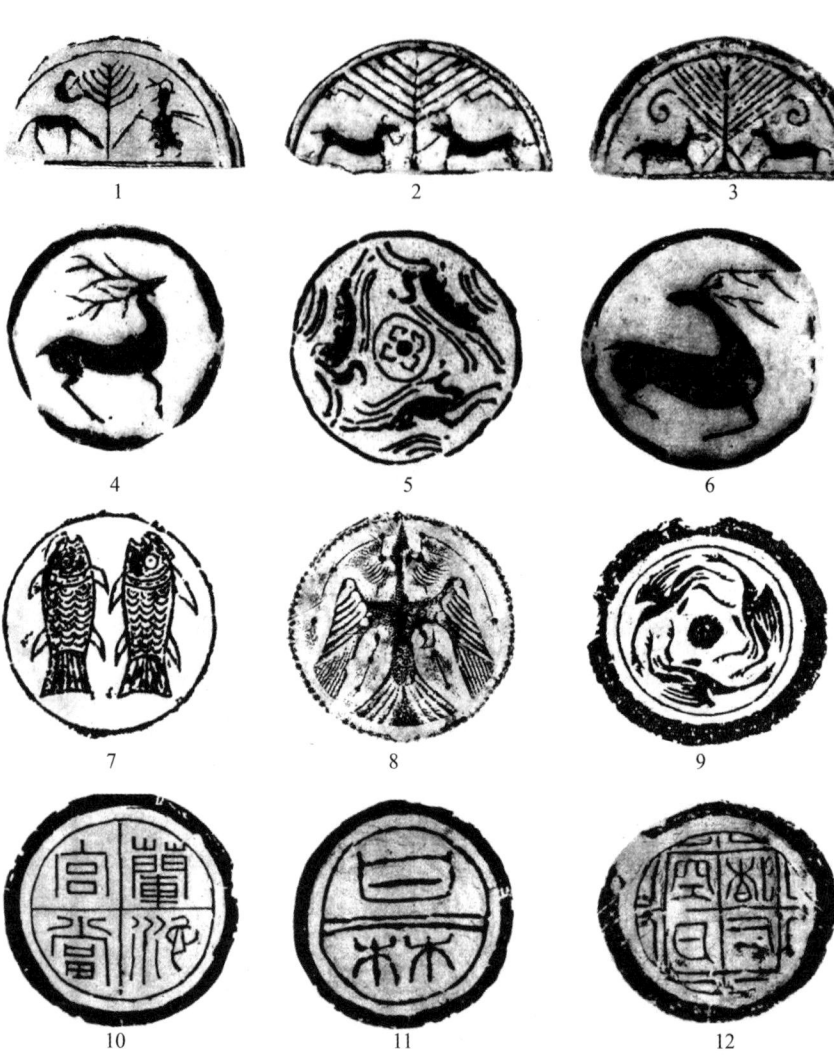

秦汉以后瓦当多为圆形，画像图案也很精美，如上图4—9分别为鹿纹、鱼纹、雁纹瓦当。西汉以后，文字类瓦当大量出现，这使得瓦当铭文进入内容和题材都更为丰富的时期。

瓦当文字包括两类：一类是起说明作用的，表明瓦当构建所属建筑。如"兰池宫当"（上图10）出自咸阳秦都遗址；"甘林"（上图11）瓦当出自甘泉宫遗址；"都司空瓦"（上图12）、"宗正官当"（上图13）出于长安城遗址，当为都司空以及宗正官官廨瓦当；"华仓"（上图14）、"京师仓当"是用于仓廪建筑的瓦当；"长陵东当""长陵西当""长陵西神"等出于汉高祖、吕后陵园，为陵墓建筑瓦当；"冢上大当""万岁冢当"（上图15）、"冢上瑞鸟"等当用于一般墓地建筑，为墓地普适性的瓦当。

另一类则是吉语类瓦当，有些表达对国家统一安定康宁的祈愿和自豪："维天降灵延元万年天下康宁""汉兼天下"（下图16）、"汉并天下""惟汉三年大并天下"（下图17）、"永保国阜"等；更多的还是对长生富贵、平安无恙的祈愿，如："四季平安""飞鸿延年""六畜蕃息""长乐富贵"（下图18）、"长生未央""千秋万岁""千秋万世"（下图19）、"万岁未央""长生无极""常生无极""与华无极""与天无极""宜富当贵千金"（下图20）、安乐未央"（下图21）、"与华相宜""延寿千年""永年未央""永奉无疆""延年益寿""延寿长久""永保千秋""富昌未央""千秋万岁安乐无极""大吉日利"（下图22）、"天地相□与□世世""大宜子孙""与天久长""与地相长""千秋万岁与天无极"（下图23）、"寿昌万岁""万有熹""长生吉利""亿年无疆""千秋万万岁""千秋利君长延年""长乐无极安乐居"（下图24）、"千秋万世长乐未央昌""千秋万岁余未央""大吉五五"等，这些都是社会民众最朴素的愿望。

吉语中有些铭文词语颇为文雅，显示出雅俗文化的交流，如"加（嘉）气始降"（下图25）、"涌泉混流"（下图26）、"万物咸成""仁义自成""常阳显月""方春蕃萌""吉月昭登""四极咸依""崇蛹嵯峨"（下图27）、"流远屯美"等。

瓦当在屋檐之上，观者需抬头"远视"，因此，瓦当铭文多为粗细线条勾勒，更多追求所绘动植物的风神，以及文字的线条构型之美，整体艺术构思追求少而不空，多而不塞，形成独特的形式美学。

16　　　　　　　　17　　　　　　　　18

19　　　　　　　　20　　　　　　　　21

22　　　　　　　　23　　　　　　　　24

25　　　　　　　　26　　　　　　　　27

第二节　铜镜铭文

铜镜很早就用于日常生活或宗教巫术。据孔祥星、刘一曼统计，出土的西周铜镜就有 16 面①。战国以后，一些日用青铜器逐渐被漆器和陶器所取代，但铜镜因其功能特殊而保留下来，且运用日益广泛，制作工艺也不断发展。早期铜镜主以图案装饰，铜镜铭文的出现大致滥觞于战国末期②，至秦汉，不仅铜镜数量远远超出其他各类铜器，铭刻艺术也达到鼎盛，文字铭刻也非常普遍，西汉后期则出现单纯以铭文作为装饰的铜镜，体现出人们对文字的看重③。罗振玉辑录《古镜图录》评价汉镜铭文："刻画之精巧、文字之瑰奇、辞旨之文雅，一器而三善备焉者，莫若镜也。"④

汉代世俗文化发达，人们对物质和精神层面的追求更丰富。对于汉代人而言，铜镜不仅用以照面饰容整理衣冠，还有驱邪避害的作用以及相应的美好寓意，如长宜子孙、安康富贵、长寿成仙、男女相思等，这些观念大都借由铭文呈现出来。铜镜铭文多刻于铜镜背面两个铭文带中，与纹饰共同作为装饰，受空间限制，铭文多简短吉语或韵文，但亦有完整精巧的诗篇。

一　镜铭中的世俗愿望

汉代铜镜是日常器物，故镜铭多表达世俗观念。如很多镜铭是简短的吉语，表达长乐富贵的祈愿，如"常宜子孙""长孙宜子""长宜公卿""常宜官秩""长宜高官""长保官位""长宜官寿万年""长生未

---

① 孔祥星、刘一曼：《中国古代铜镜》，文物出版社 1984 年版，第 16 页。
② 蔡运章：《洛阳发现战国时期有铭铜镜略论》，《文物》1997 年第 9 期。该镜有"千金""宜主□"字样。
③ 如洛阳烧沟汉墓出土 118 面西汉初到东汉晚期铜镜，一半以上有铭文。洛阳考古发掘队：《洛阳烧沟汉墓》，科学出版社 1959 年版，第 160 页。
④ 《楚雨楼丛书初集》，民国上虞罗氏影印本，第 1 页。

央""长乐未央""大乐富贵,千秋万岁,宜酒食"等,语言朴素直白。①
但也有很多杂言短章,将多种世俗愿望铸刻于铭文中,如:

日有喜,月有富。乐而毋事,而宜酒食。居而必长无忧患兮。

日始出,天下光,作神镜以照侯王。赤鸟玄武映四旁,子孙顺息乐未央。

修蓻义兮报善阴行,记□诏兮寿万年。期光昭兮宜子孙,长保永福兮寿万年。

尚方作竟真大巧,上有仙人不知老。渴饮玉泉饥食枣,浮天下,敖四海,寿如金石为国保。日月明兮。

食玉英,饮醴泉。驾蚩龙,乘浮云。周复始,传子孙。昭直万金象衣服,好观宜佳人,心意欢,长志固常然。

驾蚩龙,乘浮云。上大山,见神人。食玉英,饮醴泉。宜官秩,保子孙,长乐未央大富昌。

利贰亲,宜弟兄。寿万年,长相葆。宜子孙,乐己哉。固当保,长乐未央。

汉代道教思想盛行,铜镜被认为有鉴妖、防妖、除妖等驱邪避灾的功能。葛洪《抱朴子·内篇》载:"……万物之老者,其精悉能假托人形,以眩惑人目而常试人,唯不能于镜中易其真形耳。是以古之入山者,皆以明镜径九寸以上,悬于背后,则老魅不敢近人。或有来试人者,则当顾视镜中。其是仙人及山中好神者,顾镜中故如人形;若是鸟兽邪魅,则其形貌皆见镜中矣。又老魅若来,其去必却行,行可转镜对之,其后而视之。若是老魅者,必无踵也;其有踵者,则山神也。"② 因此,时人在铜

---

① 本节所引镜铭文本除了特殊加注外,均摘自林素清《两汉镜铭汇编》,此为目前所见收录汉代镜铭最多者。林文称:"将数十种宋代以来著录、图录中所见汉镜铭,剔去伪品及重复,共得千余种铭文,整理近数十年来考古发掘所得近千件有铭汉镜,选辑出铭文完整,可为汉镜铭代表者,共五百四十二种。"周凤五、林素清编:《古文字学论文集》,台湾国立编译馆1999年版,第235—312页。

② 葛洪:《抱朴子·内篇》,诸子集成本,上海书店1988年版,第155页。

镜中寄寓诸多祈愿，希望能获得福佑。有的镜铭对铜镜的这一巫术意义也有明确说明，如长沙出土"中国大宁"镜，铭文曰："圣人之作镜兮，取气于五行。生于道康兮，咸有文章。光象日月，其质清刚。以视玉容兮，辟去不祥。中国大宁，子孙益昌，黄裳元吉有纪纲。"①

汉镜铭文还有一些直陈爱情相思：

修相思，甚毋相忘，大乐未央。

富贵安，乐未央，长毋相忘。

愁思悲，愿见忠。君不说，相思愿毋绝。

见日之光，长不相忘。

昭明镜兮，象日月光。宜佳人兮，平乐未央。

日有喜，月有富，乐毋有事宜酒食。居而必安毋忧患，竽瑟侍，心志驩，乐已茂兮固常然。

君有行，妾有忧。行有日，反无期。愿君强饭多勉之。卬天大息长相思，毋久。

永康元年正月午日，幽涷黄白，早作明镜。买者大富，延寿命长，上如王父西王母兮。君宜高位，位至公侯，长生大吉，太师命长。②

吾作明竟，幽涷宫商。周罗客象，五帝三皇。白牙单琴，黄竞除凶，朱鸟玄武，白虎青龙。建安十年，造作大吉。③

还有铭文表达四夷归服、国泰民安的宏大祈愿：

龙氏作竟四夷服，多贺君家人民息，胡羌除灭天下复，风雨时节，五官位尊显，蒙禄食，长保二亲乐无已。

张氏作竟四夷服，多贺国家人民息，胡虏殄灭天下复，风雨时

---

① 中国科学院考古研究所：《长沙发掘报告》，科学出版社1957年版，第116页。
② 《中国青铜器全集（16）·铜镜》，图版62"永康元年神兽镜"。句读略作调整。
③ 《中国青铜器全集（16）·铜镜》，图版67"建安十年神兽镜"。

节五谷孰。长保二亲得天力,传告后世乐无极。

中国大宁,子孙宜昌,黄裳元吉有纪纲。圣人之作镜兮,取象于五行。生于道康兮,咸有文章。光象日月,其质清刚。①

吴向里柏氏作镜四夷服,多贺国家人民,胡虏殄灭天下服,风雨时节五谷熟,长保二亲得天力,传告后世乐无极兮。②

从构思方式上看,铭文形式丰富。有些以"某氏作竟(镜)"开端,引出诸多祝福吉语,带有广告意味,如:

李氏作竟自有纪,青龙白虎居左右。神鱼仙人赤松子,八爵相向法古始。□长命,宜子孙,五男四女凡九子,便固章,利父母,为吏高迁……

宋氏作竟善有意,良时日,家大富,至官三公中常侍。长宜□。三羊。

宋氏作竟自有意,善时日,家大富,取妇时,□众具,七子九孙各有喜。官至公卿中尚寺。上有东王父西王母。予天相保不知老,吏人服之带服章。

有的则以夸赞铜镜开端,引出系列祈愿:

维镜之生兮质刚坚,处于名山兮俟工人。湅取精华兮光耀遵,升高宜兮进近亲。昭兆焕□兮见躬身,福喜进兮日以前。食玉英兮饮澧泉,倡乐陈兮见神鲜。葆长保兮寿万年,周复始兮传子孙。

从语言形式上看,这些铜镜铭文多为杂言体,其中间有三言、四言、五言、七言等多种语言形式,反映出当时民间歌谣韵语言辞的丰富。其

---

① 《中国青铜器全集(16)·铜镜》,图版58"鎏金中国大宁博局纹镜"。
② 《中国青铜器全集(16)·铜镜》,图版82"柏氏伍子胥镜"。镜中有图像为吴越春秋故事。吴王夫差端坐帷幕中,伍子胥仗剑作自刎状,越王执节而立,范蠡席地而坐。人物旁分别有铭文介绍人物身份:吴王、忠臣伍子胥、越王、范蠡。

中三、四、七言的组合运用可归入"成相体"。而有些如上述"张氏作竟四夷服"云云,已经是完整的七言诗。因此,铜镜铭文是民间各类言语形式的一个宝库,反映出相关句式的实践和发展。

二 镜铭中的文人趣味

汉代镜铭大多数都是程式化的语言。大约当时铜镜制造业的匠人在铸造时有一些通行的文本,根据镜铭空间大小删减添加相关"成辞",或略微变通,如"李氏做镜""张氏作镜"之类。但目前所发现的一些镜铭中也有少量文本表达细腻,言辞雅致,显示出一定的文人趣味。

如西汉时两面铜镜,约为武帝前期,一则曰:

> 伏念所驩旖无穷时,长毋相忘旖久相思。

"伏"为发语敬词,常用于致书尊者。"伏念"也有退而自省之意。东方朔《七谏·初放》:"王不察其长利兮,卒见弃乎原壄。伏念思过兮,无可改者。"① 因此,铭文以"伏念"开端,表达默默思虑之意,是很文人化的表达方式。铭文为典型的楚歌体,仅两句,却情思绵长。另一则:

> 忽以觉,寤不得,亶自欺,私大(太)息。

镜铭描写的是思人之梦,"顿然醒觉,明白梦里所见之人不能真的找到,只是自欺而已,不禁窃自叹息"。② 此咏相思而不露,表达感情非常含蓄。

再如有的镜铭借咏镜表达尚礼修身的内容:

> 逐阴光,宜美人。昭察衣服观容貌。结组中身,与礼无私可取信。③

---

① 《全汉文》卷25,第262页。
② 李学勤:《两面罕见的西汉铜镜》,《故宫博物院院刊》2008年第1期。
③ 李零:《兰台万卷——读〈汉书艺文志〉》,北京三联书店2011年版,第145页。

有的表达清心明志、修身养气的内容：

> 内而光，明而清，涷石华下之菁见，乃已知人，请（清）心志得卑（俾）长生。①
>
> 内清质以昭明，光辉象夫日月。心忽扬而愿忠，然壅塞而不泄。如皎光而耀美，挟佳都而无间……
>
> 洁清白事君，志污之合明。光玄禾易而流泽，日忘美不已。②

陆贾《新语·怀虑》谈及养气修身："故气感之符，清洁明光；情素之表，恬畅和良。调密者固，安静者祥，志定心平，血脉乃强。"③铜镜光耀清明，是志气清明的象征。上第二则为六言句，"心忽扬而愿忠，然壅塞而不泄"似表达尽忠而路不通的郁闷，更是典型的文人思虑。

此外，目前可见还有一面三国吴时"硕人神兽镜"，纹饰横列五排神人、神兽，镜缘有铭文一周八十八字，录《诗经·卫风·硕人》，从"硕人其颀，衣锦褧衣"至"河水洋洋"，颇为少见。④

三 刘贺《衣镜铭》

汉代铜镜一般都是圆形，用于照面，但近些年也出土有方形衣铜镜。如 1980 年山东淄博窝托村南西汉齐王墓五号陪葬坑中就出土一大型矩形铜镜，现收藏于山东省淄博博物馆。镜长一米余，宽半米余，镜背柿蒂纹夔龙等纹饰，但没有铭文。⑤

2015 年底，南昌西汉海昏侯刘贺墓出土一面长方形铜镜由三部分构成，即镜掩（盖）、青铜镜和镜框（含背板）。衣镜为青铜质，矩形，出土时已从中间断裂为上下两块，复原后长 70.3 厘米、宽 46.5 厘米。铜镜

---

① 李零：《兰台万卷——读〈汉书艺文志〉》，第 145 页。
② 中国青铜器编辑委员会：《中国青铜器全集 16·铜镜》，文物出版社 1998 年版。图版 49、50。
③ 陆贾：《新语》，诸子集成本，上海书店 1988 年版，第 16 页。
④ 《中国青铜器全集 16·铜镜》，图版 96。
⑤ 山东省淄博市博物馆：《西汉齐王墓随葬器物坑》，《考古学报》1985 年第 2 期。

背面为素面，无图案文字，所有图案和文字均见于镜盖（掩）和镜框（含背板）。

铜镜背板图案文字则为孔子及其众弟子图像和包括人物生平和言行的简短传记。镜框内框绘有一圈神兽和仙人图案，包括朱雀、白虎，青龙、东王公、西王母等。镜盖（掩）反面则有残存的文字和图像，初步判断为孔子弟子图像和传记，有子张和曾子，正面则有仙鹤（朱雀）等彩绘图案，有墨书文字，对衣镜的功能及镜铭图案内容等进行说明，文云：

> 新就衣镜兮佳以明，质直见清兮政以方。幸得降灵兮奉景光，修容侍侧兮辟非常。猛兽鸷虫兮守户房，据两蜚雾兮囫凶殃，傀伟造物兮除不详。右白虎兮左苍龙，下玄鹤兮上凤凰。西王母兮东王公，福熹所归兮淳恩臧，左右尚之兮日益昌。[□□]圣人兮孔子，[□□]之徒颜回卜商。临观其意兮不亦康，[心]气和平兮顺阴阳。[千秋万]岁兮乐未央。[亲安众子兮]皆蒙庆，[□□□□□□□]。①

全文为带"兮"字的楚辞体韵文，先是直陈其事：新近得到一面衣镜，方方正正，寓意美好。其镜面光亮若神灵寓居，以此照貌修容，非同寻常。有此傀伟奇物，猛兽鸷虫不敢近身；妖物殃咎去避厌伏。镜身之上，有青龙白虎玄鹤凤凰护持，有东王公、西王母恩佑，还有圣人孔门以及其众弟子襄助，如此则心气和平身心安康，千秋万岁乐未央。最后阙文大概也是相关祝福吉语。

此文合韵上口，将汉镜铭文诸多方面内容糅合，显然不是程式化的"匠作"，而是一篇文章了。句式与常见铜镜铸铭相同，修辞口吻也相似，当归入铜镜铭文，只是与一般镜铭铭刻位置不同。汉代穿衣镜铭文出土较少，缺乏参照比较的对象。本铭文篇幅较长，题于铜镜配件上，是不是当时衣镜铭文的通例还需进一步考古发现来确证。此文初命名为《衣

---

① 王仁湘：《海昏侯墓孔子主题衣镜散论》，《中华文化论坛》2020年第5期。

镜赋》①但因文中有"衣镜"之名,又有孔子相关图文,所以研究者认为可命名为《孔子主题衣镜铭》,大约是要以圣贤作则,以圣贤为镜。刘贺是汉代在位时间最短的皇帝,即位后十余日,霍光等即谋划废之,在位第二十七天,便因荒淫无度、不保社稷等罪名被废,史称汉废帝,故此孔子镜铭或有表达自己欲洗心革面的意思吧。

第三节　敬慎如铭:文人创作的铭文

铭文多刻镂在硬物之上,费时费工费力,铭于物,是对物的看重,更是对文字的尊崇。汉代文人创作的铭文中有很多并非真的刻在器物之上,但因其称铭,文字也大都和修身、崇德等思想观念相关,言语一般也选用典正的四言体,整体看都呈现谨慎笃敬的态度。

据刘勰称,铭文可追溯至黄帝时:"昔帝轩刻舆几以弼违,大禹勒笋簴而招谏,成汤盘盂,著日新之规,武王户席,题必戒之训,周公慎言于金人,仲尼革容于欹器,则先圣鉴戒,其来久矣。"②这些说法大多难以证实,而将敬戒刻于盘盂等吉金之器,更为少见。郭沫若曾说:"殷、周古器传世颇多,其有铭者已在三四千具以上,曾无一例纯作箴规语者。"③不过,这种"鉴戒"的传统,即修身自省、为政做人"战战兢兢"的谨严态度却是"其来久矣",因此上述说法也并非空穴来风。早期铭文文本或大都为后人改编附会,但其包含的意旨和修辞目的却贯穿此类铭文始终。如成汤盘铭见《礼记·大学》:

汤之《盘铭》曰:"苟日新,日日新,又日新。"④

---

① 王意乐、徐长青、杨军、管理:《海昏侯刘贺墓出土孔子衣镜》,《南方文物》2016年第3期。
② 刘勰著,詹锳义证:《文心雕龙义证》,第388页。
③ 郭沫若:《〈汤盘〉〈孔鼎〉之扬榷》,《金文丛考》,《郭沫若全集》第5卷,人民出版社1954年版,第93页。
④ 郑玄注,孔颖达正义:《礼记正义》,《十三经注疏》,第1673—1674页。

郑注："《盘铭》，刻戒于盘也。"正义："汤沐浴之盘而刻铭为戒。"盘为洗濯之器，又可作镜鉴，每日使用，洗去污垢，照镜自省，勉励进步，故称"日新"。

又《大戴礼记·武王践阼》载武王为诫慎之铭十六则：

> 王闻书之言，惕若恐惧，退而为戒书，于席之四端为铭焉，于机为铭焉，于鉴为铭焉，于盥盘为铭焉，于楹为铭焉，于杖为铭焉，于带为铭焉，于履屦为铭焉，于觞豆为铭焉，于户为铭焉，于牖为铭焉，于剑为铭焉，于弓为铭焉，于矛为铭焉。席前左端之铭曰："安乐必敬。"前右端之铭曰："无行可悔。"……①

《礼记》约成书于战国汉初，其所载铭文无论是否真的存在，或真如文中所述如此丰富，都反映出当时人们对于此类铭文的修辞特点和用途已有较为明确的认识，即类似格言警句，常铭于生活器物之上，借由这些器物的特点生发出为人处世的道理，以提醒人们谨言慎行，修正思想观念。汉代文人对上述铭文及其观念是很认同的，如《全后汉文》卷四十四载崔骃《献书诫窦宪》（《艺文类聚》题作"与窦宪书"）云："夫谦德之光，《周易》所美；满溢之位，道家所戒。故君子福大而愈惧，爵隆而愈恭。远察近览，俯仰有则，铭诸几杖，刻诸盘杅。矜矜业业，无殆无荒。如此，则百福是荷，庆流无穷矣。"②崔瑗《遗葛龚佩铭》亦称"禹汤罪己，仲尼多诲。盘盂有铭，几杖有诫。"③汉代尤其是东汉文人创作很多铭文，也并不真的铭于器④，但大多颂扬器物，称其有吉祥之征，昭示着某种道理，因此，从功能和修辞上看，也都具备这个文体特点。

---

① 方向东撰：《大戴礼记汇校集解》卷6，中华书局2008年版，第618页。
② 《全后汉文》卷44，第711页。
③ 《全后汉文》卷45，第719页。
④ 扬雄：《答刘歆书》："……雄始能草文，先作《县邸铭》、《王佴颂》《阶闼铭》，及《成都城四隅铭》。蜀人有杨庄者，为郎，诵之於成帝。成帝好之，以为似相如，雄遂以此得外见……"《全汉文》卷52，第411页。

一　器物铭文和格物致知

西汉时器物铭文较少，目前可见有刘向《杖铭》：

> 历危乘险，匪杖不行。年耆力竭，匪杖不强。有杖不任，颠跌谁怨。有士不用，害何足言。都蔗虽甘，殆不可杖。佞人悦己，亦不可相。杖必取便，不必用味。士必任贤，何必取贵。①

文中称杖以扶老救危，物虽鄙贱却有大用，引申出去佞任贤的道理。

东汉时，各类铭文多见，如咏杖，冯衍亦有《杖铭》：

> 杖莫如信，行莫如仁。惠而无实，怨及尔身。赵武之珍，子罕之宝。二子之迹，盖近于道。②

"杖莫如信"出自《左传·襄公八年》子展之语："舍之闻之：'杖莫如信'，完守以老楚，杖信以待晋，不亦可乎？"③ 杖，谓依凭，依仗，意思是可依凭的莫过于守信。赵武是赵盾之孙，晋六卿之一，曾促成晋楚弭兵之盟，盟之要义在信；子罕即乐喜，宋贤臣，施惠救济灾民却不贪名报，有仁德，铭文由杖引发相关德行的推崇。

又李尤《灵寿杖铭》称其有扶危定倾之德：

> 亭亭奇干，实曰寿灵。甘泉润根，清露流茎。乃制为杖，扶危定倾。既凭其实，亦贵其名。④

又如咏车。冯衍《车铭》借咏车轮引申出君民关系，此名为《车轮铭》更妥当：

---

① 《全汉文》卷37，第335页。
② 《全后汉文》卷20，第583页。
③ 杨伯峻：《春秋左传注》，第958页。
④ 《全后汉文》卷50，第750—751页。

乘车必护轮，治国必爱民。车无轮安处？国无民谁与？①

黄香有《车左铭》咏车左之位驾不出轨，不疾不徐，缘以正道：

> 虞夏作车，取象机衡。君子建左，法天之阳。正位受绥，车不内顾。尘不出轨，鸾以节步。彼言不疾，彼指不躬。元览于道，永思厥中。

又有《车右铭》由咏车右之位，引申出采德用良的道理：

> 择御卜右，采德用良。询纳耆老，于我是匡。惟贤是师，惟道是式。箴阙旅贲，内顾自敕。匪望其度，匪愆其则。越戒敦俭，礼以华国。

《车后铭》咏车后之位"体貌斯恭"，弘扬相关道德礼仪：

> 敬其在路，体貌斯恭。望衡顾毂，允慎兹容。无或好失，匪盘于游。顾省厥遗，虎尾斯求。昭德塞违，抑盈以无。虽有三晋，咸然若虚。②

又如咏枕。崔瑗《柏枕铭》赞柏枕良材：

> 元首之尊，为乾之精。诒我良材，玄冬再荣。是用为枕，爰勒直铭。③

又崔骃《六安枕铭》歌咏枕有其规，不变其德，六安，即六面：

---

① 《全后汉文》卷20，第583页。
② 《全后汉文》卷44，第715页。
③ 《全后汉文》卷45，第719页。

枕有规矩，恭壹其德。永元宁躬，终始不忒。六安在床，匪邪匪尺。①

又蔡邕《警枕铭》借咏枕提醒人们"居安虑倾"：

应龙蟠蛰，潜德保灵。制器象物，亦有其形。哲人降鉴，居安虑倾。②

其他如冯衍《杯铭》："乐则思旧，燕则思欢。民之失德，乾糇以愆。"黄香《屏风铭》："古典务农，刻镂伤民。忠在竭节，义在修身。"蔡邕《酒樽铭》："酒以成礼，弗继以淫，德将无醉，过则荒沈，盈而不冲，古人所箴。尚鉴兹器，茂勖厥心。"都由物引申至道德修身方面的内容，包含敬诫之意。

此类咏物铭文以及汉代婚物赞文等体现出汉代知识者新的"博物"观念，即对名物的关注不是仅仅落脚于"物"的自然属性或吉凶判断，而是经由自然属性渐渐向"德""义"等人文意义方面发展，这也是儒家所倡导的"格物致知"的表现。③

咏物之铭常寓道德教训，这是其核心的功能特点，故也可由此与颂、赋等文体区分开来。如崔骃《仲山父鼎铭》：

鼎耳革，其行塞，雉膏不食。方雨亏悔，终吉有福。足胜其任，公餗乃珍。于高斯危，在满戒溢。可以永年，天之大律。④

此虽歌咏彝器鼎，但强调其"于高斯危，在满戒溢"，则归入铭体而非颂体。

又如歌咏绶笥，即盛印绶的箱子。胡广《绶笥铭》：

---

① 《全后汉文》卷44，第716页。
② 《全后汉文》卷74，第877页。
③ 郄文倩：《中国古代的博物观念及其知识分化》，《天津社会科学》2019年第3期。
④ 《全后汉文》卷44，第715页。

> 休矣斯笥，凡器为式，受相君子，承此印绶。帝命所启，用褒令德，佩以自修，所以自敕。忠肃恭懿，鲜不为则，靡悔靡吝，神人致福。①

强调该其"用褒令德，佩以自修""忠肃恭懿"云云，都是激励自律之语。对比张衡《绶笥铭》，则纯为颂扬之辞，当归入颂体。序云："南阳太守鲍德，有诏所赐先公绶笥，传世用之。时德更治笥，衡时为德主簿，作铭曰"：

> 懿矣兹笥，爰藏宝绅。冠缨组履，文章日信。皇用我赐，俾作帝臣。服其令服，鸾封艾民。天祚明德，大赉福仁。垂光厥世，子孙克神厥器惟旧，中实惟新。周公惟事，七涓有邻。②

此称铭，实则属于颂体。汉代墓碑文常常先述后颂，文后颂赞韵文亦常称"铭曰"云云。因此，称"铭曰"未必就属于铭文。

而同样咏物，铭文和赋的区别就更明显了，如傅毅《扇赋》：

> 背和暖于青春，践朱夏之赫戏。摇轻箑以致凉，爰自尊以暨卑。织竹廓素，或规或矩。

对比其所作《扇铭》：

> 翩翩素圆，清风载扬。君子玉体，赖以宁康。冬则龙潜，夏则凤举。知进能退，随时出处。③

又崔骃《扇铭》二首：

---

① 《全后汉文》卷56，第783页。
② 《全后汉文》卷55，第776页。
③ 《全后汉文》卷43，第706、707页。

> 翩翩此扇，辅相君子。屈伸施张，时至时否。动摇清风，以御炎暑。
>
> 有圆者扇，诞此秀仪。晞露散霾，拟日定规。朗姿玉畼，惠风时披。①

从修辞态度上看，铭文更典雅庄重，几乎都为四言韵文，常引申出道理，与赋的铺陈体物、流荡漫延还是有很大区别的。故《文心雕龙·颂赞》："原夫颂惟典懿，辞必清铄，敷写似赋，而不入华侈之区；敬慎如铭，而异乎规戒之域。"②

此外，《文选》收录崔瑗《座右铭》，唐吕延济注："瑗兄璋为人所杀，瑗遂手刃其仇，亡命蒙赦而出，作此铭以自戒，尝置座右，故曰座右铭也。"③ 文曰：

> 无道人之短，无说己之长。施人慎勿念，受施慎勿忘。世誉不足慕，唯仁为纪纲。隐身而后动，谤议庸何伤。无使名过实，过愚圣所臧。柔弱生之徒，老氏诫刚强。在涅贵不缁，暧暧内含光。硁硁鄙夫介，悠悠故难量。慎言节饮食，知足胜不祥。行之苟有恒，久久自芬芳。

文中主要谈及一些做人原则，要低调含弱，谨言慎行，勿论议他人短长，等等，以保全名声，远离谤议毁损。《文选》称其为座右铭，但从汉代铭文看，铭文常以四言短文陈述道理，此文不类，故或许是收录者按照当时的观念给此文定名的。后世常将其看作座右铭的源头，但东汉冯衍有《席前右铭》《席后右铭》：

> 修尔容貌，饰尔衣服。文之以辞，实之以德。

---

① 《全后汉文》卷44，第716页。
② 刘勰著，詹锳义证：《文心雕龙义证·颂赞》，第334页。
③ 《文选》，上海古籍出版社1986年版，第2409页。

> 冠带之张，从容有常。威仪之华，惟德之英。①

座右铭或当溯源于此。

二 李尤的铭文创作

在汉代铭文发展过程中，东汉时李尤有较为突出的贡献。其铭文作品今可见八十余篇，几乎占汉代铭文半壁江山。《文选·齐竟陵文宣王行状》李善注引《李尤集·序》曰："尤好为铭赞，门阶户席，莫不有述。"《文章流别论》云："李尤为铭，自山河都邑，至于刀笔符契，无不有铭。"《华阳国志》十中云："和帝召作《东观》《辟雍》《德阳》诸观赋，铭《怀戎颂》百二十铭……"②《怀戒颂》含有警诫之义的颂（诵）铭之作。

李尤铭文数量多，涉及范围广泛，今存八十余篇，事无巨细，河池关隘、宫室建筑，如《河铭》《洛铭》《鸿池陂铭》《函谷关铭》《明堂铭》《太学铭》《辟雍铭》《东观铭》《永安宫铭》《云台铭》《德阳殿铭》《上林苑铭》《阙铭》等；各种门铭，如《城门铭》《上东门铭》《中东门铭》《旌门铭》《开阳门铭》《平城门铭》《津城门铭》《广阳门铭》等；屋舍内如《堂铭》《室铭》《楹铭》《牖铭》《井铭》《灶铭》等；乐器如《琴铭》《笛铭》；日常器物如《漏刻铭》《屏风铭》《席铭》《卧床铭》《书案铭》《读书枕铭》《笔铭》《箕铭》《金羊灯铭》《围棋铭》等；刀剑类如《错佩刀铭》《金马书刀铭》《戟铭》《弧矢铭》《良弓铭》《弩铭》《弹铭》等；车马类如《鞍铭》《辔铭》《马棰铭》等。

这些铭文中有关江河宫室等"巨"物之铭，多包含政治理想的期待，如：

> 洋洋河水，赴宗于海。经自中州，龙图所在。黄函白神，赤符以信。昔有周武，集会孟津。鱼入王舟，乃往克殷。大汉承绪，怀

---

① 《全后汉文》卷20，第583页。
② 晋常璩撰，刘琳校注：《华阳国志校注》，巴蜀书社1984年版，第750页。

附遌鳞。邦事来济，各贡厥珍。(《河铭》)

洛出熊耳，东流会集。夏禹导疏，经于洛邑。玄龟赤字，汉符是立。帝都通路，建国南乡，万乘终济，造舟为梁。三都五州，贡筐万方。广视远听，审任贤良。元首昭明，庶类是康。(《洛铭》)①

而日常器物则多和礼仪修身、居处之道相关，如：

舍则潜辟，用则设张。立必端直，处必廉方。雍闼风邪，雾露是抗。奉上蔽下，不失其常。(《屏风铭》)

居则致乐，承颜接宾。承奉奏记，通达谒刺。尊上答下，道合仁义。(《书案铭》)

佩之有错，抑武扬文，岂为丽好，将戒有身。(《佩刀铭》)

冠为元服，帻为首饰。君子敬慎，自强不息。(《冠帻铭》)

文以表德，质以体仁。乃制兹履，文质斌斌。显允明哲，卑以牧身。步此坦道，绝彼埃尘。(《文履铭》)

夫审轻重，莫若权衡。正是权衡。正是正非，其唯贤明。(《权衡铭》)②

整体看，李尤的铭文创作多短章，言辞也较为朴素，少有佳作。故《文章流别论》称"李尤为铭……文多秽病"③。《文心雕龙·铭箴》评价："李尤积篇，义俭辞碎。"认为意义贫乏，内容空泛。又《才略》云："李尤赋铭，志慕鸿裁，而才力沈膇，垂翼不飞。"从艺术水准上看，大至公允。

不过，李尤所创作的大量铭文多合于铭文之体，体现出他对于该体特点的准确把握。换句话说，其作品少丰腴，多骨架，反倒将铭文之体的核心特点呈现出来。其铭咏对象包罗万象，几乎无物不可铭，将一种

---

① 《全后汉文》卷50，第747页。
② 《全后汉文》卷50，第749—752页。
③ 挚虞：《文章流别论》，严可均：《全晋文》卷77，《全上古三代秦汉三国六朝文》，第1905页。

文体揭示外物"意义"的潜力也尽可能开发出来，这对于文体的定体和发展是有很大贡献的。梁刘孝威《谢敕赍画屏风启》云："冯商莫能赋，李尤谁敢铭。"① 正是其对铭文发展的影响。张溥《汉魏六朝百三家集·李伯仁集题辞》评价李尤："铭八十余，多体要之作，及时匠意，于子云百官箴得其深矣。"指出其铭文包含的箴戒特点。又云："抑文家以少言为贵，而多者难于见工也。"② 少则工，多则滥，亦说出了其铭文创作的遗憾。

综上，此类铭文在汉代确立了文体规范，但整体看少有令人耳目一新的作品。直至西晋张载《剑阁铭》，立意明晰，辞才清峻，成为铭文之佼佼者。据《晋书·张载传》："（载）父收，蜀郡太守……至蜀省父，道经剑阁。载以蜀人恃险好乱，因著铭以作诫……张敏见而奇之，乃表上其文，武帝遣使镌之于剑阁山焉。"③ 铭文今见《文选》卷五十六：

> 岩岩梁山，积石峨峨，远属荆衡，近缀岷嶓。南通邛僰，北达褒斜。狭过彭碣，高逾嵩华。惟蜀之门，作固作镇，是曰剑阁，壁立千仞。穷地之险，极路之峻，世浊则逆，道清斯顺。闭由往汉，开自有晋。秦得百二，并吞诸侯。齐得十二，田生献筹。矧兹狭隘，土之外区。一人荷戟，万夫赵趄，形胜之地，匪亲勿居。昔在武侯，中流而喜。山河之固，见屈吴起。兴实在德，险亦难恃。洞庭孟门，二国不祀。自古迄今，天命匪易。凭阻作昏，鲜不败绩。公孙既灭，刘氏衔璧。覆车之轨，无或重迹。勒铭山阿，敢告梁益。④

铭文介绍剑阁地理之险要以及历来治理归服的难度："穷地之险，投路之峻。世浊则逆，道清斯顺。"告诫治理者要派亲信把持，"一人荷戟，万夫趑趄。形胜之地，匪亲勿居。"接着以史实说明"兴实在德，险亦难恃"，"凭阻作昏，鲜不败绩。"这就一面告诫恃险好乱的蜀人勿"凭阻作

---

① 《全梁文》卷61，严可均：《全上古三代秦汉三国六朝文》，第3318页。
② 张溥：《汉魏六朝百三家集·李伯仁集题辞》，中华书局2007年版，第54页。
③ 《晋书》卷55，第1516页。
④ 萧统编，李善注：《文选》卷56，上海古籍出版社1986年版，第2411—2412页。

昏",一面亦劝谏为政者务必明了德治的道理,如此"覆车之轨,无或重迹。"故此铭文既是对割据势力的警示,也是对相关执政者乃至朝廷的告诫。全文四言韵语,夹叙夹议,朗朗上口。刘勰评价云:"其才清采,迅足骎骎,后发前至。"在对文体体制驾轻就熟的情况下,后出转精,由"匠"而至"艺",也是文体发展中的常见现象。

第四节 箴:箴者,诫也

"箴"即"针",《说文解字·竹部》:"箴,缀衣箴也。"引申出警戒、劝诫、规谏之意。《文体明辨序说》:"箴者,诫也。盖医者以箴石刺病,故有所讽刺而救其失者,谓之箴,喻箴石也。"① 先秦时期,箴已有明确的意涵,也具有一定的文体意义,如《国语·周语上》:"故天子听政,使公卿至于列士献诗,瞽献曲,史献书,师箴,瞍赋,矇诵,百工谏,……而后王斟酌焉,是以事行而不悖。"师"箴"就是以言语规谏箴告以防过失。又《国语·楚语》:"昔卫武公年数九十五矣,犹箴儆于国……在舆有旅贲之规,位宁有官师之典,倚几有诵训之谏,居寝有亵御之箴,临事有瞽史之导,宴居有师工之诵,史不失书,矇不失诵,以训御之。于是乎作《懿》戒以自儆也。"② 因此,先秦时箴主要用于"官箴王阙"③。

目前可见三代箴辞残文,如《逸周书·文传解》载《夏箴》曰:"中不容利,民乃外次。"④《吕氏春秋·应同》引《商箴》云:"天降灾布祥,并有其职。"《听言》篇引《周箴》:"夫自念斯,学德未暮。"⑤ 均难究其详。目前可见较完整的箴辞为《左传·襄公四年》所载"虞人之箴"。其时,晋侯好田猎,魏绛欲劝谏,遂给他讲周时虞人的箴谏之辞:

---

① 徐师曾:《文体明辨序说》,人民出版社1962年版,第85页。
② 徐元诰撰,王树民、沈长云点校:《国语集解》,第11、501—502页。
③ 杨伯峻:《春秋左传注》,第938页。
④ 黄怀信、张懋镕、田旭东:《逸周书汇校集注》,第242页。
⑤ 高诱注:《吕氏春秋》,诸子集成本,上海书店1986年版,第128、131页。

> 昔周辛甲之为太史也，命百官，官箴王阙。虞人之箴曰："芒芒禹迹，画为九州岛，在帝夷羿，冒于原兽，忘其国恤，而思其麀牡。武不可重，用不恢于夏家。兽臣司原，敢告仆夫。"①

虞人是掌山泽田猎的官员。箴文以追述夏后羿沉溺田猎而不问国事、不体恤国人疾苦，委婉表达自己的职责是负责园囿畋猎事，当劝谏君王勿田猎用武过度。末尾"兽臣司原，敢告仆夫"表明官职和职守。

"官箴王阙"反映的是中国政治传统中对执政者的制衡机制，亦强调为官者的忠于职守，恪尽职责。汉代扬雄等追慕古风，先后作《官箴》《州箴》多篇，以相关职守述职以讽谏。此外又出现官员间箴诫之私箴，以及女戒等诫告之文。

一 官箴

官箴最早出自扬雄，包括州箴和官箴，借由各州牧以及三公九卿之官各述其职守以谏劝。

《汉书·扬雄传》云："（雄）实好古而乐道，其意欲求文章成名于后世，以为经莫大于《易》，故作《太玄》……箴莫善于《虞箴》，作《州箴》。"晋灼注云："九州之箴也。"② 这是关于扬雄作《九州箴》的最早记录。又《太平御览》卷五八八引东汉崔瑗《叙箴》曰："昔扬子云读《春秋传》《虞人箴》而善之，于是作为九州及二十五管（官）箴规匡救。言君德之所宜，斯乃体国之宗也。"③ 按此说法，扬雄除了九州箴外，还作有二十五官箴。

不过扬雄所作《二十五官箴》，在汉代已有亡阙，后又有人增补。《后汉书·胡广传》载：

> 初，扬雄依《虞箴》作十二州二十五官箴，其九箴亡阙，后涿

---

① 杨伯峻：《春秋左传注》，第 938 页。
② 《汉书》卷 87 下，第 3583 页。
③ 《太平御览》卷 588，第 2650 页。

郡崔骃及子瑗、又临邑侯刘騊駼增补十六篇，广复继作四篇，文甚典美。乃悉撰次首目，为之解释，名曰《百官箴》，凡四十八篇。①

按上述说法，《州箴》是十二篇，且二十五官箴经崔骃、崔瑗、刘騊駼、胡广多人续作，增补为四十八篇，名曰《百官箴》。

研究者综合各方记载认为，州箴，扬雄实作九篇，以合所模拟的《虞人之箴》中所谈九州之说；今存十二篇州箴中，前九篇即冀、兖、青、徐、扬、荆、豫、梁、雍九箴，当为扬雄作，后三篇并州、朔方、交趾为后人补作。②《二十五官箴》，今可见有《大司农箴》《侍中箴》《光禄勋箴》《大鸿胪箴》《宗正卿箴》《卫尉箴》《太仆箴》《廷尉箴》《少府箴》《执金吾箴》《将作大匠箴》《城门校尉箴》《太史令箴》《国三老箴》《太乐令箴》《太官令箴》《上林苑令箴》，均收于严可均《全后汉文》中。此外，严氏辑文还有《司空》《尚书》《太常》《博士》四箴列于扬雄《官箴》中，但云为崔骃、崔瑗所作，而《艺文类聚》认为是扬雄作。

箴本是"下规上之辞"，故官箴所作"须有古人风谏之意，惟官名可以命题，所谓百官官箴王阙，各因其职以讽谏"。③扬雄《二十五官箴》各篇即以相关职官命名，并就各个部门分曹列职，指事配位，各申规谏，"反复古今兴衰理乱之变，以垂警戒，使读者惕然有不自宁之心"。④因此，官箴往往先点明职官的职守所在，再立足于特定职位追述相关历史经验教训，故兼有述职和进谏两个层面的内容。如《大司农箴》：

> 时维大农，爰司金谷。自京徂荒，粒民是斛。肇自厥功，实施惟食。厥僚后稷，有无迁易。实均实赢，惟都作程。旁施衣食，厥民攸生。上稽二帝，下阅三王。什一而征，为民作常。远近贡篚，

---

① 《后汉书》卷44，第1511页。
② 东景南：《扬雄作州箴辨伪》，《文献》1992年第4期。
③ 《辞学指南》"箴"类。王应麟编纂：《玉海》卷204，江苏古籍出版社、上海书店（联合）1987年版，第3721页。
④ 徐师曾：《文体明辨序说》，人民文学出版社1962年版，第141页。

百姓不忘。帝王之盛，实在农植。季周烂熳，而东作不敕。膏腴不获，庶物并荒。府库殚虚，靡积仓箱。陵迟衰微，周卒以亡。秦收大半，二世不瘳。泣血之求，海内无聊。农臣司均，敢告执辫。①

大司农掌钱谷，为国家财政长官。国家财政主要来自农桑贡赋，故要指导农事，督民勤耕，同时还要保证民生衣食，确立合理的贡赋标准，如此方能赋税稳定，源源不断。故"帝王之盛，实在农植"。文中述及春秋及秦时乱世，农事荒费，民不聊生，终至衰亡。讲历史经验教训，意在委婉劝谏：莫步周、秦后尘，至荒废农事而亡。

又如《廷尉箴》：

天降五刑，维夏之绩。乱兹平民，不回不僻。昔在蚩尤，爰作淫刑。延于苗民，夏氏不宁。穆王耄荒，甫侯伊谟。五刑训天，周以阜基。厥后陵迟，上帝不孤。周轻其制，秦繁其辜。五刑纷纷，靡遏靡止。寇贼满山，刑者半市。昔在唐虞象刑，天民是全。纣作炮烙，坠人于渊。故有国者，无云何谓，是刵是劓。无云何害，是剥是割。惟虐惟杀，人其莫泰。殷以刑颠，秦以酷败。狱臣司理，敢告执谒。②

廷尉主要负责诏狱和修订律令等相关职事。文中称刑罚的制定实施是为约束暴民，保持社会康宁，而不能以此为治国的唯一手段，"惟虐惟杀，人其莫泰。"历史上殷商秦政多淫刑酷法，"寇贼满山，刑者半市"。最终亡权失国，"殷以刑颠，秦以酷败。"此箴文意在规谏君王莫崇尚酷法霸道，一味用法。

州箴是以各州牧长官的身份而作的箴谏之言。州牧即各州之长，"牧"即管理人民之意。《州箴》则是另一种写法，以铺陈地理河山物产开篇，述相关史实兴衰，以寓教训。如《扬州箴》：

---

① 《全汉文》卷54，第419页。
② 《全汉文》卷54，第419页。

> 夭矫扬州，江汉之浒。彭蠡既潴，阳鸟攸处。橘柚羽贝，瑶琨篠荡。闽越北垠，沅湘攸往。犷矣淮夷，蠢蠢荆蛮。翩彼昭王，南征不旋。人咸踬于垤，莫踬于山。咸跌于污，莫跌于川。明哲不云我昭，童蒙不云我昏。汤武圣而师伊吕，桀纣悖而诛逢干。盖迩不可不察，远不可不亲。靡有孝而逆父，罔有义而忘君。太伯逊位，基吴绍类。夫差一误，太伯无祚。周室不匡，句（勾）践入霸。当周之隆，越裳重译。春秋之末，侯甸叛逆。元首不可不思，股肱不可不孳。尧崇屡省，舜盛钦谋。牧臣司扬，敢告执筹。①

该篇先陈扬州地理之优越，物产之丰富，江汉之滨、闽越之北，沅湘之水汇聚，盛产橘柚羽贝、瑶琨美玉。随后回顾汤武、桀纣的用人政策，以及勾践、夫差的兴亡盛衰，以作镜鉴："盖迩不可不察，远不可不亲。靡有孝而逆父，罔有义而忘君。""元首不可不思，股肱不可不孳。尧崇屡省，舜盛钦谋。"对比贤君和昏君为政的差别，箴谏当政者务必知人善任，以求长治久安。

再如《幽州箴》：

> 荡荡平川，惟冀之别。北厄幽都，戎夏交逼。伊昔唐虞，实为平陆。周末荐臻，迫于獯鬻。晋溺其陪，周使不阻。六国擅权，燕赵本都。东限秽貊，羡及东胡。强秦北排，蒙公城疆。大汉初定，介狄之荒。元戎屡征，如风之腾。义兵涉漠，偃我边萌。既定且康，复古虞唐。盛不可不图，衰不可或忘。堤溃蚁穴，器漏箴芒。牧臣司幽，敢告侍旁。②

开篇亦先述幽州所处地理之特殊，追忆自周至秦与北方戎胡的关系以及受到的交逼侵扰，称颂大汉"义兵涉漠，偃我边萌。既定且康，复古虞唐"的伟业。最后总结经验教训："盛不可不图，衰不可或忘。堤溃蚁

---

① 《全汉文》卷54，第417页。
② 《全汉文》卷54，第418页。

穴，器漏箴芒"，劝诫统治者要谨慎对待边事，且莫疏忽懈怠。

据《汉书·王莽传中》："莽之制度烦碎如此，课计不可理，吏终不得禄，各因官职为奸，受取赇赂以自共给。"① 扬雄撰作官箴、州箴，涉及宗庙祭祀、政治、经济、外交、军事等诸多方面，当亦有劝人臣执忠守节、为万世极言进谏的目的。胡广《百官箴叙》有言："箴谏之兴，所由尚矣。圣君求之于下，忠臣纳之于上。"② 箴言若要产生效力，仰赖圣君的胸怀，也关乎臣子的尽忠敬业。

扬雄官箴创作数量多，成就高，奠定了官箴的基本模式。刘勰赞其"指事配位，鞶鉴可征"，即语不空疏，信而有征，这与其出色的学问才华密切相关。《春觉斋论文·流别论》称："扬雄学古至深，为九州牧箴，语质义精，声响高骞，未易学步。"③ 此后则少有胜出者。

二 私箴

东汉时，官箴以外，还出现私箴，以箴文诫人。

《后汉书·文苑列传·高彪传》载："时京兆第五永为督军御史，使督幽州，百官大会，祖饯于长乐观。议郎蔡邕等皆赋诗，彪乃独作箴。……邕等甚美其文，以为莫尚也。" 祖饯宴会上，按例当赋诗言欢，高彪特立独行，以箴文相赠。文曰：

> 文武将坠，乃俾俊臣。整我皇纲，董此不虔。古之君子，即戎忘身。明其果毅，尚其桓桓。吕尚七十，气冠三军，诗人作歌，如鹰如鹯。天有太一，五将三门；地有九变，丘陵山川；人有计策，六奇五间。总兹三事，谋则咨询。无曰己能，务在求贤，淮阴之勇，广野是尊。周公大圣，石蜡纯臣，以威克爱，以义灭亲。勿谓时险，不正其身。勿谓无人，莫识己真。忘富遗贵，福禄乃存。枉道依合，复无所观。先公高节，越可永遵。佩藏斯戒，以厉终身。④

---

① 《汉书》，第 4143 页。
② 《全后汉文》卷 56，第 783 页。
③ 林纾著：《春觉斋论文·流别论》，人民文学出版社 1959 年版，第 54 页。
④ 《后汉书》卷 80 下，第 2650 页。

箴文从臣子职守、气节以及为人处世等诸多方面提出诫告，言辞敬慎，获得蔡邕的好评。

又《后汉书·崔琦传》载崔琦少游京师，以文章博通著称。外戚梁冀闻其才，请与交。梁冀擅权妄为，崔琦屡谏无果，遂作《外戚箴》，历数古今外戚成败故事以示教诫，文曰：

> 赫赫外戚，华宠煌煌。昔在帝舜，德隆英、皇。周兴三母，有莘崇汤。宣王晏起，姜后脱簪。齐桓好乐，卫姬不音。皆辅主以礼，扶君以仁，达才进善，以义济身。
>
> 爰暨末叶，渐已颓亏。贯鱼不叙，九御差池。晋国之难，祸起于丽。惟家之索，牝鸡之晨。专权檀爱，显己蔽人。陵长间旧，圮剥至亲。并后匹嫡，淫女毙陈。匪贤是上，番为司徒。荷爵负乘，采食名都。诗人是刺，德用不怃。暴卒惑妇，拒谏自孤。蝮蛇其心，纵毒不辜。诸父是杀，孕子是刳。天怒地忿，人谋鬼图。甲子昧爽，身首分离。初为天子，后为人螭。
>
> 非但耽色，母后尤然。不相率以礼，而竞奖以权，先笑后号，卒以辱残。家国泯绝，宗庙烧燔，末嬉丧夏，褒姒毙周，妲己亡殷，赵灵沙丘。戚姬人豕，吕宗以败。陈后作巫，卒死于外。霍欲鸩子，身乃罹废。
>
> 故曰：无谓我贵，天将尔摧；无恃常好，色有歇微；无怙常幸，爱有陵迟；无曰我能，天人尔违。患生不德，福有慎机。日不常中，月盈有亏。履道者固，杖执者危。微臣司戚，敢告在斯。①

文末"无谓我贵，天将尔摧"云云，义正词严，口气毫不留情，自然触怒梁冀等外戚权贵，遂被遣归，捕杀。

东汉还有针对女性的箴文，如傅干《皇后箴》：

> 煌煌四星，著天垂曜。赫赫后妃，是则是效。舜纳二女，对扬

---

① 《后汉书》卷80上，第2619—2622页。

茂教。正位于内,顽嚚辍暴。辛乱妲己,共则情悦。牝鸡乱晨,殷祀用绝。孝成宽柔,纵弛纪纲。王擅朝权,赵专椒房。巨猾是缘,窃弄神器。故祸不出所憎,常出所爱。是以在昔明后,日新其化。匪唯训外,亦训于内。[①]

叙述历史上牝鸡乱晨的教训以规谏,写法类似官箴,但修辞上不太含蓄。

此外,东汉班昭曾著《女诫》一书,教导班家女性做人道理,包括卑弱、夫妇、敬慎、妇行、专心、曲从和叔妹七章。《全后汉文》收载荀爽《女诫》以及蔡邕《女训》《女诫》残文,都是关于女性言行举止的教导文章,是汉代"女德"观念的具体化,对后世产生深远影响。不过,这些都不是箴文一类。

[①] 《全后汉文》卷81,第911页。

第十一章

序体文：叙作者之意

序体主要用以介绍作者情况、文章著述缘由、内容体例等，与相关文章著述有紧密的依存关系。两汉时文人著述丰富，序体得到长足发展，其形式丰富，也逐渐形成较为稳定的文体特质，为后世确立了写作范式。文人学者借助这种文体样式陈述撰作意图，表达自己对于相关著述、文体发展的认识，也呈现自己的学术理念。

"序"本为"绪"的假借字，《尔雅》曰："序，绪也。"《诗经·周颂·闵予小子》曰："于乎皇王，继序思不忘。"注："序，绪也。"①"绪"本义为丝之端，《说文解字·系部》："绪，丝耑也。"段注："耑者，草木初生之题也。因为凡首之称。抽丝得绪而可引，引申之凡事皆有绪可缵。"因此，"绪""序"都有开端、端绪之义，意思是可由此牵连而使得主体次第而出，明谭浚《言文》释"绪"："举起纲要，如茧之有丝。"故早期礼仪活动中，"序"又指堂之东西墙，是一个可供参照的位置基点，《尔雅·释宫》曰："东西墙谓之序。"《仪礼·士冠礼》："主人升位于序端，西面。宾西序，东面。"②

两汉时，"序"作为文体意涵出现，包含两方面内容。

一指编次、整理，《史记·孔子世家》："孔子晚年而喜《易》，序《彖》《系》《象》《说卦》《文言》。"注引《易正义》曰："文王既繇六十四卦分为上下篇，先后之次，其理不易。孔子就上下二经，各序其相

---

① 《毛诗正义》，阮元校刻本《十三经注疏》，第598页。
② 郑玄注，贾公彦疏：《仪礼注疏》，阮元校刻本《十三经注疏》，第952页。

次之义。"① 今见《易传》"十翼"中的《序卦》就被认为是孔子所作序文，主要分析六十四卦顺序及相承关系。后世论序体也大都延续此义，刘勰《文心雕龙·论说》："序者，次事。"② 汉代"序""叙"义同。《说文解字》曰："叙，次第也。"刘熙《释名·释宫》："序，次第也。"③故指称文体之"序"时也称"叙"。

二指抒泄作者之意。刘熙《释名·释言语》曰："序，杼也，拽杼其实也。"《释典艺》："叙，杼也。杼泄其实，宣见之也。"④ 这里强调序抒发作者之意，大约包括创作动机以及著述的概貌等。刘知几《史通·序例》云："孔安国有云：'序者，所以叙作者之意也。'窃以《书》列典谟，《诗》含比兴，若不先叙其意，难以曲得其情。故每篇有序，敷畅厥义。"⑤ 孔安国语，不知何所出，但当代表了汉代文人对序文文体功能的看法。

因此，汉代序文虽形式多样，但整体看不出这两方面内容。

第一节　整理典籍而作书序（书录）

《史记》载孔子整理《周易》而作《序卦传》，常被认为是序体的最早源头。不过，目前看此篇当出于儒家后学之手，大约成于战国后期到汉初。其开篇云：

> 有天地，然后万物生焉，盈天地之间者唯万物，故受之以屯。屯者，盈也。屯者，物之始生也。物生必蒙，故受之以蒙。蒙者，蒙也，物之稚也。物稚不可不养也，故受之以需。需者，饮食之道也。饮食必有讼，故受之以讼。讼必有众起，故受之以师……⑥

---

① 《史记》卷47，第1937页。
② 刘勰著，詹锳义证：《文心雕龙义证》，第673页。
③ 刘熙撰，任继昉汇校：《释名汇校》，齐鲁书社2006年版，第298页。
④ 刘熙撰，任继昉汇校：《释名汇校》，第176、346页。
⑤ 刘知几撰，浦起龙释：《史通通释·序例》，上海古籍出版社1978年版，第87页。
⑥ 《周易正义》，阮元校刻本《十三经注疏》，第95页。

文中解释卦象、卦义以及六十四卦环环相扣、相依相存又相互转化，乃至循环无穷的特点。此种解释，反映了《易传》作者的一种思维，即认为六十四卦的排序体现自然的历史演变过程。整理图书而作序，是孔子以来"述而不作"的传统。汉代文化建设中的一个重要举措就是整理传世典籍。整理者常常通过文本形式对所整理图书进行介绍，并借此表达自己的学术理念，这些内容成为汉代序体文本最为重要的组成部分。刘向等校理群书而作图书叙录以及班固《汉志》诸序都具有代表性。

一　刘向《书录》

汉成帝时期刘向奉诏校录群书，《汉书》本传载成帝即位，"向以故九卿召拜为中郎……而上方精于《诗》《书》，观古文，诏向领校中《五经》秘书。"① 又《汉书·艺文志》：

> 至成帝时，以书颇散亡，使谒者陈农求遗书于天下。诏光禄大夫刘向校经传诸子诗赋，步兵校尉任宏校兵书，太史令尹咸校数术，侍医李柱国校方技。每一书已，向辄条其篇目，撮其指意，录而奏之。会向卒，哀帝复使向子侍中奉车都尉歆卒父业。②

"条其篇目，撮其指意"，即整理图书篇目并撰写提要。"录而奏之"表明今所见刘向等撰写的书叙是以奏章形式出现的，和相关图书附在一起，呈送成帝。又据梁阮孝绪《七录序》："昔刘向校书，辄为一录，论其指归，辨其讹谬，随竟奏上，皆载在本书。时又别集众录，谓之《别录》。即今之《别录》是也。"也就是说当时将各书之叙录另写一份，集为一书，谓之《别录》。《别录》唐末五代即散佚，据清严可均《全汉文》辑佚所见较完整的有：《战国策书录》《晏子叙录》《管子书录》《孙卿书录》《韩非子书录》《列子书录》《邓析书录》《说苑叙录》等。

书录（或称叙录）一般包括两部分内容：一是叙述校雠原委。所校

---

① 《汉书》卷36，第1950页。
② 《汉书》卷30，第1701页。

古书多存在简册错乱、篇章零散以及文字脱误等情况，典校秘书首先要做的就是校勘众本，删重去复，订正脱误，以及确立篇章卷数，编次而成较完整的定本。故书录对相关事项加以说明。其次，则介绍作者情况，并对书的性质、流传、思想内容、学术渊源等加以概述。如《晏子叙录》：

> 护左都水使者光禄大夫臣向言，所校中书《晏子》十一篇，臣向谨与长社尉臣参校雠，太史书五篇，臣向书一篇，参书十三篇，凡中外书三十篇，为八百三十八章，除复重二十二篇，六百三十八章，定著八篇二百一十五章，外书无有三十六章，中书无有七十一章，中外皆有以相定。中书以"夭"为"芳"，"又"为"备"，"先"为"牛"，"章"为"长"，如此类者多，谨颇略笺，皆已定，以杀青，书可缮写。
>
> 晏子名婴，谥平仲，莱人。莱者今东莱地也。晏子博闻强记，通於古今，事齐灵公、庄公、景公，以节俭力行，尽忠极谏道齐国，君得以正行，百姓得以附亲，不用则退耕於野，用则必不诎义，不可胁以邪，白刃虽交胸，终不受崔杼之劫，谏齐君，悬而至，顺而刻。及使诸侯，莫能诎其辞，其博通如此。盖次管仲，内能亲亲，外能厚贤，居相国之位，受万钟之禄，故亲戚待其禄而衣食五百餘家，处士待而举火者亦甚众。晏子衣苴布之衣，麋鹿之裘，驾敝车疲马，尽以禄给亲戚朋友，齐人以此重之。晏子盖短，其书六篇，皆忠谏其君，文章可观，义理可法，皆合六经之义。又有复重文辞颇异，不敢遗失，复列以为一篇，又有颇不合经术，似非晏子言，疑后世辩士所为者，故亦不敢失，复以为一篇。凡八篇，其六篇可常置旁御观，谨第录。臣向昧死上。①

除说明校订情况外，对晏子其人其事其书加以介绍和评价。

值得注意的是，在篇幅较长的书录中，刘向对相关整理过程的记录

---

① 《全汉文》卷37，第332页。

和对该书内容的介绍有意分开,将后者称作"叙",如《战国策书录》:

> 护左都水使者光禄大夫臣向言,所校中《战国策》书,中书馀卷,错乱相糅莒。又有国别者八篇,少不足,臣向因国别者略以时次之,分别不以序者以相补,除复重,得三十三篇。本字多误脱为半字,以"赵"为"肖",以"齐"为"立",如此字者多。《中书》本号,或曰《国策》,或曰《国事》,或曰《短长》,或曰《事语》,或曰《长书》,或曰《修书》。臣向以为战国时游士辅所用之国为之策谋,宜为《战国策》。其事继《春秋》以后,讫楚汉之起,二百四十五年间之事,皆定,以杀青,书可缮写,叙曰:

> 周室自文武始兴,崇道德,隆礼义,设辟雍泮宫庠序之教,陈礼乐弦歌移风之化,叙人伦,正夫妇,天下莫不晓然。论孝弟之义,悙笃之行,故仁义之道满乎天下,卒致之刑错四十馀年,远方慕义,莫不宾服,雅颂歌咏,以思其德。下及康昭之后,虽有衰德,其纲纪尚明,及《春秋》时已四五百载矣。然其馀业遗烈,流而未灭,五伯之起,尊事周室,五伯之后,时君虽无德,人臣辅其君者,若郑之子产,晋之叔向,齐之晏婴,挟君辅政,以并立於中国,犹以义相支持,歌说以相感,聘觐以相交,斯会以相一,盟誓以相救,天子之命,犹有所行,会享之国,犹有所耻,小国得有所依,百姓得有所息,故孔子曰:"能以礼让为国乎何有?"周之流化,岂不大哉。及春秋之后,众贤辅国者既没而礼义衰矣,孔子虽论《诗》《书》,定礼乐,王道粲然分明,以匹夫无势,化之者七十二人而已,皆天下之俊也,时君莫尚之。是以王道遂用不兴,故曰"非威不立,非势不行"。仲尼既没之后,田氏取齐,六卿分晋,道德大废,上下失序。至秦孝公,捐礼让而贵战争,弃仁义而用诈谲,苟以取强而已矣。夫篡盗之人,列为侯王,诈谲之国,兴立为强,是以传相放效,后生师之,遂相吞灭,并大兼小,暴师经岁,流血满野,父子不相亲,兄弟不相安,夫妇离散,莫保其命,湣然道德绝矣。晚世益甚,万乘之国七,千乘之国五,敌侔争权,盖为战国。贪饕无耻,竞进无厌,国异政教,各自制断。上无天子,下无方伯,力功争强,

胜者为右，兵革不休，诈伪并起。当此之时，虽有道德，不得施谋，有设之强，负阻而恃固，连与交质，重约结誓，以守其国，故孟子、孙卿儒术之士，弃捐於世，而游说权谋之徒，见贵於俗。是以苏秦、张仪、公孙衍、陈轸、代厉之属，生纵横短长之说，左右倾侧。苏秦为纵，张仪为横，横则秦帝，纵则楚王，所在国重，所去国轻。然当此之时，秦国最雄，诸侯方弱，苏秦结之，时六国为一，以傧背秦，秦人恐惧，不敢窥兵於关中，天下不交兵者二十有九年。然秦国势便形利，权谋之士，事先驰之，苏秦初欲横，秦弗用，故东合纵，及苏秦死后，张仪连横，诸侯听之，西向事秦。是故始皇因四塞之固，据崤函之阻，跨陇蜀之饶，听众人之策，乘六世之烈，以蚕食六国，兼诸侯，并有天下，杖於谋诈之弊，终於信笃之诚，无道德之教，仁义之化，以缀天下之心，任刑罚以为治，信小术以为道，遂燔烧《诗》《书》，坑杀儒士，上小尧舜，下邈三王。二世愈甚，惠不下施，情不上达，君臣相疑，骨肉相疏，化道浅薄，纲纪坏败，民不见义，而悬於不宁，抚天下十四岁，天下大溃，诈伪之弊也。其比王德，岂不远哉！孔子曰："道之以政，齐之以刑，民免而无耻；道之以德，齐之以礼，有耻且格。"夫使天下有所耻，故化可致也，苟以诈伪偷活取容，自上为之，何以率下，秦之败也，不亦宜乎。战国之时，君德浅薄，为之谋策者，不得不因势而为资，据时而为□，故其谋扶急持倾，为一切之权。虽不可以临国教化，兵革救急之势也。皆高才秀士，度时君之所能行，出奇策异智，转危为安，运亡为存，亦可喜，皆可观。护左都水使者光禄大夫臣向所校《战国策书录》。①

在"叙"文部分，刘向梳理历史，讲述此书产生的历史背景：西周崇道德，隆礼义，到春秋则礼崩乐坏，王道不兴。至战国，"上无天子，下无方伯，力功争强，胜者为右，兵革不休，诈伪并起。"由此"生纵横短长之说，左右倾侧。"这些游说之士，"所在国重，所去国轻"，一度成为时

---

① 《全汉文》卷36，第331页。

代的弄潮儿而发挥较大的影响力,使得"天下不交兵者二十有九年",最终亦助秦虎狼之师,吞六国而并有天下。然而,这批人"杖於谋诈之弊,终於信笃之诚,无道德之教,仁义之化……任刑罚以为治,信小术以为道",终至秦大溃。文章批评《战国策》中所崇尚的"诈伪"之弊,同时也对该书的价值进行客观评价:"虽不可以临国教化,兵革救急之势也。皆高才秀士,度时君之所能行,出奇策异智,转危为安,运亡为存,亦可喜,皆可观。"

这些内容,主要围绕该书的创作背景和内容加以说明和评价,其将上述内容称"叙"(序),以别于勘校说明的内容,反映出作者较为明确的文体归类意识,"叙"(序)的部分也成为其书录的主体。

如《韩非子书录》即对韩非子生平经历、性格特点、著述情况、思想主旨等方面作了较为详细的介绍,没有涉及整理问题,大约当时所见较为完整:

> 韩非者,韩之诸公子也。喜刑名法术之学,而归其本於黄老。其为人吃,口不能道说,善著书,与李斯俱事荀卿,李斯自以为不如。非见韩之削弱,数以书干韩王。韩王不能用,於是韩非病治国不务求人任贤,反举浮淫之蠹,而加之功实之上,以为"儒者用文乱法,而侠者以武犯禁,宽则宠名誉之人,急则用介胄之士,所用非所养,所养非所用。廉直不容於邪枉臣,观往者得失之变",故作《孤愤》《五蠹》《内外储》《说难》五十五篇,十馀万言。人或传其书至秦,秦王见《孤愤》《五蠹》之书,曰:"嗟乎,寡人得见此人与游,死不恨矣!"李斯曰:"此韩非之所著书。"秦因急攻韩,韩始不用,及急,乃遣韩非使秦,秦王悦之,未任用,李斯害之秦王曰:"非,韩之诸公子也,今欲并诸侯,非终为韩不为秦,此人情也。今王不用,久留而归之,此自遗患也,不如过法诛之。"秦王以为然,下吏治非。李斯使人遗药,令早自杀。韩非欲自陈,不见,秦王后悔,使人赦之,非已死矣。①

---

① 《全汉文》卷37,第333页。

又《说苑叙录》篇幅短小,却含其"小说观":

> 护左都水使者光禄大夫臣向言,所校中书《说苑杂事》,及臣向书民间书诬校雠。其事类众多,章句相溷,或上下谬乱,难分别次序,除去与《新序》复重者,其馀者浅薄不中义理,别集以为百家后,令以类相从,一一条别篇目,更以造新事十万言以上,凡二十篇七百八十四章,号曰《新苑》,皆可观。臣向昧死。①

今观其《说苑》,可归入小说类,叙录中称"皆可观",亦体现出刘向不偏狭的校书理念。后《汉志》有"小说家"将"道听途说"之言收录当承接其理念。

总体而言,书录体现出刘向较为通达宏阔的史观以及高度的概括能力。此后相关书录类序体,如《汉志》大小序、王逸《楚辞章句》序,乃至《四库全书总目》提要等,都显示出这一特点,从而成为相关学术史最为重要的参考文献。

二 刘歆《七略》及《汉志》大小序

刘向校书,终身未毕,其子刘歆承其父业。《全汉文》载刘歆《上山海经表》亦是一篇书录:

> 侍中奉车都尉光禄大夫臣秀、领校秘书言校秘书太常属臣望:所校《山海经》凡三十二篇,今定篇为一十八篇,已定。《山海经》者,出於唐虞之际。昔洪水洋溢,漫衍中国,民人失据,崎岖於邱陵,巢於树木。鲧既无功,而帝尧使禹继之。禹乘四载,随山刊木,定高山大川,益与伯翳主驱禽兽,命山川,类草木,别水土,四岳佐之,以周四方。逮人迹之所希至,及舟舆之所罕到,内别五方之山,外分八方之海,纪其珍宝奇物异方之所生,水土草木禽兽昆虫麟凤之所止,祯祥之所隐,及四海之外,绝域之国,殊类之人。禹

---

① 《全汉文》卷37,第334页。

别九州，任土作贡，而益等类物善恶，著《山海经》，皆圣贤之遗事，古文之著明者也。其事质明有信。孝武皇帝时，常有献异鸟者，食之百物，所不肯食，东方朔见之，言其鸟名，又言其所当食，如朔言。问朔何以知之，即《山海经》所出也。孝宣皇帝时，击磻石於上郡，陷，得石室，其中有反缚盗械人。时臣秀父向为谏议大夫，言此贰负之臣也。诏问何以知之，亦以《山海经》对。其文曰："贰负杀窫窳，帝乃梏之。疏属之山，桎其右足，反缚两手。"上大惊。朝士由是多奇《山海经》者，文学大儒皆读学以为奇，可以考祯祥变怪之物，见远国异人之谣俗。故《易》曰："言天下之至赜，而不可乱也。"博物之君子，其可不惑焉。臣昧死谨上。①

此文按例简述图书整理情况后，主要就《山海经》的内容加以介绍，同时引武帝、宣帝事强调该书所具有的"博物"特点，在刘歆看来，这是该书最大的价值，"可以考祯祥变怪之物，见远国异人之谣俗。……博物之君子，其可不惑焉。"评价极为准确。

刘歆一面承其父撰写未完成之书录，一面重新编辑相关书录，成《七略》，其所撰书录大约都保留在其中。《汉书》卷三十六载："哀帝初即位，大司马王莽举歆宗室有材行，为侍中太中大夫，迁骑都尉、奉车光禄大夫，贵幸。复领《五经》，卒父前业。歆乃集六艺群书，种别为《七略》。"赞曰："《七略》剖判艺文，总百家之绪"。又《艺文志》云："会向卒，哀帝复使向子侍中奉车都尉歆卒父业。歆于是总群书而奏其《七略》。故有《辑略》，有《六艺略》，有《诸子略》，有《诗赋略》，有《兵书略》，有《术数略》，有《方技略》。今删其要，以备篇辑。"②根据这些记载，刘歆主要做了两方面工作：一是"种别"，即"依书之种类而分别之"，以总百家之序；二是摘取《别录》以为书，故《别录》详而《七略》略。《隋志》著录《七略》仅七卷，《别录》则有二十卷之多。《七略》今不见，《全汉文》辑录零碎条目，从其内容看，亦言及各

---

① 《全汉文》卷40，第346页。
② 《汉书》卷36、30，第1967、1701页。

书作者、内容、主旨以及流传等诸多方面，如：

> 《易传》《淮南九师道训》者，淮南王安所造也。
> 《书》以决断，断者，义之证也。
> 《尚书》，直言也，始欧阳氏，先君名之，大夏侯小夏侯复立於学官，三家之学，於今传之。
> 孝武皇帝末，有人得《泰誓》於壁中者，献之。与博士，使赞说之，因传以教，今《泰誓》篇是也。
> 礼家先鲁有桓生，说经颇异。
> 宣皇帝时行射礼，博士后苍为之辞，至今记之曰《曲台记》。
> 雅琴，琴之言禁也，雅之言正也，君子守正，以自禁也。
> （冯）商，阳陵人，治《易》，事五鹿充宗，后事刘向，能属文，后与孟柳具待诏，颇序列传，未卒，病死。
> 《论语》家，近琅邪王卿，不审名，及胶东庸生皆以教。
> 孝宣皇帝诏征被公，见诵《楚辞》，被公羊裘，母老，每一诵，辄与粥。
> 《魏公子兵法》二十一篇，图七卷。
> 蹴鞠，其法律多微意，皆因嬉戏以讲练士，至今军士羽林无事，使得蹴鞠。①

此后，则有班固《汉书·艺文志》。他在刘歆《七略》基础上"删其要"，颜师古注："删去浮冗，取其指要也。"② 故《汉志》是进一步的精缩。《汉志》共六略、三十八小类，除总序外，每略、每小类除排列书目外，几乎都撰有序文（《诗赋略》各小类无序），后人称之为大小序。书目部分，《汉志》皆依《七略》之旧目，故若有增删则作出说明，如《书》类列举书目后云："入刘向《稽疑》一篇。"颜师古注："此凡言入

---

① 《全汉文》卷41，第352页。
② 《汉书》卷30，第1701页。

者，谓《七略》之外班氏新入之也。"① 班固"删其要"的，当主要是序文，这是受《汉书》体例所限。张舜徽《汉书艺文志通释》云："《七略》原本，于每书名之下，各有简要之解题，故为书至七卷之多。由其为簿录专籍，自可任意抒发。至于史册，包罗其广，《艺文》特其一篇，势不得不剪汰繁辞，但存书目。史志之不同于朝廷官簿与私家目录者，亦即于此。"② 因此，《汉志》保留了《七略》基本框架和核心内容。从其内容看，分门别类，各讲源流，即所谓"辨章学术、考镜源流"，体现出此类序体作者特有的宏观眼光。

如六艺略中《诗》类小序云：

> 《书》曰："诗言志，歌咏言。"故哀乐之心感，而歌咏之声发。诵其言谓之诗，咏其声谓之歌。故古有采诗之官，王者所以观风俗，知得失，自考正也。孔子纯取周诗，上采殷，下取鲁，凡三百五篇，遭秦而全者，以其讽诵，不独在竹帛故也。汉兴，鲁申公为《诗》训故，而齐辕固、燕韩生皆为之传。或取《春秋》，采杂说，咸非其本义。与不得已，鲁最为近之。三家皆列于学官。又有毛公之学，自谓子夏所传，而河间献王好之，未得立。③

文中先述诗言志和观风之说，由此周官采诗以观风俗，后经孔子选诗以定《诗》三百，至秦焚书，《诗》以其"讽诵"在口而得以流传，至汉则有说《诗》诸家，简要说明其优劣以及授受情况。此可谓《诗》之发展小史。

又如诸子略之道家小《序》：

> 道家者流，盖出于史官，历记成败存亡祸福古今之道，然后知秉要执本，清虚以自守，卑弱以自持，此君人南面之术也。合于尧

---

① 《汉书》卷30，第1706页。
② 张舜徽：《汉书艺文志通释》，湖北教育出版社1990年版，第9页。
③ 《汉书》卷30，第1708页。

之克攘，《易》之嗛嗛，一谦而四益，此其所长也。及放者为之，则欲绝去礼学，兼弃仁义，曰独任清虚可以为治。①

文中讲述道家源流。其出于史官，历观古今成败之道，故知秉要执本，核心思想是"清虚以自守，卑弱以自持"，遂为君王南面之术。序文认为，道家谦下是其长，但去礼学，弃仁义，则是其短。其他诸子小序中，都对其思想上的优劣有中肯评价。

又如《诗赋略》大序：

> 传曰："不歌而诵谓之赋，登高能赋可以为大夫。"言感物造耑，材知深美，可与图事，故可以为列大夫也。古者诸侯卿大夫交接邻国，以微言相感，当揖让之时，必称《诗》以谕其志，盖以别贤不肖而观盛衰焉。故孔子曰"不学《诗》，无以言"也。春秋之后，周道浸坏，聘问歌咏不行于列国，学《诗》之士逸在布衣，而贤人失志之赋作矣。大儒孙卿及楚臣屈原离谗忧国，皆作赋以风，咸有恻隐古诗之义。其后宋玉、唐勒；汉兴枚乘、司马相如，下及扬子云，竞为侈俪闳衍之词，没其风谕之义。是以扬子悔之，曰："诗人之赋丽以则，辞人之赋丽以淫。如孔氏之门人用赋也，则贾谊登堂，相如入室矣，如其不用何！"自孝武立乐府而采歌谣，于是有代赵之讴，秦楚之风，皆感于哀乐，缘事而发，亦可以观风俗，知薄厚云。序诗赋为五种。②

序文事实上就是文学发展和分类小史，分三部分：一是孔子所推崇的"赋诗言志"，所赋诗即《诗经》，此属六艺；二是战国时则有荀子屈原以及宋玉唐勒之辞赋，与汉代贾谊、枚乘、司马相如等辞赋一脉相承；三则是武帝以来的乐府歌诗。

观其大小之序，几乎都是言简意赅的内容，可谓相关领域浓缩的学

---

① 《汉书》卷30，第1732页。
② 《汉书》卷30，第1755—1756页。

术史、思想史、文学史、著述史。从刘向父子到班固,其所作序体文表现出的正是史家的大局观和综括能力。

第二节 经典阐释中的序体

汉代经学发达,在经典授受过程中,对相关篇目思想主旨等方面进行解说、阐释,就形成了一些序文。以《毛诗序》为代表,包括其影响下的《尚书》(小)序,以及王逸《楚辞章句》、赵岐《孟子章句》中的相关题解等。

一 《毛诗序》与儒家诗学

《诗序》作者,历来众说纷纭。目前看,该序大约总括了先秦至两汉儒家对《诗经》的理论主张,其间西汉毛公、东汉卫宏等学者都有修订完善之功。《后汉书·儒林传》:"九江谢曼卿善毛诗,乃为其训。(卫)宏从曼卿受学,因作《毛诗序》,善得风雅之旨,于今传于世。"[①]

《诗序》主要指今存《毛诗》各篇篇名后揭明题旨的文字。其内容多为简短的一两句话。但唯《关雎》之序文字较长,谈及诗、志、情之间的关系,并论诗的政治功用,与《关雎》篇没有直接关系,故后人一般将其中"《关雎》,后妃之德也"至"用之邦国焉"称为小序,而将其余看作大序,即《诗经》之总序。总序总结了儒家多方面的诗学思想,如"诗言志":

> 诗者,志之所之也,在心为志,发言为诗,情动于中而形于言,言之不足,故嗟叹之,嗟叹之不足,故永歌之,永歌之不足,不知手之舞之,足之蹈之也。

这些说法在《荀子·乐论》《礼记·乐记》《白虎通义·礼乐》等儒家文献中都有不同程度的表述。又谈诗的政教功能:

---

① 《后汉书》卷79下,第2575页。

> 情发于声，声成文谓之音，治世之音安以乐，其政和；乱世之音怨以怒，其政乖；亡国之音哀以思，其民困。故正得失，动天地，感鬼神，莫近于诗。先王以是经夫妇，成孝敬，厚人伦，美教化，移风俗。

上述说法亦本于《乐论》《乐记》等。

还有关于诗之"六义""四始""变风变雅"等：

> 故诗有六义焉：一曰风，二曰赋，三曰比，四曰兴，五曰雅，六曰颂，上以风化下，下以风刺上，主文而谲谏，言之者无罪，闻之者足以戒，故曰风。至于王道衰，礼义废，政教失，国异政，家殊俗，而变风变雅作矣。国史明乎得失之迹，伤人伦之废，哀刑政之苛，吟咏情性以风其上，达于事变而怀其旧俗也。故变风发乎情，止乎礼义。发乎情，民之性也；止乎礼义，先王之泽也。是以一国之事，系一人之本，谓之风；言天下之事，形四方之风，谓之雅。雅者，正也，言王政之所由废兴也。政有大小，故有小雅焉，有大雅焉。颂者，美盛德之形容，以其成功告于神明者也。是谓四始，诗之至也。①

这些说法在《周礼·春官》《史记·孔子世家》等亦有表述。

而小序则大都逐一概说相关诗篇的创作缘由，强调美刺功能。这代表了汉儒对诗旨的理解和解读倾向，亦和大序的诗学思想相匹配。如：

> 《凯风》，美孝子也，卫之淫风流行，虽有七子之母，犹不能安其室，故美七子能尽其孝道，以慰其母心，而成其志尔。
>
> 《扬之水》，刺平王也。不抚其民，而远屯戍于母家，周人怨思焉。
>
> 《无衣》，刺晋武公也。武公始并晋国，其大夫为之请命乎天子

---

① 《毛诗正义》，阮元校刻《十三经注疏》，第269—271页。

之使，而作是诗也。

《桃夭》，后妃之所致也，不妒忌，则男女以正，婚姻以时，国无鳏民也。

《汉广》，德广所及也。文王之道被于南国，美化行乎江汉之域，无思犯礼，求而不可得也。

《摽有梅》，男女及时也。召南之国，被文王之化，男女得以及时也。

《小星》，惠及下也。夫人无妒忌之行，惠及贱妾，进御於君，知其命有贵贱，能尽其心矣。①

毛诗序解诗论诗，不离政教善恶，确立了中国传统诗学中功利主义的诗学观，是汉代知识者参与文化建设的独特方式。大序为"专题论文"形式，小序则数量可观，解读方式相近，遂产生"集团作战"式的影响力，借助《诗经》经学的地位对后世产生深远影响。

今本《尚书》包含托名汉孔安国的大序，简要介绍尚书的流传过程，一般认为是魏晋伪作。《小序》则认为是汉代学者所作。与《诗》小序文本形态相近，《尚书》小序文本亦简短，但几乎不涉及主旨讨论，而是更多介绍相关篇目创作背景及作者情况。如：

太甲既立，不明，伊尹放诸桐。三年，复归于亳，思庸，伊尹作《太甲》三篇。

惟十有一年，武王伐殷。一月戊午，师渡孟津，作《泰誓》三篇。

武王戎车三百两，虎贲三百人，与受战于牧野，作《牧誓》。

成周既成，迁殷顽民，周公以王命诰，作《多士》。②

在序文中直接点明篇章的创作缘由，几乎没有涉及篇章的创作主旨。

---

① 《毛诗正义》，阮元校刻《十三经注疏》，第301、331、365、279、281、291、291页。
② 《尚书正义》，阮元校刻《十三经注疏》，第163、179、182、219页。

二 章句中的相关序文

章句是汉代兴起的一种解说经典的方式。曾国藩云:"自六籍燔于秦火,汉世掇拾残遗,征诸儒能通其读者,支分节解,于是有章句之学。"① 章句之学不同于训诂以解释词义、名物为主,而是逐句逐章串讲、分析大意。如冯友兰云:"先秦的书是一连串写下来的,既不分章,又无断句。分章断句,都需要老师的口授。在分章断句之中,也表现了老师对于书的理解。"② 汉代把章句之学溯源至子夏。《后汉书·徐防传》载:"发明章句,始于子夏,其后诸家分析各有异说。"③

汉代学者对训诂和章句之学大约是有明确区分的,如《后汉书·桓谭传》载谭"博学多通,遍习五经,皆训诂大义,不为章句。"李贤注:"章句谓离章辨句,委曲枝派也。"④ 汉代章句著作目前可见最早出现在景帝时,《汉书·儒林传·丁宽传》:"景帝时,宽……作《易说》三万言,训故举大谊而已,今《小章句》是也。"⑤ 章句主以解说儒家经典为主,据《汉志·六艺略》载,《易》有"《章句》,施、孟、梁丘氏各二篇。"《尚书》有"《欧阳章句》三十一卷;大、小《夏侯章句》各二十九卷。"《春秋》有"《公羊章句》三十八篇;《穀梁章句》三十三篇。"汉以后,章句日渐亡佚。今仅存东汉赵岐《孟子章句》、王逸《楚辞章句》。

《孟子》共七章,"章句"于每章标题后介绍篇名由来及相关内容,学界多称之为"题解",亦可看作题序之文,同《诗》小序。由于《孟子》是语录对话体,每章内容驳杂,故相关文本重点对篇题进行解释,从中亦可见赵岐的阐释发挥,如《梁惠王章句》:

> 圣人及大贤有道德者,王公侯伯及卿大夫咸愿以为师。孔子时,

---

① 曾国藩:《经史百家简编序》,王澧华校点《曾国藩诗文集》,上海古籍出版社2005年版,第316页。
② 冯友兰编著:《中国哲学史史料初稿》,上海人民出版社1962年版,第140页。
③ 《后汉书》卷44,第1500页。
④ 《后汉书》卷28上,第955页。
⑤ 《汉书》卷88,第3597页。

诸侯问疑质礼，若弟子之问师也。鲁卫之君，皆专事焉，故《论语》或以弟子名篇而有《卫灵公》《季氏》之篇。孟子亦以大儒为诸侯师，是以《梁惠王》《滕文公》题篇，以《公孙丑》等而为之，一例者也。①

赵岐认为，《孟子》七篇仿《论语》中相关篇目以人名命名，是君王尊师的体现。实际上，《论语》和《孟子》都是从每篇首段第一句话中取两三字而成，随意性很强，题目跟篇章内容没有多少联系，也没有尊大贤有德者的意思。

又如《公孙丑章句》《告子章句》《离娄章句》：

离娄者，古之明目者，盖以为黄帝之时人也。黄帝亡其玄珠，使离朱索之，离朱即离娄也。能视於百步之外，见秋毫之末。然必须规矩乃成方圆，犹《论语》"述而不作，信而好古"，故以名篇。

公孙丑者，公孙，姓；丑，名。孟子弟子也。丑有政事之才，问管晏之功，犹《论语》子路问政，故以题篇。

告子者，告，姓也；子，男子之通称也。名不害。兼治儒墨之道者，尝学于孟子，而不能纯彻性命之理。《论语》曰："子罕言命。"谓性命难言也。以告子能执弟子之问，故以题篇。②

以上分别介绍题目中所涉及的人物，与《论语》相关内容相比附，其实也没有什么道理。

又《尽心章句》：

尽心者，人之有心，为精气主，思虑可否，然后行之。犹人法天，天之执持纲维，以正二十八舍者，北辰也。《论语》曰："北辰居其所而众星拱之。"心者，人之北辰也。苟存其心，养其性，所以

---

① 《孟子注疏》，阮元校刻《十三经注疏》，第 2665 页。
② 《孟子注疏》，阮元校刻《十三经注疏》，第 2717、2684、2747 页。

事天也,故以"尽心"为篇题。①

该章首节"孟子曰:'尽其心者'"云云,讲到存心养性的话题,篇题即由此拈出,此后几十则语录则内容驳杂。但赵岐认为题目有"统摄"之义,同于《论语》所说众星拱北辰之义。尽"心"思想在孟子学说中确有重要位置,但赵岐此处则过度发挥了。

赵岐上述题解虽多比附,但结合毛诗序可以看出,经学家在章句过程中,对于篇章主旨是非常关注的,甚至认为篇题也和作者主旨有密切联系,这种认识,反映了时人对"篇"这种文章单位的理解和重视,是古代文章学发展中的重要一环②。

此外,《全后汉文》载赵岐《孟子题辞》及《孟子篇叙》,前者称"据《孟子》赵注宋本",其文述孟子及撰作乃至与《论语》的关系,并自述作章句之事:

>……儒家惟有《孟子》,闳远微妙,缊奥难见,宜在条理之科。于是乃述己所闻,证以经传,为之章句,具载本文,章别其指,分为上下,凡十四卷。究而言之,不敢以当达者;施于新学,可以寤疑辩惑;愚亦未能审于是非,后之明者,见其违阙,倘改而正诸,不亦宜乎。③

《孟子篇叙》,则"言《孟子》七篇所以相次叙之意也。"这两部分内容或当为《孟子章句》总序。

同样是章句,对比而言,王逸《楚辞章句》的相关题序就没有比附问题。主要因为《楚辞章句》所载诸文,都是独立篇章。但王逸显示出更明确的文体意识。

《楚辞章句》分十七卷,每卷前皆有一序,介绍篇章创作缘起、主旨

---

① 《孟子注疏》,阮元校刻《十三经注疏》,第2763页。
② 相关研究可参见吴承学、何师海《从章句之学到文章之学》,《文学评论》2008年第5期。
③ 《全后汉文》卷62,第815页。

等内容，亦对作品加以评论，如：

> 《九歌》者，屈原之所作也。昔楚国南郢之邑，沅湘之间，其俗信鬼而好祠，其祠必作歌乐舞鼓，以乐诸神，屈原放逐，窜伏其域，怀忧苦毒，愁思沸郁，出见俗人祭祀之礼，歌舞之乐，其词鄙陋。因为作《九歌》之曲。上陈事神之敬，下见己之冤结，托之以风谏，故其文意不同，章句错杂而广异义焉。
>
> 《卜居》者，屈原之所作也。屈原体忠贞之性而见嫉妒，念逸佞之臣，承顺君非而蒙富贵，己执忠正而身放弃，心迷意惑，不知所为，乃往至太卜之家，稽问神明，决之蓍龟，卜己居世何所宜行，冀闻异策，以定嫌疑，故曰卜居也。
>
> 《惜誓》者，不知谁所作也。或曰贾谊，疑不能明也。惜者，哀也。誓者，信也，约也。言哀惜怀王，与己信约，而复背之也。古者君臣将共为治，必以信誓相约，然后言乃从而身以亲也。盖刺怀王有始而无终也。
>
> 《九叹》者，护左都水使者光禄大夫刘向之所作也。向以博古敏达，典校经书，辩章旧文，追念屈原忠信之节，故作《九叹》。叹者，伤也，息也。言屈原放在山泽，犹伤念君，叹息无已，所谓赞贤以辅志，骋词以曜德者也。①

由于《楚辞》所收多是屈原以及模仿屈作的骚体类作品，呈现鲜明的抒情性特征，因此，序题中反复强调作者内心所遭受的苦闷忧愁。《离骚序》："忧心烦乱，不知所诉"；《九章序》："思君念国，忧心罔极"；《天问序》："忧心愁悴，彷徨山泽""嗟号昊天，仰天叹息"；《九歌序》："怀忧苦毒，愁思沸郁"；《渔父序》："忧愁叹吟"；《卜居序》："心迷意惑，不知所为"，认为凭借其才华，"发愤著书"，以舒怫郁之念，救伤怀之思。也正因如此，作品才令人动容："凡百君子，莫不慕其清高，嘉其

---

① 黄灵庚：《楚辞章句疏证》，中华书局 2007 年版，第 742—746、1859—1860、2392—2393 页。

文采，哀其不遇，而悯其志焉。"① 因此，这些题序包含着创作论，而题序固定的位置、相似的撰写思路也使得此类作品的序体特征格外突出，后人从中可见其文体之流变。

除此以外，在《离骚》《天问》卷后又各有一篇序文，称"叙曰"云云，人们常称其为"后序"以别于前面的题序。

从内容看，《离骚》后序实则为《楚辞章句》整本书的序言，类似前述书录主体部分的写法，文章先从孔子删《诗》、正乐、作《春秋》说起，谈及周室衰微后诸子"各以所知，著造传记"以述古明世。此叙创作背景。接着，谈其创作动机："履忠被谮，忧悲愁思，独依诗人之义而作《离骚》，上以讽谏，下以自慰。遭时暗乱，不见省纳，不胜愤懑，遂复作《九歌》以下凡二十五篇。"此后则历述屈原作品在其亡殁后的流传和影响以及相关作品的著录情况："楚人高其行义，玮其文采，以相教传"，武帝时"使淮南王安作《离骚经章句》，则大义粲然。"至刘向，典校经书，分为十六卷。孝章时班固等各作《离骚经章句》。其余十五卷，阙而不说。"今臣复以所识所知，稽之旧章，合之经传，作十六卷《章句》。虽未能究其微妙，然大指之趣，略可见矣。"此后，则用较长的篇幅对屈原品格加以高度评价：

  今若屈原，膺忠贞之质，体清洁之性，直若砥矢，言若丹青，进不隐其谋，退不顾其命，此诚绝世之行，俊彦之英也。

这段文字意在驳斥班固对屈原"露才扬己，怨刺其上"的评价，认为是："强非其人，殆失厥中矣。"同时，又高度评价屈原的文学才华：

  屈原之词，诚博远矣。自终没以来，名儒博达之士，著造词赋，莫不拟则其仪表，祖式其模范，取其要妙，窃其华藻，所谓金相玉质，百世无匹，名垂罔极，永不刊灭者矣。

---

① 《离骚序》，黄灵庚：《楚辞章句疏证》，第11页。

这篇"叙曰"延续的正是刘向书录的传统，但由于《楚辞》收文及作者的特殊性，这些"叙"成为作家作品的专论。屈原及其楚辞在汉代逐渐经典化，在这一过程中，本序和其他题序之文发挥了重要作用。

《天问》后序亦述其传布和整理情况，以别于前面之题序。前后序文分别如下：

> 《天问》者，屈原之所作也。何不言"问天"？天尊，不可问，故曰"天问"也。屈原放逐，忧心愁悴，彷徨山泽，经历陵陆，嗟号昊旻，仰天叹息。见楚有先王之庙，及公卿祠堂，图画天地山川神灵，琦玮儻诡，及古贤圣怪物行事，周流罢倦，休息其下。仰见图画，因书其壁，何而问之，以渫愤懑，舒泻愁思。楚人哀惜屈原，因共论述。故其文义不次序云尔。

> 昔屈原所作，凡二十五篇。世相教传，而莫能说《天问》，以其文义不次，又多奇怪事。自太史公口论道之，多所不逮。至于刘向、扬雄，援引传记以解说之，亦不能详悉。所阙者众，日无闻焉。既有解□□□词，乃复多连蹇其文，濛澒其说。故厥义不昭，微指不晢，自游览者，靡不苦之而不能照也。今则稽之旧章，合之经传，以相发明。为之符验，章决句断，事事可晓，俾后学者永无疑焉。①

对比可见，王逸已有意将题旨和整理传布以及评价等内容安排在不同位置，显示出汉代作章句者基于篇章而讨论的意识。

另外，根据《楚辞章句序》所云"班固、贾逵，复以所见，改易前疑，各作《离骚经章句》"，则《后汉文》所收载的班固《离骚序》《离骚赞序》当也是相关章句中的序文，而非独立的序体。

---

① 黄灵庚：《楚辞章句疏证》，第 995—998、1258—1260 页。

第三节 单篇序文

秦汉时文人著述辞章丰富，自然产生以专文形式表明"作者之意"的愿望，因此，汉代出现很多单篇自撰序文，或解释书名，或谈创作缘由，或言及相关史事，或表达相关学术思想等。具体有两类：一是针对相关著述的序文，二是针对赋、颂等单篇辞章的序文。其共同点是序文可独立于著述、辞章之外，成为读者了解相关著述辞章的最重要的门径。

一　著述中的序文

汉代文人参与文化建设，整理传世典籍，述经著史，虽有为"继往"，但更多是"开来"，因此，很多著述今天看都是前无古人的大手笔。著述者有强烈的"通古今之变"的观念，这种观念借助序文形式得以呈现。

从形式上看，此类序文常以书中一章的形式附着于相关著述中，很多并不称序，但从内容上看，都是提纲挈领的序体。比较有代表性的如刘安《淮南子·要略》、司马迁《史记·太史公自序》、扬雄《法言序》、班固《汉书·叙传》、王充《论衡·自纪》、王符《潜夫论·叙录》、应劭《风俗通义序》、许慎《说文解字序》（大小两篇）、赵岐《三辅决录序》、荀悦《汉纪序》、郑玄《诗谱叙》、刘熙《释名序》等。这些篇目谈撰作缘起，陈基本内容，梳理篇章关系，或概述相关学术史。

如《淮南子·要略》，此大约为汉代最早的一篇书叙，序文为该书末篇，高诱注云："作鸿烈之书二十篇，略数其要，明其所指，序其微妙，论其大概，故曰要略。"故本篇即为该书总序性质。其开篇云：

> 夫作为书论者，所以纪纲道德，经纬人事，上考之天，下揆之地，中通诸理，虽未能抽引玄妙之中才，繁然足以观终始矣。总要举凡，而语不剖判纯朴，糜散大宗，惧为人之惛惛然弗能知也；故多为之辞，博为之说，又恐人之离本就末也。故言道而不言事，则无以与世浮沉；言事而不言道，则无以与化游息。故著二十篇，有

《原道》、有《俶真》、有《天文》、有《坠形》、有《时则》、有《览冥》、有《精神》、有《本经》、有《主术》、有《缪称》、有《齐俗》、有《道应》、有《氾论》、有《诠言》、有《兵略》、有《说山》、有《说林》、有《人间》、有《修务》、有《泰族》也。①

《淮南子》本为百家杂汇之作，各篇相对独立，但文章首先表明，自古论说者多，但常离本就末，而本是"道"，"故言道而不言事，则无以与世浮沉；言事而不言道，则无以与化游息。故著二十篇"，这就明确表达了该书秉持的核心思想。接下来，则逐一介绍各篇题旨，故都可看作单篇题序，如：

> 《天文》者，所以和阴阳之气，理日月之光，节开塞之时，列星辰之行，知逆顺之变，避忌讳之殃，顺时运之应，法五神之常，使人有以仰天承顺，而不乱其常者也。
>
> 《主术》者，君人之事也。所以因作任督责，使群臣各尽其能也。明摄权操柄，以制群下，提名责实，考之参伍，所以使人主秉数持要，不妄喜怒也。其数直施而正邪，外私而立公，使百官条通而辐辏，各务其业，人致其功。此主术之明也。
>
> 《兵略》者，所以明战胜攻取之数，形机之势，诈谲之变，体因循之道，操持后之论也。所以知战阵分争之非道不行也，知攻取坚守之非德不强也。诚明其意，进退左右无所失击危，乘势以为资，清静以为常，避实就虚，若驱群羊，此所以言兵者也。

《淮南子》成于汉初，由上述题序可见，汉初学者就有对篇章主旨的关注意识了。

接下来文章说明编纂此书的目的和价值意在明治天下之道："凡属书者，所以窥道开塞，庶后世使知举错取舍之宜适……故著书二十篇，则天地之理究矣，人间之事接矣，帝王之道备矣！"此后又回顾历史，述文

---

① 《淮南子校释》，第 2123 页。

王如何以弱制暴,除残贼而成王道,遂有孔墨之说。而后天子卑弱,诸侯力征,刑名之学、商鞅之法大兴,最终秦以虎狼之势而吞诸侯。文末称道此书之优长:

> 若刘氏之书,观天地之象,通古今之事,权事而立制,度形而施宜,原道之心,合三王之风,以储与扈冶。玄眇之中,精摇靡览,弃其畛挈,斟其淑静,以统天下,理万物,应变化,通殊类,非循一迹之路,守一隅之指,拘系牵连之物,而不与世推移也。故置之寻常而不塞,布之天下而不窕。①

序文多有夸耀,也有着铺张渲染的战国文风,不似此后相关序体的质实,但其回顾历史,有意将本书放在一个历史的线索中呈现意义和价值,则显示出后世序体都具有的特点。"通古今之事""通古今之变"大约是汉代知识者撰文著书的重要目的,不为司马迁所独有。

又如刘熙《释名序》:

> 熙以为自古造化,制器立象,有物以来,迄于近代,或典礼所制,或出自民庶,名号雅俗,各方名殊。圣人于时就而弗改,以成其器,著于既往。哲夫巧士,以为之名,故兴于其用,而不易其旧,所以崇易简、省事功也。夫名之于实,各有义类,百姓日称而不知其所以之意,故撰天地、阴阳、四时、邦国、都鄙、车服、丧纪,下及民庶应用之器,论叙指归,谓之《释名》,凡二十七篇。至于事类,未能究备。凡所不载,亦欲智者以类求之。博物君子,其于答难解惑,王父幼孙,朝夕侍问,以塞可谓之士,聊可省诸。②

刘熙《释名》是一部训诂学辞典,它采用声训的方法,对日常生活中各种观念、事物的命名由来,做语源学上的分析。序文谈及撰作缘起,认

---

① 《淮南子校释·要略》,第2126—2151页。
② 《释名序》,刘熙撰,任继昉汇校:《释名汇校》,齐鲁书社2006年版。

为远古制器立象，各有名号，但后来各方名殊、名实各有义类，带来认识上的混乱，故编此书以简驭繁，便于查阅解惑。

而同样作为字书，许慎《说文解字序》则阐述文字源流，介绍自周至秦汉文字的演变以及字书的编纂情况，以及当前人们对于文字的认识，并言及东汉尊崇隶书反对古文的问题，表明作书的态度、意义和基本体例，显示出专业性的严谨。

著述类序文根据著述的不同，写法多样。比如司马迁《太史公自序》、班固《汉书·叙传》、王充《论衡·自纪》等都从家世生平说起，以此呈现其创作缘由、撰述特征以及自己所秉持的立场观点。前两篇为史书序，故多言及世为史官的家世，以及自己继任史官后的经历，目的在于表明撰作史书的重要动因和家学传统。这类序文大都没有逐一对著述内容加以介绍，更多显示出序文"序作者之志"的功能。

而《自纪篇》写作方式更为独特，通篇以他者口吻讲述王充个人生平和观念思想，开篇云："王充者，会稽上虞人也，字仲任。其先本魏郡元城一姓……"少时即不好掩雀、捕蝉、戏钱，八岁出于书馆，好学聪颖，终至才高博学。其为人不好名利，有操行，"得官不欣，失位不恨。处逸乐而欲不放，居贫苦而志不倦。淫读古文，甘闻异言。世书俗说，多所不安，幽处独居，考论实虚。"文中谈及相关篇目的撰作目的："志俗人之寡恩，故闲居作《讥俗》《节义》十二篇。冀俗人观书而自觉，故直露其文，集以俗言。""充既疾俗情，作《讥俗》之书；又闵人君之政，徒欲治人，不得其宜，不晓其务，愁精苦思，不睹所趋，故作《政务》之书。又伤伪书俗文多不实诚，故为《论衡》之书。……遥闻传授，笔写耳取，在百岁之前。历日弥久，以为昔古之事，所言近是，信之入骨，不可自解，故作《实论》。"文中还假设问对，以"或难曰""问曰"等引出作者之志。如：

> 充书既成，或稽合於古，不类前人。或曰："谓之饰岁偶辞，或径或迂，或屈或舒。谓之论道，实事委琐，文给甘酸，谐於经不验，集於传不合，稽之子长不当，内之子云不入。文不与前相似，安得名佳好，称工巧？"

> 答曰:"饰貌以强类者失形,调辞以务似者失情。百夫之子,不同父母,殊类而生,不必相似,各以所禀,自为佳好。文必有与合然后称善,是则代匠斫不伤手,然后称工巧也。文士之务,各有所从,或调辞以巧文,或辩伪以实事。必谋虑有合,文辞相袭,是则五帝不异事,三王不殊业也。美色不同面,皆佳於目;悲音不共声,皆快于耳。酒醴异气,饮之皆醉;百谷殊味,食之皆饱。谓文当与前合,是谓舜眉当复八采,禹目当复重瞳。"

《论衡》意在以"实"为据,疾虚妄之言,释世俗之疑,辨是非之理,目的是"冀悟迷惑之心,使知虚实之分",在当时就是一本奇书。《自纪》篇亦用独特的方式呈现作者之撰作意旨。

二 文序

汉代出现很多针对单篇文章,或针对某一体的序文,其间体现作者的创作主旨,也呈现相应的文体观念,有重要理论价值。如班固《两都赋序》称:

> 或曰:"赋者,古诗之流也。"昔成康没而颂声寝,王泽竭而诗不作。大汉初定,日不暇给。至于武宣之世,乃崇礼官,考文章,内设金马石渠之署,外兴乐府协律之事,以兴废继绝,润色鸿业。是以众庶悦豫,福应尤盛。白麟、赤雁、芝房、宝鼎之歌,荐于郊庙。神雀、五凤、甘露、黄龙之瑞,以为年纪。故言语侍从之臣,若司马相如、虞丘寿王、东方朔、枚皋、王褒、刘向之属,朝夕论思,日月献纳;而公卿大臣,御史大夫倪宽、太常孔臧、太中大夫董仲舒、宗正刘德、太子太傅萧望之等,时时间作。或以抒下情而通讽谕,或以宣上德而尽忠孝,雍容揄扬,著于后嗣,抑亦雅颂之亚也。故孝成之世,论而录之,盖奏御者千有余篇,而后大汉之文章,炳焉与三代同风。且夫道有夷隆,学有麁密,因时而建德者,不以远近易则。故皋陶歌虞,奚斯颂鲁,同见采于孔氏,列于诗书,其义一也。稽之上古则如彼,考之汉室又如此,斯事虽细,然先臣

之旧式，国家之遗美，不可阙也。臣窃见海内清平，朝廷无事，京师修宫室，浚城隍，起苑囿，以备制度。西土耆老，咸怀怨思，冀上之睠顾，而盛称长安旧制，有陋雒邑之议。故臣作两都赋，以极众人之所眩曜，折以今之法度。①

这篇序文开宗明义，称赋为古诗之流，将赋作提升到极高的地位。随后讲述汉以来赋体创作盛况，"或以抒下情而通讽喻，或以宣上德而尽忠孝，雍容揄扬，著于后嗣，抑亦雅颂之亚也"，彻底将赋体由文学侍从之作、俳优之作提升到前所未有的境界。文中对汉赋创作史的梳理以及归入"古诗之流"的表述，都成为重要的赋论，产生深远影响。故该序文撰作意识是很明显的。

赵歧《蓝赋序》简述创作缘起：

> 余就医偃师，道经陈留。此境人皆以种蓝染绀为业。蓝田弥望，黍稷不植。慨其遗本念末，遂作赋曰：……②

其赋有残句："同丘中之有麻，似麦秀之油油。"

张衡《鸿赋序》：

> 南寓衡阳，避祁寒也。若其雅步清音，远心高韵，鹓鸾已降，罕见其俦。而锻翩墙阴，偶影独立，喳咮秕粺，鸡鹜为伍，不亦伤乎！予五十之年，忽焉已至，永言身事，慨然其多绪。乃为之赋，聊以息慰。③

序文称为避祁寒而居衡阳，与鸡鹜为伍，颇有怀才不遇的愁苦。故作赋以抒。经由赋序，叙述自己的忧愁悲苦之情。《鸿赋》今不见，由序可

---

① 《全后汉文》卷24，第602页。
② 《全后汉文》卷62，第814页。
③ 《全后汉文》卷54，第770—771页。

知,大约是骚体作品。

颂体序,如蔡邕《祖德颂序》:

> 昔文王始受命,武王定祸乱,至于成王,太平乃洽,祥瑞毕降。夫岂后德熙隆渐浸之所通也?是以《易》嘉"积善有馀庆",《诗》称"子孙其保之",非特王道然也,贤人君子,修仁履德者,亦其有焉。昔我列祖,暨于予考,世载孝友,重以明德,率礼莫违,是以灵祇,降之休瑞,兔扰驯以昭其仁,木连理以象其义。斯乃祖祢之遗灵,盛德之所贶也,岂我童蒙孤稚所克任哉!乃为颂曰:……①

颂祖之文意在称颂祖先功德,求其福佑,是最为重要的礼文,故序文称"重以明德,率礼莫违,是以灵祇,降之休瑞",其实阐述了颂体的功能意义。

其他如崔瑗《叙箴》以及胡广《百官箴叙》都谈及箴体的功能等相关内容。这两篇仅余残文:

> 昔扬子云读《春秋传》,虞人箴而善之,于是作为九州及二十五官箴规匡救。言君德之所宜,斯乃体国之宗也。(《叙箴》)
>
> 箴谏之兴,所由尚矣。圣君求之于下,忠臣纳之于上,故《虞书》曰:"予违汝弼,汝无面从,退有后言。"墨子著书,称夏箴之辞。(《百官箴叙》)②

上述这类单篇序文显示出汉代文人对序体的功能已驾轻就熟了,使得序体成为得心应手的表达情志、陈述观念的重要文本形式。

三 "摘序""增序"的性质和意义

后世收录汉代赋、颂、铭等单篇作品时,常有序文。但这些序文来

---

① 《全后汉文》卷74,第874页。
② 《全后汉文》卷44,第717页;卷56,第783页。

源要做辨析，不能都看作原有的序文。具体有以下几种情况：

第一是"摘序"，即所谓序文本就是原作的重要组成部分，但选录者将其摘选出来，故此类不能单独称序。这种现象最早出现在《文选》中，其收录宋玉《高唐赋》《神女赋》《登徒子好色赋》，以及傅毅《舞赋》等赋作时，将赋中"玉曰唯唯"之前的部分标明为"序"或"并序"。如《舞赋》序：

> 楚襄王既游云梦，使宋玉赋高唐之事，将置酒宴饮，谓宋玉曰："寡人欲觞群臣，何以娱之？"玉曰："臣闻歌以咏言，舞以尽意，是以论其诗不如听其声，听其声不如察其形。《激楚》《结风》《阳阿》之舞，材人之穷观，天下之至妙。噫！可以进乎？"王曰："如其郑何？"玉曰："小大殊用，郑雅异宜。弛张之度，圣哲所施。是以《乐》记干戚之容，《雅》美蹲蹲之舞，《礼》设三爵之制，《颂》有醉归之歌。夫《咸池》《六英》，所以陈清庙、协神人也；郑卫之乐，所以娱密坐、接欢欣也。余日怡荡，非以风民也，其何害哉？"王曰："试为寡人赋之。"玉曰："唯唯。"

显然，傅毅此赋模仿的是宋玉一系列作品。而这部分其实即为赋体的重要组成部分，至汉代则发展为"假设问对"，成为贯穿赋作的基本结构，刘勰称之为"述主客以首引"，如班固《西都赋》：

> 有西都宾问于东都主人曰："盖闻皇汉之初经营也，尝有意乎都河洛矣。辍而弗康，寔用西迁，作我上都。主人闻其故而睹其制乎？"主人曰："未也。愿宾摅怀旧之蓄念，发思古之幽情，博我以皇道，弘我以汉京。"宾曰："唯唯。"

而此篇真正的赋序另有其文，即《两都赋序》。

第二种情况是"增序"，即作品原来无序，史家收录该文本时，对其创作背景加以介绍，后世选本即将相关介绍文字"增"入作品中，看作序文，或根据史实记载撰写其写作背景，而作为该文之序。这种情况非常普遍。

如赋序，严可均《全文》收贾谊《吊屈原赋序》，即改编自《史记·屈原贾生列传》。又《鵩鸟赋》，改编痕迹更为明显：

> 谊为长沙王傅三年，有鵩飞入谊舍，止于坐隅。鵩似鸮，不祥鸟也。谊即以谪居长沙，长沙卑湿，谊自伤悼，以为寿不得长，乃为赋以自广也。其辞曰：……（《鵩鸟赋》）①

> 贾生为长沙王太傅三年，有鸮飞入贾生舍，止于坐隅。楚人命鸮曰"服"。贾生既以適居长沙，长沙卑湿，自以为寿不得长，伤悼之，乃为赋以自广。其辞曰：……（《贾生列传》）②

再如张衡《思玄赋序》出自《汉书·张衡传》；马融《广成颂序》（颂，通诵，实则为赋体）出自《后汉书·马融传》等都是摘录史辞而为序。其他如扬雄《甘泉赋序》《长杨赋序》等其实都出自《汉书》本传。

诗序，如《文选》韦孟《讽谏诗》序云："孟为元王傅，傅子夷王及孙王戊，戊荒淫不遵道，作诗讽谏曰云云。"本出自《汉书·韦贤传》：

> 韦贤字长孺，鲁国邹人也。其先韦孟，家本彭城，为楚元王傅，傅子夷王及孙王戊。戊荒淫不遵道，孟作诗风谏。后遂去位，徒家于邹，又作一篇。其谏诗曰：……③

这些"增序"，是后世序体观念明确后的产物，虽不是原序，但对读者理解作品有重要参考价值，已成为相关作品不可分割的一部分。

---

① 《全汉文》卷15，第208页。
② 《史记》卷84，第2496页。
③ 《汉书》卷73，第3101页。

第十二章

其他实用性文体

第一节 名谒（刺）与书信

名谒和书信是古人日常交往常用的两种文体。古人生活节奏慢，讲究礼仪，日常生活中的一些文体形式在表情达意方面发挥重要的功能。

一 名谒和婚礼谒文

名谒古称"谒"，类似今天的名片，拜访者将名字和其他介绍性文字写在竹片或木片上以通报。汉人刘熙《释名》卷六《释书契》："谒，诣也，诣告也。书其姓名于上，以告所至诣者也。"① 《史记·张仪列传》："臣请谒其故。"《索隐》："谒者，告也，陈也。"② 故名谒本就有表明来意、请求进见、邀请等含义。

"谒"在东汉末期又被称为"刺"，王充《论衡·骨相篇》曰："韩生谢遣相工，通刺倪宽，结胶漆之交，尽筋力之敬。"③ "通刺"即递送名谒之意。清代史学家赵翼在《陔余丛考》中对谒、刺做了详尽的考证和辨析，认为谒、刺"古人通名，本用削木书字，汉时谓之谒，汉末谓之刺，汉以后虽用纸，而仍沿用刺。"④ 后世此类文书又称为名纸、门状、门刺、牓子、拜帖、名帖、名柬、名片等。

---

① 刘熙撰，任继昉汇校：《释名汇校》卷6《释书契》，齐鲁书社2006年版，第328页。
② 《史记》卷70，第2283页。
③ 王充著，黄晖校释：《论衡校释》，中华书局1990年版，第118页。
④ 赵翼：《陔余丛考》卷三十"名帖"条，中华书局1963年版，第638页。

图一　望都汉墓壁画摹本　　　图二　成都曾家包东汉画像石（右为局部摹本）

名谒是汉代人不可或缺的交际工具，执谒拜见是习见的社交场景。然秦汉时持刺谒见，要通过中间人即门人或通谓之阍人传递，依主人的情况而不同，或为手下小吏，或为门徒仆从。而帝王则有专门的负责传递名谒的官员，称"中涓"或"涓人"《汉书·石奋传》："以奋为中涓，受书谒。"师古曰："中涓，官名，主居中而涓洁者也。外有书谒，令奋受之也。"①

图三　三国吴朱然墓彩绘漆案（右为局部摹本）

如果比较讲究、礼数比较周到的话，名谒不直接以手传递，两汉三国时多将名谒放在门人侍从所奉持的一具小小书案上。《太平御览》卷七

---

① 《汉书》卷46，第2193页。

一○引李尤《书案铭》曰："居则致乐，承颜接宾。承奉奏记，通达谒刺。尊上答下，道合仁义。"①"承颜接宾""通达谒刺"，明确表明书案的这一功用。② 名谒以书案呈奉的情景，在河北望都东汉墓壁画（图一）③、成都曾家包东汉画像石（图二）④、安徽马鞍山三国吴朱然墓所出彩绘漆案（图三）⑤ 中都可以看到。

阍人传递名谒有利于主人保持私人空间和时间，但更重要的是可提前根据拜访者的身份、地位、事由等决定是否接见或以何种级别接见等，这在讲究等级、名实、内外、尊卑、秩序的时代是不可或缺的程序。《史记·郦生陆贾列传》载沛公引兵过陈留，郦食其持谒拜访，称要与沛公筹划天下大事，使者接谒禀报传递：

> 沛公方洗，问使者曰："何如人也？"使者对曰："状貌类大儒，衣儒衣，冠侧注。"沛公曰："为我谢之，言我方以天下为事，未暇见儒人也。"使者出谢曰："沛公敬谢先生，方以天下为事，未暇见儒人也。"郦生瞋目案剑叱使者曰："走！复入言沛公，吾高阳酒徒也，非儒人也。"使者惧而失谒，跪拾谒，还走，复入报曰："客，天下壮士也，叱臣，臣恐，至失谒。曰'走！复入言，而公高阳酒徒也'。"沛公遽雪足杖矛曰："延客入！"⑥

司马迁对这个故事颇感兴趣，详细铺写细节，郦生瞋目案剑叱喝使者，使者惧而失谒，跪拾谒，又自陈因恐惧而失谒以及沛公闻此开门延客的

---

① 《太平御览》卷710，第3164页。
② 《汉书》卷77《郑崇传》曰哀帝欲封傅太后从弟商，郑崇切谏，"因持诏书案起"，李奇注："持当受诏书案起也。"《后汉书》卷11《刘玄传》云其宠姬韩夫人尤嗜酒，"每侍饮，见常侍奏事，辄怒曰：帝方对我饮，正用此时持事来乎。'起抵破书案。"抵，注云："击也。"第471页。这是书案用来呈递上下公文即"承卷奏记"的情景。汉代画像石、壁画等更多见日常"奉案进食"等场景，见扬之水《两汉书事》，《中国典籍与文化》2004年第3期。
③ 北京历史博物馆：《望都汉墓壁画》，中国古典艺术出版社1955年版，图版七、二七。
④ 成都市文物管理处：《四川成都曾家包东汉画像砖石墓》，图版四，《文物》1981年第10期。
⑤ 《中国漆器全集·4·三国—元》，图一一，福建美术出版社1998年版。
⑥ 《史记》卷97，第2704页。

情节都很有戏剧性效果。

不过，阍人传递名帖无形中也增加了权力，《后汉书·耿纯传》载汉末乱世，耿纯求用于地方当权派李轶，然"连求谒不得通，久之乃得见"①。《孔融传》载融曾受聘于司徒杨赐，"河南尹何进当迁为大将军，杨赐遣融奉谒贺进，不时通，融即夺谒还府，投劾而去。"②"不得通"，有时是主人授意，有时也是阍人所难。

名谒的书写有两种情况：

一是提前写好，以便随时取用，如《后汉书·文苑传》说弥衡游于颍川，"乃阴怀一刺，既而无所之适，至于刺字漫灭"。③ 前引汉末狂士祢衡游历许都，阴怀一刺，无从投递，最后"刺字漫灭"就是提前写好的。有时要经常拜访某人，也可提前写好名谒，随时取用。如江西南昌东吴高荣墓出土名谒共21枚，以隶书写就，内容完全相同，如下：

  弟子高荣再拜　问起居　沛国相字万绶

名谒中自称弟子，当是墓主高荣定期向业师问安的名谒。大约生前没有用完，死后随葬。又1984年安徽马鞍山市雨山乡安民村东吴朱然墓出土名谒14枚。行文分三种：

  弟子朱然再拜　问起居　字义封
  故鄣朱然再拜　问起居　字义封
  丹杨朱然再拜　问起居　字义封

这是拜谒者以不同的身份向不同的人拜谒问安而提前写就的名谒。

另一种情况是根据事由以及拜谒对象临时写就。《后汉书·刘盆子传》载赤眉樊崇立刘盆子为帝至腊日，崇等乃设乐大会，盆子坐正殿，

---

① 《后汉书》卷21，第761页。
② 《后汉书》卷70，第2262页。
③ 《后汉书》卷80下，第2653页。

中黄门持兵在后，公卿皆列坐殿上。酒未行，"其中一人出刀笔书谒欲贺，其余不知书者请起之，各各屯聚，更相背向。"① 起事将帅大都为文盲，一窝蜂请代写名谒。

出土名谒一般长 24 厘米左右，宽 7 厘米左右，两面书写。正面为被拜访人名姓，反面则是拜谒人名姓、职官、籍贯、事由等，每面二到五行，间隔清晰，条目清楚。

如西汉中晚期西郭宝墓出土了两件墓主的自用名谒，其一书写："东海太守宝再拜　谒　西郭子笔"，中间高起上写"谒"字。此为拜访求见谒，最常见。

有时拜访名谒上还记载所奉钱物礼品名称数量，如汉高祖为亭长时，闻吕公宿于沛县县令家，便未带分文拜访。时萧何主事，称"进不满千钱，坐之堂下"，刘邦乃诈为谒曰"贺钱万"，谒入，吕公大惊，起，迎之门。②

其他如邀请谒。西郭宝墓另一件名谒即书写："东海太守宝再拜　请　西郭子笔"，中间上端高起写"请"，即为邀请谒。

递送邀请谒有时不必邀请者亲自前往，而是派属吏代之，名谒里也有相应的内容，如尹湾西汉东海郡太守功曹史师饶墓出土名谒木牍 10 枚，其中一枚（图四左）：

东海大守功曹史饶谨请吏奉谒再拜　请　威卿足下　师
君兄

同墓还有楚相派人来邀请师饶的：

进东海太守功曹　师卿（正面）
楚相延谨遣吏奉谒再拜　请　君兄足下　郑长伯

---

① 《后汉书》卷11，第481页。
② 《汉书》卷1上，第3页。

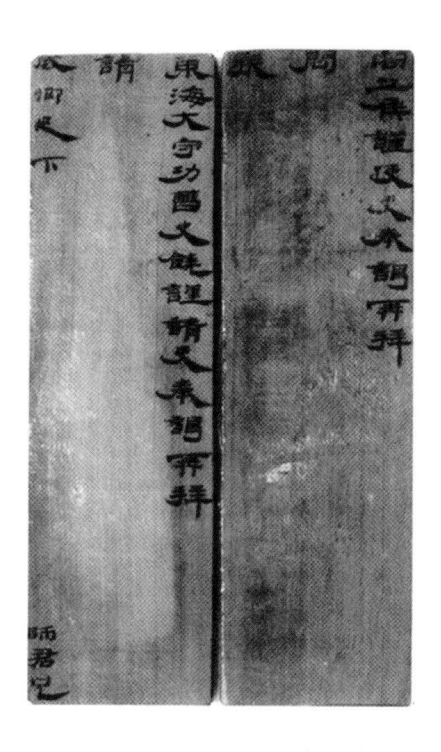

图四　尹湾村西汉师饶墓名谒

有时谒主还要特意注明不能亲自来邀请的理由，如师饶墓出土名谒有：

奏东海太守功曹　师　卿（正面）
琅邪太守贤迫兼职不得离国谨遣吏奉谒再拜　请　君兄马足下
南阳杨平卿

此外，还有名谒问病。如师饶墓出土有容丘侯、良成侯派人持谒探望师饶身体状况的两则名谒简：

进　师君兄（正面）
容丘侯谨使吏奉谒再拜　问　疾　（图四右）
进师君兄（正面）

良成侯愿谨遣使吏奉谒再拜　问　疾（背面）

　　名谒用于交际，故无一例外都用通行工整的隶书写成，无一处懈怠，波折明显，提按有度，着墨清晰，没有草笔现象，力求工整、稳健，实用而美观，给人良好印象。《释名》卷六《释书契》："书姓名于奏上，曰书刺，作'再拜''起居'，字皆达其体，使书尽边，徐引笔书之，如画者也。"① 这里的"体"当是众所共尊之书体，书写时要缓缓落笔，讲究笔笔到位，字体要能被大家普遍接受且不失雅重，故即便当时章草盛行，也不用，因此，名谒也是研究汉代书刻史的重要参照资料。②

　　名谒是汉代人交际生活中不可或缺的礼仪文书。故若省却此仪节，是违礼之举，严重者可带来杀身之祸。《后汉书·梁统传附玄孙冀传》载孙冀宫内外兼宠，威权大震，"辽东太守侯猛，初拜不谒，冀托以它事，乃腰斩之"③。另外，由于名谒上有较为详细的姓名、籍贯、官职等身份信息，可作为身份证明使用，以名谒代替主人到场有时也是特权的表现。如孙冀即获得"入朝不趋，剑履上殿，谒赞不名"④ 的恩赏。又《汉书·霍光传》载其兄孙霍云仰仗家族威势行使特权，经常不按例朝请，"称病私出，多从宾客，张围猎黄山苑中，使苍头奴上朝谒"。文颖注曰："朝当用谒，不自行而令奴上谒者也。"⑤ 因此，在特定情形下，若本人不来而仅仅差人送来名谒就有可能含有倨傲、轻慢之意，有时会在交际活动中引起激烈反应。如朱穆与刘伯宗就为此绝交，《后汉书·朱穆传》注引其绝交书曰：

　　　　昔我为丰令，足下不遭母忧乎？亲解缞绖，来入丰寺。及我为持书御史，足下亲来入台。足下今为二千石，我下为郎，乃反因计

---

① 刘熙撰，任继昉汇校：《释名汇校》卷六《释书契》，齐鲁书社2006年版，第333页。
② 王元军：《汉代名谒书及其文化约定》第五章"汉代书刻文化研究"，上海书画出版社2007年版。
③ 《后汉书》卷34，第1183页。
④ 《后汉书》卷34，第1181页。
⑤ 《汉书》卷68，第2950页。

吏以谒相与。足下岂丞尉之徒，我岂足下部民，欲以此谒为荣宠乎？咄！刘伯宗于仁义道何其薄哉。①

作为名片式的交际工具，以竹、木为书写材质的汉代名谒在携带使用时都是要颇费些心神气力的，然而，汉人对名谒的使用却频繁而郑重，史书也留意记录这一细节。汉魏以后，简纸替代，书写便利了很多，名谒渐渐就少了些郑重，甚至成为形式主义的摆设。南宋末年周密在《癸辛杂识·前集·送刺》就讲到投刺作伪的趣事：

> 节序交贺之礼，不能亲至者，每以束刺签名于上，使一仆遍投之，俗以为常。余表舅吴四丈性滑稽，适节日无仆可出，徘徊门首，恰友人沈子公仆送刺至，漫取视之，类皆亲故，于是酌之以酒，阴以己刺尽易之。沈仆不悟，因往遍投之，悉吴刺也。异日合并，因出沈刺大束，相与一笑，乡曲相传以为笑谈。②

又谈及制作名帖的敷衍：

> 今时风俗转薄之甚。昔日投门状，有大状，小状，大状则全纸，小状则半纸。今时之刺，大不盈掌，足见礼之薄矣。

"礼"与"仪"本就是一事之两面，仪式中的程式化特点常为形式主义埋下伏笔。

值得注意的是，汉代还有一种"谒文"，当是比名谒更为郑重复杂的文本，已被看作一种文类。《后汉书·文苑传》卷八十下："（张超）著赋、颂、碑文、荐、檄、笺、书、谒文、嘲，凡十九篇。"③但相关记载较少。目前可见有婚礼往来中的谒文。严可均《全后汉文》卷二十二即

---

① 《后汉书》卷43，第1468页。
② 周密撰，吴启明点校《癸辛杂识》，中华书局1988年版，第35页。
③ 《后汉书》卷80下，第2652页。

载有署名郑众的婚礼礼物清单以相关谒文和赞文,并简述这些文体与礼物一起封表呈送、配合使用的情况:

> 六礼文皆封之。先以纸封表,又加以皂囊,著箧中。又以皂衣箧表讫,以大囊表之,题检文言"谒表某君门下"。其礼物凡三十种,各有谒文。外有赞文各一首,封如礼文。箧表讫,蜡封题,用皂帔盖于箱中。无囊表,便题检文言:"谒箧某君门下",便书赞文通共在检上。①

根据上述记载,汉代婚礼纳采、问名、纳吉、纳徵、请期、亲迎六礼均有相应礼文和礼物。礼物合三十种(实录二十九种,赞文有女贞赞,但礼物中未载有女贞,或即为第三十种),各有谒文、赞文以解释其象征意义,它们与撰写礼文的书版一起被层层封表,随同礼物一同奉上,并附加谒帖,或将赞文并写于谒贴之上。②又据《通典》卷五十八记载东晋婚礼礼文、礼物的具体使用仪式,可与此参照:

> 于版上各方书礼文、婿父名、媒人正版中,纳采于版左方。裹于皂囊,白绳缠之,如封章,某官某君大门下封,某官甲乙白奏,无官言贱子。礼版奉案承之。酒羊雁缯采钱米,别版书之,裹以白缯,同著案上。羊则牵之,豕雁以笼盛,缯以笥盛,采以奁盛,米以黄绢囊盛。米称斛数,酒称器,脯腊以斤数。

根据上述记载,谒文除表达礼仪性的通报文字外,大约要记录所奉礼物名称(数量),还要解释相关礼物的象征意义。目前所见谒文文本只是"约文",总言物之所象:

> 案以玄、纁、羊、雁、清酒、白酒、粳米、稷米、蒲、苇、卷

---

① 《全后汉文》卷22,第591页。
② 杜佑撰,王文锦等点校:《通典》,中华书局1988年版,第1651页。

柏、嘉禾、长命缕、胶、漆、五色丝、合欢铃、九子墨、金钱、禄得香草、凤皇、舍利兽、鸳鸯、受福兽、鱼、鹿、乌、九子妇、阳燧，总物之所象者。玄象天，纁法地。羊者，祥也，群而不党。雁则随阳。清酒降福。白酒，欢之由。粳米，养食。稷米，粢盛。蒲，众多性柔。苇，柔之久。卷柏，屈卷附生。嘉禾，须禄。长命缕，缝衣延寿。胶，能合异类。漆，内外光好。五色丝，章采屈伸不穷。合欢铃，音声和谐。九子墨，长生子孙。金钱，和明不止。禄得香草，为吉祥。凤凰，雌雄伉合俪。舍利兽，廉而谦。鸳鸯，飞止须匹，鸣则相和。受福兽，体恭心慈。鱼，处渊无射。鹿者，禄也。乌，知反哺，孝于父母。九子妇，有四德。阳燧，成明安身。又有丹为五色之荣；青为色首，东方始。

而赞文则以简短整齐的四言韵文解释每件礼物的特殊含义，《全后汉文》稽录有雁、粳米、稷、卷柏、嘉禾、长命缕、九子墨、金钱、舍利、鸳鸯、女贞赞文十一则：

> 雁候阴阳，待时乃举。冬南夏北，贵有其所。
> 粳米馥芬，婚礼之珍。
> 稷为天官。
> 卷柏药草，附生山巅。屈卷成性，终无自伸。
> 嘉禾为谷，班禄是宜。吐秀五七，乃名为嘉。
> 长命之缕，女工所为。
> 九子之墨，藏于松烟。本性长生，子孙图边。
> 金钱为质，所历长久。金取和明，钱用不止。
> 舍利为兽，廉而能谦。礼义乃食，口无讥愆。
> （鸳鸯鸟）雌雄相类。寒凉守节，险不能倾。

此外，《初学记》卷二十九兽部还有署名郑众的关于"羊"的赞文：

> 群而不党,跪乳有敬,礼以为贽,吉事之宜。①

赞者,明也,助也,上述赞文是辅助说明性的文字,属于赞类文体,在婚礼中,和谒文配合使用。此谒文和前述名刺之"谒"相比,就属于"大制作"了,或需有较高文才以及必要的知识储备方可撰写,故《后汉书》要将谒文列入张超的"代表作"中。"谒"与"谒文"一字之别或许就显示出一般性礼仪文书与"事出于沉思,义归乎翰藻"② 的创作之"文"的区别与联系。

从礼辞的解释看,礼物选择是非常谨慎的,诸物皆因具有某种独特意义而被采择进入婚礼程序:玄、纁、羊、雁事关夫妇家庭秩序;凤凰、鸳鸯、胶漆、合欢铃寓意两性和合;钱、酒、粳米、稷米、祥瑞、九子墨等兆示婚姻家庭的吉祥与满足;蒲苇、卷柏、女贞、乌等是对新妇品性德行的规导,这是家庭稳固和美的根基;长命缕等避邪之物则意味着对危险的警觉、对生命的随时护佑以及家庭安康的期望。礼物既体现主流意识形态,又兼顾民间信仰——这也是汉代思想信仰的特点——它们协同谒文、赞文等解释性文本构成了汉代思想价值观念、伦理行为规范以及道德习俗的"微观世界"。礼"义"借"物"传递,"物"因"礼"而成为意涵稳定之"象","象"与"辞"的密切结合共同诠释着"礼"的内涵,也成为营造婚礼内蕴丰富、喜庆庄重气氛的重要元素。

婚礼,小可通二族之好,大可关一国兴亡,因此,婚礼之物才被赋予格外丰富的象征和意义,并且还要将这些象征和意义以特殊的文辞形式予以揭示。记录者相信,当这些文本被仔细撰写,且与一件件礼物配搭、封表、奉送,其中的意义也会被人们传诵,移风易俗,甚至成为文化传统的一部分。礼俗文体参与社会生活,协调成员关系,不离礼义教化、人格培养的目的,亦与兴观群怨的诗教传统保持一致。因此,汉代文体是以某种复杂样态参与到国家礼仪文化建设中的,在文体形成及具体撰作过程中除去"技巧""知识"以外,参与者尚需保有社会关怀、思

---

① 徐坚等撰,司义祖点校:《初学记》卷29,中华书局1962年版,第709页。
② 萧统编,李善注:《文选》,中华书局1977年版,第2页。

想评判以及文化重建的趣味和能力。

二　书信

书信主要指私人之间言事传情的一种文体。战国秦汉时期，随着文化的下移和民间教育的发展，文字被更多民众所掌握，私人书信遂大量出现。

秦汉前，书信多称"书"，秦汉时称"书"，亦称"书札"，因形制多一尺长，故又称"尺牍"。如《汉书·韩信传》："然后发一乘之使，奉咫尺之书，以使燕，燕必不敢不听。"颜师古注："八寸曰咫。咫尺者，言其简牍或长咫，或短尺，喻轻率也。今俗言尺书，或言尺牍，盖其遗语耳。"① 汉乐府诗《孟冬寒气至》："客从远方来，遗我一书札。"《史记·仓公传赞》："缇萦通尺牍，父得以后宁。"② 有时书信也写在绢帛上，故称"尺素"，如汉乐府《饮马长城窟行》："呼儿烹鲤鱼，中有尺素书。"秦汉时人们对书信的文采和书法也都看重，名人书信作为"手迹"已经有了特殊的意义，如《汉书·陈遵传》载陈遵"略涉传记，赡于文辞。性善书，与人尺牍，主皆藏去以为荣"。③《后汉书·窦融传附窦章》注引《马融集·与窦伯向书》曰："孟陵奴来，赐书，见手迹，欢喜何量，见于面也。书虽两纸，纸八行，行七字。"④ 故作为重要的史料，一些名人书信也被史家收录，如《史记·韩信传》载韩信《报柴武书》，《汉书·杨王孙传》载杨王孙《报祁候缯它书》、《后汉书·窦融传》载窦融《致隗嚣书》、《马援传》载马援《致杨广书》等。

书信主要分家信和友朋间书信，以官员身份往来的书信多可归入官文书系列，不属于此类。目前所见最早的书信实物为两封秦国士兵的家信。1975年发掘于湖北云梦睡虎地一座秦墓中。写信的这两位秦国士兵是兄弟俩，一名黑夫，一名惊，两人在战事间歇给在家乡安陆的大哥衷（中）写信。第一封信写于农历二月辛巳日，以哥俩的口吻，大约由黑夫

---

① 《汉书·韩信传》卷34，第1771—1872页。
② 《史记》卷105，第2817页。
③ 《汉书》卷92，第3711页。
④ 《后汉书》卷23，第821页注（一）。

主笔。信中先是问大哥好,问母亲是否大安,也自报平安:

> 二月辛巳,黑夫、惊敢再拜问中(衷),母毋恙也?黑夫、惊毋恙也。前日黑夫与惊别,今复会矣。黑夫寄走就书曰:遗黑夫钱,毋操夏衣来。今书节(即)到,母视安陆丝布贱可以为禅裙襦者,母必为之,令与钱偕(皆)来。其丝布贵,徒以钱来,黑夫自以布此(裁)。黑夫等直(值)佐淮阳,攻反城久,伤未可智(知)也,愿母遗黑夫用勿少。书到皆为报,报必言相家爵来未来,告黑夫其未来状。闻王得苟得……毋恙也?辤(辞)相家爵不也?□□之南军毋□也?
> 为黑夫、惊多问姑姊、康乐孝□故□长姑外内□
> 为黑夫、惊多问东室季须苟得毋恙也?
> 为黑夫、惊多问婴氾、季吏可(何)如?定不定?
> 为黑夫、惊多问夕阳吕婴、囵里闻閻诤丈人得毋恙也?
> 惊多问新负(妇)□得毋恙也?新负(妇)勉力,视瞻丈人,毋与□勉力也。①

黑夫说,前一段时间打仗,他和惊没在一起,现在又见面了。这次写信,主要是想请家里寄点钱过来。天气转暖了,还请母亲给我们做几件夏衣。不过,要看丝布贵不贵,要是贵,就捎钱来,我们在这边买布做。接下来要攻打淮阳,不知要打多久,也不知会不会发生什么意外,所以,捎来的钱也别太少。大哥,母亲,收到信赶紧告诉我,我们兄弟给家里争的爵位大王分发到没有?如果没收到,也要说一声,因为上面说,只要得了就应该到的。

黑夫大概是一位处事周到的人,他还提醒说,寄钱和衣物来千万不要搞错地方,还过问了其他一些家务事。信的最后,他问姑姊们好,向

---

① 释文主要参考汤余惠《睡虎地秦墓家属木椟(二篇)》,《战国铭文选》,吉林大学出版社 1993 年版,第 174 页。相关研究还有黄盛璋《云梦秦墓两封家信中有关历史地理的问题》,《文物》1980 年第 8 期,后收入《历史地理论集》,人民出版社 1982 年版;杨芬:《出土秦汉书信汇校集注》,武汉大学 2010 年博士学位论文等。

老邻居问安。又说惊很惦记他的新媳妇,问她好,同时希望新妇勤劳家务,照顾老人,勉力为之。

另一封信是惊执笔的,略有残缺,口气有些急躁,大约惊还有点年轻莽撞,又或许是家里的钱物迟迟未到,很着急:

> 惊敢为问衷,母得毋恙也?家室外内同以衷,母力毋恙也?与从军,与黑夫居,皆毋恙也。☐钱衣愿母幸遗钱五六百,絲(綸)布谨善者毋下二丈五尺。☐用桓柏钱矣,室弗遗即死矣,急……
>
> 惊多问新负(妇)☐皆得毋恙也?新负(妇)勉力视瞻二老☐
>
> 惊远家故,衷教诏☐,令毋敢远就,若取薪。衷令☐,闻新地城多空不实者,且令故民有为不如令者实。☐为惊☐☐(祠祀),若大发☐(毁),以惊居反城中故。
>
> 惊敢大心问姑秭,姑姊子产得毋恙?新地多盗,衷唯毋方行新地,☐

信中,惊也是先向大哥道辛苦,说家里家外全靠大哥了,又问母亲是否安好无恙,随后就催促家里,赶紧寄钱五六百,布也要挑品质好些的,至少要两丈五尺。他说事情"急",因为已经借了别人的钱,而且都用光了,再不寄来,就要出人命了("用垣柏钱,室弗遗,即死矣,急")。他还拜托大哥多多教导看护新妇,外出打柴,千万别让她去太远的地方。另外,为他俩求神占卜若是抽到下下签,也别担心,那是哥俩儿在叛逆之城的缘故,别想多了。惊对家人安全的问题很有些担心,他嘱咐大哥,战乱不宁,新地城中有盗贼,千万别去……

这两封家书大约写于公元前223年,秦灭楚之前。当时,黑夫和惊在离家400多里的淮阳,正跟随秦将王翦攻打楚国,一同作战的还有六十万秦国士兵。打过淮阳,接下来大概就是楚都城了。这是战国时最大规模的国家级对拼,双方都拿出了全部家底,持久作战,不留后路。秦楚两国无数百姓被裹挟进来,上演各种悲欢离合。对于这个历史事件,《史记·秦始皇本纪》写道:

> 二十三年，秦王复召王翦，强起之，使将击荆（楚），取陈以南至平舆，虏荆王。秦王游至郢陈。荆将项燕立昌平君为荆王，反秦于淮南。二十四年，王翦、蒙武攻荆，破荆军，昌平君死，项燕遂自杀。①

历史叙述，常常是宏大的粗线条，改朝换代、治乱兴衰、重大事件、重要人物，在这样的叙述中，黑夫们的表情、欲求常常是看不见的。而这两封书信让我们看到黑夫和惊在战争间歇惦念母亲，想念媳妇，感念大哥家里家外的照顾，催促家里捎钱捎物。一面担心战事的混乱危险，一面却又希望多得战功，好给家里挣些爵位荣耀，以改变家族命运。这些家长里短，含着最朴素的情感，都借由书信传递出来。《颜氏家训·杂艺》引江南谚云："尺牍书疏，千里面目也。"② 说的正是书信"见字如面"的亲切和真挚特点。

又里耶秦简有私人信简，是一位叫欣的人写给一位叫吕柏的，为回信：

> 欣敢多问吕柏，得毋病。柏幸赐欣一牍，欣辟席再撑（拜）及撑（拜）者。柏求笔及黑，今敬进如柏，令寄芍，敢谒之。③

信中大意是：欣冒昧地问候吕柏健康无恙啊。您赐我书信，我避席起身拜了又拜。您所要的笔墨，今让芍带给您，恕我斗胆向您告谒。

又居延汉简中马建的一封私人信函，大约是给某官员"同事"的，谈及赠送盐巴、葵花籽、门菁子等诸"琐屑"事：

> 马建叩头言：
> 使□再拜白顷，有善盐五升可食，张掾执事毋恙，昨莫还。白

---

① 《史记》卷6，第234页。
② 王利器：《颜氏家训集解》（增订本），中华书局1993年版，第567页。
③ 吕静：《里耶秦简所见私人书信之考察》，《简帛》2017年第2期。

☐时云，何充可不顷赐怀。

掾昨日幸记☒葵子一升，昨遣使持门菁子一升，诣门下受教，愿☐☒逆使☐莫取。白，欲归。事岂肯白之乎，为见不一☒①

又安徽天长市汉墓出土书牍多篇，其一为丙充国写给谢梦的书信：

丙充国谨伏地再拜请：
孟马足下。春气始至，愿孟马侍前，强幸酒食，慎出入。
☐伏地再拜言：充国所厚善☐吏，充国愿幸厚荐左右，充国伏地幸甚。有☐☐，充国愿得奉闻孟缓急毋恙。
☐伏地再拜。②

信中并未说什么实际的内容，多问安礼节之语，态度谦恭。信中说，春天到了，恳请孟务必注意饮食起居，谨慎出行；"厚善☐吏""愿幸厚荐左右"，大约是说厚遇、推荐勤勉之吏，当是对此前二人都了解的事情的表态。私人信件多有不为"外人"所知的内容。

私人书信修辞贵在一个"真"字，真想法，真感情，是言为心声的代表，体现"辞达而已""修辞立诚"大约是最充分的。一般而言，书信大约也都是平淡的，有事说事，有理讲理，有情言情，但由于其"真"，加之书写者的文笔才华，常有动人之作，典型如司马迁《报任安书》。

司马迁遭受李陵之祸，入内朝做中书令。表面看，他随侍武帝左右，"尊崇任职"，实则同于宦官，内心怀着强烈的悲愤和屈辱，却无法为外人道。大约两年前任安曾写信，希望他利用自己受宠信的身份地位来举荐贤士，照顾老友，大约来信颇有抱怨，司马迁迟迟没有回复。此后，

---

① 甘肃省文物考古研究所编，学英群、何双全、李永良注：《居延新简释粹》，兰州大学出版社1988年版，第40页。
② 简牍参见天长市文物管理所、天长市博物馆《安徽天长西汉墓发掘简报》，《文物》2006年第11期；杨以平、乔国荣：《天长西汉木椟述略》，《简帛研究二〇〇六》，广西师范大学出版社2008年版；刘乐贤：《天长纪庄汉墓"丙充国"书牍补释》，《简帛》第3辑，上海古籍出版社2008年版。

公元前91年即征和二年，戾太子巫蛊案发，任安时任益州刺史，统领军队，武帝认为其没有听命行事，而是观望，故将其下狱。到司马迁回信时，"涉旬月，迫季冬"，大约是判死罪，要秋后处斩了。司马迁或许觉得此时须对老友有个交代。信的开头是比较平静的，为自己做了辩护，说明此时回信的原因：

> 太史公牛马走司马迁，再拜言，少卿足下：
> 曩者辱赐书，教以顺于接物，推贤进士为务，意气勤勤恳恳。若望仆不相师，而用流俗人之言，仆非敢如此也。仆虽罢驽，亦尝侧闻长者之遗风矣。顾自以为身残处秽，动而见尤，欲益反损，是以独郁悒而与谁语。谚曰："谁为为之？孰令听之？"盖钟子期死，伯牙终身不复鼓琴。何则？士为知己者用，女为悦己者容。若仆大质已亏缺矣，虽才怀随和，行若由夷，终不可以为荣，适足以见笑而自点耳。书辞宜答，会东从上来，又迫贱事，相见日浅，卒卒无须臾之间，得竭至意。今少卿抱不测之罪，涉旬月，迫季冬，仆又薄从上雍，恐卒然不可为讳，是仆终已不得舒愤懑以晓左右，则长逝者魂魄私恨无穷。请略陈固陋。阙然久不报，幸勿为过。

随后，信中陈说自己屈辱尴尬的身份处境以及难有作为又难以言说的痛苦：

> 仆闻之：修身者，智之符也；爱施者，仁之端也；取予者，义之表也；耻辱者，勇之决也；立名者，行之极也。士有此五者，然后可以托于世，而列于君子之林矣。故祸莫憯于欲利，悲莫痛于伤心，行莫丑于辱先，诟莫大于宫刑。昔卫灵公与雍渠同载，孔子适陈；商鞅因景监见，赵良寒心；同子参乘，袁丝变色。自古而耻之！夫以中材之人，事有关于宦竖，莫不伤气，而况于慷慨之士乎！如今朝廷虽乏人，奈何令刀锯之余，荐天下之豪俊哉！
> 仆赖先人绪业，得待罪辇毂下，二十余年矣。所以自惟，上之不能纳忠效信，有奇策才力之誉，自结明主；次之又不能拾遗补阙，

招贤进能，显岩穴之士；外之不能备行伍，攻城野战，有斩将搴旗之功；下之不能积日累劳，取尊官厚禄，以为宗族交游光宠。四者无一遂，苟合取容，无所短长之效，可见于此矣。乡者，仆亦尝厕下大夫之列，陪外廷末议。不以此时引维纲，尽思虑，今已亏形为扫除之隶，在阘茸之中，乃欲卬首伸眉，论列是非，不亦轻朝廷羞当世之士邪？嗟乎！嗟乎！如仆尚何言哉！尚何言哉！

接下来，司马迁用长篇回顾了自己遭李陵之祸的过程。宫刑后，司马迁身心都遭受重创，内心的愤懑和委屈大约一直压在心头，从未对外人说。此时，借着书信的倾诉，他渐渐展开自己的心路：自己任职以来，"日夜思竭其不肖之材力，务一心营职，以求亲媚于主上"。然而，没想到"事乃有大谬不然者！"自己与李凌并未有多深的私交，只是日常观其"有国士之风"，常"出万死不顾一生之计，赴公家之难"。兵败受降的消息传回后，"主上为之食不甘味，听朝不怡。大臣忧惧，不知所出。仆窃不自料其卑贱，见主上惨凄怛悼，诚欲效其款款之愚，以为李陵素与士大夫绝甘分少，能得人之死力，虽古之名将，不能过也。身虽陷败，彼观其意，且欲得其当而报于汉。事已无可奈何，其所摧败，功亦足以暴于天下矣。仆怀欲陈之，而未有路，适会召问，即以此指，推言陵之功，欲以广主上之意，塞睚眦之辞。"哪知，结果却是"入蚕室，重为天下观笑。悲夫！悲夫！事未易一二为俗人言也。"

以上回顾此前宫刑的缘由始末，事实上也是要为自己辩解：你认为我在宫中受宠信，但你知道前因后果是怎样的？我的感受是什么？我付出了怎样的代价：

> 仆之先，非有剖符丹书之功，文史星历，近乎卜祝之间，固主上所戏弄，倡优所畜，流俗之所轻也。假令仆伏法受诛，若九牛亡一毛，与蝼蚁何以异？而世又不与能死节者比，特以为智穷罪极，不能自免，卒就死耳。何也？素所自树立使然也。人固有一死，或重于泰山，或轻于鸿毛，用之所趋异也。太上不辱先，其次不辱身，其次不辱理色，其次不辱辞令，其次诎体受辱，其次易服受辱，其

次关木索被箠楚受辱,其次剔毛发婴金铁受辱,其次毁肌肤断肢体受辱,最下腐刑,极矣!《传》曰:"刑不上大夫。"此言士节不可不勉励也。猛虎在深山,百兽震恐,及在槛阱之中,摇尾而求食,积威约之渐也。故士有画地为牢势不可入;削木为吏议不可对,定计于鲜也。今交手足,受木索,暴肌肤,受榜箠,幽于圜墙之中。当此之时,见狱吏则头抢地,视徒隶则心惕息。何者?积威约之势也。及以至是言不辱者,所谓强颜耳,曷足贵乎!且西伯,伯也,拘于羑里;李斯,相也,具于五刑;淮阴,王也,受械于陈;彭越张敖,南面称孤,系狱抵罪;绛侯诛诸吕,权倾五伯,囚于请室;魏其,大将也,衣赭衣,关三木;季布为朱家钳奴;灌夫受辱于居室。此人皆身至王侯将相,声闻邻国,及罪至罔加,不能引决自裁,在尘埃之中。古今一体,安在其不辱也?由此言之,勇怯,势也;强弱,形也。审矣,何足怪乎?夫人不能早自裁绳墨之外,以稍陵迟至于鞭箠之间,乃欲引节,斯不亦远乎!古人所以重施刑于大夫者,殆为此也。

愤激之情此时已难以自抑,若江河决堤而出。他告诉任安,自己遭受到的是最深的屈辱,本可以一死了之,然而"所以隐忍苟活,幽于粪土之中而不辞者,恨私心有所不尽,鄙陋没世,而文采不表于后也。"接下来,司马迁向任安,也是向世人表达了内心最深处的想法,这是最具历史感染力的告白,他告诉后世,《史记》的撰写对自己究竟有怎样重大的意义:

古者富贵而名摩灭,不可胜记,唯倜傥非常之人称焉。盖文王拘而演《周易》;仲尼厄而作《春秋》;屈原放逐,乃赋《离骚》;左丘失明,厥有《国语》;孙子膑脚,《兵法》修列;不韦迁蜀,世传《吕览》;韩非囚秦,《说难》《孤愤》;《诗》三百篇,大底圣贤发愤之所为作也。此人皆意有所郁结,不得通其道,故述往事、思来者。乃如左丘无目,孙子断足,终不可用,退而论书策,以舒其愤,思垂空文以自见。

> 仆窃不逊，近自托于无能之辞，网罗天下放失旧闻，略考其行事，综其终始，稽其成败兴坏之纪，上计轩辕，下至于兹，为十表，本纪十二，书八章，世家三十，列传七十，凡百三十篇。亦欲以究天人之际，通古今之变，成一家之言。草创未就，会遭此祸，惜其不成，是以就极刑而无愠色。仆诚以著此书，藏之名山，传之其人，通邑大都，则仆偿前辱之责，虽万被戮，岂有悔哉！然此可为智者道，难为俗人言也！①

信中司马迁感慨道："然此可为智者道，难为俗人言也！"任安是否为"智者"，是否能理解司马迁，无法判断，大约也无须判断，因为借由这封回信，司马迁道出了蓄积在心中的情绪，此信遂成为人们进入《史记》的重要入口。

在信的最后，司马迁再次表明自己终日被屈辱所困扰，"肠一日而九回，居则忽忽若有所亡，出则不知其所往。每念斯耻，汗未尝不发背沾衣也！"也再次说明此信也是要回应任安来信"教以推贤进士"的要求和埋怨，认为不仅自己做不到，还会进一步自取其辱。信末云："书不能悉意，故略陈固陋。谨再拜。"至此，司马迁的心绪已经平静下来。

《春觉斋论文·流别论》评价道："至于汉世，则辞气纷纭纵恣，观史迁之报任安，足以见矣。迁之为史，语至深严，独此书悲慨淋漓，荡然不复防检，极力为李陵号冤，漫无讳忌。幸任安为秘其书，迁死乃稍出，然读之但生后人之悲愤，若见之当时，则又有媒孽其短者矣。"② 书信之坦陈肺腑可见一斑。

汉代今可见比较有名的书信还有杨恽《报孙会宗书》。据《汉书·杨恽传》：恽为宰相子，少显朝廷，为常侍骑，后坐事免为庶人，失爵位，归家闲居，自治产业，以财自娱。后友人安定太守西河孙会宗与恽书，诚谏之，言大臣废退，当杜门惶惧，为可怜之意，不当治产业，通宾客，有称举。恽乃作书报之。杨恽因语言见废，本就内怀不服，现又遭友人

---

① 《文选》卷41，第1854—1866页。
② 林纾著：《春觉斋论文·流别论》，人民文学出版社1959年版，第67页。

责备，更加不愤，遂回信顶辩。信中交代遇祸经过以及罢官后的生活，称自己获罪后，不得已归乡置田兴财。如今缴纳赋税过着普通人的生活，不应再以卿大夫的标准加以苛责。更何况，"人生行乐耳，须富贵何时"，乡间生活自有快乐，人各有志：

> 求仁义，常恐不能化民者，卿大夫之意也；明明求财利，常恐困乏者，庶人之事也。故"道不同，不相为谋"，今子尚安得以卿大夫之制而责仆哉！

在信的结尾，他讽刺孙会宗汲汲于功名，称其故乡曾出过坚辞不仕的段干木以及田子方这样的高洁之人，如今离开故乡到了有贪鄙之风的安定郡，难道是受感染了吗？"方当盛汉之隆，愿勉旃，毋多谈！"信中语气颇有锋芒。

又有扬雄《答刘歆书》，见《方言》书后，同时还收载刘歆《与扬雄书从取〈方言〉》。《方言》即《輶轩使者绝代语释别国方言》，是扬雄编纂的一部方言词典。尚未完成，刘歆修书索要，言辞甚急，遂回信应对。信中称自己编纂《方言》目的是"令人君坐帏幕之中，知绝遐异俗之语，典流於昆嗣，言列於汉籍。"故笃志与此，"不敢有贰，不敢有爱"。然目前书尚未完成，"即君必欲胁之以威，陵之以武，欲令入之於此，此又未定，未可以见。今君又终之，则缢死以从命也。"扬雄之所以不与刘歆书，以其书未成，且又无副本，刘歆索之甚急，不得不以死自誓。

又曹魏时嵇康《与山巨源绝交书》，信中拒绝山涛荐引，指出人的秉性各有所好，自己赋性疏懒放任，不堪礼法约束，不可勉强。文章清峻超俗。

刘勰评价汉代笔札，认为其"辞气纷纭""志气盘桓，各含殊采；并杼轴乎尺素，抑扬乎寸心"。汉代书信内容驳杂，写信者个性不同，目的有异，故书札也各有声口，但大都盘桓起伏，情意真切。

第二节　契券、零丁与俳谐文的诞生

契券是合同类的契约文书，零丁是寻人启事。汉代出现与此密切相关的两篇俳谐之作，是实用文向娱乐性文体转化的范本，开后世俳谐文先河，故合并而谈。

一　契券和《僮约》

契券是契约性质的文书，即今之合同、借条、收据之类。先秦时又称傅别、质剂。《周礼·天官·小宰》："听称责以傅别。"郑司农云："称责谓贷予，傅别为券书也。听讼责者，以券书决之。傅，傅著约束于文书；别，别为两，两家各得一也。""七曰听卖买以质剂。"郑玄注："质剂谓两书一札，同而别之，长曰质，短曰剂。傅别、质剂，皆今之券书也。"① 秦汉以后则一般称券、券书或书契、文券。《说文》："券，契也。券别之书以刀判契其旁，故曰契券。"《释名·释书契》："券，绻也。相约束缱绻以为限也。""契，刻也；刻识其数也。"② 简牍所见契券，皆有刻齿，可用以合符。

契券在战国以后就广泛使用在各种政治和社会关系中，成为一种信物。《荀子·君道》称："合符节、别契券者，所以为信也。"③《战国策·齐策四》也记载冯谖"约车治装，载契券而行"替孟尝君收债之事④。又《史记·高祖本纪》载刘邦做亭长时常赊酒、醉卧，因店家"见其上常有龙，怪之。……常折券弃责。"⑤ 汉代随着商品经济的发展和民事交往的广泛与深入，契约发展已相当完备。其种类之多，效应之强，

---

① 《周礼注疏》，阮元校刻《十三经注疏》，第 654 页。
② 刘熙撰，任继昉汇校：《释名汇校》，齐鲁书社 2006 年版，第 329、330 页。
③ 王先谦：《荀子集解》，诸子集成本，第 230 页。
④ 刘向辑录：《战国策·齐策四》，上海古籍出版社 1985 年版，第 397 页。
⑤ 《史记》卷 8，第 343 页。

反映出契约的订立已遍及民事交往的各个领域。①

从写作方式上看,契券一般先记录立契时间、缔约双方的籍贯、身份、姓名等,之后则写明约定事宜、当事人双方权责,并注明保人旁证等,别无闲话。如居延破城子出土的《欧威卖裘券》:

> 建昭二年闰月丙戌,甲渠令史董子方买鄣卒欧威裘一领,直七百五十,约至春,钱毕已,旁人杜君隽。②

文中记录董子方从欧威处购买裘衣一领,价值"七百五十",约定用至春天,钱已付清,有旁人杜君隽为证。

又《合校》汉简文书557·4为买田契约:

> ☐置长乐里乐奴田卅五阪,贾钱九百,钱毕已,丈田即不足,计数环(还)钱,旁人淳于次孺、王充、郑少卿,沽酒劳二斗,皆饮之。③

又甘肃玉门花海汉简有买卖"橐络"的契约:

> 元平元年七月庚子,禽寇卒冯时卖橐络六枚枚杨卿所,约至八月十日与时小麦七石六斗,过月十五日,日斗计,盖卿任。(正面)
> 小麦(背面)④

简文云"过月十五日,以日斗计"是契约的惩罚性规定,以促使债务人履行义务。

---

① 详情可参考张传玺《秦汉问题研究》,北京大学出版社1985年版;李晓英:《汉代契约研究》,《史学月刊》2003年第12期等。
② 张传玺:《中国历代契约汇编考释》,北京大学出版社1995年版,第39页。
③ 《居延汉简释文合校》,第653页。
④ 李均明、何双全编:《秦汉魏晋出土文献散见简牍合集》,文物出版社1990年版,第9页。

上述简文都是买卖田产、物品的契券。此外，秦汉时期买卖奴婢的风气也十分普遍，人口买卖的情况在《汉书》中多有记载。如刘邦刚夺得天下时，"接秦之敝，诸侯并起，民失作业，而大饥馑。凡米石五千，人相食，死者过半。高祖乃令民得卖子，就食蜀汉。"天下安定，又下诏曰："民以饥饿自卖为人奴婢者，皆免为庶人。"文帝时，晁错亦曰："有卖田宅、鬻子孙以偿责者矣。"武帝时，"数年岁比不登，民待卖爵赘子以接衣食。"注引如淳曰："淮南俗卖子与人作奴婢，名为赘子，三年不能赎，遂为奴婢。"王莽时："又置奴婢之市，与牛马同兰（栏）。"① 等等。因此，买卖奴婢使用契约也非常普遍。已发现的《买女陶券》就是一份残存的买卖奴婢的契约。②

刘勰云："契者，结也。……券者，束也。明白约束，以备情伪。"③ 契券是作为信证而书写的，故核心要素必呈现明白，双方权责划分清晰。修辞简洁明了即可，若有赘语淤辞，不仅可能干扰核心信息，有时还会造成误解，这就有失契券初衷了。

而汉代王褒《僮约》恰恰就利用了买卖奴婢契券的形式，言辞上却溢出其修辞要求，故一变而为俳谐文。

《僮约》见于《艺文类聚》卷三十五，然文多删节。此后《初学记》卷十九、《太平御览》卷五百九十八、《古文苑》卷十七均引有此文，但讹误脱漏之处颇多。清人严可均《全汉文》、李兆洛《骈体文钞》在收录时均作了必要的校定，给我们提供了一个大体可以阅读的文本。文中称蜀郡王子渊以事到湔，上寡妇杨惠舍。有一奴名便了，"子渊倩奴行酤酒"，不承想，便了的反应非常激烈：

> 便了拽大杖，上夫冢岭曰："大夫买便了时，但要守家，不要为他人男子酤酒。"子渊大怒曰："奴宁欲卖耶？"惠曰："奴大忤人，人无欲者。"子渊即决买券云云，奴复曰："欲使，皆上券，不上券，

---

① 分别见《汉书》卷 24 上、1 下、24 上、64 上、99 中，第 1127、54、1132、2779、4110 页。
② 郭沫若主编：《中国史稿》第二册，人民出版社 1979 年版，第 190 页，插图 29。
③ 刘勰著，詹锳义证：《文心雕龙义证》，第 955 页。

便了不能为也。"子渊曰:"诺。"

王子渊决定把这个不驯服的"恶奴"买到手下好好收拾收拾,券文曰:

> 神爵三年正月十五日,资中男子王子渊,从成都安志里女子杨惠买亡夫时户下髯奴便了。决贾万五千,奴当从百役使,不得有二言。

按照契约要求,这样写,相关信息都已具备,当事人权责也明晰。然而,这则契约并没有就此结束,由于便了将了王褒一军,王褒也就不客气,在下文中详列奴婢便了当从事的活计,其劳作之重,花样之多超出想象,可以说川中一个农庄一年四季几乎所有的劳动内容都包括在里面了:

> 晨起早扫,食了洗涤,居当穿臼缚帚,裁竿凿斗,浚渠缚落,锄园斫陌,杜埤地,刻大枷,屈竹作杷,削治鹿卢。出入不得骑马载车,跂坐大呶,下床振头。捶钩刈刍,结苇躐纑,汲水络,佐酤酿,织履作粗,粘雀张乌,结网捕鱼,缴雁弹凫,登山射鹿,入水捕龟。后园纵养雁鹜百余,驱逐鸱乌,持梢牧猪,种姜养芋,长育豚驹,粪除堂庑。喂食马牛,鼓四起坐,夜半益刍。二月春分,被堤杜疆,落桑皮棕,种瓜作瓠。别落披葱,焚槎发芋,垄集破封,日中早馈,鸡鸣起春。调治马户,兼落三重。舍中有客,提壶行酤。汲水作餔,涤杯整案,园中拔蒜,斲苏切脯。筑肉臛芋,脍鱼炰鳖,烹茶尽具,已而盖藏。关门塞窦,喂猪纵犬。勿与邻里争斗。奴但当饭豆饮水,不得嗜酒,欲饮美酒,唯得染唇渍口,不得倾盂覆斗。不得辰出夜入,交关侪偶。舍后有树,当裁作船,上至江州,下到湔主,为府掾求用钱。推访垩贩棕索,绵亭买席,往来都洛。当为妇女求脂泽,贩于小市,归都担枲,转出旁蹉。牵犬贩鹅,武都买茶,杨氏担荷,往市聚,慎护奸偷。入市不得夷蹲旁卧,恶言丑骂,多作刀矛,持入益州,货易羊牛,奴自教精慧,不得痴愚。持斧入山,断輮裁辕。若有余残,当作俎几木屐,及犬彘盘。焚薪作炭,

礨石薄岸，治舍盖屋，削书代牍。日暮欲归，当送干柴两三束。四月当披，九月当获，十月收豆，榆麦窖芋，南安拾栗采橘，持车载辇，多取蒲苧，益作绳索。雨堕无所为，当编蒋织簿。种植桃李，梨柿柘桑，三丈一树，八尺为行，果类相从，纵横相当，果熟收敛，不得吮尝。犬吠当起，惊告邻里。枨门柱户，上楼击鼓。荷盾曳矛，还落三周，勤心疾作，不得遨游。奴老力索，种莞织席。事讫休息，当春一石，夜半无事，浣衣当白。若有私钱，主给宾客，奴不得有奸私，事事当关白。奴不听教，当笞一百。①

王褒用间或韵语的铺排详列便了的工作细目，种类繁杂。其中包括：树木的生产、采伐和加工；果树栽培和野果采集；养蚕烧炭砍柴编织等林副产品的加工利用；谷物与蔬菜生产、粮食加工；畜牧饲养、渔猎活动；农具制造、锻冶刀矛；建筑屋宇；产品的交换买卖，烹调炊事、所有家务劳动、庄园防盗；等等。有趣的是，王褒并不是对这些工作做概括叙述，而是极尽铺张描摹之能事，甚至还特别对便了的言行举止作了严格的规定。比如规定便了平日只许吃豆饭、喝白水，不得酗酒，即使喝酒也只能尝一口，不能干杯；不能白天出门晚间回来，不许和女人结交；去市场卖货时，沿途不得任意休息，也不能与人口角谩骂；平日起床、干活、巡逻用心要勤，动作要快，不能游耍。甚至契约还要求奴婢有义务让自己聪明起来，不能迟钝；在主人需要借给客人钱时无条件贡献出自己的私房钱；等等，相关约定细致到离谱的程度。

如此行文，是对契约巧妙的利用，膨胀变形的内容放置在严正的契约文体框架内就显得非常不协调，遂产生滑稽可笑的修辞效果，故刘勰称其为"券之谐也"。

《僮约》因其巧妙有趣，后世即有仿写者。如晋石崇《奴券》：

余元康之际，出在荥阳东住，闻主人公言声太粗，须臾出趣吾车曰："公府当怪吾家哓哓邪？中买得一恶羝奴，名宜勤，身长九尺

---

① 《全汉文》卷42，第359页。

余,力举五千斤,挽五石力弓,百步射钱孔。言读书,欲使便病。日食三斗米,不能奈何。"吾问公卖不。公喜,便下绢百匹。闻请吾曰:"吾胡王子,性好读书。公府事一不上券,则不为。"公府作券文曰:"取东海巨盐,东齐羝羊,朝歌蒲荐,八板桃床,负之安邑,梨栗之乡。常山细缣,赵国之编,许昌之緫,沙房之绵。作车当取高平英榆之毂,无尾髑髅之状,大良白槐之幅,河东茱萸之辋。乱梆桑辕,大山桑光,长安□□,双入白乌,钉镶巧手,出于上方。见好弓材,可斫千张。山阴青槻,乌噪柘桑。张金好墨,过市数蠹。并市豪笔,备即写书。噪角帻道,金案玉椀。宜勒供笔,更作多辞。"乃敛吾绢□□而归。奴当种萝菔胡荽,不亲不疏。①

此文通篇从结构到行文完全套用《僮约》。清代还有邹祇谟作《六州歌头·戏作简僮约效稼轩体》,也属于此类,只不过用的是词体。

宋黄庭坚有《跛奚移文》,也是模仿之作。文章说女弟阿通归李安时,买了个跛脚的奴婢,"蹒跚离疏,不利走趋。颡出屋檐,足达户枢;三妪挽不来,两妪推不去。主人不悦,厨人骂怒。"如此懒怠,拉不走,推不动,众人无可奈何。此时"黄子"站出来,责问她:"汝能与壮士拔距乎?能与群狙争芧乎?能与八骏取路乎?能逐三窟狡兔乎?"皆曰不可。遂曰:"是固不能,闺门之内,固无所事此,今将诏若可为者。"由此洋洋洒洒,铺列各种在家中不需过多移步即可完成的活计。最终,跛奚心服口服。②移文本是实用公文,用以给对方讲道理,在此则化作俳谐之文,但故事模型则来自《僮约》。

二 零丁和《失父零丁》

零丁即古代之招贴,流传至今的资料中多见于寻人招子,故相当于今天的寻人启事。

《太平御览》卷五百九十八载《齐谐记》中一则狐鬼故事,讲到吕思

---

① 《全晋文》卷33,第1651页。
② 《豫章黄先生文集》卷21,《四部丛刊初编·集部》,上海书店1989年版。

与其少妇投宿在庙中，夜半失妇。后经反复寻找才发现其妇及先前众多女子都被"狸"精掳诱至一冢内，遂一一救出。故事结尾处说："前后有失儿女者，零丁有数十，吏便敛此零丁至冢口，迎此群女。"① 意思是官府差人按照原先的寻人启事一一对照，将这些走失的女子解救出来。方以智《通雅·释诂》据此解释"零丁"得名的缘由说："盖古以纸书之，悬于一竿，其状零丁然。"零丁，有孤单之意，这也许是其得名的由来。零丁之上，当写明所寻人的外貌特征，甚至还有可能配有画像。

不过，《太平御览》同卷载东汉人戴良②所作《失父零丁》为寻父启事，内容却有些奇特，文曰：

> 敬白诸君行路者，敢告重罪，自为积恶致灾交天困我，今月七日失阿爹，念此酷毒可痛伤，当以重币缯用相赏。请为诸君说事状：
> 我父躯体与众异，脊背伛偻捲如截，唇吻参差不相值，此其庶体何能备。请复重陈其面目：鸲头鹄颈獦狗（喙），眼泪鼻涕相追逐，吻中含纳无齿牙，食不能嚼左右蹉，似西域骆驼。请复重陈其形骸：为人虽长甚细材，面目芒苍如死灰，眼眶白陷如米羹杯。③

按一般寻人启事，要讲明失者比较典型的体貌特征，或不同于他人之处，故文中称"我父躯体与众异"，似乎也讲到相关特征，如脊背伛偻，唇吻参差，口内无齿，咀嚼若蹉，眼眶凹陷，身材长细，等等。然而，从其行文看，似乎又溢出寻人零丁该有的要素，利用零丁需要描摹人物外貌特征的文体规范大做文章，加入很多似乎不必要的、夸张变形甚至是丑化的描写，如"鸲头鹄颈獦狗（喙），眼泪鼻涕相追逐""似西域骆驼""面目芒苍如死灰，眼眶白陷如米羹杯"等。在其笔下，其"父"鸲头、鹄颈、狗嘴，咀嚼若骆驼，涕泗横流，面如死灰，显然不是要"寻人"，

---

① 李昉：《太平御览》卷598，中华书局1960年版，第2695页。
② 《太平御览》云戴良字文让，而《后汉书》卷八十三《逸民列传》载："戴良字叔鸾，汝南慎阳人。"姓名同，字不同。严可均《全后汉文》则认为就是同一个人，只是其字传说不一而已。
③ 李昉：《太平御览》卷598，第2695页。

而是在"戏人"了。故钱锺书先生读完这篇文章后觉得这些描述与寻人无关,"徒相拟于禽兽,了无裨于辨认,施之尊亲,诚为侮嫚"。并认为文章"通篇词气嘲诙,于老人丑态,言之津津,窃疑俳谐之作,侪辈弄笔相戏"。① 事实上,这篇文章就是借寻人启事所写的一篇滑稽谐趣之文,与实用无关了。

嘲戏丑人相貌是民间俳谐文化的传统内容,汉魏以后,相关文化趣味也在文人生活创作中漫延。如东汉蔡邕的《短人赋》,嘲讽侏儒之短卑可笑。《全晋文》卷一四三刘谧之《庞郎赋》嘲弄庞郎形体丑陋,《初学记》卷十九载有南朝刘思真的《丑妇赋》,全篇从头到脚写丑妇的外貌之丑。《文心雕龙·谐隐》云潘岳有《丑妇》之作,原作已佚。又云:"魏晋滑稽,盛相驱扇。遂乃应场之鼻,方欲盗削卵;张华之形,比乎握舂杵。"② 说应场鼻子若被削去一半之鸡卵,而张华头小,若捣蒜之杵,此见《世说新语》。因此《失父零丁》在汉魏时出现并不奇怪③,甚至可以看作通俗谐谑文学的一个重要先驱。

三 "寄居蟹"式的俳谐文

《僮约》《失父零丁》都是巧用实用文而形成的俳谐之作,当时或出于灵机一动,但汉魏以后,此类俳谐文则颇为兴盛,显示出文人的某种自觉。

文人巧借药方、九锡文、檄、移、笺、表等严正的实用文体甚至朝廷政府公文嬉笑逗骂,嘲讽调笑,如晋弘君举的《食檄》、乔道元《与天公笺》;宋袁淑的《鸡九锡文》《劝进笺》《驴山公九锡文》《大兰王九锡文》《常山王九命文》;齐孔稚珪的《北山移文》;梁吴均的《食移》《檄江神责周穆王璧》;等等。刘宋时期的袁淑擅长俳谐文,《隋书·经籍志》

---

① 钱锺书《管锥编》第三册,中华书局1979年版,第1016页。
② 刘勰著,詹锳义证:《文心雕龙义证·谐隐》,第537页。
③ 如王重民先生认为:"戴良并不是真有这样丑恶的父亲,他是在做小说。"而小说不能在汉代出现,此文当为初唐人所作,是初唐之后"变文的支流"。《敦煌变文研究》,《敦煌变文论文录》上册,上海古籍出版社1982年版,第308页。

载其撰《俳谐文》十卷①，可见当时俳谐文创作的蔚为大观。作为一种有趣的文学现象，这一时期的俳谐文创作曾引起研究者的普遍关注。② 人们认为，这类文体的大量涌现与文人圈子里的盛行嘲戏之风有关，也是与时人在文学创作上的追求新奇分不开的。

而从文体发展角度来看，文人们大量借助庄重严肃的公文形式创作俳谐文，是对文体运用的"反拨"。换句话说，文人凭借对各类实用文体的驾轻就熟，开始饶有兴致地进行着一些破坏原有文体规则的游戏。而恰恰就在这种破坏中，新的规则开始确立，新的文体"契约"已经签订，上述俳谐文的大量出现，标志着一种全新的文体样式形成。有研究者曾经打比方："俳谐没有固定的格式，它像寄居蟹一样，寄居在别的体裁中，它可以借助多种题材，来达到幽默诙谐的效果。"③ 这个比喻很生动。其实，"寄居"何尝不是一种存在方式，它已经成为俳谐文"文体契约"中最为重要的条款了。

第三节　谱牒

谱牒是记载本族世系和事迹的历史图籍，有时也被称作谱、系牒、系世、统、牒记。汉代谱牒文献见于《汉书·艺文志》有《帝王诸侯世谱》20卷、《古来帝王年谱》5卷。《史记》即在谱牒基础上创设"表"的形式，以便更客观清晰地呈现相关族群血统脉络。郑樵《通志·总序》云："古者纪年别系之书谓之谱，太史公改而为表。"④

汉代当亦有家族谱牒之类，《后汉书·卢植传》载其献书规劝窦武勿争位功："寻《春秋》之义，王后无嗣，择立亲长，年均以德，德均则决

---

① 《隋书》卷三十《经籍志》著录袁淑撰《诽谐文》十卷，《艺文类聚》卷91引"宋袁淑《俳谐记》"、卷94引"袁淑《排谐》""诽谐""俳谐""排谐"皆与"俳谐"同义。

② 参见李士彪《魏晋南北朝文体学》第二章第九节《俳谐：体裁中的寄居蟹》，第161—174页，上海古籍出版社2004年版；朱迎平：《汉魏六朝的游戏文》，《古典文学与文献论集》，第187页，上海财经大学出版社1998年版；徐可超：《论南朝拟公文体俳谐文》，《沈阳师范大学学报》2005年第2期等。

③ 李士彪：《魏晋南北朝文体学》，上海古籍出版社2004年版，第162页。

④ 郑樵：《通志·总序》，中华书局1987年版，第5页。

之卜筮。今同宗相后，披图案牒，以次建之，何勋之有？岂横叨天功以为己力乎！宜辞大赏，以全身名。"① 又《全汉文》载扬雄家牒：

> 子云以甘露元年生，以天凤五年卒，葬安陵阪上，所厚沛郡桓君山、平陵如子礼、弟子钜鹿侯芭共为治丧。诸公遣世子朝臣郎吏行事者会送。桓君山为敛赙，起祠茔，侯芭负土作坟，号曰玄冢。②

严可均称：《艺文类聚》四十、《御览》五百五十并引扬雄《家牒》。案《家牒》不知何人何时所撰。不过，对于所谓扬雄家牒，潘光旦《中国家谱学略史》认为是家传，这或许是不同时期对相关文体的不同认识：

> 《扬氏家牒》散亡亦早，刘歆《七略》最先引之，后世因知子云以甘露二年生。唐时《艺文类聚》礼部犹得转录引其文曰：子云以天凤五年卒……惟家牒一书，实质兼谱传，且恐泰半卒家传，故章宗源考证隋代经籍，以之入杂传而不入谱牒。③

此外，《隋书·经籍志·谱系》类小叙载汉代有《邓氏官谱》，但"晋乱已亡"。清姚振宗认为是邓氏家族为官的官谱：

> 《(后汉)书·邓禹传》：……邓氏自中兴以后，累世宠贵，凡侯者二十九人，公二人，大将军以下十三人，中二千石十四人，列校二十二人，州牧郡守四十八人，其余侍中、将、大夫、郎、谒者不可胜数，东京莫与为比。按此传云云，似即据《邓氏官谱》。……按范书列传所载如耿氏弇、窦氏融……诸家与此邓氏禹，并东京世胄，当时皆各有其谱牒，以次注续至晋。宋时范尉宗《列女传·序》称

---

① 《后汉书》卷64，第2114页。
② 《全汉文》卷54，第422页。
③ 《东方杂志》，第26卷第1号。

梁氏、李氏'家传'者①，即此类之书。范亦时取参订诸传。②

汉代以后家谱兴盛，主要是为了标举郡望，以显示门第的高下。

谱牒类文献也被称作"姓氏之书"。《隋书·经籍志·谱系》类小序即云："氏姓之书，其所由来远矣。"③ 郑樵《通志·氏族略·氏族序》载汉"颖川太守聊氏《万姓谱》"，大约记录多个姓氏族群的谱系，"万"当虚指，言其多。《新唐书·儒学传中·柳冲》："汉兴，司马迁父子乃约《世本》，脩《史记》，因周谱明世家，乃知姓氏之所由出。"④ 汉代此类姓氏之书有应劭《风俗通义·姓氏》篇，叙记多个姓氏的辗转和分布。佚文如：

> 雍氏，周文王第十二子也，雍伯之后，以国为姓，今或音雍州之雍，郑大夫有雍纠，楚有雍子，齐有雍廪，宋有雍鉏，汉什邡侯雍齿，沛人也。
>
> 重氏，颛顼重黎之后，少昊时，重为南正，司天之事，黎为北正，司地之事。
>
> 移氏，齐公子雍，食采于移，其后氏焉，汉有弘农太守移良。⑤

又王符《潜夫论·志氏姓》亦记叙多个姓氏的流变和分布：

> 芈姓之裔熊严，成王封之于楚，是谓粥熊，又号粥子。生四人，伯霜、仲雪、叔熊、季紃。紃嗣为荆子，或封于夔，或封于越。夔子不祀祝融、粥熊，楚伐灭。公族有楚季氏、列宗氏、斗强氏、良

---

① "《列女传·序》称梁氏、李氏'家传'者，即此类之书"，此说不确。《后汉书·列女传·序》文中"梁嫕、李姬各附家传"是说梁嫕、李姬的故事已各附载于《后汉书》其母家的家人列传。参仓修良《两汉时期谱牒学概论》，古籍整理研究学刊2008年第1期。
② 《二十五史补编》（二），中华书局1955年版，第2378页。
③ 魏徵：《隋书·经籍志》，中华书局1973年版，第990页。
④ 《新唐书·柳冲传》，中华书局1975年版。
⑤ 《风俗通义校注》，第499页。

臣氏、耆氏、门氏、侯氏、季融氏、仲熊氏、子季氏、阳氏、无钩氏、蔿氏、善氏、阳氏、昭氏、景氏、严氏、婴齐氏、来氏、来纤氏、即氏、申氏、䖍氏、沈氏、贺氏、咸氏、吉白氏、伍氏、沈瀸氏、余推氏、公建氏、子南氏、子庚氏、子午氏、子西氏、王孙、田公氏、舒坚氏、鲁阳氏、黑肱氏，皆芈姓也。

……

鲁之公族，有蟜氏、后氏、众氏、臧氏、施氏、孟氏、仲孙氏、服氏、公山氏、南宫氏、叔孙氏、叔仲氏、子我氏、子士氏、季氏、公鉏氏、公巫氏、公之氏、子干氏、华氏、子言氏、子驹氏、子雅氏、子阳氏、东门氏、公析氏、公石氏、叔氏、子家氏、荣氏、展氏、乙氏，皆鲁姬姓也。①

汉代谱牒类文体的各种丰富形式是注重家族血脉的祖宗信仰的体现，也体现了汉代知识者追求知识谱系化、条理化的趣味和能力。这些谱牒文本为后世树立了规范和模板，唐代谱学家柳芳论述历代谱学著作时称："汉有《邓氏官谱》，应劭有《氏族》一篇，王符《夫论》亦有《姓氏》一篇。宋何承天有《姓苑》二篇，谱学大抵具此。"② 汉魏以后，伴随着豪门大族标举郡望、显示门第高下的意愿，家谱就盛行开来。

谱牒文献还产生其他文体影响，如《文心雕龙》："谱者，普也。注序世统，事资周普，郑氏谱《诗》，盖取乎此。"③《后汉书·郑玄传》载郑玄著《毛诗谱》。《隋书·经籍志》载《毛诗谱》三卷，唐陆德明《经典释文·叙录》载郑玄《诗谱》二卷。《毛诗谱》传本今佚。北宋欧阳修对其残本进行过补订工作，清代学者又在此基础上从《毛诗正义》中辑出《序》《谱》文。《毛诗谱》是将《诗》三百分国置谱，并追溯其风气源流。《诗谱序》曰：

---

① 王符著，汪纪培笺：《潜夫论笺校正》，第 415—416、436 页。
② 《新唐书·柳冲传》，中华书局 1975 年校点本册 18，第 5680 页。
③ 刘勰著，詹锳义证：《文心雕龙义证》，第 944 页。

夷、厉以上，岁数不明，《太史年表》，自共和始。历宣、幽、平王而得《春秋》次第，以立斯谱。欲知源流清浊之所处，则循其上下而省之；欲知风化芳臭气泽之所及，则傍行而观之，此《诗》之大纲也。举一纲而万目张，解一卷而众篇明。于力则鲜，于思则寡。其诸君子，亦有乐于是与？①

因此，刘勰谓："郑氏谱《诗》，盖取乎此。"即《诗谱》受谱牒编纂的影响。

---

① 郑玄：《诗谱序》，郑玄笺，孔颖达正义：《毛诗正义》，《十三经注疏》，第263—264页。

第十三章

七体和连珠：形式的魅力

古代文体的产生一般有两个途径：最基本的是出于某种功能用途，即出于礼仪活动以及其他社会交流的需要，秦汉时绝大多数文体是这样产生的，故文体功能的差异即"为用"之不同就成为区分文体的重要根据。第二种途径则是根据语言形式的独特性，比如诗歌中的三言诗、四言诗、五言诗、七言诗等是根据句式差异而区分得名。此外，秦汉时还产生了七体、连珠等文体类别，究其实，都是根据文章结构或语言特点等形式因素区分得名的。汉魏六朝文人创作兴模拟之风，遂使得这两种文体有了相应的规模。

第一节 七体

七体之名，来自枚乘《七发》，汉晋六朝多有续作，遂蔚为大观而成一体。傅玄亦仿作《七谟》并序，原作只余残句，序文保留下来，论七体之流变甚详：

> 昔枚乘作《七发》，而属文之士若傅毅、刘广世、崔骃、李尤、桓麟、崔琦、刘梁、桓彬之徒，承其流而作之者纷焉，《七激》《七兴》《七依》《七款》《七说》《七蠲》《七举》《七设》之篇，于是通儒大才马季长、张平子亦引其源而广之，马作《七厉》，张造《七辨》，或以恢大道而导幽滞，或以黜瑰侈而托讽咏，扬辉播烈，垂于后世者，凡十有余篇。自大魏英贤迭作，有陈王《七启》，王氏《七

释》,杨氏《七训》,刘氏《七华》,从父侍中《七诲》,并陵前而邈后,扬清风于儒林,亦数篇焉。世之贤明,多称《七激》工,余以为未必善也,《七辨》似也。非张氏至思,比之《七激》,未为劣也。《七释》佥曰"妙哉",吾无间矣。若《七依》之卓轹一致,《七辨》之缠绵精巧,《七启》之奔逸壮丽,《七释》之精密闲理,亦近代之所希也。①

不过,上述诸篇,今多残缺不全,或有目无辞。②汉魏时作者留下的较为完整的篇目有傅毅《七激》、张衡《七辩》、王粲《七释》、曹植《七启》等。

枚乘《七发》文分两部分。开篇"首引"假设楚太子有病,吴客前去探望,陈致病之由,认为是贪图享乐所致,非药石针灸所能疗救。以下则通过两人问答,陈七事以讽劝。前六种是所讽谏之事,依次铺陈音乐之妙、饮食之美、车马之盛、巡游之乐、田猎之壮、观涛之奇,逐步启发诱导其改变堕落的生活方式。但太子均以病辞,遂引出末章,称欲为其引见方术之士"论天下之精微,理万物之是非",于是"太子据几而起,曰:'涣乎若一听圣人辩士之言。'涊然汗出,霍然病已。"全篇至此戛然而止。按作者之意,安逸享乐是痼疾,唯有思想可疗救。

陈说食色之欲并非枚乘首创,孟子问齐王之大欲,就曾历举轻暖、肥甘、声音、采色等。不过,《七发》以"七"名篇,大约还是有意为之,如刘勰云:"盖七窍所发,发乎嗜欲,始邪末正,所以戒膏粱之子也。"③七窍,即眼、耳、鼻、口等七孔。《庄子·应帝王》:"人皆有七窍,以视、听、食、息。"故枚乘言声色嗜欲,暗用七窍之数,是极为合题的。

不过,《七发》对后世产生影响,更多源于其作为赋体的铺采摛文,"腴辞云构,夸丽风骇"。如言曲江观涛:

---

① 《全晋文》卷46,第1723页。
② 篇目存留情况郭建勋做过梳理,见《"七体"的形成发展及其文体特征》,《北京大学学报》2007年第5期。
③ 刘勰著,詹锳义证:《文心雕龙义证》,第492页。

……其始起也，洪淋淋焉，若白鹭之下翔。其少进也，浩浩溘溘，如素车白马帷盖之张。其波涌而云乱，扰扰焉如三军之腾装。其旁作而奔起也，飘飘焉如轻车之勒兵。六驾蛟龙，附从太白。纯驰浩蜺，前后骆驿。颙颙卬卬，椐椐强强，莘莘将将。壁垒重坚，杳杂似军行。訇隐匈磕，轧盘涌裔，原不可当。观其两傍，则滂渤怫郁，闇漠感突，上击下律，有似勇壮之卒，突怒而无畏。蹈壁冲津，穷曲随隈，逾岸出追。遇者死，当者坏。初发乎或围之津涯，荄轸谷分。回翔青篾，衔枚檀桓。弭节伍子之山，通厉骨母之场，凌赤岸，篲扶桑，横奔似雷行，诚奋厥武，如振如怒，沌沌浑浑，状如奔马。混混庉庉，声如雷鼓。发怒庢沓，清升逾跇，侯波奋振，合战于藉藉之口。鸟不及飞，鱼不及回，兽不及走。纷纷翼翼，波涌云乱，荡取南山，背击北岸。覆亏丘陵，平夷西畔。险险戏戏，崩坏陂池，决胜乃罢。瀄汨潺湲，披扬流洒。横暴之极，鱼鳖失势，颠倒偃侧，沈沈湲湲，蒲伏连延。神物怪疑，不可胜言。直使人踣焉，洄闇凄怆焉。此天下怪异诡观也。……①

赋家擅长铺陈，《七发》所言诸事虽不都如上文之"巨丽"，但排列下来仍是不小的篇幅，故有繁富之美，但亦会因言辞密度太高而令人生倦。但枚乘将其拆分为七个部分，以"问答"作隔断，相当于让读者停停歇歇，整个篇章就显得舒张有度。《七发》结构之妙，后人多有评价，如杨佩瑗云："合之为巨制，析之各为小赋。"何义门曰："数千言之赋，读者厌倦，裁而为七，移步换形，处处足以回易耳目，此枚叔所以为文章宗。"②

不过，从大赋发展过程看，《七发》结构对司马相如等赋家创作并未产生直接影响，大概其意在"讽谏"与大赋重颂美的出发点有些不同。司马相如等赋更多承接宋玉赋的结构，功能上意在铺陈体物以颂美，讽谏只是点缀而已。到东汉，文人各体创作更为兴盛，对于文体形式、篇

---

① 《全汉文》卷20，第239页。
② 刘勰著，詹锳义证：《文心雕龙义证》，第496页。

章结构的自觉有了明显提升,《七发》兼具赋体铺采摘文之盛,又有结构之妙,遂引发文人争相模仿。

如《七激》称"徒华公子"信奉黄老,托病幽处,"挟六经之指"的"玄通子"前来劝说其出山入仕,遂依次诱以音乐、饮食、骏马、田猎、宫宴之类,然并未使其动心。最后玄通子称汉之盛世,描述"群俊学士,云集辟雍。含咏圣术,文质发蒙"的盛况,终于引得公子瞿然而兴曰:"至乎,主得圣道,天基允臧。明哲用思,君子所常。自知沈溺,久蔽不悟,请诵斯语,仰子法度。"其他几篇也是此类结构,模仿之迹是非常明显的。

此外,《七激》《七辩》《七启》等还有个共同特点,即在文章收束时,多铺陈赞美当朝政治:揆事施教,地平天成,和邦国、悦远人,等等,以此吸引隐者走出山林,服务朝廷,这与《七发》弘扬要言妙道以讽劝奢靡堕落的目的是有差异的,也是时代风气所致。挚虞《文章流别论》云《七发》:"其说不入,乃陈圣人辩士讲论之娱,而霍然疾瘳,此因膏粱之常疾以为匡劝,虽有甚泰之辞而不没其讽喻之义也,其流遂广,其义遂变,率(有)辞人淫丽之尤矣。"又云:"傅子集古今七篇而论品之,署曰七林。"① 《七林》今不见,七体结而成集,标志着七体作为文体已具有了稳定性。

此外,在贾谊《吊屈原赋》之后,汉代出现了一系列以吊念屈原为主题的骚体赋,其中王褒《九怀》、刘向《九叹》、王逸《九思》九章成篇,体制固定,被后世总结为"九体",可与"七体"互相辉映,它们都是汉代文人创作重模拟的产物。

第二节　连珠

连珠体,指的是一种排比说理的短章。"连珠"本指联编相贯的串珠,是汉代较为常用的一个审美意象,指形式音声匀称和谐、质地光亮

---

① 挚虞:《文章流别论》,李昉等:《太平御览》卷 590 文部六,中华书局 1960 年版,第 2657 页。

润泽等样态。如王褒《洞箫赋》："扬素波而挥连珠兮，声礚礚而澍渊。"① 《汉书·律历志上》："日月如合璧，五星如连珠。"② 桓谭《新论·正经》："日月若连璧，五星若连珠。"③ 崔瑗《草书势》谈书法用笔："或黝点染，状似连珠，绝而不离。"④ 同类词语还有"贯珠"，如《礼记·乐记》形容乐歌："故歌者，上如抗，下如队，曲如折，止如槀木，倨中矩，句中钩，累累乎端如贯珠。"⑤ "连珠"用在文章写作中，主要指言辞有连珠之美，同时表意明晰，如傅玄《连珠序》所云："欲使历历如贯珠，易读而可悦，故谓之连珠也。"⑥ 故连珠体是一种注重文章形式音韵之美的文体。

目前所见最早以连珠命名的文本为西汉扬雄《连珠》，佚文为一些语言片段，较完整的有两则：

> 臣闻明君取士，贵拔众之所遗。忠臣荐善，不废格而所排。是以岩穴无隐，而侧陋章显也。
>
> 臣闻天下有三乐，有三忧焉。阴阳和调，四时不忒，年丰物遂（或作年谷丰遂），无有夭折，灾害不生，兵戎不作，天下之乐也。圣明在上，禄不遗贤，罚不偏罪。君子小人，各处其位，众人（或作臣）之乐也。吏不苛暴，役赋不重，财力不伤，安（女）土乐业，民之乐也。乱则反焉，故有三忧。⑦

从上述内容看，其主要运用排比句式说理，辞意前后贯注，属于简洁的说理文。

连珠体大约东汉章帝时开始流行。傅玄《连珠序》云：

---

① 《全汉文》卷42，第354页。
② 《汉书》卷21上，第976页。
③ 《全后汉文》卷14，第546页。
④ 《全后汉文》卷45，第720页。
⑤ 《礼记正义》，《十三经注疏》本，第1545页。
⑥ 《全晋文》卷46，第1724页。
⑦ 《全汉文》卷53，第416页。

所谓连珠者，兴于汉章帝之世，班固贾逵傅毅三子，受诏作之，而蔡邕张华之徒又广焉。其文体辞丽而言约，不指说事情，必假喻以达其旨，而贤者微悟，合于古诗劝兴之义。欲使历历如贯珠，易读而可悦，故谓之连珠也。班固喻美辞壮，文章弘丽，最得其体。蔡邕似论，言质而辞碎，然其旨笃矣。贾逵儒而不艳，傅毅文而不典。①

根据上述内容，擅作连珠者先有班固、贾逵、傅毅，后有蔡邕、张华等，各有风格，但留存下来的完本比较少。《艺文类聚》、严可均《全文》收部分佚文。如班固《拟连珠》：

臣闻公输爱其斧，故能妙其巧；明主贵其士，故能成其治。
臣闻良匠度其材而成大厦，明主器其士而建功业。
臣闻听决价而资玉者，无楚和之名；因近习而取士者，无伯玉之功。故瑾瑶之为宝，非驵侩之术也；伊、吕之为佐，非左右之旧。
臣闻鸾凤养六翮以凌云，帝王乘英雄以济民。《易》曰："鸿渐于陆，其羽可用为仪。"
臣闻马伏皂而不用，则驽与良而为群；士齐僚而不职，则贤与愚而不分。②

又蔡邕《（广）连珠》：

道为知者设，马为御者良，贤为圣者用，辩为知者通。
臣闻目瞤耳鸣，近夫小戒也；狐鸣犬嗥，家人小祅也，犹忌慎动作，封镇书符，以防其祸。是故天地示异，灾变横起，则人主恒恐惧而修政。

---

① 《全晋文》卷46，第1724页。
② 《全后汉文》卷26，第612页。

参丝之绞以弦琴，缓张则挠，急张则绝。①

潘勖《拟连珠》：

臣闻媚上以布利者，臣之常情，主之所患。忘身以忧国者，臣之所难，主之所愿。是以忠臣背利而修所难，明主排患而获所愿。②

王粲《仿连珠》：

臣闻明主之举也，不待近习，圣君用人，不拘毁誉，故吕尚一见而为师，陈平乌集而为辅。

臣闻记功志过，君臣之道也；不念旧恶，贤人之业也。是以齐用管仲而霸功立，秦任孟明而晋耻雪。

臣闻振鹭虽材，非六翮无以翔四海；帝王虽贤，非良臣无以济天下。

臣闻观于明镜，则疵瑕不滞于躯；听于直言，则过行不累乎身。③

从这些佚文看，连珠常用骈偶式的排比句，较完整的连珠体文本大约是由"是以""故"等连接而成的简短说理文，前后有因果关系，而前文可看作打比方。如蔡邕文第二则，前文说常人遇到目瞤耳鸣、狐鸣犬噪等异常妖象，常怀戒惧，且以书符驱邪镇祸，因此，若天地示异，灾变横起，人主也当恐惧而修政。再如王粲文第二则，则先讲道理：君臣之道，不念旧恶。后再以管仲相齐等史事作为结论。上述诸文中常以"臣闻"云云发端，大约是因"受诏"而作。而佚文中的"短章"则当是局部文字，因排比之美而得以流传至今。

---

① 《全后汉文》卷74，第876页。
② 《全后汉文》卷87，第944页。
③ 《全后汉文》卷91，第965页。

因此，作为说理文的连珠体有两方面文体要求：一是事、理前后连贯照应，甚至有因果关系，如徐师曾《文体明辨序说》云："连珠者，连之为言贯也，贯穿情理，如珠之在贯也。"① 二是要有言辞形式音韵之美，如《文心雕龙·杂文》所称："义明而词净，事圆而音泽，磊磊自转，可称珠耳。"② 由于语言上有排比对偶的形式要求，故文中常假喻以达旨，用事典语典以增加言语含量，故相比其"体量"而言，其"容量"还是较为丰富的。

排比说理其实并不是汉代才有的，先秦说理文已肇其先。③ 早期扬雄作连珠大约还有一些偶然性。而东汉至魏晋六朝，正是文章语言渐趋骈俪化的过程，文人对于语言形式之美、音韵之美渐趋自觉，故连珠体这种"明丽"的说理短章才引发人们的兴趣。史载章帝下诏命班固等撰作，自然不是想听什么道理，而是作为一种文化娱乐的。因此，连珠也是语言的"游戏"。

汉魏以后，文人创作连珠"变本加厉"，如陆机作《演连珠》五十首，其中有：

> 臣闻日薄星回，穹天所以纪物；山盈川冲，后土所以播气。五行错而致用，四时违而成岁。是以百官恪居，以赴八音之离；明君执契，以要克谐之会。
>
> 臣闻任重于力，才尽则困；用广其器，应博则凶。是以物胜权而衡殆，行过镜则照穷。故明主程才以效业，贞臣底力而辞丰。
>
> 臣闻灵辉朝觏，称物纳照；时风夕洒，程形赋音。是以至道之行，万类取足于世；大化既洽，百姓无匮于心。
>
> 臣闻顿网探渊，不能招龙；振纲罗云，不必招凤。是以巢箕之叟，不眄丘园之币；洗渭之民，不发傅岩之梦。④

---

① 徐师曾：《文体明辨序说》，第139页。
② 刘勰著，詹锳义证：《文心雕龙义证》，第518页。
③ 马世年：《连珠体渊源新探》，《甘肃社会科学》2008年第6期。
④ 《文选》卷55。

相较汉代，辞采更趋华丽，语意密度也更大。

据《南史·丘迟传》："时（梁武）帝著《连珠》，诏群臣继作者数十人，迟文最美。"① 钟嵘《诗品》云："丘诗点缀映媚，似落花依草。"② 可见，六朝时连珠体大约更趋于形式之美，也更受重视，其说理的用途反倒在其次了。

七体、连珠，都是以形式音韵之美而得名、立体的。它们的出现体现出中古文人对于文章形式之美的关注，其创作也进一步开发了语言表情达意的潜力。刘勰《定势》称连珠、七辞："从事于巧艳。"③ 但若文过于质，也会带来文体的衰亡。七体、连珠后少有续作，或当与此相关。

---

① 《南史》卷72，第1763页。
② 钟嵘：《诗品》，上海古籍出版社2018年版。
③ 刘勰著，詹锳义证：《文心雕龙义证》，第1125页。

附录　作者相关文体学研究成果一览

近二十年来，我主要从事古代文体史的研究，除了硕博论文外，陆续发表了一些论文，也出版了相关专著。这些成果是此书的基础，彼此亦可呼应参照，故附录于此：

《说"隐"》，《文艺理论研究》2003 年第 4 期。

《汉赋文体形成新论》，《文艺研究》2004 年第 6 期。

《西汉散体赋的文体特征及其隐语源流说》，《河北师范大学学报》2004 年第 4 期。

《论宋玉大小言赋在赋体发展史上的意义》，《中国文化研究》2004 年冬之卷。

《从游戏到颂赞——"汉赋源于隐语说"之文体考察》，《中国文学研究》2005 年第 3 期。

《由春秋鬼神概念看孔子的鬼神观》，《承德民族师专学报》2005 年第 3 期。

《结构的演变——"汉赋源于隐语说"之文体再考察》，《烟台大学学报》2005 年第 4 期。

《秦汉时期颂体的礼仪性创作及其赋颂辨析》，《中国韵文学刊》2007 年第 1 期。

《中国古代文体的价值序列及其影响》，《河北学刊》2007 年第 1 期。

《中国古代文体的价值序列》，《文学遗产》2007 年第 2 期。

《汉代图像人物风尚与赞体的生成、流变》，《文史哲》2007 年第 3 期。人大复印资料《中国古代、近代文学研究》2007、11 全文复印。

《〈僮约〉俳谐效果的产生及其文体示范意义》,《福建师范大学学报》2008 年第 1 期。

《汉代赋颂二体辨析》,《文学遗产》2008 年第 1 期。

《文体功能——中国文体古代分类的基本参照标准》,《福建师范大学学报》2009 年第 6 期。

《东汉镇墓文的文体功能及其文体借鉴》,《广西师范大学学报》2010 年第 5 期。人大复印资料《中国古代、近代文学研究》2011、2 全文复印。

《中国古代文体功能研究论纲》,《福建师范大学学报》2010 年第 6 期。人大复印资料《文艺理论》2011 年第 3 期复印;收录于吴承学、何诗海《中国文体学与文体史研究》,凤凰出版社 2011 年版。

《汉代告地书及其文体渊源述论》,《南都学坛》2011 年第 3 期。

《古代礼俗文体的特性及其相关问题初探》,《上海交通大学学报》(哲学社会科学版)2011 年第 5 期。

《汉代罪己诏:文体与文化》,《福建师范大学学报》2012 年第 6 期。

《张衡〈西京赋〉"鱼龙曼延"发覆——兼谈佛教幻术的东传及其艺术表现》,《文学遗产》2012 年第 6 期。

《汉武帝的一则求贤诏》,《文史知识》2013 年第 2 期。收入《菜园笔记》,凤凰出版社 2016 年版。

《祖饯仪式与相关文体的生成空间》,《中山大学学报》2014 年第 1 期。《文学遗产》网络版全文转载。

《婚礼的"关键词"——关于汉代婚礼礼物及礼辞的考察》,《福建师范大学学报》2014 年第 4 期。

《赞体的"正"与"变"——兼谈〈文心雕龙〉"赞"体源流论中存在的问题》,《文艺研究》2014 年第 8 期。

《汉代刚卯及其铭文考论》,《福建江夏学院学报》2014 年第 4 期。

《成相:文体界定、文本辑录与文学分析》,《文学遗产》2015 年第 4 期。

《中国古代文体史研究的对象、观念和方法》,《福建师范大学学报》2016 年第 6 期。

《中国古代的博物观念及其知识分化》,《天津社会科学》2019 年第 3 期。

《秦汉以文书治天下:言"政事"而成"文章"》,《中国社会科学报》2022、3、1"国家社科基金专刊"。

《由"语"到"谚"——一种公共话语资源的生成及雅俗转变》,《中国语言文学研究》2022 年秋之卷。

《从隐语到汉赋——关于西汉散体赋形成的文体考察》,硕士学位论文,2004 年。

《中国古代文体功能研究——以汉代文体为中心》,博士学位论文,2006 年。

《中国古代文体功能研究——以汉代文体为中心》,上海三联书店 2010 年版。

《古代礼俗中的文体与文学》,人民出版社 2015 年版。

《古代礼俗中的文体与文学》(海外版),中国台湾万卷楼出版社 2016 年版。

参考文献

一 基本文献

班固：《白虎通德论》，上海古籍出版社 1990 年版。

班固：《东观汉纪》，中华书局 1985 年版。

班固：《汉书》，中华书局 1962 年版。

蔡邕：《独断》，诸子百家丛书，上海古籍出版社 1990 年版。

陈鼓应：《老子注译及评介》，中华书局 1984 年版。

陈奇猷校注：《韩非子新校注》，上海古籍出版社 2000 年版。

陈寿：《三国志》，中华书局 1959 年版。

崔豹：《古今注》，《景印文渊阁四库全书》，台湾商务印书馆 1983 年版。

崔寔著，缪启愉辑释：《四民月令辑释》，农业出版社 1981 年版。

《帝王世纪 世本 逸周书 古本竹书纪年》，齐鲁书社 2000 年版。

董治安、郑杰文：《荀子汇校汇注》，齐鲁书社 1997 年版。

杜佑撰，王文锦等点校：《通典》，中华书局 1988 年版。

范晔：《后汉书》，中华书局 1965 年版。

高诱注：《吕氏春秋》，上海书店 1986 年版。

龚克昌等评注：《全汉赋评注》，花山文艺出版社 2003 年版。

顾炎武著，黄汝成集释：《日知录集释》，岳麓书社 1994 年版。

郭茂倩：《乐府诗集》，中华书局 1979 年版。

《国语》，上海古籍出版社 1978 年版。

何文焕：《历代诗话》，中华书局 2014 年版。

洪兴祖：《楚辞补注》，中华书局 1983 年版。

胡应麟:《诗薮》,上海古籍出版社1979年版。

黄怀信、张懋镕、田旭东:《逸周书汇校集注》,上海古籍出版社2007年版。

蒋骥:《山带阁注楚辞》,上海古籍出版社2019年版。

黎靖德编,王星贤点校:《朱子语类》,中华书局1986年版。

李昉等:《太平御览》,《景印文渊阁四库全书》,台湾商务印书馆1983年版。

李昉等编:《太平广记》,中华书局1961年版。

郦道元著,陈桥驿校证:《水经注校证》,中华书局2007年版。

林纾著:《春觉斋论文》,人民文学出版社1959年版。

刘黎明:《焦氏易林校注》,巴蜀书社2011年版。

刘盼遂:《论衡集解》,古籍出版社1957年版。

刘熙载著,王气中笺注:《艺概笺注》,贵州人民出版社1980年版。

刘熙著,任继昉:《释名汇校》,齐鲁书社2006年版。

刘向:《战国策》,上海古籍出版社1985年版。

刘向撰,赵善诒疏证:《说苑疏证》,华东师范大学出版社1985年版。

刘向撰,赵善诒疏证:《新序疏证》,华东师范大学出版社1989年版。

刘歆撰,葛洪集、向新阳、刘克任校注:《西京杂记校注》,上海古籍出版社1991年版。

刘昫:《旧唐书》,中华书局1975年版。

刘义庆撰,徐震堮注:《世说新语校笺》,中华书局1984年版。

刘知几撰,浦起龙释:《史通通释》,上海古籍出版社1978年版。

陆时雍选评:《诗镜》,河北大学出版社2010年版。

逯钦立:《先秦汉魏晋南北朝诗》,中华书局1983年版。

欧阳修、宋祁撰:《新唐书》,中华书局1975年版。

欧阳询撰,汪绍楹校:《艺文类聚》,上海古籍出版社1965年版。

任昉:《文章缘起》,商务印书馆2018年版。

阮元:《十三经注疏》,中华书局1980年版。

沈约:《宋书》,中华书局1974年版。

尸佼著,汪继培辑:《尸子》,上海古籍出版社1989年版。

史游撰，颜师古注，王应麟补注，钱保塘补音：《急就篇》，《丛书集成初编》，中华书局1985年版。

释慧皎撰，汤用彤校注：《高僧传》，中华书局1992年版。

司马光：《资治通鉴》，中华书局1956年版。

司马迁：《史记》，中华书局1982年版。

宋濂：《元史》，中华书局1976年版。

苏舆撰，钟哲点校：《春秋繁露义证》，中华书局1992年版。

孙星衍等辑，周天游点校：《汉官六种》，中华书局1990年版。

孙彦林等：《晏子春秋译注》，齐鲁书社1991年版。

王明编：《太平经合校》，中华书局1960年版。

王聘珍：《大戴礼记解诂》，中华书局1983年版。

王水照：《历代文话》，复旦大学出版社2007年版。

王逸章句，黄灵庚疏证：《楚辞章句疏证》（增订本），上海古籍出版社2018年版。

萧统编，李善注：《文选》，上海古籍出版社1986年版。

谢榛著，李庆立、孙慎之笺注：《诗家直说笺注》，齐鲁书社1987年版。

《新编诸子集成》，中华书局1985年版。

徐坚等撰，司义祖点校：《初学记》，中华书局1962年版。

徐师曾：《文章辨体序说文体明辨序说》，人民文学出版社1962年版。

许维遹撰，梁运华整理：《吕氏春秋集释》，中华书局2009年版。

严可均：《全上古三代秦汉三国六朝文》，中华书局1958年版。

颜之推撰，王利器集解：《颜氏家训集解》上海古籍出版社1993年版。

杨伯峻：《春秋左传注》，中华书局1990年版。

姚春鹏注：《黄帝内经》，中华书局2009年版。

应劭撰，王利器校注：《风俗通义校注》，中华书局1981年版。

应劭撰，吴树平校释：《风俗通义校释》，天津人民出版社1980年版。

永瑢：《四库全书总目》，中华书局1965年版。

虞世南：《北堂书钞》，《景印文渊阁四库全书》，台湾商务印书馆1983年版。

袁康、吴平辑录：《越绝书》，上海古籍出版社1985年版。

袁珂：《山海经校注》，巴蜀书社 1996 年版。

詹锳义证：《文心雕龙义证》，上海古籍出版社 1989 年版。

张敬：《列女传今注今译》，台湾商务印书馆 1994 年版。

张烈点校：《后汉纪》，中华书局 2002 年版。

张溥辑：《汉魏六朝百三名家集》，台湾商务印书馆 1986 年版。

张双棣校注：《淮南子校释》，北京大学出版社 1997 年版。

张英、王士禛：《渊鉴类函》，中国书店 1985 年版。

章学诚著，叶瑛校注：《文史通义校注》，中华书局 1985 年版。

赵晔：《吴越春秋》江苏古籍出版社 1999 年版。

赵翼：《陔余丛考》，河北人民出版社 2007 年版。

赵翼著，王树民校证：《廿二史札记校证》（订补本），中华书局 1984 年版。

郑玄注，刘宝楠正义：《论语正义》，上海书店 1986 年版。

钟嵘著，陈延傑注：《诗品注》，人民文学出版社 1998 年版。

周密撰，吴启明点校：《癸辛杂识》，中华书局 1988 年版。

周振甫：《周易译注》，中华书局 1991 年版。

《诸子集成》，上海书店 1988 年版。

宗懔撰，宋金龙校注：《荆楚岁时记》，山西人民出版社 1987 年版。

二 研究著作

［英］马林诺夫斯基著，李安宅译：《巫术科学宗教与神话》，上海社会科学出版社 2015 年版。

北京大学出土文献研究所编：《北京大学藏西汉竹书》（四），上海古籍出版社 2015 年版。

北京历史博物馆等：《望都汉墓壁画》，中国古典艺术出版社 1955 年版。

北京鲁迅博物馆、上海鲁迅纪念馆：《鲁迅藏汉画像》，上海人民美术出版社 1986 年版。

曹道衡：《汉魏六朝辞赋》，上海古籍出版社 1989 年版。

曹道衡：《中古文学史论文集》，中华书局 1986 年版。

曹明纲：《赋学概论》，上海古籍出版社 1998 年版。

常任侠：《丝绸之路与西域文化艺术》，上海文艺出版社1981年版。

陈直：《文史考古论丛》，天津古籍出版社1988年版。

初师宾主编：《中国简牍集成》，敦煌文艺出版社2005年版。

褚斌杰：《中国古代文体概论》（修订版），北京大学出版社1990年版。

褚斌杰、谭家健主编：《先秦文学史》，人民文学出版社1998年版。

《杜国庠文集》，人民出版社1962年版。

《敦煌变文论文录》，上海古籍出版社1982年版。

敦煌文物研究所：《1983年全国敦煌学术讨论会文集石窟·艺术编》，甘肃人民出版社1985年版。

方广锠：《中国佛教文化大观》，北京大学出版社2001年版。

费孝通：《乡土中国》，三联书店1985年版。

费振刚主编：《先秦两汉文学研究》，北京出版社2001年版。

《冯沅君古典文学论文集》，山东人民出版社1980年版。

傅刚：《〈昭明文选〉研究》，中国社会科学出版社2000年版。

傅起凤、傅腾龙：《中国杂技史》，上海人民出版社1989年版。

富谷至著，刘恒武、孔李波译：《文书行政的汉帝国》，江苏人民出版社2013年版。

甘肃博物馆等合编：《武威汉代医简》，文物出版社1975年版。

甘肃简牍博物馆等：《肩水金关汉简（肆）》，中西书局2015年版。

甘肃文物考古研究所：《居延新简释粹》，兰州大学出版社1988年版。

甘肃文物考古研究所、甘肃省博物馆、中国文物研究所、中国社会科学院历史研究所：《居延新简》，中华书局1994年版。

高伯瑜等编纂：《中华谜书集成》（一），人民日报出版社1992年版。

高伯瑜等编纂：《中华谜书集成》（三），人民日报出版社1997年版。

高光复：《赋史述略》，东北师范大学出版社1987年版。

高文：《汉碑集释》，河南大学出版社1997年版。

葛晓音：《汉唐文学的嬗变》，北京大学出版社1990年版。

葛兆光：《中国思想史》，复旦大学出版社2000年版。

龚克昌：《汉赋研究》，山东文艺出版社1990年版。

故宫博物院：《古玺汇编》，文物出版社1981年版。

顾颉刚：《秦汉的方士与儒生》，上海古籍出版社1998年版。

广西壮族自治区博物馆编：《广西贵县罗泊湾汉墓》，文物出版社1988年版。

郭绍虞：《照隅室古典文学论集》，上海古籍出版社1983年版。

郝树声、张德芳：《敦煌悬泉汉简研究》，甘肃文化出版社2009年版。

胡学常：《文学话语与权力话语——汉赋与两汉政治》，浙江人民出版社2000年版。

湖北省荆州博物馆：《荆州高台秦汉墓：宜黄公路荆州段田野考古报告之一》，科学出版社2000年版。

华非：《中国古代瓦当》，人民美术出版社1983年版。

黄侃：《文心雕龙札记》，上海古籍出版社2006年版。

黄盛璋：《历史地理与考古论丛》，齐鲁书社1982年版。

简·爱伦·哈里森著，吴晓群译：《古代的艺术与仪式》，大象出版社2011年版。

简宗梧：《汉赋源流与价值之商榷》，台北文史哲出版社1980年版。

姜书阁：《汉赋通义》，齐鲁书社1989年版。

姜书阁：《骈文史论》，人民文学出版社1986年版。

蒋英炬、吴文祺：《汉代武氏墓群石刻研究》（修订本），人民美术出版社2014年版。

蒋英炬、杨爱国：《孝堂山石祠》，文物出版社2017年版。

李景星：《史记评议》，岳麓书社1986年版。

李均明：《秦汉简牍文书分类辑解》，文物出版社2009年版。

李均明、何双全编：《散见简牍合辑》，文物出版社1990年版。

李零：《兰台万卷——读〈汉书艺文志〉》，北京三联书店2011年版。

李梦溪主编：《中国现代学术经典·顾颉刚卷》，河北教育出版社1996年版。

李如森：《汉代丧葬礼俗》，沈阳出版社2003年版。

梁启超：《中国历史研究法》（外二种），河北教育出版社2000年版。

廖序东：《楚辞语法研究》，语文出版社1995年版。

林富士：《汉代的巫者》，稻香出版社1988年版。

林庚：《林庚楚辞研究两种》，清华大学出版社 2006 年版。

刘大杰：《中国文学发展史》，百花文艺出版社 1999 年版。

刘二安、徐成校主编：《谜史丛谈》，中华书局 2018 年版。

刘梦溪主编：《中国现代学术经典·章太炎卷》，河北教育出版社 1996 年版。

刘斯翰：《汉赋·唯美文学之潮》，广州文化出版社 1989 年版。

刘昭瑞：《汉魏石刻文字系年》，台北新文丰出版公司 2001 年版。

刘昭瑞：《考古发现与早期道教研究》，北京大学出版社 2007 年版。

鲁迅：《汉文学史纲要》，人民文学出版社 1958 年版。

鲁迅：《中国小说史略》，《鲁迅全集》第九卷，人民文学出版社 1991 年版。

陆侃如、冯沅君：《中国诗史》，山东大学出版社 1996 年版。

逯钦立：《汉魏六朝文学论集》，陕西人民出版社 1984 年版。

吕思勉：《论学集林》，上海教育出版社 1987 年版。

吕宗力：《汉代的谣言》，浙江大学出版社 2011 年版。

罗福颐：《古玺印概论》，文物出版社 1981 年版。

罗振玉：《汉两京以来镜铭集录》，《罗雪堂先生全集》初编四，文华出版公司 1968 年版。

马衡：《中国金石学概要》，中华书局 1977 年版。

马积高：《赋史》，上海古籍出版社 1987 年版。

毛远明编著：《汉魏六朝碑刻校注》，线装书局 2008 年版。

闵庚尧：《中国古代公文简史》，档案出版社 1988 年版。

倪晋波：《出土文献与秦国文学》，文物出版社 2015 年版。

彭卫、杨振红：《中国风俗通史·秦汉卷》，上海文艺出版社 2002 年版。

钱南阳：《谜史》，上海文艺出版社 1986 年版。

钱小柏编：《顾颉刚民俗学论集》，上海文艺出版社 1998 年版。

钱志熙：《汉魏乐府的音乐与诗》，大象出版社 2000 版。

钱锺书：《管锥编》，中华书局 1979 年版。

《秦汉简牍论文集》，甘肃人民出版社 1989 年版。

裘锡圭主编，湖南省博物馆、复旦大学出土文献与古文字研究中心编：

《长沙马王堆汉墓简帛集成（五）》，中华书局2014年版。

英群：《居延汉简通论》，甘肃教育出版社1991年版。

任二北：《优语集》，上海文艺出版社1986年版。

［日］大庭脩著，林剑鸣等译：《秦汉法制史研究》，上海人民出版社1991年版。

陕西省考古研究所秦汉研究室：《新编秦汉瓦当图录》，三秦出版社1986年版。

睡虎地秦墓竹简整理小组：《睡虎地秦墓竹简》，文物出版社1990年版。

松浦友久：《中国诗歌原理》，辽宁教育出版社1990年版。

孙昌武：《中国佛教文化史》，中华书局2010年版。

孙尚勇：《乐府文学文献研究》，人民文学出版社2007年版。

汤一介：《佛教与中国文化》，宗教文化出版社1999年版。

汤用彤：《汉魏两晋南北朝佛教史》，武汉大学出版社2008年版。

陶秋英：《汉赋之史的研究》，中华书局1939年版。

万光治：《汉赋通论》，巴蜀书社1989年版。

汪桂海：《汉代官文书制度》，广西教育出版社1999年版。

王国维：《观堂集林》，中华书局1959年版。

王建中：《汉代画像石通论》，紫禁城出版社2001版。

王建中主编：《中国画像石全集》，河南美术出版社2000年版。

王廷洽：《中国古代印章史》，上海人民出版社2006年版。

王文涛：《秦汉社会保障研究——以灾害救助为中心的考察》，中华书局2007年版。

王元军：《汉代书刻文化研究》上海书画出版社2007年版。

王运熙：《乐府诗述论》，上海古籍出版社2014年版。

王锺陵主编：《二十世纪中国文学史论文精粹·散文赋卷》，河北教育出版社2001年版。

王重民、王庆菽、向达、周一良、启功、曾毅公：《敦煌变文集》，人民文学出版1957年版。

王子今：《钱神——钱的民俗事状和文化象征》，陕西人民出版社2006

年版。

王子今：《秦汉儿童的世界》，中华书局 2018 年版。

王子今：《秦汉交通史稿》，中共中央党校出版社 1994 年版。

王子今：《秦汉社会史论考》，商务印书馆 2006 年版。

王子今：《睡虎地秦简〈日书〉甲种疏证》，湖北教育出版社 2003 年版。

魏坚主编：《额济纳汉简》，广西师范大学出版社 2005 年版。

闻一多：《闻一多全集》，北京三联书店 1982 年版。

巫鸿：《礼仪中的美术——巫鸿中国古代美术史文编》，上海三联书店 2008 年版。

巫鸿：《武梁祠——中国古代画像艺术的思想性》（柳杨、岑河译），北京三联书店 2006 年版。

巫鸿：《时空中的美术》，北京三联书店 2009 年版。

吴承学：《中国古代文体形态研究》，中山大学出版社 2000 年版。

吴承学：《中国古代文体学研究》，人民出版社 2011 年版。

郗文倩：《中国古代文体功能研究》，上海三联书店 2010 年版。

郗文倩：《古代礼俗中的文体与文学》，人民出版社 2015 年版。

《先秦两汉考古与文化》，台湾允晨文化实业有限公司 1999 年版。

萧涤非：《汉魏六朝乐府文学史》，人民文学出版社 1984 年版。

肖亢达：《汉代乐舞百戏艺术研究》，文物出版社 1991 年版。

谢桂华、李均明、朱国炤：《居延汉简释文合校》，文物出版社 1987 年版。

信立祥：《汉代画像石综和研究》，文物出版社 2000 年版。

徐北文：《先秦文学史》，齐鲁书社 1981 年版。

徐复观：《两汉思想史》，台湾学生书局 1985 年版。

徐吉军：《中国丧葬史》，江西高校出版社 1998 年版。

徐锡台、楼宇栋、魏效祖：《周秦汉瓦当》，文物出版社 1988 年版。

许结：《汉代文学思想史》，南京大学出版社 1990 年版。

许兆昌：《周代史官文化：前轴心期核心文化形态研究》，吉林大学出版社 2001 年版。

《宣和博古图》，《景印文渊阁四库全书》，台湾商务印书馆 1986 年版。

薛英群：《居延汉简通论》，甘肃教育出版社 1991 年版。

严健民：《五十二病方注补译》，中医古籍出版社 2005 年版。

阎步克：《士大夫政治演生史稿》，北京大学出版社 1996 年版。

阎步克：《阎步克自选集》，广西师范大学出版社 1997 年版。

扬之水：《先秦诗文史》，辽宁教育出版社 2002 年版。

杨爱国：《幽明两界：纪年汉代画像石研究》，陕西人民美术出版社 2006 年版。

杨宽：《中国古代陵寝制度史研究》，上海人民出版社 2003 年版。

杨树达：《汉代婚丧礼俗考》，上海古籍出版社 2000 年版。

杨树达：《积微居金文说》，科学出版社 1959 年版。

杨燕起：《〈史记〉的学术成就》，北京师范大学出版社 1996 年版。

叶程义：《汉魏石刻文学考释》，台北新文丰出版公司 1997 年版。

叶其峰：《古玺印通论》，北京紫禁城出版社 2003 年版。

叶幼明：《辞赋通论》，湖南教育出版社，1991 年版。

仪平策：《中国审美文化史》，山东书画出版社 2000 年版。

永田英正著，张学锋译：《居延汉简研究》，广西师范大学出版社 2007 年版。

余冠英：《汉魏六朝诗论丛》，商务印书馆 2010 年版。

余英时：《中国思想传统的现代诠释》，江苏人民出版社 2006 年版。

俞志慧：《古语有之——先秦思想的一种背景与资源》，华东师大出版社 2010 年版。

曾昭燏、蒋宝庚、黎忠义：《沂南古画像石墓发掘报告》，文化部文物管理局 1956 年版。

张传玺：《秦汉问题研究》，北京大学出版社 1985 年版。

张传玺：《中国历代契约汇编考释》，北京大学出版社 1995 年版。

张高评：《左传之文韬》，台湾丽文文化事业股份有限公司 1994 年版。

张家山二四七号汉墓竹简整理小组：《张家山汉墓竹简［二四七号墓］》（释文修订本），文物出版社 2006 年版。

张丽生：《急就篇研究》，台湾商务印书馆 1983 年版。

张曼涛主编：《佛教与中国文化》，上海书店 1987 年版。

张永鑫：《汉乐府研究》，江苏古籍出版社 1992 年版。

章太炎：《国故论衡》，上海古籍出版社 2003 年版。

赵超：《汉魏南北朝墓志汇编》，天津古籍出版社 1992 年版。

赵超：《中国古代石刻概论》，文物出版社 1997 年版。

赵义山、李修生主编：《中国分体文学史》，上海古籍出版社 2001 年版。

中国画像石编委会：《中国画像石全集》，山东美术出版社 2000 年版。

《中国漆器全集》，福建美术出版社 1998 年版。

中国青铜器编辑委员会编：《中国青铜器全集（16）·铜镜》，文物出版社 1997 年版。

中国社会科学院考古所：《满城汉墓发掘报告》，文物出版社 1980 年版。

中国社会科学院考古研究所：《新中国的考古发现与研究》，文物出版社 1984 年版。

《中印文化关系史论文集》，北京三联书店 1982 年版。

周凤五、林素清编：《古文字学论文集》，台湾国立编译馆 1999 年版。

周绍良、白化文编：《敦煌变文论文录》，上海古籍出版社 1982 年版。

周绍良编：《敦煌语言文学研究》，北京大学出版社 1988 年版。

周绍良校点，杜文澜辑：《古谣谚》，中华书局 1958 年版。

周作人著，吴平、邱明一编：《周作人民俗学论集》，上海文艺出版社 1999 年版。

朱光潜：《诗论》，北京三联书店 1984 年版。

朱自清：《中国歌谣》，复旦大学出版社 2004 年版。

《朱自清古典文学论文集》，上海古籍出版社 1981 年版。

朱自清、马茂元：《朱自清、马茂元说古诗十九首》，上海古籍出版社 1999 年版。

后　　记

　　2015年夏，我申报国家社科基金项目"秦汉文体史"获批。多年来一直在做文体史研究，这个课题早就在心中盘桓，所以，论证和申报过程都很顺利。但此后三年，我却迟迟没有动笔，其中主要原因是一直没找到一种妥帖写法。

　　近些年来，文体学是学术热点，出了不少研究成果，但尚未有较为全面的古代文体史（包括断代文体史）著作面世，这当然是很正常的。因为文体学研究最大的特点就是将以往被忽略的大量文体重新纳入研究视野，对传统文体理论重新加以审视。而只有对文体个案和相关文体学问题进行较为充分的研究之后，才能更好地描述文体历史发展动态，文体史的撰写才会纳入日程。目力所见，当年可资借鉴的，大约还是一些"主流"文类的分体文学史，如赋史、乐府史、诗史等。此外比较全面呈现古代文体面貌的就是褚斌杰先生所著《中国古代文体概论》了。此书自问世就获得好评，也曾是我"入行"的启蒙书之一，但其写于近三十年前，将文体看作"文学体裁、体制"（《中国古代文体概论·前言》），更多还是从文体形式着眼，与我所理解的"文体"有些不同。加之其概述性质，也无法给我的写作提供直接经验。其他如中国文学史（包括断代史）包括分体文学史虽同样是"史"，联系也紧密，但从根本而言，两者的研究对象、价值评判标准、关注的重心等都有很大差异，因此，相关写法也不能直接搬用。

　　按照我的理解，中国古代文体并非只供"阅读"的文字文本，而是内涵丰富的历史"活体"。每种文体都萌发于特定的历史土壤，活跃在特定的历史语境,具有特殊的功能用途,表达特定人群、个人的愿望和情感诉求,由此形成自身独特的修辞方式,并最终以文字方式"塑形"。一旦土壤不再,语境不再,相关文体也就渐渐失去活性,逐渐消失或者调整、演变、孕育出新的文体。中国古代文体功能性强,与政治制度、礼俗文化等紧密贴合,文体自身存在一个生态系统,同类文体又构成大的生态系统。也正因如此,近现代以来,随着文化制度的变化,古代大多数文体都消逝了。因此,古代文体史的叙述不能仅仅关注相关文本,而是要努力追溯甚至复原其所在的历史时空,要先明了每一类文体生发的历史语境,追溯其"家世",方能梳理其"身世",在此基础上,对古代文体史做出的叙述和评价才有可能达到应有的历史高度,对后世相关文体论述也才能有更妥帖的理解。

因此,歌谣谚语要从"口耳相传"说起;祝祷咒诅要从绝地天通的巫祝文化、从语言的神秘性说起;汉大赋要从"不说破"的语言游戏——隐语说起;史传要从古老的史官制度说起;丧葬文体要从古人对死后世界的想象说起,要从中国传统"乡土社会"的道德伦理说起,从追求"不朽"的观念说起;官文书要从秦汉帝国"明君臣""定仪则"的动机说起;序体文要从文化典籍、创作文本的记录整理说起;乐府诗要从兴乐府、罢乐府说起;五、七言诗要从音节、拍节节奏的摸索说起;七体、连珠要从语言形式的魅力"被发现"说起,等等,诸如此类。秦汉时期是古代文体发展最为重要的时期,绝大多数文体都是在这个时期孕育成熟,其涉及的历史语境无疑是极为丰富的,所引起的讨论也是复杂的。

2018年底,课题进入第4年,我决定动笔。此时,我刚刚经历了一次漫长、复杂且劳神的工作调动,由福州来到杭州。搬家、安家,开设新课程,照顾老学生,接纳新学生,在两城间频繁奔波。尘埃落定后,在杭州五常湿地旁的新家,我终于有了独立的书房。于是,在安静的地下书房里,我开始了紧张而充实的写作。2021年初,课题完成,提交后获得"优秀"等级,当时还是很高兴的。记得看到消息时正在食堂排队打饭,特意加了个鸡腿以示犒劳。不过,现在回看这本书,有些想法并没有很好地呈现出来,一些优秀的研究成果也没能完全吸纳,即便就

"写法"本身，也是谨慎和保守的。文体史是梳理和描述文体发展史，其本身也是一种文体，要不断摸索"写法"，是由一到多，由无到有，是逐渐建立规范，又不断打破规范的过程。如何准确呈现"史"的线索，如何更鲜活的呈现文体的"活态"，如何评价，如何写得更"好看"，都是写作者要不断探索的。

按照现代文类四分法，文学史、文体史写作乃至学术文章其实都当属于广义的"散文"。但现代汉语语境中的"散文"属于"文学"作品，强调作者的主观性和文体的随意性，学术类的文章著作显然都是包不进去的。近读宇文所安《追忆：中国古典文学中的往事再现》，序言里作者谈及写法上的考虑，说到英语里 essay 这种文体的特点，引起我的一些思考。essay 和"散文"大约能对译，但内涵却有些不同。英语里的 essay 把文学、文学批评乃至学术研究等几种被分开的概念融为一体，这就使它成为一种颇有意味、具有更大包容性的文体。首先，它是一种文学体裁，因此必须"好看"，读起来令人愉悦，当然也应不断更新，不能一成不变。其次，如果是作为文学批评和学术研究，essay 不能止于描述，而是要强调思辨性，要能体现学者对某些复杂现象的观察和认识，不仅要揭示其中所涉问题的复杂性，且能明晰地梳理并呈现解决的过程。此外，当然还要显示出学者的知识结构和严谨态度，但和常规学术论文不太一样的是，essay 不用或少用脚注，相关知识都是隐藏的，这当然也是出于"好看"的需要。因此，相比而言，作为学术写作的 essay 对学者的挑战更大，不仅按照常规爬梳材料和逻辑，还要能跳出、化用，这是需要更多智慧和写作技巧的。

不过，某种程度上说，"essay"还是一个相对笼统的文类概念，其"西学"的语境也与中国本土文化有些隔膜，比较而言，陈平原先生将学者著述看作一个专门的文类即"述学文体"，由此来进行讨论就有更为明确的针对性。他在《现代中国的述学文体》一书中选择了晚清以降几位有代表性的学者及其著述进行分析，思考论文、著作、教科书、演讲等诸种"述学"文体的产生、特点和意义，这样的视角承接中国传统文章学而来，又带着现代学者的深长思考，比如他特别关注教育体制与知识生产方式、现代叙述生产机制与现代学术表达之间的关系，这就是从历史语境入手，从文体的生成土壤说起，因此显得非常深入，能带来更多的启发和思考。他分析鲁迅的文体意识，认为其非常注重"量体裁衣"，"学问需冷隽，杂文要激烈；撰史讲体贴，演讲多发挥——所有这些，决定了鲁迅的撰述虽有'大体'，却无'定体'，往往随局势、论题、媒介以及读者而略有变迁。"不仅鲁迅如此，古今中外很多文人学者都有"随机（体）应变"的能力，"有学之文"，本就应当是"有文之学"，当然，这对作者的学识、修养、洞见、才情乃至智慧，也都提出很高的要求。

因此，我在想，今天的学术成果，处处强调规范化、标准化、专业化，这当然没错，但论文以及学术著作似乎越来越不追求"好看"了。人们有时感慨人文学科的学术研究渐渐成了"小圈子"里的"游戏"，感叹学术写作规范的僵硬约束，但对当今学术成果"写法"的反思和训练却似乎是不够的。我观察古代文体发展史，注意到文体发展的一个规律：任何一种文体从产生到最终确立都是一个由散趋整的过程。在被最终塑形的过程中，受到文体功能的限制，它逐渐形成一些惯例性的规则，这其中包含体制、语言、风格等诸多规定因素，也包括文体与其适用场合、语境的配套。这些规则对使用者有强制性的约束作用，而书写者也有意识地去维护这种规则或者惯例的权威，于是该文体就能在一定阶段保持其稳定性。然而，在文体规范逐渐定型并形成江山般稳固地位的同时，一种颠覆性的力量也开始生成壮大，文体规范曾悉心引导并培养着书写者的写作技巧和能力，使其终至得心应手，娴熟驾驭，然而一旦时机成熟，某些书写者会在有意无意的情况下，凭借其才华以及对诸种文体娴熟的把握冲破原有文体的既成规范，从而形成新的文体样式。文学史、文体史、学术论文、论著等学术类文体写作都是近代以来才渐渐发展成熟的，也越来越规范，但从目前看，似乎也有渐渐走向僵化的趋势，这是不是意味着，新的"写法"也在酝酿中呢？

完成一个课题，出一本书，对我来说，就是完成一桩心愿，把自己想表达的变成可以看得见摸得着的"实物"，存在那里，心也就放下了。一本书就是一个句号，是归零，也是一块踏步石，之后才能轻装前行。

需要说明的是，为了更全面呈现所述文体文本的样貌，避免主观"肢解"，书中在引用具体文本时大都不是截取片段，而是全文呈现，这也是学习范文澜先生《文心雕龙注》的写法。他在注释中对刘勰所提及的相关文本悉为抄录，便于读者参阅，了解文体原貌。毕竟，即便是专业研究者，对古代很多文体文本也都是比较陌生的。当然，引文多势必增加书的篇幅，在文献核校方面也带来很大的压力。因此，书中如有讹误，还望读者见谅。

　　此书出版还得到杭州师范大学相关科研基金支持，感谢院长洪治纲教授的提醒和督促。学生崔晴蕊帮我校对了部分文献，特此致谢。同时也感谢责编张林女士的严谨认真。

2022 年 9 月 9 日于杭州余杭